De schaduw van de wind

Van dezelfde auteur

Gaudí in Manhattan

Carlos Ruiz Zafón

De schaduw van de wind

Vertaald door Nelleke Geel

SIGNATUUR

2008

Oorspronkelijke titel: La Sombra del Viento
Vertaald uit het Spaans door: Nelleke Geel

Omslagontwerp: Wil Immink Design
© foto voorplat: Francesc Català-Roca
Foto auteur: Douglas Kirkland
Typografie: Pre Press B.V., Zeist
Druk- en bindwerk: Bercker, Kevelaer

ISBN 978 90 5672 310 1
NUR 302

www.uitgeverijsignatuur.nl
www.carlosruizzafon.nl

Voor Joan Ramon Planas,
die iets beters verdiende

Inhoud

Het Kerkhof der Vergeten Boeken 9

Asdagen 15
1945 – 1949

Armoede & Co. 57
1950

Een vos verliest wel zijn haren ... 89

Stad van schaduwen 117

Nuria Monfort: schimmen uit het verleden 401
1933 – 1955

De schaduw van de wind 501
1955

Post mortem 523
27 november 1955

Maartwater 529
1956

Dramatis personae 537
1966

Het Kerkhof der Vergeten Boeken

Nog steeds herinner ik me de ochtend dat mijn vader me voor het eerst meenam naar het Kerkhof der Vergeten Boeken. De eerste dagen van de zomer van 1945 regen zich aaneen en we wandelden door de straten van een Barcelona gevangen onder een asgrijze hemel, met een waterig zonnetje dat over de Rambla de Santa Mónica stroomde als een guirlande van vloeibaar koper.

"Daniel, wat je vandaag zult zien mag je aan niemand vertellen", waarschuwde mijn vader. "Zelfs niet aan je vriend Tomás. Aan niemand."

"Zelfs niet aan mama?" vroeg ik met gedempte stem.

Mijn vader zuchtte, terwijl hij zich verschanste achter het trieste glimlachje dat hem als een schaduw door het leven volgde.

"Natuurlijk wel", antwoordde hij terneergeslagen. "Voor haar hebben we geen geheimen. Aan haar mag je alles vertellen."

Kort na de Burgeroorlog had een aanval van cholera mijn moeder van ons weggenomen. We begroeven haar op de Montjuïc op de dag van mijn vierde verjaardag. Ik herinner me alleen dat het de hele dag regende en dat, toen ik mijn vader vroeg of de hemel huilde, zijn stem brak toen hij antwoord gaf. Zes jaar later hing de afwezigheid van mijn moeder nog steeds om ons heen, een oorverdovende stilte die ik nog niet met woorden tot zwijgen had weten te brengen. Mijn vader en ik woonden in een klein appartement in Calle Santa Ana, naast het kerkplein. De woning lag direct boven de boekhandel gespecialiseerd in verzamelaarsuitgaven en tweedehands boeken, overgegaan van mijn grootvader op mijn vader – een betoverde bazaar die, hoopte mijn vader, ooit in mijn handen zou overgaan. Ik groeide op tussen boeken, maakte onzichtbare vrienden op bladzijden die langzaam tot stof vergingen en waarvan de geur nog steeds aan mijn handen kleeft. Als kind leerde ik in slaap te vallen terwijl ik in de duisternis van mijn slaapkamer de gebeurtenissen van de dag aan mijn moeder vertelde, mijn wederwaardigheden op school, wat ik die dag geleerd had ... Ik kon haar stem niet horen noch haar aanraking voelen, maar haar licht en warmte brandden in elke hoek van het huis en ik geloofde, met de onschuld van hen die hun leeftijd nog op tien vingers kunnen tellen, dat als ik mijn ogen sloot en praatte, ze mij zou kunnen horen, waar ze ook was. Soms luisterde mijn vader naar me vanuit de eetkamer en huilde stilletjes.

Ik herinner me dat ik die ochtend in juni schreeuwend wakker werd. Mijn hart klopte in mijn borst als wilde mijn ziel zich een weg eruit banen en de trap afrennen. Mijn vader haastte zich naar mijn kamer en hield me in zijn armen terwijl hij me trachtte te kalmeren.

"Ik kan me haar gezicht niet herinneren. Ik kan me mama's gezicht niet meer herinneren", prevelde ik ademloos.

Mijn vader omhelsde me stevig.

"Maak je geen zorgen, Daniel. Ik zal me haar herinneren voor twee."

We keken elkaar aan in de duisternis, zoekend naar woorden die niet bestonden. Dat was de eerste keer dat ik me realiseerde dat mijn vader ouder werd en dat zijn ogen, ogen van nevel en verlies, altijd in het verleden blikten. Hij stond op en deed de gordijnen open om het bleke ochtendlicht binnen te laten.

"Kom, Daniel, kleed je aan. Ik wil je iets laten zien", zei hij.

"Nu? Om vijf uur 's ochtends?"

"Sommige dingen kun je slechts in het donker zien", gaf mijn vader me met een raadselachtig glimlachje te verstaan, waarschijnlijk geleend uit een van de door hem stukgelezen boeken van Alexandre Dumas.

De straten sluimerden nog tussen nevels en dauw toen we naar buiten gingen. De straatlantaarns van de Ramblas schetsten twinkelend een allee van damp, terwijl de stad zich uitrekte en zich van haar aquarelvermomming ontdeed. Bij Calle Arco del Teatro aangekomen sloegen we de weg in naar de wijk Raval, onder een boog waarvan de contouren zich door de blauwe mist aftekenden. Ik volgde mijn vader door die nauwe straat, meer litteken dan straat, tot het schijnsel van de Ramblas zich achter onze ruggen verloor.

Het licht van de ochtend sijpelde langs balkons en deklijsten heen in schuine vegen licht die de grond niet raakten. Eindelijk hield mijn vader stil voor een grote deur van bewerkt hout, zwart geworden door tijd en vocht. Voor ons doemde iets op wat ik op het achtergelaten karkas van een paleis vond lijken, of een museum van echo's en schaduwen.

"Daniel, wat je vandaag zult zien mag je aan niemand vertellen. Zelfs niet aan je vriend Tomás. Aan niemand."

Een mannetje met roofvogeltrekken en een zilverkleurige haardos deed de deur open. Zijn ondoorgrondelijke arendsblik bleef op mij rusten.

"Goedemorgen, Isaac. Dit is mijn zoon Daniel", kondigde mijn vader aan. "Binnenkort wordt hij elf en op een goede dag zal hij de winkel overnemen. Hij is nu oud genoeg om deze plek te leren kennen."

De man die Isaac heette, nodigde ons met een korte hoofdknik uit om verder te komen. Een blauwige duisternis omhulde alles en liet ternauwernood de contouren zien van een brede, marmeren trap en een galerij met fresco's, bevolkt door engelen en fabelachtige wezens. We volgden de bewaker door deze paleisgang en kwamen bij een grote cirkelvormige zaal waar een ware basiliek van duisternis rustte onder een glazen koepel, doorschoten met stralenbundels die vanuit de hoogte neerhingen. Een labyrint van gangen en uitpuilende boekenkasten klom omhoog vanaf de basis tot aan de top, en een bijenkorf tekende zich af met tunnels, trappen, platformen en bruggen die een gigantische bibliotheek met een onmogelijke geometrie deden vermoeden. Ik keek naar mijn vader, sprakeloos. Hij glimlachte naar me en knipoogde.

"Daniel, welkom in het Kerkhof der Vergeten Boeken."

Als vlekjes in de gangen en op de platformen waren de omtrekken zichtbaar van een dozijn figuren. Sommigen van hen draaiden zich om en groetten vanuit de verte en ik herkende de gezichten van enkele van mijn vaders collega's uit het gilde. In mijn tienjarige ogen leken die individuen tot een geheime broederschap van alchemisten te behoren die achter de rug van de wereld om samenzwoeren. Mijn vader knielde naast me neer en terwijl hij me strak aankeek, praatte hij tegen me met de zachte stem van beloften en vertrouwelijkheden.

"Deze plaats is een mysterie, Daniel, een heiligdom. Elk boek, elke band die je ziet, is bezield. Bezield door degene die het schreef, bezield door degenen die het lazen en doorleefden en ervan droomden. Telkens als een boek in andere handen overgaat, telkens als iemand zijn blik over de bladzijden laat gaan, groeit zijn geest en wordt sterk. Vele jaren geleden al, toen mijn vader me hier voor de eerste keer naartoe bracht, was dit een oude plek. Misschien wel net zo oud als de stad zelf. Niemand weet met zekerheid te zeggen hoe lang dit al bestaat of wie het gemaakt hebben. Als een bibliotheek verdwijnt, als een boekhandel haar deuren sluit, of als een boek in de vergetelheid raakt, dan zorgen wij, de bewakers die deze plek kennen, ervoor dat het hier terechtkomt. Hier wonen de boeken die niemand zich meer herinnert, de boeken die mettertijd in de vergetelheid zijn geraakt, wachtend op de dag dat ze overgaan in de handen van een nieuwe lezer, een nieuwe geest. In de winkel verkopen en kopen wij ze, maar eigenlijk hebben boeken geen eigenaar. Elk boek dat je hier ziet, is de beste vriend geweest van íémand. Nu hebben ze alleen ons nog, Daniel. Denk je dat je dit geheim zult kunnen bewaren?"

Mijn blik verloor zich in de immensiteit van de plek, in het behekste licht. Ik knikte en mijn vader glimlachte.

"En weet je wat het mooiste van alles is?" vroeg hij.

Ik schudde zwijgend mijn hoofd.

"De gewoonte is dat je bij het eerste bezoek een boek kiest, het maakt niet uit welk boek, en het adopteert; daardoor zorg je ervoor dat het nooit verdwijnt, dat het altijd levend blijft. Dat is een heel belangrijke belofte. Voor het leven", legde mijn vader uit. "Vandaag is het jouw beurt."

Bijna een halfuur lang dwaalde ik door de gangen van het labyrint, dat naar oud papier, stof en magie rook. Ik liet lichtjes mijn hand glijden over de rijen met boekenruggen, onderwijl trachtend een keuze te maken. Tussen door de tijd vervaagde titels ontwaarde ik woorden in talen die ik herkende en dozijnen andere die ik niet kon thuisbrengen. Ik struinde spiraalsgewijs gangen en galerijen af, bevolkt door honderden, duizenden banden die meer van mij leken te weten dan ik van hen. Al snel viel me de gedachte in dat achter het omslag van elk afzonderlijk boek een universum lag dat geëxploreerd moest worden, terwijl buiten deze muren de wereld het leven voorbij liet gaan in middagen van voetbal en vervolgverhalen op de radio, tevreden met navelstaren en weinig méér. Misschien was het die gedachte, misschien was het toeval of juist zijn flamboyante tegenhanger, het noodlot, maar op datzelfde ogenblik wist ik dat ik het te adopteren boek al had gekozen. Of misschien moet ik zeggen: het boek dat míj ging adopteren. Timide stond het in een hoek van een boekenkast, in wijnkleurig leer gebonden, en het fluisterde zijn titel in gouden letters die opvlamden in het gefilterde licht. Ik liep erop af, streelde de woorden met de toppen van mijn vingers, en las in stilte.

De schaduw van de wind
JULIÁN CARAX

Nooit eerder had ik die titel of auteur horen noemen, maar dat maakte me niets uit. De beslissing was genomen. Door beide partijen. Ik pakte het boek uiterst voorzichtig vast en bladerde het door; de bladzijden fladderden. Bevrijd uit zijn cel op de plank blies het boek een gouden stofwolk uit. Ik keerde op mijn schreden terug door het labyrint, tevreden met mijn keuze, en hield het boek onder mijn arm geklemd, een glimlach op mijn lippen. Misschien dat de betoverende atmosfeer van deze plek de overhand had gekregen, maar ik wist heel zeker dat dat boek daar vele jaren op me had gewacht, waarschijnlijk al vóór ik geboren werd.

Die middag, terug in ons huis in Calle Santa Ana, trok ik me in mijn kamer terug en besloot de eerste regels te lezen van mijn nieuwe vriend. Voor ik het in de gaten had, zat ik er onherroepelijk middenin. De roman vertelde het verhaal van een man op zoek naar zijn echte vader, die hij nooit gekend had en wiens bestaan hij pas ontdekte dankzij de laatste woorden van zijn moeder op haar sterfbed. De geschiedenis van die zoektocht veranderde in een spookachtige odyssee waarin de hoofdpersoon vocht om zijn verloren jeugd terug te winnen en waarin langzaamaan de schaduw van een verdoemde liefde naar de oppervlakte kwam, waarvan de herinnering hem tot in lengte van dagen zou achtervolgen. Naarmate ik vorderde, deed de structuur van het verhaal me steeds meer denken aan zo'n baboesjkapop die eindeloos veel, steeds kleinere poppen in zich verstopt heeft zitten. De minuten en uren verstreken als in een droom. Toen uren later de klokken van de kathedraal om middernacht luidden, hoorde ik ze nauwelijks, gevangen als ik was in het verhaal. In de cirkel van warm, koperkleurig licht die de bureaulamp projecteerde, werd ik ondergedompeld in een wereld van beelden en sensaties zoals ik die niet eerder had gekend. Personages die mij net zo echt toeschenen als de wereld om me heen sleurden me een tunnel van avontuur en mysterie in waar ik helemaal niet meer uit wilde ontsnappen. Bladzij na bladzij liet ik me inkapselen door de betovering van het verhaal, tot de adem van de dageraad mijn raam streelde en mijn moede ogen over de laatste pagina gleden. Ik strekte me uit in het blauwachtige halfduister van de ochtend met het boek op mijn borst en luisterde naar het gemurmel van de slapende stad dat op de purpergespikkelde daken druppelde. Slaap en vermoeidheid klopten aan mijn deur, maar ik weigerde me over te geven. Ik wilde de betovering van het verhaal niet verliezen noch de personages al vaarwel zeggen.

Ik hoorde eens een vaste klant van mijn vaders boekhandel zeggen dat er maar weinig dingen zijn die zo'n stempel op een lezer drukken als het eerste boek dat zich werkelijk een weg baant naar het hart. Die eerste beelden, de echo van de woorden die we denken achter ons gelaten te hebben, vergezellen ons een leven lang en beitelen een paleis in ons geheugen waar we vroeg of laat – het maakt niet uit hoeveel boeken we lezen, hoeveel werelden we ontdekken, hoeveel we leren of vergeten – naar zullen terugkeren. Voor mij zullen dat voor altijd de behekste pagina's zijn die ik in de gangen van het Kerkhof der Vergeten Boeken vond.

Asdagen
1945 – 1949

1

Een geheim is evenveel waard als degenen voor wie we het moeten bewaren. Toen ik wakker werd, was mijn eerste impuls om mijn beste vriend deelgenoot te maken van het bestaan van het Kerkhof der Vergeten Boeken. Tomás Aguilar was een schoolvriend die al zijn vrije tijd en talent besteedde aan het uitvinden van ontzettend ingenieuze maaksels van dubieuze bruikbaarheid, zoals de aerostatische dart of de dynamo-tol. Niemand beter dan Tomás om een geheim mee te delen. In mijn dagdromen stelde ik me mijn vriend Tomás en mijzelf voor, uitgerust met lantaarns en kompas, gereed om de geheimen van die bibliografische catacomben te onthullen. Toen herinnerde ik me mijn belofte en opteerde voor een andere modus operandi, zoals dat in detectives heet. Tussen de middag schoot ik mijn vader aan om hem te ondervragen over het boek en over Julián Carax – beide wereldberoemd, veronderstelde ik in mijn enthousiasme. Mijn plan was om zijn hele oeuvre te bemachtigen en in een week alles van begin tot eind te lezen. Wie schetst mijn verbazing toen mijn vader, een boekhandelaar van het zuiverste water en kenner van de uitgeverscatalogi, nog nooit bleek te hebben gehoord van *De schaduw van de wind* of van Julián Carax! Geïntrigeerd bestudeerde mijn vader het colofon.

"Er staat hier dat dit exemplaar er een is van een totaaloplage van vijfentwintighonderd, uitgegeven in december 1935 in Barcelona door Cabestany Editores."

"Ken je die uitgeverij?"

"Hij bestaat al jaren niet meer. De oorspronkelijke uitgave is ook niet deze, maar een andere uit november van hetzelfde jaar, gepubliceerd in Parijs ... De uitgever is Galliano & Neuval. Komt me niet bekend voor."

"Dus het boek is een vertaling?" vroeg ik verward.

"Dat staat er niet. Zo te zien is het de originele tekst."

"Een boek in het Spaans, voor het eerst uitgegeven in Frankrijk?"

"Het zal de eerste keer niet zijn, gezien de tijden waarin we leven", bracht mijn vader naar voren. "Misschien dat Barceló ons kan helpen ..."

Gustavo Barceló was een bevriende collega van mijn vader, eigenaar van een spelonkachtige boekhandel in Calle Fernando, die de crème de la crème uit de handel van tweedehands boeken aanvoerde. Een permanent aan zijn mond vastgekleefde uitgedoofde pijp omgaf hem met het aroma van een Perzische markt en hij omschreef zichzelf als de laatste romanticus. Barceló beweerde dat er in zijn stamboom sprake was van een verre verwantschap met Lord Byron, ondanks het feit dat hij was geboren in het gehucht Caldas de Montbuy. Om deze connectie te bewijzen kleedde hij zich onveranderlijk in de stijl van een negentiende-eeuwse dandy, compleet met cape, witte lakleren schoenen en een ongeslepen monocle die hij volgens kwade tongen zelfs niet afzette in de intimiteit van het toilet. Eigenlijk was de belangrijkste verwantschap die hij bezat die met zijn verwekker, een industrieel die op enigszins troebele wijze rijk was geworden aan het einde van de negentiende eeuw. Volgens de uitleg van mijn vader bulkte Gustavo Barceló van het geld en was de boekhandel daarom meer passie dan handel. Hij hield zonder reserve van boeken en – ofschoon hij dit ten stelligste ontkende – als er iemand in zijn boekhandel kwam en verliefd werd op een editie die hij niet kon betalen, dan verlaagde hij de prijs zoveel als nodig was of gaf het zelfs cadeau als hij meende met een lezer van niveau van doen te hebben en niet met een dilettante zondagslezer. Afgezien van deze eigenaardigheden bezat Barceló het geheugen van een olifant en een verwaandheid die naadloos aansloot op zijn uiterlijk en luidruchtigheid, maar als íémand iets wist over vreemde boeken, was hij het wel. Die middag, na het sluiten van de winkel, opperde mijn vader om naar het café Els Quatre Gats te wandelen in Calle Montsió, waar Barceló en zijn bibliofiele kompanen met enige regelmaat bijeenkomsten hielden om te discussiëren over poètes maudits, dode talen en aan de motten overgeleverde, vergeten meesterwerken.

Els Quatre Gats lag op een steenworp afstand van ons huis en was een van mijn meest favoriete plekken. Daar hadden mijn ouders elkaar leren kennen in 1932 en ik schreef mijn enkeltje naar het leven gedeeltelijk toe aan de bekoringen van dat oude café. Stenen draken beschermden de gevel, gevat in een kruispunt van schaduwen, en de gaslampen stolden de tijd en de herinneringen. Binnen versmolten de bezoekers met echo's uit andere tijden. Boekhouders, dromers en aspirant-genieën deelden een tafel met de luchtspiegelingen van Pablo Picasso, Isaac Albéniz, Federico García Lorca of Salvador Dalí. Hier kon iedere schlemiel zich voor enkele momenten een historisch figuur wanen voor de prijs van een kopje koffie met melk.

"Kerel, Sempere", riep Barceló uit toen hij mijn vader zag binnenkomen, "de verloren zoon. Waar hebben wij deze eer aan te danken?"

"De eer bent u verschuldigd aan mijn zoon, don Gustavo, die zojuist een ontdekking heeft gedaan."

"Schuif in dat geval bij ons aan, zo'n buitengemeen gedenkwaardige gebeurtenis moeten we vieren", verkondigde Barceló.

"Buitengemeen?" fluisterde ik in mijn vaders oor.

"Barceló drukt zich uitsluitend uit in bloemrijke taal", antwoordde mijn vader zachtjes. "Zeg maar niks, anders is het einde zoek."

De stamgasten maakten plaats voor ons en Barceló, die zich in aanwezigheid van publiek graag vrijgevig toonde, stond erop ons te inviteren.

"Welke leeftijd heeft de knaap?" informeerde Barceló, terwijl hij me zijdelings monsterde.

"Bijna elf", verklaarde ik.

Barceló glimlachte spottend naar me.

"Tien dus. Doe er geen jaren bij, schalkje, dat doet het leven wel voor je."

Diverse bibliofiele broeders in de strijd murmelden hun instemming. Barceló gebaarde naar een ober die eruitzag alsof hij elk ogenblik tot historisch monument verklaard kon worden, naar hen toe te komen en de bestelling op te nemen.

"Een cognac voor mijn vriend Sempere, en wel van de goede, en voor de jonge telg een *leche merengada*, hij moet er nog van groeien. O, en breng wat serranoham, maar niet die van laatst, alsjeblieft, Pirelli zorgt wel voor het rubber", gromde de boekhandelaar.

De ober knikte en verdween met slepende tred, ziel in het zog.

"Zoals ik altijd zeg", gaf de boekhandelaar zijn commentaar, "hoe kunnen er banen vrijkomen als in dit land de mensen zelfs na hun dood nog niet met pensioen gaan? Kijk dan naar El Cid. Dat gaat zo toch niet?"

Barceló genoot van zijn uitgedoofde pijp terwijl zijn haviksogen al belangstellend het boek bekeken dat ik in mijn handen hield. Ondanks alle komedie en het verbale vertoon rook Barceló een goede prooi zoals een wolf bloed ruikt.

"Eens kijken", zei Barceló en hij veinsde desinteresse. "Wat hebt u beiden voor me meegebracht?"

Ik wierp een blik op mijn vader. Hij knikte. Zonder verdere omhaal reikte ik Barceló het boek aan. De handelaar nam het met geoefende hand aan. Zijn pianistenvingers exploreerden vliegensvlug textuur, consistentie en staat. Terwijl hij zijn Florentijnse glimlach tentoonspreidde, ging Barceló naar de pagina met het colofon en inspecteerde die gedurende een minuut met de intensiteit van een politie-inspecteur. De anderen observeerden hem in stilte, alsof ze een wonder verwachtten of toestemming om weer te mogen ademhalen.

"Carax. Interessant", mompelde hij op ondoorgrondelijke toon.

Ik stak mijn hand weer uit om het boek terug te nemen. Barceló trok zijn wenkbrauwen op, maar gaf het me met een ijzig lachje terug.

"Waar heb je dit gevonden, mijn jongen?"

"Dat is geheim", riposteerde ik, in de wetenschap dat mijn vader nu inwendig zat te grinniken.

Barceló fronste zijn voorhoofd en keek van mij naar mijn vader.

"Vriend Sempere, omdat u het bent, omdat ik u hoogacht en ter ere van de lange, diepe vriendschap die ons verbindt als broeders: laten we het afmaken op veertig stuivers en we praten er niet meer over."

"Dat zult u met mijn zoon moeten bespreken", bracht mijn vader naar voren. "Het boek is van hem."

Barceló gaf me een wolfachtige grijns.

"Wat zeg je ervan, jochie? Veertig stuivers is niet slecht voor een eerste verkoop ... Sempere, die jongen van je zal nog carrière maken in deze handel."

De andere gasten lachten hartelijk om zijn opmerking. Barceló keek me voldaan aan en haalde zijn leren portefeuille tevoorschijn. Hij telde de veertig stuivers uit, wat voor die tijd een behoorlijk fortuin was, en gaf ze me. Ik schudde slechts mijn hoofd. Barceló trok een geërgerd gezicht.

"Mijn beste jongen, hebzucht is een hopeloze doodzonde, moet je weten", bracht hij uit. "Vooruit, zestig stuivers en je kunt een spaarboekje openen. Op jouw leeftijd moet je al aan de toekomst gaan denken."

Ik weigerde opnieuw. Barceló wierp mijn vader door zijn monocle een boze blik toe.

"Naar mij moet u niet kijken", zei mijn vader. "Ik ben hier slechts als begeleider."

Barceló zuchtte en observeerde me grondig.

"Eens kijken, knul, wat wil je nu eigenlijk?"

"Wat ik wil is te weten komen wie Julián Carax is en waar ik de andere boeken kan vinden die hij geschreven heeft."

Barceló lachte zachtjes en stak zijn portefeuille weer weg, terwijl hij zijn tegenstander met andere ogen bekeek.

"Toe maar, een academicus. Sempere, wat geef je dit kind te eten?" grapte hij.

De boekhandelaar boog zich vertrouwelijk naar me toe en een moment lang meende ik in zijn ogen een zeker respect te lezen dat er kort daarvoor nog niet was geweest.

"Laten we het volgende afspreken", zei hij. "Zondagmiddag, morgen, kom jij naar de bibliotheek van het Ateneum en vraag je naar mij. Jíj neemt het boek mee zodat ik het nauwkeurig kan bekijken, en ík vertel je wat ik weet over Julián Carax. Quid pro quo."

"Quid pro wat?"

"Latijn, knul. Dode talen bestaan niet, slechts slaperige geesten. Om even te parafraseren: stuivers van vier centen bestaan niet, maar ik mag jou wel en ik zal je een plezier doen."

's Mans retoriek was in staat vliegen in volle vlucht dood te laten neervallen, maar ik vermoedde dat ik maar het beste goede maatjes met hem kon blijven als ik iets te weten wilde komen over Julián Carax. Ik bood hem mijn meest gelukzalige glimlach, in verrukking over zijn latinismen en woordkunsten.

"Denk eraan, morgen, in het Ateneum", besloot de boekhande-

laar. "Maar neem het boek mee, of de afspraak gaat niet door."
"Akkoord."
De conversatie loste langzaam op in het geroezemoes van de andere stamgasten en dreef af in de richting van de discussie over een stel documenten dat was gevonden in de kelders van El Escorial en dat de mogelijkheid suggereerde dat don Miguel de Cervantes niets anders was geweest dan het literaire pseudoniem van een behaarde, struise matrone uit Toledo. Barceló, afwezig, deed niet mee aan het spitsvondige debat en beperkte zich ertoe me met een ondoorgrondelijke glimlach te observeren door zijn monocle. Of keek hij slechts naar het boek dat ik in mijn handen hield?

2

Die zondag waren de wolken de hemel uit gegleden en lagen de straten in een lagune van warme nevel die de thermometers op de muren deed zweten. Halverwege de middag, het was al zo'n dertig graden, vertrok ik in de richting van Calle Canuda voor mijn afspraak met Barceló in het Ateneum, met het boek onder mijn arm en de zweetdruppels op mijn voorhoofd. Het Ateneum was – en is dat nog steeds – een van de vele plekken in Barcelona waar de negentiende eeuw nog niet het bericht van zijn pensionering heeft ontvangen. De brede, stenen toegangstrap liep omhoog vanaf een paleisachtige patio naar een spookachtig raster van galerijen en leessalons waar uitvindingen als de telefoon, de jachtigheid of het polshorloge futuristische anachronismen leken. De portier, of misschien was het slechts een standbeeld in uniform, merkte mijn komst nauwelijks op. Ik sloop omhoog naar de eerste verdieping en prees de wieken van een snorrende ventilator te midden van slaperige lezers die als ijsblokjes smolten boven hun boeken en kranten.

Het silhouet van don Gustavo Barceló tekende zich af bij de vensters van een galerij die uitkeek op de binnentuin van het gebouw. Ondanks de bijna tropische atmosfeer droeg de boekhandelaar zijn gebruikelijke dandykleren, en zijn monocle glinsterde in het schemerduister als een muntstuk op de bodem van een put. Naast hem onderscheidde ik een figuur in een witwollen jurk die mij een uit nevelen gebeeldhouwde engel toescheen. Toen Barceló de echo van mijn voetstappen hoorde, kneep hij zijn ogen half dicht en maakte een gebaar dat ik dichterbij moest komen.

"Daniel, nietwaar?" vroeg de handelaar. "Heb je het boek meegenomen?"

Ik knikte tweemaal en accepteerde de stoel die Barceló me aanbood naast hem en zijn mysterieuze begeleidster. Enkele minuten lang beperkte de boekhandelaar zich tot een vredig glimlachje, zich niet bewust van mijn aanwezigheid. Na een tijdje gaf ik alle hoop op aan de dame in het wit voorgesteld te worden, wie ze ook mocht zijn. Barceló gedroeg zich alsof ze er niet was en wij haar geen van tweeën konden zien. Ik observeerde haar vanuit mijn ooghoeken, bevreesd haar blik te ontmoeten die nergens op gericht was. De huid van haar gelaat en armen was bleek, bijna doorschijnend. Ze had scherpe trekken, met vaste hand getekend, omlijst door een zwarte haardos die glansde als vochtige steen. Ik schatte haar op hooguit twintig, maar iets in haar houding bracht me op de gedachte dat ze leeftijdloos was. Ze leek gevangen in de staat van eeuwige jeugd, voorbehouden aan etalagepoppen in deftige etalages. Ik probeerde onder die zwanenhals haar hartslag af te lezen toen ik merkte dat Barceló me strak aankeek.

"Dus, ga je me vertellen waar je dat boek gevonden hebt?" vroeg hij.

"Dat zou ik doen als ik mijn vader niet beloofd had om het geheim te houden."

"Ik begrijp het. Sempere en zijn mysteries", zei Barceló. "Ik denk dat ik wel weet wáár. Je hebt een lot uit de loterij getrokken, jongen. Dat noem ik nog eens een naald in een hooiberg vinden. Mag ik het eens zien?"

Ik reikte hem het boek aan en Barceló nam het oneindig voorzichtig in zijn handen.

"Je hebt het gelezen, neem ik aan?"

"Ja, meneer."

"Ik benijd je. Ik heb altijd al gedacht dat het beste moment om Carax te lezen is als het hart nog jong is en de geest rein. Wist je dat dit de laatste roman is die hij heeft geschreven?"

Ik schudde mijn hoofd.

"Weet je hoeveel exemplaren hiervan op de markt zijn, Daniel?"

"Duizenden, veronderstel ik."

"Niet een", preciseerde Barceló. "Behalve het jouwe. De rest werd verbrand."

"Verbrand?"

Barceló lachte zijn ondoorgrondelijke glimlach, bladerend door het boek en het papier strelend alsof het een zeldzame zijde betrof. De dame in het wit draaide zich langzaam om. Haar lippen schetsten een verlegen, onvaste glimlach. Haar ogen tastten de ruimte af, pupillen wit als marmer. Ik slikte. Ze was blind.

"Je kent mijn nichtje Clara niet, is het wel?" vroeg Barceló.

Ik schudde van nee, niet in staat om mijn blik af te wenden van dat schepsel met de gelaatskleur van een porseleinen pop en de blanke ogen, de meest trieste ogen die ik ooit gezien had.

"Eigenlijk is Clara de expert in Julián Carax, daarom heb ik haar meegenomen", zei Barceló. "Sterker nog, nu ik er goed over nadenk, geloof ik dat ik me terugtrek in een andere zaal om dit te inspecteren terwijl jullie over jullie zaken praten. Lijkt je dat een goed idee?"

Ik keek hem onthutst aan. De boekhandelaar, schelm tot in zijn ruggenmerg, gaf mij slechts een schouderklopje en vertrok met het boek onder de arm.

"Je hebt indruk op hem gemaakt, weet je dat?" zei de stem achter me.

Ik draaide me om teneinde de vage glimlach van het nichtje van de boekhandelaar te ontdekken die de leegte aftastte. Ze had een stem van glas, transparant en zo fragiel dat ik bang was dat haar woorden zouden breken als ik haar halverwege de zin zou interrumperen.

"Mijn oom heeft me verteld dat hij je een behoorlijke som heeft geboden voor het boek van Carax, maar dat jij weigerde", voegde Clara eraan toe. "Je hebt zijn respect gewonnen."

"Iedereen zou weigeren", zuchtte ik.

Ik merkte op dat Clara haar hoofd schuin hield als ze glimlachte en dat haar vingers aan een ring frutselden die eruitzag als een krans van saffieren.

"Hoe oud ben je?" vroeg ze.

"Bijna elf", antwoordde ik. "En u?"

Clara lachte om mijn brutale onschuld.

"Bijna twee keer zo oud, maar dat is ook weer niet zo oud dat je 'u' hoeft te zeggen."

"U lijkt jonger", suggereerde ik, intuïtief aanvoelend dat ik op die manier goed wegkwam met mijn indiscretie.

"Dan zal ik maar op jou vertrouwen, want ik weet niet hoe ik eruitzie", gaf ze ten antwoord, zonder dat halve lachje te laten varen. “Maar als jij denkt dat ik jonger ben, is dat een reden te meer om ‘jij’ te zeggen.”

“Wat u wilt, juffrouw Clara.”

Ik bekeek zorgvuldig haar open handen als vleugels in haar schoot, haar smalle taille, vaag waarneembaar onder de wollen plooien, de tekening van haar schouders, de extreme bleekheid van haar keel en de lijn van haar lippen, die ik met mijn vingertoppen zou willen strelen. Nooit eerder had ik de mogelijkheid gehad om een vrouw van zo dichtbij en zo zorgvuldig te bestuderen, zonder de angst dat onze blikken elkaar zouden kruisen.

“Waar kijk je naar?” vroeg Clara, niet zonder een zweem van boosaardigheid.

“Uw oom zegt dat u expert bent waar het Julián Carax betreft”, improviseerde ik met droge mond.

“Mijn oom is in staat elk willekeurig ding te zeggen om een tijdje alleen te kunnen zijn met een boek dat hem fascineert”, bracht Clara naar voren. “Maar jij moet je afvragen hoe het kan dat iemand die blind is expert kan zijn in boeken die ze niet kan lezen.”

“Ik moet toegeven dat ik daar nog niet aan heb gedacht.”

“Voor een bijna elfjarige lieg je niet slecht. Pas op of je eindigt net als mijn oom.”

Bang dat ik het voor de zoveelste keer zou verprutsen, beperkte ik me tot stilzitten, terwijl ik haar gefascineerd opnam.

“Vooruit, kom eens wat dichterbij”, zei ze.

“Pardon?”

“Kom wat dichterbij en wees maar niet bang. Ik bijt niet.”

Ik stond op uit mijn stoel en liep naar de plek waar Clara zat. Het nichtje van de boekhandelaar tilde haar rechterhand op en zocht me op de tast. Zonder goed te weten hoe het nu verder moest, deed ik hetzelfde en bood haar mijn hand. Clara nam hem vast met haar linkerhand en ze gaf me zonder iets te zeggen haar rechterhand. Ik begreep instinctief wat ze van me vroeg en leidde haar handen naar mijn gezicht. Haar aanraking was stevig en delicaat tegelijk. Haar vingers liepen over mijn wangen en jukbeenderen. Ik bleef onbeweeglijk staan, bijna zonder te durven ademhalen, terwijl Clara mijn gelaatstrekken las met haar handen. Terwijl ze dat deed, glimlachte ze wat voor zich uit en ik kon zien hoe haar lippen een beetje van elkaar gingen, als een geluidloos murmelen. Ik voelde de lichte beroering van haar handen op mijn voorhoofd, haar en oogleden. Ze nam de tijd voor mijn lippen terwijl ze ze met wijs- en ringvinger natrok. Haar vingers roken naar kaneel. Ik slikte en merkte dat mijn polsslag op hol sloeg en dankte ondertussen de hemel dat er geen ooggetuigen waren van mijn blos, die voldoende zou zijn geweest om een sigaar op een halve meter afstand te doen ontbranden.

3

Die middag van nevel en motregen stal Clara Barceló mijn hart, mijn adem en mijn nachtrust. In de beschutting van het betoverde licht van het Ateneum schreven haar handen op mijn huid een vloek die me gedurende jaren zou achtervolgen. Terwijl ik haar verrukt gadesloeg, vertelde het nichtje van de boekhandelaar haar geschiedenis en hoe ze net als ik per toeval op de pagina's van Julián Carax was gestuit in een dorp in de Provence. Haar vader, een gerespecteerd advocaat, verbonden aan de ministerraad van president Companys, had de vooruitziende blik gehad om zijn dochter en echtgenote bij het uitbreken van de Burgeroorlog naar de andere kant van de grens te sturen. Er waren er die van mening waren dat dat overdreven was, dat er in Barcelona niks zou gebeuren en dat in Spanje, wieg en pinakel van de christelijke beschaving, barbarij een zaak was van de anarchisten, en díé – op hun fietsen en met gestopte sokken – zouden vast en zeker niet ver komen. Volkeren bekijken zichzelf nooit in de spiegel, zei de vader van Clara altijd, en al helemaal niet als er een oorlog op de loer ligt. De advocaat was een uitmuntend kenner van de geschiedenis en wist dat de toekomst veel duidelijker te lezen was in de straten, fabrieken en kazernes dan in de ochtendkrant. Maandenlang schreef hij zijn vrouw en dochter wekelijks. In het begin deed hij dat vanuit het advocatenkantoor in Calle Diputación, later zonder afzender en uiteindelijk in het geheim in een cel van kasteel Montjuïc waar niemand hem, en velen met hem, naar binnen zag gaan en waar hij nooit meer uitkwam.

De moeder van Clara las de brieven hardop voor, nauwelijks in staat haar tranen te verbergen en ze sloeg de alinea's over die haar dochter wel vermoedde zonder ze te hoeven horen. Later, als haar moeder sliep, overreedde Clara haar nicht Claudette om de brieven van haar vader opnieuw voor te lezen, van begin tot eind. Dat was hoe Clara las, met geleende ogen. Niemand zag haar ooit een traan laten, niet toen ze geen correspondentie meer van de advocaat ontvingen en zelfs niet toen de berichten over de oorlog het ergste deden vermoeden.

"Mijn vader wist vanaf het begin wat er ging gebeuren", legde Clara uit. "Hij bleef de kant van zijn vrienden kiezen omdat hij vond dat het zijn plicht was. Zijn loyaliteit aan mensen die, toen het erop aankwam, hem verraadden, werd zijn dood. Vertrouw nooit iemand, Daniel, vooral niet de mensen die je bewondert. Dat zijn degenen die je de ergste slagen toebrengen."

Clara sprak deze woorden uit met een hardheid die gesmeed leek te zijn in jarenlang stilzwijgen en somberheid. Ik verloor mezelf in haar porseleinen blik, ogen zonder tranen of bedrog, terwijl ik haar hoorde praten over zaken die ik op dat moment niet begreep. Ze beschreef personen, taferelen en objecten die ze nooit zelf had gezien gedetailleerd en met de precisie van een Vlaamse meester. Haar taal was die van textuur en echo, stemkleur en het ritme van voetstappen. Ze legde me uit hoe zij en haar nicht Claudette tijdens de jaren van ballingschap een privé-mentor en -leraar hadden gedeeld, een vijftigjarige dronkaard met het air van letterkundige die er prat op ging de *Aeneis* van Vergilius accentloos in het Latijn te kunnen reciteren, die ze de bijnaam Monsieur Roquefort hadden gegeven op grond van de eigenaardige geur die hij uitwasemde, de royale hoeveelheden eau de cologne en parfum waar hij zijn pantagrueleske persoon rijkelijk mee besprenkelde ten spijt. Monsieur Roquefort was, ondanks zijn forse eigenaardigheden (vermelding verdient zijn ferme en militante overtuiging dat vleeswaren in het algemeen en de bloedworsten die Clara en haar moeder van familieleden uit Spanje ontvingen in het bijzonder, balsem waren voor de bloedsomloop en jicht) een man van verfijnde smaak. Reeds op jonge leeftijd reisde hij eens per maand naar Parijs om zijn cultureel erfgoed te verrijken met de laatste literaire noviteiten, musea te bezoeken en, fluisterde men, een nacht vrijaf te nemen in de armen van een nimf die hij Madame Bovary had gedoopt ondanks het feit dat ze Hortense heette en een zekere aanleg had tot het ontwikkelen van gezichtshaar. Op zijn culturele excursies placht hij een stalletje met tweedehands boeken tegenover de Notre-Dame te bezoeken en het was daar dat hij per toeval, op een middag in 1929, een roman van een zekere Julián Carax vond. Altijd openstaand voor nieuwigheden schafte hij het boek aan, voornamelijk omdat hij de titel suggestief vond en hij altijd iets lichts las op zijn terugreis per trein. De roman had als titel *Het rode huis* en op het achterplat was een wazige afbeelding van de auteur te zien; misschien een foto of een houtskoolschets. Volgens de biografische informatie was Julián Carax een jongeman van zevenentwintig jaar die was geboren tijdens de eeuwwisseling in de stad Barcelona en die nu in Parijs woonde, in het Frans schreef en van beroep pianist was in een nachtclub. De tekst op het omslag, pompeus en gedateerd, naar de stijl van die tijd, verkondigde in Pruisisch proza dat dit het eerste werk was, van een oogverblindende moed, een veelvormig, voortreffelijk talent, de toekomstige belofte voor de Europese letteren, dat zijn weerga niet kende in het land der levenden. De plechtige toon ten spijt suggereerde de daaropvolgende synopsis dat het verhaal vaag sinistere elementen bevatte en melodramatisch van toon was, hetgeen in de ogen van Monsieur Roquefort altijd een pluspunt betekende omdat hij, afgezien van de klassieken, het meest hield van misdaad- en slaapkamerintriges.

Het rode huis vertelde over het getourmenteerde leven van een geheimzinnig individu dat speelgoedzaken overviel om poppen en marionetten te stelen waarvan hij later de ogen uitrukte en dan meenam naar zijn woning, een spookachtige, verlaten oranjerie aan de Seine-oever. Op een nacht, bij het binnenvallen van een luxueus herenhuis aan de Avenue Foix om de privé-collectie poppen te decimeren van een magnaat die door troebele lagen en listen rijk geworden was tijdens de industriële revolutie, werd zijn dochter, een juffertje van de Parijse beau monde, verfijnd en belezen, verliefd op de dief. Naarmate de slinkse romance vorderde, geteisterd door hachelijke gebeurtenissen en duistere episodes, ontrafelde de heldin het mysterie dat de enigmatische hoofdpersoon, die nooit zijn naam prijsgaf, ertoe bracht de poppen blind te maken, terwijl ze en passant een verschrikkelijk geheim ontdekte over haar eigen vader en zijn collectie porseleinen figuren, waarna ze onherroepelijk ten onder ging in een daverend einde van gotische tragiek.

Monsieur Roquefort, die een langeafstandsloper was in de literaire linies en er prat op ging een uitgebreide collectie brieven te hebben van alle Parijse redacteuren waarin zij zijn bundels poëzie en proza afwezen die hij onophoudelijk stuurde, identificeerde de uitgever die de roman had gepubliceerd als eentje van het tweede garnituur, zo al bekend, dan toch hooguit om zijn boeken over koken en borduren en andere huishoudkunsten. De eigenaar van het boekenstalletje vertelde hem dat de roman net uit was en slechts een enkele recensie in een provinciale krant had uitgelokt, geplaatst naast de necrologieën. In een paar zinnen hadden de critici de zaak met smaak afgedaan en hadden ze debutant Carax aangeraden zijn werk als pianist niet op te geven omdat het duidelijk was dat hij het in de literatuur niet zou gaan maken. Monsieur Roquefort, die altijd zwichtte in hart en portemonnee voor de verloren zaak, besloot een halve franc te investeren en nam de roman van de bewuste Carax mee, samen met een exquise editie van de grote meester, Gustave Flaubert, wiens erfgenaam hij zich voelde, al werd dat nog niet algemeen erkend.

De trein naar Lyon was overvol en Monsieur Roquefort had geen andere keuze dan zijn cabine tweede klasse te delen met een paar nonnen die, zodra ze station Austerlitz verlieten, niet ophielden hem afkeurende blikken toe te werpen, binnensmonds prevelend. Geconfronteerd met dergelijke vorsende blikken, opteerde de meester ervoor de roman uit zijn tas te halen en zich achter de pagina's te verschansen. Groot was dan ook zijn verrassing toen hij ontdekte, honderden kilometers verder, dat hij de zusters, het gewieg van de trein en het landschap dat achter de raampjes weggleed als een slechte droom van de gebroeders Lumière, was vergeten. Hij las de hele nacht door, zich niet bewust van het gesnurk van de nonnen en de vluchtige stations in de mist. Toen hij bij het krieken van de morgen de laatste bladzijde omsloeg, merkte Monsieur Roquefort dat hij tranen in zijn ogen had en een door jaloezie en verwondering vergiftigd hart.

Diezelfde maandag belde Monsieur Roquefort naar de Parijse uitgever om informatie te vragen over de bewuste Julián Carax. Na buitengewoon hardnekkig aandringen antwoordde een telefoniste met een astmatische stem en een kwaadaardige houding dat het adres van de heer Carax niet bekend was, dat hij hoe dan ook geen contact meer had met de uitgeverij in kwestie en dat er van de roman *Het rode huis* exact 77 exemplaren waren verkocht sinds de publicatiedatum; daarvan was het overgrote deel vermoedelijk aangeschaft door de dames van lichte zeden en vaste bezoekers van het lokaal waar de auteur voor een paar grijpstuivers de ene nocturne na de andere polonaise uit de piano ragde. De rest van de exemplaren was teruggestuurd en tot papierpasta vermalen om misboeken, boetes en loterijbiljetten van te drukken. Het erbarmelijke lot van de mysterieuze auteur won de sympathie van Monsieur Roquefort. De daaropvolgende tien jaar, tijdens elk van zijn bezoeken aan Parijs, zou hij oude boekhandels aflopen op zoek naar meer werk van Julián Carax. Nooit vond hij iets. Bijna niemand kende de naam van de auteur en degenen bij wie een belletje ging rinkelen, wisten weinig. Er was een enkeling die ervan overtuigd was dat hij nog een paar boeken gepubliceerd had, altijd bij uitgeverijen die weinig voorstelden, en met lachwekkende oplages. Die boeken, als ze al echt bestonden, waren onmogelijk te vinden. Een boekhandelaar beweerde een keer een exemplaar van een roman van Julián Carax in handen te hebben gehad met de titel *De kathedralendief*, maar dat was al heel lang geleden en helemaal zeker was hij er niet van. Eind 1935 kwamen hem berichten ter ore dat er een nieuwe roman van Julián Carax, *De schaduw van de wind*, was verschenen bij een kleine uitgeverij in Parijs. Hij schreef hun om enkele exemplaren te bestellen. Nooit ontving hij een antwoord. Het jaar daarop, in de zomer van 1936, vroeg zijn oude vriend van het boekenstalletje aan de Seine-oever of hij nog steeds geïnteresseerd was in Carax. Monsieur Roquefort verzekerde hem dat hij het nooit zou opgeven. Het was inmiddels een kwestie van koppigheid geworden: als de wereld dan met alle geweld Carax in de vergetelheid wilde begraven, híj weigerde door de knieën te gaan. Zijn vriend vertelde hem dat er weken geleden een gerucht de ronde had gedaan over Carax. Eindelijk leek het lot hem gunstig gezind te zijn. Carax ging trouwen met een dame van stand en had na ettelijke jaren stilte een nieuwe roman gepubliceerd die, voor het eerst, een gunstige recensie had gekregen in *Le Monde*. Maar juist toen het ernaar uitzag dat de wind uit de goede hoek ging waaien, vertelde de boekhandelaar, zag Carax zich verwikkeld in een duel op het kerkhof van Père Lachaise. De omstandigheden rondom deze gebeurtenis waren onduidelijk. Alles wat men ervan wist, was dat het duel bij zonsopgang had plaatsgevonden op de dag dat hij in het huwelijk zou treden en dat de bruidegom nooit in de kerk was verschenen.

Er gingen geruchten, voor elk wat wils: sommigen beweerden dat hij in het duel het leven had gelaten en dat zijn lichaam in een anoniem graf was gegooid; anderen, een tikje optimistischer, gaven er de voorkeur aan te geloven dat Carax, verwikkeld in een troebele zaak, zijn aanstaande bij het altaar had moeten achterlaten en Parijs had moeten ontvluchten om terug te keren naar Barcelona. Het graf zonder naam werd nooit gevonden en kort daarop had er nog een ander gerucht gecirculeerd: Julián Carax, achtervolgd door rampspoed, was in zijn geboortestad gestorven in volstrekte armoede en ellende. De meisjes van het bordeel waar hij pianospeelde, hadden een collecte gehouden om hem een fatsoenlijke begrafenis te geven. Toen de postwissel aankwam, was het lichaam reeds begraven in een gemeenschappelijk graf, samen met andere kadavers van bedelaars en naamloze mensen die in de haven aanspoelden of van koude stierven op de metrotrappen.

Al was het maar om dwars te liggen, Monsieur Roquefort vergat Carax niet. Elf jaar na de ontdekking van *Het rode huis*, besloot hij de roman uit te lenen aan zijn twee leerlingen in de hoop dat dat merkwaardige boek hen wellicht zou aansporen de gewoonte van het lezen aan te nemen. Clara en Claudette waren destijds twee vijftienjarigen met gierende hormonen, in een wereld die naar hen knipoogde vanachter de ramen van de studiezaal. Ondanks de inspanningen van hun docent hadden ze tot dat bewuste moment laten zien immuun te zijn voor de bekoring van de klassieken, de fabels van Aesopus of het onsterfelijke vers van Dante Alighieri. Monsieur Roquefort, die vreesde dat zijn contract zou worden geannuleerd als de moeder van Clara ontdekte dat zijn onderwijsinspanningen tot niets anders leidden dan twee analfabetes met een hoofd vol stro, besloot hun Carax' roman te geven onder het voorwendsel dat het een liefdesverhaal was waar een mens tranen met tuiten van ging huilen, hetgeen ten minste een halve waarheid was.

4

"Nog nooit had ik me zo gevangen, verleid en betrokken gevoeld bij een verhaal als wat dit boek vertelde", legde Clara uit. "Tot dat moment was lezen voor mij een verplichting, een soort boete die je aan meesters en voogden moest betalen zonder goed te weten waarvoor. Ik kende het genot van het lezen niet, het aftasten van deuren die zich in je ziel openen, je te verliezen in de verbeelding, de schoonheid en het mysterie van de schijn en de taal. Dat is voor mij allemaal geboren met dat boek. Heb je wel eens een meisje gekust, Daniel?"

Mijn hart schoot in mijn keel en mijn speeksel veranderde in zaagsel.

"Natuurlijk, je bent nog erg jong. Maar dat is dezelfde sensatie, die vonk van de eerste keer die je niet vergeet. We leven in een duistere wereld, Daniel, en magie is een schaars goed. Die roman toonde me dat lezen me meer en intenser deed leven, dat het me het gezichtsvermogen kon teruggeven dat ik verloren had. Alleen al daarom veranderde dat boek, waar niemand interesse voor had, mijn leven."

Op dit punt aangekomen was ik gereduceerd tot een houten klaas, overgeleverd aan de genade van dat schepsel, wier woorden en verrukkingen ik op geen enkele manier kon, en wilde, weerstaan. Ik wenste dat ze nooit meer zou ophouden met praten, dat haar stem me voor altijd zou omhullen en dat haar oom nooit meer zou terugkeren om dit moment, dat slechts mij toebehoorde, te verbreken.

"Jarenlang zocht ik naar andere boeken van Julián Carax", vervolgde Clara. "Ik vroeg ernaar in bibliotheken en boekhandels, scholen ... altijd tevergeefs. Niemand had van hem of zijn boeken gehoord. Ik kon het maar niet begrijpen. Later kwam Monsieur Roquefort een vreemd verhaal ter ore omtrent een individu dat zich erop toelegde boekhandels en bibliotheken af te gaan op zoek naar het werk van Julián Carax en dat kocht, stal en op welke manier dan ook bemachtigde als hij het vond; vervolgens stak hij het in brand. Niemand wist wie het was, noch waarom hij het deed. Mettertijd besloot mijn moeder dat ze terug wilde naar Spanje. Ze was ziek en Barcelona was altijd haar thuis en haar wereld gebleven. Stiekem koesterde ik de hoop hier iets over Carax te weten te komen, aangezien Barcelona uiteindelijk de stad was waar hij was geboren en waar hij was verdwenen aan het begin van de oorlog. Het enige wat ik vond, waren doodlopende sporen, zelfs met de hulp van mijn oom. Bij mijn moeder is met haar eigen speurtocht iets dergelijks gebeurd. Het Barcelona dat ze bij haar terugkeer vond, was niet dat wat ze had achtergelaten. Ze trof een stad aan in duisternis, waar mijn vader niet langer woonde, maar die nog steeds tot in de verste hoeken behekst was door zijn nagedachtenis en herinnering. Alsof die droefenis nog niet voldoende voor haar was, wilde ze met alle geweld iemand contracteren die zou uitzoeken wat er precies met mijn vader was gebeurd. Na maanden van onderzoek was het enige waar de speurder mee op de proppen kwam een kapot polshorloge en de naam van de man die mijn vader had gedood in de grachten van het kasteel op Montjuïc. Hij heette Fumero, Javier Fumero. Men zei ons dat deze persoon – en hij was niet de enige – was begonnen als revolverheld in dienst van de FAI en geflirt had met de anarchisten, communisten en fascisten, hen daarbij allemaal bedotte en zijn diensten aan de hoogste bieder verkocht, en dat hij na de val van Barcelona naar het winnende kamp was overgelopen en was toegetreden tot het politieapparaat. Vandaag de dag is hij een beroemd en onderscheiden inspecteur. Niemand herinnert zich mijn vader. Zoals je je kunt voorstellen kwijnde mijn moeder in luttele maanden weg. De artsen zeiden dat het haar hart was en ik ben van mening dat ze het deze ene keer bij het rechte eind hadden. Toen mijn moeder stierf, ging ik bij mijn oom Gustavo wonen, het enig overgebleven familielid van mijn moeder in Barcelona. Ik adoreerde hem omdat hij me altijd boeken cadeau deed wanneer hij ons kwam bezoeken. Hij is al deze jaren mijn enige familie en mijn beste vriend geweest. Ook al vind jij hem enigszins arrogant, hij is ten diepste een goeie ziel. Elke avond, zonder er ooit een over te slaan en zelfs als hij omvalt van de slaap, leest hij me een poosje voor."

"Als u wilt, zou ik u kunnen voorlezen", suggereerde ik bereidwillig, terwijl ik op hetzelfde moment mijn tong wel kon afbijten van spijt over mijn vermetelheid, ervan overtuigd dat mijn gezelschap voor Clara slechts een last kon zijn, zo niet een grap.

"Dank je, Daniel", antwoordde zij. "Dat zou ik heerlijk vinden."

"Wanneer u maar wilt."

Ze knikte langzaam en zocht me met haar glimlach.

"Helaas bezit ik niet langer dat exemplaar van *Het rode huis*", zei ze. "Monsieur Roquefort weigerde er afstand van te doen. Ik zou kunnen proberen je de plot te vertellen, maar het zou zoiets zijn als een kathedraal beschrijven door te zeggen dat het een hoop stenen zijn die in een punt eindigen."

"Ik weet zeker dat u het veel beter zou vertellen dan zo", murmelde ik.

Vrouwen hebben een onfeilbaar instinct om te weten wanneer een man hopeloos verliefd op hen is geworden, vooral als de man in kwestie oerdom en minderjarig is. Ik voldeed aan alle eisen om er door Clara uitgebonjourd te worden, maar ik geloofde liever dat haar blindheid me een bepaalde marge van zekerheid garandeerde en dat mijn misdaad, mijn totale, pathetische devotie voor een vrouw twee keer zo oud, intelligent en lang als ik, in de schaduw verborgen zou blijven. Ik vroeg me af wat ze in mij zag dat ze me haar vriendschap aanbood, behalve misschien een flauwe afspiegeling van zichzelf, een echo van eenzaamheid en verlies. In mijn schooljongensdromen zouden we altijd twee voortvluchtigen zijn, rijdend op de flanken van een boek, bereid te ontsnappen via fictieve werelden en tweedehands dromen.

Toen Barceló terugkwam met een katachtige grijns op zijn gezicht, waren er twee uur voorbijgegaan die mij twee minuten hadden geleken. De boekhandelaar overhandigde me het boek en knipoogde.

"Bekijk het goed, jonkie, ik zou niet willen dat je me later van oplichterij beticht, nietwaar?"

"Ik vertrouw u", antwoordde ik.

"Een moedige dwaasheid. De laatste persoon in kwestie die

daarmee aankwam (een Amerikaanse toerist die zeker wist dat de *fabada* door Hemingway was uitgevonden tijdens de San-Fermínfeesten) verkocht ik een *Hamlet*, met balpen gesigneerd door Shakespeare, stel je voor. Dus wees voorzichtig, in de boekenhandel kun je je eigen wijsvinger nog niet vertrouwen."

Het begon donker te worden toen we Calle Canuda weer uitliepen. Een frisse bries beroerde de stad lichtjes en Barceló trok zijn jas uit om hem over de schouders van Clara te leggen. Omdat ik op korte termijn geen betere gelegenheid voorzag, liet ik me langs mijn neus weg ontvallen dat ik, als dat wat hen betrof in orde was, de volgende dag naar hun huis kon komen om Clara een paar hoofdstukken voor te lezen uit *De schaduw van de wind*. Barceló keek me zijdelings aan en stiet een droge schaterlach uit.

"Jongen, je wordt enthousiast", bromde hij, hoewel zijn toon goedkeuring verried.

"Nou ja, als het niet uitkomt, misschien een andere dag of ..."

"Clara beslist", zei de boekhandelaar. "We hebben al zeven katten en twee kaketoes in huis. Op één beest meer of minder zal het niet aankomen."

"Ik verwacht je morgen dan om een uur of zeven", besloot Clara. "Weet je het adres?"

5

Er was een tijd, toen ik een kind was, dat ik besloot schrijver te worden en een melodramatisch leven te leiden, misschien omdat ik was opgegroeid tussen boeken en boekhandelaren. De oorsprong van mijn literaire hersenschim, afgezien van de fantastische eenvoud waarmee je alles ziet als je vijf jaar oud bent, was een verbazingwekkend stuk handwerk en precisie dat geëtaleerd werd in een pennenwinkel in Calle Anselmo Clavé, recht achter het gebouw van de Militaire Regering. Het object van mijn devotie, een prachtige, zwarte vulpen, versierd met god mag weten hoeveel sierlijke toeters en bellen, presideerde over de etalage als betrof het een van de kroonjuwelen. Het kroontje, op zichzelf al een wonder, was een barok delirium van zilver, goud en fijne krullijntjes, dat schitterde als de vuurtoren van Alexandrië. Als mijn vader met mij ging wandelen hield ik niet op met zeuren tot hij me meenam om de vulpen te bekijken. Mijn vader zei altijd dat het minstens de vulpen van een keizer moest zijn. Ik was er heimelijk van overtuigd dat je met zo'n wonder alles kon schrijven, van romans tot encyclopedieën, en zelfs brieven waarvan de macht iedere postale beperking te boven ging. In mijn naïviteit geloofde ik dat wat ik met die vulpen schreef, tot in alle werelden zou reiken, zelfs tot die onbegrijpelijke plek waar mijn moeder volgens mijn vader heen was gegaan en waarvan ze nooit meer zou terugkeren.

Op een dag kregen we het idee de winkel binnen te gaan om te vragen wat het gezegende artefact kostte. Het bleek de absolute heerser onder de vulpennen te zijn, een Montblanc Meisterstück van genummerde serie, die had toebehoord, zo verzekerde de verkoper ons vol plechtigheid, aan niemand minder dan Victor Hugo.

Uit dit gouden kroontje, werden wij geïnformeerd, was het manuscript van *Les misérables* gevloeid.

"Precies zoals Vichy Catalán opwelt uit de bronnen van Caldas", bezwoer de verkoper.

Volgens zijn zeggen had hij hem persoonlijk gekocht van een verzamelaar uit Parijs en zich overtuigd van de authenticiteit van het exemplaar.

"En welk prijskaartje hangt er aan deze wonderbron, als ik zo vrij mag zijn?" informeerde mijn vader.

Slechts het noemen van het bedrag deed hem reeds verbleken, maar ik was al volledig in verleiding gebracht. De verkoper, die schijnbaar meende met twee docenten fysica te maken te hebben, overlaadde ons vervolgens met onbegrijpelijke wartaal over de legeringen van edelmetalen, emailles uit het Verre Oosten en een revolutionaire theorie over zuigers en communicerende vaten, dat alles als onderdeel van de Teutoonse wetenschap die de glorieuze haal ondersteunde van deze kampioen van de schrijftechnologie. In zijn voordeel moet ik toegeven dat de verkoper, hoewel we eruitzagen als twee armoedzaaiers, ons de vulpen liet betasten zoveel als we wilden, hem voor ons met inkt vulde en me een stuk perkament aanbood zodat ik mijn naam kon opschrijven en zo mijn literaire carrière kon beginnen, in het voetspoor van Victor Hugo. Daarna, na hem met een lap weer glimmend opgewreven te hebben, legde hij hem terug op zijn eretroon.

"Misschien een andere keer", prevelde mijn vader.

Eenmaal op straat, zei hij bedaard dat we ons die prijs niet konden veroorloven. De boekhandel bracht net genoeg op voor ons onderhoud en om mij naar een goede school te sturen. De Montblanc-vulpen van de eerbiedwaardige Victor Hugo zou moeten wachten. Ik zei niks, maar mijn vader moet de teleurstelling van mijn gezicht hebben kunnen lezen.

"Laten we het zo afspreken", stelde hij voor. "Als je eenmaal de leeftijd hebt om te beginnen met schrijven, gaan we terug en dan kopen we hem."

"En als ze hem voor die tijd meenemen?"

"Die neemt echt niemand mee, geloof me. En als dat wel zo is, dan vragen we don Federico of hij er eentje voor ons maakt; die man heeft gouden handen."

Don Federico was de horlogemaker uit de buurt, een incidentele klant van de boekwinkel en waarschijnlijk de beschaafdste en beleefdste man van het westelijk halfrond. Zijn reputatie van vaardige knutselaar reikte van de wijk Ribera tot aan de markt van Ninot. Een andere reputatie van minder fatsoenlijke aard lag op de loer en was gelieerd aan zijn erotische voorliefde voor gespierde efeben van de meest mannelijke soort, en aan een zekere liefhebberij zich te kleden als Estrellita Castro, ster van de muziekhallen.

"En wat als don Federico niet het juiste gereedschap heeft voor zo'n klus?" vroeg ik in goddelijke onschuld.

Mijn vader trok een wenkbrauw op, misschien omdat hij vreesde dat sommige van die geruchten mijn onschuld hadden bezoedeld.

"Don Federico begrijpt een heleboel van alles wat Duits is en hij is in staat een Volkswagen te maken als het nodig is. Bovendien staat nog te bezien of vulpennen al bestonden in de tijd van Victor Hugo. De wereld is vol met slimmeriken."

De scepsis van mijn vader liet me koud. Ik geloofde de legende van begin tot eind, hoewel ik er niks op tegen zou hebben als don Federico een surrogaat voor me zou maken. Er zou nog tijd genoeg zijn om het niveau van Victor Hugo te halen. Tot mijn troost, en zoals mijn vader had voorspeld, lag de Montblanc-vulpen gedurende jaren in de etalage, die we plichtsgetrouw iedere zaterdagmorgen bezochten.

"Hij is er nog", zei ik dan, verwonderd.

"Hij wacht op je", zei mijn vader. "Hij weet dat hij op een dag van jou zal zijn en dat je er een meesterwerk mee zult schrijven."

"Ik wil een brief schrijven. Aan mama. Zodat ze zich niet alleen voelt."

Mijn vader keek naar me zonder met zijn ogen te knipperen.

"Je moeder is niet alleen, Daniel. Ze is bij God. En bij ons, ook al kunnen we haar niet zien."

Diezelfde theorie had vader Vicente op school uiteengezet, een jezuïetenveteraan die er een handje van had alle mysteries van het universum – van grammofoon tot kiespijn – uit te leggen door het evangelie volgens Mattheus erbij te halen. Maar uit de mond van mijn vader klonk het alsof nog niet de straatstenen het geloofden.

"En wat wil God dan van haar?"

"Ik weet het niet. Als we hem op een dag zien, zullen we het hem vragen."

Mettertijd verwierp ik het idee van de brief en ik meende uit praktisch oogpunt dat ik net zo goed meteen met het meesterwerk kon beginnen. Bij gebrek aan de vulpen leende mijn vader me een Staedtler-potlood nummer 2 waarmee ik in een schrift kriebelde. Mijn verhaal draaide toevalligerwijs om een wondervulpen, van een verbluffende gelijkenis met die in de winkel, en bovendien behekst. Concreter gezegd, de vulpen was bezeten door de gekwelde ziel van een schrijver die was gestorven van honger en kou en die zijn eigenaar was geweest. Toen hij in handen viel van een leerling, deed de vulpen zijn uiterste best om op papier vorm te geven aan het laatste werk van de auteur dat hij niet had kunnen afronden bij leven. Ik herinner me niet waaruit ik dat kopieerde of waar ik het vandaan had, maar het is de pure waarheid dat ik nooit meer een dergelijk idee heb gehad. Mijn pogingen om het op papier te krijgen pakten echter desastreus uit. Mijn syntaxis was fantasie-arm en mijn metaforische vluchten deden me denken aan de advertenties voor bruisende voetbaden die ik placht te lezen op de tramhaltes. Ik gaf de schuld aan het potlood en smachtte naar de vulpen die mij in een meesterschrijver zou veranderen. Mijn vader volgde mijn hobbelige voortgang met een mengeling van trots en bezorgdheid.

"Hoe gaat het met je verhaal, Daniel?"

"Ik weet niet, ik denk dat alles anders zou zijn als ik die vulpen had."

Volgens mijn vader was dat een redenering die alleen een literator in de dop zou kunnen verzinnen.

"Blijf proberen, voor jij je *opus primum* af hebt, koop ik hem voor je."

"Beloofd?"

Hij antwoordde altijd met een glimlach. Gelukkig voor mijn vader verdwenen mijn literaire aspiraties spoedig, verbannen naar het terrein van de retoriek. Daar droeg de ontdekking van mechanisch speelgoed aan bij en die van allerlei andere soorten blikken prullen die je kon vinden op de markt van Los Encantes voor prijzen die beter strookten met onze economische gezinssituatie. De infantiele devotie is een ontrouwe en grillige minnares, en al snel had ik slechts oog voor meccano en opwindbootjes. Ik vroeg mijn vader niet meer om me mee te nemen en Victor Hugo's vulpen een bezoekje te brengen en hij roerde het onderwerp niet meer aan. Die wereld leek voor mij in rook te zijn opgegaan, maar lange tijd was het beeld dat ik had van mijn vader, en dat ik tot op de dag van vandaag heb, dat van een magere man gehuld in een oud pak dat hem te groot was, met een tweedehands hoed op die hij in Calle Condal had gekocht voor zeven peseta's, een man die het zich niet kon veroorloven zijn zoon een vervloekte vulpen cadeau te doen die nergens toe diende, maar alles leek te betekenen.

Die avond, toen ik terugkwam van het Ateneum, vond ik hem in de keuken, op me wachtend met datzelfde gezicht waarop verslagenheid en hunkering te lezen waren.

"Ik dacht al dat je de weg was kwijtgeraakt", zei hij. "Tomás Aguilar belde. Hij zegt dat jullie hadden afgesproken. Was je het vergeten?"

"Barceló kletst je de oren van het hoofd", zei ik en ik knikte. "Ik wist niet hoe ik van hem af moest komen."

"Hij is een goeie vent, maar breedsprakig. Je zult wel honger hebben. Merceditas heeft ons wat soep gebracht die ze voor haar moeder had gemaakt. Dat meisje is een engel."

We gingen zitten om de liefdadigheid te proeven van Merceditas, de dochter van de buurvrouw van de derde verdieping, die volgens iedereen non en heilige ging worden, maar die ik meer dan eens een matroos met handige handjes, die haar af en toe tot aan het portiek vergezelde, had zien smoren met kussen.

"Je ziet er peinzend uit vanavond", zei mijn vader, zoekend naar een gespreksonderwerp.

"Het zal de vochtigheid wel zijn, daar zetten je hersens van uit. Zegt Barceló."

"Het zal nog wel iets meer zijn dan dat. Is er iets wat je zorgen baart, Daniel?"

"Nee. Ik dacht alleen maar na."

"Waarover?"

"De oorlog."

Mijn vader knikte met een triest gebaar en slurpte in stilte van zijn soep. Hij was een gereserveerde man en hoewel hij leefde in het verleden, had hij het er zelden over. Ik was opgegroeid in de overtuiging dat die langzame processie van de naoorlogse jaren, een wereld van onbeweeglijkheid, ellende en verborgen wrok, net zo natuurlijk was als het water uit de kraan, en dat die zwijgende triestheid die uit de bloedende muren van de verwonde stad druppelde het werkelijke gezicht van haar ziel was. Een van de valkuilen van de kindertijd is dat het niet nodig is iets te begrijpen om het ook te voelen. Tegen de tijd dat de ratio in staat is het gebeurde te begrijpen, zijn de wonden in het hart al diep. Die vroege zomeravond, terwijl ik door de sombere, verraderlijke schemering van Barcelona liep, lukte het me niet om het verhaal van Clara over de verdwijning van haar vader uit mijn hoofd te zetten. In mijn wereld was de dood een anonieme en onbegrijpelijke hand, een huis-aan-huisverkoper die moeders, bedelaars en negentigjarige buurmannen meenam alsof het een helse loterij betrof. Het idee dat de dood naast me zou kunnen lopen, met een menselijk gezicht en een door haat vergiftigd hart, in uniform of gabardine, in de rij stond voor de bioscoop, lachte in cafés, of 's ochtends met de kinderen ging wandelen in Parque Ciudadela en 's middags iemand in de kerkers van het kasteel van Montjuïc of in een gemeenschappelijk graf zonder naam of ceremonieel liet verdwijnen, dat wilde er bij mij niet in. Ik bleef er maar over piekeren en het viel me in dat misschien dit universum van papier-mâché waarvan ik aannam dat het echt was, niets meer was dan een decor. In die gestolen jaren kwam het einde van de kindertijd zoals het kwam, net als de Spaanse treinen.

We deelden de soep, gemaakt van restjes met stukjes brood erin, omringd door het kleffe gemurmel van de radiosoaps dat door de open ramen van het plein binnensijpelde.

"Zo, hoe ging het vandaag allemaal met don Gustavo?"

"Ik heb zijn nichtje leren kennen, Clara."

"Dat blinde meisje? Ze zeggen dat het een schoonheid is."

"Ik weet niet, daar let ik niet op."

"Beter zo."

"Ik heb gezegd dat ik misschien morgen bij ze langskom, na schooltijd, om haar wat voor te lezen; ze is erg alleen. Als jij het goed vindt."

Mijn vader bekeek me terloops, alsof hij zich afvroeg of híj prematuur aan het ouder worden was of ík te snel groeide. Ik besloot van onderwerp te veranderen en het enige wat me te binnen schoot was het onderwerp dat me vanbinnen opvrat.

"Is het waar dat ze in de oorlog mensen meenamen naar het kasteel van Montjuïc en dat je ze niet meer terugzag?"

Mijn vader slikte een lepel soep door zonder een spier te vertrekken en keek me met vaste blik aan, een kort glimlachje verdween van zijn lippen.

"Wie heeft je dat verteld? Barceló?"

"Nee. Tomás Aguilar. Soms vertelt ie op school verhalen."

Mijn vader knikte langzaam.

"In oorlogstijd gebeuren er wel eens dingen die moeilijk uit te leggen zijn, Daniel. Vaak weet ik niet eens wat ze werkelijk betekenen. En af en toe is het beter de dingen te laten voor wat ze zijn."

Hij zuchtte en slurpte lusteloos van zijn soep. Ik observeerde hem zwijgend.

"Voor ze stierf, liet je moeder me beloven dat ik nooit met je over de oorlog zou praten, dat ik niet zou toelaten dat je je ook maar iets van het gebeurde zou gaan herinneren."

Ik wist niet wat ik moest antwoorden. Mijn vader kneep zijn ogen halfdicht, alsof hij iets in de lucht zocht. Blikken of stiltes, of misschien wel mijn moeder, opdat ze zijn woorden zou bevestigen.

"Soms denk ik dat ik me vergist heb door naar haar te luisteren. Ik weet het niet."

"Het geeft niks, papa ..."

"Jawel, het maakt wel uit, Daniel. Niets is na een oorlog meer hetzelfde. En ja, het is waar dat er veel mensen dat kasteel zijn binnengegaan en er nooit meer uit zijn gekomen."

Onze blikken kruisten elkaar kort. Na een poosje stond mijn vader op en trok zich terug in de bescherming van zijn kamer. Ik ruimde de tafel af en zette de borden in de kleine marmeren gootsteen om ze af te wassen. Toen ik terugkwam in de eetkamer, deed ik het licht uit en ging zitten in de oude fauteuil van mijn vader. Het briesje van de straat fladderde in de gordijnen. Ik had geen slaap, noch zin om te proberen te slapen. Ik stapte het balkon op en hing over de rand tot ik de wazige weerschijn zag die uit de straatlantaarns van de Puerta del Ángel stroomde. De figuur tekende zich af tegen een schaduwvlek die onbeweeglijk over het plaveisel hing. Het zwakke, amberkleurige geknipper van de punt van een sigaret reflecteerde in zijn ogen. Hij droeg donkere kleding, een hand in de zak van zijn jasje, de andere hield de sigaret vast die een spinnenweb van blauwe rook rondom zijn gezicht weefde. In stilte observeerde hij me, het gelaat versluierd door het tegenlicht van de straatverlichting. Bijna een minuut lang bleef hij nonchalant staan roken, zijn ogen strak gericht op de mijne. Vervolgens, toen hij de klokken van de kathedraal middernacht hoorde slaan, maakte de figuur een kort gebaar van instemming met zijn hoofd, een groet waarachter ik een glimlach vermoedde die ik niet kon zien. Ik wilde teruggroeten, maar stond als verlamd. De figuur draaide zich om en ik zag hem licht hinkend weglopen. Elke willekeurige andere nacht zou ik nauwelijks acht hebben geslagen op de aanwezigheid van die vreemdeling, maar zodra ik hem in de nevel uit het oog verloor, voelde ik het koude zweet op mijn voorhoofd en hapte ik naar adem. Ik had in *De schaduw van de wind* een beschrijving gelezen die identiek was aan deze scène. In het verhaal boog de hoofdpersoon zich iedere nacht rond middernacht over de balkonrand en ontdekte dan een vreemdeling die hem vanuit de schaduw observeerde en nonchalant een sigaret rookte. Zijn gezicht bleef altijd verhuld in duisternis en slechts zijn gloeiende ogen drongen door de nacht. De vreemdeling bleef daar staan met de rechterhand in de zak van zijn zwarte jasje gestoken, om vervolgens licht hinkend weg te lopen. In de scène waar ik zojuist getuige van was geweest, had de vreemdeling een willekeurige nachtbraker kunnen zijn, een figuur zonder gezicht of identiteit. In Carax' roman was de onbekende de duivel.

6

Een diepe, droomloze slaap en het vooruitzicht dat ik die middag Clara weer zou zien, overtuigden me ervan dat het visioen niet meer dan puur toeval was geweest. Misschien was deze onverwachte opwelling van koortsachtige verbeelding slechts het voorteken van de beloofde en langverwachte groeistuip die volgens alle buurvrouwen in het trappenhuis van mij, zo niet een nuttige, dan ten minste een goedgebouwde man ging maken. Om zeven uur stipt, met mijn mooiste kleren aan en wolken eau de cologne Varón Dandy van mijn vader om me heen, presenteerde ik mij in de woning van don Gustavo Barceló, bereid om te debuteren als voorlezer-aan-huis en salonlastpost. De boekhandelaar en zijn nichtje deelden een reusachtige woning aan Plaza Real. Een dienster met uniform en kapje en vaagjes de uitdrukking van een legionair op haar gezicht, deed met een theatrale revérence open.

“U moet de jongeheer Daniel zijn”, zei ze. “Ik ben Bernarda, tot uw dienst.”

Bernarda bezigde een plechtstatige toon waar een loodzwaar accent uit Cáceres doorheen klonk. Met veel vertoon leidde Bernarda me door de residentie naar de Barceló’s. De etage, een eerste verdieping, beschreef een cirkel van galerijen, salons en gangen die mij een miniatuur van het paleis El Escorial toescheen, gewend als ik was aan onze bescheiden woning in Calle Santa Ana. Het was duidelijk dat don Gustavo, behalve boeken, incunabelen en allerlei soorten esoterische bibliografieën, ook beelden, schilderijen en altaarstukken verzamelde, om nog maar te zwijgen over een uitbundige flora en fauna. Ik volgde Bernarda door een galerij stampvol gebladerte en tropische plantensoorten die bij elkaar een ware wintertuin vormden. Door de beglazing van de galerij drong een goudkleurig licht van stof en damp binnen. De lusteloze tonen van een piano dreven in de lucht, traag de noten voortslepend. Bernarda maakte te midden van de dichte begroeiing ruim baan door met haar bootwerkersarmen te zwaaien alsof het machetes waren. Ik volgde haar op de voet, terwijl ik de omgeving bestudeerde en de aanwezigheid opmerkte van een half dozijn katachtigen en twee kaketoes met schreeuwende kleuren en van encyclopedische afmetingen, die Barceló respectievelijk Ortega en Gasset had gedoopt, zoals Bernarda uitlegde. Clara wachtte op me aan de andere kant van dit bos, in een salon die over het plein uitkeek. Gehuld in een luchtige jurk van turquoise katoen speelde het object van mijn troebele begeerten piano, onder de hoede van een zuchtje licht dat door het rozetvenster naar binnen viel. Clara speelde slecht en uit de maat, en ze vergiste zich de helft van de tijd in de noten, maar mij klonk haar serenade als kerkgezang in de oren en toen ik haar zo fier achter de toetsen zag zitten, met een halve glimlach en het hoofd schuin, scheen ze mij een hemels visioen toe. Ik wilde juist mijn keel schrapen om mijn aanwezigheid kenbaar te maken, toen de dampen van mijn Varón Dandy me verraadden. Clara stopte plotsklaps met haar concert en een beschaamde glimlach gleed over haar gezicht.

"Een moment lang dacht ik dat je mijn oom was", zei ze. "Hij heeft me verboden Mompou te spelen omdat hij zegt dat het heiligschennis is wat ik ermee doe."

De enige Mompou die ik kende, was een uitgemergelde priester met aanleg voor winderigheid die ons natuur- en scheikunde gaf, en de gedachteassociatie leek me grotesk zo niet onwaarschijnlijk.

"Ik vind dat je prachtig speelt", bracht ik uit.

"Welnee. Mijn oom, een echte muziekliefhebber, heeft zelfs een muziekleraar voor me in de arm genomen om me bij te sturen. Een veelbelovende, jonge musicus. Hij heet Adrián Neri en heeft in Parijs en Wenen gestudeerd. Ik moet hem aan je voorstellen. Hij is een symfonie aan het componeren, die het Stadsorkest van Barcelona gaat spelen omdat zijn oom in de directie zit. Een genie."

"De oom of de neef?"

"Doe niet zo gemeen, Daniel. Ik weet zeker dat je voor Adrián zult vallen."

Als een concertvleugel vanaf een zevende verdieping, dacht ik.

"Heb je zin in iets te snoepen?" bood Clara aan. "Bernarda

maakt kaneelbiscuittjes waar je van gaat watertanden, zo lekker."

We aten vorstelijk en verslonden alles wat Bernarda ons voorzette. Ik was onbekend met het protocol van dit soort gelegenheden en wist niet goed wat te doen. Clara, die altijd mijn gedachten scheen te lezen, stelde voor dat ik uit *De schaduw van de wind* kon voorlezen als ik wilde en dat ik net zo goed bij het begin kon beginnen. En zo, terwijl ik wedijverde met de pompeuze stemmen van Radio Nacional die na het angelus zalvende teksten van patriottische snit declameerden, dook ik nogmaals in de tekst van de roman. Mijn stem, aanvankelijk wat emotieloos, ontspande zich gaandeweg en spoedig vergat ik dat ik aan het voordragen was, om me opnieuw onder te dompelen in het verhaal, en ritmes en wendingen in het proza te ontdekken die als muzikale motieven in elkaar vloeiden, raadsels van timbres en pauzes die me bij eerste lezing waren ontgaan. Nieuwe details, flarden van beelden en luchtspiegelingen botten uit tussen de regels als de structuur van een gebouw dat je vanuit verschillende standpunten bekijkt. Ik las een uur lang en vijf hoofdstukken, tot mijn stem droog aanvoelde en ik een half dozijn wandklokken door de hele woning hoorde resoneren die mij eraan herinnerden dat het al laat aan het worden was. Ik sloot het boek en keek naar Clara, die sereen naar me glimlachte.

"Het doet me een beetje denken aan *Het rode huis*", zei ze. "Maar dit lijkt een minder naargeestig boek."

"Reken er maar niet op. Dit is nog maar het begin. Hierna wordt alles ingewikkelder."

"Je moet al weg, nietwaar?" vroeg Clara.

"Ik ben bang van wel. Het is niet dat ik wil, maar ..."

"Als je niet iets anders te doen hebt, kun je morgen terugkomen", opperde Clara. "Ik wil geen misbruik van je maken, maar ..."

"Om zes uur?" bood ik aan. "Ik zeg zes omdat we dan meer tijd hebben."

Deze ontmoeting in de muziekzaal van de etage aan Plaza Real was de eerste van vele in de loop van de zomer van 1945 en de daaropvolgende jaren. Spoedig bezocht ik het huis van de Barceló's bijna dagelijks, behalve de dinsdag en donderdag, dagen waarop Clara muziekles had van de bewuste Adrián Neri. Uren bracht ik er door en mettertijd leerde ik iedere kamer uit mijn hoofd kennen, iedere gang en iedere plant uit het bos van don

Gustavo. *De schaduw van de wind* duurde een paar weken, maar het kostte ons geen enkele moeite opvolgers te vinden om onze leesuren mee te vullen. Barceló bezat een fabuleuze bibliotheek en bij gebrek aan meer titels van Julián Carax lazen we ons door dozijnen klassieken van minder gewicht heen en door frivoliteiten van groot belang. Sommige middagen lazen we nauwelijks en praatten we slechts, of maakten zelfs een wandeling rondom het plein naar de kathedraal. Clara vond het heerlijk om ergens te gaan zitten en naar het gemompel van de mensen in de kloostergalerij te luisteren en de echo's te raden van de voetstappen in de stenen steegjes. Ze vroeg me haar de gevels te beschrijven, de mensen, de auto's, de winkels, de straatlantaarns en de etalages die we onderweg passeerden. Vaak nam ze me bij de arm en dan leidde ik haar door ons eigen privé-Barcelona, een dat alleen zij en ik konden zien. Altijd eindigden we in een bar in Calle Petritxol, waar we een portie slagroom deelden of een hete chocola met lange vingers. Soms keken de mensen steels naar ons en meer dan eens dacht een ober slim te zijn en refereerde aan haar als 'je oudere zus', maar ik sloeg geen acht op de plagerijen en insinuaties. Andere keren, ik weet niet of dat was uit boosaardigheid of morbiditeit, deed Clara mij buitenissige ontboezemingen die ik niet goed wist te plaatsen. Een van haar favoriete onderwerpen was een vreemdeling, een individu dat haar af en toe benaderde als ze alleen op straat was, en dat haar met gebroken stem toesprak. De mysterieuze figuur, die nooit zijn naam noemde, vroeg haar dingen over don Gustavo en zelfs over mij. Bij één gelegenheid had hij haar keel gestreeld. Deze verhalen pijnigden me genadeloos. Op een ander moment vertelde Clara me dat ze de vreemdeling had gevraagd of ze zijn gezicht met haar handen mocht lezen. Hij bleef stil, hetgeen ze interpreteerde als een 'ja'. Toen ze haar handen ophief naar het gezicht van de vreemde, hield hij haar plotseling tegen, echter niet zonder dat ze de kans had iets te voelen wat op leer leek.

"Alsof hij een leren masker droeg", zei ze.

"Dat verzin je maar, Clara."

Clara bezwoer bij hoog en bij laag dat het waar was en dan gaf ik het op, gekweld door het beeld van die onbekende van twijfelachtig bestaan die het genoegen had gesmaakt haar zwanenhals te strelen en wie weet wat nog meer, terwijl mij slechts was toegestaan ernaar te hunkeren. Als ik er beter bij stil had gestaan, zou ik hebben begrepen dat mijn devotie voor Clara niets meer was dan een bron van lijden. Misschien dat ik haar daarom des te meer adoreerde, vanwege die eeuwige, menselijke stommiteit hen te willen bezitten die ons de meeste schade berokkenen. Gaandeweg die zomer vreesde ik slechts de dag dat de school weer zou beginnen en ik niet meer over hele dagen beschikte om met Clara door te brengen.

Bernarda, die een moederlijke natuur verborg onder haar strenge uiterlijk, vatte uiteindelijk, omdat ze me zo vaak zag, genegenheid voor me op en op haar geheel eigen wijze besloot ze me te adopteren.

"Je ziet dat die jongen geen moeder heeft, kijkt u dan", placht ze tegen Barceló te zeggen. "Het doet me verdriet, dat arme kind."

Bernarda was kort na de oorlog naar Barcelona gekomen om te vluchten voor de armoede en voor een vader die haar als hij in een goede bui was, in elkaar sloeg en haar dom, lelijk en een viespeuk noemde en die haar in een slechte bui in de varkensstallen in een hoek dreef, dronken, om haar te betasten tot ze huilde van angst en hij haar liet gaan, terwijl hij haar preuts noemde, en stom, net als haar moeder. Barceló was haar toevallig tegen het lijf gelopen toen Bernarda in een groentestalletje werkte op de Mercado del Borne en hij had haar een baan in zijn dienst aangeboden, puur op intuïtie.

"Het zal zijn als in *Pygmalion*", kondigde hij aan. "U zult mijn Eliza zijn en ik uw professor Higgins."

Bernarda, wier honger naar literatuur meer dan gestild werd door de kerkelijke *Zondagskrant*, keek hem wantrouwig aan.

"Luistert u eens goed, ik mag dan arm en dom zijn, maar ik ben wel fatsoenlijk."

Barceló was nu niet bepaald George Bernard Shaw en hoewel hij zijn pupil niet de welbespraaktheid en esprit van een grande dame had kunnen bijbrengen, hadden zijn inspanningen Bernarda uiteindelijk zo verfijnd dat ze de manieren en spraak van een juffrouw uit de provincie beheerste. Ze was achtentwintig, maar ik vond altijd dat ze tien jaar extra meetorste, al was het maar door de blik in haar ogen. Ze woonde vlijtig missen bij en was de Maagd van Lourdes op het delirische af toegewijd. Iedere ochtend ging ze naar de mis van acht uur in de kerk van Santa María del Mar en ze biechtte driemaal per week, minstens. Don Gustavo, die zich agnost verklaarde (waarvan Bernarda meende dat het om een aandoening van de luchtwegen ging, net als astma, maar dan voor fijne meneren), was van mening dat het statistisch gezien onmogelijk was dat de huishoudster zoveel zondigde dat ze er een dergelijk biechtritme op na moest houden.

"Jij bent een veel te goed mens, Bernarda", zei hij verontwaardigd. "Die mensen die overal maar zonde zien, zijn ziek in hun ziel en, als je het echt wilt weten, in hun ingewanden. De basisconditie van de Iberische femelaar is chronische constipatie."

Telkens bij het horen van een dergelijke godslastering, sloeg Bernarda vijf kruisjes. Later, 's nachts, zou ze een extra gebed opzeggen voor de bevlekte ziel van de heer Barceló, die een goed hart had, maar wiens hersens waren aangetast door al dat lezen, zoals bij die Sancho Panza. Heel af en toe had Bernarda vriendjes die haar sloegen, haar het weinige spaargeld afnamen dat ze op een spaarboekje had staan, en haar vroeg of laat aan de kant schoven. Iedere keer dat zo'n crisis zich voordeed, sloot Bernarda zich dagenlang op in haar kamer, waar ze een zee van tranen plengde en bezwoer zichzelf van kant te maken met rattengif of door een fles bleek leeg te drinken. Barceló, na al zijn overredingstrucjes te hebben uitgeput, werd dan echt bang en liet de slotenmaker komen om de deur van haar kamer te forceren, en zijn arts om haar een kalmeringsmiddel toe te dienen waar een olifant van omviel. Als het arme mens dan twee dagen later wakker werd, kocht de boekhandelaar rozen, bonbons en een nieuwe jurk voor haar en nam haar mee naar de bioscoop om een film met Cary Grant te zien die volgens haar, na José Antonio, de knapste man in de geschiedenis was.

"En weet u, ze zeggen dat Cary Grant van de verkeerde kant is", prevelde ze, terwijl ze zich volpropte met chocolaatjes. "Is dat mogelijk?"

"Onzin", oordeelde Barceló. "Hoge bomen vangen nu eenmaal veel wind."

"Wat praat meneer toch mooi. Het is te horen dat u naar die Sorbet-universiteit bent geweest."

"Sorbonne", corrigeerde Barceló zonder enige stekeligheid.

Het was moeilijk om niet van Bernarda te houden. Zonder dat iemand het haar gevraagd had, kookte en naaide ze voor me. Ze herstelde mijn kleren en schoenen, kamde en knipte mijn haar, en kocht vitamines en tandpasta voor me. Eens gaf ze me zelfs een medaillon met een glazen flesje dat heilig water bevatte, per autobus meegebracht uit Lourdes door een van haar zusters die in San Adrián del Besós woonde. Soms, als ze mijn haar inspecteerde op hoofdluis en andere parasieten, praatte ze met gedempte stem tegen me.

"Juffrouw Clara is de geweldigste persoon op aarde, en moge God me dood laten neervallen als ik het ooit in mijn hoofd haal om haar te bekritiseren, maar het is niet goed dat meneer Daniel al te zeer door haar geobsedeerd zou raken, als u begrijpt wat ik bedoel."

"Maak je geen zorgen, Bernarda, we zijn slechts vrienden."

"Dat is precies wat ik bedoel."

En om haar argumenten kracht bij te zetten zou Bernarda vervolgens een verhaal vertellen dat ze had gehoord op de radio, over een jongen die verliefd was geworden op zijn lerares en bij wie door een soort gerechtigheidstovenarij haren en tanden uitvielen, terwijl tegelijkertijd zijn gezicht en handen overdekt raakten met een schimmel, een soort lustlepra.

"Lust is een slecht ding", concludeerde Bernarda. "Neem dat maar van me aan."

Ondanks de grappen die hij ten koste van mij maakte, bezag don Gustavo met een welwillend oog mijn devotie voor Clara en de enthousiaste overgave om haar begeleider te zijn. Ik schreef zijn tolerantie toe aan het feit dat hij me ongevaarlijk achtte. Zo af en toe deed hij me nog steeds een aantrekkelijk aanbod om de roman van Carax te verkrijgen. Hij vertelde dan dat hij het onderwerp met enkele collega's uit het vak had besproken en dat allen het erover eens waren dat een Carax een fortuin waard zou zijn, met name in Frankrijk. Nooit ging ik op zijn aanbod in en Barceló glimlachte dan slechts zijn sluwe glimlachje. Hij had me een set sleutels van de woning gegeven zodat ik in en uit kon gaan en niet afhankelijk was van hem of Bernarda om open te doen. Mijn vader was een heel ander verhaal. Met het verstrijken der jaren had hij zijn aangeboren weerzin tegen het aansnijden van een onderwerp dat hem werkelijk zorgen baarde, overwonnen. Een van de eerste gevolgen van die vooruitgang was zijn overduidelijke afkeuring van mijn vriendschap met Clara.

“Je zou met vrienden van je eigen leeftijd uit moeten gaan, zoals Tomás Aguilar, die jij vergeten lijkt te zijn – zo’n geweldige vent – en niet met een vrouw die oud genoeg is om getrouwd te zijn.”

“Wat doet leeftijd ertoe als we goede vrienden zijn?”

Wat me het meeste pijn deed, was dat hij aan Tomás refereerde, omdat het waar was. Het was maanden geleden dat ik met hem op pad was gegaan, terwijl we altijd onafscheidelijk waren geweest. Mijn vader keek me verwijtend aan.

“Daniel, jij weet niets van vrouwen en zíj speelt met je als een kat met een kanarie.”

“Jíj weet niets van vrouwen”, riposteerde ik dan beledigd. “En van Clara nog minder.”

Onze conversaties over dit onderwerp kwamen slechts zelden verder dan een uitwisseling van verwijten en beledigde blikken. Als ik niet op school was of bij Clara, bracht ik al mijn vrije tijd in de boekwinkel door om mijn vader te helpen – ik ruimde de kamer achter de winkel op, bracht bestellingen rond, deed boodschappen of hielp de vaste klanten. Mijn vader klaagde dat ik mijn werk niet echt met hart en ziel deed. Ik op mijn beurt repliceerde dat ik mijn hele leven doorbracht met in de boekhandel werken en dat ik werkelijk niet inzag wat hij te klagen had. Vele nachten, als ik niet in slaap kon komen, herinnerde ik me de intimiteit die we hadden gedeeld gedurende de jaren die volgden op mijn moeders dood, de jaren van Victor Hugo’s vulpen en de blikken treintjes. Ik herinnerde me dat als jaren van vrede en verdrietigheid, een wereld die aan het verdwijnen was en die was begonnen te verdampen op de ochtend dat mijn vader me had meegenomen naar het Kerkhof der Vergeten Boeken. Op een dag ontdekte mijn vader dat ik Carax’ boek aan Clara had gegeven en hij werd woedend.

“Je stelt me teleur, Daniel”, zei hij. “Toen ik je meenam naar die geheime plek heb ik je gezegd dat het boek dat je zou kiezen iets speciaals was, dat jíj het ging adopteren en dat je je er verantwoordelijk voor moest voelen.”

“Ik was toen tien, pap, en dat was een kinderspelletje.”

Mijn vader keek me aan alsof ik hem had gestoken.

“En nu ben je veertien en je bent niet alleen nog steeds een kind, je bent een kind dat denkt dat hij een man is. Het leven zal je nog veel tegenslagen brengen, Daniel. En spoedig ook.”

In die dagen wilde ik geloven dat het mijn vader pijn deed dat ik zoveel tijd doorbracht met de Barceló's. De boekhandelaar en zijn nichtje leefden in een luxe waar mijn vader nauwelijks van kon dromen. Ik dacht dat hij het vervelend vond dat de huishoudster van don Gustavo zich als een moeder tegenover mij gedroeg, en dat het hem beledigde dat ik iemand accepteerde die die rol op zich nam. Soms, als ik in de achterkamer bezig was pakjes te maken of een zending klaar te maken, hoorde ik een klant grappen maken met mijn vader.

"Sempere, wat u moet doen is een goede vrouw vinden. Vandaag de dag stikt het van de knappe weduwen in de bloei van hun leven, als u begrijpt wat ik bedoel. Een vrouw die deugt, structureert het leven en maakt je twintig jaar jonger. Wat een goed stel borsten niet vermag ..."

Mijn vader ging nooit op deze insinuaties in, maar mij leken ze steeds meer voor de hand liggend. Op een avond, bij een van onze maaltijden die veranderd waren in een strijd van stiltes en gestolen blikken, bracht ik het onderwerp ter sprake. Ik dacht dat als ik degene was die het suggereerde, het de zaken zou vergemakkelijken. Mijn vader was een knappe man, altijd netjes en verzorgd, en ik wist heel goed dat meerdere vrouwen uit de buurt hem met goedkeurend oog bezagen.

"Voor jou is het gemakkelijk gebleken vervanging voor je moeder te vinden", antwoordde hij bitter. "Maar voor mij bestaat zo iemand niet en ik heb er geen interesse in haar te zoeken."

Naarmate de tijd verstreek, begonnen de insinuaties van mijn vader en van Bernarda, en zelfs die van Barceló, indruk op me te maken. Iets in mijn binnenste zei me dat ik me in een doodlopende steeg begaf, dat ik niet kon verwachten dat Clara in mij méér zag dan een jongen die tien jaar jonger was. Ik voelde dat het iedere dag moeilijker werd bij haar te zijn, de aanraking van haar handen te ondergaan of haar bij de arm te nemen als we gingen wandelen. Het moment kwam dat puur haar nabijheid zich vertaalde in een bijna fysieke pijn. Niemand ontging dit feit en Clara al helemaal niet.

"Daniel, ik geloof dat we moeten praten", zei ze. "Ik geloof dat ik je niet goed heb behandeld ..."

Nooit liet ik haar haar zinnen afmaken. Ik ging dan met een willekeurig excuus de kamer uit en vluchtte. Dat waren dagen waarop ik dacht dat ik het tegen de kalender opnam in een onmogelijke race. Ik was bang dat de wereld vol luchtspiegelingen die ik rondom Clara had geconstrueerd, zou afbreken. Ik kon niet weten dat mijn problemen nog maar nauwelijks begonnen waren.

Armoede & Co.
1950

7

De dag van mijn zestiende verjaardag kreeg ik de meest onzalige inval van alle rampzalige ingevingen die ik had gekregen in de loop van mijn korte bestaan. Ik had besloten een verjaardagsetentje te organiseren en Barceló, Bernarda en Clara uit te nodigen, voor mijn rekening en verantwoording. Mijn vader was van mening dat dat een vergissing was.

"Het is mijn verjaardag", diende ik hem wreed van repliek. "Alle andere dagen van het jaar werk ik voor jou. Doe me ten minste één keer een plezier."

"Doe wat je niet laten kunt."

De voorgaande maanden waren de meest verwarrende geweest van mijn merkwaardige vriendschap met Clara. Ik las haar bijna nooit meer voor. Clara ontweek systematisch iedere gelegenheid om met mij alleen te zijn. Altijd als ik haar bezocht, was haar oom aanwezig die deed of hij de krant las, of Bernarda materialiseerde zich druk in de weer op de achtergrond, me steelse blikken toewerpend. Andere keren bestond het gezelschap uit een of meerdere vriendinnen van Clara. Ik noemde ze de Zusterbrigade, altijd getooid met schroomvalligheid en een maagdelijk aanzien, maar onderwijl om Clara heen patrouillerend met een kerkboek in de hand en een politieachtige uitdrukking in de ogen waar onomwonden uit sprak dat ik te veel was en dat mijn aanwezigheid Clara en de wereld beschaamde. Het ergst van iedereen was echter de muziekleraar Neri, wiens rampzalige symfonie maar niet voltooid raakte. Het was een opgedirkt type, een verwend ventje uit de rijkeluiswijk San Gervasio, dat mij door zijn overvloedig gebruik van brillantine meer deed denken aan Carlos Gardel dan aan Mozart. Het enige talent dat ik in hem ontdekte, was zijn slechtheid. Zonder enige waardigheid of stijl probeerde hij don Gustavo te paaien en hij flirtte met Bernarda in de keuken, waar hij haar liet giechelen om zijn lachwekkende zakjes gesuikerde amandelen en kneepjes in haar achterste. Kortom, ik verfoeide hem tot op het bot. De antipathie was wederzijds. Altijd dook Neri wel ergens op, met zijn partituren en zijn arrogante manieren, naar me loerend alsof ik een ongewenst duvelstoejagertje was en ondertussen aanmerkingen makend op mijn aanwezigheid.

"Kind, moet jij geen huiswerk maken?"

"En u, maestro, had u geen symfonie te voltooien?"

Uiteindelijk moest ik het tegen hen allen afleggen en ik maakte mij verslagen en met gebogen hoofd uit de voeten, terwijl ik wenste dat ik de welbespraaktheid van don Gustavo had om die verwaande kwast op zijn nummer te zetten.

Op de dag van mijn verjaardag ging mijn vader naar de bakker op de hoek en kocht de beste taart die hij kon vinden. Hij dekte in stilte de tafel, met het goede servies. Hij stak kaarsen aan en bereidde een maaltijd met wat hij veronderstelde dat mijn favoriete gerechten waren. We spraken de hele middag geen woord. Toen het donker werd, trok mijn vader zich terug in zijn kamer, stak zich in zijn beste pak en kwam terug met een pakje in cellofaanpapier dat hij op het kleine tafeltje in de eetkamer legde. Mijn cadeau. Hij ging aan tafel zitten, schonk zichzelf een glas witte wijn in, en wachtte. Op de uitnodiging stond dat het etentje om halfnegen was. Om halftien wachtten we nog steeds. Mijn vader bestudeerde me met trieste ogen, zonder iets te zeggen. Inwendig ziedde ik van woede.

"Je zult wel tevreden zijn", zei ik. "Is dit niet wat je wilde?"

"Nee."

Een halfuur later kwam Bernarda. Ze bracht een begrafenisgezicht mee en een boodschap van juffrouw Clara, die me van harte feliciteerde, maar helaas niet bij het verjaardagsetentje aanwezig kon zijn. De heer Barceló moest vanwege zakelijke kwesties enkele dagen de stad uit en Clara had zich genoodzaakt gezien haar muziekles met maestro Neri te verzetten. Bernarda was gekomen omdat het haar vrije avond was.

"Clara kan niet komen omdat ze muziekles heeft?" vroeg ik perplex.

Bernarda sloeg haar ogen neer. Ze was bijna in tranen toen ze me een klein pakje gaf waar haar cadeau in zat en ze kuste me op beide wangen.

"Als u het niet leuk vindt, kunt u het ruilen", zei ze.

Ik bleef alleen achter met mijn vader, keek naar het goede servies, het tafelzilver en de kaarsen die in stilte opbrandden.

"Het spijt me, Daniel", zei mijn vader.

Ik knikte stilletjes, terwijl ik mijn schouders optrok.

"Maak je je cadeau niet open?" vroeg hij.

Mijn enige antwoord was de deur die ik achter me dichtknalde. Ik stormde in razernij de trappen af en voelde dat de tranen van woede uit mijn ogen stroomden toen ik de koude, verlaten straat opging die baadde in blauw licht. Mijn hart was vergiftigd en mijn blik onvast. Ik begon doelloos te lopen en sloeg geen acht op de vreemdeling die me onbeweeglijk observeerde vanaf de Puerta del Ángel. Hij droeg hetzelfde donkere pak, de rechterhand in de zak van het jasje gestoken. Zijn ogen waren reepjes licht bij het schijnsel van een sigaret. Licht hinkend begon hij me te volgen.

Ik zwierf meer dan een uur door de straten tot ik bij de voet van het standbeeld van Columbus aankwam. Ik stak over naar de havenkades en ging zitten op de traptreden die in het donkere water zonken bij de pier van de motorboten. Iemand had een boot gecharterd voor een nachtelijke excursie en je kon het geluid van gelach en de muziek horen dat kwam aandrijven vanaf de optocht van lichtjes en weerkaatsingen in de binnenhaven. Ik herinnerde mij de dagen dat mijn vader en ik in zo'n zelfde boot de oversteek maakten tot aan de golfbreker. Vanaf daar kon je de glooiing van de Montjuïc zien, met het kerkhof, de oneindige stad der doden. Soms stak ik mijn hand op omdat ik geloofde dat mijn moeder daar nog steeds was en ons zag passeren. Mijn vader herhaalde mijn groet. Het was al jaren geleden dat we aan boord gingen van zo'n plezierboot, hoewel ik wist dat hij af en toe alleen ging.

"Een goede nacht voor wroeging, Daniel", zei de stem vanuit de schaduwen. "Sigaret?"

Geschrokken sprong ik op en ik voelde onmiddellijk een kilte door mijn lijf trekken. Een hand bood me een peuk aan vanuit het donker.

"Wie bent u?"

De vreemdeling trad naar voren tot op de drempel van de duisternis, zijn gezicht nog steeds verborgen. Een klein aureool van blauwe rook kringelde op uit zijn sigaret. Ik herkende onmiddellijk het zwarte pak en de in de zak van het jasje verborgen hand. Zijn ogen glinsterden als kristallen.

"Een vriend", zei hij. "Of tenminste, dat ambieer ik. Sigaret?"

"Ik rook niet."

"Goed zo. Helaas heb ik niets anders om aan te bieden, Daniel."

Zijn aangetaste stem schuurde als zand. Hij rekte de woorden uit en klonk uitgeblust en van ver weg, als de 78-toerenplaatjes die Barceló verzamelde.

"Hoe weet u mijn naam?"

"Ik weet heel veel over je. Je naam is daarvan het minst belangrijk."

"Wat weet u nog meer?"

"Ik zou je het schaamrood naar de kaken kunnen laten stijgen, maar ik heb tijd noch zin. Laten we zeggen dat ik weet dat jij iets hebt wat mij interesseert. En ik ben bereid je er goed voor te betalen."

"Het lijkt me dat u zich in de persoon vergist."

"Nee, ik vergis me nooit in personen. In andere dingen wel, maar nooit in personen. Hoeveel wil je ervoor hebben?"

"Waarvoor?"

"*De schaduw van de wind.*"

"Wat doet u vermoeden dat ik het heb?"

"Dat staat buiten kijf, Daniel. Het is slechts een kwestie van prijs. Ik weet al lang dat jij het hebt. De mensen kletsen. Ik luister."

"Dan moet u het verkeerd verstaan hebben. Ik heb dat boek niet. En als ik het had, zou ik het niet verkopen."

"Je integriteit is bewonderenswaardig, vooral in deze tijden van koorknapen en kontlikkers, maar voor mij hoef je de komedie niet op te houden. Zeg me hoeveel. Duizend stuivers? Geld betekent niets voor me. Noem je prijs."

"Ik heb het u al gezegd: het is noch te koop noch in mijn bezit", gaf ik hem te verstaan. "U hebt zich vergist, zoals u ziet."

De vreemdeling bleef stil staan, onbeweeglijk, gehuld in de blauwe rook van een sigaret die nooit leek op te branden. Ik realiseerde me dat hij niet naar tabak rook, maar naar verbrand papier. Goed papier, het soort dat gebruikt wordt voor boeken.

"Misschien ben jij het die zich nu vergist?" suggereerde hij.

"Bedreigt u me?"
"Waarschijnlijk."
Ik slikte. Ondanks mijn bravoure was ik doodsbang voor dat individu.
"En mag ik weten waarom u zo geïnteresseerd bent?"
"Dat is míjn zaak."
"Ook de mijne als u me bedreigt om een boek dat ik niet heb."
"Ik mag je, Daniel. Je hebt lef en je lijkt me slim. Duizend stuivers? Daarmee kun je ontzettend veel boeken kopen. Goede boeken, niet de pulp die je zo angstvallig bewaart. Komaan, duizend stuivers en even goede vrienden."
"U en ik zijn geen vrienden."
"Dat zijn we wél, maar je weet het nog niet. Ik kan het je niet kwalijk nemen, met alle dingen die je aan je hoofd hebt. Zoals je vriendin Clara. Bij zo'n vrouw verliest iedereen zijn gezonde verstand."
Het noemen van Clara's naam deed mijn bloed bevriezen.
"Wat weet u van Clara?"
"Ik zou durven beweren méér dan jij en dat het beter voor je zou zijn haar te vergeten, hoewel ik weet dat je dat niet zult doen. Ik ben ook zestien geweest ..."
Een verschrikkelijke waarheid trof me ineens als een mokerslag. Deze man was de vreemdeling die Clara op straat aansprak. Hij was echt. Clara had niet gelogen. De man deed een stap naar voren. Ik trad terug. Niet eerder in mijn leven was ik zo bang geweest.
"Clara heeft het boek niet, als u dat maar weet. Waag het niet haar nog eens aan te raken."
"Je vriendin is het probleem niet, Daniel, en op een dag zul je mijn mening delen. Wat ik wil, is het boek. Ik prefereer het boek goedschiks in handen te krijgen, zonder dat er iemand gedupeerd raakt. Ben ik duidelijk?"
Bij gebrek aan betere ideeën begon ik te liegen dat ik groen zag.
"Een zekere Adrián Neri heeft het. Musicus. Wellicht kent u hem."
"Ik ken hem helemaal niet en dat is het ergste wat je over een musicus kunt zeggen. Weet je heel zeker dat je deze Adrián Neri niet uit je duim hebt gezogen?"
"Was het maar waar."

"In dat geval, aangezien jullie zulke goede vrienden lijken te zijn, kun je hem er misschien van overtuigen het je terug te geven. Dat soort zaken los je onder vrienden zonder probleem op. Of heb je liever dat ik het je vriendin Clara vraag?"

Ik schudde mijn hoofd.

"Ik zal met Neri praten, maar ik geloof niet dat hij het me zal teruggeven, of dat hij het nog steeds heeft", improviseerde ik erop los. "En waar wilt u dat boek voor hebben? U gaat me toch niet vertellen dat u het wilt lezen."

"Nee. Ik ken het uit mijn hoofd."

"Bent u verzamelaar?"

"Iets dergelijks."

"Hebt u meer boeken van Carax?"

"Ik heb ze ooit wel gehad. Julián Carax is mijn specialisme, Daniel. Ik struin de wereld af op zoek naar zijn boeken."

"En wat doet u ermee als u ze niet leest?"

De vreemdeling stiet een ingehouden, zieltogend geluidje uit. Het duurde een paar seconden voor ik begreep dat hij lachte.

"Het enige wat je ermee móét doen, Daniel", antwoordde hij.

Hij haalde vervolgens een doosje lucifers uit zijn zak, pakte er een uit en streek hem af. De vlam belichtte voor het eerst zijn gezicht. Mijn ziel bevroor. De man had geen neus, geen lippen, geen wimpers. Zijn gelaat was nauwelijks meer dan een masker van zwarte huid en littekens, weggevreten door het vuur. Dat was de dode gelaatshuid die Clara had aangeraakt.

"Ze verbranden", fluisterde hij, zijn stem en gezichtsuitdrukking door haat vervormd. Een klein briesje doofde de lucifer die hij tussen zijn vingers hield en opnieuw was zijn gezicht in de duisternis verborgen.

"We zullen elkaar weerzien, Daniel. Ik vergeet nooit een gezicht en ik denk jij, vanaf nu, ook niet meer", zei hij langzaam. "Voor je eigen bestwil, en voor die van Clara, vertrouw ik erop dat je de juiste beslissing neemt en dit akkefietje regelt met de heer Neri, een pretentieuze naam overigens. Ik zou hem voor geen cent vertrouwen."

Zonder nog een woord te zeggen draaide de vreemdeling zich om en vertrok in de richting van de andere kades, een silhouet dat oploste in de duisternis, omgeven door zijn eigen holle lach.

8

Een wolkenmuur waar elektrische vonken in knetterden kwam aanstormen vanaf zee. Normaal gesproken zou ik het op een lopen gezet hebben om te schuilen voor de naderende stortbui, maar 's mans woorden begonnen effect te sorteren. Mijn handen beefden, evenals mijn gedachten. Ik keek omhoog en zag dat het noodweer zich als zwarte bloedvlekken tussen de wolken verspreidde, de maan onzichtbaar maakte en een mantel van duisternis over de daken en gevels van de stad legde. Ik probeerde voort te maken, maar de ongerustheid knaagde aan me en ik liep als met lood in de schoenen, achtervolgd door de stortbui. Onder het afdak van een krantenkiosk zocht ik beschutting en probeerde tegelijkertijd mijn gedachten te ordenen en te beslissen wat de volgende stap moest zijn. Een donderslag ontlaadde zich vlakbij en ik voelde de grond onder mijn voeten trillen. De zwakke hartslag van de elektrische verlichting die vaagjes de contouren van gevels en ramen had getekend, verdween een paar seconden later. Op de ondergelopen trottoirs knipperden de straatlantaarns en doofden toen uit als kaarsvlammetjes in de wind. Er was geen levende ziel op straat en de inktzwarte duisternis breidde zich uit, samen met een stinkende walm die opsteeg uit de afvoerputten van het rioleringssysteem. De nacht werd ondoorzichtig en ondoordringbaar terwijl de regen zich ontvouwde als een lijkwade van stoom. "Bij zo'n vrouw verliest iedereen zijn gezonde verstand ..." Ik begon over de Ramblas te rennen met maar één gedachte in mijn hoofd: Clara.

Bernarda had gezegd dat Barceló de stad uit was voor zaken. Dit was haar vrije dag en gewoonlijk bracht ze dan de avond door in het huis van haar tante Reme en haar nichten in San Adrián del Besós. Hetgeen betekende dat Clara alleen was in de spelonkachtige woning aan Plaza Real en de man zonder gezicht met zijn dreigementen ergens losliep in de storm met god weet wat voor ideeën. Terwijl ik me in de plensbui naar Plaza Real haastte, kon ik de gedachte dat ik Clara in gevaar had gebracht door haar het boek van Carax cadeau te doen maar niet uit mijn hoofd zetten. Doorweekt tot op het bot kwam ik bij de ingang van het plein. Vlug zocht ik beschutting onder de arcadebogen van Calle Fernando. Ik meende schaduwvormen achter me te zien kruipen. Zwervers. Het portaal was gesloten. Ik zocht tussen de sleutels aan mijn sleutelbos het stel dat Barceló me had gegeven. Die van de winkel had ik bij me, de sleutels van ons huis en die van de woning van de Barceló's. Een van de zwervers kwam dichterbij en prevelde of hij niet de nacht in het portaal mocht doorbrengen. Ik sloot de deur voor hij zijn zin kon afmaken.

Het trappenhuis was een poel van duisternis. Bliksemflitsen filterden door de kieren van de voordeur en deden de contouren van de traptreden oplichten. Ik liep op de tast en vond de eerste traptree door erover te struikelen. Terwijl ik stevig de balustrade vastpakte, klom ik langzaam naar boven. Al snel gingen de traptreden over in vlak terrein en ik begreep dat ik op de overloop van de eerste verdieping was aangekomen. Ik betastte de muren van koud, vijandig marmer tot ik het profiel vond van de eikenhouten deur en de aluminium deurklink. Ik zocht het sleutelgat en stak de sleutel er op goed geluk in. Toen de deur van het appartement opengimg, werd ik kortstondig verblind door een baan van blauw licht, en een zuchtje warme wind streelde mijn huid. Bernarda's kamer was gesitueerd aan de achterkant van het huis, naast de keuken. Daar ging ik eerst heen, hoewel ik heel zeker wist dat de huishoudster afwezig was. Ik roffelde met mijn knokkels op haar deur en waagde het die open te doen toen ik geen antwoord kreeg. Het was een eenvoudige kamer, met een groot bed, een donkere kast met gekleurde spiegels en een secretaire waar Bernarda voldoende heiligen, maagden en bidprenten op had gezet om een sanctuarium te openen. Ik deed de deur weer dicht en kreeg bijna een hartverzakking toen ik me omdraaide: een dozijn blauwe en scharlakenrode ogen kwam dichterbij vanaf de andere kant van de gang. De katten van Barceló kenden mij goed en tolereerden mijn aanwezigheid. Zacht mauwend omringden ze me, maar ze lieten me onverschillig in de steek toen ze erachter kwamen dat mijn kletsnatte kleren niet de gewenste warmte afgaven.

Clara's kamer was helemaal aan de andere kant van het huis, naast de bibliotheek en de muziekzaal. De onzichtbare pasjes van de katten volgden me verwachtingsvol door de gang. In de flakkerende duisternis van de storm kwam het appartement van Barceló me reusachtig en sinister voor, zeer verschillend van wat ik had geleerd te beschouwen als mijn tweede huis. Ik bereikte het voorste stuk van de woning, dat uitkeek op het plein. De wintertuin van Barceló lag voor me, dicht en ondoordringbaar. Ik drong het woud van bladeren en takken binnen. Een moment lang had ik het idee dat als de vreemdeling zonder gezicht het huis was binnengedrongen, dit waarschijnlijk de plek was die hij had uitgezocht om zich te verbergen. Om me op te wachten. Het was bijna alsof ik die lucht van verbrand papier die om hem heen hing, kon ruiken, totdat ik besefte dat wat mijn neus ontdekt had slechts tabak was. Even dreigde ik in paniek te raken. Niemand in dit huis rookte, en de pijp van Barceló, altijd uitgedoofd, was puur voor de show.

Ik kwam bij de muziekzaal en een bliksemschicht onthulde rookspiralen die in de lucht zweefden als stoomguirlandes. De pianotoetsen vormden een eindeloze glimlach bij de galerij. Ik liep de muziekzaal door en kwam bij de deur van de bibliotheek. Die was dicht. Ik deed open en het licht van de glazen galerij die om de privé-bibliotheek van de boekhandelaar liep, bood me een warm welkom. De muren, bedekt met volle boekenkasten, vormden een ovaal. In het midden daarvan stonden een leestafel en twee leren draaistoelen. Ik wist dat Clara het boek van Carax bewaarde in een glazen kabinet bij de boog van de glazen galerij. Heel stilletjes sloop ik ernaartoe. Mijn plan, of het gebrek eraan, was om het boek te pakken te krijgen, het daar weg te halen, het aan die gek te geven en het voor eens en voor altijd te vergeten. Niemand behalve ik zou de afwezigheid opmerken.

Julián Carax' boek wachtte op me, zoals het dat altijd deed, een stukje van de rug zichtbaar helemaal aan het einde van een plank. Ik nam het in mijn handen en drukte het tegen mijn borst, alsof ik een oude vriend omhelsde die ik op het punt stond te verraden. Judas, dacht ik. Ik maakte aanstalten om te vertrekken zonder Clara van mijn aanwezigheid op de hoogte te stellen. Ik zou het boek meenemen en voor altijd uit haar leven verdwijnen. Stilletjes liep ik de bibliotheek uit. Aan het einde van de gang was Clara's kamer net zichtbaar. Ik stelde me voor hoe ze op haar bed lag te slapen en hoe mijn vingers haar nek streelden en een lichaam verkenden dat ik uit pure onwetendheid bij elkaar had gefantaseerd. Ik draaide me om, klaar om zes jaar dagdromen voorgoed op te geven, maar iets hield me tegen nog voor ik bij de muziekzaal was. Een stem die achter me klonk, achter de deur. Een diepe stem die fluisterde en lachte. In de kamer van Clara. Ik liep langzaam naar de deur. Ik legde mijn vingers om de deurknop. Mijn vingers trilden. Ik was te laat gekomen. Ik slikte en opende de deur.

9

Het naakte lichaam van Clara lag op witte lakens die glinsterden als gewassen zijde. Meester Neri's handen gleden over haar lippen, hals en borsten. Haar witte ogen waren naar het plafond gericht, de oogleden trilden terwijl de muziekdocent tussen haar blanke, bevende dijen stootte. Dezelfde handen die zes jaar terug mijn gezicht hadden gelezen in het donker van het Ateneum, grepen nu de billen van de leraar vast, glimmend van het zweet, terwijl ze haar nagels in hem zette en hem naar binnen leidde met een dierlijke, wanhopige begeerte. Ik kreeg geen lucht meer. Ik moet daar gestaan hebben, verlamd, en bijna een halve minuut naar hen gestaard hebben tot Neri, eerst ongelovig, daarna met stijgende woede, mijn aanwezigheid opmerkte. Nog hijgend, met stomheid geslagen, stopte hij. Clara omstrengelde hem, niet-begrijpend, wreef haar lichaam tegen het zijne en likte zijn nek.

"Wat is er?" kreunde ze. "Waarom stop je?"

Adrián Neri's ogen brandden van woede.

"Niks", mompelde hij. "Ik ben zo terug."

Hij stond op en vloog als een projectiel op me af, de vuisten gebald. Ik zag hem niet eens komen. Ik kon mijn ogen niet van Clara afhouden, badend in het zweet en buiten adem, de ribben die zich onder haar huid aftekenden en haar borsten die zachtjes trilden. De muziekleraar greep me in mijn nek en sleurde me de kamer uit. Ik voelde dat mijn voeten nauwelijks de vloer raakten en hoezeer ik het ook probeerde, ik kon me niet uit de greep van Neri losmaken, die me als een zak zout door de wintertuin droeg.

"Ik ga je de hersens inslaan, mormel", siste hij tussen zijn tanden.

Hij sleepte me over de grond naar de voordeur, deed hem open en gooide me met kracht de overloop op. Carax' boek viel uit mijn handen. Hij pakte het op en gooide het me vol woede in het gezicht.

"Als ik je hier nog één keer zie of als ik erachter kom dat je op straat ook maar bij Clara in de buurt komt, dan zweer ik dat ik je het ziekenhuis in ram – je leeftijd zal me een rotzorg zijn", zei hij ijskoud. "Begrijpen wij elkaar?"

Moeizaam stond ik op. Neri had tijdens de worsteling mijn jas en mijn trots aan flarden gescheurd.

"Hoe ben je binnengekomen?"

Ik antwoordde niet. Neri zuchtte en schudde zijn hoofd.

"Vooruit, geef me de sleutels", snauwde hij met nauw verholen razernij.

"Welke sleutels?"

Ik viel op de grond van de enorme dreun die hij me gaf. Ik stond op met bloed in mijn mond en een fluittoon in mijn linkeroor die door mijn hoofd snerpte als het fluitje van een politieagent. Ik tastte mijn gezicht af en voelde de snee in mijn kapotte lippen branden onder mijn vingers. Een bebloede zegelring glinsterde aan de ringvinger van de muziekleraar.

"De sleutels, zei ik."

"Val dood", rochelde ik.

Ik zag de vuistslag niet aankomen, voelde slechts mijn maag die met een enorme nijptang met wortel en tak uit mijn lijf leek te worden gerukt. Als een kapotte marionet klapte ik dubbel, vechtend voor zuurstof, en ik stond te wankelen tegen de muur. Neri greep ruw een pluk haar vast en rommelde in mijn zakken tot hij de sleutels vond. Ik gleed op de grond, met mijn armen om mijn buik gevouwen en jammerde van pijn, of van woede.

"Zeg tegen Clara dat ..."

Hij gooide de deur voor mijn neus dicht en ik bleef achter in absolute duisternis. Op de tast grabbelde ik naar het boek, vond het en wankelde hijgend de trappen af, de muren als steunpunt. Ik ging naar buiten, terwijl ik bloed spuwde en rochelend ademhaalde door mijn mond. De bijtende kou en de wind snoerden de kletsnatte kleding om me heen. De snee in mijn gezicht brandde.

"Gaat het wel goed met u?" vroeg een stem vanuit de schaduw.

Het was de zwerver die ik kort daarvoor mijn hulp had geweigerd. Ik knikte en ontweek beschaamd zijn ogen. Ik begon te lopen.

"Wacht toch even, ten minste tot de regen afneemt", suggereerde de zwerver.

Hij pakte me bij de arm en leidde me naar een hoek onder de bogen waar hij een bundel bewaarde en een tas met oude, vieze kleren.

"Ik heb wat wijn. Geen slechte. Drink er wat van. Het zal helpen om warm te worden. En om dat te desinfecteren ..."

Ik nam een slok uit de fles die hij me aanbood. Het smaakte naar benzine aangelengd met azijn, maar de warmte kalmeerde mijn maag en zenuwen. Een paar druppels spetterden op de wond en ik zag sterretjes in de zwartste nacht van mijn leven.

"Goed, hè?" glimlachte de zwerver. "Hup, neem nog een slok, van dit spul staan de doden op uit hun graf."

"Nee, dank u. Neemt u zelf wat", prevelde ik.

De zwerver nam een ferme slok. Ik bekeek hem aandachtig. Hij zag eruit als een grijze boekhouder van het ministerie die in geen vijftien jaar een ander pak had aangetrokken. Hij stak zijn hand uit en ik pakte hem.

"Fermín Romero de Torres, ambtenaar op non-actief. Buitengewoon aangenaam."

"Daniel Sempere, stapelgek. Het plezier is geheel aan mijn kant."

"Laat u niet kennen, in dit soort nachten ziet alles er erger uit dan het is. Je zou het niet zeggen, maar ik ben een geboren optimist. Het lijdt voor mij geen enkele twijfel dat de dagen van het regime geteld zijn. Alle signalen zijn ernaar dat de Amerikanen ons land elk moment kunnen binnenvallen en dat ze Franco zullen wegparkeren als pindaverkoper in Melilla. En ik zal mijn baan terugkrijgen, mijn reputatie en mijn verloren eer."

"Wat deed u voor werk?"

"Geheime dienst. Spionage op het hoogste niveau", zei Fermín Romero de Torres. "Ik zeg u slechts één ding: ik was president Macía's man in Havana."

Ik knikte. Nog een gek. De Barcelonese nacht verzamelde ze met handenvol. En idioten zoals ik ook.

"Met permissie, maar die snee ziet er niet goed uit. Ze hebben u flink te pakken gehad, hè?"

Ik bracht mijn vingers naar mijn mond. Ik bloedde nog steeds.

"Een akkefietje met vrouwen?" informeerde hij. "Dat had u zich kunnen besparen. De vrouwen in dit land – en ik heb het een en ander van de wereld gezien – zijn een preuts, frigide stelletje. Precies zoals ik het zeg. Ik herinner me een mulattinnetje dat ik op Cuba achterliet. Gelooft u me, dat is een andere wereld, hoor, een andere wereld. De Caribische vrouwtjes vlijen zich tegen je aan in dat eilandritme van ze en fluisteren in je oor: '*Ay papito*, schenk me genot, alsjeblieft, schenk me genot', en een echte man, met bloed in zijn aderen, tja, wat zal ik ervan zeggen ..."

Het leek mij dat Fermín Romero de Torres, of wat zijn echte naam ook mocht zijn, bijna net zozeer snakte naar een alledaagse, luchtige conversatie als naar een warm bad, een bord linzen met chorizo en een schoon stel kleren. Ik liet hem een tijdje babbelen en hoopte ondertussen dat de pijn wat zou afnemen. Hem laten kletsen was een kleine moeite; de man leek niet meer nodig te hebben dan af en toe een hoofdknik en iemand die deed alsof hij luisterde. De bedelaar was me juist de details en technische termen aan het vertellen van een geheim plan om doña Carmen Polo de Franco te ontvoeren, toen ik zag dat het minder hard regende en de storm langzaam naar het noorden leek te trekken.

"Het wordt laat", prevelde ik, terwijl ik opstond.

Fermín Romero de Torres knikte enigszins triest, terwijl hij deed alsof hij het stof van mijn doornatte kleding sloeg.

"Een andere dag, dan", zei hij berustend. "Ik ben nu eenmaal een kletskous. Als ik begin te praten ... Overigens, dat van die ontvoering, dat blijft tussen u en mij, hè?"

"Maakt u zich geen zorgen, ik zwijg als het graf. En dank voor de wijn."

Ik liep weg, in de richting van de Ramblas. Ik stond bij de ingang naar het plein en keek naar het appartement van de Barceló's. De ramen waren nog steeds donker en huilden van de regen. Ik wilde Clara haten, maar kon het niet. Echt haten is een kunst die men met de jaren leert.

Ik bezwoer mezelf haar nooit meer te zien of haar naam te noemen, of me de tijd te herinneren die ik aan haar zijde had verloren. Om de een of andere merkwaardige reden voelde ik vrede met mezelf. De woede die me het huis uit had gejaagd, was in rook opgegaan, maar ik was bang dat hij de volgende dag met hernieuwde furie zou terugkeren. Ik was bang dat de jaloezie en de schaamte me langzaam zouden opvreten als de stukjes van alles wat ik die nacht had doorleefd eenmaal op hun plek zouden vallen. Maar ik had nog een paar uur voor het ochtend werd en ik moest nog één ding doen voor ik met een gerust geweten naar huis kon terugkeren.

Calle Arco del Teatro lag er nog, nauwelijks meer dan een kier in de duisternis. Een stroom zwart water die zich in het midden van de steeg had gevormd, drong in begrafenisstoet het hart van de Raval binnen. Ik herkende de grote, oude, houten deur en de barokke gevel waar mijn vader me op een ochtend, zes jaar geleden, mee naartoe had genomen. Ik beklom de traptreden en schuilde voor de regen onder de boog van het portaal dat stonk naar urine en verrot hout. Meer dan ooit rook het Kerkhof der Vergeten Boeken naar de dood. Ik herinnerde me niet dat de klopper een duivelsgezichtje was. Ik greep het bij de hoorntjes en klopte drie keer op de deur. De holle echo verspreidde zich in het binnenste. Na een poosje klopte ik nogmaals, zes keer ditmaal, telkens harder, tot mijn vuist er pijn van deed. Nog een aantal minuten verstreek en ik begon te denken dat er niemand meer was. Ik hurkte neer tegen de deur en haalde het boek van Carax uit de binnenzak van mijn jas. Ik opende het en las opnieuw de eerste zin die me jaren geleden gevangen had genomen.

Die zomer regende het iedere dag, en hoewel velen zeiden dat het de straf van God was omdat er een casino in het dorp was geopend naast de kerk, wist ik dat het mijn schuld was, en de mijne alleen, omdat ik geleerd had te liegen, en op mijn lippen bewaarde ik nog steeds de laatste woorden van mijn moeder op haar sterfbed: "Ik heb nooit gehouden van de man met wie ik trouwde, maar van een ander van wie ze zeiden dat hij in de oorlog was gestorven; zoek hem en zeg hem dat ik aan hem dacht toen ik stierf, omdat hij je echte vader is."

Ik glimlachte toen ik terugdacht aan die eerste koortsachtige leesnacht, zes jaar terug. Ik sloot het boek en wilde juist nog een derde en laatste keer kloppen, maar voor mijn vingers de klopper konden beroeren, ging de grote deur voldoende open om het profiel van de bewaker te onthullen. Hij droeg een olielamp.

"Goedenavond", prevelde ik. "Isaac, nietwaar?"

De bewaker bestudeerde me zonder met zijn ogen te knipperen.

De weerschijn van zijn olielamp beeldhouwde zijn hoekige gelaatstrekken in amber en scharlakenrood en gaf hem een onmiskenbare gelijkenis met het duiveltje op de deurklopper.

"U bent Sempere junior", mompelde hij met vermoeide stem.

"U hebt een uitstekend geheugen."

"En uw gevoel voor het juiste moment is verschrikkelijk. Weet u hoe laat het is?"

Zijn scherpe blik had het boek onder mijn jas al ontdekt. Isaac maakte een vragend gebaar met zijn hoofd. Ik haalde het boek tevoorschijn en liet het hem zien.

"Carax", zei hij. "Er moeten in deze stad op zijn hoogst tien personen zijn die weten wie hij is of die dit boek gelezen hebben."

"Dan heeft van die tien één zijn zinnen erop gezet om het te verbranden. Ik kan geen betere schuilplaats verzinnen dan hier."

"Dit is een kerkhof, geen kluis."

"Precies. Wat dit boek nodig heeft, is dat het daar begraven wordt waar niemand het kan vinden."

Isaac wierp een achterdochtige blik in de steeg. Hij deed de deur een eindje verder open en gebaarde dat ik naar binnen moest glippen. De donkere, onpeilbare hal rook naar was en vocht. Je kon met tussenpozen gedrup horen in de duisternis. Isaac reikte me de olielamp aan om vast te houden, terwijl hij uit zijn jas een sleutelbos haalde waar een gevangenisbewaker jaloers op zou zijn. Met behulp van een of andere onbekende wetenschap koos hij de juiste sleutel en stak hem in een slot, beschermd door een soort glazen huisje vol relais en gekartelde wielen dat een muziekdoos op industriële schaal leek. Met een draai van zijn pols klikte het mechanisme in actie en ik zag de hefbomen en draaipunten zich ontrollen als een wonderbaarlijk mechanisch ballet tot de grote deur gegrepen werd door een spin van stalen tralies die verzonk in een ster van gaten in de stenen muren.

"Zelfs de Banco de España doet het niet beter", zei ik, onder de indruk. "Het lijkt iets uit een boek van Jules Verne."

"Kafka", preciseerde Isaac, terwijl hij de olielamp weer overnam en op weg ging naar de diepten van het gebouw. "De dag dat u beseft dat de handel in boeken armoede & co betekent, en besluit een bank te overvallen, of er een op te richten – wat uiteindelijk op hetzelfde neerkomt – komt u me opzoeken en dan vertel ik u een paar dingen over sloten."

Ik volgde hem door gangen die ik me nog steeds herinnerde, vol fresco's van engelen en chimaera's. Isaac hield de lamp hoog en projecteerde zo een flakkerende luchtbel van rossig licht op de muren. Hij hinkte lichtjes en de flanellen, gerafelde jas die hij droeg leek op die van een begrafenisondernemer. Het schoot door me heen dat deze man, die het midden hield tussen Charon en de bibliothecaris van Alexandrië, zich beslist op zijn gemak zou voelen op de bladzijden van Julián Carax.

"Weet u iets over Carax?" vroeg ik.

Isaac stopte aan het einde van een galerij en keek me onverschillig aan.

"Niet veel. Wat ze me zoal verteld hebben."

"Wie?"

"Iemand die hem goed kende, of dat tenminste dacht."

Mijn hart sprong op.

"Wanneer was dat?"

"Toen ik mijn haar nog kamde. U zult toen nog in de luiers gelegen hebben, en het lijkt erop dat u zich niet veel verder ontwikkeld hebt, om eerlijk te zijn. Moet u zien: u trilt helemaal", zei hij.

"Dat is vanwege mijn natte kleding en omdat het hier binnen koud is."

"De volgende keer geeft u me een seintje, dan doe ik de centrale verwarming aan en draag u op handen, mijn teer zieltje. Kom mee. Ik heb mijn kantoor, daar is een kachel en iets om u mee te bedekken terwijl we uw kleren drogen. En een beetje mercurochroom en waterstofperoxide zouden u ook geen kwaad doen; u hebt een smoelwerk alsof u juist van het hoofdbureau van politie in Vía Layetana komt."

"Doet u geen moeite, werkelijk niet."

"Ik doe geen moeite. Ik doe het voor mezelf, niet voor u. Voorbij deze deur ben ik degene die de regels vaststelt en de enige doden hier zijn de boeken. Stelt u zich voor dat u een longontsteking oploopt en ik moet het mortuarium bellen. Met uw boek houden we ons later bezig. In achtendertig jaar heb ik er nog nooit eentje weg zien rennen."

"U weet niet hoe erkentelijk ik u ben ..."

"Geen aanstellerij. Als ik u heb binnengelaten is dat uit respect voor uw vader, anders had ik u de deur gewezen. Wilt u me alstublieft volgen? En als u zich gedraagt vertel ik u misschien wel wat ik weet van uw vriend Julián Carax."

Vanuit mijn ooghoek, toen hij dacht dat ik het niet kon zien, zag ik dat hem een schurkachtig glimlachje ontsnapte. Isaac genoot duidelijk van zijn rol als sinistere portier. Ik glimlachte inwendig ook. Er bestond bij mij geen enkele twijfel meer over de gelijkenis met dat duivelsgezichtje op de deurklopper.

10

Isaac sloeg een paar dunne dekens over mijn schouders en bood me een kop met een of ander dampend brouwsel aan dat rook naar warme chocolade met kruidenlikeur.

"U vertelde me over Carax ..."

"Er is niet veel te vertellen. De eerste die ik over Carax hoorde, was Toni Cabestany, de redacteur. Ik praat nu over twintig jaar geleden, toen de uitgeverij nog bestond. Altijd als hij terug was van zijn reizen naar Londen of Parijs of Wenen kwam Cabestany hier langs en dan praatten we een poosje. We waren allebei weduwnaar en hij beklaagde zich dat we nu getrouwd waren met de boeken, ik met de oude en hij met die van de boekhouding. We waren goede vrienden. Tijdens een van zijn bezoekjes vertelde hij me dat hij kort daarvoor voor een grijpstuiver de Spaanse rechten had verkregen van de romans van een zeker Julián Carax, een jonge auteur uit Barcelona die in Parijs woonde. Dat moet in 1928 of 1929 zijn geweest. Naar het schijnt, werkte Carax 's nachts als pianist in een tweederangs bordeel in Pigalle en schreef hij overdag zijn boeken op een miserabele zolderverdieping in de wijk Saint Germain. Parijs is de enige stad ter wereld waar doodgaan van de honger nog steeds beschouwd wordt als kunst. Carax had een paar romans gepubliceerd in Frankrijk die wat verkoop betreft op een absolute mislukking waren uitgedraaid. Niemand in Parijs gaf een stuiver voor hem en Cabestany hield er altijd van goedkoop te kopen."

"Maar schreef Carax nu in het Spaans of Frans?"

"Wie zal het zeggen? Waarschijnlijk alle twee. Zijn moeder was Française, muzieklerares geloof ik, en hij had in Parijs gewoond sinds hij negentien of twintig jaar oud was. Cabestany zei dat ze de manuscripten van Carax in het Spaans ontvingen. Of het vertalingen waren of originelen maakte hem niks uit. De favoriete taal van Cabestany was die van de peseta, de rest interesseerde hem niet. Cabestany had gedacht dat hij het misschien voor elkaar zou krijgen, met een beetje geluk, om een paar duizend exemplaren van Carax op de Spaanse markt weg te zetten."

"En lukte het hem?"

Isaac fronste zijn wenkbrauwen terwijl hij me nog wat van het versterkende brouwsel inschonk.

"Ik geloof dat hij er van de bestverkopende, *Het rode huis*, zo'n negentig verkocht."

"Maar hij bleef Carax publiceren, ook al verloor hij geld", gaf ik aan.

"Inderdaad. Ik weet eigenlijk niet waarom. Cabestany was niet bepaald een romanticus. Maar misschien heeft ieder mens zo zijn geheimen ... Tussen 1928 en 1936 publiceerde hij acht romans van Carax. Maar waar Cabestany echt zijn geld mee verdiende, was met de catechismus en een serie goedkope stuiverromannetjes waarin een heldin uit de provincie, Violet LaFleur, de hoofdrol speelde, en die erg goed verkochten in de kiosken. Mijn veronderstelling is dat hij de romans van Carax publiceerde voor de aardigheid en gewoon om Darwin dwars te zitten."

"Wat is er van meneer Cabestany geworden?"

Isaac zuchtte en keek naar boven.

"Leeftijd, het euvel waar we allemaal de rekening van gepresenteerd krijgen. Hij werd ziek en had geldproblemen. In 1936 nam de oudste zoon de uitgeverij onder zijn hoede, maar hij was van het soort dat nog niet de maat van zijn onderbroeken kon lezen. Binnen een jaar was het bedrijf naar de knoppen. Gelukkig heeft Cabestany niet meer meegemaakt wat zijn erfgenamen hebben uitgespookt met het resultaat van een lang, arbeidzaam leven, noch wat de oorlog deed met het land. Een embolie maakte op een Allerheiligenavond een eind aan zijn leven, met een Cohiba in de mond en een meisje van vijfentwintig jaar op zijn schoot. De zoon was uit ander hout gesneden. Arrogant zoals alleen idioten dat kunnen zijn. Zijn eerste, grootse idee was om te proberen de complete backlistvoorraad van de uitgeverij te verkopen, het legaat van zijn vader, om er papierpulp of iets dergelijks van te maken. Een vriend, nog zo'n snotneus met een huis in Caldetas en een Bugatti, had hem ervan overtuigd dat fotoromannetjes en *Mein Kampf* als warme broodjes over de toonbank zouden gaan en dat het nodig was om enorme hoeveelheden cellulose te hebben om aan de vraag te voldoen."

"En heeft hij het gedaan?"

"Het is er niet van gekomen. Kort nadat hij de teugels van de uitgeverij in handen had genomen, dook er een individu op in zijn kantoor dat hem een buitengewoon genereus aanbod deed. Hij wilde de complete voorraad opkopen van de romans van Julián Carax die nog steeds in druk waren en bood aan om er drie keer de marktwaarde voor te betalen."

"Zeg maar niets meer. Om ze te verbranden zeker", mompelde ik.

Isaac glimlachte verrast.

"Inderdaad, ja. En ik dacht nog wel dat u wat traag was, zo veel vragen en zo weinig weten."

"Wie was dat individu?" informeerde ik.

"Een zekere Aubert of Coubert, dat herinner ik me niet zo goed."

"Laín Coubert?"

"Klinkt deze naam u bekend in de oren?"

"Het is de naam van een personage uit *De schaduw van de wind*, de laatste roman van Carax."

Isaac fronste zijn voorhoofd.

"Een fictief personage?"

"In de roman is Laín Coubert de naam die door de duivel wordt gebruikt."

"Een tikje theatraal, als u het mij vraagt. Maar wie het ook was, hij had tenminste gevoel voor humor", was Isaac van mening.

Ik, die de ontmoeting met dat figuur nog vers in mijn geheugen had, vond het helemaal niet grappig, maar ik hield mijn mening voor me tot zich een betere gelegenheid voordeed.

"Deze persoon, Coubert, of hoe heet hij, had hij een verbrand gezicht, misvormd?"

Isaac observeerde me met een glimlach die het midden hield tussen half plagend en half bezorgd.

"Ik heb geen flauw idee. De persoon die me dit alles vertelde heeft hem uiteindelijk niet gezien en wist het alleen maar omdat Cabestany junior het de volgende dag aan zijn secretaresse vertelde. Over verbrande gezichten is met geen woord gerept. Weet u heel zeker dat u dat niet uit een stuiverroman heeft gehaald?"

Ik schudde mijn hoofd om het onderwerp te bagatelliseren.

"Hoe eindigde de zaak? Verkocht de zoon van de uitgever de boeken aan Coubert?" vroeg ik.

"Die stomkop van een jongen dacht slim te zijn. Hij vroeg meer geld dan Coubert bood, en die trok zijn voorstel in. Een paar dagen later brandde het magazijn van uitgeverij Cabestany in Pueblo Nuevo kort na middernacht tot de grond toe af. En gratis."

Ik zuchtte.

"Wat gebeurde er met de boeken van Carax? Gingen ze verloren?"

"Bijna allemaal. Gelukkig had de secretaresse van Cabestany, toen ze hoorde van het aanbod, een goede ingeving en ging ze op eigen houtje en risico naar het magazijn om van iedere titel van Carax een exemplaar mee naar huis te nemen. Zij was degene die alle correspondentie met Carax onderhield en door de jaren heen hadden ze een zekere vriendschap opgebouwd. Ze heette Nuria en ik geloof dat zij de enige persoon was in de uitgeverij, en waarschijnlijk in heel Barcelona, die de romans van Carax las. Nuria had een zwak voor de verloren zaak. Als kind bracht ze beestjes die ze op straat vond mee naar huis. Mettertijd veranderde dat in het adopteren van verdoemde auteurs, misschien omdat haar vader er een wilde zijn en het nooit voor elkaar kreeg."

"U lijkt haar erg goed te kennen."

Isaac lachte zijn grijns van hinkepootduiveltje.

"Beter dan ze denkt. Ze is mijn dochter."

De stilte en de twijfel vraten aan me. Hoe meer ik hoorde over deze geschiedenis, hoe verwarder ik me voelde.

"Ik begrijp dat Carax terugkeerde naar Barcelona in 1936. Sommigen zeggen dat hij hier stierf. Had hij nog familie in de stad? Iemand die misschien iets over hem weet?"

Isaac zuchtte.

"Wie weet. Carax' ouders waren al een tijd gescheiden, geloof ik. De moeder was naar Zuid-Amerika vertrokken, waar ze opnieuw trouwde. Met zijn vader, voorzover ik weet, praatte hij niet meer sinds hij naar Parijs was vertrokken."

"Waarom niet?"

"Weet ik het? De mensen maken het zich vaak moeilijk, alsof het leven niet al moeilijk genoeg is."

"Weet u of hij nog leeft?"

"Dat hoop ik toch wel. Hij was jonger dan ik, maar ik ga niet vaak de deur uit en al jaren lees ik de necrologieën niet meer omdat de mensen die ik ken, sterven als vliegen en daar word je bang van, om je de waarheid te zeggen. Trouwens, Carax was de achternaam van de moeder. De vader heette Fortuny. Hij had een hoedenwinkel op Ronda San Antonio en voorzover ik weet, kon hij niet zo goed met zijn zoon opschieten."

"Maar het kan dus zijn dat Carax de verleiding voelde, als er sprake was van een zekere vriendschap, zich tot uw dochter Nuria te wenden toen hij terugkeerde naar Barcelona, aangezien hij niet op goede voet stond met zijn vader?"

Isaac lachte bitter.

"Waarschijnlijk ben ik de minst aangewezen persoon om dat te weten. Uiteindelijk ben ik haar vader. Ik weet dat Nuria een keer, in 1932 of 1933, naar Parijs is gereisd vanwege zaken van Cabestany en dat ze een paar weken in het huis van Carax heeft gelogeerd. Dat vertelde Cabestany me. Volgens Nuria zat ze in een hotel. Mijn dochter was destijds vrijgezel en ik had het donkerbruine vermoeden dat Carax verkikkerd op haar was. Mijn Nuria is er een die harten breekt door alleen maar een winkel binnen te lopen."

"Bedoelt u te zeggen dat ze minnaars waren?"

"U houdt wel van een stuiverromannetje hier en daar, hè? Kijk eens, in het privé-leven van Nuria heb ik me nooit gemengd omdat het mijne ook bepaald niet is om over naar huis te schrijven. Als u op een goede dag een dochter hebt, een zegen die ik niemand toewens, omdat het een levenswet is dat ze vroeg of laat uw hart breekt, enfin, zoals ik zei, als u op een dag een dochter hebt, dan zult u zonder het in de gaten te hebben, beginnen met de mannen in twee groepen te verdelen: zij van wie u vermoedt dat ze met uw dochter slapen en zij die dat niet doen. En hij die zegt dat hij dat niet doet, liegt dat hij groen ziet. Ik had het vermoeden dat Carax bij de eerste groep hoorde, zodat het me dus geen bal kon schelen of hij een genie was of een arme drommel, ik vond hem hoe dan ook een schaamteloze vlegel."

"Misschien vergiste u zich wel."

"Niet om u te beledigen, maar u bent nog erg jong en weet net zoveel van vrouwen als ik van het maken van *panellets*."

“Toegegeven”, beaamde ik. “Wat gebeurde er met de boeken die uw dochter uit het magazijn meenam?”

“Die zijn hier.”

“Hier?

“Waar denkt u dat dat boek vandaan komt dat u vond op de dag dat uw vader u meenam hiernaartoe?”

“Ik begrijp het niet.”

“Het is anders reuze eenvoudig. Op een nacht, enkele dagen na de brand in het magazijn van Cabestany, stond mijn dochter op de stoep. Ze was nerveus. Ze zei dat iemand haar had gevolgd en dat ze vreesde dat de bewuste Coubert de boeken wilde hebben om ze te vernietigen. Nuria zei dat ze was gekomen om Carax’ boeken te verstoppen. Ze ging de grote zaal in en verborg ze in het labyrint van boekenkasten zoals iemand die een schat begraaft. Ik vroeg niet waar ze ze had verstopt en ze heeft het me ook niet verteld. Voor ze vertrok, zei ze dat ze terug zou komen om ze op te halen zodra ze Carax had gevonden. Ik had de indruk dat ze nog steeds verliefd was op Carax, maar ik zei niks. Ik vroeg haar of ze hem recentelijk nog gezien had, of ze iets van hem gehoord had. Ze vertelde dat ze al maanden geen levensteken van hem had gehad, praktisch niet meer sinds hij haar vanuit Parijs de laatste correcties van het manuscript van zijn laatste boek had gestuurd. Of ze tegen me loog, durf ik niet te zeggen. Wat ik wel weet, is dat Nuria sinds die dag nooit meer iets van hem heeft vernomen en dat die boeken hier achterbleven om te verstoffen.”

“Denkt u dat uw dochter genegen zou zijn hierover met mij te praten?”

“Ach, mijn dochter doet mee aan alles waar praten bij om de hoek komt kijken, maar ik weet niet of ze iets zal kunnen vertellen wat ondergetekende u niet al verteld heeft. Bedenk goed dat dit allemaal lang geleden is. En eigenlijk kunnen we niet zo goed met elkaar opschieten als ik zou willen. We zien elkaar één keer per maand. We gaan ergens hier in de buurt eten en dan vertrekt ze weer zoals ze gekomen is. Ik weet dat ze jaren geleden met een goeie jongen getrouwd is: verslaggever en een beetje een dwaas, eerlijk gezegd, zo eentje die altijd om politieke redenen in de knoei zit, maar met het hart op de goede plaats. Ze trouwden voor de burgerlijke stand, zonder genodigden. Ik kwam er een maand later achter. Haar echtgenoot heeft ze nooit aan me voorgesteld. Miquel heet hij, of zoiets. Ik veronderstel dat ze niet erg trots is op haar vader, en dat kan ik haar niet kwalijk nemen. Nu is ze een andere vrouw geworden. Moet je nagaan, ze heeft zelfs leren breien en ze zeggen dat ze zich niet meer kleedt als Simone de Beauvoir. Een dezer dagen krijg ik te horen dat ik grootvader blijk te zijn geworden. Al jaren werkt ze thuis als vertaalster Frans en Italiaans. Om je de waarheid te zeggen, ik weet niet waar ze het talent vandaan heeft. Van haar vader heel duidelijk níét. Ik zal het adres voor u opschrijven, hoewel ik er niet zeker van ben of het een goed idee is haar te vertellen dat ik u gestuurd heb."

Isaac krabbelde iets op een hoekje van een oude krant en reikte me de papiersnipper aan.

"Ik ben u zeer erkentelijk. Je weet nooit, wellicht herinnert zij zich iets ..."

Isaac glimlachte een beetje treurig.

"Als kind herinnerde ze zich alles. Alles. Daarna worden je kinderen volwassen en weet je niet meer wat ze denken of voelen. Zeg niet tegen Nuria wat ik u heb verteld, hè? Wat hier gezegd is, blijft onder ons."

"Maakt u zich geen zorgen. Gelooft u dat zij nog steeds aan Carax denkt?"

Isaac slaakte een diepe zucht en blikte naar beneden.

"Wist ik het maar. Ik weet niet of ze echt van hem hield. Dat soort dingen blijven in ieders hart opgesloten, en ze is nu een getrouwde vrouw. Toen ik uw leeftijd had, had ik een vriendinnetje, Teresa Boadas heette ze, ze naaide schorten in de textielwinkel Santamaría in Calle Comercio. Ze was zestien, twee jaar jonger dan ik, en ze was de eerste vrouw op wie ik verliefd werd. Trek maar niet zo'n raar gezicht, ik weet heus wel dat jullie jongeren denken dat wij oude mensen nooit verliefd zijn geweest. De vader van Teresita had een grote overdekte ijskar op Mercado del Borne en was stom vanaf zijn geboorte. U kunt zich niet voorstellen hoe bang ik was op de dag dat ik hem om de hand van zijn dochter vroeg en hij me vijf minuten lang strak bleef aankijken, zonder een woord te zeggen en met de ijshouweel in zijn hand. Ik was al twee jaar aan het sparen om een trouwring te kopen toen Teresita ziek werd. Iets wat ze in de werkplaats had opgelopen, zeiden ze. Binnen een halfjaar overleed ze aan tbc. Ik herinner me nog steeds hoe de stomme man kreunde op de dag dat we haar begroeven op het kerkhof van Pueblo Nuevo."

Isaac hulde zich in een diep stilzwijgen. Ik durfde zelfs geen adem te halen. Na een tijdje keek hij op en glimlachte naar me.

"Ik praat nu over vijfenvijftig jaar geleden, dat is niet niks. Maar, als ik eerlijk ben, er gaat geen dag voorbij dat ik niet aan haar denk, aan de wandelingen die we maakten naar de ruïnes van de Wereldtentoonstelling van 1888 en hoe ze om me lachte als ik haar de gedichten voorlas die ik schreef in de achterkamer van de kruidenierswinkel in vlees- en koloniale waren van mijn oom Leopold. Ik herinner me zelfs het gezicht van een zigeunerin die ons de hand las op het strand van Bogatell, die zei dat we ons hele leven samen zouden zijn. Op haar manier heeft ze niet gelogen. Wat zal ik u zeggen? Dus ja, ik denk dat Nuria zich die man nog steeds herinnert, ook al zegt ze dat niet. En eerlijk gezegd, dat zal ik Carax nooit vergeven. U bent nog erg jong, maar ik weet hoeveel pijn zulke dingen kunnen doen. Als u mijn mening wilt weten, Carax was een hartendief, en dat van mijn dochter heeft hij met zich meegenomen het graf of de hel in. Ik vraag u slechts één ding, als u haar ziet en met haar praat: dat u me vertelt hoe het met haar gaat. Dat u probeert uit te zoeken of ze gelukkig is. En of ze haar vader heeft vergeven."

Kort voor de dageraad en met slechts een olielamp bij me, ging ik nogmaals het Kerkhof der Vergeten Boeken in. Terwijl ik dat deed, stelde ik me de dochter van Isaac voor, die dezelfde donkere en eindeloze gangen had doorkruist met dezelfde gedecideerdheid die mij nu leidde: het boek redden. Aanvankelijk meende ik me de route te herinneren die ik tijdens mijn eerste bezoek aan deze plek had gevolgd aan de hand van mijn vader, maar al snel begreep ik dat de plooien van het labyrint de gangen in spiralen ombogen die onmogelijk te onthouden waren. Drie keer probeerde ik een route te volgen die ik mij meende te herinneren, en drie keer gaf het labyrint mij terug aan hetzelfde vertrekpunt. Isaac wachtte me daar glimlachend op.

"Denkt u er op een dag voor terug te komen?" vroeg hij.

"Vanzelfsprekend."

"In dat geval wilt u misschien een beetje smokkelen."

"Smokkelen?"

"Jongeman, u bent een beetje traag van begrip, is het niet? Denk aan de Minotaurus."

Het duurde een paar seconden voor ik zijn suggestie begreep. Isaac haalde een oud pennenmesje uit zijn zak en gaf het me.

"Maakt u een kleine markering op iedere hoek die u omslaat, een inkeping die u alleen kent. Het is oud hout en er zitten zoveel krassen en groeven in dat niemand het zal merken, tenzij die persoon weet wat hij zoekt ..."

Ik volgde zijn advies op en ging opnieuw het hart van de structuur in. Iedere keer dat ik van koers veranderde, stopte ik om de planken te markeren met een C en X aan de kant van de gang waar ik afsloeg. Twintig minuten later was ik volledig verdwenen in het binnenste van de toren, en de plek waar ik de roman ging begraven, deed zich puur toevallig aan me voor. Rechts van mij ontwaarde ik een rij boeken over secularisatie, ontsproten aan de pen van de vermaarde Jovellanos. In mijn adolescente ogen zou een dergelijke camouflage zelfs de meest sluwe geesten om de tuin geleid hebben. Ik haalde er een paar delen uit en inspecteerde de tweede rij die verborgen was achter de muren van granieten proza. Tussen stofwolkjes stonden diverse komedies van Moratín en een fonkelnieuwe *Curial e Güelfa* zij aan zij met de *Tractatus theologicus politicus* van Spinoza. Bij wijze van coup de grâce besloot ik Carax tussen een jaarboek met rechterlijke vonnissen van de rechtbank van Gerona in 1901 en een verzameling romans van Juan Valera te plaatsen. Om ruimte te winnen pakte ik het boek met poëzie uit de Gouden Eeuw dat de twee van elkaar scheidde eruit en zette op zijn plaats *De schaduw van de wind*. Ik nam met een knipoog afscheid van de roman en zette de anthologie van Jovellanos weer terug op zijn plek zodat de achterste rij ommuurd werd.

Zonder verdere plichtplegingen liep ik weg en liet me leiden door de inkepingen die ik onderweg had gemaakt. Terwijl ik in het halfduister door tunnels en tunnels van boeken liep, kon ik niet nalaten te denken dat als ik, door puur toeval, een compleet universum had ontdekt in een enkel onbekend boek te midden van het oneindige aantal boeken in deze necropolis, er nog tienduizenden anderen onontdekt zouden blijven, voor altijd vergeten. Ik voelde me omringd door miljoenen in de steek gelaten bladzijden, universums en zielen zonder eigenaar die in een oceaan van duisternis wegzakten, terwijl de wereld die buiten de muren klopte, dag na dag meer haar geheugen verloor en zich wijzer voelde naarmate ze meer vergat.

Het eerste ochtendlicht was zichtbaar toen ik terugkeerde naar onze woning in Calle Santa Ana. Behoedzaam opende ik de deur en glipte over de drempel zonder het licht aan te doen. Vanaf de garderobe was de eetkamer aan het einde van de gang te zien, de tafel nog steeds feestelijk uitgedost. De taart stond er intact en het servies wachtte nog steeds op het diner. Het onbeweeglijke silhouet van mijn vader tekende zich af in de fauteuil, terwijl hij uit het raam tuurde. Hij was wakker en droeg nog steeds zijn beste pak. Rookkringels van een sigaret die hij vasthield tussen wijs- en ringvinger alsof het een vulpen was, cirkelden lui omhoog. Het was jaren geleden dat ik mijn vader had zien roken.

"Goedemorgen", mompelde hij, terwijl hij de sigaret uitdrukte in een asbak die bijna overliep van de half opgerookte peuken.

Ik keek hem aan zonder te weten wat ik moest zeggen. Zijn ogen bleven verborgen in het tegenlicht.

"Clara heeft gisteravond verschillende malen gebeld, een paar uur nadat je was vertrokken", zei hij. "Ze klonk erg bezorgd. Ze liet de boodschap achter dat je haar moest terugbellen, ongeacht het tijdstip."

"Ik ben niet van plan Clara nog te zien of met haar te praten", zei ik.

Mijn vader knikte slechts. Ik liet me op een van de eettafelstoelen vallen en staarde naar de vloer.

"Ga je me vertellen waar je geweest bent?"

"Weg."

"Je hebt me de schrik van mijn leven bezorgd."

Er was geen woede in zijn stem en nauwelijks verwijt, slechts vermoeidheid.

"Ik weet het. Het spijt me", antwoordde ik.

"Wat is er met je gezicht gebeurd?"

"Ik gleed uit in de regen en viel."

"Die regen moet een goede rechtse hebben gehad. Je moet er iets op doen."

"Het is niks. Ik voel het niet eens", loog ik. "Wat ik nodig heb, is een paar uur slaap. Ik val bijna om."

"Maak dan in elk geval je cadeau open voor je naar bed gaat", zei mijn vader.

Hij wees naar het in cellofaan gewikkelde pakje dat hij de vorige avond op de eettafel had gelegd. Ik aarzelde een moment. Mijn vader knikte. Ik nam het pakje en woog het op de hand. Ik gaf het zonder het te openen terug aan mijn vader.

"Het is beter als je het terugbrengt. Ik verdien geen cadeau."

"Cadeaus zijn er voor het plezier van de gever, niet voor de verdiensten van de ontvanger", zei mijn vader. "Bovendien, ik kan het niet meer terugbrengen. Maak nu maar open."

In de ochtendschemering maakte ik de zorgvuldige verpakking open. In het pakje zat een bewerkt houten doosje, glanzend, omrand met vergulde klinknageltjes. Nog voor ik het opendeed, moest ik glimlachen. De klank van het slotje bij het opengaan was verrukkelijk, als van een uurwerk. Het binnenste van het etui was bedekt met donkerblauw fluweel. Victor Hugo's fabuleuze Montblanc Meisterstück rustte in het midden, oogverblindend. Ik nam hem in mijn handen en keek ernaar in het licht van het balkon. Op de gouden clip op de dop stond een inscriptie gegraveerd.

DANIEL SEMPERE, 1950

Ik keek mijn vader aan, met stomheid geslagen. Ik geloof niet dat ik hem ooit zo gelukkig heb gezien als op dat moment. Zonder een woord te zeggen stond hij op uit zijn fauteuil en omhelsde me stevig. Ik voelde een brok in mijn keel en bij gebrek aan woorden hield ik mijn lippen stijf op elkaar.

Een vos verliest wel zijn haren ...

11

Dat jaar bedekte de herfst Barcelona met een mantel van verdorde bladeren die als slangenhuid door de straten wervelde. De herinnering aan die verre verjaardagsnacht had mijn animo danig bekoeld, of misschien was het het leven zelf dat besloten had me een sabbatsjaar toe te kennen van mijn kluchtige verdriet, zodat ik kon beginnen met volwassen worden. Ik stond versteld over mezelf dat ik nauwelijks aan Clara Barceló dacht, of aan Julián Carax, of aan die pias zonder gezicht met de geur van verbrand papier om zich heen, die zichzelf een aan de bladzijden van een boek ontsnapt personage verklaarde. Tegen de tijd dat het november werd, had ik een maand soberheid in acht genomen, zonder zelfs maar in de buurt van Plaza Real te komen om een glimp van Clara in het raam te kunnen opvangen. Die verdienste, moet ik eerlijk bekennen, had ik niet alleen aan mijzelf te danken. De zaken in de winkel gingen steeds beter en mijn vader en ik hadden meer werk dan we aankonden.

"In dit tempo zullen we een derde persoon moeten aannemen die ons helpt bij de zoektocht naar de gevraagde boeken", merkte mijn vader op. "Wat we nodig hebben, is een zeer speciaal iemand, half detective, half dichter, iemand die weinig vraagt en niet bang is voor onmogelijke opdrachten."

"Ik denk dat ik de juiste kandidaat heb", zei ik.

Ik vond Fermín Romero de Torres op zijn gebruikelijke stek onder de arcadebogen van Calle Fernando. De bedelaar was de voorpagina van de *Maandagkrant* bij elkaar aan het passen met snippers die hij uit een vuilnisbak had gevist. Het artikel van de dag ging over de publieke werken en de glorieuze vooruitgang van het land onder leiding van de dictator, Generalísimo Franco.

"Verduiveld! Nog een stuwmeer?" hoorde ik hem uitroepen. "Die fascistenluitjes veranderen ons allemaal nog eens in een ras van kwezels en kikvorsen."

"Een goede morgen", zei ik zachtjes. "Herinnert u zich mij nog?"

De bedelaar keek omhoog en plotseling lichtte zijn gezicht op in een grijns van oor tot oor.

"Geloofd en geprezen zijn mijn ogen! Hoe gaat het met u, mijn vriend? U accepteert toch zeker wel een slokje rode wijn, hoop ik?"

"Vandaag trakteer ik", zei ik. "Hebt u trek?"

"Nou, ik zeg geen nee tegen een zeebanket, maar ik ben overal voor te vinden."

Op weg naar de boekwinkel vertelde Fermín Romero de Torres me over alle toeren die hij die weken had moeten uithalen om de veiligheidsdiensten van de Staat te ontwijken en in het bijzonder zijn Nemesis, een zekere inspecteur Fumero, met wie hij naar het zich deed aanzien al een lange geschiedenis van conflicten had.

"Fumero?" vroeg ik. Dat was de naam van de soldaat die Clara Barceló's vader had vermoord in het kasteel op de Montjuïc, aan het begin van de oorlog.

Het mannetje knikte, bleek en bang. Hij zag er uitgehongerd en vies uit en hij stonk naar maanden straatleven. De arme kerel had geen flauw idee waar ik hem naartoe bracht en ik zag in zijn ogen een groeiende angst, die hij achter een onophoudelijke woordenstroom trachtte te verbergen. Toen we bij de winkel aankwamen, wierp de bedelaar me een bezorgde blik toe.

"Komt u maar binnen. Dit is de boekwinkel van mijn vader, aan wie ik u wil voorstellen."

De zwerver veranderde in een bundeltje vuil en zenuwen.

"Nee, nee, beslist niet, ik ben niet presentabel en dit is een etablissement van stand; ik zou u beschamen ..."

Mijn vader verscheen in de deuropening, liet zijn blik vluchtig over de bedelaar glijden en wierp een steelse blik op mij.

"Pap, dit is Fermín Romero de Torres."

"Om u te dienen", zei de bedelaar bijna bevend.

Mijn vader glimlachte kalm naar hem en stak zijn hand uit. De zwerver durfde hem niet te schudden, beschaamd als hij was over zijn uiterlijk en het vuil dat hem bedekte.

"Ik geloof dat het beter is dat ik ga en u verder alleen laat", stotterde hij.

Mijn vader nam hem zachtjes bij de arm.

"Komt niets van in; mijn zoon heeft gezegd dat u met ons meeeet."

Stomverbaasd en doodsbang keek de bedelaar ons aan.

"Waarom gaat u niet naar boven, naar ons huis, om een lekker warm bad te nemen?" zei mijn vader. "Daarna, als het u schikt, wandelen we naar Can Solé."

Fermín Romero de Torres stamelde iets onbegrijpelijks. Nog steeds glimlachend leidde mijn vader hem naar de huisdeur en moest hem praktisch de trap naar onze woning omhoog sleuren, terwijl ik de winkel afsloot. Met veel redekunst en slinkse tactieken lukte het ons hem in bad te zetten en hem te ontdoen van zijn vodden. Naakt zag hij eruit als op een oorlogsfoto en hij trilde als een geplukt kuiken. Hij had diepe sporen op zijn polsen en enkels, en zijn borst en rug waren bedekt met verschrikkelijke littekens die akelig waren om naar te kijken. Mijn vader en ik wisselden een blik vol ontzetting, maar zeiden niets.

De zwerver liet zich wassen als een kind. Terwijl ik naar schone kleren voor hem zocht, hoorde ik de stem van mijn vader die onophoudelijk tegen hem praatte. Ik vond een pak dat mijn vader nooit meer aanhad, een oud overhemd en wat ondergoed. Van het stel kleren dat de bedelaar aan had gehad, waren zelfs de schoenen niet meer bruikbaar. Ik zocht een paar uit dat mijn vader zelden aantrok omdat ze te klein waren. De vodden wikkelde ik in krantenpapier, inclusief een onderbroek die de kleur en consistentie had van gerookte ham, en ik gooide het hele pakketje in de vuilnisbak. Toen ik terugkwam in de badkamer, was mijn vader Fermín Romero de Torres aan het scheren. Bleek en geurend naar zeep, leek hij twintig jaar jonger. Uit wat ik zag, maakte ik op dat ze al vrienden aan het worden waren. Fermín Romero de Torres, wellicht onder invloed van het badzout, zat op zijn praatstoel.

"Zo is het ook nog eens, meneer Sempere, als het leven niet had gewild dat het mijne zich afspeelde in de wereld van de internationale intrige, dan was ik van ganser harte voor de humaniora gegaan. Als kind al voelde ik de roep van het vers en wilde ik Sophocles zijn of Vergilius, omdat ik kippenvel krijg van de tragedie en de dode talen, maar mijn vader, God hebbe zijn ziel, was een stijfkop met weinig visie die altijd heeft gewenst dat een van zijn kinderen in dienst trad bij de Guardia Civil, en mijn zusters zouden ze geen van zeven hebben toegelaten, ondanks het probleem van gezichtshaar dat altijd karakteristiek is geweest voor de vrouwen in mijn familie van moederskant. Op zijn doodsbed liet mijn verwekker me zweren dat als het me niet lukte om de driesteek te dragen, ik dan op zijn minst ambtenaar zou worden en alle pretenties om een lyrische roeping te volgen zou laten varen. Ik ben van de oude stempel, en een vader, ook al is het een ezel, moet je gehoorzamen, u begrijpt wat ik bedoel. Desalniettemin moet u niet denken dat ik het aanscherpen van het intellect verwaarloosd heb tijdens mijn jaren van avontuur. Ik heb het nodige gelezen en zou u uit mijn hoofd de beste fragmenten van *La vida es sueño* kunnen voordragen."

"Kom, chef, trekt u deze kleren aan, als u me het plezier wilt doen, binnen deze muren staat uw eruditie buiten kijf", zei ik om mijn vader te hulp te schieten.

Fermín Romero de Torres wist niet waar hij moest kijken van dankbaarheid. Hij kwam stralend het bad uit. Mijn vader wikkelde hem in een handdoek. De zwerver lachte van puur genot bij het voelen van de schone stof op zijn huid. Ik hielp hem zich in de kleren te steken die hem ongeveer tien maten te groot waren. Mijn vader ontdeed zich van zijn riem en gaf hem aan mij zodat ik de bedelaar ermee kon insnoeren.

"U ziet er piekfijn uit", zei mijn vader. "Nietwaar, Daniel?"

"Eenieder zou u voor een filmartiest aanzien."

"Schei uit, een mens is niet meer wat hij geweest is. In de gevangenis heb ik mijn herculische musculatuur verloren en sindsdien ..."

"Nou, ik vind dat u lijkt op Charles Boyer wat bouw betreft", wierp mijn vader tegen. "A propos, ik wilde u een voorstel doen."

"Voor u, meneer Sempere, leg ik ze om als het nodig is. U hoeft me de naam maar te geven en ik liquideer hem zonder een greintje pijn."

"Zover zal het niet komen. Wat ik u wilde aanbieden is een baan in de boekwinkel. Het gaat erom dat u zeldzame boeken zoekt voor onze cliënten. Het is bijna de baan van een literair archeoloog, die zowel de klassieken moet kennen als de basistechnieken van de zwarte handel. Op het moment kan ik u niet veel betalen, maar u eet mee aan onze tafel en u overnacht in dit huis totdat we een fatsoenlijk pension voor u hebben gevonden, als dat wat u betreft in orde is."

Sprakeloos keek de bedelaar ons aan.

"Wat vindt u ervan?" vroeg mijn vader. "Komt u het team versterken?"

Het leek erop dat hij iets wilde gaan zeggen, maar precies op dat moment barstte Fermín Romero de Torres in huilen uit.

Van zijn eerste salaris kocht Fermín Romero de Torres een glamoureuze hoed, een paar schoenen voor de regen, en hij stond erop mijn vader en mij uit te nodigen voor een bord ossenstaart, dat iedere maandag geserveerd werd in een restaurant vlak bij Plaza Monumental, de stierenvechtersarena. Mijn vader had een kamer voor hem gevonden in een pension in Calle Joaquín Costa waar we dankzij de vriendschap van onze buurvrouw Merceditas met de pensionhoudster, de formaliteit van het invullen van het gastenformulier voor de politie konden omzeilen en zo Fermín Romero de Torres ver konden houden van de neus van inspecteur Fumero en zijn trawanten. Soms dook in mijn geheugen het beeld op van de enorme littekens die zijn lichaam bedekten en dan kwam ik in de verleiding hem ernaar te vragen, misschien omdat ik bang was dat inspecteur Fumero ermee te maken had, maar iets in zijn blik weerhield me ervan het thema aan te snijden. Hij zou het ons op een dag zelf wel vertellen, als het hem gelegen kwam.

Iedere ochtend om stipt zeven uur wachtte Fermín op ons bij de deur van de boekwinkel, met een onberispelijk voorkomen en een glimlach om zijn lippen, bereid om een dag van twaalf uur of meer zonder pauze door te werken. Hij had een passie voor chocolade en *brazos de gitano* ontdekt die niet onderdeed voor zijn enthousiasme voor de groten van de Griekse tragedie, dus zijn gewicht was iets toegenomen. Hij schoor zich als een jongeheer, kamde zijn haar met brillantine naar achteren en liet een potloodsnorretje staan om met de laatste mode mee te doen. Dertig dagen nadat hij uit onze badkuip tevoorschijn was gekomen, was de voormalige bedelaar onherkenbaar. Maar ondanks zijn spectaculaire transformatie deed Fermín Romero de Torres ons echt volkomen paf staan op het slagveld. Zijn speurdersinstincten, die ik aan koortsachtige fantasieën had toegeschreven, waren van een chirurgische precisie. In zijn handen werden de meest vreemde verzoeken in luttele dagen opgelost, zo niet binnen enkele uren. Er was geen titel die hij niet kende, geen list die hem niet te binnen schoot om het boek te pakken te krijgen tegen een redelijke prijs. Hij kletste zich de privé-bibliotheken in van gravinnen aan Avenida Pearson en van dilettanten uit paardrijkringen dankzij zijn gelikte praatjes, waarbij hij altijd een fictieve identiteit aannam, en hij kreeg het voor elkaar dat ze hem de boeken cadeau deden of voor een appel en een ei verkochten.

De transformatie van de bedelaar in modelburger leek miraculeus, zo'n verhaal dat de pastoors van arme parochies met genoegen vertelden om de oneindige barmhartigheid des Heren te illustreren, maar dat altijd te perfect leek om waar te zijn – net als de advertenties voor haargroeimiddelen op de trams.

Drieënhalve maand nadat Fermín was begonnen in de boekwinkel, werden we op een zondag om twee uur 's ochtends gewekt door de telefoon. Het was de hospita van het pension waar Fermín Romero de Torres woonde. Met horten en stoten vertelde ze ons dat de heer Romero de Torres zich in zijn kamer had opgesloten, dat hij als een gek aan het schreeuwen was en op de muren bonkte en bezwoer dat als er iemand binnenkwam, hij zichzelf subiet met een kapotte fles de keel zou doorsnijden.

"Belt u alstublieft niet de politie. We komen er nu aan."

Zo snel als we konden gingen we naar Calle Joaquín Costa. Het was een koude nacht, met een wind die ons de adem afsneed, en een loodgrijze hemel. We holden het Casa de la Misericordia voorbij en het Casa de la Piedad, geen acht slaand op blikken en fluisteringen uit donkere portieken die roken naar mest en kolen. We kwamen aan op de hoek van Calle Ferlandina. Joaquín Costa lag erbij als een kloof tussen rijen zwart geworden bijenkorven die oplosten in de nevelen van de wijk Raval. De oudste zoon van de pensionhoudster wachtte ons op straat op.

"Hebt u de politie gebeld?" vroeg mijn vader.

"Nog niet", antwoordde de zoon.

We renden de trappen op. Het pension lag op de tweede verdieping en de trap was een spiraal van vuil waar nauwelijks de okerkleurige weerschijn van kale, vermoeide peertjes aan kale elektriciteitsdraden waarneembaar was. Doña Encarna, weduwe van een brigadier van de Guardia Civil en eigenares van het pension, ontving ons bij de deur van het pension, gehuld in een hemelsblauwe duster en met bijpassende krulspelden op het hoofd.

"Ziet u, meneer Sempere, dit is een fatsoenlijk huis van stand. Aanbiedingen heb ik meer dan genoeg en dit soort theater hoef ik beslist niet te tolereren", zei ze, terwijl ze ons door een donkere gang loodste die naar vocht en ammoniak rook.

"Ik begrijp het", mompelde mijn vader.

Het geschreeuw van Fermín Romero de Torres aan het einde van de gang was duidelijk hoorbaar en deed de muren trillen. In halfgeopende deuren waren hier en daar magere, verschrikte gezichten te zien – pension- en waterige-soepgezichten.

"Vort, de rest kan gaan slapen, verdorie, dit is geen Molinorevue", riep doña Encarna furieus uit.

Voor de deur van Fermíns kamer bleven we staan. Mijn vader klopte zachtjes op de deur.

"Fermín? Bent u daar? Ik ben het, Sempere."

Het gehuil dat door de muur drong, sneed door mijn hart. Zelfs doña Encarna verloor haar matroneachtige zelfbeheersing en legde haar handen op haar hart, verborgen onder de overvloedige plooien van haar weelderige borst.

Mijn vader klopte opnieuw.

"Fermín? Toe nu, doe open."

Fermín jammerde opnieuw, waarbij hij zich tegen de muren wierp en obsceniteiten schreeuwde tot hij hees was. Mijn vader zuchtte.

"Hebt u een sleutel van deze kamer?"

"Natuurlijk."

"Geeft u hem mij."

Doña Encarna weifelde. De andere huurders waren opnieuw in de gang verschenen, wit van angst. Het geschreeuw moest tot aan het legerhoofdkwartier te horen zijn.

"En jij, Daniel, ga snel dokter Baró halen, die woont hier vlakbij, op nummer 12 van Riera Alta."

"Denkt u niet dat het beter zou zijn om een priester te halen? Die vent lijkt wel van de duivel bezeten", opperde doña Encarna.

"Nee. Een arts is het beste. Daniel, rennen. En geeft u mij die sleutel, alstublieft."

Dokter Baró was een verstokte vrijgezel die aan slapeloosheid leed en de nachten doorbracht met het lezen van Zola en het bekijken van stereogrammen van juffrouwen in schaarse kledij om de verveling te verdrijven. Hij was vaste klant in de winkel van mijn vader en hoewel hij zichzelf kwalificeerde als kwakzalver van laag allooi, had hij een beter oog voor het stellen van de juiste diagnose dan de meeste dikdoenerige artsen met een praktijk in Calle Muntaner. Een groot gedeelte van zijn clientèle werd gevormd door hoeren op leeftijd uit de wijk en arme zielen die hem nauwelijks iets konden betalen, maar die hij evengoed hielp. Ik had hem meer dan eens horen zeggen dat de wereld een pispot was en dat hij erop wachtte dat Barcelona nu goddomme eens de Liga zou winnen zodat hij in vrede kon sterven. Hij deed de deur open in ochtendjas, met een uitgedoofde peuk tussen zijn lippen en een wijnlucht om hem heen.

"Daniel?"

"Mijn vader stuurt me. Het gaat om een noodsituatie."

Toen we terugkwamen bij het pension vonden we doña Encarna snikkend van pure schrik, de rest van de huurders met de kleur van altaarkaarsen en mijn vader met Fermín Romero de Torres in zijn armen in een hoek van de kamer. Fermín was naakt, hij huilde en beefde van angst. De kamer was een bende, de muren besmeurd met iets waarvan ik niet zou durven zeggen of het bloed of uitwerpselen waren. Dokter Baró maakte een snelle inschatting van de situatie en met een gebaar gaf hij mijn vader te kennen dat Fermín op bed gelegd moest worden. De zoon van doña Encarna, die aspiraties had om bokser te worden, hielp hen. Fermín kreunde en kronkelde alsof een monster zijn ingewanden aan het verslinden was.

"Maar wat heeft deze arme man, in godsnaam? Wat hééft hij?" kreunde doña Encarna vanuit de deuropening, terwijl ze haar hoofd schudde.

De dokter nam zijn pols, inspecteerde met een zaklamp zijn pupillen en zonder een woord te zeggen prepareerde hij een injectie uit een flesje dat hij bij zich had in zijn koffertje.

"Houd hem vast. Dit zal hem doen slapen. Daniel, help ons."

Met zijn vieren immobiliseerden we Fermín, die heftig van zich af sloeg toen hij de prik van de naald in zijn dij voelde. Zijn spieren verstrakten als stalen kabels, maar in enkele seconden vertroebelden zijn ogen en viel zijn lichaam slap neer.

"Wees voorzichtig, deze man is niet sterk en dat medicijn wordt nog zijn dood", zei doña Encarna.

"Maakt u zich geen zorgen. Hij slaapt slechts", zei de dokter, terwijl hij de littekens onderzocht die het uitgehongerde lijf van Fermín bedekten.

Ik zag hem in stilte zijn hoofd schudden.

"Fills de puta", mompelde hij.

"Waar zijn die littekens van?" vroeg ik. "Snijwonden?"

Dokter Baró schudde zijn hoofd zonder op te kijken. Hij zocht een deken tussen de rommel en bedekte zijn patiënt.

"Brandwonden. Deze man is gemarteld", legde hij uit. "Die sporen komen van een soldeerlamp."

Fermín sliep twee hele dagen. Bij het wakker worden herinnerde hij zich niks, behalve dat hij meende in een donkere cel wakker te zijn geworden en daarna niets meer. Hij voelde zich zo beschaamd over zijn gedrag dat hij op zijn knieën viel om doña Encarna om vergiffenis te vragen. Hij bezwoer haar dat hij het pension zou verven en, omdat hij wist dat ze bijzonder devoot was, tien missen voor haar zou laten zeggen in de kerk van Belén.

"Wat u moet doen is weer gezond worden en me niet nog eens zo aan het schrikken maken, daar ben ik te oud voor."

Mijn vader betaalde de schade en verzocht doña Encarna om Fermín nog een kans te geven. Ze stemde gaarne in. De meesten van haar huurders waren verschoppelingen en mensen die geen levende ziel hadden op deze wereld, net als zij. Toen de schrik eenmaal voorbij was, raakte ze nog meer op Fermín gesteld en liet ze hem beloven dat hij de pillen zou nemen die dokter Baró hem had voorgeschreven.

"Voor u, doña Encarna, slik ik een baksteen in als het nodig is."

Mettertijd deden we allemaal alsof we het gebeurde waren vergeten, maar nooit meer deed ik de verhalen over inspecteur Fumero af als grapje. Na die episode en om hem niet alleen te laten, namen we Fermín Romero de Torres bijna elke zondag mee voor het middageten in café Novedades. Daarna wandelden we naar bioscoop Fémina op de hoek van Diputación en Paseo de Gracia. Een van de plaatsaanwijzers was een vriend van mijn vader en hij liet ons via de brandweeruitgang van de parterre naar binnen glippen halverwege het filmjournaal, altijd op het moment dat de Generalísimo het inaugurele lint doorknipte van een of ander nieuw stuwmeer, hetgeen Fermín Romero de Torres bijzonder op zijn zenuwen werkte.

"Wat een schandaal", zei hij dan verontwaardigd.

"Houdt u niet van film, Fermín?"

"Tussen u en mij, dat van die zevende kunst kan me mijn rug op. Voorzover ik het begrijp, is het niet meer dan voedsel voor het zoethouden van het afgestompte plebs, erger dan voetbal of stierenvechten. De film is ontstaan als uitvinding ter vermaak van de analfabete massa's en vijftig jaar later is er niet veel veranderd."

Al die onwil veranderde radicaal op de dag dat Fermín Romero de Torres Carole Lombard ontdekte.

"Wat een buste, Jezus, Maria en Jozef, wat een buste!" riep hij midden in de voorstelling bezeten uit. "Dat zijn geen tieten, dat zijn twee karvelen!"

"Zwijg, jij smeerlap, of ik roep nu de manager", gromde een stem die rechtstreeks van de biechtstoel af leek te komen een paar rijen achter ons. "Het zal toch niet waar zijn, de onbeschaamdheid. Wat is dit toch een land van zwijnen."

"Je kunt beter zachtjes praten, Fermín", raadde ik aan.

Fermín Romero de Torres luisterde niet naar me. Hij was volledig gefixeerd op de zachte schommeling van dat wonderbaarlijke decolleté, een verrukte glimlach op zijn gezicht en wijdopen ogen. Later, terwijl we terugwandelden over Paseo de Gracia, merkte ik dat onze bibliografische detective nog steeds in trance was.

"Ik geloof dat we een vrouw voor u moeten zoeken", zei ik. "Een vrouw zal uw leven opvrolijken, dat zult u zien."

Fermín Romero de Torres zuchtte; voor zijn geestesoog trokken nogmaals die verrukkingen voorbij die de wet van de zwaartekracht leken te trotseren.

"Praat u uit ervaring, Daniel?" vroeg hij onschuldig.

Ik beperkte me tot een glimlachje, wetend dat mijn vader me zijdelings observeerde.

Na die dag kreeg Fermín Romero de Torres de smaak te pakken om iedere zondag naar de film te gaan. Mijn vader gaf er de voorkeur aan thuis te blijven lezen, maar Fermín Romero de Torres sloeg geen enkele voorstelling over. Hij kocht een berg chocolatjes en ging op rij zeventien zitten om ze te verslinden, terwijl hij wachtte op de verschijning van de diva van de dag. De plot kon hem geen bal schelen en hij hield niet op met praten tot een dame met aanzienlijke attributen het scherm vulde.

"Ik heb zitten denken aan wat u laatst zei over een vrouw zoeken", zei Fermín Romero de Torres. "Misschien hebt u wel gelijk.

In het pension is een nieuwe huurder, een erg levendige ex-seminarist uit Sevilla, die af en toe een paar imposante meiskes meeneemt. Tjonge, wat is het ras verbeterd. Ik weet niet hoe hij het doet, want de jongen stelt niet veel voor, maar misschien versuft hij ze wel met onzevaders. Omdat hij de kamer naast de mijne heeft, hoor ik alles, en te oordelen naar de geluiden, is de broeder een ware artiest. Wat een uniform al niet vermag. Van welke vrouwen houdt u, Daniel?"

"Ik weet niet veel van vrouwen, eerlijk gezegd."

"Weten, in de zin van begrijpen, dat doet niemand. Freud niet, de vrouwen zelf niet, maar het is net als met elektriciteit: je hoeft niet te weten hoe het functioneert om er je vingers aan te branden. Vooruit, vertel. Hoe hebt u ze graag? Ze moeten het me maar vergeven, maar een vrouw moet de vormen hebben van een vrouw zodat je iets vast te pakken hebt, maar u ziet eruit alsof u van magere dingen houdt; een gezichtspunt dat ik zeer respecteer, hoor, begrijpt u me niet verkeerd."

"Als ik eerlijk moet zijn, ik heb niet veel ervaring met vrouwen. Helemaal géén, eigenlijk."

Fermín Romero de Torres bekeek me aandachtig, geïntrigeerd door deze manifestatie van ascese.

"Ik dacht dat dat toen die ene nacht, u weet wel, die oplawaai ..."

"Als alles slechts zo'n pijn deed als een mep ..."

Fermín leek mijn gedachten te lezen en grijnsde een solidair lachje.

"Kijk, dit moet u niet verkeerd opvatten, maar het beste van de vrouwen is ze te ontdekken. Niets is te vergelijken met de eerste keer. Een man weet niet wat het leven is totdat hij voor de eerste keer een vrouw uitkleedt. Knoop voor knoop, alsof u op een winternacht een gloeiend hete zoete aardappel schilt. Ahhh ..."

In luttele seconden maakte Veronica Lake haar entree op het doek en plotsklaps verkeerde Fermín in een andere dimensie. Gebruikmakend van een stukje waarin Veronica pauze had, kondigde Fermín aan dat hij een bezoekje ging brengen aan het stalletje met snoepgoed in de hal om de voorraden aan te vullen. Na maanden honger geleden te hebben, had mijn vriend iedere zin voor maat verloren, maar dankzij zijn razendsnelle metabolisme raakte hij nooit meer dat naoorlogse hongerige, magere voorkomen kwijt. Ik bleef alleen achter, nauwelijks de actie op het scherm volgend. Ik zou liegen als ik zei dat ik aan Clara dacht. Ik dacht uitsluitend aan haar lichaam, bevend onder de stoten van de muziekleraar, en glimmend van zweet en genot. Ik wendde mijn blik af van het scherm en toen pas zag ik de toeschouwer die zojuist was binnengekomen. Ik zag zijn silhouet naar voren lopen tot aan het centrum van het parket met stoelen, zes rijen naar voren, en daar plaatsnemen. De bioscopen zaten vol met eenzame mensen, dacht ik. Net als ik.

Ik probeerde me te concentreren en de draad van het verhaal weer op te pakken. De vrijer, een cynische detective met desalniettemin een goed hart, legde aan een secundair personage uit waarom vrouwen als Veronica Lake de ondergang betekenden van iedere rechtschapen macho en dat het enige wat erop zat was, ondanks alles, wanhopig van ze te houden en aan hun trouweloosheid ten onder te gaan. Fermín Romero de Torres, die langzaamaan een geroutineerd criticus werd, noemde dit genre verhalen 'het paradigma van de bidsprinkhaan'. Volgens hem waren het niks anders dan misogyne verhalen voor ambtenaren met constipatieproblemen en voor van verveling verwelkte, vrome vrouwen die ervan droomden zich over te geven aan de zonde en het leven te leiden van vuige slet. Ik glimlachte toen ik me de 'terzijdes' onder aan de bladzijde voorstelde die mijn vriend zou hebben geleverd als hij niet de afspraak met het snoepgoedstalletje zou zijn nagekomen. De glimlach bevroor in minder dan een seconde op mijn lippen. De toeschouwer die zes rijen naar voren zat had zich omgedraaid en staarde naar me. De nevelachtige bundel van de projector doorboorde de duisternis van de zaal, een zuchtje knipperend licht dat met moeite lijnen en kleurenvlekken tekende. Ik herkende onmiddellijk de man zonder gezicht, Coubert. De wimperloze ogen glinsterden bikkelhard, zijn glimlach zonder lippen likkebaardde in de duisternis. Koude vingers sloten zich om mijn hart. Tweehonderd violen barstten los op het scherm, er klonken schoten, geschreeuw, en de scène verdween langzaam in zwart. Gedurende een ogenblik werd het parket in absolute duisternis gehuld en ik hoorde slechts de hamerslagen in mijn slapen. Langzaam lichtte er een nieuwe scène op op het scherm die de donkerte van de zaal teniet deed in vlagen van blauwe en paarse halfschemering. De man zonder gezicht was verdwenen. Ik draaide me om en zag een silhouet dat zich via de gang van het parket verwijderde en Fermín Romero de Torres kruiste, die terugkwam van zijn gastronomische safari. Hij liep de rij in en nam weer plaats op zijn stoel. Hij gaf me een pralinéchocolaatje en monsterde me lichtjes geïrriteerd.

"Daniel, u ziet bleek als een nonnenbil. Voelt u zich wel goed?"

Een onzichtbare ademtocht veegde over het parket met stoelen.

"Het ruikt vreemd hier", gaf Fermín Romero de Torres zijn commentaar. "Naar een penetrante ranzige wind, van een notaris of een procureur."

"Nee. Het ruikt naar verbrand papier."

"Kom, neem een Sugus met limoensmaak, dat geneest alles."

"Ik heb geen trek."

"Bewaar hem dan, je weet nooit wanneer een Sugus je uit de puree kan halen."

Ik bewaarde het snoepje in mijn jaszak en zeilde door de rest van de film zonder aandacht te schenken aan Veronica Lake of aan de slachtoffers van haar fatale bekoringen. Fermín Romero de Torres was opgegaan in het spektakel en zijn snoepjes. Toen aan het einde van de voorstelling de lichten aangingen, leek het alsof ik ontwaakte uit een nare droom, en ik kwam in de verleiding om de aanwezigheid van dat individu in de zaal als een hersenschim te beschouwen, een truc van het geheugen. Maar zijn korte blik in de duisternis was voldoende geweest om de boodschap duidelijk te maken. Hij was mij noch ons pact vergeten.

12

De eerste consequentie van Fermíns komst was al spoedig merkbaar: ik had veel meer vrije tijd. Tijd. Als Fermín niet op jacht was naar een of ander exotisch boek om aan de verzoeken van de klanten te voldoen, hield hij zich onledig met het organiseren van de winkelvoorraden, het verzinnen van listen voor commerciële promotie in de buurt, het oppoetsen van het uithangbord en de ruiten, of het laten glimmen van de ruggen van de boeken met een doek en wat alcohol. Gezien de omstandigheden opteerde ik voor het investeren van mijn vrije tijd in twee zaken die ik de laatste tijd verwaarloosd had: verder piekeren over het mysterie Carax en vooral trachten meer tijd door te brengen met mijn vriend Tomás Aguilar, die ik miste.

Tomás was een bedachtzame, gereserveerde jongen voor wie de mensen bang waren vanwege zijn uiterlijk van ruziezoeker, serieus en dreigend. Hij had de constitutie van een vechter, de schouders van een gladiator en een harde, doordringende blik. We hadden elkaar vele jaren geleden leren kennen bij een gevecht tijdens mijn eerste week op de jezuïetenschool aan Calle Caspe. Zijn vader was hem na de lessen komen ophalen, vergezeld van een verwaand nest dat de zus van Tomás bleek te zijn. Ik haalde het in mijn hoofd een stompzinnig grapje over haar te maken en voor ik met mijn ogen kon knipperen, stortte Tomás Aguilar zich op me met een regen van vuistslagen die ik nog wekenlang voelde. Tomás was twee keer zo lang, sterk en wild als ik. Bij dat gevecht op het schoolplein, omringd door een koor van kinderen die dorstten naar een bloedige strijd, verloor ik een tand en won ik een nieuw gevoel voor verhoudingen. Noch mijn vader, noch de priesters wilde ik vertellen wie me er zo van langs had gegeven, en ik wilde al helemaal niet uitleggen dat de vader van mijn tegenstander de aframmeling had gadegeslagen, in zijn nopjes met het spektakel en meejoelend met de scholieren.

"Het was mijn schuld", zei ik, waarmee ik het onderwerp als afgedaan beschouwde.

Drie weken later kwam Tomás naar me toe tijdens de pauze. Ik stond als aan de grond genageld, doodsbenauwd. Die komt me afmaken, dacht ik. Hij begon te stotteren en na een poosje begreep ik dat hij slechts zijn excuses wilde maken voor het pak rammel, omdat hij wist dat het een ongelijke en onrechtvaardige strijd was.

"Omdat ik ruzie zocht met je zuster, ben ik het die jou excuses moet vragen", zei ik. "Dat zou ik ook gedaan hebben, als je me niet al op mijn muil had geslagen voor ik iets kon zeggen."

Tomás tuurde beschaamd naar de grond. Ik bestudeerde die verlegen, stille gigant die door de aula's en gangen van de school dwaalde als een verloren ziel. Alle andere kinderen – ikzelf incluis – waren bang voor hem en niemand praatte met hem of keek hem in de ogen. Met neergeslagen blik, bijna bevend, vroeg hij of ik vrienden met hem wilde zijn. Ik zei ja. We drukten elkaar de hand. Zijn handdruk deed pijn, maar ik gaf geen krimp. Diezelfde middag nodigde Tomás me uit bij hem thuis te komen eten en hij liet me de merkwaardige verzameling bouwsels zien die hij in zijn kamer bewaarde, gemaakt van stukken schroot.

"Die heb ik gemaakt", legde hij trots uit.

Ik begreep niet wat ze voorstelden of hoe ze werkten, maar ik hield mijn mond en knikte vol bewondering. Mij leek het dat die eenzame boom van een vent zijn eigen vriendjes van blik had gemaakt en dat ik de eerste was aan wie hij ze had voorgesteld. Het was zijn geheim. Ik vertelde hem over mijn moeder en hoe erg ik haar miste. Toen mijn stem wegstierf, omhelsde Tomás me in stilte. We waren tien jaar oud. Vanaf die dag veranderde Tomás Aguilar in mijn beste – en ik in zijn enige – vriend.

Ondanks zijn oorlogszuchtige voorkomen was Tomás een vredelievende en goedhartige jongen wiens uiterlijk iedere confrontatie voorkwam. Hij stotterde behoorlijk, vooral als hij met iemand praatte die niet zijn moeder, zijn zus of ik was, hetgeen weinig voorkwam. Hij was gefascineerd door buitenissige uitvindingen en mechanische vindingrijkheden en ik ontdekte al snel dat hij autopsies uitvoerde op allerlei soorten machines, van grammofoons tot telmachines, teneinde hun geheimen te ontraadselen. Als hij niet bij mij was of voor zijn vader werkte, bracht Tomás het grootste deel van zijn tijd afgezonderd op zijn kamer door, onbegrijpelijke dingen in elkaar knutselend. Wat hij te veel had aan intelligentie ontbrak hem aan praktisch inzicht. Zijn belangstelling voor de echte wereld concentreerde zich op zaken als de synchronie van de stoplichten van Gran Vía, de mysteries van de lichtgevende fonteinen op de Montjuïc of de automaten van het attractiepark op de berg Tibidabo.

Tomás werkte iedere middag op het kantoor van zijn vader, en soms, als hij het kantoor verliet, kwam hij langs in de boekhandel. Mijn vader interesseerde zich altijd voor zijn uitvindingen en deed hem handboeken over mechanica cadeau of biografieën over ingenieurs zoals Eiffel en Edison, van wie Tomás idolaat was. Met de jaren was Tomás bijzonder op mijn vader gesteld geraakt en hij was een eeuwigheid bezig om met de onderdelen van een oude ventilator een systeem uit te dokteren dat automatisch de bibliografische systeemkaarten archiveerde. Hij werkte al vier jaar aan het project, maar mijn vader bleef enthousiasme tonen, zodat Tomás niet de moed zou laten zakken.

Toen ik de eerste keer Tomás aan Fermín voorstelde, maakte ik me zorgen over hoe Fermín op mijn vriend zou reageren.

"U moet de uitvindersvriend van Daniel zijn. Buitengewoon aangenaam. Fermín Romero de Torres, bibliografisch adviseur van boekhandel Sempere, om u te dienen."

"Tomás Aguilar", stotterde mijn vriend, terwijl hij glimlachte en Fermíns hand drukte.

"Pas op, beste vriend, wat u daar hebt is geen hand, maar een hydraulische pers, en ik moet mijn violistenvingers behouden voor mijn werk in dit bedrijf."

Tomás liet los en verontschuldigde zich.

"Dus, vertelt u eens, wat vindt u van Fermats theorema?" vroeg Fermín, terwijl hij zijn pijnlijke vingers wreef.

Onmiddellijk raakten ze verwikkeld in een onbegrijpelijke discussie over hogere wiskunde, die mij als Chinees in de oren klonk. Fermín sprak hem altijd met 'u' aan of 'professor' en deed alsof hij het gestotter van de jongen niet opmerkte. Tomás toonde zijn dankbaarheid voor Fermíns oneindige geduld door dozen Zwitserse chocolaatjes mee te nemen, verpakt in papier met afbeeldingen van onwaarschijnlijk blauwe meren, koeien op technicolorgroene weiden en koekoeksklokken.

"Uw vriend Tomás heeft talent, maar hij mist richting in zijn leven, en een beetje lef. Dat is nodig om ergens te komen", stelde Fermín Romero de Torres vast. "De wetenschappelijke geest heeft zo zijn dingen. Kijk naar Albert Einstein. Al die prachtige uitvindingen en het eerste waar ze een praktische toepassing voor hebben, is de atoombom. En dan ook nog zonder zijn toestemming. Met dat boksersgezicht van hem zullen ze het Tomás in academische kringen zeer moeilijk maken. In deze wereld is schijn doorslaggevend."

Gedreven door de wens Tomás te behoeden voor een leven vol ellende en onbegrip, had Fermín besloten dat het noodzakelijk was zijn latente conversatie- en sociale vaardigheden te ontwikkelen.

"Als goede aap is de mens een sociaal wezen waarbij vriendjespolitiek, nepotisme, corruptie en roddel en achterklap favoriet zijn. Dat is de blauwdruk voor ons ethische gedrag", beargumenteerde hij. "Pure biologie."

"Zo erg zal het toch niet zijn?"

"Wat bent u soms toch naïef, Daniel."

Het harde uiterlijk had Tomás van zijn vader, een welvarende rentmeester met een kantoor in Calle Pelayo, dicht bij de El-Siglowarenhuizen. De heer Aguilar behoorde tot de bevoorrechte categorie mensen die altijd gelijk heeft. Als man van diepe overtuigingen was hij er onder meer zeker van dat zijn zoon lafhartig was en zwak van geest. Om deze schaamtevolle gebreken te compenseren had hij allerlei soorten docenten in dienst, in de hoop zijn eerstgeborene te normaliseren. "Ik wil dat u mijn zoon als een imbeciel behandelt, ben ik duidelijk?" had ik hem bij vele gelegenheden horen zeggen. De docenten probeerden alles, smeekten hem, maar Tomás had de gewoonte zich slechts in het Latijn tot hen te richten, een taal die hij sprak met pauselijke soepelheid en waarin hij niet stotterde. Vroeg of laat namen de leraren ontslag uit wanhoop en angst dat de jongen bezeten was en hun duivelse instructies in het Aramees zond. De enige hoop van de heer Aguilar was de militaire dienst, die van zijn zoon een rechtschapen mens moest maken.

Tomás had een zuster die een jaar ouder was dan wij, Beatriz.

Aan haar had ik onze vriendschap te danken, want als ik haar die verre middag niet aan de hand van haar vader had gezien, wachtend op het uitgaan van de klassen, en als ik niet had besloten een dubieuze grap over haar te maken, had mijn vriend zich nooit op mij geworpen om me een ongelooflijk pak slaag te geven, en had ik nooit de moed gehad om met hem te praten. Bea Aguilar leek als twee druppels water op haar moeder en was de oogappel van haar vader. Roodharig en van een delicate bleekheid, droeg ze altijd zeer kostbare jurken van zijde of pure wol. Haar ogen waren groenblauw, maar zelf stond ze erop ze te beschrijven als 'smaragd en saffier'. Ze had de wespentaille van een mannequin, liep kaarsrecht, en speelde de rol van prinses in haar eigen sprookje. Ondanks vele jaren bij de strikte Theresiaanse nonnetjes, of misschien juist daarom, en als haar vader niet oplette, dronk Bea anijslikeur uit een hoog glas op een steel, droeg zijden kousen van La Perla Gris en maakte zichzelf op als de filmvamps die de onrustige dromen van Fermín bevolkten. Ik kon haar niet uitstaan en zij beantwoordde mijn openlijke vijandigheid met matte blikken van minachting en onverschilligheid. Bea had een verloofde die als vaandrig zijn dienstplicht vervulde in Murcia, een falangist met te veel brillantine in zijn haar die Pablo Cascos Buendía heette. De helft van de tijd had hij verlof dankzij een oom van hem in de Militaire Regering, en hij oreerde altijd over de genetische en spirituele superioriteit van het Spaanse ras en de ophanden zijnde val van het bolsjewistische rijk.

"Marx is dood", placht hij plechtig te zeggen.

"Al sinds 1883, om precies te zijn", zei ik dan.

"Zwijg jij, minkukel, of ik geef je een oplawaai dat je in Rioja belandt."

Meer dan eens had ik Bea erop betrapt dat ze voor zich uit glimlachte bij het horen van de aperte nonsens die haar verloofde de vaandrig spuide. Dan sloeg ze haar ogen op en observeerde me, ondoorgrondelijk. Waarop ik naar haar glimlachte met die zwakke beleefdheid van vijanden in een oneindig staakt-het-vuren, maar snel van haar wegkeek. Ik ging nog liever dood dan het toe te geven, maar diep in mijn hart was ik bang voor haar.

13

Begin dat jaar besloten Tomás en Fermín Romero de Torres hun beider talenten te verenigen in een nieuw project dat mijn vriend en mij volgens hen zou vrijwaren van militaire dienst. Met name Fermín deelde op geen enkele manier de heer Aguilars enthousiasme voor deze militaire ervaring.

"Militaire dienst dient slechts om het percentage stomkoppen in de bevolking vast te stellen", was zijn mening. "En dat heb je na de eerste twee weken al door, daar zijn geen twee jaar voor nodig. Leger, Huwelijk, Kerk en het Bankwezen: de vier ruiters van de apocalyps. Ja ja, lacht u maar."

Het anarchistisch-libertijnse denken van Fermín Romero de Torres zou op een oktobermiddag in gevaar komen toen we – toevalligheden van het lot – in de winkel bezoek kregen van een oude vriendin. Mijn vader was vertrokken voor de taxatie van een collectie boeken in Argentona en zou voor het donker niet terug zijn. Ik stond achter de toonbank, terwijl Fermín met alle geweld de boeken op de hoogste plank, bijna tegen het plafond aan, wilde schoonmaken en als een evenwichtskunstenaar op de ladder balanceerde. Kort voor sluitingstijd, toen de zon al onder was, tekende het silhouet van Bernarda zich af tegen de vitrine. Ze was gekleed in haar donderdagse kleren – het was haar vrije dag – en ze zwaaide naar me. Ik fleurde helemaal op bij het zien van Bernarda en ik gebaarde haar dat ze binnen moest komen.

"Mijn hemeltje, wat bent u groot geworden!" zei ze vanaf de drempel. "Nauwelijks herkenbaar ... u bent al een echte man!"

Ze omhelsde me, plengde een paar traantjes en klopte me op gezicht, hoofd en schouders om te zien of ik in haar afwezigheid helemaal heel was gebleven.

"U wordt gemist in het huis, jongeheer Daniel", zei ze met neergeslagen ogen.

"En ik heb jou gemist, Bernarda. Kom, geef me een zoen."

Verlegen kuste ze me en ik gaf haar een paar klapzoenen op iedere wang. Ze lachte. Ik zag in haar ogen dat ze wachtte tot ik naar Clara zou vragen, maar ik peinsde er niet over dat te doen.

"Je ziet er mooi uit vandaag, zeer elegant. Wat brengt je ertoe ons met een bezoekje te vereren?"

"Wel, de waarheid is dat ik al een tijdje een keer langs wilde komen, maar u weet hoe dat gaat, we hebben het allemaal druk en meneer Barceló, met al zijn geleerdheid, is veeleisend als een kind, en een mens moet dan al zijn moed en energie bijeenrapen. Wat mij hier vandaag brengt, wel, morgen is mijn nicht jarig, die uit San Adrián, en ik wil een geschenk voor haar meenemen. Ik dacht zo, ik geef haar een goed boek, met veel tekst en weinig plaatjes, maar ik ben zelf immers traag van begrip en begrijp niets van ..."

Voor ik kon antwoorden, stond de winkel ineens op zijn grondvesten te schudden toen met groot geraas de complete werken in harde kaft van Blasco Ibáñez uit de hoogte naar beneden stortten. Bernarda en ik keken geschrokken op. Fermín gleed als een trapezewerker de trap af, met een listige lach op het gezicht en de ogen vol wellustige verrukking.

"Bernarda, dit is ..."

"Fermín Romero de Torres, bibliografisch adviseur van Sempere en Zoon, aan uw voeten, dame", verkondigde Fermín terwijl hij Bernarda's hand nam en die ceremonieel kuste.

Binnen luttele seconden werd Bernarda rood als een tomaat.

"O, u vergist zich, ik een dame ..."

"Ten minste markiezin", onderbrak Fermín haar. "En ik kan het weten; ik kom in de elegantste huizen aan Avenida Pearson. Staat u mij toe u te begeleiden naar onze sectie Jeugd- en Kinderklassieken, waar ik, als ware het de voorzienigheid, een verzameling met het beste werk van Emilio Salgari en de epische vertelling *Sandokan* zie staan."

"O hemel, ik weet het niet goed, met heiligenlevens heb ik een beetje moeite, omdat de vader van het kind tot over zijn oren in de arbeidersbeweging zat, weet u."

"Geen nood, ik heb hier niets minder dan *Het mysterieuze eiland* van Jules Verne, een bijzonder avontuurlijk verhaal met een hoog educatief gehalte vanwege alle technologische informatie die het bevat."

"Als het u wat lijkt ..."

Ik volgde ze in stilte en zag hoe volkomen verrukt Fermín van haar was en hoe Bernarda helemaal beduusd was van de aandacht van dat mannetje, dat eruitzag als een goedkope sigaar, de vlotte praat had van een marktkoopman en haar aankeek met een vuur dat hij doorgaans reserveerde voor zijn Nestlé-chocolaatjes.

"En u, jongeheer Daniel, wat vindt u ervan?"

"De heer Romero de Torres is de expert hier; je kunt hem vertrouwen."

"Goed dan, dan neem ik die van dat eiland, als u het voor me wilt inpakken. Wat ben ik u schuldig?"

"Dit gaat op rekening van het huis", zei ik.

"O nee, beslist niet ..."

"Dame, als u me toestaat en me zo de gelukkigste man van Barcelona wilt maken, dan is dit op rekening van Fermín Romero de Torres."

Bernarda keek ons allebei sprakeloos aan.

"Hoort u eens, ik betaal voor wat ik koop en dit is een cadeautje voor mijn nichtje ..."

"Staat u mij dan toe, bij wijze van ruil, u te inviteren voor een hapje en een drankje", kwam Fermín snel tussenbeide, en hij streek zijn haren glad.

"Maar natuurlijk", moedigde ik haar aan. "Je zult zien hoe gezellig jullie het hebben. Kijk, ik pak dit in terwijl Fermín zijn jasje haalt."

Fermín haastte zich naar de achterkamer om zich op te frissen, wat eau de cologne op te doen en zijn jasje aan te trekken. Ik schoof wat stuivers naar hem toe zodat hij Bernarda kon fêteren.

"Waar neem ik haar mee naartoe?" fluisterde hij, als een kind zo zenuwachtig.

"Ik zou naar Els Quatre Gats gaan", zei ik. "Ik weet zeer zeker dat dat geluk brengt als het om romantische zaken gaat."

Ik gaf Bernarda het pakketje met het boek aan en knipoogde.

"Wat ben ik u dus schuldig, jongeheer Daniel?"

"Ik weet het niet, dat vertel ik u later nog wel. Er zat geen prijs op het boek en ik moet het mijn vader vragen", loog ik.

Ik zag ze gearmd weglopen, Calle Santa Ana in, en bedacht dat iemand in de hemel misschien dienst had die het stel wat geluk kon toewerpen. Ik hing het bordje GESLOTEN op in de etalage en ging een moment naar de kamer achter om het boek waar mijn vader de bestellingen in noteerde, door te kijken, toen ik de bel van de opengaande deur hoorde klingelen. Ik dacht dat het Fermín was die iets vergeten was, of misschien mijn vader die al terug was uit Argentona.

"Hallo?"

Een paar seconden tikten voorbij zonder dat er een antwoord kwam. Ik bleef in het orderboek bladeren.

Ik hoorde langzame voetstappen in de winkel.

"Fermín? Pap?"

Geen antwoord. Ik meende een gesmoord lachje te horen en sloot het orderboek. Misschien dat een klant het bordje GESLOTEN had genegeerd. Ik wilde juist naar binnen lopen om hem te bedienen, toen ik in de winkel het geluid van vallende boeken hoorde. Ik slikte, greep een brievenopener en liep langzaam naar de deur. Ik durfde niet nogmaals te roepen. Kort daarop hoorde ik opnieuw voetstappen; ditmaal verwijderden ze zich. Het belletje van de deur klingelde nogmaals en ik voelde een tochtvlaag van de straat. Ik gluurde de winkel in. Er was niemand. Ik rende naar de voordeur en deed hem hermetisch op slot. Ik haalde diep adem, voelde me belachelijk en een lafaard. Ik liep weer in de richting van de achterkamer toen ik een stuk papier op de toonbank zag liggen. Het bleek een foto te zijn, een oude studioprent zoals ze die vroeger plachten af te drukken, op een stuk stevig karton. De randen waren verbrand en over het rokerige beeld leek een spoor van vieze houtskoolvingers te lopen. Ik bestudeerde hem onder een lamp. Op de foto was een jong stel te zien, glimlachend naar de camera. Híj leek niet ouder te zijn dan zeventien of achttien, met blond haar en aristocratische, delicate trekken. Zij was misschien ietsje jonger, hooguit een of twee jaar. Ze had een bleke huid en een gezichtje dat gebeeldhouwd leek, omlijst door kort, zwart haar, wat de uitdrukking van puur geluk op haar gezicht accentueerde. Hij had een arm om haar middel geslagen en zij leek iets te fluisteren, plagend. Het beeld ademde een warmte uit die me de adem benam, alsof ik in die twee onbekende mensen oude vrienden had herkend. Achter hen was de etalage van een winkel te zien, vol met ouderwetse hoeden. Ik concentreerde me op het paar. De kleding leek erop te wijzen dat de foto ten minste vijfentwintig of dertig jaar oud was. Een beeld vol licht en hoop, vol van de belofte die alleen bestaat in de ogen van hen die jong zijn. De vlammen hadden bijna alles om de foto heen vernietigd, maar achter de ouderwetse toonbank was nog steeds een streng gezicht te onderscheiden, een spookachtig silhouet achter de letters op het glas.

ANTONIO FORTUNY & ZOON
OPGERICHT IN 1888

De nacht dat ik was teruggegaan naar het Kerkhof der Vergeten Boeken, had Isaac me verteld dat Carax de achternaam van zijn moeder gebruikte, niet die van zijn vader: Fortuny. De vader van Carax had een hoedenzaak aan Ronda San Antonio. Ik bekeek nogmaals het portret van het jonge stel en wist zeker dat die jongen die vanuit het verleden naar me glimlachte, Julián Carax was, niet in staat de vlammen te zien die zich om hem heen sloten.

Stad van schaduwen

14

De volgende morgen kwam Fermín op Cupido's vleugels naar het werk, stralend en vrolijk bolero's fluitend. Onder andere omstandigheden zou ik hem gevraagd hebben naar zijn uitje met Bernarda, maar die dag was ik niet in de stemming voor lyriek. Mijn vader had beloofd 's ochtends om elf uur een bestelling af te leveren bij professor Javier Velázquez in zijn kantoor van de faculteit aan Plaza Universidad. Alleen al het noemen van de geleerde heer bezorgde Fermín netelroos en met dat excuus bood ík aan de boeken naar hem toe te brengen.

"Die vent is een pedante kerel, een schuinsmarcheerder en een fascistische kontkruiper", verkondigde Fermín, als altijd met opgeheven vuist wanneer zijn rechtvaardigheidsdrang de kop opstak. "Met de smoes van leerstoel en eindexamen zou hij La Pasionaria nog op het kruis leggen als het zo uitkwam."

"Nou niet overdrijven, Fermín. Velázquez betaalt heel goed, altijd vooruit, en hij beveelt ons overal aan", bracht mijn vader hem in herinnering.

"Dat geld is bevlekt met het bloed van onschuldige maagden", protesteerde Fermín. "Zowaar God leeft, ik ben nog nooit met een minderjarige vrouw naar bed geweest, en niet uit gebrek aan zin of mogelijkheden. Vandaag de dag ben ik niet meer in mijn beste doen, maar er was een tijd dat ik het voorkomen en de elegantie had van een echte heer, en zelfs toen, om op zeker te spelen of als ik vermoedde dat ze een loedertje was, wilde ik haar identiteitsbewijs zien of, als dat er niet was, ouderlijke toestemming op schrift. Een man moet bepaalde ethische normen in acht nemen."

Mijn vader rolde met zijn ogen.

"Met u valt niet te discussiëren, Fermín."

"Als ik gelijk heb, dan heb ik gelijk."

Ik nam het pakje dat ik zelf de avond tevoren had klaargemaakt, een paar Rilkes en een apocrief essay over tapas en de diepgang van het nationaal gevoel dat aan Ortega werd toegekend, en vertrok, Fermín en mijn vader achterlatend met hun discussie over gebruiken en gewoontes.

Het was een prachtige dag met een waanzinnig blauwe hemel en een schone, frisse bries die rook naar herfst en zee. Barcelona was bij mij altijd al favoriet in oktober, als haar ziel door de straten lijkt te flaneren en een mens zich wijzer voelt na het water van de Canaletas-fontein gedronken te hebben – dat in die dagen, o wonder, niet naar chloor smaakte. Ik liep met lichte tred, omzeilde schoenenpoetsers, pennenlikkers die terugkeerden van hun kopje koffie halverwege de ochtend, lotenverkopers, en een ballet van straatvegers dat de stad op zijn gemak met schilderkwasten leek op te poetsen. Ook toen al begon Barcelona zich te vullen met auto's en ter hoogte van het stoplicht op Calle Balmes zag ik op beide trottoirs brigades van ambtenaren opgesteld, gehuld in grijze gabardines en met hongerige blikken, die een Studebaker met hun ogen verslonden alsof het een revuezangeres in negligé betrof. Ik volgde Calle Balmes tot aan Gran Vía, kwam onderweg langs stoplichten en ontweek trams, auto's en zelfs motoren met zijspan. In een etalage zag ik een bord van de firma Philips dat de komst aankondigde van een nieuwe messias, de televisie, waarvan werd gezegd dat die ons leven zou veranderen en ons zou transformeren in wezens van de toekomst, zoals de Amerikanen. Fermín Romero de Torres, die altijd op de hoogte was van alle uitvindingen, had al voorspeld wat er ging gebeuren: "De televisie, mijn beste Daniel, is de antichrist en ik zal je zeggen dat er slechts drie of vier generaties voor nodig zijn om van de mens een wezen te maken dat niet eens meer op eigen initiatief een scheet kan laten, en dat terugkeert naar zijn hol, naar de middeleeuwse barbarij en naar een staat van imbeciliteit die de naaktslak ten tijde van het Pleistoceen al overwonnen had. Deze wereld zal niet ten onder gaan aan de atoombom, zoals de kranten schrijven, ze zal sterven van het lachen, en te gronde gaan aan de banaliteit door overal een grap van te maken, en een slechte grap ook nog."

Professor Velázquez had zijn kantoor op de tweede verdieping van de Letterenfaculteit, aan het einde van een gang met tegels in schaakbordpatroon en poederachtig licht, die op de zuidelijke kloostergang uitkwam. Ik vond de professor in de deuropening van een aula, terwijl hij pretendeerde te luisteren naar een leerlinge met een spectaculair figuur, gehuld in een donkerrood pak dat haar op het lijf geschilderd leek, en met een paar klassieke kuiten die glansden in kousen van fijne zijde. Professor Velázquez stond bekend als een Don Juan en er waren er die beweerden dat de *éducation sentimentale* van iedere jongedame van goede komaf niet compleet was zonder het spreekwoordelijke weekend in een hotelletje aan de boulevard van Sitges, waar in een tête-à-tête met de gedistingeerde professor alexandrijnen gereciteerd werden. Ik, met mijn commerciële instinct, paste er wel voor op om te interrumperen en besloot de tijd te doden door de bevoorrechte pupil aan een nauwkeurig onderzoek te onderwerpen. Misschien was het de lichtvoetige wandeling die me had opgebeurd, misschien waren het mijn achttien jaren en het feit dat ik meer tijd doorbracht tussen de muzen die gevangen waren in oude boeken dan in gezelschap van meisjes van vlees en bloed, die wat mij betrof altijd lichtjaren verwijderd leken te zijn van het spookbeeld van Clara Barceló, maar op dat moment, toen ik iedere ronding in de anatomie van de studente bestudeerde, die ik slechts van achteren kon zien maar die ik mij driedimensionaal voorstelde én in alexandrinisch perspectief, liep het water mij met bakken tegelijk in de mond.

"Kijk aan, daar hebben we Daniel", riep professor Velázquez uit. "De hemel zij dank dat jij komt en niet die malloot van de vorige keer, die met de stierenvechtersnaam, van wie het mij toescheen dat hij óf dronken was óf dringend opgesloten moest worden en de sleutel weggegooid. Stel je voor, hij durfde het te wagen om me te vragen naar de etymologie van het woord 'eikel', op een spottend toontje dat helemaal geen pas gaf."

"De artsen hebben hem zeer sterke medicatie voorgeschreven. Iets met zijn lever."

"Omdat hij de hele dag lazarus is", bromde Velázquez. "Als ik jullie was, belde ik de politie. Die staat zeker geregistreerd. En zoals zijn voeten stinken; mijn god, er lopen een hoop ellendige rooien los rond die hun voeten niet meer wassen sinds de val van de Republiek."

Ik maakte juist aanstalten om een waardig excuus te verzinnen om Fermín te verontschuldigen toen de studente die met professor Velázquez had staan praten, zich omdraaide en mijn ogen uit hun kassen rolden. Ik zag haar naar me glimlachen en kreeg subiet gloeiende oren.

"Dag Daniel", zei Beatriz Aguilar.

Ik groette haar met een hoofdknik, met stomheid geslagen dat ik mezelf betrapt had op het kwijlend begluren van de zus van mijn beste vriend, dezelfde Bea voor wie ik doodsbenauwd was.

"Ach, jullie kennen elkaar al?" vroeg Velázquez geïntrigeerd.

"Daniel is een oude vriend van de familie", legde Bea uit. "En de enige die ooit de moed heeft gehad om me te vertellen dat ik een aansteller ben en een zelfingenomen trut."

Velázquez keek me aan, met stomheid geslagen.

"Dat is al tien jaar geleden", protesteerde ik. "Ik meende het niet serieus."

"En ik wacht nog steeds op zijn excuses."

Velázquez lachte hartelijk en nam het pakje uit mijn handen.

"Het lijkt me dat ik hier overbodig ben", zei hij, terwijl hij het pakketje opende. "Kijk dan toch, fantastisch! Daniel, wil je tegen je vader zeggen dat ik al een tijdje een boek zoek dat *Morendoder: jeugdbrieven uit Ceuta* heet, van Francisco Franco Bahamonde, met een voorwoord en annotaties van Pemán?"

"Komt voor elkaar. We laten het u binnen een paar weken weten."

"Ik hou je aan je woord, en nu ga ik er als een haas vandoor, er wachten tweeëndertig leeghoofden op me."

Professor Velázquez knipoogde naar me en verdween in de aula, mij alleen latend met Bea. Ik wist niet waar ik moest kijken.

"Bea, luister, dat van die belediging, echt, ik ..."

"Ik heb de draak met je gestoken, Daniel. Ik weet dat dat kinderspel was en Tomás heeft je er voldoende voor op je donder gegeven."

"Het doet nog steeds zeer."

Bea lachte op een manier die klonk alsof ze vrede wilde sluiten, of ten minste een wapenstilstand.

"Bovendien had je gelijk, ik ben een beetje aanstellerig en soms tamelijk zelfingenomen", zei Bea. "Je vindt me niet erg sympathiek, is het wel, Daniel?"

De vraag kwam als een volslagen verrassing voor me. Ik was onthutst over hoe gemakkelijk het was de antipathie jegens iemand te verliezen die je als vijand beschouwt, zodra die persoon ophoudt zich als zodanig te gedragen.

"Nee, nee, dat is niet waar."

"Tomás zegt dat je mij eigenlijk niet onaardig vindt, maar dat je mijn vader niet kunt uitstaan en mij daarvoor laat boeten omdat je dat bij hem niet durft. En ik geef je geen ongelijk. Niemand durft het tegen mijn vader op te nemen."

Ik werd bleek, maar in luttele seconden betrapte ik mijzelf erop dat ik lachte en knikte.

"Het lijkt erop dat Tomás me beter kent dan ikzelf."

"Verbaas je er maar niet over. Mijn broer heeft ons allemaal door, alleen zegt hij nooit iets. Maar als hij op een goede dag zijn mond opendoet, dan komen de muren naar beneden. Hij is bijzonder op je gesteld, wist je dat?"

Ik haalde mijn schouders op en tuurde naar de grond.

"Hij heeft het altijd over je, en over je vader en de winkel en die vriend die bij jullie werkt en van wie Tomás zegt dat hij een onontdekt genie is. Soms lijkt het wel alsof hij jullie meer als zijn echte familie beschouwt dan de familie die hij thuis heeft."

Ik ontmoette haar blik: hard, open, zonder angst. Ik wist niet wat ik moest zeggen en beperkte me tot een glimlach. Ik voelde dat ze me in een hoek dreef met haar oprechtheid, en mijn ogen dwaalden naar de patio.

"Ik wist niet dat je hier studeerde."

"Dit is mijn eerste jaar."

"Letteren?"

"Mijn vader is van mening dat wetenschap niet voor het zwakke geslacht is weggelegd."

"Uiteraard. Hoop cijfers."

"Ik vind het niet erg, want waar ik echt van hou, is lezen, en bovendien leer je hier interessante mensen kennen."

"Zoals professor Velázquez?"

Bea grinnikte droogjes.

"Ik zit dan wel in het eerste jaar, maar ik weet voldoende om ze op afstand te zien aankomen, Daniel. Met name zijn soort."

Ik vroeg me af in welke categorie ze mij indeelde.

"Daarbij komt dat professor Velázquez bevriend is met mijn vader. Ze zitten allebei in de Raad van de Vereniging ter Bescherming en Bevordering van de Zarzuela en de Spaanse Lyriek."

Ik deed alsof ik bijzonder onder de indruk was.

"En hoe is het met je verloofde, vaandrig Cascos Buendía?"

Haar glimlach verdween.

"Over drie weken komt Pablo hier met verlof."

"Je zult wel blij zijn."

"Heel erg. Het is een geweldige jongen, hoewel ik me kan voorstellen wat je van hem denkt."

Ik betwijfel het, dacht ik. Bea bestudeerde me, lichtjes gespannen. Ik wilde van onderwerp veranderen, maar mijn tong was sneller.

"Tomás zegt dat jullie gaan trouwen en in El Ferrol gaan wonen."

Ze knikte zonder met haar ogen te knipperen.

"Zodra Pablo zijn militaire dienst heeft afgerond."

"Je zult wel ongeduldig zijn", zei ik, en ik proefde de smaak van mijn pesthumeur in mijn eigen stem, een aanmatigende stem waarvan ik niet wist waar die vandaan kwam.

"Het kan me eigenlijk niet schelen. Zijn familie heeft daar bezittingen, een paar mijnen, en Pablo gaat er een leiden. Hij heeft veel talent voor het leiderschap."

"Dat is hem aan te zien."

Bea forceerde een lachje.

"Bovendien, Barcelona ken ik nu wel, na zoveel jaar ..." Haar ogen stonden triest en vermoeid.

"Ik heb begrepen dat El Ferrol een fascinerende stad is. Heel levendig. En de schelp- en schaaldieren zijn er uitmuntend, zeggen ze, vooral de zeespin."

Bea zuchtte en schudde haar hoofd. Ik had het gevoel dat ze wel kon huilen van woede, maar er te trots voor was. Ze lachte zachtjes.

"Tien jaar en nog steeds heb je er plezier in om me te beledigen, nietwaar, Daniel? Toe maar dan, lucht je hart. Het is mijn schuld om te denken dat we misschien vrienden konden zijn, of te laten zien dat we al vrienden waren, maar vermoedelijk ben ik niet zoveel waard als mijn broer. Sorry dat ik je tijd heb verdaan."

Ze draaide zich om en begon de gang in te lopen die naar de bibliotheek leidde.

"Bea, wacht."

Ik vervloekte mezelf en rende achter haar aan. Halverwege de gang hield ik haar staande door haar bij de arm te pakken. Ze wierp me een ziedende blik toe.

"Het spijt me, maar je vergist je: het is niet jouw schuld, maar de mijne. Ik ben het die niet zoveel waard is als je broer en jij. En als ik je beledigd heb, is het uit jaloezie om die idioot die je als verloofde hebt, en uit woede over het idee dat iemand als jij naar El Ferrol gaat, of Congo voor mijn part, om hem te volgen."

"Daniel ..."

"Je vergist je in mij, omdat we wel degelijk vrienden kunnen zijn als jij het me nog laat proberen nu je weet hoe waardeloos ik ben. En je vergist je ook in Barcelona, want hoewel jij denkt dat je het wel gezien hebt, verzeker ik je dat dat niet zo is en als je wilt, zal ik het je tonen ook."

Ik zag dat er een glimlach doorbrak op haar gezicht en een langzame traan gleed langs haar wang.

"Ik mag hopen dat je de waarheid vertelt", zei ze. "Want zo niet, dan zeg ik het tegen mijn broer en die draait je hoofd eraf alsof het een schroefdop is."

Ik gaf haar mijn hand.

"Afgesproken. Vrienden?"

Ze gaf me de hare.

"Hoe laat ben je vrijdag klaar met college?" vroeg ik.

Ze twijfelde een moment.

"Vijf uur."

"Ik wacht op je in de kloostergang stipt om vijf uur en voor het donker wordt, zal ik je laten zien dat er dingen zijn in Barcelona die je nog niet kent, en dat je niet naar El Ferrol kunt gaan met die halvegare van wie ik niet kan geloven dat je van hem houdt, omdat de stad je zal achtervolgen en je dood zult gaan van ellende als je dat doet."

"Je lijkt erg zeker van jezelf, Daniel."

Ik, die er zelfs nooit zeker van was hoe laat het was, knikte met de overtuiging van de onnozelaar. Ik bleef haar nakijken terwijl ze die oneindige galerij door liep, tot haar silhouet in de schemering oploste en ik me afvroeg wat ik in godsnaam had gedaan.

15

Hoedenzaak Fortuny, of wat ervan over was, kwijnde weg aan de voet van een smal, zwartberoet gebouw met een lamlendig aanzien aan Ronda San Antonio, naast Plaza Goya. Je kon nog steeds de gegraveerde letters lezen op de ruiten, dof van het vuil, en een uithangbord in de vorm van een bolhoed schommelde nog steeds aan de gevel en beloofde ontwerpen op maat en het allernieuwste uit Parijs. De deur zat dicht met een slot dat eruitzag alsof het daar al minstens tien jaar zat. Ik drukte mijn voorhoofd tegen de ruit en probeerde met mijn ogen het in duisternis gehulde interieur te doorboren.

"Als u komt om het te huren, dan komt u te laat", zei een stem achter mij. "De beheerder van het pand is al weg."

De vrouw die dit tegen me zei, moest zo'n zeventig jaar zijn en ze droeg het nationale kostuum van de devote weduwe. Een paar rollers kwamen tevoorschijn onder een roze hoofddoek die haar haar bedekte, en de vilten pantoffels pasten bij een paar huidkleurige, kniehoge kousen. Ik nam aan dat zij de conciërge was van het pand.

"Is de winkel dan te huur?" vroeg ik.

"Kwam u daar niet voor?"

"In principe niet, maar je weet nooit, misschien ben ik geïnteresseerd."

De conciërge fronste haar wenkbrauwen, niet wetend of ze me moest indelen bij de praatjesmakers of me het voordeel van de twijfel zou gunnen. Ik zette mijn meest engelachtige glimlach op.

"Is de winkel al lang gesloten?"

"Al minstens twaalf jaar, sinds de oude heer is overleden."

"De heer Fortuny? Kende u hem?"

"Ik woon hier al achtenveertig jaar, jongeman."

"Misschien kent u dan ook de zoon van de heer Fortuny."

"Julián? Maar natuurlijk."

Ik haalde de verbrande foto uit mijn jaszak en liet hem aan haar zien.

"Denkt u dat u mij zou kunnen zeggen of de jongen op de foto Julián Carax is?"

De conciërge keek me enigszins achterdochtig aan. Ze pakte de foto en staarde ernaar.

"Herkent u hem?"

"Carax is de meisjesnaam van de moeder", verklaarde de conciërge met een zekere afkeuring. "Dat is Julián, ja. Ik herinner me hem als heel blond, hoewel hij op deze foto veel donkerder haar lijkt te hebben."

"Zou u me kunnen zeggen wie het meisje naast hem is?"

"En wie wil dat weten?"

"Pardon, mijn naam is Daniel Sempere. Ik probeer meer te weten te komen over de heer Carax, over Julián."

"Julián is naar Parijs gegaan, ergens in 1918 of 1919. Zijn vader wilde hem naar het leger sturen, weet u. Ik geloof dat de moeder hem meenam om de arme knul daarvan te vrijwaren. De heer Fortuny bleef hier alleen achter, op de zolderverdieping."

"Weet u of Julián af en toe terugging naar Barcelona?"

De conciërge keek me zwijgend aan.

"Weet u het niet? Julián stierf datzelfde jaar, in Parijs."

"Pardon?"

"Ik zei dat Julián is gestorven. In Parijs. Kort na aankomst. Het was beter voor hem geweest als hij in het leger was gegaan."

"Mag ik u vragen hoe u dat weet?"

"Hoe denkt u? Omdat zijn vader het me vertelde."

Ik knikte langzaam.

"Ik begrijp het. Zei hij u waaraan hij is gestorven?"

"De oude man heeft me niet veel details verteld, om eerlijk te zijn. Op een dag, kort nadat Julián was vertrokken, kwam er een brief voor hem en toen ik zijn vader ernaar vroeg, zei hij me dat zijn zoon was overleden en dat als er nog eens iets voor hem kwam, ik het weg kon gooien. Waarom trekt u zo'n gezicht?"

"De heer Fortuny heeft tegen u gelogen. Julián is niet doodgegaan in 1919."

"Wat vertelt u me nou?"
"Julián woonde in Parijs, in elk geval tot 1935, en daarna keerde hij terug naar Barcelona."
Het gezicht van de conciërge lichtte op.
"Dus Julián is hier, in Barcelona? Waar?"
Ik knikte, erop rekenend dat op deze manier de conciërge in de stemming zou komen om me meer te vertellen.
"Heilige Moeder Gods ... Nou, u maakt me erg blij, als hij nog leeft tenminste, want het was een erg aanhankelijk kind, een beetje vreemd en erg fantasierijk, dat wel, maar hij had iets, ik weet niet wat het was, waardoor je wel dol op hem moest zijn. Hij had niet gedeugd als soldaat, dat was hem van verre aan te zien. Mijn Isabelita was heel erg dol op hem. Stelt u zich voor, gedurende een tijd heb ik gedacht dat ze zouden trouwen en alles, ach ja, kinderen ... Mag ik die foto nog eens zien?"
Ik reikte haar opnieuw de foto aan. De conciërge bekeek hem alsof het een talisman betrof, een enkeltje terug naar haar jeugd.
"Het is niet te geloven. Kijk, alsof ik hem nu zo voor me zie ... En die akelige man maar zeggen dat hij dood was. Ik moet zeggen, onze Heer heeft rare kostgangers. En wat is er van Julián geworden in Parijs? Hij is vast en zeker rijk geworden. Ik had altijd het idee dat Julián rijk zou worden."
"Niet bepaald. Hij werd schrijver."
"Schreef hij verhalen?"
"Iets dergelijks. Hij schreef romans."
"Voor de radio? Goh, wat mooi. Nou, het verbaast me niets, weet u. Als jongetje vertelde hij altijd al verhalen aan alle kinderen hier uit de buurt. In de zomer gingen mijn Isabelita en haar nichtjes soms naar het dakterras om naar hem te luisteren. Ze zeiden dat hij nooit tweemaal hetzelfde verhaal vertelde. Ze gingen wel allemaal over doden en geesten. Ik zei u al dat het een beetje een vreemd kind was. Hoewel het met zo'n vader raar is dat hij niet totaal geschift is geworden. Het is niet vreemd dat zijn vrouw hem uiteindelijk verliet, want het was een lastpost. Begrijpt u me goed, ik bemoei me nergens mee hoor, ik vind alles uitstekend, maar die man was níét goed. In een appartementenblok kom je uiteindelijk alles te weten. Hij sloeg haar, weet u. Altijd hoorde je geschreeuw in het trappenhuis en meer dan eens moest de politie eraan te pas komen. Ik snap heus wel dat een echtgenoot soms zijn vrouw

moet slaan als ze hem niet respecteert, ik bestrijd dat niet, er lopen een hoop sloeries rond en de meisjes worden niet meer zoals vroeger opgevoed, maar hij hield ervan haar af te rossen om het afrossen, snapt u wel? De enige vriendin die dat arme mens had, was een jong meisje, Viçenteta, die op de vierde verdieping, tweede deur, woonde. Soms schuilde ze in het huis van Viçenteta om te ontsnappen aan de afranselingen van haar echtgenoot. En ze vertelde haar dingen ..."

"Zoals?"

De conciërge nam een vertrouwelijke houding aan, trok een wenkbrauw op en keek zijdelings naar beide kanten.

"Zoals dat het kind niet van de hoedenmaker was."

"Julián? Bedoelt u te zeggen dat Julián niet de zoon was van de heer Fortuny?"

"Dat zei de Française tegen Viçenteta. Ik weet niet of dat uit vertwijfeling was, de hemel weet waarom ze dat zei. Het meisje vertelde het mij jaren later, toen ze hier niet meer woonden."

"En wie was dan de echte vader van Julián?"

"De Française heeft het nooit willen vertellen. U weet hoe buitenlanders zijn."

"En denkt u dat haar echtgenoot haar daarom sloeg?"

"Wie zal het zeggen? Drie keer moesten ze haar naar het ziekenhuis brengen, hoort u mij, drie keer. En het beest had het lef iedereen te vertellen dat het haar schuld was, dat ze een dronkelap was en dat ze zichzelf bezeerde van pure dronkenschap. Vertel mij niks. Hij had altijd ruzie met alle buren. Hij heeft wijlen mijn man, God hebbe zijn ziel, een keer aangegeven omdat hij uit de winkel gestolen zou hebben, omdat volgens hem alle Murcianen lanterfanters en dieven waren, en u moet bedenken dat wij uit Úbeda komen, helemaal niet uit Murcia!"

"U zei me dat u het meisje op de foto met Julián herkende?"

De conciërge concentreerde zich opnieuw op de foto.

"Ik heb haar nooit gezien. Wat een mooi meisje."

"Op de foto lijkt het of ze elkaars verloofden zijn", suggereerde ik om te zien of ik haar geheugen kon prikkelen.

Hoofdschuddend gaf ze me de foto terug.

"Van foto's weet ik niets. En voorzover ik weet, had Julián geen verloofde, maar ik veronderstel dat als hij er een had, hij het me niet verteld zou hebben. Met heel veel moeite kwam ik erachter dat mijn Isabelita zich met hem had ingelaten ... Jullie jongeren vertellen nooit iets. Het zijn wij oudjes die niet ophouden met praten."

"Herinnert u zich zijn vrienden, of iemand in het bijzonder die hier langskwam?"

De conciërge haalde haar schouders op.

"Ach, het is allemaal zo lang geleden. Bovendien liet Julián zich de laatste jaren weinig meer zien, weet u. Hij was bevriend geraakt met iemand van school, een jongen uit een zeer gegoede familie, de Aldaya's, niemand minder. Nu wordt er niet meer over ze gepraat, maar in die tijd was het zoiets als de koninklijke familie. Veel geld. Ik weet het omdat ze af en toe een auto stuurden om Julián op te halen. U had moeten zien wat voor auto. Zelfs Franco heeft niet zo'n mooie. Met chauffeur, en alles glom en blonk. Mijn Paco, die er verstand van had, vertelde me dat het een *rolsroi* was of zoiets. Ongelooflijk."

"Herinnert u zich de naam van die vriend van Julián?"

"Kijkt u eens hier, met een achternaam als Aldaya zijn voornamen niet nodig, als u begrijpt wat ik bedoel. Ik herinner me ook een andere jongen, tikje warrig, een zekere Miquel. Ik geloof dat dat ook een klasgenoot van hem was. Vraag me niet zijn achternaam of hoe hij eruitzag."

Het zag ernaar uit dat we op een dood punt waren aanbeland en ik vreesde de belangstelling van de conciërge te verliezen. Ik besloot een opwelling te volgen.

"Woont er nu iemand in het huis van de Fortuny's?"

"Nee. De oude man stierf zonder een testament achter te laten, en de vrouw woont bij mijn weten nog steeds in Buenos Aires; ze kwam niet eens over voor de begrafenis."

"Waarom Buenos Aires?"

"Omdat ze geen plek kon vinden die verder weg was van hem, denk ik zo. Ik geef haar geen ongelijk, eerlijk gezegd. Ze gaf alles in handen van een advocaat, een heel rare figuur. Ik heb hem nooit gezien, maar mijn dochter Isabelita, die op de vijfde verdieping woont, precies eronder, zegt dat hij soms 's nachts komt, aangezien hij de sleutel heeft, en dat hij uren in het huis rondloopt en daarna weer vertrekt. Eén keer zei ze me zelfs dat je het geklak van vrouwenschoenen kon horen. Wat zegt u me daarvan?"

"Misschien waren het stelten", suggereerde ik.

Ze keek me niet-begrijpend aan. Het was duidelijk dat het een zeer serieus onderwerp was voor de conciërge.

"En niemand anders heeft het huis bezocht in al die jaren?"

"Eén keer dook er een zeer sinister figuur hier op, van het soort dat de hele tijd glimlacht, een lachebekje, maar je had 'm zo door. Hij zei dat hij van de Criminele Brigade was. Hij wilde de woning zien."

"Zei hij waarom?"

De conciërge schudde haar hoofd.

"Herinnert u zich zijn naam?"

"Inspecteur Noggemewat. Ik geloofde zelfs niet dat hij van de politie was. Er zat een raar luchtje aan, begrijpt u wel. Alsof het iets persoonlijks betrof. Ik vertelde hem dat hij kon ophoepelen en dat ik de sleutels van het huis niet had en dat als hij iets wilde, hij de advocaat maar moest bellen. Hij zei dat hij terug zou komen, maar ik heb hem hier niet meer gezien. Geen behoefte aan ook."

"U hebt niet toevallig de naam en het adres van die advocaat?"

"Dat zou u aan de beheerder van het pand moeten vragen, de heer Molins. Zijn kantoor is hier vlakbij, nummer 28 op Floridablanca, beletage. Zegt u hem dat u via mevrouw Aurora komt, om u te dienen."

"Ik ben u zeer erkentelijk. En vertelt u mij eens, mevrouw Aurora, de etage van de Fortuny's staat dus leeg?"

"Leeg niet, want niemand heeft er in al die jaren sinds de dood van de oude man ooit iets weggehaald. Soms stinkt het er zelfs. Ratten en zo zitten er, wat ik u brom."

"Denkt u dat het mogelijk is om er een kijkje te nemen? Misschien vinden we iets wat erop duidt wat er werkelijk van Julián is geworden ..."

"O nee, dat kan ik niet doen. Dat moet u bespreken met de heer Molins, die gaat daarover."

Ik lachte ondeugend naar haar.

"Maar u hebt natuurlijk een moedersleutel, neem ik aan. Ook al hebt u tegen dat sinistere figuur gezegd van niet ... Zegt u me nou niet dat u niet bloednieuwsgierig bent naar wat er daar binnen is."

Doña Aurora keek me vluchtig aan.

"U bent een duivel."

De deur gaf mee als de deksteen van een graf, met een onverhoeds geknars, terwijl het de stinkende, bedorven lucht van het interieur uitademde. Ik duwde de grote deur open, zodoende een duistere gang onthullend. Het stonk er naar vocht en gebrek aan ventilatie. Spiralen van vuil en stof kringelden als heksenhaar in de hoeken van het plafond naar beneden. De gebarsten vloertegels waren bedekt met wat een deken van as leek. Ik zag voetafdrukken een spoor naar binnen trekken.

"Heilige Moeder Gods", mompelde de conciërge. "Het is hier viezer dan op de stok van een kippenhok."

"Als u dat liever hebt, ga ik wel alleen naar binnen", stelde ik voor.

"Dat zou u wel willen. Vooruit, naar binnen, ik volg u."

We sloten de deur achter ons. Gedurende een moment, tot onze ogen aan het donker gewend waren, bleven we onbeweeglijk op de drempel van het huis staan. Ik hoorde de nerveuze ademhaling van de conciërge en ving de zure zweetlucht op die ze uitwasemde. Ik voelde me als een grafschender, wiens ziel door hebzucht en begeerte is vergiftigd.

"Hoor, wat is dat voor geluid?" vroeg de conciërge ongerust.

Er klapperde iets in de duisternis, gealarmeerd door onze aanwezigheid. Aan het einde van de gang meende ik een bleke, fladderende vorm te ontwaren.

"Duiven", zei ik. "Ze moeten door een kapot raam naar binnen zijn geglipt en hier genesteld hebben."

"Ik vind ze anders behoorlijk vies, die lelijke, grote vogels", zei de conciërge. "Met al dat gekak van ze."

"Weest u gerust, doña Aurora, ze vallen alleen aan als ze honger hebben."

We schuifelden een paar passen vooruit tot het einde van de gang en kwamen bij een eetkamer met openslaande deuren naar een balkon. Je kon de omtrek zien van een gammele tafel, bedekt met een versleten kleed dat leek op een lijkwade. Er waakten vier stoelen bij en een paar glazen kasten die met viezigheid waren bedekt, en het serviesgoed, een verzameling glazen en een theeservies bewaarden. In een hoek stond de piano van Carax' moeder. De toetsen waren zwart geworden en de voegjes tussen de toetsen nauwelijks zichtbaar onder de laag stof. Bij het balkon verbleekte een leunstoel met vale bekleding. Daarnaast stond een koffietafel waarop een leesbril rustte en een in licht leer gebonden bijbel met goud op snee, het soort dat destijds cadeau werd gedaan bij de eerste communie. Het leeslint zat er nog in, een scharlakenrood koord.

"Kijk, dit is de stoel waarin ze de oude man vonden, dood. De dokter zei dat hij er zo al twee dagen bij zat. Wat triest om zo te sterven, eenzaam als een hond. En hij heeft het zichzelf aangedaan, echt waar, maar toch vind ik het zielig."

Ik liep naar de dodenstoel van de heer Fortuny. Naast de bijbel stond een kleine doos met zwartwitfoto's, oude studioportretten. Ik knielde om ze te bekijken, bijna in dubio of ik ze wel met mijn vingers aan zou raken. Ik vond dat ik de herinneringen van een arme man bezoedelde, maar mijn nieuwsgierigheid won het. De eerste prent liet een jong stel zien met een kind van hooguit vier jaar. Ik herkende hem aan de ogen.

"Daar heb je ze. De heer Fortuny als jongeman, en zij ..."

"Had Julián geen broers of zussen?"

De conciërge haalde zuchtend haar schouders op.

"Er werd hier in de buurt gezegd dat zij een kind heeft verloren door een van de afranselingen van haar echtgenoot, maar ik weet het niet. De mensen zijn dol op roddel en achterklap. Een keer vertelde Julián aan de kinderen van dit trappenhuis dat hij een zus had die alleen hij kon zien, die zich als damp uit de spiegels losmaakte en met Satan in hoogsteigen persoon in een paleis woonde op de bodem van een meer. Mijn Isabelita had een maand lang nachtmerries. Dat joch was af en toe een beetje ziek."

Ik wierp een blik op de keuken. Het glas van een raampje aan de lichtschacht was kapot en je kon het nerveuze en vijandige geklapper horen van de duiven aan de andere kant.

"Hebben al deze woningen dezelfde indeling?" vroeg ik.

"Die aan de straatkant wel, maar deze is een beetje anders omdat het de zolderverdieping is", legde de conciërge uit. "Daar is de keuken en een washok, die grenzen aan het dakraam. Er komen drie kamers op de gang uit en aan het einde is een badkamer. Fatsoenlijk ingericht zien ze er heel aardig uit, gelooft u mij. Deze woning lijkt op die van mijn Isabelita, hoewel het er hier nu uitziet als een graftombe."

"Weet u wat Juliáns kamer was?"

"De eerste deur is de ouderlijke slaapkamer. De tweede geeft toegang tot een kleinere kamer. Ik zou zeggen dat dat hem moet zijn."

Ik liep de gang in. De verf op de muren was half afgebladderd. Aan het einde van de gang stond de deur naar de badkamer halfopen. Een gezicht observeerde me vanuit de spiegel. Het had het mijne kunnen zijn, of dat van de zus die in de spiegels van dit huis woonde. Ik probeerde de tweede deur te openen.

"Afgesloten", zei ik.

De conciërge keek me stomverbaasd aan.

"Die deuren hebben geen slot", mompelde ze.

"Deze wel."

"Dat zal de oude Fortuny er wel in hebben laten zetten, want in de andere etages ..."

Ik keek omlaag en zag dat het spoor van voetstappen in het stof tot aan de gesloten deur kwam.

"Er is iemand in die kamer geweest. Onlangs nog."

"U moet me niet aan het schrikken maken, hoor!", zei de conciërge.

Ik liep naar de andere deur. Die had geen slot. Hij gaf mee bij de lichtste aanraking en schoof met een roestige kreun open. In het midden stond een oud hemelbed, onopgemaakt. Vergeelde lakens, een grote crucifix aan het hoofdeinde. Er hing een kleine spiegel boven een commode, waar een kruik en een waterkan op stonden; een stoel ervoor. Een halfopen kast leunde tegen de muur. Ik liep om het bed naar een nachtkastje dat was bedekt met een glasplaat waaronder prentjes van voorouders, rouwberichten en loterijpapiertjes lagen. Op het kastje stond een bewerkte, houten muziekdoos en er lag een vestzakhorloge dat voor altijd en eeuwig tien voor halfzes aangaf. Ik probeerde de muziekdoos op te winden, maar de melodie stokte na zes noten. Ik opende de lade van het nachtkastje en vond een lege brillenkoker, een nagelknipper, een tabaksdoos en een medaillon van de Maagd van Lourdes. Verder niets.

"Er moet ergens een sleutel zijn van die kamer", zei ik.

"Die zal de beheerder hebben. Ik denk dat we nu beter kunnen gaan en ..."

Mijn oog viel op de muziekdoos. Ik tilde het deksel op en vond daar een vergulde sleutel die het mechanisme blokkeerde. Toen ik de sleutel pakte, hernam de muziekdoos zijn geklingel. Ravel.

"Dit moet de sleutel zijn", grijnsde ik naar de conciërge.

"Hoort u eens, als de deur afgesloten is, dan zal dat een reden hebben. Al is het slechts uit respect aan de herinnering van ..."

"Als u wilt, kunt u in de portiersloge op me wachten, doña Aurora."

"U bent een duivel, zeg ik u. Vooruit, maak open die deur."

16

Een vleug koude lucht floot door het sleutelgat en likte aan mijn vingers toen ik de sleutel in het slot stak. De heer Fortuny had een slot laten zetten in de onbewoonde kamer van zijn zoon, de derde kamer die de etage telde. Doña Aurora keek me met een bang voorgevoel aan, alsof we op het punt stonden de doos van Pandora te openen.

"Is deze kamer aan de voorkant van het huis?" vroeg ik.

De conciërge schudde haar hoofd.

"Er zit een klein raam in, voor de ventilatie eigenlijk, dat uitkomt op de lichtschacht."

Ik duwde de deur open. Een muur van ondoordringbare duisternis doemde voor ons op. Het flauwe licht achter ons krabbelde zwakjes aan het hermetische zwart. Het ventilatieraampje was bedekt met vergeelde krantenpagina's. Ik rukte ze weg en een streepje melkachtig licht doorboorde het duister.

"Jezus, Maria en Jozef", prevelde de conciërge naast me.

De kamer wemelde van de crucifixen. Ze hingen van het plafond, zwaaiend aan koorden, en waren overal op de muren vastgespijkerd. Tientallen waren het er. Je voelde ze in alle hoeken, met een mes gekerfd in de houten meubels, in de tegels gekrast, in rood op de spiegels geschilderd. De voetstappen vervolgden hier hun spoor in het stof om een bed heen, kaal tot op de spiraal, ternauwernood een skelet van ijzer en wormstekig hout. In een hoek van de slaapkamer, onder het ventilatieraam, stond een afgesloten secretaire, bekroond met een trio van metalen crucifixen. Voorzichtig deed ik het open. Er zat geen stof in de naden van de houten kap, waaruit ik concludeerde dat de secretaire nog niet zo lang geleden was opengemaakt. Er zaten zes laden in, met geforceerde sloten. Ik inspecteerde ze een voor een. Leeg.

Ik knielde voor de secretaire. Ik bevoelde met mijn vingers de krassen in het hout. Ik stelde me de handen van Julián voor die die hanenpoten schetsten, hiëroglyfen waarvan de betekenis door de tijd was meegenomen. Op de bodem van de secretaire was een stapel schriften zichtbaar en een pot met potloden en vulpennen. Ik nam een van de schriften en bladerde erin. Tekeningen en losse woorden. Rekensommen. Losse zinnen, citaten uit boeken. Onafgemaakte dichtregels. Alle schriften zagen er hetzelfde uit. Sommige tekeningen herhaalden zich bladzij na bladzij, met verschillende nuances. Mijn aandacht werd getrokken door de figuur van een man die van vlammen gemaakt leek te zijn. Een andere figuur leek op iets wat een engel zou kunnen zijn of een reptiel, op een kruis geschroefd. Er waren ontwerpen van een enorm, extravagant huis, voorzien van grote torens en kathedraalachtige bogen. De halen waren trefzeker en soepel. De jonge Carax toonde zich een talentvol tekenaar, maar de plaatjes waren niet meer dan schetsen.

Ik stond op het punt om het laatste schrift op zijn plek terug te leggen zonder het in te zien toen er iets tussen de pagina's uit gleed en voor mijn voeten viel. Het was een foto waarop ik hetzelfde meisje herkende dat op de verbrande foto stond die aan de voet van het gebouw was genomen. Het meisje poseerde in een weelderige tuin en door de boomtoppen kon je de vorm van het huis waarnemen dat ik zojuist op de schetsen had gezien van de adolescent Carax. Ik herkende het onmiddellijk – de toren van 'De witte broeder', aan Avenida del Tibidabo. Op de rug van de foto stond een opschrift dat simpelweg zei:

PENÉLOPE, DIE VAN JE HOUDT

Ik borg de foto op in mijn jaszak, sloot de secretaire af en glimlachte naar de conciërge.

"Genoeg gezien?" vroeg ze, vol verlangen om deze plek te verlaten.

"Bijna", zei ik. "Eerder zei u me dat er, kort na Juliáns vertrek naar Parijs, een brief voor hem kwam, maar dat zijn vader tegen u zei hem weg te gooien ..."

De conciërge aarzelde een ogenblik, en knikte toen.

"Die brief heb ik in de lade van de commode in de gang gestopt, voor het geval de Française op een dag zou terugkomen. Daar moet hij nog steeds liggen ..."

We liepen naar de commode en openden de bovenste lade. Een okerkleurige envelop verpieterde tussen een collectie stilstaande horloges, knopen en munten die al twintig jaar niet meer courant waren. Ik pakte de envelop en bestudeerde hem.

"Hebt u hem gelezen?"

"Zeg, waar ziet u mij voor aan?"

"U hoeft zich niet op uw teentjes getrapt te voelen. Het zou de normaalste zaak van de wereld zijn, gezien de omstandigheid dat u meende dat de arme Julián was overleden ..."

De conciërge haalde haar schouders op, keek omlaag en trok zich terug in de richting van de deur. Ik maakte van het moment gebruik door de brief in de binnenzak van mijn jasje te steken en de la dicht te schuiven.

"Ziet u, u moet zich geen verkeerde dingen in het hoofd gaan halen", zei de conciërge.

"Maar natuurlijk niet. Wat stond er in de brief?"

"Het was een liefdesbrief. Zoals de verhalen op de radio, maar dan veel treuriger, dat wel, omdat dit klonk alsof het echt waar was. Toen ik hem las, moest ik ervan huilen."

"U hebt een groot hart, doña Aurora."

"En u bent een duivel."

Ik nam afscheid van doña Aurora en ik beloofde haar op de hoogte te houden van mijn speurwerk naar Julián Carax. Diezelfde middag zocht ik de beheerder van het gebouw op. De heer Molins had betere tijden gekend en kwijnde tegenwoordig weg in een gammel kantoor, verstopt op een beletage in Calle Floridablanca. Molins was een goedlachs, zelfvoldaan individu, een half opgerookte sigaar die uit zijn snor leek te groeien verankerd tussen de lippen. Het was moeilijk vast te stellen of hij sliep of wakker was, omdat hij ademhaalde als iemand die aan het snurken is. Hij had vettig haar dat plat over zijn voorhoofd lag, en een slinkse blik in zijn varkensoogjes. Hij droeg een pak waar ze op de rommelmarkt van Les Encantes geen tien peseta's voor zouden geven, maar compenseerde dat met een oorverdovend schreeuwerige stropdas. Te oordelen naar de staat van het kantoor werd er niet veel meer geadministreerd dan wat spitsmuizen en catacomben van een Barcelona van vóór de Restauratie in 1874.

"We zijn aan het verbouwen", zei Molins bij wijze van verontschuldiging.

Om het ijs te breken liet ik de naam van doña Aurora vallen als betrof het een oude vriendin van de familie.

"En dan te bedenken dat het een leuk ding was als jong meisje", gaf Molins zijn commentaar. "De jaren hebben een dikkerd van haar gemaakt, al ben ik natuurlijk ook niet meer wie ik was. U zult het niet geloven, maar toen ik uw leeftijd had, was ik een adonis. De meisjes gingen voor mij op hun knieën met hun smeekbedes ze een pleziertje te doen of een baby bij ze te maken. De twintigste eeuw is waardeloos. Enfin, wat kan ik voor u doen, jongeman?"

Ik diste een min of meer plausibel verhaal op over een vermeende, verre verwantschap met de Fortuny's. Na vijf minuten geleuter sleepte Molins zich naar zijn archief en gaf me het adres van de advocaat die de belangen behartigde van Sophie Carax, de moeder van Julián.

"Eens kijken ... José María Requejo. Calle León XIII, nummer 59. Hoewel de correspondentie elk halfjaar naar een postbusnummer van het hoofdpostkantoor op Vía Layetana wordt gestuurd."

"Kent u de heer Requejo?"

"Ik zal een enkele keer door de telefoon met zijn secretaresse hebben gesproken. Eigenlijk gaan alle lopende zaken met hem via de post, en mijn secretaresse, die vandaag bij de kapper is, handelt ze af. De advocaten van tegenwoordig hebben geen tijd meer voor de formele omgang van vroeger. Er zijn weinig heren overgebleven in dit vak."

Zo te zien waren er ook geen betrouwbare adressen meer. Een snelle blik in de stratengids die op het bureau van de beheerder lag, bevestigde wat ik vermoedde: het adres van de zogenaamde advocaat Requejo bestond niet. Dit deelde ik de heer Molins mede, die het nieuws opnam als een grap.

"Krijg nou het heen-en-weer", zei hij lachend. "Wat zei ik u? Criminelen."

De beheerder leunde achterover in zijn grote fauteuil en stootte een van zijn snurkgeluiden uit.

"Hebt u toevallig het nummer van die postbus?"

"Volgens de systeemkaart is het 2837, hoewel ik de getallen van mijn secretaresse niet kan ontcijferen, want zoals u weet deugen vrouwen niet voor de mathematica; waar ze wél voor deugen, is voor ..."

"Staat u mij toe die systeemkaart te bekijken?"

"Maar natuurlijk. Ga uw gang."

Hij reikte me de kaart aan en ik bestudeerde hem. De getallen waren perfect leesbaar. Het postbusnummer was 2321. De gedachte aan de boekhouding die in dat kantoor gevoerd werd, joeg me de stuipen op het lijf.

"Had u vaak te maken met de heer Fortuny, toen hij nog leefde?" vroeg ik.

"*Comme ci comme ça*. Een zeer onverbiddelijk type. Ik herinner me, toen ik erachter kwam dat de Française hem verlaten had, dat ik hem uitnodigde om mee te gaan naar de hoeren met wat vriendjes, in een fantastische gelegenheid die ik ken naast La Paloma. Om een beetje de zinnen te verzetten, hè? Niks meer, niks minder. En sindsdien heeft hij mij niet meer aangesproken en me op straat ook niet meer gegroet. Hoe víndt u dat nou?"

"Ik sta versteld. Wat kunt u me nog meer vertellen over de familie Fortuny? Herinnert u zich hen goed?"

"Het waren andere tijden", prevelde hij nostalgisch. "Het is een feit dat ik grootvader Fortuny al kende, die de hoedenwinkel heeft opgezet. De zoon? Wat zal ik u daar nou eens over vertellen. Maar zíj was ongelooflijk. Wat een vrouw! En eerlijk, hoor. Ondanks alle geruchten en roddels die de ronde deden ..."

"Zoals dat Julián niet de wettige zoon was van de heer Fortuny?"

"En waar hebt u dat gehoord?"

"Zoals ik al zei, ik ben van de familie. We weten alles."

"Van dat alles is nooit iets bewezen."

"Maar er werd over gepraat", nodigde ik uit.

"De mensen kakelen dat het een lieve lust is. De mens stamt niet af van de aap, maar van de kip."

"Wat werd er dan zoal rondgekletst?"

"Hebt u zin in een glaasje rum? Van Igualada, maar met een Caribisch vonkje erin ... Bijzonder smakelijk."

"Nee, dank u, maar ik houd u gezelschap. Vertelt u ondertussen verder ..."

***

Antoni Fortuny, die door iedereen de hoedenmaker werd genoemd, had Sophie Carax leren kennen in 1899 bij de trappen van de Kathedraal van Barcelona. Hij kwam Sint Eustathius een belofte doen – van alle heiligen was die het zorgvuldigst en het minst kieskeurig als het erop aankwam liefdeswonderen te bewerkstelligen. Antoni Fortuny, die al dertig was en vrijgezel op zijn voorhoofd geschreven had staan, wilde een echtgenote en wel onmiddellijk. Sophie was een Française die in een huis voor jongedames woonde in Calle Riera Alta en privé-lessen solfège en piano gaf aan de telgen van de meest geprivilegieerde families in Barcelona. Ze had familie noch bezit, slechts haar jeugd en de muzikale vorming die haar vader, pianist bij een theater in Nîmes, haar had kunnen geven voor hij in 1886 stierf aan tbc. Antoni Fortuny daarentegen was hard op weg een gefortuneerd man te worden. Hij had recentelijk de zaak van zijn vader geërfd, een gerenommeerde hoedenzaak aan Ronda San Antonio, waar hij het vak had geleerd dat hij op een dag aan zijn eigen zoon hoopte door te geven. Sophie Carax leek hem fragiel, mooi, jong, dociel, en vruchtbaar. Sint Eustathius had zijn plicht vervuld, conform zijn reputatie. Na vier maanden onophoudelijke hofmakerij accepteerde Sophie Antoni's huwelijksaanzoek. De heer Molins, die bevriend was geweest met grootvader Fortuny, waarschuwde Antoni dat hij trouwde met een onbekende, dat Sophie een aardig meisje leek, maar dat die verbintenis misschien al te gunstig was voor haar, dat hij op zijn minst een jaar moest wachten ... Antoni Fortuny riposteerde dat hij al het noodzakelijke wist van zijn toekomstige echtgenote. De rest interesseerde hem niet. Ze trouwden in de Basiliek del Pino en brachten hun driedaagse huwelijksreis door in een kuuroord van Mongat. De ochtend voor het vertrek vroeg de hoedenmaker in vertrouwen aan de heer Molins hoe hij te werk moest gaan bij de mysteries van de slaapkamer. Molins zei sarcastisch dat hij dat aan zijn vrouw moest vragen. Het echtpaar Fortuny keerde krap twee dagen later terug naar Barcelona. De buren zeiden dat Sophie huilde toen ze het trappenhuis in liep. Viçenteta zou jaren later zweren dat Sophie haar had verteld dat de hoedenmaker haar met geen vinger had aangeraakt en dat hij haar had behandeld als een hoer toen zij hem had willen verleiden, en walging had gevoeld voor de obsceniteit die zij voorstelde. Zes maanden later kondigde Sophie haar echtgenoot aan dat zij een kind droeg. Het kind van een andere man.

Antoni Fortuny had zijn eigen vader ontelbare malen zijn moeder zien slaan en deed wat hij dacht dat passend was. Hij hield pas op toen hij dacht dat nog één aanraking erbij haar dood zou betekenen. Zelfs tóén weigerde Sophie de identiteit van de vader van het kind dat zij in haar buik droeg, te onthullen. Antoni Fortuny paste zijn eigen, merkwaardige logica toe en besloot dat het de duivel moest zijn, dit kon slechts het kind van de zonde zijn, en de zonde had maar één vader: het kwaad. Aldus ervan overtuigd dat de zonde zijn huis was binnengedrongen en zich tussen de dijen van zijn vrouw had genesteld, hing de hoedenmaker overal crucifixen op: aan de muren, op de deuren van alle kamers en aan het plafond. Toen Sophie hem in de slaapkamer, waartoe hij haar veroordeeld had, bezig vond met het bevestigen van crucifixen, schrok ze en vroeg met tranen in de ogen of hij gek was geworden. Hij draaide zich blind van woede om en gaf haar een oorvijg. "Een hoer als alle andere", riep hij toen hij haar het trappenhuis in smeet nadat hij haar huid met zijn leren riem kapotgeslagen had. De volgende dag, toen Antoni Fortuny de deur van zijn huis opendeed om beneden de winkel te openen, lag Sophie daar nog steeds, overdekt met opgedroogd bloed en klappertandend van de kou.

De breuken in haar rechterhand hadden de artsen niet meer goed kunnen krijgen. Nooit meer zou Sophie Carax piano spelen, maar ze zou een zoon baren die zij Julián zou noemen, ter herinnering aan de vader die ze – net als alles in haar leven – te vroeg had verloren. Fortuny overwoog haar het huis uit te gooien, maar meende dat het schandaal niet goed zou zijn voor de handel. Niemand zou hoeden kopen van een man met horens op zijn hoofd. Een onzinnige gedachte. Sophie verhuisde naar een donkere, koude kamer in het achterste gedeelte van de woning. Daar baarde ze haar zoon met de hulp van twee buurvrouwen uit hetzelfde trappenhuis. Antoni kwam pas drie dagen later thuis. "Dit is de zoon die God je gegeven heeft", kondigde Sophie aan. "Als je iemand wilt straffen, straf mij, maar niet een onschuldig schepseltje. Het kind heeft een thuis nodig en een vader. Mijn zonden zijn niet de zijne. Ik smeek je medelijden met ons te hebben."

De eerste maanden waren voor beiden moeilijk. Antoni Fortuny had besloten zijn vrouw tot huishoudster te verlagen. Tafel en bed deelden ze niet meer en ze spraken zelden met elkaar, tenzij het een huishoudelijke kwestie betrof. Eén keer per maand, doorgaans als het volle maan was, presenteerde Antoni Fortuny zich 's ochtends in de slaapkamer van Sophie, en zonder een woord te zeggen nam hij zijn voormalige vrouw met veel heftigheid en weinig behendigheid. Gebruikmakend van deze schaarse, oorlogszuchtige momenten van intimiteit, probeerde Sophie hem milder te stemmen door lieve woordjes te fluisteren en hem bedreven te liefkozen. De hoedenmaker was geen man van flauwekul en onzin, en de onrust van het verlangen verdampte in een kwestie van minuten, zo niet seconden. Dergelijke bestormingen in opgerold nachthemd resulteerden niet in een zoon. Na enkele jaren stopte Antoni Fortuny definitief met zijn bezoekjes aan Sophies slaapkamer en mat zich de gewoonte aan de Heilige Schrift te lezen tot diep in de ochtend, op zoek naar soelaas voor zijn kwellingen.

Met behulp van de Evangeliën spande de hoedenmaker zich in om in zijn hart een sprank liefde op te wekken voor dat kind met de diepzinnige blik, dat ervan hield overal grapjes over te maken en schaduwen verzon waar ze niet waren. Ondanks zijn volharding voelde de kleine Julián niet als zijn eigen zoon; ook herkende hij zichzelf niet in hem. Het kind, op zijn beurt, leek zich niet al te zeer te interesseren voor hoeden of de leer van de catechismus. In de kersttijd vermaakte Julián zich met het herschikken van de figuurtjes uit de kerststal en het beramen van intriges waarin het kindeke Jezus met snode bedoelingen werd ontvoerd door de drie wijzen uit het Oosten. Spoedig ontwikkelde hij een obsessie om engelen met wolventanden te tekenen en verhalen te verzinnen over geesten met een kap op die uit de muren kwamen en de ideeën van de mensen opaten terwijl ze sliepen. Mettertijd verloor de hoedenmaker elke hoop de jongen te corrigeren in de richting van een nuttig leven. Dat kind was geen Fortuny en zou het nooit zijn. Met het argument dat hij zich op school verveelde, bracht hij schriften mee naar huis die volgekrabbeld stonden met monsterlijke wezens, gevleugelde slangen en levende gebouwen die wandelden en argeloze voorbijgangers opvraten. Het was toen al duidelijk dat de fantasie en het verzinsel hem oneindig meer interesseerden dan de dagelijkse realiteit die hem omringde. Van alle teleurstellingen die hij in zijn leven vergaarde, was er niet een die Antoni Fortuny zo bedroefde als deze zoon die hem door de duivel was gestuurd om de spot met hem te drijven.

Op zijn tiende kondigde Julián aan dat hij schilder wilde worden, zoals Velázquez. Hij droomde ervan de doeken te verwezenlijken die de grote meester niet had kunnen maken vanwege al die verplichte portretten die gemaakt moesten worden van de verstandelijk gehandicapten in de koninklijke familie, zo redeneerde hij. Tot overmaat van ramp kreeg Sophie het idee, misschien om de eenzaamheid te doorbreken of ter herinnering aan haar vader, Julián pianolessen te geven. Julián, die dol was op muziek, schilderen en alle materie gespeend van gewin en profijt kenmerkend voor een mannenmaatschappij, leerde spoedig de rudimenten van de harmonie en besloot de voorkeur te geven aan het verzinnen van zijn eigen composities boven het volgen van de partituren uit het solfègeboek, die hij tegennatuurlijk vond. In die tijd geloofde Antoni Fortuny nog steeds dat een deel van de geestelijke tekortkomingen van de jongen te wijten was aan zijn eetgewoonten, die te veel beïnvloed werden door de Franse keuken van zijn moeder. Het was welbekend dat een overdaad aan soorten boter moreel verval tot gevolg had en het verstand bedwelmde. Hij verbood Sophie voor altijd met boter te koken. De resultaten waren niet exact de verwachte.

Op zijn twaalfde begon Julián zijn koortsachtige interesse voor de schilderkunst en Velázquez te verliezen, maar de aanvankelijke hoop van de hoedenmaker duurde kort. Julián liet zijn dromen over het Prado in de steek voor een veel verderfelijker ondeugd. Hij had de bibliotheek in Calle Carmen ontdekt en gebruikte iedere adempauze die zijn vader hem toestond om naar het sanctuarium van de boeken te gaan en romans, poëzie en geschiedenisboeken te verslinden. Een dag voor zijn dertiende verjaardag kondigde hij aan dat hij iemand wilde zijn die Robert Louis Stevenson heette, in elk opzicht een buitenlander. De hoedenmaker vertelde hem dat hij het met heel veel moeite zou brengen tot steenhouwer. Hij wist toen heel zeker dat zijn zoon slechts een dwaas was.

Vaak lag Antoni Fortuny in zijn bed te woelen van woede en frustratie, zonder de slaap te kunnen vatten. In het diepst van zijn hart hield hij van die jongen, zei hij bij zichzelf. En, hoewel zij het niet verdiende, hij hield ook van die slet die hem vanaf de eerste dag had verraden. Hij hield van hen met heel zijn ziel, maar op zijn manier, en die was de juiste. Hij vroeg God slechts om hem de wijze te tonen waarop ze met z'n drieën gelukkig konden zijn, bij voorkeur ook op zijn manier. Hij smeekte de Heer om hem een teken te sturen, een fluistering, een kruimeltje van zijn aanwezigheid. God, in zijn oneindige wijsheid, en misschien overweldigd door de lawine van verzoeken van al die gekwelde zielen, antwoordde niet. Terwijl Antoni Fortuny zich onderdompelde in wroeging en wrok, doofde Sophie langzaam uit aan de andere kant van de muur, terwijl ze haar leven schipbreuk zag lijden in een zee van bedrog, verwaarlozing en schuld. Ze hield niet van de man die ze diende, maar ze voelde zich de zijne, en de mogelijkheid hem te verlaten en haar zoon mee te nemen naar een andere plek leek haar ondenkbaar. Ze dacht met bitterheid aan de ware vader van Julián en door de jaren heen leerde ze hem te haten en alles wat hij vertegenwoordigde te verfoeien. Bij gebrek aan conversatie begon het echtpaar tegen elkaar te schreeuwen. Beledigingen en vlijmscherpe verwijten vlogen als messen door het huis, degene doorborend die het waagde in hun baan te gaan staan, gewoonlijk Julián. Daarna herinnerde de hoedenmaker zich nooit meer precies waarom hij zijn vrouw had geslagen, hij herinnerde zich slechts opvlammend vuur en de schaamte. Hij bezwoer zichzelf vervolgens dat het nooit meer zou gebeuren, dat hij zichzelf bij de autoriteiten zou aangeven als het nodig was, zodat ze hem konden opsluiten.

Antoni Fortuny was er zeker van dat hij met Gods hulp een betere man zou kunnen worden dan zijn eigen vader was geweest. Maar vroeg of laat vonden zijn vuisten opnieuw het zachte vlees van Sophie en met het verstrijken van de jaren voelde Fortuny dat als hij haar niet kon bezitten als echtgenoot, hij haar zou bezitten als haar beul. Op die manier, in het verborgene, liet de familie Fortuny de jaren voorbijgaan terwijl ze hun harten en zielen tot stilte maanden, tot het punt dat ze door al dat zwijgen de woorden vergaten om hun werkelijke gevoelens te uiten en ze veranderden in een familie van vreemden die onder hetzelfde dak woonden, een van de vele in de oneindige stad.

***

Het was al halfdrie geweest toen ik terugging naar de boekhandel. Fermín wierp me een sarcastische blik toe vanaf een hoge trap, waar hij een collectie *Episodios Nacionales* van de hand van don Benito oppoetste.

"Gezegend zijn mijn ogen. We dachten al dat u naar Amerika was vertrokken, Daniel."

"Ik werd onderweg opgehouden. En mijn vader?"

"Omdat u niet kwam, is hij weggegaan om de rest van de bestellingen te bezorgen. Hij gaf me opdracht u te zeggen dat hij deze middag naar Tiana gaat om de privé-bibliotheek van een weduwe te taxeren. Uw vader is een wolf in schaapskleren. En of ik wilde doorgeven dat u niet op hem moet wachten met afsluiten."

"Was hij kwaad?"

Fermín schudde zijn hoofd, terwijl hij met katachtige soepelheid de trap afdaalde.

"Welnee. Uw vader is een heilige. Bovendien was hij bijzonder in zijn nopjes toen hij zag dat u een zekere jongedame had ontmoet."

"Wat?"

Fermín knipoogde en likkebaardde.

"Ah, deugniet, dat hebt u goed weten te verbergen. En wat een meisje, zeg, om het verkeer voor tegen te houden. Wat een klasse! Je ziet dat ze naar goede scholen is geweest, hoewel ze iets ondeugends in haar blik had ... Kijk, als ik mijn hart niet al had verpand aan Bernarda, want ik heb u nog steeds niets verteld over onze lunch ... de vonken sloegen eraf, echt, vonken, het leek wel oudejaarsnacht ..."

"Fermín", kapte ik hem af. "Waar hebt u het in hemelsnaam over?"

"Over uw vriendin."

"Ik heb geen vriendin, Fermín."

"Nou ja, tegenwoordig hebben jullie jongeren daar allerlei woorden voor, '*girlifriend*' of ..."

"Fermín, even terugspoelen. Waar hebt u het over?"

Fermín Romero de Torres keek me verward aan, gebaren makend op zijn Siciliaans door de vingertoppen van een hand bij elkaar te stekend en te schudden.

"Wel, deze middag, het zal een uur of halftwee zijn geweest, kwam hier een fenomenale jongedame langs die naar u vroeg. Uw vader en ondergetekende waren aanwezig en ik kan u zonder enige twijfel verzekeren dat het meisje geen spookverschijning was. Ik kan u zelfs haar geur beschrijven. Lavendel, maar dan veel zoeter. Als een pasgebakken zoet broodje."

"Zei het zoete broodje soms dat ze mijn vriendin was?"

"Niet met zoveel woorden, maar ze glimlachte terloops, u weet wel, en zei dat ze vrijdagmiddag op u zou wachten. Wij hebben

alleen maar twee en twee bij elkaar opgeteld."
"Bea ..." mompelde ik.
"Ergo, ze bestaat dus", merkte Fermín opgelucht op.
"Ja, maar ze is niet mijn vriendin", zei ik.
"Dan begrijp ik niet waar u nog op wacht."
"Ze is de zus van Tomás Aguilar."
"Uw vriend de uitvinder?"
Ik knikte.
"Des te meer reden. Al was het het nichtje van de paus; want ze ziet er héél smakelijk uit. Ik zou in uw plaats als een bok op de haverkist zitten."
"Bea heeft al een verloofde. Een vaandrig die in dienst zit."
Fermín zuchtte geërgerd.
"Ah, het leger, vloek en schuilplaats voor de laagste aapachtige instincten. Beter nog, zo kunt u tweeën hem zonder schuldgevoel voor de gek houden."
"U slaat wartaal uit, Fermín. Bea gaat trouwen als haar vaandrig uit militaire dienst komt."
Fermín grijnsde listig naar me.
"Dat is nou gek, maar ik heb zo het gevoel van niet; die trouwt niet."
"Wat weet u daar nou van?"
"Van vrouwen en andere wereldse behoeften tamelijk veel meer dan u. Zoals Freud ons leert, wenst de vrouw het tegenovergestelde van wat ze zegt of verklaart, hetgeen welbeschouwd niet zo vreselijk is omdat de man daarentegen, zo leert ons Perogrullo, luistert naar het bevel van zijn genitale dan wel digestieve apparaat."
"Komt u me niet met verhandelingen aanzetten, Fermín, ik heb u in de smiezen. Als u iets te zeggen hebt, vat het dan kort en bondig samen."
"Welaan, beknopt samengevat zeg ik u dit: zij zag er niet uit alsof ze netjes met zo'n legermannetje gaat trouwen."
"O nee? En hoe zag ze er dan wel uit, vertel eens?"
Fermín boog zich met een vertrouwelijk gebaar naar me toe.
"Alsof ze van spanning en passie houdt", stelde hij vast, waarbij hij geheimzinnig zijn wenkbrauwen optrok. "En het moge duidelijk zijn dat ik dat bedoel als compliment."
Zoals altijd had Fermín het bij het rechte eind. Ik gaf me gewonnen en besloot de bal naar zijn helft terug te spelen.

"Over spannend gesproken, vertel me over Bernarda. Werd er gekust of werd er niet gekust?"

"Beledig me niet, Daniel. Mag ik u eraan herinneren dat u praat met een beroeps in de verleidingskunsten en dat zoenen voor amateurs en beunhazen op sloffen is. De echte vrouw win je stukje bij beetje. Het is allemaal een kwestie van psychologie, evenals een goed gevecht in de arena."

"Met andere woorden, ze heeft u een blauwtje laten lopen."

"De vrouw die Fermín Romero de Torres een blauwtje laat lopen, moet nog geboren worden. Wat er aan de hand is, is dat de Man – terug naar Freud en om maar even een metafoor te gebruiken – warm wordt als een gloeilamp: in een oogwenk roodgloeiend, en in een oogwenk weer koud. De Vrouw echter – en dit is pure wetenschap – wordt warm als een strijkijzer, begrijpt u wel? Langzaamaan, op een laag pitje, zoals bij een goede stoofpot. Maar dan, als ze eenmaal op temperatuur is, is er geen houden meer aan. Net de hoogovens in Biskaje."

Ik overdacht Fermíns thermodynamische theorieën.

"Is dat wat u aan het doen bent met Bernarda?" vroeg ik. "Het strijkijzer op temperatuur brengen?"

Fermín knipoogde.

"Die vrouw is een vulkaan op het punt van eruptie, met een libido van vurig magma en het hart van een engel", zei hij likkebaardend. "Om maar eens een waarheidsgetrouwe overeenkomst vast te stellen: ze herinnert me aan mijn mulattinnetje in Havana, die een zeer devote *santera* was. Maar omdat ik in de grond van de zaak een heer ben van de oude stijl, maak ik geen misbruik van haar en stel me tevreden met een kuise kus op de wang. Omdat ik geen haast heb, ziet u? Het goede laat op zich wachten. Er zijn daarbuiten pummels die geloven dat als ze hun hand op de kont van een vrouw leggen en zij protesteert niet, ze de buit binnen hebben. Beginnelingen. Het hart van de vrouw is een labyrint van subtiliteiten dat de onbehouwen geest van de man uitdaagt. Als u een vrouw werkelijk wilt bezitten, moet u denken als zij en als eerste haar ziel veroveren. De rest, dat zoete, zachte omhulsel waardoor je je verstand en deugdzaamheid verliest, is een extraatje."

Ik applaudiseerde plechtig voor zijn verhandeling.

"Fermín, u bent een poëet."

"Nee hoor, ik ben het eens met Ortega en ik ben een pragmaticus. De poëzie liegt, zij het op een mooie manier, en wat ik zeg, is zo waar als een en een twee is. De meester zei het al, laat me een Don Juan zien en ik toon u een vermomde homo. Ik ga voor duurzaamheid en vastheid. Ik stel u aan als getuige dat ik van Bernarda, zo niet een deugdzame, want dat is ze al, op zijn minst een gelukkige vrouw zal maken."

Ik knikte glimlachend. Zijn enthousiasme werkte aanstekelijk en zijn metriek was onovertroffen.

"Zorg goed voor haar, Fermín. Bernarda heeft een veel te groot hart en heeft al te veel teleurstellingen moeten incasseren."

"Denkt u dat ik me daar niet van bewust ben? Kom, het staat op haar voorhoofd geschreven als een stempel van het oorlogsweduwenpatronaat. Wat ik u brom, als expert in het slikken van vuile streken: ik maak die vrouw gelukkig, al is het het laatste wat ik doe op deze aardkloot."

"Op uw woord?"

Hij stak zijn hand uit met ridderlijk aplomb. Ik drukte hem.

"Erewoord van Fermín Romero de Torres."

We hadden een slome middag in de winkel, met slechts een handjevol nieuwsgierigen. Gezien de situatie stelde ik Fermín voor de rest van de middag vrijaf te nemen.

"Kom, u gaat Bernarda ophalen om haar mee te nemen naar de bioscoop of arm in arm Calle Puertaferissa af te slenteren en etalages te bekijken, daar is ze dol op."

Fermín liet het zich geen twee keer zeggen en ging zich snel opdoffen in de achterkamer, waar hij altijd een onberispelijk extra stel kleding bewaarde en een keur aan eaux de colognes en balsempjes in een toilettas waar Veronica Lake jaloers op zou zijn. Toen hij weer tevoorschijn kwam, zag hij eruit als een cavalier uit een film, maar dan met dertig kilo minder vlees op de botten. Hij droeg een pak dat van mijn vader was geweest en een vilten hoed die hem een paar maten te groot was, een probleem dat hij oploste door krantenproppen onder de bol te stoppen.

"Trouwens, Fermín, voor u vertrekt ... Ik wilde u om een gunst vragen."

"Geregeld. U beveelt, ik ben er om te gehoorzamen."

"Ik ga u wel vragen om dit onder ons te houden; geen woord hierover tegen mijn vader, goed?"

Hij grijnsde van oor tot oor.

"Ha, schalkje. Heeft het iets van doen met die geweldige jongedame, hm?"

"Nee. Dit is een zaak van speurwerk en intrige. Helemaal uw ding, kortom."

"Nu ja, van jongedames weet ik ook het een en ander. Ik zeg het u voor het geval u op een dag een technische vraag hebt, u weet wel. In alle vertrouwen, want in dat soort zaken ben ik als een arts. Zonder enige schroom."

"Ik zal het in gedachten houden. Wat ik nu echter zou willen weten is aan wie het postbusnummer 2321 toebehoort op het hoofdpostkantoor aan Vía Layetana. En, als het mogelijk is, wie de post ophaalt die op dat nummer wordt bezorgd. Denkt u dat u me daarmee een handje zou kunnen helpen?"

Fermín noteerde het nummer op zijn wreef, onder de sok, met een balpen.

"Een eitje. Geen enkele officiële instelling is tegen mij bestand. Geef me een paar dagen en ik heb een compleet rapport."

"En we zijn het erover eens dat we hierover met geen woord reppen tegen mijn vader?"

"Wees gerust. Ziet u mij als de sfinx van Cheops."

"Ik ben u zeer dankbaar. En nu, vooruit, amuseert u zich."

Ik stuurde hem weg met een militaire groet en zag hem zwierig wegstappen als een haan op weg naar het kippenhok. Nog geen vijf minuten na Fermíns vertrek hoorde ik de belletjes van de deur en ik keek op van mijn cijferkolommen en doorhalingen. Een man in een zwarte regenjas en met een vilten hoed op was zojuist binnengekomen. Hij had een potloodsnorretje, blauwe, glazige ogen, en toonde een verkopersglimlach, vals en geforceerd. Ik betreurde het in stilte dat Fermín er niet was, want hij was er een meester in om handelsreizigers in rommel en rotzooi die af en toe de boekhandel binnenglipten, weer kwijt te raken. De gast schonk me zijn vettige, valse glimlach en pakte ondertussen lukraak een boek van een stapel naast de ingang, die geordend en getaxeerd moest worden. Alles in hem straalde minachting uit voor wat hij zag. Jij gaat me nog niet een goedemiddag verkopen, dacht ik.

"Een hoop letters, hè?" zei hij.

"Het is een boek; die plegen tamelijk veel letters te hebben. Waarmee kan ik u van dienst zijn, meneer?"

Het individu legde het boek terug op de stapel, terwijl hij onverschillig knikte en mijn vraag negeerde.

"Precies wat ik zeg. Lezen is voor mensen die veel tijd hebben en weinig om handen. Zoals vrouwen. Hij die moet werken heeft geen tijd voor verhalen. In het leven moet gezwoegd worden. Vindt u niet?"

"Het is een mening. Zocht u iets speciaals?"

"Het is geen mening, het is een feit. Dat is wat er mis is in dit land, dat de mensen niet willen werken. Een hoop nietsnutten zijn er, dat moet u met me eens zijn."

"Ik weet het niet, meneer. Misschien. Hier worden uitsluitend boeken verkocht, zoals u ziet."

De vent liep naar de toonbank, waarbij zijn blik constant door de winkel fladderde en af en toe op mij bleef rusten. Zijn verschijning en houding kwamen me vaag bekend voor, hoewel ik niet zou hebben kunnen zeggen waarván. Iets in hem deed me denken aan een van die figuren die je ziet op kaartspelen uit een antiekwinkel of van een waarzegger. Een personage dat ontsnapt leek uit de gravures van een incunabel, als een vloek in een zondags pak.

"Als u mij zegt waarmee ik u van dienst kan zijn ..."

"Het is eerder zo dat ik hier ben om ú een dienst te bewijzen. Bent u de eigenaar van deze zaak?"

"Nee. De eigenaar is mijn vader."

"En uw naam is?"

"De mijne of die van mijn vader?"

Hij wierp me een spottend glimlachje toe. Wat een lachebekje, dacht ik.

"Ik zal dus maar doen alsof het bord van Sempere en Zoon voor u beiden geldt."

"U bent zeer scherpzinnig. Mag ik u vragen wat het motief is voor uw bezoek als u niet in een boek bent geïnteresseerd?"

"Het motief van mijn bezoek, een beleefdheidsbezoek, is om u te waarschuwen dat mij ter ore is gekomen dat u omgang hebt met mensen van laag allooi, in het bijzonder homoseksuelen en criminelen."

Ik keek hem stomverbaasd aan.

"Pardon?"

De man staarde me strak aan.

"Ik heb het over mietjes en jatters. Vertelt u me nou niet dat u niet weet over wie ik het heb."

"Ik vrees dat ik niet het geringste idee heb, noch de lust om langer naar u te luisteren."

Het individu knikte en maakte een vijandig, kwaad gebaar.

"Nou, dan hebt u pech gehad. Ik neem aan dat u op de hoogte bent van de activiteiten van de burger Federico Flaviá?"

"Don Federico is de horlogemaker uit de wijk, een excellent persoon, en ik betwijfel ten zeerste of hij een crimineel is."

"Ik had het over mietjes. Het staat vast dat die flikker uw zaak frequenteert, ik neem aan om goedkope romannetjes en pornografie van u te kopen."

"En mag ik u vragen wat dat u aangaat?"

Als antwoord haalde hij zijn portefeuille tevoorschijn en legde die open op de toonbank. Ik herkende een vettig identiteitsbewijs van de politie met het gezicht van de vent op jongere leeftijd. Ik las het tot aan waar stond 'Hoofdinspecteur Francisco Javier Fumero Almuñiz'.

"Jongeman, u praat respectvol tegen me of ik laat u en uw vader een aframmeling geven waar uw haar van uitvalt, voor het verkopen van bolsjewistische vuiligheid, begrijpen wij elkaar?"

Ik wilde hem van repliek dienen, maar de woorden bestierven me op de lippen.

"Maar goed, die flikker is niet wat mij vandaag hier brengt. Vroeg of laat eindigt hij op het hoofdbureau, zoals iedereen van zijn soort, en dan zal ik hem eens een lesje leren. Wat mij zorgen baart, is dat ik informatie heb dat u een ordinaire crimineel in dienst hebt, een ongewenste figuur van de ergste soort."

"Ik weet niet over wie u het heeft, inspecteur."

Fumero lachte zijn kruiperige, kleffe lachje.

"God weet welke naam hij nu gebruikt. Jaren geleden liet hij zich Wilfredo Camagüey noemen, ster van de mambo, en hij beweerde voodoo-expert te zijn, dansleraar van don Juan de Bourbon en minnaar van Mata Hari. Bij andere gelegenheden nam hij de naam aan van ambassadeurs, variétéartiesten of stierenvechters. We zijn de tel inmiddels kwijt."

"Het spijt me dat ik u niet kan helpen, maar ik ken niemand die Wilfredo Camagüey heet."

"Vast en zeker niet, maar u weet wie ik bedoel, nietwaar?"

"Nee."
Fumero lachte opnieuw. Dat geforceerde, gekunstelde lachje vatte hem samen als een inhoudsopgave.
"U houdt ervan de zaken te compliceren, is het niet? Kijk eens hier, ik ben hier als vriend gekomen om u te waarschuwen dat wie een ongewenst persoon in zijn huis opneemt, uiteindelijk zijn vingers brandt, en u behandelt me als een bedrieger."
"Absoluut niet. Ik ben u erkentelijk voor uw bezoek en uw waarschuwing, maar ik verzeker u dat er ..."
"Kom me niet met dat soort flauwekul aanzetten, want als ik er verdomme zin in heb, geef ik u een pak slaag en sluit de tent, gesnopen? Maar vandaag ben ik in een goed humeur, dus laat ik u er met een waarschuwing van afkomen. Als u van mietjes en dieven houdt, dan zult u wel iets van beiden hebben. Wat mij betreft, wil ik het heel duidelijk stellen: óf u staat aan mijn kant óf u bent tegen mij. Zo is het leven. Wat zal het zijn?"
Ik zei niets. Fumero knikte, stootte andermaal een lachje uit.
"Heel goed, Sempere. Zelf weten. We beginnen slecht, u en ik. Als u problemen wilt, kunt u ze krijgen. Het leven is niet zoals in romans, weet u. In het leven moet je partij kiezen. En het is duidelijk welke u hebt gekozen. De partij van hen die verliezen omdat ze stomkoppen zijn."
"Mag ik u vragen te vertrekken, als u zo vriendelijk wilt zijn?"
Hij liep naar de deur, zijn duistere lachje met zich mee dragend.
"We zullen elkaar opnieuw treffen. En zeg tegen uw vriend dat inspecteur Fumero zijn oog op hem heeft laten vallen en hem hartelijk laat groeten."
Het bezoek van de rampzalige inspecteur en de echo van zijn woorden deden mijn vredige middag in rook opgaan. Na een kwartier heen en weer te hebben gehold achter de toonbank met een knoop in mijn ingewanden, besloot ik de boekhandel voortijdig te sluiten; ik ging de straat op en wandelde doelloos rond. Ik kon de insinuaties en dreigementen van die beul niet uit mijn hoofd krijgen. Ik vroeg me af of ik mijn vader en Fermín moest waarschuwen over zijn bezoekje, maar vermoedde dat dat precies de bedoeling was geweest van Fumero: twijfel tussen ons zaaien, ongerustheid, angst en onzekerheid. Ik besloot zijn spelletje niet mee te spelen. Aan de andere kant, de insinuaties over het verleden van Fermín verontrustten me. Ik schaamde me over mezelf

toen ik ontdekte dat ik gedurende één moment waarde had gehecht aan de woorden van de politieman. Na lang wikken en wegen besloot ik het voorval in een hoek van mijn geheugen weg te bergen en de implicaties ervan te negeren. Op weg naar huis kwam ik langs de horlogewinkel van onze buurt. Don Federico groette me vanachter de toonbank, gebarend dat ik binnen moest komen. De horlogemaker was een beminnelijke, goedlachse man die nooit iemands verjaardag vergat en bij wie je altijd kon aankloppen met een netelige kwestie, in de zekerheid dat hij de oplossing zou vinden. Bij de gedachte dat hij op de zwarte lijst van inspecteur Fumero stond, kon ik een koude rilling niet voorkomen en ik vroeg me af of ik hem moest waarschuwen. Maar hoe kon ik dat doen zonder me in te laten met zaken die de mijne niet waren? Verwarder dan ooit stapte ik de horlogezaak binnen en glimlachte flauwtjes naar hem.

"Hoe gaat het, Daniel? Je gezicht staat op onweer."

"Een slechte dag", zei ik. "Hoe gaan de zaken, don Federico?"

"Op rolletjes. Horloges worden steeds slechter gemaakt en ik kom om in het werk. Als het zo doorgaat, zal ik een assistent moeten aannemen. Je vriend, de uitvinder, zou hij niet geïnteresseerd zijn? Hij is er vast en zeker handig in."

Het kostte me geen enkele moeite te bedenken wat de vader van Tomás Aguilar zou vinden van het perspectief dat zijn zoon een baan zou accepteren in de zaak van don Federico, de officiële nicht van de buurt.

"Ik zal het hem zeggen."

"Trouwens, Daniel, ik heb hier de wekker die je vader twee weken geleden heeft gebracht. Ik weet niet wat hij ermee gedaan heeft, maar hij kan beter een nieuwe kopen dan deze laten repareren."

Ik herinnerde me dat tijdens verstikkende zomernachten mijn vader het soms in zijn hoofd haalde om op het balkon te slapen.

"Het ding is op straat gevallen", zei ik.

"Zoiets dacht ik al. Zeg hem dat hij me laat weten wat ik ermee moet doen. Ik kan voor een zacht prijsje een Radiant voor hem op de kop tikken. Kijk, neem deze maar meteen mee, als je wilt. Om uit te proberen. Bevalt hij, dan komt hij 'm maar een keer betalen. En zo niet, dan krijg ik hem weer van je terug."

"Hartelijk dank, don Federico."

De horlogemaker pakte het apparaat in kwestie in.

"Hoogwaardige technologie", zei hij tevreden. "Overigens, ik heb genoten van het boek dat Fermín me laatst had verkocht. Van Graham Greene. Die Fermín is echt een eersteklas aanwinst."

Ik knikte.

"Ja, hij is goud waard."

"Het viel me op dat hij nooit een horloge draagt. Zeg hem dat hij langskomt, dan zullen we dat eens regelen."

"Dat zal ik doen. Dank, don Federico."

Toen hij me de wekker overhandigde, keek de horlogemaker me onderzoekend aan en fronste zijn wenkbrauwen.

"Weet je zeker dat er niks is, Daniel? Alleen een slechte dag?"

Ik glimlachte en knikte opnieuw.

"Er is niets aan de hand, don Federico. Pas goed op uzelf."

"Jij ook, Daniel."

Bij thuiskomst trof ik mijn vader slapend op de bank aan met de krant over zijn borst. Ik liet de wekker op tafel achter met een briefje waarop stond: 'Van don Federico, de oude moet je weggooien', en ging stilletjes naar mijn kamer. Ik ging in het halfduister op bed liggen en viel in slaap terwijl ik aan de inspecteur dacht, aan Fermín en aan de horlogemaker. Toen ik wakker werd, was het al twee uur 's nachts. Ik gluurde de gang in en zag dat mijn vader zich met de nieuwe wekker in zijn kamer had teruggetrokken. Het huis was in duisternis gehuld en de wereld scheen mij een donkerder en akeliger plek toe dan gisternacht. Het was me nu duidelijk dat ik in de grond van de zaak nooit had geloofd dat inspecteur Fumero echt bestond. Ik ging naar de keuken, schonk mezelf een glas koude melk in en vroeg me ondertussen af of Fermín gezond en wel in zijn pension zou zijn.

Terug in mijn kamer probeerde ik het beeld van de politieman uit mijn hoofd te zetten en opnieuw de slaap te vatten, maar besefte dat dat onmogelijk was. Ik deed het licht aan en besloot de aan Julián Carax gerichte envelop die ik doña Aurora vanmorgen ontfutseld had en die nog steeds in de binnenzak van mijn jasje zat, te inspecteren. Ik legde hem op mijn schrijftafel, onder de lichtbundel van de bureaulamp. Het was een perkamenten envelop, met gekartelde, vergeelde randen, die kleiachtig aanvoelde. Het stempel, nog slechts een flauwe schaduw, vermeldde '18 oktober 1919'. Het lakzegel had losgelaten, waarschijnlijk dankzij de vaardige handen van doña Aurora. Op die plek zat een rossige vlek, als door lippenstift beroerd, waarop men de afzender kon lezen:

Penélope Aldaya
Avenida Tibidabo 32, Barcelona

Ik opende de envelop en haalde de brief eruit, een okerkleurig velletje, netjes in het midden dubbelgevouwen. Een streep van blauwe inkt fladderde nerveus over het blad, verdween allengs en won na enkele woorden weer aan intensiteit. Alles eraan sprak van een andere tijd: de dwingende halen van het in de inkt dopen, de woorden door de scherpe kant van de kroontjespen op het dikke papier gekrast, het ruwe papier. Ik streek de brief glad op mijn bureau en las hem bijna ademloos.

Liefste Julián,

Vanochtend kwam ik er via Jorge achter dat je Barcelona echt hebt verlaten en dat je op zoek bent gegaan naar je dromen. Ik heb altijd gevreesd dat je door je dromen nooit aan mij kunt toebehoren, noch aan een ander. Ik had je graag nog een laatste keer gezien, om je in de ogen te kunnen kijken en je dingen te zeggen die ik niet aan een brief kan toevertrouwen. Niets is gegaan zoals we het bedacht hadden. Ik ken je maar al te goed en ik weet dat je me niet zult schrijven, me zelfs je adres niet zult sturen, dat je een ander zult willen zijn. Ik weet dat je me zult haten omdat ik daar niet was, zoals ik had beloofd. Dat je zult geloven dat ik je in de steek heb gelaten. Dat ik de moed niet had.
Zo vaak heb ik me jou voor de geest gehaald, alleen in die trein, overtuigd van mijn verraad. Vele malen heb ik geprobeerd je te vinden via Miquel, maar hij zei dat je niets meer van me wilde weten. Welke leugens hebben ze je verteld, Julián? Wat hebben ze over me gezegd? Waarom heb jij ze geloofd?
Nu weet ik dat ik je kwijt ben, dat ik alles kwijt ben. En nóg kan ik niet toestaan dat je voor altijd verdwijnt en me vergeet zonder te weten dat ik geen wrok koester, dat ik het vanaf het begin wist, dat ik wist dat ik je zou verliezen en dat jij nooit in mij zou zien wat ik in jou zag. Ik wil dat je weet dat ik vanaf de eerste dag van je hield en dat ik nog steeds van je houd, nu meer dan ooit, of je wilt of niet.

Ik schrijf je in het geheim, zonder dat iemand het weet. Jorge heeft gezworen je te vermoorden als hij je nog één keer ziet. Ze laten me het huis niet meer uitgaan, ik mag niet eens meer uit het raam leunen. Ik geloof niet dat ze me ooit zullen vergeven. Iemand die ik ten volle vertrouw, heeft me beloofd je deze brief te sturen. Ik noem geen namen om de persoon in kwestie niet in een lastig parket te brengen. Ik weet niet of deze woorden je zullen bereiken. Maar als het zo is en je mocht besluiten om terug te komen om me te halen, dan vind je hier de manier om dat te doen. Terwijl ik schrijf, zie ik je voor me in die trein, vol dromen en met een door verraad gebroken ziel, vluchtend van ons allemaal en van jezelf. Er zijn zoveel dingen die ik je niet kan vertellen, Julián. Dingen die we nooit geweten hebben en waarvan het beter is dat je ze nooit weet.
Ik wil niets liever in deze wereld dan dat je gelukkig bent, Julián, dat alles waar je naar streeft werkelijkheid wordt en dat je, ofschoon je me mettertijd zult vergeten, op een dag zult begrijpen hoeveel ik van je hield.
Voor altijd,

Penélope

17

De woorden van Penélope Aldaya, die ik die nacht las en herlas tot ik ze uit mijn hoofd kende, veegden met één pennenstreek de vieze smaak weg die het bezoek van inspecteur Fumero bij me had achtergelaten. Na de hele nacht wakker te hebben gelegen, in beslag genomen door de brief en de stem die ik achter de woorden vermoedde, ging ik 's ochtends de deur uit. Ik kleedde me stilletjes aan en liet voor mijn vader een briefje achter op de commode in de gang, waarin stond dat ik een aantal zaken moest regelen en om halftien terug zou zijn in de boekhandel. Toen ik naar buiten liep, lagen de straten nog onder een blauwachtige sluier die likte aan de schaduwen en de plassen die de motregen daar 's nachts had achtergelaten. Ik knoopte mijn jas tot aan de hals dicht en zette er stevig de pas in, in de richting van Plaza Cataluña. De metrotrappen wasemden lauwe, koperkleurige stoom uit. Bij de loketten van de Catalaanse spoorwegen kocht ik een derdeklas kaartje tot aan station Tibidabo. Ik legde het traject af in een wagon bevolkt met bodes, kindermeisjes en dagloners die in krantenpapier verpakte broodjes bij zich hadden met de afmetingen van een baksteen. Ik trok me terug in het duister van de tunnels en leunde met mijn hoofd tegen het raampje, half mijn ogen sluitend, terwijl de trein de ingewanden van de stad doorkruiste tot aan de voet van de Tibidabo. Toen ik opnieuw bovenkwam, leek het of ik een ander Barcelona ontdekte. Het was licht aan het worden en een paarse draad sneed door de wolken; het bestreek de gevels van de kleine paleizen en de grote, voorname herenhuizen die de Avenida Tibidabo flankeerden. De blauwe tram kroop lui tussen de nevelen omhoog. Ik holde erachteraan en slaagde erin op het achterste platform te klimmen, onder de strenge blik van de conducteur. De houten cabine was bijna leeg. Een paar broeders en een dame in de rouw met een asgrijze huid wiegden slaperig op de schommeling van het rijtuig met de onzichtbare paarden.

"Ik moet maar tot nummer 32", zei ik tegen de conducteur en ik bood hem mijn beste glimlach.

"Al ging u tot Finisterre", antwoordde hij onverschillig. "Hier hebben zelfs de soldaten van Christus een kaartje betaald. Of dokken, of sjokken. Voor het rijmpje reken ik u niks."

Het stel broeders, dat sandalen droeg en de bruine, juten mantel van de franciscaanse soberheid, knikte en liet als bewijs de twee roze kaartjes zien.

"Dan ga ik er hier uit", zei ik. "Ik heb geen kleingeld bij me."

"Zoals u wilt. Maar wacht tot de volgende halte; ik wil geen ongelukken."

De tram steeg met de snelheid van een wandelaar door de bomenallee, en over de muren heen waren slotachtige huizen te zien in tuinen die ik mij vol standbeelden, fonteinen, stoeterijen en geheime kapelletjes voorstelde. Ik leunde naar één kant van het platform en herkende het silhouet van de toren van 'De witte broeder' tussen de bomen. Toen we de hoek met Calle Román Macaya naderden, minderde de tram vaart om bijna helemaal tot stilstand te komen. De machinist liet zijn belletje rinkelen en de conducteur wierp me een afkeurende blik toe.

"Vooruit, slimmerik. Opschieten, nummer 32 is daar."

Ik stapte uit en luisterde hoe het gerammel van de blauwe tram wegstierf in de mist. De residentie van de familie Aldaya was op een steenworp afstand, aan de overkant van de straat, bewaakt door een groot, kunstig bewerkt smeedijzeren hek. Tussen de ijzeren staven zat een hermetisch gesloten deur gelast. Zwartijzeren slangen vormden boven de poort het nummer: 32. Ik probeerde vanaf die plek iets te zien van het huis, maar zag slechts vaag de contouren van een donkere toren. Een roestspoor sijpelde uit het sleutelgat van het deurtje. Ik knielde neer en trachtte zo een beeld te krijgen van de binnenhof. Al wat ik zag, was hoog struikgewas en de omtrek van wat een fontein leek of een vijver van waaruit een uitgestrekte hand naar de hemel wees. Het duurde eventjes voor het tot me doordrong dat het om een stenen hand ging en dat er andere lichaamsdelen en silhouetten die ik niet goed kon onderscheiden, ondergedompeld lagen in de fontein. Verderop, tussen sluiers van onkruid, was een brede marmeren trap te zien, gebarsten en bedekt met puin en gebladerte. Rijkdom en voorspoed hadden zich al lang geleden van de Aldaya's afgekeerd. Dit oord was een begraafplaats.

Ik deed een paar stappen terug en liep de hoek om om een blik te werpen op de zuidelijke vleugel van het huis. Vanaf daar was een van de torens van het kleine paleis beter te zien. Op dat moment nam ik in mijn ooghoek de gestalte waar van een man in een blauwe overall en met een uitgehongerd aanzien, die met een grove bezem het gebladerte op de stoep aanviel. Hij observeerde me met een zekere achterdocht en ik veronderstelde dat hij de portier was van een van de aangrenzende panden. Ik glimlachte naar hem zoals alleen iemand die vele uren achter een toonbank heeft gestaan, dat kan.

"Een goede morgen", begon ik beleefd. "Weet u of het huis van de Aldaya's al lang onbewoond is?"

Hij bekeek me alsof ik hem ondervraagd had over de kwadratuur van de cirkel. Het mannetje bracht een paar gele vingers naar zijn kin, die een zwakheid voor goedkope Celtas zonder filter verraadden. Helaas had ik geen pakje sigaretten bij me om bij hem in het gevlij te komen. Ik wroette in mijn jaszakken om te zien of een andere offerande kon volstaan.

"Al minstens twintig of vijfentwintig jaar, en dat moet ook zo blijven", zei de portier op de vlakke, dociele toon van hen bij wie de serviliteit erin geslagen is.

"Bent u hier al lang?"

Hij knikte.

"Ondergetekende is hier in dienst van de heer en mevrouw Miravell sinds 1920."

"Weet u toevallig wat er van de familie Aldaya geworden is?"

"Tja, u zult wel weten dat ze ten tijde van de Republiek veel kapitaal hebben verloren", zei hij. "Hij die tweedracht zaait ... Het weinige dat ik weet, heb ik opgevangen van de heer en mevrouw Miravell, die vroeger bevriend waren met de familie. Ik geloof dat de oudste zoon, Jorge, naar het buitenland is gegaan, naar Argentinië. Het schijnt dat ze daar fabrieken hadden. Mensen met veel geld. Die komen altijd op hun pootjes terecht. Hebt u toevallig een saffie?"

"Het spijt me, maar ik kan u een Sugus-snoepje aanbieden,

waarvan is aangetoond dat het dezelfde hoeveelheid nicotine bevat als een Montecristo en bovendien een ongehoorde hoeveelheid vitamines."

De portier fronste enigszins ongelovig zijn wenkbrauwen, maar knikte. Ik bood hem de Sugus met limoensmaak aan die Fermín me een eeuwigheid geleden had gegeven en die ik net had ontdekt in de voering van mijn jaszak. Ik hoopte dat het nog niet ranzig was geworden.

"Smaakt goed", oordeelde de portier, zuigend op het rubberachtige snoepje.

"U kauwt op de trots van de nationale snoepindustrie. Onze Generalísimo eet ze met handenvol tegelijk. En vertelt u eens, hebt u wel eens over de dochter van de Aldaya's gehoord, Penélope?"

De portier leunde op de bezem als een soort *Denker* van Rodin.

"Ik denk dat u zich vergist. De Aldaya's hadden geen dochters. Het waren allemaal jongens."

"Weet u dat zeker? Mij is ter ore gekomen dat rond het jaar 1919 in dit huis een jong meisje woonde, genaamd Penélope Aldaya, waarschijnlijk de zuster van deze Jorge."

"Zou kunnen, maar ik zeg u, ik ben hier pas sinds 1920."

"En het huis, van wie is het tegenwoordig?"

"Voorzover ik weet staat het nog steeds te koop, hoewel er sprake van is geweest het met de grond gelijk te maken en er een school te bouwen. Dat is het beste wat ze kunnen doen, echt waar. Het tot aan de fundamenten afbreken."

"Waarom zegt u dat?"

De portier keek me vertrouwelijk aan. Toen hij glimlachte, kon ik zien dat er minstens vier boventanden ontbraken.

"Die mensen, de Aldaya's. Dat was geen zuivere koffie, u weet toch wat erover wordt gezegd?"

"Ik vrees van niet. Wat wordt er gezegd?"

"Ach, u weet wel. Het lawaai en al die dingen. Persoonlijk geloof ik niet in die verhalen, nee, maar ze zeggen dat er meer dan één van angst in zijn broek heeft geplast daarbinnen."

"U gaat me toch niet vertellen dat het huis behekst is?" zei ik, een glimlach onderdrukkend.

"Lacht u maar. Maar men noemt geen koe bont ..."

"Hebt u dan iets gezien?"

"Wat je noemt zien, nee. Maar wel gehoord."

"Gehoord? Wat?"

"Ziet u, een keer, het zal jaren geleden zijn geweest, heb ik op een nacht Joanet vergezeld omdat hij aandrong, begrijpt u, ik had daar niks te zoeken ... Wat ik zei, ik hoorde iets raars. Een soort gehuil."

De portier gaf me met luide stem een imitatie van het geluid dat hij bedoelde. Mij leek het de litanie van een tbc'er die volksliedjes neuriede.

"Het zal de wind zijn geweest", suggereerde ik.

"Dat zal best, maar ik had mijn hart in mijn keel zitten, echt waar. Hebt u toevallig nog zo'n snoepje voor me?"

"Als ik u een salmiakpastille mag aanbieden – bijzonder opwekkend na iets zoets."

"Vooruit dan", en de portier stak zijn hand uit om de buit te innen. Ik gaf hem het hele doosje. De drop leek zijn tong over de sappige geschiedenis van de Aldaya-villa losser te maken.

"Tussen ons gezegd en gezwegen, een raar verhaal. Een keer heeft Joanet, de zoon van de heer Miravell, een boom van een kerel, twee keer zo groot als u – hij zit in de nationale handbalselectie, dan weet u het wel – goed, wat vriendjes van jongeheer Joanet hadden horen vertellen over het Aldaya-huis en hadden hem zover gekregen dat hij meeging. En hij mij, want hij had wel een grote mond, maar durfde niet in zijn eentje naar binnen te gaan. U kent het wel, rijkeluiszoontjes. Hij stond erop 's nachts naar binnen te gaan om het haantje uit te hangen tegenover zijn vriendinnetje en hij deed het bijna in zijn broek. Ik bedoel, nú ziet u het bij daglicht, maar 's nachts is dat huis een ander verhaal, hoor. Hoe dan ook, Joanet zegt dat hij naar de tweede verdieping is gegaan – want ik weigerde om naar binnen te gaan, begrijpt u, dat is namelijk vast niet toegestaan, hoewel het huis toen al minstens tien jaar leeg stond – en dat daar iets was. Hij meende iets als een stem te horen in een kamer, maar toen hij naar binnen wilde, werd de deur voor zijn neus dichtgeslagen. Wat zegt u me daarvan?"

"Het lijkt mij een tochtvlaag", zei ik.

"Of een vlaag van iets anders", suggereerde de portier en hij dempte zijn stem. "Laatst was het op de radio: het universum zit vol mysteries. Stelt u zich voor, ze schijnen de echte zweetdoek van Christus hier bij ons, in het centrum van Sardanyola, te hebben gevonden. In het filmdoek van een bioscoop genaaid om hem te verbergen voor de moslims, die hem wilden hebben om te kunnen zeggen dat Jezus Christus zwart was. Hoe vindt u nou zoiets?"

"Ik heb er geen woorden voor."

"Wat ik u zeg. Een hoop mysteries. Dat huis moeten ze met de grond gelijk maken en dan kalk over het terrein strooien."

Ik bedankte het oudje voor de informatie en stond op het punt naar beneden te lopen, naar San Gervasio, toen ik opkeek en de berg Tibidabo wakker zag worden, omringd door wazige wolken. Ineens had ik zin om de tandradbaan te nemen en het oude attractiepark op de top te bezoeken en rond te dwalen tussen de carrousels en in de automatenhallen, maar ik had beloofd op tijd in de boekwinkel te zijn. Op de weg terug naar het metrostation stelde ik me Julián Carax voor die langs hetzelfde trottoir afdaalde en de gevels in zich opnam – nauwelijks veranderd sinds die tijd, met hun statige trappen en standbeelden – en misschien wachtte op het blauwe trammetje dat op zijn tenen naar de hemel klom. Toen ik aan het begin van de straat was aangekomen, haalde ik de foto van Penélope Aldaya tevoorschijn, glimlachend op de binnenhof van het familielandgoed. Haar ogen spraken van een reine ziel en een toekomst die nog geschreven moest worden. "Penélope, die van je houdt."

Ik stelde me Julián Carax voor op mijn leeftijd, met de foto in zijn handen, misschien in de schaduw van dezelfde boom die mij nu beschutte. Ik leek hem bijna te kunnen zien, vol vertrouwen in een toekomst kijkend die zo wijd en licht was als die avenue, en een moment lang bedacht ik dat daar slechts de spookbeelden waren van afwezigheid en verlies, en dat het licht dat mij toelachte geleend licht was, alleen maar werkelijk zolang ik het met mijn blik kon vasthouden.

18

Eenmaal weer thuis ontdekte ik dat Fermín, of mijn vader, de winkel al had geopend. Ik liep naar boven om snel iets te eten. Mijn vader had op de eettafel geroosterd brood, marmelade en een thermoskan met koffie voor me achtergelaten. Ik liet het me goed smaken en was in minder dan tien minuten weer beneden. Ik ging de winkel binnen door de deur van de magazijnruimte, die uitkwam op het portaal van het pand, en liep meteen naar mijn kast om de stofjas aan te trekken die ik gebruikte om mijn kleding te beschermen tegen het stof van dozen en boekenplanken. Onder in de kast bewaarde ik een koekblik dat nog steeds naar Camprodónkoekjes rook en waarin ik allerlei nutteloze prullen bewaarde waar ik geen afscheid van kon nemen: horloges en vulpennen waar echt niets meer aan te repareren viel, oude munten, onderdelen van miniaturen, knikkers, patroonhulzen die ik had gevonden in het Parque del Laberinto en oude ansichtkaarten van Barcelona aan het begin van de eeuw. Tussen alle rommel vond ik het stuk krantenpapier waarop Isaac Montfort het adres van zijn dochter Nuria had geschreven, de avond dat ik mijn toevlucht nam tot het Kerkhof der Vergeten Boeken om *De schaduw van de wind* te verbergen. Ik bestudeerde het in het stoffige licht dat tussen de planken en de opgestapelde dozen door filterde, sloot de doos af en borg het adres op in mijn portemonnee. Vastbesloten om mijn geest en handen bezig te houden met de meest banale taak die maar mogelijk was, stapte ik monter de winkel in.

"Goedemorgen", kondigde ik aan.

Fermín classificeerde de inhoud van diverse dozen die waren aangekomen van een verzamelaar uit Salamanca, en mijn vader had de grootste moeite met het ontcijferen van een Duitse catalogus van apocriefe lutheraanse afkomst, die klonk naar een exquise worstsoort.

"En moge God ons een nog betere middag geven", neuriede Fermín, in verhulde zinspeling op mijn afspraak met Bea.

Ik gunde hem niet de lol van een antwoord en besloot het hoofd te bieden aan de onvermijdelijke maandelijkse bittere pil van het boekhoudboek: ontvangstbewijzen en verzendformulieren vergelijken, en inkomsten en uitgaven. De radio begeleidde onze serene monotonie en vergastte ons op een selectie carrièrehoogtepunten van Antonio Machín, die toen zeer in de mode was. Caribische ritmes werkten altijd een tikje op de zenuwen van mijn vader, maar hij tolereerde ze omdat ze Fermín aan zijn geliefde Cuba deden denken. De scène herhaalde zich iedere week: mijn vader hield zich doof en Fermín gaf zich over aan een vage wiegelgang op het kompas van de *danzón*, terwijl hij de reclamepauzes vulde met anekdotes over zijn avonturen in Havana. De deur van de winkel stond open en de zoete geur van vers brood en koffie dreef naar binnen en stemde ons vrolijk. Na een tijdje verscheen onze buurvrouw Merceditas in de deuropening, die terugkwam van het boodschappen doen op de Boquería.

"Morgen, meneer Sempere", neuriede ze.

Mijn vader glimlachte naar haar en bloosde. Ik had de indruk dat hij Merceditas leuk vond, maar zijn kluizenaarsethiek legde hem een onwrikbare terughoudendheid op. Fermín bekeek haar vanuit zijn ooghoeken en volgde watertandend het lichte heupgewieg, alsof er zojuist een verse moorkop naar binnen was gewandeld. Merceditas opende een papieren zak en gaf ons drie glimmende appels cadeau. Ik vermoedde dat ze nog steeds het idee in haar hoofd had om in de boekwinkel te komen werken en ze deed weinig moeite de antipathie te verbergen die Fermín in haar scheen op te wekken, de indringer.

"Kijk eens hoe mooi. Ik zag ze en zei tegen mezelf: die zijn voor de heren Sempere", zei ze op licht geaffecteerde toon. "Want ik weet toevallig dat u intellectuelen van appels houdt, net als Isaac Peral."

"Isaac Newton, mijn hartje", preciseerde Fermín.

Merceditas wierp hem een dodelijke blik toe.

"Daar hebben we onze slimmerik. Weest u maar blij dat ik voor u ook een appel heb meegenomen, in plaats van de citroen die u eigenlijk verdient."

"Maar dame, de offerande die uw nubiele handen van een appel maken, deze vrucht van de erfzonde, ontvlamt mijn ..."

"Fermín, alstublieft", onderbrak mijn vader hem.

"Ja, meneer Sempere", gehoorzaamde Fermín en hij blies de aftocht.

Merceditas stond op het punt Fermín van repliek te dienen toen we tumult hoorden op straat. We zwegen allemaal verwachtingsvol. Behoedzaam stak Merceditas haar hoofd om de deur. We zagen diverse beduusde kooplui hoofdschuddend voorbij lopen. Kort daarop verscheen Anacleto Olmo, buurman en officieuze woordvoerder in ons trappenhuis van de Real Academia de la Lengua. Don Anacleto was docent op een middelbare school, had Spaanse literatuur en diverse geesteswetenschappen gestudeerd, en deelde zijn flat op de tweede verdieping met zeven katten. In de vrije uurtjes die het onderwijs hem toeliet, schreef hij flapteksten voor een prestigieuze uitgeverij en componeerde hij, zo ging het gerucht, duistere, erotische verzen die hij publiceerde onder het veelzeggende pseudoniem Rudolf de Haan. In de persoonlijke omgang was don Anacleto een beminnelijke, innemende man, maar in het openbaar voelde hij zich altijd verplicht om de rol van episch dichter te spelen en er een hoogbarokke manier van spreken op na te houden.

Die ochtend had de docent een rood hoofd van ellende, en zijn handen, waarmee hij zijn ivoren stok vasthield, trilden bijna. We keken hem alle vier geïntrigeerd aan.

"Don Anacleto, wat is er aan de hand?" vroeg mijn vader.

"Franco is dood, alstublieft, zeg dat het waar is", riep Fermín verwachtingsvol.

"Zwijg, bruut", onderbrak Merceditas. "Laat heer dokter spreken."

Don Anacleto haalde diep adem en terwijl hij zichzelf weer meester werd, ontvouwde hij op zijn gebruikelijke vorstelijke manier de gebeurtenissen.

"Vrienden, het leven is drama en zelfs de meest nobele creaturen van de Heer savoureren de beproevingen van een grillig en opstandig noodlot. Afgelopen nacht, in de ochtend, toen de stad haar zeer welverdiende slaap van de werkzame volkeren sliep, is don Federico Flaviá i Pujades, gewaardeerd burger die zo groots heeft bijgedragen aan de verrijking en verlichting van dit stadsdeel in zijn rol van horlogemaker, vanuit zijn etablissement nauwelijks drie deuren van uw boekhandel vandaan gelegen, gearresteerd door de veiligheidsdienst van de Staat."

Ik voelde hoe de moed me in de schoenen zonk.

"Jezus, Maria en Jozef", zei Merceditas.

Fermín snoof teleurgesteld, want het was duidelijk dat het staatshoofd nog steeds een excellente gezondheid genoot. Don Anacleto, die nu helemaal in zijn eigen woorden opging, haalde diep adem en maakte aanstalten om verder te gaan.

"Naar het zich laat aanzien, en krachtens het betrouwbare verslag dat mij is geopenbaard door bronnen dicht bij de Algemene Directie der Politie, betrapten twee onderscheiden undercover agenten van de Criminele Brigade don Federico kort na middernacht, uitgedost als struise vrouw en onder het ten gehore brengen van pikant getinte liedjes op het podium van een schamele tent in Calle Escudillers, voor een publiek dat vermoedelijk bestond uit mentaal zwakkeren. Deze vergeten creaturen van God, diezelfde middag ontsnapt uit het armenhuis van een religieuze orde, hadden in de roes van het spektakel hun broek laten zakken en maakten een onoorbaar dansje terwijl ze applaudisseerden met opgeheven schaamte en kwijlende snuiten."

Merceditas sloeg een kruis, gealarmeerd door de scabreuze wending die de zaak nam.

"De moeders van enkele van die arme zielen dienden, toen zij eenmaal ingelicht waren over de beroving van onschuld van hun spruiten, een klacht in wegens publiek schandaal en aanval op de meest elementaire zedelijkheid. De pers, roofvogel die zich voedt met het ongeluk en de schande van zijn naaste, rook spoedig het aas en dankzij de spitsvondigheden van een professionele verklikker, waren er nog geen veertig minuten verstreken sinds het moment dat de twee leden van de autoriteiten ten tonele verschenen, toen in het genoemde lokaal Kiko Calabuig, sterjournalist van de krant *El Caso*, zijn opwachting maakte, bereid alle gebeurtenissen te verslaan die nodig waren om zijn duistere relaas voor de editie van vandaag te kunnen publiceren, waarin hij, onnodig te zeggen, met de smakeloosheid van de sensatiejournalist het spektakel dat zich heeft afgespeeld in het obscure etablissement kwalificeert als dantesk en huiveringwekkend, in vette koppen met corpsgrootte 24."

"Dat bestaat niet", zei mijn vader. "Ik dacht dat don Federico zijn lesje inmiddels geleerd had."

Don Anacleto knikte met pastorale heftigheid.

"Ja, maar vergeet u niet de spreekwoorden, erfgoed en stem van ons diepste gevoelen, die het al zeggen: 'Het bloed kruipt waar het niet gaan kan' en 'Van de wind alleen kan een mens niet leven'. En u hebt het ergste nog niet gehoord."

"Wilt u dan alstublieft ter zake komen, want van zoveel metaforische uitstapjes krijg ik aandrang", protesteerde Fermín.

"Let u maar niet op dit beest, ik houd erg van uw manier van praten. Net als de meneer van het Polygoon-journaal, heer dokter", bemiddelde Merceditas.

"Dank, mijn kind, maar ik ben slechts een nederige leraar. Maar nu ter zake, zonder verdere vertraging, inleiding of bloemrijke omhaal van woorden. Naar het schijnt is de horlogemaker, die op het moment van zijn arrestatie luisterde naar de artistieke naam 'Het meisje met de kam', al bij eerdere gelegenheden opgepakt in soortgelijke omstandigheden, en staat hij geregistreerd in de misdaadannalen van de bewakers der vrede."

"Zegt u liever schurken met een insigne", gooide Fermín hem voor de voeten.

"Met politiek bemoei ik me niet. Maar ik kan u zeggen dat de twee agenten, nadat ze hem met een goedgemikte slag met een fles van het podium hadden gegooid, de arme don Federico naar het politiebureau aan Vía Layetana hebben gereden. In een andere situatie was de zaak met een beetje geluk bij een plagerij gebleven of waren er een paar klappen en beledigingen gevallen, maar de funeste omstandigheid deed zich voor dat afgelopen nacht de beroemde inspecteur Fumero dienst had."

"Fumero", prevelde Fermín, die alleen al in elkaar was gekrompen bij de naam van zijn Nemesis.

"In hoogsteigen persoon. Zoals ik al zei, de voorvechter van de burgerlijke veiligheid, na juist een inval in een illegaal goklokaal in Calle Vigitans te hebben afgehandeld waar ook kakkerlakkenraces worden gehouden, werd over het gebeurde geïnformeerd door de bevreesde moeder van een van de ontsnapte jongens en vermoedelijk brein achter de vlucht, Pepet Guardiola. Op dit punt aangekomen besloot de vooraanstaande inspecteur, die naar het zich laat aanzien twaalf *carajillos* met cognac van het merk Soberano had genomen sinds het avondmaal, zich met het geval te bemoeien. Na het bestuderen van de verzwarende omstandigheden in het bericht, maakte Fumero zich op om de dienstdoende sergeant duidelijk te maken dat zoveel – en ik citeer het vocabulaire in haar naakte letterlijkheid ondanks de aanwezigheid van een dame, vanwege haar documentaire waarde in relatie tot het gebeurde – nichterigheid straf verdiende en dat de horlogemaker, oftewel don Federico Flaviá i Pujades, vrijgezel en afkomstig uit Ripollet, het best gediend was, voor zijn eigen bestwil en dat van de onsterfelijke zieltjes van de mongoloïde snotjongetjes wier aanwezigheid weliswaar toevallig maar wel doorslaggevend was, met de nacht door te brengen in de gemeenschappelijke cel van het souterrain van het instituut, in gezelschap van een selecte groep schurken. Zoals u waarschijnlijk zult weten, is genoemde cel beroemd onder de criminele elementen vanwege zijn ongastvrije, precaire sanitaire condities, en het includeren van een gewone burgerman op de gastenlijst is altijd reden tot pret om wat hij bijdraagt aan ludieks en nieuws waarmee de monotonie van het gevangenisleven doorbroken kan worden."

Op dit punt aangekomen schetste don Anacleto een korte maar dierbare schets van het karakter van het slachtoffer, dat wij overigens allemaal goed kenden.

"Het is niet nodig u allen eraan te herinneren dat don Flaviá i Pujades gezegend is met een fragiele en delicate persoonlijkheid, een en al goedheid en christelijke barmhartigheid. Als een vlieg de horlogewinkel binnen glipt, dan zet hij, in plaats van hem met een sandaal te doden, deuren en ramen open opdat het insect, creatuur van de Heer, door de wind wordt meegenomen, terug het ecosysteem in. Ik weet dat don Federico een man van het geloof is, zeer toegewijd en betrokken bij de activiteiten van de parochie, die echter altijd heeft moeten leven met een duistere hang naar de ondeugd die hem reeds bij talloze gelegenheden overwon en hem de straat deed opgaan verkleed als vrouwspersoon. Zijn handigheid in het repareren van horloges tot naaimachines is legendarisch en zijn persoon werd gewaardeerd door allen die hem kenden; vaak bezochten we zijn etablissement, zelfs diegenen die zijn nachtelijke escapades in balletjesjurk, pruik en sierkam afkeurden."

"U praat alsof hij dood is", bracht Fermín onthutst naar voren.

"Dood niet, godzijdank."

Ik haalde opgelucht adem. Don Federico woonde bij zijn tachtigjarige, volkomen dove moeder, die in de buurt La Pepita werd genoemd en die beroemd was om haar kolossale winden, waar de mussen op haar balkon van flauwvielen.

"La Pepita kon niet bevroeden dat haar Federico", vervolgde de professor, "de nacht had doorgebracht in een smerige cel, waar een koor aan pooiers en messentrekkers om hem vochten alsof hij de eerste de beste slet was, om hem vervolgens, verzadigd van zijn magere achterste, een daverende aframmeling te geven terwijl de overige gevangenen vrolijk scandeerden: 'Mietje, mietje, we neuken je als een grietje.'"

Een doodse stilte maakte zich van ons meester. Merceditas snikte. Fermín wilde haar troosten met een tedere omhelzing, maar met een sprongetje ontdook ze zijn armen.

19

"Stelt u zich het volgende voor", eindigde don Anacleto tot grote consternatie van allen.

De epiloog van het verhaal maakte de zaken er niet beter op. Halverwege de ochtend had een grijze politiebus don Federico voor de deur van zijn huis eruit gegooid. Hij bloedde, de jurk was aan flarden en zijn pruik en sieraden waren verdwenen. Ze hadden over hem heen geürineerd en zijn gezicht zat onder de blauwe plekken en wonden. De zoon van de bakkersvrouw had hem gevonden, in elkaar gedoken in het portiek, bevend en huilend als een kind.

"Er is geen gerechtigheid, nee meneer", gaf Merceditas haar commentaar terwijl ze steun zocht bij de deur van de boekwinkel, ver van de handen van Fermín.

"Arme man, hij is de goedheid zelve en doet geen vlieg kwaad. Hij houdt ervan zich als flamencodanseres te verkleden en uit te gaan om te zingen, en wat zou dat? De mensen zijn slecht."

Don Anacleto zweeg en keek naar de grond.

"Slecht niet", observeerde Fermín. "Dwaas zijn ze en dat is niet hetzelfde. Het slechte veronderstelt een morele beslissing, intentie en een zekere gedachtegang. De dwaas of barbaar houdt niet stil om te denken of te redeneren. Hij handelt uit instinct, als een beest uit de stal, ervan overtuigd dat hij het goede doet, dat hij altijd gelijk heeft, en hij is trots op het naar de verdommenis helpen – *excusez le mot* – van iedereen die anders is dan hijzelf, hetzij vanwege kleur, geloof, taal, of nationaliteit of, zoals in het geval van don Federico, vanwege andermans vrijetijdsbesteding. Wat de wereld werkelijk nodig heeft, zijn meer echt slechte mensen en minder stompzinnige valseriken."

"Praat geen nonsens. Wat nodig is, is een beetje meer christelijke naastenliefde en minder haat en nijd in dit schurkenland", onderbrak Merceditas hem. "Iedereen gaat naar de mis, maar naar Onze-Lieve-Heer Jezus Christus luistert hier geen mens."

"Merceditas, laten we het hier niet over de industrie van het kerkboek hebben, dat is een deel van het probleem en zeker niet de oplossing."

"Daar hebben we onze atheïst. En wat heeft de geestelijkheid u aangedaan, als ik zo vrij mag zijn om dat te vragen?"

"Kom, kom, geen ruzie maken", interrumpeerde mijn vader. "U, Fermín, gaat u alstublieft naar het huis van don Federico om te zien of hij iets nodig heeft, of we naar de apotheek moeten of naar de markt voor boodschappen."

"Zeker, meneer Sempere. Nu meteen. De retoriek is mijn ondergang, dat weet u toch."

"Wat uw ondergang is, is uw gebrek aan schaamte en eerbied", snibde Merceditas. "Godslasteraar. Ze zouden uw ziel moeten zuiveren met bleek."

"Kijk eens hier, Merceditas, het is dat ik weet dat u een goed mens bent, zij het enigszins beperkt van begrip en onwetender dan een uilskuiken, en dat er zich nu een maatschappelijke urgentie voordoet in onze wijk tegenover welke wij onze krachten moeten bundelen, maar anders deed ik u zeer beslist een paar kardinale punten uit de doeken."

"Fermín!" smeekte mijn vader.

Fermín hield zijn mond en verdween vliegensvlug uit het zicht. Merceditas keek hem vol afkeuring na.

"Die man zal u nog eens problemen bezorgen op de dag dat u ze het minst verwacht, let op mijn woorden. Hij is op z'n minst anarchist, vrijmetselaar, en zelfs jood. Met die gok van hem ..."

"Let u maar niet op hem. Dat doet hij alleen maar om dwars te liggen."

Merceditas schudde in stilte haar hoofd, nog steeds woedend.

"Ik ga maar, want ik ben een drukbezet mens met tijdgebrek. Goedendag."

We knikten eerbiedig en zagen haar vertrekken, kaarsrecht, de straat geselend met het driftige geklik van haar hakken. Mijn vader haalde diep adem, alsof hij de zojuist herwonnen vrede wilde inademen. Don Anacleto stond gelaten naast hem, zijn gezicht verbleekte af en toe, en hij had een trieste, herfstige blik in de ogen.

"Dit land is naar de bliksem gegaan", zei hij, terwijl hij zijn kolossale retoriek voor één keer links liet liggen.

"Houd goede moed, don Anacleto. Zo is het altijd geweest, hier en overal. Het probleem is dat er soms dieptepunten zijn en als dat dicht bij huis gebeurt, ziet alles er veel zwarter uit. U zult zien hoe don Federico herstelt; hij is veel sterker dan wij denken."

De professor schudde zijn hoofd.

"Het is als met de getijden, weet u", zei hij afwezig. "De barbarij, bedoel ik. Ze verdwijnt en je denkt veilig te zijn, maar ze keert altijd weer terug, altijd weer terug ... en verstikt ons. Ik zie het iedere dag op school. God sta me bij. Het zijn apen die daar de aula's bevolken. Darwin was een dromer, gelooft u mij. Niks evolutie. Voor elk exemplaar dat wél kan redeneren, moet ik het hoofd bieden aan negen orang-oetans."

We knikten slechts. De professor nam afscheid en vertrok, met gebogen hoofd en vijf jaar ouder dan toen hij was binnengekomen. Mijn vader zuchtte. We keken elkaar kort aan, niet wetend wat we moesten zeggen. Ik vroeg me af of ik hem moest vertellen van het bezoek van inspecteur Fumero aan de boekwinkel. Dit is een waarschuwing geweest, dacht ik. Een boodschap. Fumero had de arme don Federico gebruikt als telegram.

"Is er iets, Daniel? Je bent lijkbleek."

Ik zuchtte en keek naar beneden. Vervolgens deed ik hem het incident met inspecteur Fumero en zijn dreigementen van gisteravond uit de doeken. Mijn vader luisterde naar me terwijl hij de woede wegslikte die in zijn ogen brandde.

"Het is mijn schuld", zei ik. "Ik had iets moeten zeggen ..."

"Nee. Dit kon je niet weten, Daniel."

"Maar ..."

"Je laat het uit je hoofd om dat te denken! En geen woord tegen Fermín. God weet hoe hij zou reageren als hij wist dat dat individu opnieuw achter hem aan zit."

"Maar we moeten iets doen."

"Ervoor zorgen dat hij zich niet in de nesten werkt."

Ik knikte, niet erg overtuigd, en zette me aan de arbeid die Fermín begonnen was terwijl mijn vader zich weer over zijn correspondentie boog. Tussen de alinea's door wierp mijn vader me steelse blikken toe. Ik deed alsof ik het niet merkte.

"Hoe ging het met professor Velázquez gisteren? Alles in orde?"

vroeg hij, snakkend naar een ander onderwerp.

"Ja. Hij was blij met zijn boeken en vertelde me dat hij op zoek is naar een boek met Franco's brieven."

"*Morendoder: jeugdbrieven uit Ceuta*. Maar dat is apocrief ... een grap van Madariaga. Wat heb je gezegd?"

"Dat we ermee bezig waren en dat we hem uiterlijk over twee weken uitsluitsel zouden geven."

"Goed gedaan. We zetten Fermín erop en laten Velázquez er duur voor betalen."

Ik knikte. We gingen door met onze ogenschijnlijke routine. Mijn vader keek nog steeds af en toe naar me. Daar komt het, dacht ik.

"Gisteren kwam hier een heel aardig meisje langs. Fermín zegt dat het de zus is van Tomás Aguilar."

"Ja."

Mijn vader knikte en overdacht dit toeval met een gebaar van kijk-eens-aan-wie-had-dat-gedacht. Hij gaf me een minuut respijt alvorens opnieuw tot de aanval over te gaan, deze keer met een geste alsof hij zich plotseling iets herinnerde.

"Trouwens, Daniel, vandaag doen we rustig aan. Heb je geen zin om eens vrijaf te nemen? Bovendien denk ik dat je de laatste tijd te hard werkt."

"Het gaat prima met me, dank je."

"Ik dacht er zelfs over Fermín vanmiddag hier te laten en naar het Liceo te gaan met Barceló. Ze spelen *Tannhäuser* en hij heeft me uitgenodigd omdat hij een paar parterreplaatsen heeft."

Mijn vader deed alsof hij zijn post las. Hij was werkelijk een hopeloze acteur.

"En sinds wanneer hou jij van Wagner?"

Hij haalde zijn schouders op.

"Een gegeven paard ... Daarbij maakt het met Barceló niet uit welke opera het is, omdat hij de hele uitvoering commentaar levert op het spel, de aankleding en het tempo. Hij vraagt vaak naar je. Misschien moet je hem binnenkort eens in zijn winkel opzoeken."

"Binnenkort."

"Dus als het je wat lijkt, laten we Fermín vandaag aan het roer en gaan wij onszelf een paar uurtjes vermaken; dat wordt de hoogste tijd. En als je geld nodig hebt ..."

"Pap, Bea is niet mijn vriendin."

"Wie heeft het hier over vriendinnen? Geregeld dan. Je moet het zelf weten. Als je geld nodig hebt, pak je het uit de kas, maar laat een briefje achter zodat Fermín later niet schrikt als hij de kas opmaakt."

Dit gezegd hebbende, zette hij zijn afwezige gezicht op en verdween met een grijns van oor tot oor in de achterkamer. Ik keek op mijn horloge. Het was halfelf. Ik had om vijf uur met Bea afgesproken in de kloostergang van de universiteit, en zeer tot mijn spijt dreigde de dag langer te gaan duren dan *De gebroeders Karamazov*.

Kort daarop kwam Fermín terug van het huis van de horlogemaker en berichtte ons dat een commando van buurvrouwen een permanente wacht had ingesteld om voor de arme don Federico te zorgen, bij wie de dokter drie gebroken ribben had vastgesteld, vele kneuzingen en een rectale scheuring om 'u' tegen te zeggen.

"Had hij boodschappen nodig?" vroeg mijn vader.

"Medicijnen en zalfjes waren er al voldoende om een winkel te openen, dus ik ben zo vrij geweest om bloemen te kopen, een fles eau de cologne van het merk Nenuco en drie flessen Fruco-perzikensap, zijn favoriete sap."

"Dat hebt u goed gedaan. Ik hoor nog hoeveel ik u schuldig ben", zei mijn vader. "En hoe zag hij eruit?"

"Als een dweil, ik zal er niet om liegen. Alleen al door hem zo in elkaar gedoken te zien liggen in zijn bed, kreunend dat hij dood wilde, voelde ik een enorme moordlust opkomen, werkelijk waar. Ik heb zin om tot de tanden gewapend naar de Criminele Brigade te gaan en een half dozijn eikels om te leggen, te beginnen met die ontzettende etterbak van een Fumero."

"Fermín, laten we even rustig aan doen. Ik verbied je ten strengste iets in die geest te ondernemen."

"Zoals u wilt, meneer Sempere."

"En hoe neemt La Pepita het op?"

"Met een voorbeeldige tegenwoordigheid van geest. De buurvrouwen houden haar gedrogeerd met cognac en toen ik haar zag, lag ze al in diepe slaap op de bank, snurkte als een os en liet winden die het tapijt perforeerden."

"De vos verliest wel zijn haren maar niet zijn streken. Fermín, ik ga u vragen vandaag in de winkel te staan, ik ga op bezoek bij don

Federico. Daarna heb ik afgesproken met don Barceló. En Daniel heeft ook het een en ander te doen."

Ik keek juist op tijd op om Fermín en mijn vader te betrappen op het uitwisselen van samenzweerderige blikken.

"Stelletje koppelaars", zei ik.

Ze lachten nog om me toen ik vuurspuwend het pand verliet.

Door de straten veegde een koude, snijdende bries die op zijn weg mistflarden rondstrooide. Een staalkleurige zon bescheen de horizon van daken en klokkentorens van de Barrio Gótico. Ik had nog steeds enkele uren te gaan voor mijn afspraak met Bea en besloot mijn geluk te beproeven en Nuria Monfort te bezoeken, erop vertrouwend dat ze nog steeds op het adres woonde dat haar vader me een tijd geleden had gegeven.

Plaza San Felipe Neri is nauwelijks een luchtgat in het labyrint van straten dat de Barrio Gótico vormt, verborgen achter de oude Romeinse muren. De muren van de kerk waren bespikkeld met de inslagen van het mitrailleurvuur uit de oorlogsdagen. Een groepje jongens speelde er soldaatje, onwetend van de herinnering van de stenen. Een jonge vrouw met zilverkleurige strepen in het haar bekeek ze vanaf een bankje, met een opengeslagen boek in de handen en een afwezige glimlach op haar gezicht. Volgens de aanwijzingen woonde Nuria Monfort in een gebouw aan de voet van het plein. De constructiedatum was nog steeds te lezen in de zwart geworden stenen boog die het portiek bekroonde: 1801. In het portiek was maar net voldoende licht om een wenteltrap omhoog te zien krullen. Ik raadpleegde de bijenkorf van blikken brievenbussen. De namen van de huurders stonden te lezen op stukjes vergeeld karton, gestoken in de gebruikelijke gleufjes.

MIQUEL MOLINER / NURIA MONFORT
3º-2ª

Ik liep langzaam de trappen op, bijna bang dat het gebouw zou instorten als ik ferme passen zou nemen op die minuscule traptreden. Er waren twee deuren per etage, zonder nummer of ander merkteken. Op de derde aangekomen, koos ik er een op goed geluk en klopte aan. Het trappenhuis rook naar vocht, oude steen en klei. Ik klopte diverse malen zonder antwoord te krijgen en besloot mijn geluk te proberen met de andere deur. Ik bonkte drie maal met mijn vuist op de deur. In het appartement was een radio op volle sterkte te horen die het programma *Momenten voor reflectie met vader Martín Calzado* uitzond.

De deur werd opengedaan door een mevrouw in een ochtendjas met doorgestikte vierkantjes in een turquoise kleur, pantoffels en een helm van krullers. In het gebrekkige licht zag ze eruit als een duiker. Achter haar rug wijdde de fluwelen stem van pater Martín Calzado enkele woorden aan de sponsor van het programma, de cosmetische firma Aurorín, favoriet bij de pelgrims die naar het heiligdom van Lourdes trokken, en fabrikant van onder andere wondermiddeltjes tegen etterpuisten en oneerbiedige wratten.

"Goedemiddag. Ik zoek mevrouw Monfort."

"Nurieta? U vergist zich in de deur, jongeman. Het is de andere."

"Excuseert u mij. Ik heb geklopt en er was niemand."

"U bent toch geen schuldeiser, hè?" vroeg de buurvrouw ineens met de argwaan van de ervaring.

"Nee. Ik ben hier namens de vader van mevrouw Monfort."

"Aha, goed zo. Nurieta zit vermoedelijk beneden te lezen. Hebt u haar niet gezien toen u hier aankwam?"

Toen ik de straat weer opliep, kon ik vaststellen dat de vrouw met de zilveren haren en het boek in haar handen nog steeds vastgegroeid zat aan haar bankje op het plein. Ik bestudeerde haar aandachtig. Nuria Monfort was een meer dan aantrekkelijke vrouw, met gelaatstrekken die geknipt waren voor mode- en studioportretten, maar wier jeugdigheid via haar ogen leek weg te sijpelen. Er zat iets van haar vader in dat fragiele, gebeeldhouwde figuurtje. Ik veronderstelde dat ze begin veertig was en liet me daarbij misschien leiden door de sporen zilver haar en de lijntjes op haar gezicht. Bij zacht licht zou ze er tien jaar jonger uit hebben gezien.

"Mevrouw Monfort?"

Ze keek me aan als iemand die uit een trance ontwaakt, zonder me te zien.

"Mijn naam is Daniel Sempere. Uw vader gaf me enige tijd geleden uw adres en zei dat u me misschien meer zou kunnen vertellen over Julián Carax."

Bij het horen van deze woorden verdween de dromerige uitdrukking van haar gezicht. Intuïtief voelde ik aan dat het noemen van haar vader geen schot in de roos was geweest.

"Wat wilt u?" vroeg ze achterdochtig.

Ik begreep dat ik mijn kans verspeeld had als ik niet op datzelfde moment haar vertrouwen kon winnen. De enige troef die ik uit kon spelen was de waarheid.

"Staat u mij toe dit toe te lichten. Acht jaar geleden vond ik bij toeval in het Kerkhof der Vergeten Boeken een roman van Julián Carax, die u daar had verborgen om te voorkomen dat iemand, genaamd Laín Coubert, hem zou vernietigen", zei ik.

Ze keek me strak aan, onbeweeglijk, alsof ze vreesde dat de wereld om haar heen zou instorten.

"Slechts enkele minuten van uw tijd wil ik stelen", voegde ik eraan toe. "Dat beloof ik."

Ze knikte verslagen.

"Hoe is het met mijn vader?" vroeg ze, terwijl ze mijn blik ontweek.

"Goed. Al wat ouder. Hij mist u zeer."

Nuria Monfort liet een zucht ontsnappen die ik niet kon duiden.

"Het is beter dat we naar boven gaan. Ik wil hier niet op straat over praten."

20

Nuria Monfort leefde te midden van schaduwen. Een nauwe gang leidde naar een eetkamer die tegelijkertijd als keuken, bibliotheek en kantoor diende. Onderweg merkte ik een bescheiden slaapkamer op, zonder ramen. Dat was alles. De rest van de woning beperkte zich tot een minuscule badkamer zonder douche of wastafel, waar allerlei luchtjes in doordrongen, van de etensgeuren van de bar beneden tot de adem van de honderd jaar oude leidingen. Het huis lag in een permanent halfduister; een donker balkon leunde tussen afbrokkelende muren. Het rook er naar zwarte tabak, kou en lijdzaam wachten. Nuria Monfort observeerde me terwijl ik deed alsof ik geen acht sloeg op de precaire toestand van de woning.

“Ik lees beneden op straat, omdat hier nauwelijks licht is”, zei ze. “Mijn echtgenoot heeft beloofd een bureaulamp voor me mee te nemen als hij thuiskomt.”

“Is uw man op reis?”

“Miquel zit in de gevangenis.”

“Pardon, ik wist niet ...”

“U had het niet kunnen weten. Ik schaam me niet het te vertellen, want mijn man is geen crimineel. Deze laatste keer hebben ze hem meegenomen wegens het drukken van pamfletten voor de metaalvakbond. Dat is alweer twee jaar geleden. De buren denken dat hij in Amerika is, op reis. Mijn vader weet het ook niet en ik zou het niet op prijs stellen als hij erachter kwam.”

“Weest u gerust. Van mij zal hij het niet horen.”

Er ontstond een gespannen stilte en ik veronderstelde dat zij in mij een spion zag van Isaac.

“Het moet moeilijk zijn het huis in uw eentje te onderhouden”, zei ik dommig, om de leegte te vullen.

“Het is niet makkelijk. Ik doe wat ik kan met mijn vertalingen, maar met een echtgenoot in de gevangenis levert het bij lange na niet voldoende op. De advocaten hebben me leeggezogen en ik zit tot aan mijn nek in de schulden. Vertalen levert bijna net zo weinig op als schrijven.”

Ze keek me aan alsof ze een antwoord verwachtte. Ik glimlachte slechts flauwtjes.

“Vertaalt u boeken?”

“Niet meer. Ik ben nu begonnen met het vertalen van drukwerk, contracten en grensdocumenten, omdat dat veel beter betaald wordt. Literatuur vertalen levert geen droog brood op, hoewel nog net iets meer dan schrijven, moet ik toegeven. De vereniging van eigenaren heeft al een paar keer geprobeerd me eruit te zetten. Dat ik de gemeenschappelijke kosten te laat betaal, is nog tot daar aan toe, maar stelt u zich voor, ik spreek diverse talen en draag pantalons – meer dan één beschuldigt me ervan in dit huis een bordeel te voeren. God, dan zou het er heel anders met mij voorstaan ...”

Ik vertrouwde erop dat de duisternis het schaamrood op mijn kaken verborg.

“Excuus, ik weet niet waarom ik u dit allemaal vertel. Ik breng u in verlegenheid.”

Ze lachte nerveus. Een intense eenzaamheid straalde van de vrouw af.

“U lijkt een beetje op Julián”, zei ze plotseling. “De manier waarop u kijkt, de gebaren. Hij deed net als u: naar je staren zonder een woord te zeggen en zonder dat je wist wat hij dacht, en dan kon ik mijn mond niet houden en zei dingen die ik beter voor me had kunnen houden ... Kan ik u iets aanbieden? Koffie verkeerd?”

“Niets, dank u. Doet u geen moeite.”

“Het is geen moeite. Ik ging toch voor mezelf zetten.”

Iets deed me vermoeden dat die koffie verkeerd haar hele middagmaaltijd was. Ik sloeg het aanbod nogmaals af en keek hoe ze zich terugtrok in een hoekje van de eetkamer waar een elektrisch kookstelletje stond.

“Gaat u lekker zitten”, zei ze, terwijl ze haar rug naar me toe keerde.

Ik keek om me heen en vroeg me af wáár. Nuria Monforts kantoor bestond uit een bureau dat de hoek bij het balkon bezette.

Een Underwood-schrijfmachine stond naast een petroleumlamp onder een boekenplank vol woordenboeken en handboeken. Er waren geen familiefoto's, maar de muur tegenover het bureau was bedekt met ansichtkaarten, allemaal plaatjes van een brug die ik ergens gezien meende te hebben, maar ik wist niet waar, misschien Parijs of Rome. Aan de voet van de bonte verzameling kaarten ademde het bureau een bijna obsessieve orde en netheid. De potloden waren tot in de perfectie geslepen en op rij naast elkaar geplaatst. De papieren en mappen waren geordend en in drie symmetrische rijen geschikt. Toen ik me omdraaide, zag ik dat Nuria Monfort me vanaf de drempel van de gang bestudeerde. Ze sloeg me in stilte gade, zoals je naar vreemden kijkt op straat of in de metro. Ze stak een sigaret op en bleef staan waar ze stond, haar gelaat omhuld door blauwe rookkringels. Ik bedacht dat Nuria Monfort onbewust iets van een femme fatale uitstraalde, van het soort waar Fermín steil van achterover sloeg als ze te midden van de nevels op een Berlijns station verscheen, met stralenkransen van onwaarschijnlijk filmlicht eromheen. Ik bedacht ook dat haar eigen uiterlijk haar misschien wel verveelde.

"Er is niet veel te vertellen", begon ze. "Ik heb Julián meer dan twintig jaar geleden leren kennen, in Parijs. Destijds werkte ik voor uitgeverij Cabestany. De heer Cabestany had voor een grijpstuiver de rechten verkregen van de romans van Julián. Ik was begonnen met werken op de administratieve afdeling, maar toen de heer Cabestany erachter kwam dat ik Frans, Italiaans en wat Duits sprak, maakte hij me hoofd acquisitie en werd ik zijn persoonlijk secretaresse. Een van mijn functies was het onderhouden van de correspondentie met buitenlandse auteurs en uitgevers waar de uitgeverij zakelijk contact mee had, en zo kwam ik in contact met Julián Carax."

"Uw vader vertelde me dat u goed met hem bevriend was."

"Mijn vader heeft u waarschijnlijk verteld dat we een avontuurtje hadden of zoiets, niet? Volgens hem hol ik achter elke broek aan alsof ik een loopse teef ben."

De oprechtheid en vrijmoedigheid van de vrouw beroofden me van mijn woorden. Ik deed er te lang over om een acceptabel antwoord te verzinnen. Op dat moment glimlachte Nuria voor zich uit en schudde haar hoofd.

"Luistert u maar niet naar hem. Mijn vader is op dat idee gekomen vanwege een reis naar Parijs die ik moest maken in 1933 om een paar zaken op te lossen tussen de heer Cabestany en Gallimard. Ik was een week in de stad en logeerde bij Julián, om de doodeenvoudige reden dat de heer Cabestany liever hotelkosten uitspaarde. U ziet hoe romantisch. Tot die tijd was mijn relatie met Julián Carax uitsluitend schriftelijk, normaal gesproken om auteursrechtenkwesties te behandelen, of drukproeven en andere uitgeefzaken. Wat ik van hem wist, of meende te weten, had ik uit het lezen van de manuscripten gehaald die hij ons stuurde."

"Vertelde hij u wel eens iets over zijn leven in Parijs?"

"Nee. Julián hield er niet van om over zijn boeken of zichzelf te praten. Hij leek niet gelukkig te zijn in Parijs, hoewel ik de indruk had dat hij zo iemand was die nergens gelukkig kon zijn. De waarheid is dat ik hem nooit echt goed heb leren kennen. Dat liet hij niet toe. Hij was een zeer gereserveerd mens en soms leek het alsof de wereld en de mensen hem niet langer interesseerden. De heer Cabestany dacht dat hij heel verlegen was en een tikje gestoord, maar míj leek het altijd alsof hij in het verleden leefde, opgesloten in zijn herinneringen. Julián leefde met een naar binnen gerichte blik, hij leefde voor zijn boeken en ín zijn boeken, als een luxegevangene."

"U zegt het alsof u hem daarom benijdt."

"Er zijn ergere tralies dan woorden, Daniel."

Ik knikte alleen maar, zonder goed te weten wat ze bedoelde.

"Praatte Julián wel eens over die herinneringen, over zijn jaren in Barcelona?"

"Zelden. Die week dat ik bij hem was in Parijs, heeft hij een paar dingen over zijn familie verteld. Zijn moeder was Française, muzieklerares. Zijn vader had een hoedenwinkel of zoiets. Ik weet dat hij een zeer religieuze man was, zeer strikt."

"Heeft Julián u uitgelegd wat voor soort relatie hij met hem had?"

"Ik weet dat ze elkaar niet konden uitstaan. De zaak heeft een lange voorgeschiedenis. De eigenlijke reden voor Juliáns vertrek naar Parijs was om te voorkomen dat zijn vader hem het leger in zou sturen. Zijn moeder had hem beloofd hem ergens ver weg te brengen, ver van die man, voordat ze dát zou laten gebeuren."

"'Die man' was wel zijn vader, hoe je het ook wendt of keert."

Nuria Monfort glimlachte. Het was niet meer dan de aanzet tot een glimlach en er lag een trieste en vermoeide glans in haar blik.

"Ook al was hij dat geweest, hij gedroeg zich nooit als zodanig, en Julián beschouwde hem ook niet als zijn vader. Ooit vertrouwde hij me toe dat zijn moeder, voor ze trouwde, een affaire had gehad met een onbekende wiens naam ze nooit heeft willen onthullen. Die man was de echte vader van Julián."

"Dat klinkt als het begin van *De schaduw van de wind*. Gelooft u dat hij de waarheid sprak?"

Nuria Monfort knikte.

"Julián vertelde me dat hij was opgegroeid met toekijken hoe de hoedenmaker – want zo noemde hij hem – zijn moeder beledigde en sloeg. Daarna kwam hij dan de slaapkamer van Julián binnen om te zeggen dat hij een zoon van de zonde was, dat hij het zwakke, miserabele karakter van zijn moeder had geërfd en dat hij zijn hele leven een sukkel zou zijn, een mislukkeling in alles wat hij zou ondernemen ..."

"Koesterde Julián wrok ten aanzien van zijn vader?"

"De tijd doet zulke zaken bekoelen. Ik heb nooit de indruk gekregen dat Julián hem haatte. Misschien was dat wel beter geweest. Mijn indruk is dat hij het respect voor de hoedenmaker totaal was kwijtgeraakt door al die scènes. Julián praatte erover alsof het hem niet uitmaakte, maar dat soort dingen vergeet je je hele leven niet meer. De woorden waarmee je het hart van een kind vergiftigt, door laagheid of onwetendheid, blijven als een cyste in het geheugen zitten en vreten vroeg of laat de ziel weg."

Ik vroeg me af of ze uit eigen ervaring sprak en ik moest denken aan mijn vriend Tomás Aguilar, die altijd stoïcijns luisterde naar de preken van zijn doorluchtige vader.

"Hoe oud was Julián toen?"

"Acht of tien, schat ik."

Ik zuchtte.

"Zodra hij oud genoeg was om het leger in te gaan, nam zijn moeder hem mee naar Parijs. Ik geloof dat ze niet eens afscheid hebben genomen. De hoedenmaker heeft nooit begrepen dat zijn familie hem in de steek liet."

"Hebt u Julián wel eens de naam horen noemen van een meisje dat Penélope heet?"

"Penélope? Ik geloof het niet. Dat zou ik onthouden hebben."

"Zij was een vriendin van hem, nog uit de tijd dat hij in Barcelona woonde."

Ik haalde de foto van Carax en Penélope Aldaya tevoorschijn en gaf hem haar. Ik zag haar gezicht oplichten in een glimlach bij het zien van een adolescente Julián Carax. De nostalgie en het verlies knaagden aan haar.

"Wat was hij hier jong ... Is dat die Penélope?"

Ik knikte.

"Heel mooi. Julián kreeg het altijd voor elkaar omringd te zijn door mooie vrouwen."

Vrouwen als u, dacht ik.

"Weet u of hij veel ..."

Opnieuw die glimlach, ten koste van mij.

"Vriendinnetjes had? Minnaressen? Ik weet het niet. Om je de waarheid te zeggen, ik heb hem nooit horen praten over het bestaan van een vrouw in zijn leven. Eén keer, om hem te ergeren, vroeg ik het hem. U zult wel weten dat hij zijn geld verdiende met piano spelen in een nachtclub. Ik vroeg hem of hij niet in de verleiding werd gebracht, de hele dag omringd door schoonheden van losse zeden. Hij antwoordde dat hij het recht niet had van iemand te houden, dat hij het verdiende alleen te zijn."

"Zei hij ook waarom?"

"Julián vertelde nooit het waarom."

"Desalniettemin zou Julián Carax kort voor zijn terugkeer naar Barcelona in 1936 gaan trouwen."

"Dat zeggen ze."

"Betwijfelt u dat?"

Ze haalde sceptisch haar schouders op.

"Zoals ik al zei, gedurende alle jaren dat we elkaar kenden, heeft Julián het nooit over een speciale vrouw gehad, laat staan eentje met wie hij ging trouwen. Dat van die zogenaamde bruiloft kwam mij pas veel later ter ore. Neuval, de nieuwe uitgever van Carax, vertelde Cabestany dat zijn vriendin een twintig jaar oudere vrouw was, een gefortuneerde weduwe, en ziek. Volgens Neuval heeft deze vrouw hem jarenlang min of meer onderhouden. De dokters gaven haar nog een halfjaar, hooguit een jaar. Volgens Neuval wilde zij met Julián trouwen zodat hij de erfgenaam zou zijn."

"Maar het huwelijk is uiteindelijk nooit voltrokken."

"Als het plan ooit al bestaan heeft. Of de weduwe."

"Voorzover ik weet, raakte Carax betrokken bij een duel op de ochtend van dezelfde dag dat hij in het huwelijk zou treden. Weet u met wie of waarom?"

"Neuval veronderstelde dat het ging om iemand die gelieerd was aan de weduwe. Een ver en hebzuchtig familielid dat bang was dat de erfenis in handen zou vallen van een vreemde snoeshaan. Neuval publiceerde vooral feuilletons en ik heb de indruk dat het genre hem enigszins naar het hoofd was gestegen."

"Ik zie dat u weinig waarde hecht aan het verhaal van het huwelijk en het duel."

"Nee. Ik heb het nooit geloofd."

"Wat denkt u dan dat er gebeurd is? Waarom keerde Carax terug naar Barcelona?"

Ze glimlachte triest.

"Die vraag stel ik mezelf al zeventien jaar."

Nuria Monfort stak nog een sigaret op. Ze bood me er een aan. Ik kwam in de verleiding te accepteren, maar weigerde.

"Maar u zult toch wel een vermoeden hebben", suggereerde ik.

"Alles wat ik weet, is dat in de zomer van 1936, kort na het uitbreken van de oorlog, een werknemer van het gemeentelijk mortuarium naar de uitgeverij belde om te vertellen dat drie dagen eerder het lijk van Julián Carax was binnengebracht. Hij was dood aangetroffen in een steeg in de wijk Raval, gekleed in vodden en met een kogel door het hart. Hij had een boek bij zich, *De schaduw van de wind*, en zijn paspoort. Uit het stempel bleek dat hij een maand daarvoor de grens met Frankrijk was gepasseerd. Waar hij al die tijd is geweest weet niemand. De politie nam contact op met zijn vader, maar die weigerde de verantwoordelijkheid voor het lijk op zich te nemen, aanvoerend dat hij geen zoon had. Na twee dagen, toen niemand het lijk had opgeëist, werd het begraven in een algemeen graf op het kerkhof van Montjuïc. Ik kon niet eens bloemen bij hem neerleggen omdat niemand me wist te vertellen waar hij lag begraven. De werknemer van het mortuarium, die het boek had gehouden dat hij in de jaszak van Julián had gevonden, kwam dagen later op het idee de uitgeverij te bellen. Zo ben ik het gebeurde te weten gekomen. Ik begreep er niets van. Als er íémand in Barcelona over was tot wie Julián zijn toevlucht kon nemen, was ik het, of hooguit de heer Cabestany. Wij waren zijn enige vrienden, maar hij heeft ons nooit verteld dat hij terug was. We hoorden pas over zijn terugkeer na zijn dood ..."

u nog meer te weten gekomen over het bericht van zijn

Het waren de eerste maanden na het begin van de oorlog en /as niet de enige die spoorloos was verdwenen. Niemand praat er meer over, maar er zijn veel naamloze graven als dat van Julián. Ernaar vragen was met je kop tegen de muur lopen. Met de hulp van de heer Cabestany, die toen al ernstig ziek was, diende ik een klacht in bij de politie en trok aan alle touwtjes die ik tot mijn beschikking had. Het enige wat ik voor elkaar kreeg was een bezoekje van een jonge inspecteur, een duistere, arrogante figuur die me zei dat het beter voor me was geen vragen meer te stellen en mijn krachten te concentreren op een positievere houding omdat het land in volle oorlog was. Dat waren zijn woorden. Hij heette Fumero, dat is alles wat ik me herinner. Ze noemen hem tegenwoordig vaak in de kranten. Misschien hebt u wel eens over hem horen praten."

Ik slikte.

"Vaagjes."

"Ik hoorde niets meer over Julián, tot een zekere persoon zich in contact stelde met de uitgeverij, die aangaf alle exemplaren van de romans van Carax die over waren in het magazijn te willen kopen."

"Laín Coubert."

Nuria Monfort knikte.

"Hebt u een idee wie deze man was?"

"Ik heb een vermoeden, maar ik ben er niet zeker van. In maart 1936, ik herinner het me omdat we toen de uitgave van *De schaduw van de wind* aan het voorbereiden waren, belde er iemand naar de uitgeverij om zijn adres te vragen. Hij zei dat hij een oude vriend was en dat hij Julián in Parijs wilde opzoeken. Hem verrassen. Ze gaven het telefoontje aan mij door en ik zei dat ik niet gerechtigd was om hem deze informatie te geven."

"Noemde hij zijn naam?"

"Een zekere Jorge."

"Jorge Aldaya?"

"Mogelijk. Julián had hem meer dan eens genoemd. Ik geloof dat ze samen schoolgingen op het Sint Gabriël College, en soms sprak hij over hem alsof het zijn beste vriend was geweest."

"Wist u dat Jorge Aldaya de broer was van Penélope?"

Nuria Monfort fronste verward haar wenkbrauwen.

"Gaf u Aldaya het adres van Julián in Parijs?" vroeg ik.

"Nee. Ik vertrouwde het niet."
"Wat zei hij?"
"Hij lachte me uit, zei me dat hij er via een andere weg toch wel achter zou komen en hing op."
Er leek iets aan haar te knagen. Ik begon te vermoeden waar het gesprek ons heen leidde.
"Maar u hebt nogmaals over hem horen praten, is het niet?"
Ze knikte nerveus.
"Zoals ik u vertelde, dook kort na de verdwijning van Julián die man op bij uitgeverij Cabestany. De heer Cabestany kon toen al niet meer werken en zijn oudste zoon was hem opgevolgd in het bedrijf. De bezoeker, Laín Coubert, bood aan alle bestaande voorraad van de romans van Julián Carax op te kopen. Ik dacht dat het om een slechte grap ging. Laín Coubert was een personage uit *De schaduw van de wind*."
"De duivel."
Nuria Monfort knikte.
"Hebt u Laín Coubert ooit gezien?"
Ze schudde haar hoofd en stak een derde sigaret op.
"Nee. Maar ik heb wel een deel van de conversatie met de zoon in het kantoor van de heer Cabestany gehoord."
Ze liet de zin in de lucht hangen, alsof ze bang was om hem af te maken of niet wist hóé. De sigaret trilde tussen haar vingers.
"Zijn stem", zei ze. "Het was dezelfde stem van de man die belde en zei dat hij Jorge Aldaya was. De zoon van Cabestany, een arrogante idioot, wilde meer geld van hem. Coubert zei dat hij daarover moest nadenken. Dezelfde nacht ging het magazijn van uitgeverij Cabestany in Pueblo Nuevo in vlammen op, en daarmee de boeken van Julián."
"Behalve de exemplaren die u hebt gered en verstopt in het Kerkhof der Vergeten Boeken."
"Inderdaad."
"Hebt u enig idee met welk motief iemand alle boeken van Julián Carax zou willen verbranden?"
"Waarom worden boeken verbrand? Uit stompzinnigheid, onwetendheid, haat ... Wie zal het zeggen?"
"Wat denkt u?" hield ik aan.
"Julián leefde in zijn boeken. Dat lichaam dat uiteindelijk in het lijkenhuis eindigde, was slechts een deel van hem. Zijn ziel zit in

zijn verhalen. Ik heb hem eens gevraagd wie hem inspireerde tot het creëren van zijn personages en hij antwoordde: 'Niemand.' Dat hij zelf alle personages was."

"Dus als iemand hem wilde vernietigen, moest hij al die verhalen en al die personages vernietigen, is het niet?"

Opnieuw de verslagen glimlach van nederlaag en vermoeidheid.

"U doet me aan Julián denken", zei ze. "Voordat hij zijn geloof verloor."

"Zijn geloof in wat?"

"In alles."

Ze kwam dichterbij in het halfduister en pakte mijn hand. Ze streelde de handpalm in stilte, alsof ze de lijnen in mijn huid wilde lezen. Mijn hand trilde onder haar aanraking. Ik betrapte mezelf erop dat ik in gedachten de omtrekken van haar lichaam onder die oude, versleten kleren natekende. Ik wilde haar aanraken en haar hartenklop voelen branden onder haar huid. Onze blikken kruisten elkaar en ik was ervan overtuigd dat zij wist wat ik dacht. Ik voelde dat ze eenzamer was dan ooit. Ik keek op en vond haar gelaten, verlaten blik.

"Julián stierf alleen, in de overtuiging dat niemand zich hem en zijn boeken zou herinneren en dat zijn leven niets betekend had", zei ze. "Hij had graag geweten dat iemand zijn herinnering levend wilde houden, aan hem dacht. Hij zei altijd dat we bestaan zolang iemand zich ons herinnert."

Ik werd overmand door het bijna pijnlijke verlangen die vrouw te kussen, een verlangen zoals ik nog niet eerder had meegemaakt, zelfs niet als ik het spookbeeld van Clara Barceló opriep. Ze las mijn blik.

"Het wordt laat voor u, Daniel", murmelde ze.

Een deel van mij wilde blijven, zich in de merkwaardige intimiteit van het halfdonker met deze onbekende verliezen en haar horen zeggen hoe mijn gebaren en mijn stiltes haar aan Julián Carax herinnerden.

"Ja", stamelde ik.

Ze knikte, maar zei niets en begeleidde me naar de deur. De gang doorkruisen leek een eeuwigheid te duren. Ze deed de deur open en ik stapte over de drempel.

"Als u mijn vader ziet, zegt u dan dat ik het goed maak. Verzin een leugen."

Ik nam met gedempte stem afscheid, bedankte haar voor haar tijd en wilde haar formeel een hand geven. Nuria Monfort negeerde mijn gebaar. Ze legde haar handen op mijn armen, boog naar voren en kuste me op de wang. We keken elkaar zwijgend aan en dit keer waagde ik het, bijna bevend, om haar lippen te zoeken. Ik meende dat ze ze half opende en dat haar vingers mijn gezicht zochten. Maar op het laatste moment trok Nuria Monfort zich terug en sloeg haar ogen neer.

"Ik geloof dat het beter is dat u vertrekt, Daniel", fluisterde ze.

Het leek of ze ging huilen en voor ik iets kon zeggen, sloot ze de deur. Ik bleef voor haar deur staan en voelde haar aanwezigheid aan de andere kant, onbeweeglijk, en vroeg me af wat daarbinnen gebeurd was. Op de andere deur knipperde het spionnetje van de buurvrouw. Ik zwaaide en stoof naar beneden. Toen ik de straat op liep, droeg ik haar gezicht, haar stem en haar geur in mijn ziel met me mee. Ik droeg de aanraking van haar lippen en haar adem over mijn huid met me mee door straten stampvol mensen zonder gezicht, die uit kantoren en winkels stroomden. Een ijzige bries die het rumoer afsneed, stortte zich op me op het moment dat ik Calle Canuda insloeg. Ik was dankbaar voor de koude lucht in mijn gezicht en zette koers in de richting van de universiteit. Bij het oversteken van de Ramblas baande ik me een weg tot aan Calle Talleres en verdween in zijn nauwe schacht van schemerduister en bedacht dat ik nog steeds gevangenzat in die donkere eetkamer waarin ik me nu Nuria Monfort voorstelde, die daar in haar eentje zat en in stilte haar potloden, mappen en herinneringen ordende, haar ogen vol tranen.

21

Bijna verraderlijk verdween de middag als sneeuw voor de zon, met een koude wind en een paarse lichtsluier die tussen de kieren in de straten gleed. Ik versnelde mijn pas en een korte tien minuten later doemde de gevel van de universiteit op als een in de nacht gestrand, koperkleurig schip. De conciërge van de Letterenfaculteit las in zijn hokje de woorden van Spanjes invloedrijkste pennenlikkers van het moment in de middageditie van *El Mundo Deportivo*. Er leken nauwelijks nog studenten aanwezig te zijn. De echo van mijn voetstappen vergezelde me door de gangen en galerijen die naar de kloostergang voerden, waar de blos van twee gelige lampjes maar flauwtjes indruk maakte op het schemerduister. Plotseling overviel me de gedachte dat Bea me voor de gek had gehouden en hier met me had afgesproken op dit niemandsuur om mijn verwaandheid te wreken. De blaadjes van de sinaasappelbomen in de kloostergang knipperden als zilveren tranen en het gemurmel van de fontein kronkelde tussen de arcadebogen door. Ik tuurde half teleurgesteld, half opgelucht naar de patio. Daar was ze. Voor de fontein tekende zich haar silhouet af. Ze zat op een van de banken en tuurde omhoog naar de gewelven van de kloostergang. Ik hield op de drempel mijn pas in om naar haar te kijken en gedurende één moment meende ik in haar het spiegelbeeld te zien van Nuria Monfort die met open ogen zat te dromen op haar bankje op het plein. Ik zag dat ze geen mappen of boeken bij zich had en vermoedde dat ze helemaal geen les had gehad die middag. Misschien was ze alleen maar gekomen om mij te ontmoeten. Ik slikte en liep naar haar toe. Mijn voetstappen op het plaveisel verraadden me en Bea keek op, met een verraste glimlach, alsof mijn aanwezigheid puur toevallig was.

"Ik dacht dat je niet zou komen", zei Bea.

"Dat dacht ik ook van jou", antwoordde ik.

Ze bleef zitten, kaarsrecht, met de knieën bij elkaar en de handen in haar schoot gevouwen. Ik vroeg me af hoe het mogelijk was iemand zo ver weg te voelen en toch elk lijntje van haar lippen te kunnen lezen.

"Ik ben gekomen omdat ik je wil bewijzen dat je je vergiste in wat je laatst tegen me zei, Daniel. Ik ga met Pablo trouwen en wat je ook laat zien vanavond, ik ga met hem naar El Ferrol zodra hij uit dienst komt."

Ik keek naar haar zoals je naar een trein kijkt die net wegrijdt, en besefte dat ik twee dagen op wolken had gelopen. Mijn wereld stortte in.

"En ik dacht nog wel dat je was gekomen omdat je me wilde zien", glimlachte ik flauwtjes en ik zag hoe ze van kleur verschoot.

"Grapje. Wat wel serieus was, was mijn belofte je een kant van de stad te laten zien die je nog niet kent. Zo zul je ten minste een motief hebben om je mij te herinneren, of Barcelona, waarheen je ook gaat."

Bea glimlachte een beetje triest en ontweek mijn blik.

"Ik heb op het punt gestaan naar een film te gaan, weet je. Om je niet te hoeven zien vandaag", zei ze.

"Waarom?"

Bea keek me zwijgend aan. Ze haalde haar schouders op en keek naar boven alsof ze de woorden wilde vangen die haar ontsnapten.

"Omdat ik bang was dat je misschien wel gelijk zou hebben", zei ze uiteindelijk.

Ik zuchtte. De vallende avond en de eenzame stilte die vreemden met elkaar verbindt, boden ons beschutting en ik voelde me sterk genoeg om alles te zeggen, al was het de laatste keer.

"Hou je van hem of niet?"

Ze trok licht met haar mondhoeken.

"Dat is niet jouw zaak."

"Dat is waar", zei ik. "Het is uitsluitend jouw zaak."

Haar blik verkilde.

"Wat maakt het jou dan uit?"

"Dat is niet jouw zaak", zei ik.

Ze lachte niet. Haar lippen trilden.

"De mensen die me kennen, weten dat ik waardering heb voor

Pablo. Mijn familie en ...”

“Maar ik ben praktisch een vreemde”, onderbrak ik. “En ik zou het graag van jou horen.”

“Wát horen?”

“Dat je echt van hem houdt. Dat je niet met hem trouwt om het huis uit te kunnen, of om ver weg te zijn van Barcelona en je familie, ver genoeg om je geen schade te kunnen berokkenen. Dat je vertrekt en niet vlucht.”

In haar ogen glinsterden tranen van woede.

“Je hebt het recht niet om dat te zeggen, Daniel. Jij kent me niet.”

“Zeg me dat ik me vergis en ik ga. Hou je van hem?”

Lang keken we elkaar in stilte aan.

“Ik weet het niet”, prevelde ze eindelijk. “Ik weet het niet.”

“Iemand zei eens dat op het moment dat je erbij stilstaat om te bedenken of je van iemand houdt of niet, je dan al bent opgehouden met voor altijd van hem te houden”, zei ik.

Bea zocht op mijn gezicht naar ironie.

“Wie heeft dat gezegd?”

“Een zekere Julián Carax.”

“Een vriend van je?”

“Zoiets.”

“Die moet je eens aan me voorstellen.”

“Vanavond, als je wilt.”

We lieten de universiteit achter onder een blauwzwart gevlekte hemel. We wandelden nergens in het bijzonder heen, meer om aan de passen van de ander te wennen dan om concreet ergens te arriveren. We namen onze toevlucht tot het enige onderwerp dat we gemeen hadden, haar broer Tomás. Bea praatte over hem als over een vreemde van wie men weliswaar houdt, maar die men nauwelijks kent. Ze ontweek voortdurend mijn blik en lachte nerveus. Ik voelde dat ze spijt had van wat ze me in de kloostergang van de universiteit had gezegd, dat de woorden haar nog steeds pijn deden en aan haar knaagden.

“Over wat ik eerder zei”, zei ze plotseling, zonder dat het ter zake deed, “je zegt toch niks tegen Tomás, hè?”

“Natuurlijk niet. Tegen niemand.”

Ze lachte nerveus.

“Ik weet ook niet wat me overkwam. Je moet je niet beledigd voelen, maar soms voelt een mens zich vrijer bij een vreemde dan met de mensen die hij kent. Hoe zou dat komen?"

Ik haalde mijn schouders op.

"Waarschijnlijk omdat een vreemde ons ziet zoals we zijn en niet zoals hij wil dat we zijn."

"Heb je dat ook van je vriend Carax?"

"Nee, dat verzin ik net om indruk te maken."

"En hoe zie jij mij?"

"Als een mysterie."

"Dat is het raarste compliment dat iemand me ooit gemaakt heeft."

"Het is geen compliment. Het is een dreigement."

"Hoe bedoel je?"

"Mysteries moeten worden doorgrond, om te achterhalen wát ze verbergen."

"Misschien word je teleurgesteld als je ziet wat ze bevatten."

"Misschien word ik wel verrast. En jij ook."

"Tomás heeft me nooit verteld dat jij zo onbeschaamd bent."

"Het kleine beetje onbeschaamdheid dat ik bezit, reserveer ik voor jou."

"Waarom?"

Omdat ik bang van je word, dacht ik.

We gingen een oud café binnen naast het Poliorama-theater, trokken ons terug bij een tafeltje aan het raam en bestelden twee broodjes rauwe ham en twee koffie verkeerd om een beetje warm te worden. Al snel kwam de ober, een broodmager type met een duivelachtig lachje op zijn gezicht, naar onze tafel met een opdringerig air.

"Bent u degenen die broodjes ham hebben besteld?"

We knikten.

"Het spijt me u te moeten mededelen, in naam van de directie, dat er geen sliertje ham meer over is. Ik kan u zwarte, witte, of gemengde *butifarra* aanbieden, gehaktballetjes of *chistorra*. Eersteklas kwaliteit, supervers. Ik heb ook sardientjes in saus, mocht u uit religieuze overwegingen geen vleesproducten nuttigen. Omdat het vrijdag is, ziet u ..."

"Ik heb aan een koffie verkeerd genoeg, echt", antwoordde Bea.

Ik stierf van de honger.

"En als u tweemaal *patatas bravas* brengt?" zei ik. "Met wat brood, alstublieft."

"Komt eraan, mijnheer. En onze excuses. Normaal gesproken heb ik van alles in huis, tot bolsjewistische kaviaar aan toe. Maar vanmiddag was de halve finale van de Europacup en we hebben ontzettend veel mensen hier gehad. Wat een wedstrijd!"

De ober vertrok met een plechtig gebaar. Bea keek hem geamuseerd na.

"Waar komt dat accent vandaan? Jaén?"

"Veel dichterbij: Santa Coloma de Gramanet", legde ik uit. "Jij gaat niet vaak met de metro, hè?"

"Mijn vader zegt dat de metro vol zit met gespuis en dat als je alleen bent, de zigeuners aan je zitten."

Ik wilde wat zeggen, maar deed er het zwijgen toe. Bea lachte. Zodra de koffie en het eten gebracht werden, stortte ik me erop zonder enige pretentie van finesse. Bea at geen hap. Met beide handen om de dampende mok bestudeerde ze me met een half glimlachje dat het midden hield tussen nieuwsgierigheid en verbazing.

"Dus, wat ga je me vandaag laten zien wat ik nog niet ken?"

"Verschillende dingen. Eigenlijk hoort dat wat ik je zal laten zien bij een verhaal. Zei jij laatst niet dat je heel erg van lezen hield?"

Bea knikte, terwijl ze haar wenkbrauwen optrok.

"Goed dan, dit is een verhaal over boeken."

"Over boeken?"

"Over verdoemde boeken, over de man die ze schreef, over een personage dat uit de bladzijden van een roman ontsnapt is om de roman te verbranden, over verraad en een verloren vriendschap. Het is een verhaal over liefde, haat, en de dromen die wonen in *De schaduw van de wind*."

"Je praat als de flaptekst van een driestuiverroman, Daniel."

"Dat komt waarschijnlijk omdat ik in een boekwinkel werk en er al te veel gezien heb. Maar dit is waargebeurd. Net zo echt als dit brood dat ze ons geserveerd hebben en dat al zeker drie dagen oud is. En zoals alle waargebeurde verhalen begint en eindigt het op een kerkhof, hoewel niet het soort kerkhof dat je je voorstelt."

Ze glimlachte als een kind dat je een raadsel of een goochelaarstruc in het vooruitzicht stelt.

"Ik ben een en al oor."

Ik dronk m'n laatste slok koffie en keek haar een tijdje zwijgend aan. Ik bedacht hoe ontzettend graag ik mezelf wilde verliezen in die schichtige blik, die zo bang was transparant en leeg te zijn. Ik dacht aan de eenzaamheid die me die nacht zou overvallen als ik afscheid van haar nam, ontdaan van verdere trucjes en verhalen om haar langer te laten blijven. Ik dacht aan het weinige dat ik haar te bieden had en aan het vele dat ik van haar wilde ontvangen.

"Ik hoor je hersens kraken, Daniel", zei ze. "Waar zit je op te broeden?"

Ik begon mijn verhaal met die ochtend, lang geleden, dat ik wakker werd en me het gezicht van mijn moeder niet meer voor de geest kon halen, en stopte pas bij de beschrijving van de schaduwwereld die ik die morgen had gevoeld in het huis van Nuria Monfort. Bea luisterde in stilte naar me en met een aandacht die oordeel noch aanmatiging prijsgaf. Ik vertelde haar over mijn eerste bezoek aan het Kerkhof der Vergeten Boeken en over de nacht die ik doorbracht met het lezen van *De schaduw van de wind*. Ik sprak over mijn ontmoeting met de man zonder gezicht en over Penélope Aldaya's brief die ik altijd bij me droeg zonder te weten waarom. Ik vertelde dat ik er nooit toe was gekomen om Clara Barceló te kussen, noch een ander, en hoe mijn handen hadden gebeefd onder de aanraking van Nuria Monforts lippen op mijn huid, nauwelijks een paar uur geleden. Ik vertelde haar hoe ik tot op dat moment niet had begrepen dat het een geschiedenis was over eenzame mensen, over afwezigheid en verlies, en dat ik me er daarom in had verscholen, tot het zich begon te vervlechten met mijn eigen leven, alsof ik uit de bladzijden van een roman was gevlucht.

"Zeg maar niets meer", fluisterde Bea. "Breng me naar die plek."

Het was al pikkedonker toen we in Calle Arco del Teatro voor de poort van het Kerkhof der Vergeten Boeken stopten. Ik pakte de klopper met het duveltje en klopte drie keer. Er blies een koude, sterk naar houtskool ruikende wind. We scholen onder de gewelfde ingang terwijl we wachtten. Bea's gezicht was nog geen handbreedte van het mijne verwijderd. Ze glimlachte. Na een poosje waren lichte voetstappen hoorbaar die de deur naderden en toen de vermoeide stem van de bewaker: "Wie is daar?"

"Ik ben het, Daniel Sempere, Isaac."

Ik meende hem zachtjes te horen vloeken, daarna volgde het duizendvoudig kreunen en knarsen van de kafkaiaanse grendels. Eindelijk ging de deur een klein eindje open en werd het adelaarsgezicht van Isaac Monfort zichtbaar bij het schijnsel van een olielamp. Toen hij me zag zuchtte de bewaker en sloeg zijn ogen ten hemel.

"Ik weet niet waarom ik het vraag", zei hij. "Wie anders zou het op dit tijdstip kunnen zijn?"

Isaac was gehuld in wat mij een merkwaardige mengeling leek van ochtendjas, badjas en overjas uit het Russische leger. De gewatteerde pantoffels combineerden perfect met een geruite wollen muts, met pompon en al.

"Ik hoop dat ik u niet uit bed heb gehaald", zei ik.

"Welnee. Ik was nog maar net begonnen met het opzeggen van het onzevader."

Hij wierp Bea een blik toe alsof hij zojuist een brandende bundel dynamietstaven aan zijn voeten had ontdekt.

"Ik hoop voor uw eigen bestwil dat dit niet is wat het lijkt", dreigde hij.

"Isaac, dit is mijn vriendin Bea en ik zou haar, met uw toestemming, deze plek willen laten zien. Weest u gerust, ze is absoluut te vertrouwen."

"Sempere, ik heb zuigelingen gekend met meer gezond verstand dan u."

"We zijn zo weer weg."

Isaac gaf zich met een enorme zucht gewonnen en bestudeerde Bea aandachtig en met het wantrouwen van een politieman.

"Weet u reeds dat u zich in het gezelschap bevindt van een verstandelijk gehandicapte?" vroeg hij.

Bea glimlachte beleefd.

"Ik begin aan het idee te wennen."

"Heilige onschuld. Kent u de regels?"

Bea knikte. Isaac mompelde iets onder zijn baard, speurde zoals altijd de straat af, maar liet ons passeren.

"Ik heb uw dochter Nuria gezien", zei ik tussen neus en lippen door. "Het gaat goed met haar. Ze werkt hard, maar het gaat haar goed. Ze zendt u hartelijke groeten."

"Ja, en vergiftigde pijlen. Wat bent u weinig verfijnd in het vertellen van leugens, Sempere. Maar uw moeite wordt zeer op prijs gesteld. Kom binnen."

Eenmaal binnen reikte hij me de olielamp aan en begon opnieuw de grendels ervoor te schuiven zonder verder acht te slaan op ons.

"Als u klaar bent, weet u me te vinden."

Onder de mantel van duisternis was het boekenlabyrint in spookachtige vormen waarneembaar. De olielamp projecteerde een bel van doorzichtige helderheid aan onze voeten. Sprakeloos bleef Bea op de drempel van het labyrint staan. Ik moest gniffelen, omdat ik op haar gezicht dezelfde uitdrukking herkende die mijn vader jaren geleden op het mijne moet hebben gezien. We liepen de tunnels en galerijen van het labyrint in, dat knarste onder onze voeten. De markeringen die ik bij mijn laatste strooptocht had achtergelaten, waren nog zichtbaar.

"Kom, ik wil je iets laten zien", zei ik.

Meer dan eens verloor ik mijn eigen spoor en moesten we een stuk teruglopen tot we de laatste aanwijzing weer terugvonden. Bea bekeek me tegelijkertijd gealarmeerd en gefascineerd. Mijn mentale kompas zei me dat we gevangenzaten in een knoop van spiralen die langzaam omhoogrees naar het hart van het labyrint, maar uiteindelijk lukte het me in de warboel van gangen en tunnels de juiste weg terug te vinden en we sloegen een smalle gang in die eruitzag als een loopplank naar de totale duisternis. Ik knielde neer bij de laatste kast en zocht mijn oude vriend, verborgen achter een rij boeken en begraven onder een laag stof die glinsterde als rijp in het licht van de olielamp. Ik nam het boek in mijn handen en reikte het Bea aan.

"Mag ik je voorstellen aan Julián Carax?"

"*De schaduw van de wind*", las ze terwijl ze licht over de fletse letters van de kaft streek.

"Kan ik het meenemen?" vroeg ze.

"Elk boek behalve dit."

"Maar dat is onrechtvaardig. Na alles wat je me verteld hebt, wil ik juist dit boek."

"Een ander keertje misschien. Maar vandaag niet."

Ik nam het haar uit handen en verborg het opnieuw op zijn plek.

"Ik kom terug zonder jou en neem het mee zonder dat je het weet", zei ze spottend.

"In geen duizend jaar zou je het vinden."

"Dat denk jíj. Ik heb jouw tekens gezien en ik ken het verhaal van de Minotaurus ook."

"Isaac zou je er niet in laten."

"Je vergist je. Hij vindt mij aardiger dan jou."

"En wat weet jíj daarvan?"

"Ik kan gezichtsuitdrukkingen lezen."

Onwillekeurig geloofde ik haar en ik keek weg.

"Pak een willekeurig ander boek. Kijk, dit ziet er veelbelovend uit. *Het varken van de hoogvlakte, die grote onbekende: Op zoek naar de wortels van het Iberische spek*, door Anselmo Torquemada. Ik weet zeker dat er meer exemplaren van verkocht zijn dan van een willekeurige roman van Julián Carax. Van het varken gebruik je alles."

"Dat daar trekt me meer."

"*Tess of the d'Urbervilles.* Het is de originele versie. Durf jij het aan Thomas Hardy in het Engels te lezen?"

Ze keek me zijdelings aan.

"Eenmaal, andermaal, verkocht dus!"

"Zie je het dan niet? Het voelt alsof het hier op me wacht. Alsof het hier voor mij verborgen is voor ik werd geboren."

Ik keek haar stomverbaasd aan. Bea onderdrukte een glimlach.

"Wat heb ik je gezegd?"

Toen, zonder er bij na te denken, kuste ik haar met een vederlichte beroering van haar lippen.

Het liep al tegen middernacht toen we bij het portiek van Bea's huis aankwamen. We hadden bijna de hele weg in stilte afgelegd, zonder te durven zeggen wat we dachten. We liepen apart, verborgen ons voor elkaar. Bea liep kaarsrecht met haar Tess onder de arm en ik volgde haar op een pas afstand met haar smaak op mijn lippen. Nog steeds voelde ik de scheve blik van Isaac toen we het Kerkhof der Vergeten Boeken verlieten. Het was een blik die ik goed kende en die ik duizend keer bij mijn vader had gezien, een blik die me vroeg of ik ook maar het geringste idee had wat ik aan het doen was. De afgelopen uren hadden zich in een andere wereld afgespeeld, een universum van aanrakingen, blikken die ik niet begreep en die me van m'n verstand en schaamte beroofden. Nu, terug in de realiteit die altijd op de loer lag in de schaduwen van de wijk Ensanche, liet de betovering los en ervoer ik nog slechts een pijnlijk verlangen en een onbeschrijflijke onrust. Maar één blik op Bea was voldoende om te begrijpen dat mijn terughoudendheid niet meer was dan een zuchtje vergeleken met de storm die in haar woedde. We bleven bij de deur staan en keken elkaar aan zonder de geringste moeite te nemen om te doen alsof. Een goedgemutste nachtwaker slenterde naderbij en neuriede bolero's, waarbij hij zichzelf begeleidde met het aangename getinkel van zijn sleutelbos.

"Misschien heb je liever dat we elkaar niet meer zien", bood ik weinig overtuigend aan.

"Ik weet het niet, Daniel. Ik weet helemaal niets. Is dat wat jij wilt?"

"Nee. Natuurlijk niet. En jij?"

Ze haalde haar schouders op.

"Wat denk je?" vroeg ze. "Weet je, eerder, in de kloostergang heb ik tegen je gelogen."

"Waarover?"

"Over dat ik je vandaag niet wilde zien."

De nachtwaker maakte met een scheef grijnsje de ronde om ons heen, duidelijk onverschillig over het feit dat dit mijn eerste portiekscène-met-fluisteringen was die hem, de ouwe vos, banaal en overbekend moest voorkomen.

"Wat mij betreft hoeven jullie je niet te haasten", zei hij. "Ik ga een sigaretje roken op de hoek en ik hoor het wel."

Ik wachtte tot de nachtwaker zich verwijderd had.

"Wanneer zie ik je weer?"

"Ik weet het niet, Daniel."

"Morgen?"

"Alsjeblieft, Daniel. Ik weet het niet."

Ik knikte.

Ze streelde m'n gezicht.

"Het is beter dat je nu gaat."

"Je weet waar je me kunt vinden, toch?"

Ze knikte.

"Ik zal op je wachten."

"Ik ook."

Ik liep weg, zonder mijn ogen van haar af te kunnen houden. De nachtwaker, expert in dergelijke situaties, schoot al naderbij om de deur voor haar te openen.

"Schurk", fluisterde hij me toe, niet zonder een zekere bewondering. "Wat een snoepje."

Ik wachtte tot Bea het gebouw was binnengegaan en vertrok met lichte tred, steeds weer achterom kijkend. Langzaamaan vatte de zekerheid bij mij post dat alles mogelijk was en het leek alsof zelfs de verlaten straten en de vijandige wind naar hoop roken. Toen ik aankwam op Plaza Cataluña, zag ik een zwerm duiven die zich had verzameld op het midden van het plein. Ze bedekten alles met een mantel van witte veren die stilletjes heen en weer wiegde. Ik vroeg me af of ik eromheen zou lopen, maar precies op dat moment zag ik dat de zwerm vogels de weg voor me vrijmaakte zonder op te vliegen. Ik liep langzaam voorwaarts terwijl de vogels opzijgingen als ik langsliep en de rijen zich achter mij weer sloten. Aangekomen op het middelpunt van het plein hoorde ik de klokken van de kathedraal die middernacht sloegen. Ik bleef een moment staan, gestrand in een oceaan van zilverachtige vogels en bedacht dat dit de vreemdste en wonderbaarlijkste dag van mijn leven was geweest.

22

Er brandde nog licht in de boekwinkel toen ik langs de etalage liep. Misschien dat mijn vader laat was opgebleven om de post bij te werken, of misschien had hij een willekeurige smoes verzonnen om op te blijven en me uit te horen over mijn afspraak met Bea. Ik zag een silhouet een boekenstapel maken en herkende het magere, nerveuze profiel van Fermín in volle concentratie. Ik tikte op het raam. Fermín keek op, aangenaam verrast, en gebaarde me dat ik via de achterdeur binnen moest komen.

"Nog steeds aan het werk, Fermín? Het is al ontzettend laat."

"Eigenlijk ben ik alleen maar tijd aan het volmaken om naar die arme don Federico te gaan en bij hem te waken. Ik wissel af met Eloy, van de opticien. Ik slaap toch niet veel. Twee, drie uur hooguit. U laat zich overigens ook niet onbetuigd, Daniel. Het is middernacht geweest, waaruit ik opmaak dat uw ontmoeting met het meisje een daverend succes is geweest."

Ik haalde mijn schouders op.

"Eerlijk gezegd weet ik het niet", gaf ik toe.

"Hebt u aan haar gezeten?"

"Nee."

"Goed teken. Vertrouwt u nooit de vrouwen die meteen aan zich laten zitten. Maar nog minder de dames die de goedkeuring van een priester nodig hebben. Een goede biefstuk, ter vleselijke vergelijking, eet men rosé, niet rood en niet doorbakken. Natuurlijk, indien de situatie zich voordoet, moet u niet preuts zijn en er uw voordeel mee doen. Maar als wat u zoekt serieus is, zoals ik met Bernarda, denk dan aan deze gouden regel."

"Is het u dan ernst?"

"Meer dan ernst. Spiritueel. En met dat meisje, Beatriz, hoe zit het daarmee? Dat we hier met uitzonderlijke kwaliteit te maken hebben, springt onmiddellijk in het oog, maar het quid van de kwestie is: is zij er één die verliefd doet worden of één die de lagere organen op hol brengt?"

"Ik heb geen flauw idee. Beide, zou ik zeggen."

"Kijk eens hier, Daniel, het is als met een indigestie. Merkt u iets hier, bij de mond van de maag? Alsof u een baksteen heeft ingeslikt? Of is het slechts een algemene koorts?"

"Meer dat van die baksteen", zei ik, hoewel ik de koorts niet volledig uitsloot.

"In dat geval hebben we het hier over een serieuze zaak. God sta u bij. Vooruit, ga zitten, dan schenk ik een kop lindebloesemthee in."

We namen plaats aan de tafel in de achterkamer, omringd door boeken en stilte. Fermín reikte me een dampende kop thee aan en glimlachte een beetje schaapachtig naar me. Iets spookte er door zijn hoofd.

"Mag ik u een persoonlijk getinte vraag stellen, Daniel?"

"Natuurlijk."

"Ik verzoek u volkomen oprecht te antwoorden", zei hij en hij schraapte zijn keel. "Kunt u zich mij voorstellen als vader?"

Hij moest de perplexiteit van mijn gezicht hebben gelezen en haastte zich eraan toe te voegen: "Ik bedoel niet vader in biologische zin, daarvoor zie ik er een tikje te broos uit, ofschoon de voorzienigheid me godzijdank heeft uitgerust met de potentie en de onstuimigheid van een vechtstier. Nee, ik bedoel een ander soort vader. Een goede vader, als u begrijpt wat ik bedoel."

"Een goede vader?"

"Ja. Zoals de uwe. Een man met verstand, hart en ziel. Een man die in staat is te luisteren, te leiden en een kind te respecteren zonder er zijn eigen gebreken op over te dragen. Iemand van wie een kind niet alleen maar houdt omdat het zijn vader is, maar omdat hij hem bewondert om de persoon die hij is. Iemand op wie hij wil lijken."

"Waarom vraagt u me dat, Fermín? Ik dacht dat u niet geloofde in het huwelijk en het gezin. Het juk en al die dingen, weet u nog?"

Fermín knikte.

"Ziet u, dat is allemaal dilettantisme. Het huwelijk en het gezin zijn niet meer dan wat we er zelf van maken. Zonder dat is het niet meer dan een trog vol hypocrisie. Maar als er sprake is van echte liefde, van het soort dat je niet van de daken schreeuwt, maar die je voelt en wederzijds toont ...”

“U klinkt als een nieuw mens, Fermín.”

“Dat ben ik ook. Bernarda heeft in mij de wens gewekt een betere man te worden dan ik was.”

“Hoe dat zo?”

“Om haar te verdienen. U begrijpt dat nu niet, omdat u jong bent. Maar mettertijd zult u zien dat dat wat telt niet altijd is wat je geeft, maar wat je toegeeft. Bernarda en ik hebben gepraat. Zij is op en top een moeder, dat weet u al. Ze zegt het niet, maar het grootste geluk dat zij in dit leven zou kunnen ontvangen is moeder worden, denk ik. En ik hou meer van die vrouw dan van perziken op sap. Waarmee ik maar wil zeggen dat ik in staat ben om een kerk in te gaan na tweeëndertig jaar van kerkelijke abstinentie, en de psalmen te reciteren of wat er voor haar maar nodig is.”

“Ik zie dat u erg hard van stapel loopt, Fermín. U kent haar nog maar net ...”

“Ziet u, Daniel, op mijn leeftijd zie je de zaken óf met helderheid óf je hebt een groot probleem. Dit leven is het waard geleefd te worden om drie of vier dingen, en de rest is mest voor het veld. Ik heb er al een hoop op los geleefd en ik weet nu dat het enige wat ik wil, is Bernarda gelukkig maken en op een goede dag in haar armen sterven. Ik wil weer een respectabel mens worden, begrijpt u? Niet voor mijzelf, mij kan dat koor van na-apers dat we mensheid noemen geen barst schelen, maar voor haar. Omdat Bernarda in zulke dingen gelooft, in de hoorspelen op de radio, de priesters, aanzien en de Maagd van Lourdes. Zij is zo en ik hou van haar zoals ze is, zonder dat ze ook maar een van de haartjes op haar kin weghaalt. En daarom wil ik iemand zijn op wie ze trots kan zijn. Ik wil dat ze denkt: mijn Fermín is zó’n vent, zoals Cary Grant, of Hemingway of Manolete.”

Ik vouwde mijn armen voor de borst, terwijl ik de situatie afwoog.

“Hebt u over dit alles met haar gesproken? Om samen een kind te hebben?”

“Nee zeg, mijn god. Voor wie houdt u mij? Denkt u dat ik overal tegen de vrouwen loop te blaten dat ik ze graag zwanger zou maken? En dat is niet bij gebrek aan zin, hoor, want ik maak bij dat sufferdje van een Merceditas nu meteen een drieling, net zo makkelijk, maar ..."

"Hebt u Bernarda verteld dat u een gezin wilt vormen?"

"Dat soort dingen hoef je niet te zeggen, Daniel. Dat zie je aan iemand zijn gezicht."

Ik knikte.

"Goed dan, en voor wat mijn mening waard is: ik ben er zeker van dat u een formidabele vader en echtgenoot zult zijn."

Zijn gezicht straalde.

"Meent u dat nou?"

"Natuurlijk."

"Nou, u haalt een enorme last van mijn schouders. Want ik hoef me mijn verwekker maar voor de geest te halen en te bedenken dat ik voor iemand zou kunnen worden wat hij voor mij was, en ik krijg al zin om me te laten steriliseren."

"Wees gerust, Fermín. Bovendien is er geen behandeling opgewassen tegen uw voortplantingsdrift."

"Dat is ook waar", overdacht Fermín. "Vooruit, gaat u wat rusten, ik hou u niet langer op."

"U houdt me niet op, Fermín. Ik heb de indruk dat ik geen oog dicht zal doen vannacht."

"Waar het hart van vol is ... Trouwens, herinnert u zich dat postbusnummer nog, waar u me over verteld heeft?"

"Bent u iets te weten gekomen?"

"Ik zei u toch dat aan mij over te laten. Vanmiddag, rond etenstijd, ben ik naar het hoofdpostkantoor gegaan en heb een praatje gemaakt met een oude bekende die daar werkt. Het postbusnummer 2321 staat op naam van een zekere José María Requejo, advocaat met een praktijk in Calle León XIII. Ik ben zo vrij geweest het adres van de persoon in kwestie te controleren en was niet verbaasd toen ik erachter kwam dat het niet bestaat, hoewel ik veronderstel dat u dat al weet. De correspondentie gericht aan dat postbusnummer, wordt al jaren door een persoon opgehaald. Dat weet ik, omdat sommige zendingen door een makelaardij zijn gestuurd en men bij het ophalen een ontvangstbewijsje moet tekenen en een identiteitsbewijs tonen."

"Wie is het? Een werknemer van Requejo?" vroeg ik.

"Zover ben ik nog niet gekomen, maar ik betwijfel het. Ik moet me al heel erg vergissen of die Requejo bestaat als de Maagd van

Fatima, namelijk níét. Ik kan u slechts de naam geven van de persoon die de correspondentie ophaalt: Nuria Monfort."

Ik verbleekte.

"Nuria Monfort? Weet u dat zeker, Fermín?"

"Ik heb zelf een paar van die ontvangstbewijzen gezien. Op allemaal stond de naam en het nummer van het identiteitsbewijs. Ik zie aan uw groen weggetrokken gezicht dat deze openbaring u verrast."

"Nogal."

"Mag ik vragen wie die Nuria Monfort is? Degene met wie ik sprak zei me dat hij zich haar perfect herinnerde omdat ze twee weken geleden de post kwam ophalen en er, volgens zijn objectieve mening, beter uitzag dan de Venus van Milo en met prontere borsten. Ik vertrouw zijn inschatting omdat hij voor de oorlog professor in de esthetiek was, maar aangezien hij een verre neef was van de socialistische leider Largo Caballero, tja, likt hij nu zegels van één peseta ..."

"Ik was vandaag bij die vrouw, in haar huis", mompelde ik.

Fermín keek me stomverbaasd aan.

"Bij Nuria Monfort? Ik begin te denken dat ik me in u vergist heb, Daniel. U bent een echte deugniet."

"Het is niet wat u denkt, Fermín."

"Nou, dan mist u veel. Toen ik uw leeftijd had, was ik als de variétéshow in El Molino: voorstelling in de ochtend, middag en avond."

Ik keek naar dat schrale, iele kereltje, een en al neus en gelige gelaatshuid en ik besefte dat hij mijn beste vriend aan het worden was.

"Kan ik u iets vertellen, Fermín? Iets wat al tijden door mijn hoofd spookt."

"Natuurlijk. Wat dan ook. Vooral als het gewaagd is en het die dame betreft."

Voor de tweede keer die nacht vertelde ik de geschiedenis van Julián Carax en het mysterie van zijn dood. Fermín luisterde met uiterste aandacht, maakte aantekeningen in een schriftje, en onderbrak me af en toe om een detail te vragen waarvan de relevantie mij ontging. Terwijl ik naar mezelf luisterde, werden de leemtes in het verhaal me steeds duidelijker. Meer dan eens wist ik niet meer hoe ik verder moest, verwarden mijn gedachten zich bij de pogingen te begrijpen waarom Nuria Monfort tegen me gelogen had. Wat betekende het dat ze gedurende jaren de correspondentie had opgehaald die gericht was aan een niet-bestaand advocatenkantoor dat zogenaamd de woning van de familie Fortuny-Carax aan Ronda San Antonio in zijn beheer had? Ik had niet door dat ik mijn twijfels hardop had geformuleerd.

"We kunnen nog niet weten waarom die vrouw gelogen heeft", zei Fermín. "Maar we kunnen het erop wagen te veronderstellen dat als ze hierover heeft gelogen, ze ook over andere zaken kan hebben gelogen."

Ik zuchtte verloren.

"Wat stelt u voor, Fermín?"

Fermín maakte een gebaar als bedreef hij hogere filosofie.

"Ik zal u zeggen wat we kunnen doen. Deze zondag, als het u wat lijkt, verschijnen we bij puur toeval bij het Sint Gabriël College om hier en daar navraag te doen naar de oorsprong van de vriendschap tussen die Carax en dat andere jongetje, dat stinkend rijke ventje ..."

"Aldaya."

"Met priesters ben ik ontzettend handig, let u maar op, al is het maar omdat ik eruitzie als een schooierige kartuizer. Een paar flikflooierijen en ik heb ze in mijn zak."

"Denkt u?"

"Man! Ik verzeker u dat die gaan praten dat het een lieve lust is."

23

Ik bracht de zaterdag in trance door, verankerd achter de toonbank van de winkel en in de hoop Bea als bij toverslag in de deuropening te zien verschijnen. Iedere keer dat de telefoon ging, sprintte ik erheen om op te nemen, waarbij ik de hoorn uit de handen van mijn vader of Fermín griste. In de middag, na twintig telefoontjes van klanten en zonder nieuws van Bea, begon ik te accepteren dat de wereld en mijn miserabele bestaan aan hun einde kwamen. Mijn vader was vertrokken om een collectie in San Gervasio te taxeren en Fermín nam de gelegenheid te baat om me nog zo'n magistrale les over de geheime kanten van de liefdesintriges in de maag te splitsen.

"Kalmeer nu of u kweekt nog een maagzweer", adviseerde Fermín. "Het hele onderwerp hofmakerij is als de tango: absurd en pure opsmuk. Maar u bent de man en dus moet u het initiatief nemen."

Een en ander begon er nu al funest uit te zien.

"Het initiatief? Ik??"

"Wat wilt u? Wij mannen moeten wel een prijs betalen voor het staand kunnen urineren."

"Maar Bea gaf me te verstaan dat zij wel contact zou opnemen."

"Wat begrijpt u toch weinig van vrouwen, Daniel. Ik verwed er mijn kerstgratificatie om dat dat wichtje nu thuis kwijnend uit het raam kijkt à la de Dame van de Camelia's, hopend dat u haar komt redden van die bruut van een vader, om haar vervolgens mee te sleuren in een niet te stuiten spiraal van wellust en zonde."

"Bent u daar zeker van?"

"Pure wetenschap."

"En als ze heeft besloten dat ze me niet meer wil zien?"

"Ziet u, Daniel, met uitzondering van uw buurvrouw Merceditas, zijn vrouwen intelligenter dan wij, of althans oprechter naar zichzelf toe over wat ze willen of niet. Iets anders is of ze dat iemand of de wereld ook vertellen. U staat oog in oog met het enigma van de natuur, Daniel. De femina: wanorde en labyrint. Als u haar laat denken, bent u verloren. Denk eraan: warm hart, koele geest. De code van de verleider."

Fermín wilde juist gedetailleerd de bijzonderheden en vaktermen van de verleidingskunst uit de doeken doen, toen het belletje van de deur klonk en we mijn vriend Tomás Aguilar zagen binnenkomen. Mijn hart maakte een sprongetje. De voorzienigheid onthield me Bea, maar zond haar broer. Onheilspellende heraut, dacht ik. Tomás had een somber gezicht en maakte een enigszins neerslachtige indruk.

"Wat een begrafenisgezicht heeft u meegenomen, don Tomás", gaf Fermín zijn commentaar. "Accepteert u ten minste een kopje koffie van ons?"

"Daar zeg ik geen nee tegen", zei Tomás, met zijn gebruikelijke reserve.

Fermín schonk hem vervolgens een kopje in van het brouwsel dat hij in zijn thermoskan bewaarde en waar een verdacht sherryluchtje omheen hing.

"Is er een probleem?" vroeg ik.

Tomás haalde zijn schouders op.

"Niks nieuws. Mijn vader heeft vandaag zo'n bui waardoor ik er de voorkeur aan geef een luchtje te gaan scheppen."

Ik slikte.

"En waarom?"

"Wie zal het zeggen? Gisteravond kwam mijn zus Bea in het holst van de nacht terug. Mijn vader heeft op haar gewacht, een beetje opgefokt als altijd. Ze weigerde te zeggen waar ze vandaan kwam, noch met wie ze was geweest en mijn vader werd woest. Tot vier uur 's ochtends heeft hij staan schreeuwen en haar uitgemaakt voor hoer en erger en dat hij haar op straat zou smijten als ze ooit zwanger thuiskwam."

Fermín wierp me een gealarmeerde blik toe. Ik voelde de zweetdruppels op mijn rug aanzienlijk afkoelen.

"Deze ochtend", ging Tomás voort, "heeft Bea zich in haar kamer opgesloten en is er de hele dag niet uitgekomen. Mijn vader heeft postgevat in de eetkamer om de krant te lezen en naar operettes op de radio te luisteren. Op volle sterkte. In de pauze van *Luisa Fernanda* moest ik de deur uit, want ik werd gek."

"Je zuster zal met haar verloofde zijn geweest, niet?" viste Fermín. "Dat is niet meer dan normaal."

Ik gaf hem achter de toonbank een schop die Fermín met katachtige souplesse ontweek.

"Haar verloofde zit in militaire dienst", vertelde Tomás. "Hij komt pas over een paar weken met verlof. En bovendien, als ze met hem uitgaat, is ze op zijn laatst om acht uur terug."

"En u hebt geen idee waar ze was en met wie?"

"Dat heeft hij toch al gezegd, Fermín", interrumpeerde ik, erop gebrand van onderwerp te veranderen.

"En uw vader weet het ook niet?" hield Fermín aan, die de tijd van zijn leven had.

"Nee. Maar hij heeft gezworen erachter te komen en zodra hij het weet, breekt hij die persoon zijn benen."

Ik voelde dat ik lijkbleek werd. Fermín schonk me zonder het te vragen een kopje van zijn brouwsel in. Ik dronk het in één teug leeg. Het smaakte naar lauwe benzine. Tomás keek me zwijgend aan – zijn blik ondoorgrondelijk en duister.

"Hoorde u dat?" zei Fermín plotseling. "Zoiets als een roffel bij een salto mortale?"

"Nee."

"De ingewanden van ondergetekende. Ik heb ineens een hónger! Vindt u het erg als ik u beiden een poosje alleen laat en naar de bakker ga om te kijken of ik een broodje kan bemachtigen? En dan heb ik het nog niet over de nieuwe verkoopster, die net uit Reus is aangekomen en eruitziet om je vingers bij af te likken. Ze heet María Virtudes, een en al ondeugd, dat meisje ... Dus ik laat u alleen om over uw eigen zaken te praten, goed?"

Binnen tien seconden had Fermín zijn verdwijntruc toegepast, op weg naar zijn tussendoortje en zijn ontmoeting met het nymfje. Tomás en ik bleven alleen achter, omringd door een stilte die meer soliditeit beloofde dan de Zwitserse franc.

"Tomás", begon ik met droge mond. "Gisteravond was je zuster bij mij."

Hij keek me aan, bijna zonder met zijn ogen te knipperen. Ik slikte.

"Zeg iets", zei ik.
"Je bent niet goed bij je hoofd."
Een minuut met gedempte straatgeluiden ging voorbij. Tomás hield zijn koffie vast, onaangeroerd.
"Is het serieus?" vroeg hij.
"Ik heb haar maar één keer gezien."
"Dat is geen antwoord."
"Zou je het erg vinden?"
Hij haalde zijn schouders op.
"Jij zult zelf het beste weten wat je doet. Zou je ophouden met haar te zien alleen maar omdat ik het je vroeg?"
"Ja", loog ik. "Maar vraag het me maar liever niet."
Tomás boog zijn hoofd.
"Jij kent Bea niet", mompelde hij.
Ik zweeg. We lieten een paar minuten voorbijgaan zonder een woord te zeggen, terwijl we naar de grijze figuren keken die aandachtig in de etalage tuurden, biddend dat eentje zich ertoe zou zetten om binnen te komen en ons te verlossen van deze bezwangerde stilte. Na een poosje zette Tomás zijn kopje op de toonbank en liep naar de deur.
"Ga je al?"
Hij knikte.
"Zien we elkaar morgen?" zei ik. "We zouden naar de film kunnen gaan met Fermín, zoals vroeger."
Hij stopte bij de uitgang.
"Ik zeg het je maar één keer, Daniel. Doe mijn zuster geen pijn."
Bij het naar buiten gaan kruiste hij Fermín, die terugkeerde met een tas vol dampende heerlijkheden van de bakker. Fermín zag hoofdschuddend toe hoe Tomás in de schemering verdween. Hij zette de tas op de toonbank en bood me een verse *ensaimada* aan. Ik bedankte hem voor het aanbod. Ik zou nog niet een aspirine door mijn keel hebben kunnen krijgen.
"Het waait wel over, Daniel. Dat zult u zien. Zulke dingen zijn normaal tussen vrienden."
"Ik weet het niet", mompelde ik.

24

Om halfacht zondagochtend bevonden we ons in café Canaletas, waar Fermín me trakteerde op een koffie verkeerd en een paar brioches die zelfs dik besmeerd met boter een zekere gelijkenis vertoonden met puimsteen. We werden geholpen door een ober met het embleem van de Falange op zijn revers, en een potloodsnorretje. Hij hield niet op te neuriën en toen we hem naar de reden vroegen van zijn uitstekende humeur, vertelde hij dat hij gisteren vader was geworden. Toen we hem feliciteerden, stond hij erop ons allebei een sigaar cadeau te doen die we ergens op de dag konden oproken op de gezondheid van zijn eerstgeborene. We zeiden dat we dat zeker zouden doen. Fermín keek telkens vanuit zijn ooghoeken naar hem, met gefronste wenkbrauwen, en ik vermoedde dat hij ergens op zat te broeden.

Tijdens het ontbijt verklaarde Fermín met een algemene schets van het mysterie onze speurdag voor geopend.

"Het begint allemaal met de oprechte vriendschap tussen twee jongens, Julián Carax en Jorge Aldaya, klasgenoten sinds de kindertijd, net als don Tomás en u. Gedurende jaren gaat alles goed. Onafscheidelijke vrienden met een heel leven voor zich. Echter, op een zeker moment ontstaat er een conflict dat de vriendschap uiteen doet vallen. Om onze salondramaturgen te parafraseren: het conflict draagt een vrouwennaam en heet Penélope. Zeer homerisch. Volgt u mij?"

Het enige wat mij te binnen schoot waren de laatste woorden van Tomás de vorige avond in de winkel: Doe mijn zuster geen pijn. Ik voelde me misselijk.

"In 1919 vertrekt Julián Carax naar Parijs als een hedendaagse Odysseus", vervolgt Fermín. "De brief, ondertekend door Penélope, die hij uiteindelijk nooit ontvangt, bewijst dat op dat moment de jonge vrouw om onduidelijke redenen gevangene is van haar eigen familie en dat aan de vriendschap tussen Aldaya en Carax een einde is gekomen. Sterker nog, volgens wat Penélope ons vertelt, heeft haar broer Jorge gezworen zijn oude vriend Julián te doden als hij hem ooit weerziet. Men hoeft geen Sherlock Holmes te zijn om hieruit af te leiden dat het conflict de directe consequentie is van de relatie tussen Penélope en Carax."

Koud zweet bedekte mijn voorhoofd. Ik voelde hoe de koffie en de paar happen die ik had genomen, naar boven kwamen.

"Met dit al moeten we veronderstellen dat Carax nooit te weten komt wat er met Penélope is gebeurd, omdat de brief hem niet bereikt. Zijn leven verliest zich in de nevelen van Parijs, waar hij een spookachtig bestaan zal ontwikkelen tussen zijn werk als pianist in een amusementsetablissement en een desastreuze carrière als romanschrijver. Deze jaren in Parijs zijn een mysterie. Alles wat er van over is, is een vergeten, feitelijk verdwenen literair oeuvre. We weten dat hij op een bepaald moment besluit in het huwelijk te treden met een raadselachtige, gefortuneerde dame twee keer zijn leeftijd. De aard van genoemd huwelijk, als we ons moeten houden aan de verklaringen, lijkt eerder een daad van naastenliefde of vriendschap van de kant van een zieke dame dan een liefdesavontuur. Van welke kant je het ook bekijkt, de mecenas, die vreest voor de economische toekomst van haar protégé, opteert ervoor hem haar fortuin na te laten en afscheid te nemen van deze wereld met een vrijpartij ter meerdere eer en glorie van het protectoraat van de kunsten. Zo zijn Parijzenaars."

"Misschien was het echte liefde", merkte ik op met een dun stemmetje.

"Zeg, Daniel, is alles goed met u? U ziet wit als een doek en u zweet overvloedig."

"Ik voel me uitstekend", loog ik.

"Zoals ik al zei, met de liefde is het als met vleeswaren: je hebt worst en je hebt mortadella. Alles heeft zijn plek en functie. Caráx had verklaard dat hij zich voor geen enkele liefde waardig genoeg voelde en er is ons in feite niets bekend over enigerlei romance gedurende zijn jaren in Parijs. Uiteraard werkte hij in een bordeel, misschien dat het primaire vuur van zijn instinct gedoofd werd door middel van de vertrouwelijke omgang met de werkneemsters van het huis, als een soort bonus. Maar dit is pure speculatie. Laten we teruggaan naar het moment waarop het huwelijk tussen Carax en zijn beschermvrouwe wordt aangekondigd. Het is op dat moment dat Jorge Aldaya in deze troebele zaak opnieuw ten tonele verschijnt. We weten dat hij contact opneemt met de uitgever van Carax in Barcelona om de verblijfplaats van de schrijver te achterhalen. Niet lang daarna, op de ochtend van zijn trouwdag, duelleert Julián Carax met een onbekende op het kerkhof van Père Lachaise en verdwijnt. De bruiloft vindt nooit plaats. Vanaf dat punt wordt alles warrig."

Fermín liet een dramatische pauze vallen, terwijl hij me met een spionagefilmachtige blik aankeek.

"Verondersteld wordt dat Carax de grens oversteekt en nogmaals zijn spreekwoordelijke gevoel voor gelegenheid toont door in 1936 naar Barcelona terug te keren, juist als de Burgeroorlog in volle hevigheid is losgebarsten. Zijn activiteiten en verblijfplaats in Barcelona tijdens die weken zijn onduidelijk. We vermoeden dat hij een maand lang in de stad verblijft en dat hij tijdens die maand met geen van zijn bekenden contact zoekt, noch met zijn vader, noch met zijn vriendin Nuria Monfort. Korte tijd later wordt hij dood op straat aangetroffen, gedood door één kogel. Het duurt niet lang voor zich een duistere figuur aandient die zich Laín Coubert laat noemen – een naam die hij heeft ontleend aan de laatste roman van Carax zelf – en die, om de zaak nog erger te maken, niemand minder is dan de Prins der Duisternis. De zogenaamde duivel verklaart zich bereid om voor altijd alles wat er over is van Carax van de kaart te vegen en zijn boeken te vernietigen. Om het melodrama helemaal te voltooien verschijnt hij als een man zonder gezicht, misvormd door het vuur. Een schurk, ontsnapt uit een operette en in wie Nuria Monfort de stem van Jorge Aldaya meent te herkennen, om het geheel nog wat verwarrender te maken."

"Mag ik u eraan herinneren dat Nuria Monfort tegen me gelogen heeft?" zei ik.

"Helemaal waar, maar hoewel Nuria Monfort gelogen heeft, is het mogelijk dat ze dat meer deed uit omissie, en om zichzelf misschien van de feiten te distantiëren. Er zijn weinig redenen om de waarheid te vertellen, om te liegen daarentegen zijn de redenen ontelbaar. U weet zeker dat u zich goed voelt? Uw gezicht heeft de kleur van jonge geitenkaas."

Ik schudde mijn hoofd en stoof naar het toilet.

Ik braakte het ontbijt, het avondmaal en een groot deel van de woede uit die ik bij me droeg. Ik waste mijn gezicht met ijskoud water uit de kraan en staarde naar mijn spiegelbeeld in de troebele spiegel, waar iemand met waskrijt GIRÓN, JIJ VARKEN op had gekalkt. Toen ik terugliep naar de tafel, zag ik dat Fermín aan de bar stond, terwijl hij afrekende en over voetbal kletste met de ober die ons had bediend.

"Beter?" vroeg hij.

Ik knikte.

"Dat was een daling van de bloeddruk", zei Fermín. "Hier, neem een Sugus-snoepje, die zijn overal goed voor."

Toen we het café verlieten, stond Fermín erop dat we een taxi namen naar het Sint Gabriël College en de metro voor een andere dag bewaarden, waarbij hij het argument aanvoerde dat de ochtend zo lelijk was als een politieke muurschildering en dat tunnels voor de ratten waren.

"Een taxi naar Sarriá kost een fortuin", wierp ik tegen.

"Het steunfonds van de ezels inviteert ons", zei Fermín snel, "want onze patriot van daarnet heeft me verkeerd wisselgeld teruggegeven en we hebben goede zaken gedaan. En u bent beslist niet in staat om ondergronds te reizen."

Aldus voorzien van illegale fondsen vatten we post op een hoek van Rambla Cataluña en wachtten op de komst van een taxi. We moesten er een aantal laten passeren omdat Fermín verklaarde dat hij die ene keer dat hij een taxi nam, op zijn minst een Studebaker wilde. Het kostte ons een kwartier om een auto te treffen die hem naar de zin was en die hij vervolgens met veel misbaar gebaarde te stoppen. Fermín stond erop voorin te zitten, wat hem de gelegenheid gaf verwikkeld te raken in een discussie met de chauffeur over het goud van Moskou en over Jozef Stalin, zijn idool en geestelijk leider op afstand.

"Deze eeuw heeft drie grote figuren gekend: Dolores Ibárruri La Pasionaria, stierenvechter Manolete en Jozef Stalin", proclameerde de taxichauffeur, bereid ons te vergasten op een gedetailleerde hagiografie van de illustere kameraad.

Ik zat comfortabel achterin met het raam open en genoot van de frisse lucht zonder aandacht te schenken aan het georeer voorin. Fermín, verrukt dat hij per Studebaker vervoerd werd, moedigde de taxichauffeur aan en evalueerde af en toe het innige portret over de sovjetleider met vragen van een twijfelachtig historisch belang.

"Ik heb begrepen dat hij enorm kampt met zijn prostaat sinds hij een mispelpit heeft ingeslikt en dat hij nu uitsluitend nog kan urineren als ze *De Internationale* voor hem neuriën", liet Fermín zich ontvallen.

"Fascistische propaganda", verklaarde de taxichauffeur, devoter dan ooit. "De kameraad pist als een stier. De Wolga mocht willen dat ze zo'n waterverval had."

Het hoogpolitieke debat vergezelde ons gedurende de hele doorsteek langs Vía Augusta op weg naar het hoger gelegen gedeelte van de stad. Het weer klaarde op en een frisse bries zorgde voor een intens blauwe hemel. Toen we bij Calle Ganduxer aankwamen, sloeg de chauffeur rechts af en begonnen we aan de trage klim naar Paseo Bonanova.

Het Sint Gabriël College verhief zich te midden van een groep bomen aan het einde van een nauwe slingerstraat die vanaf Bonanova omhoogliep. De met dolkvormen bespikkelde gevel benadrukte het profiel van een gotisch paleis van rode baksteen dat uitliep in bogen en grote torens die op hun beurt in kathedraalachtige lijnen boven de boomkruinen leken te zweven. We stapten uit de taxi en liepen een lommerrijke tuin in, bezaaid met fonteinen met beschimmelde cherubijnen, en een vlechtwerk van stenen paden dat tussen de bomen door kroop. Op weg naar de hoofdingang gaf Fermín me de antecedenten van het instituut in een van zijn gebruikelijke, geniale colleges in sociale geschiedenis.

"Ook al schijnt het u nu het mausoleum van Raspoetin toe, het Sint Gabriël College was in zijn tijd een van de meest prestigieuze en exclusieve instituten van Barcelona. Ten tijde van de Republiek ging het achteruit omdat de nouveaux riches van toen, de industriëlen en bankiers aan wier nazaten gedurende jaren geen plaats werd toegekend omdat hun namen te nieuw roken, besloten om hun eigen scholen te creëren, waar ze wel met eerbied werden behandeld en waar zij op hun beurt de kinderen van anderen een plek konden weigeren. Geld is als elk ander virus: rot de ziel van de drager weg, dan vertrekt het op zoek naar vers bloed. In deze wereld is een achternaam een minder lang leven beschoren dan een gesuikerde amandel. In zijn goede tijden, laten we zeggen tussen pakweg 1880 en 1930, nam het Sint Gabriël College de crème de la crème op van de kindertjes van oud geld en klinkende beurs. De Aldaya's en de zijnen kwamen in internaatverband naar deze duistere plek om te verbroederen met hun gelijken, de mis te horen en geschiedenis te leren om het zo ad nauseam te kunnen herhalen."

"Maar Julián Carax was nu niet bepaald een van hen", observeerde ik.

"Soms bieden deze doorluchtige instituten een of twee beurzen voor de zoon van de tuinman of een schoenpoetser om zo hun grootsheid en christelijke generositeit te tonen. De meest efficiënte wijze om de armen onschadelijk te maken is door ze te leren om rijken te willen imiteren. Dat is het vergif waarmee het kapitalisme verbl..."

"Raak nou niet verstrikt in de sociale doctrine, Fermín, als een van die priesters ons hoort, worden we eruit gegooid", onderbrak ik hem zachtjes toen ik merkte dat een paar geestelijken ons met een mengeling van nieuwsgierigheid en reserve gadesloegen vanaf een brede bordestrap die naar de toegangspoort van het college leidde, en ik vroeg mij af of ze iets van onze conversatie hadden gehoord.

Een van hen kwam met een beleefde glimlach en bisschoppelijk over de borst gekruiste handen op ons toelopen. Hij moest zo'n vijftig jaar oud zijn en zijn magere gestalte en dunnende haar verleenden hem het uiterlijk van een roofvogel. Hij had een doordringende blik en rook naar verse eau de cologne en mottenballen.

"Goedemorgen. Ik ben pater Fernando Ramos", kondigde hij aan. "Waarmee kan ik u van dienst zijn?"

Fermín stak zijn hand uit, die de geestelijke kort bestudeerde alvorens hem te schudden, gehuld in zijn ijzige glimlachje.

"Fermín Romero de Torres, bibliografisch adviseur van Sempere en Zoon, bijzonder aangenaam uwe devote excellentie te mogen groeten. Hier aan mijn zijde bevindt zich mijn medewerker zowel als vriend, Daniel, jongeman met toekomst en van bewezen christelijke kwaliteit."

Pater Fernando bekeek ons zonder met zijn ogen te knipperen. Ik wenste dat de aarde me opslokte.

"Het genoegen is aan mijn kant, heer Romero de Torres", antwoordde hij beleefd. "Mag ik u vragen wat een dergelijk formidabel duo naar ons nederige instituut brengt?"

Ik besloot tussenbeide te komen voordat Fermín nog meer nonsens kon uitslaan en we de plaat moesten poetsen.

"Pater Fernando, we proberen twee oud-leerlingen van het Sint Gabriël College te lokaliseren: Jorge Aldaya en Julián Carax."

Pater Fernando kneep zijn lippen samen en trok een wenkbrauw op.

"Julián overleed meer dan vijftien jaar geleden en Aldaya is naar Argentinië vertrokken", zei hij droog.

"Hebt u ze gekend?" vroeg Fermín.

De scherpe blik van de geestelijke bleef op elk van ons rusten alvorens te antwoorden.

"We waren klasgenoten. Mag ik u vragen wat uw belang is in deze zaak?"

Ik was nog aan het bedenken hoe ik deze vraag ging beantwoorden toen Fermín me al voor was.

"Het geval wil dat een serie artikelen in ons bezit is gekomen die behoort of behoorde – de jurisprudentie over deze zaak is confuus – aan de twee voornoemden."

"En wat is de aard van genoemde artikelen, als ik zo vrij mag zijn?"

"Ik verzoek Uwe Genade ons zwijgen te accepteren, want God weet dat er overvloedige redenen van geweten en geheimhouding zijn die niets te maken hebben met het allerhoogste vertrouwen dat Uwe Excellentie en de orde die u met zoveel zwier en piëteit vertegenwoordigt, verdienen", gooide Fermín er in een razend tempo uit.

Pater Fernando staarde hem aan, bijna verstard. Ik besloot de conversatie weer over te nemen voor Fermín adem had gehaald.

"De artikelen waaraan de heer Romero de Torres refereert zijn van familiaire aard, herinneringen en objecten van uitsluitend emotionele waarde. Wat we u zouden willen vragen, pater, als we u daarmee niet tot last zijn, is ons te vertellen wat u zich herinnert van Julián en Aldaya tijdens hun schooljaren."

Pater Fernando bestudeerde ons nog steeds met achterdocht. Het werd me duidelijk dat de uitleg die we hem hadden gegeven om onze interesse te rechtvaardigen en zijn medewerking te winnen, niet voldoende voor hem waren. Ik keek hulpzoekend naar Fermín, smekend om een of andere spitsvondigheid waarmee we de priester voor ons konden winnen.

"Weet u dat u een beetje lijkt op Julián als jongeling?" vroeg pater Fernando plotseling.

De ogen van Fermín lichtten op. Daar gaat hij, dacht ik. We zetten alles in op deze kaart.

"U bent een sluwe vos, Eerwaarde", riep Fermín uit terwijl hij verbazing fingeerde. "Uw scherpzinnigheid heeft ons zonder mededogen ontmaskerd. U zult het ten minste tot kardinaal of paus brengen."

"Waar hebt u het over?"

"Is dat niet glashelder, Excellentie?"

"Eerlijk gezegd, nee."

"Kunnen we rekenen op uw biechtgeheim?"

"Dit is een tuin, geen biechtstoel."

"Uw kerkelijke discretie is ons voldoende."

"Die hebt u."

Fermín zuchtte diep en keek me met een melancholische uitdrukking aan.

"Daniel, we kunnen niet blijven liegen tegen deze heilige soldaat van Christus."

"Natuurlijk niet ..." deed ik mee, totaal verloren.

Fermín boog zich naar de geestelijke over en fluisterde hem op vertrouwelijke toon toe: "Eerwaarde, we hebben zeer solide motieven om te vermoeden dat onze vriend Daniel hier niemand anders is dan de geheime zoon van Julián Carax. Vandaar onze interesse in het reconstrueren van zijn verleden om de herinnering aan een afwezig vooraanstaand man terug te winnen, die Magere Hein bij een arme jongen heeft willen wegrukken."

Pater Fernando boorde zijn blik in de mijne, stomverbaasd.

"Is dat waar?"

Ik knikte. Bedrukt klopte Fermín me op de rug.

"Kijkt u dan, de arme jongen, op zoek naar zijn verloren vader in de nevelen van het geheugen. Wat is er triester dan dat? Vertelt u me dat, Uwe Genade."

"Hebt u bewijzen die uw beweringen ondersteunen?"

Fermín greep me bij de kin en bood mijn gezicht aan als betaalmiddel.

"Welk bewijs verlangt Uwe Heiligheid nog meer dan dit gezichtje, stille en onbetwistbare getuige van het vaderlijke feit in kwestie?"

De geestelijke leek te twijfelen.

"Helpt u me pater?" smeekte ik uitgekookt. "Alstublieft ..."

Pater Fernando zuchtte ongemakkelijk.

"Ik zie er geen kwaad in, vermoed ik", zei hij uiteindelijk. "Wat wilt u weten?"

"Alles", zei Fermín.

25

Pater Fernando resumeerde zijn herinneringen op lichte preektoon. Hij construeerde zijn zinnen met magistrale netheid en precisie, waarbij hij ze een cadans meegaf die een moraal leek te beloven die echter nooit kwam. Jaren van leraarschap verleenden hem de vaste, didactische toon van iemand die eraan gewend is gehoord te worden, maar die zich afvraagt of er naar hem geluisterd wordt.

"Als mijn geheugen me niet in de steek laat, trad Julián Carax toe als leerling van het Sint Gabriël College in het jaar 1914. Ik voelde onmiddellijk sympathie voor hem, omdat we allebei deel uitmaakten van een kleine groep leerlingen die niet uit welgestelde families kwam. Ze noemden ons het Hongerlijderscommando. Ieder van ons had zijn eigen speciale geschiedenis. Ik had een beurs verkregen dankzij mijn vader die gedurende vijfentwintig jaar in de keukens van het huis heeft gewerkt. Julián was toegelaten dankzij de bemiddeling van de heer Aldaya, die cliënt was van de hoedenzaak Fortuny, eigendom van Juliáns vader. Het waren andere tijden, dat moge duidelijk zijn, en in die dagen concentreerde de macht zich nog steeds in families en dynastieën. We praten over een verdwenen wereld – de laatste resten zijn weggevaagd in de val van de Republiek, ik veronderstel ten goede. Wat er van over is zijn namen op briefhoofden van bedrijven, banken en consortiums zonder gezicht. Zoals alle oude steden, is Barcelona de som van haar ruïnes. De grote glorie waarop gepocht wordt, de vele paleizen, fabrieken en monumenten, allemaal zaken waarmee we ons identificeren, zijn niks anders dan kadavers, relikwieën van een verloren gegane beschaving."

Op dit punt aangekomen liet pater Fernando een plechtige

pauze vallen waarin hij van de congregatie een of ander latinisme of een weerwoord uit het misboek leek te verwachten.

"Ja en amen, eerwaarde. Welk een grote waarheid ligt er in uw woorden", was Fermíns aanbod om de ongemakkelijke stilte te redden.

"U sprak over het eerste jaar van mijn vader op het instituut", leidde ik met zachte hand.

Pater Fernando knikte.

"Hij liet zich toen al Carax noemen, hoewel zijn eerste achternaam Fortuny was. Aanvankelijk dreven sommige jongens de spot hiermee, natuurlijk ook omdat hij er een van het Hongerlijderscommando was. Met mij dreven ze de spot omdat ik de zoon van de kok was. U weet hoe kinderen zijn. Diep in hun hart heeft God ze veel goedheid gegeven, maar ze herhalen wat ze thuis horen."

"Engeltjes zijn het", preciseerde Fermín.

"Wat herinnert u zich van mijn vader?"

"Ach, het is al lang geleden ... De beste vriend van uw vader destijds was niet Jorge Aldaya, maar een jongen die Miquel Moliner heette. Miquel kwam uit bijna net zo'n gefortuneerde familie als de Aldaya's en ik zou durven beweren dat hij de meest extravagante leerling was die deze school gezien heeft. De rector hield hem voor bezeten omdat hij tijdens de mis Marx reciteerde in het Duits."

"Een ondubbelzinnig signaal van bezetenheid", bevestigde Fermín.

"Miquel en Julián konden het bijzonder goed met elkaar vinden. Soms kwamen we met zijn drieën bij elkaar tijdens het vrije middaguur en dan vertelde Julián ons verhalen. Soms vertelde hij over zijn familie en de Aldaya's."

De geestelijke leek te aarzelen.

"Zelfs toen we van school af waren, hebben Miquel en ik gedurende een tijd contact gehouden. Julián was toen al naar Parijs vertrokken. Ik weet dat Miquel hem miste en hij praatte vaak over hem, herinnerde zich vertrouwelijkheden die Julián tijden geleden met hem had gedeeld. Later, toen ik naar het seminarie ging, zei Miquel dat ik naar de vijand was overgelopen. Het was bedoeld als grapje, maar het is een feit dat we ons van elkaar distantieerden."

"Weet u er iets van of Miquel met een zekere Nuria Monfort trouwde?"

"Miquel, getrouwd?"
"Vindt u dat vreemd?"
"Ik veronderstel dat ik dat niet zou moeten vinden, maar ... Ik weet niet. Het klopt dat ik sinds vele jaren niets meer heb gehoord van Miquel. Voor de oorlog al niet meer."
"Heeft hij de naam van Nuria Monfort wel eens genoemd?"
"Nee, nooit. Noch dat hij erover dacht te trouwen of dat hij een vriendin had ... Hoort u eens, ik ben er niet helemaal zeker van of ik dit wel allemaal met u moet bespreken. Het zijn dingen die Julián en Miquel me *à titre personnel* vertelden, in de veronderstelling dat het tussen ons zou blijven ..."
"En ontneemt u een zoon de enige mogelijkheid om de herinnering aan zijn vader levend te maken?" vroeg Fermín.
Pater Fernando worstelde met de twijfel en, meende ik, het verlangen naar de herinnering, het terughalen van die verloren gegane dagen.
"Ik veronderstel dat er zoveel jaren voorbij zijn gegaan dat het niet meer belangrijk is. Ik herinner me nog steeds de dag dat Julián ons vertelde hoe hij de Aldaya's had leren kennen en hoe dat zijn leven had veranderd, zonder dat hij zich dat realiseerde ..."

***

In oktober 1914 stopte op een middag voor de hoedenzaak van de Fortuny's aan Ronda San Antonio een object dat velen voor een rijdend pantheon hielden. Uit het object rees de hooghartige, majestueuze en arrogante figuur van don Ricardo Aldaya op, toen al een van de rijkste mannen, niet van Barcelona, maar van Spanje, wiens imperium van textielindustrieën zich uitstrekte tot in citadellen en koloniën langs de rivieren van heel Cataluña. Zijn rechterhand hield de teugels van het bankwezen en het grondbezit van een halve provincie in handen; zijn linkerhand, altijd actief, trok aan de touwtjes van de wethouders, de gemeente, diverse ministeries, het bisdom, en de havendouane.

Die middag had deze man van weelderige snorren, vorstelijke bakkebaarden en onbedekt hoofd, voor wie iedereen bang was, een hoed nodig. Hij ging binnen in de winkel van don Antoni Fortuny en na een oppervlakkige blik op de inrichting te hebben geworpen, wierp hij een terloopse blik op de hoedenmaker en zijn assistent, de jonge Julián, en zei het volgende: "Ze hebben me gezegd dat hier de beste hoeden van Barcelona vandaan komen. De herfst ziet er lelijk uit en ik zal zes hoge hoeden nodig hebben, een dozijn bolhoeden, jachthoeden, en iets wat ik voor het Congres in Madrid kan dragen. Bent u aan het noteren of verwacht u dat ik het voor u herhaal?" Dat was het begin van een arbeidsintensief en lucratief proces waarbij vader en zoon hun krachten bundelden om de opdracht van don Ricardo Aldaya te voltooien. Julián, die de kranten las, was zich zeer wel bewust van de positie van Aldaya en zei bij zichzelf dat hij zijn vader op het meest cruciale en beslissende moment van de zaak niet in de steek kon laten. Sinds de potentaat zijn winkel was binnengekomen, liep de hoedenmaker op wolken. Aldaya had hem beloofd dat hij, als hij tevreden was, de zaak zou aanbevelen in zijn hele vriendenkring. Dat betekende dat hoedenzaak Fortuny in één klap van een waardige maar bescheiden zaak naar de hoogste sferen zou stijgen en grote en kleinere koppen van afgevaardigden, burgemeesters, kardinalen en ministers, zou bedekken. De dagen van die week vlogen voorbij. Julián ging niet naar school en maakte dagen van achttien tot twintig uur in de werkplaats achter de winkel. Zijn vader, helemaal uitgeput van zijn eigen enthousiasme, omhelsde en zoende hem af en toe, zonder het zelf door te hebben. Ja, hij deed zijn vrouw Sophie voor het eerst in veertien jaar zelfs een jurk en een paar nieuwe schoenen cadeau. De hoedenmaker was onherkenbaar. Op een zondag vergat hij naar de mis te gaan en diezelfde middag sloot hij, glunderend van trots, Julián in de armen en zei tegen hem, met tranen in zijn ogen: "Grootvader zou trots op ons zijn geweest."

Een van de meest complexe processen van de goeddeels verdwenen wetenschap van het hoedenmaken, zowel technisch als politiek, was het nemen van de maten. Don Ricardo Aldaya had volgens Julián een onregelmatige, bijna meloenvormige schedel. De hoedenmaker was zich onmiddellijk bewust van de moeilijkheden bij het zien van de kop van deze hooggeplaatste heer en diezelfde avond, toen Julián zei dat Aldaya's schedel hem deed herinneren aan bepaalde pieken van het Montserrat-massief, kon hij niet anders dan het met hem eens zijn. "Vader, met alle respect, u weet dat ik een vastere hand heb dan u als het aankomt op het nemen van de maten, u wordt nerveus. Laat mij dat doen." De hoedenmaker stemde maar al te graag toe en de volgende dag, toen Aldaya langskwam in zijn Mercedes Benz, ontving Julián hem en leidde hem naar de werkplaats. Aldaya werd woedend toen hij besefte dat een jongen van veertien jaar hem de maten ging opnemen: "Maar wat is dit? Een knulletje? Houden jullie me voor de gek?" Julián, zich bewust van de publieke importantie van Aldaya, maar absoluut niet geïntimideerd, riposteerde: "Heer Aldaya, haar op uw tanden heeft u voldoende, maar uw schedeldak is kaler dan een geplukte kip en als we niet snel een collectie hoeden voor u maken, zullen ze uw gladde kop nog verwarren met een rijpe meloen." Bij het horen van deze woorden dacht Fortuny dat hij doodging. Aldaya, onverschrokken, vestigde zijn blik op Julián. Toen begon hij, tot ieders verrassing, te lachen zoals hij in geen jaren had gelachen.

"Die knul van u zal het nog ver schoppen, Fortunato", oordeelde Aldaya, die de achternaam van de hoedenmaker maar niet kon onthouden.

En zo kwamen ze erachter dat don Ricardo Aldaya er tot aan datzelfde schedeldak ziek van was dat men bang voor hem was, dat men hem stroop om de mond smeerde, dat men zich als vloermatjes uitstrekte als hij langsliep. Hij verachtte de kontlikkers, de bangeriken, en in het algemeen iedereen die een willekeurige vorm van zwakte vertoonde, hetzij fysiek, mentaal of moreel. Toen hij op een nederige jongen stuitte, nauwelijks een leerling, die het lef en de vlotheid van geest had om de spot met hem te drijven, besloot Aldaya dat hij werkelijk de ideale hoedenzaak had gevonden en hij verdubbelde zijn bestelling. Gedurende die week kwam hij iedere dag goedgehumeurd opdagen, zodat Julián de maten kon opnemen en modellen op hem kon uitproberen. Antoni Fortuny was verbijsterd te zien hoe de kampioen van de Catalaanse maatschappij omviel van het lachen bij de grappen en verhalen die zijn zoon hem vertelde, de zoon die een vreemde voor hem was, met wie hij nooit praatte en die al jaren geen enkel gevoel voor humor had getoond. Aan het eind van die week nam Aldaya de hoedenmaker apart in een hoek om vertrouwelijk te kunnen praten.

"Kijk eens hier, Fortunato, die zoon van u is een talent en u hebt hem hier weggestopt in een onbeduidende winkel om het stof af te nemen van drie schappen en een toonbank."

"Dit is een respectabel etablissement, don Ricardo, en de jongen toont een zekere handigheid, al ontbreekt het hem aan de juiste instelling."

"Onzin! Naar welk college stuurt u hem?"

"Wel ... eh, hij gaat naar de buurtschool van ..."

"Dat zijn fabrieken voor dagloners. Tijdens de jeugd gaat het talent, het vernuft, het slechte pad op als er niet op gelet wordt, en verteert de persoon die het bezit. Het moet in goede banen geleid worden, gesteund worden. Begrijpt u mij, Fortunato?"

"U vergist zich in mijn zoon. Hij heeft niets van een vernuft, helemaal niets. Met heel veel moeite haalt hij geografie ... zijn leraren hebben me al gezegd dat hij een warhoofd is en een zeer foute houding heeft, net als zijn moeder, maar hier zal hij ten minste altijd een eerlijk beroep hebben en ..."

"Fortunato, u verveelt me. Vandaag nog spreek ik de raad van bestuur van het Sint Gabriël College en ik zal ze laten weten dat ze uw zoon in dezelfde klas toelaten als mijn oudste zoon Jorge. Minder dan dat is armoedig."

De hoedenmaker zette ogen op zo groot als schoteltjes. Het Sint Gabriël College was de kweekvijver van de crème de la crème van de high society.

"Maar don Ricardo, ik zou zelfs niet de helft kunnen bekos..."

"Niemand heeft u gezegd dat u ook maar een reaal hoeft te betalen. Ik neem de opvoeding van de jongen op me. U, als vader, hoeft alleen maar ja te zeggen."

"Natuurlijk, dat spreekt voor zich, maar ..."

"Dan praten we er niet meer over. Vooropgesteld dat Julián accepteert uiteraard."

"Hij zal doen wat hem opgedragen wordt, vanzelfsprekend."

Op dit punt in de conversatie aangekomen, leunde Julián om de deurpost van het magazijn, met een model in zijn handen.

"Don Ricardo, bent u er klaar voor?"

"Zeg Julián, wat heb jij deze middag te doen?" vroeg Aldaya.

Julián keek van zijn vader naar de industrieel.

"Hier helpen in de winkel van mijn vader."

"Afgezien daarvan?"

"Ik dacht erover naar de bibliotheek te gaan om ..."

"Je houdt dus van boeken?"

"Ja, meneer."

"Heb je Conrad gelezen? *Heart of Darkness*?"
"Drie keer."
De hoedenmaker fronste zijn voorhoofd, volledig de kluts kwijt.
"En wie is die Conrad, als ik zo vrij mag zijn?"
Aldaya snoerde hem de mond met een gebaar dat ervoor gemaakt leek om aandeelhoudersraden het zwijgen op te leggen.
"Thuis heb ik een bibliotheek met veertienduizend boeken, Julián. Als jongeman las ik veel, maar ik heb er de tijd niet meer voor. Nu ik erover nadenk, ik heb thuis drie exemplaren, gesigneerd door Conrad in persoon. Mijn zoon Jorge sleur je met geen tien paarden de bibliotheek in. Thuis is mijn dochter Penélope de enige die denkt en leest, dus al die boeken staan daar stof te verzamelen en te verschimmelen. Zou je ze willen zien?"
Julián knikte, sprakeloos. De hoedenmaker was getuige van de scène. Het gaf hem een onrustig gevoel dat hij niet precies kon definiëren. Al die namen waren hem onbekend. Romans, dat wist iedereen, waren voor vrouwen en mensen die niks te doen hadden. *Heart of Darkness* klonk hem minstens als een doodzonde in de oren.
"Fortunato, uw zoon komt met mij mee, ik wil hem aan Jorge voorstellen. Kalm maar, daarna brengen we hem weer terug. Zeg jongen, heb je wel eens in een Mercedes Benz gezeten?"
Julián leidde eruit af dat dat de naam was van het keizerlijke vehikel dat de industrieel gebruikte om zich te verplaatsen. Hij schudde zijn hoofd.
"Dan wordt het tijd. Het is alsof je naar de hemel gaat, maar je hoeft er niet voor te sterven."
Antoni Fortuny zag ze vertrekken in dat buitensporig luxe rijtuig en voelde, toen hij zijn hart raadpleegde, slechts treurnis. Die avond, toen hij de avondmaaltijd gebruikte met Sophie (die haar nieuwe jurk en schoenen droeg) vroeg hij zich af waar hij zich deze keer in vergist had. Juist toen God hem zijn zoon teruggaf, nam Aldaya hem weer af.
"Trek die jurk uit, vrouw, je lijkt wel een hoer. En deze wijn wil ik niet meer zien op tafel. Die aangelengde is meer dan voldoende. Zulke inhaligheid wordt nog eens onze dood."
Julián was nog nooit naar de andere kant van Avenida Diagonal overgestoken. Die lijn van groepjes bomen, lappen grond en gestrande paleizen die wachtten op een stad, vormden een verbo-

den grens. Daarboven strekten zich gehuchten uit, heuvels, en mysterieuze oorden van rijkdom en legende. Onderweg vertelde Aldaya hem over het Sint Gabriël College, over nieuwe vrienden die Julián nog nooit had gezien, over een toekomst die hij niet voor mogelijk had gehouden.

"Waar streef jij naar, Julián? In het leven, bedoel ik."

"Ik weet het niet. Soms denk ik dat ik graag schrijver zou zijn. Romanschrijver."

"Zoals Conrad, hè? Je bent natuurlijk erg jong. En vertel eens, trekt het bankwezen je niet?"

"Ik weet het niet, meneer. Eerlijk gezegd was het nog niet in me opgekomen. Ik heb nooit meer dan drie peseta's bij elkaar gezien. De hogere financiën zijn een mysterie voor me."

Aldaya lachte.

"Er is geen enkel mysterie, Julián. De truc zit 'm erin dat je de peseta's niet drie aan drie bij elkaar legt, maar drie miljoen bij drie miljoen. Dan is er geen mysterie meer dat stand houdt. Nog niet de allerheiligste Drieëenheid."

Die middag, terwijl ze over de Avenida Tibidabo omhoogreden, meende Julián de poorten van het paradijs binnen te gaan. Residenties die hem kathedralen toeschenen, flankeerden de weg. Halverwege het traject sloeg de chauffeur af en ze passeerden het hek van een ervan. Ogenblikkelijk kwam er een leger van bediendes in actie om meneer te ontvangen. Alles wat Julián kon zien was een majestueus groot huis van drie verdiepingen. Het was nog niet eerder in hem opgekomen dat er daadwerkelijk mensen in zo'n oord woonden. Hij liet zich meevoeren door de hal, passeerde een gewelfde zaal vanwaar een brede, marmeren trap omhoogsteeg, omlijnd door fluwelen gordijnen, en kwam in een enorme kamer waarvan de muren vanaf de grond tot in het oneindige bedekt waren met boeken.

"Wat vind je ervan?" vroeg Aldaya.

Julián luisterde nauwelijks naar hem.

"Damián, zeg tegen Jorge dat hij nu meteen naar de bibliotheek komt."

De bediendes, zonder gezicht of hoorbare aanwezigheid, glipten weg bij het geringste bevel van meneer met een efficiëntie en de gehoorzaamheid van een leger goedgetrainde insecten.

"Je zult een andere garderobe nodig hebben, Julián. Er lopen een hoop stomkoppen rond die uitsluitend op uiterlijkheden letten ... Ik zal Jacinta zeggen dat ze zich daarover ontfermt, moet jij niet eens over dénken. En misschien is het beter dat je dat niet aan je vader vertelt, zodat hij zich er niet vervelend over voelt. Kijk eens aan, daar is Jorge. Jorge, ik wil je aan een geweldige jongen voorstellen die je nieuwe klasgenoot zal zijn. Julián Fortu..."

"Julián Carax", corrigeerde Julián.

"Julián Carax", herhaalde Aldaya tevreden. "Klinkt goed. Dit is mijn zoon Jorge."

Julián stak zijn hand uit en Jorge Aldaya drukte hem. Zijn hand voelde slap aan, zonder animo. Zijn gezicht had dat pure en bleke geciseleerde dat erop duidde dat hij in een poppenwereld was opgegroeid. Hij droeg kleren en schoenen die Julián novelesk aandeden. Zijn blik verraadde een air van zelfgenoegzaamheid en arrogantie, van minachting en stroperige beleefdheid. Julián glimlachte openlijk naar hem, terwijl hij onzekerheid, angst en leegte aflas aan het pantser van vertoon en waardigheid.

"Is het waar dat je niet één van deze boeken gelezen hebt?"

"Boeken zijn saai."

"Boeken zijn spiegels: je ziet slechts dat wat je zelf al in je draagt", diende Julián hem van repliek.

Don Ricardo lachte opnieuw.

"Goed dan, ik laat jullie alleen opdat je elkaar kunt leren kennen. Julián, je zult zien dat Jorge, onder dat verwend en verwaand smoeltje, niet zo dom is als hij lijkt. Hij heeft íéts van zijn vader."

De woorden van Aldaya leken als vuistslagen op de jongen neer te komen, hoewel zijn glimlach geen millimeter week. Julián betreurde zijn antwoord en voelde medelijden met de jongen.

"Jij moet de zoon van de hoedenmaker zijn", zei Jorge zonder boosaardigheid. "Mijn vader praat veel over je de laatste tijd."

"Het is de nieuwigheid. Ik hoop dat je het niet tegen me gebruikt. Onder dit smoel van opdringerige betweter zit niet zo'n idioot als het lijkt."

Jorge glimlachte. Julián bedacht dat hij lachte op de manier van iemand die geen vrienden heeft, vol dankbaarheid.

"Kom, dan laat ik je de rest van het huis zien."

Ze lieten de bibliotheek achter zich en liepen naar de hoofdingang, op weg naar de tuinen. Toen ze de zaal bij de voet van de brede trap overstaken, keek Julián op en ontwaarde de schim van een silhouet dat de trap opliep met een hand op de reling. Hij had het gevoel dat hij gevangen werd in een visioen. Het meisje moest zo'n twaalf of dertien jaar zijn en werd gechaperonneerd door een volwassen vrouw, klein en met roze wangen, met alle trekken van een gouvernante. Ze had een blauwsatijnen jurk aan. Haar haar was amandelkleurig en de huid van haar schouders en slanke hals leek doorschijnend in het licht. Ze stopte boven aan de trap en draaide zich een moment om. Gedurende een seconde vonden hun blikken elkaar en ze gaf hem een flauwe aanzet tot een glimlach. Toen legde de gouvernante haar arm om de schouders van het meisje en leidde haar naar de ingang van een gang waar beiden door verdwenen. Julián keek omlaag en zijn ogen namen Jorge weer waar.

"Dat is Penélope, mijn zus. Je zult haar nog wel leren kennen. Ze heeft een beetje een tik van de molen gehad. De hele dag is ze aan het lezen. Kom, ik wil je de kapel in het souterrain laten zien. Volgens de kokkinnen is die behekst."

Julián volgde de jongen gehoorzaam, maar de wereld om hem heen wankelde. Voor het eerst sinds hij in de Mercedes Benz van don Ricardo was gestapt begreep hij het. Talloze malen had hij van haar gedroomd, van diezelfde trap, diezelfde blauwe jurk en die beweging in de asgrijze ogen, zonder te weten wie ze was, of waarom ze naar hem glimlachte. Toen hij de tuin inliep, liet hij zich door Jorge naar het koetshuis en de tennisbanen leiden die zich verderop uitstrekten. Pas toen keek hij om en zag haar, in het raam op de tweede verdieping. Ternauwernood kon hij haar silhouet onderscheiden, maar hij wist dat ze naar hem lachte en dat zij hem op de een of andere manier ook had herkend.

De kortstondige verschijning van Penélope Aldaya boven aan de trap vergezelde hem tijdens de eerste weken op het Sint Gabriël College. Zijn nieuwe wereld had vele lagen en niet allemaal bevielen ze hem. De leerlingen van Sint Gabriël gedroegen zich als hooghartige, arrogante prinsen en hun meesters leken op volgzame, erudiete bedienden. De eerste vriend die Julián daar maakte, behalve Jorge Aldaya, was een jongen met de naam Fernando Ramos, zoon van een van de koks van de school, die nooit had kunnen verzinnen dat hij op een dag een soutane zou dragen en les zou geven in dezelfde aula's waarin hij was opgegroeid. Fernando, die door iedereen Keukenpiet werd genoemd en als knecht behandeld werd, had een wakkere intelligentie, maar nauwelijks vrienden onder de leerlingen. Zijn enige kameraad was een extravagante jongen die Miquel Moliner heette en die mettertijd de beste vriend zou worden die Julián ooit had gehad op school. Miquel Moliner, met te veel hersens en te weinig geduld, schepte er genoegen in de meesters tot razernij te drijven door al hun beweringen in twijfel te trekken met behulp van dialectische spelletjes die zowel scherpzinnigheid als slangachtige wreedheid verraadden. De rest vreesde zijn scherpe tong en beschouwde hem als van een andere soort, wat op een bepaalde manier niet ver bezijden de waarheid was. Ondanks zijn bohemische trekken en de weinig aristocratische toon die hij aannam, was Miquel de zoon van een industrieel die op het absurde af rijk was geworden dankzij de productie van wapens.

"Carax, is het niet? Ze zeggen dat je vader hoeden maakt", zei hij toen Fernando Ramos hen aan elkaar voorstelde.

"Julián voor vrienden. Ze zeggen dat de jouwe kanonnen maakt."

"Hij verkoopt ze alleen maar. Hij maakt niets, hij weet alleen hoe je meer geld moet maken. Mijn vrienden, onder wie ik slechts Nietzsche tel en kameraad Fernando hier, noemen me Miquel."

Miquel Moliner was een trieste jongen. Hij had een ziekelijke obsessie met de dood en alle onderwerpen daaraan gerelateerd, materie waar hij een groot deel van zijn tijd en talent aan besteedde. Zijn moeder was drie jaar eerder gestorven bij een merkwaardig ongeluk in huis dat een of andere onnadenkende arts had durven kwalificeren als zelfmoord. Miquel was degene die het lijk had gevonden, glanzend onder het wateroppervlak in de put van het zomerverblijf dat de familie had in Argentona. Toen ze haar met koorden omhooghesen bleken de zakken van de jas die de dode droeg vol te zitten met stenen. Ze vonden ook een in het Duits geschreven brief, de moedertaal van zijn moeder, maar de heer Moliner, die nooit de moeite had genomen deze taal te leren, verbrandde hem diezelfde middag zonder toe te staan dat iemand hem las.

Miquel Moliner zag de dood overal, in afgevallen bladeren, in vogels die uit hun nest waren gevallen, in oude mensen, en in de regen die alles wegspoelde. Hij had een buitengewoon talent voor tekenen en vaak was hij uren bezig met houtskooltekeningen waarop altijd een dame op het strand in de mist te zien was van wie Julián zich voorstelde dat het zijn moeder was.

"Wat wil je worden als je groot bent, Miquel?"

"Ik zal nooit groot zijn", zei hij raadselachtig.

Zijn voornaamste liefhebberij, behalve dan tekenen en ieder levend wezen tegenspreken, was het werk bestuderen van een mysterieuze Oostenrijkse arts die met de jaren beroemd zou worden: Sigmund Freud. Miquel Moliner, die dankzij wijlen zijn moeder perfect Duits kon lezen en schrijven, bezat diverse boeken van de Weense dokter. Zijn favoriete terrein was de droominterpretatie. Hij placht aan de mensen te vragen wat ze gedroomd hadden, om vervolgens over te gaan tot een diagnose van de patiënt. Miquel zei altijd dat hij jong zou sterven en dat hij dat niet erg vond. Door al dat denken aan de dood, dacht Julián, had hij daar uiteindelijk meer zin in gevonden dan in het leven.

"De dag dat ik sterf, zal al het mijne van jou zijn, Julián", zei hij altijd. "Behalve m'n dromen."

Afgezien van Fernando Ramos, Moliner en Jorge Aldaya, kwam Julián al snel in contact met een verlegen en enigszins stugge jongen die Javier heette, de enige zoon van de conciërges van het college, die in een bescheiden huisje woonden bij de ingang naar de tuinen op het terrein. Javier, die net als Julián door de rest van de jongens werd gezien als weinig meer dan een ongewenste lakei, zwierf in zijn eentje door de tuinen en patio's van het college zonder met iemand contact te leggen. Door al dat zwerven had hij alle verborgen plekken van het gebouw leren kennen, de tunnels in het souterrain, de passages die naar de torens leidden, en allerhande labyrintische schuilplaatsen die niemand zich meer herinnerde. Het was zijn geheime wereld, zijn toevluchtsoord. Hij had altijd een pennenmesje bij zich dat hij uit de laden van zijn vader had ontvreemd, en hij vond het leuk om er houten figuurtjes mee te snijden die hij bewaarde in het duivenhok van de school. Zijn vader Ramón, de conciërge, was een veteraan van de Cubaanse oorlog, waar hij een hand en (zo werd met enige boosaardigheid gefluisterd) zijn rechtertestikel had verloren door een enorm schot hagel, afgeschoten door Theodoor Roosevelt zelf bij de slag om de Varkensbaai. Ervan overtuigd dat luiheid de moeder was van alle kwaad, had Ramón de Eeneiige (zoals de leerlingen hem noemden) zijn zoon de taak gegeven de dorre naalden en bladeren van het dennenbosje en op de patio van de fonteinen in een zak te verzamelen. Ramón was een goeie vent, een beetje ruw en voor eeuwig gedoemd tot het kiezen van de verkeerde personen. De ergste daarvan was zijn vrouw. De Eeneiige was getrouwd met een struise vrouw met tamelijk beperkte intellectuele vermogens, prinsessenfantasieën en de trekken van een viswijf, die ervan hield zich schaars gekleed te tonen aan haar zoon en de leerlingen van het college, hetgeen motief was voor wekelijkse pret en wangedrag. Haar doopnaam was María Craponcia, maar ze liet zich Yvonne noemen omdat haar dat chiquer leek. Yvonne had de gewoonte haar zoon te ondervragen over de mogelijkheden tot maatschappelijke vooruitgang die de vriendschappen van haar zoon, zo geloofde zij, met de crème de la crème van de Barcelonese maatschappij zouden opleveren. Ze ondervroeg hem over de rijkdom van deze en gene, zag zichzelf al gehuld in zijde en brokaat thee drinken en luchtige gebakjes van bladerdeeg eten, daartoe uitgenodigd in de grote salons van de hogere klasse.

Javier probeerde zo min mogelijk tijd thuis door te brengen en was dankbaar voor de taken die zijn vader hem oplegde, hoe zwaar ze ook waren. Elk excuus om alleen te zijn en naar zijn geheime wereld te ontsnappen en zijn houten poppetjes te snijden, was goed genoeg. Als de leerlingen hem vanuit de verte zagen, lachten sommigen of gooiden stenen naar hem. Op een dag voelde Julián zoveel medelijden met hem toen hij zag hoe een steen zijn voorhoofd verwondde en hem op het afval deed tuimelen, dat hij besloot te helpen en hem zijn vriendschap aan te bieden. Aanvankelijk dacht Javier dat Julián hem de genadeslag kwam geven terwijl de anderen omrolden van het lachen.

"Mijn naam is Julián", zei hij, terwijl hij zijn hand uitstak. "Mijn vrienden en ik wilden een paar partijtjes schaak spelen in het dennenbos en ik vroeg me af of je zin had om mee te gaan."

"Ik kan niet schaken."

"Ik tot twee weken geleden ook niet. Maar Miquel is een goede docent ..."

De jongen keek wantrouwig, wachtend op spot, de verborgen aanval die op elk willekeurig moment kon komen.

"Ik weet niet of je vrienden wel willen dat ik erbij ben ..."

"Het was hun idee. Wat zeg je ervan?"

Vanaf die dag voegde Javier zich af en toe bij hen na het beëindigen van de taken die hem opgedragen waren. Hij placht te zwijgen terwijl hij luisterde naar de anderen en hen observeerde. Aldaya voelde een zekere angst voor hem. Fernando, die aan den lijve de minachting van anderen had ondervonden vanwege zijn nederige afkomst, sloofde zich uit in vriendelijkheid jegens de vreemde jongen. Miquel Moliner, die hem de beginselen van het schaken onderwees en hem op zijn beurt met een klinisch oog observeerde, was van hen vieren het minst overtuigd.

"Hij is getikt. Hij jaagt op katten en duiven en kwelt ze urenlang met zijn mes. Daarna begraaft hij ze in het bos. Welk een genoegen!"

"Wie zegt dat?"

"Hij vertelde het me laatst zelf toen ik hem de paardensprong uitlegde. Hij vertelde ook dat zijn moeder soms 's nachts in zijn bed komt liggen en hem bevoelt."

"Hij zal je wel voor de gek hebben gehouden."

"Dat betwijfel ik. Die jongen is niet goed bij zijn hoofd, Julián, en het is waarschijnlijk niet zijn eigen schuld."

Julián deed zijn best om de waarschuwingen en voorspellingen van Miquel te negeren, maar het was waar dat het hem moeilijk viel om een vriendschappelijke relatie met de zoon van de conciërge op te bouwen. Met name Yvonne keurde noch Julián noch Fernando Ramos goed. Van het hele stel heertjes waren zij de enigen die geen cent hadden. Men zei dat de vader van Julián een kleine kruidenier was en dat zijn moeder niet verder was gekomen dan het beroep van muziekleraress.

"Die mensen hebben geld noch klasse noch élégance, lieverd", doceerde zijn moeder, "en wie jou gelegen komt is die Aldaya, die komt uit een zeer gegoede familie."

"Ja, moeder. Wat u zegt."

Gaandeweg leek Javier zijn nieuwe vrienden meer te vertrouwen. Hij deed af en toe zijn mond open en was bezig de stukken van een schaakspel te snijden voor Miquel Moliner, als dank voor zijn lessen. Op een goede dag, toen niemand het verwachtte of voor mogelijk hield, ontdekten ze dat Javier kon glimlachen en dat hij een mooie lach had, een onschuldige kinderlach.

"Zie je? Het is een doodgewone jongen", vond Julián.

Miquel Moliner was er echter niet gerust op en observeerde de vreemde jongen met zorg en argwaan, bijna wetenschappelijk.

"Javier is geobsedeerd door jou, Julián", zei hij op een dag. "Hij doet alles om jouw goedkeuring te krijgen."

"Wat een flauwekul! Daar heeft hij al een vader en een moeder voor; ik ben slechts een vriend."

"Onnadenkend, dát ben je. Zijn vader is een arme kerel die al moeite heeft z'n billen te vinden als hij een grote boodschap moet doen, en doña Yvonne is een harpij met het brein van een vlo die de hele dag schaars gekleed iedereen toevallig tegen het lijf loopt, denkend dat ze de incarnatie van Venus is of nog erger. Die jongen, en dat is volkomen natuurlijk, zoekt een substituut, en jij, reddende engel, valt uit de hemel en reikt hem de hand. San Julián de la Fuente, schutspatroon van de misdeelden."

"Die dokter Freud is je brein aan het aantasten, Miquel. We hebben allemaal vrienden nodig. Zelfs jij."

"Deze jongen heeft geen vrienden en zal ze nooit hebben. Hij heeft de ziel van een spin. En als je me niet gelooft, dan zal de tijd het leren. Ik vraag me af waar hij over droomt ..."

Wat Miquel Moliner nauwelijks kon vermoeden was dat de dromen van Francisco Javier meer leken op die van zijn vriend Julián dan hij voor mogelijk had gehouden. Een keer, maanden voordat Julián naar het College ging, was de zoon van de conciërge dode bladeren aan het verzamelen op de patio van de fonteinen toen de prachtige automobiel van don Ricardo Aldaya arriveerde. Een verschijning vergezelde hem, een in zijde gehulde engel van licht, die over de grond leek te zweven. De engel, die niemand anders was dan zijn dochter Penélope, stapte uit de Mercedes en wandelde naar de fontein, zwaaiend met haar parasol, en stopte daar om haar hand door het water in het bassin te bewegen. Zoals altijd volgde haar gouvernante Jacinta haar plichtsgetrouw, gespitst op het kleinste gebaar van het meisje. Al had een heel leger van bedienden haar begeleid: Javier had uitsluitend oog voor het meisje. Hij vreesde dat het visioen zou oplossen als hij maar met zijn ogen zou knipperen. Hij stond daar als verlamd en bespioneerde ademloos deze luchtspiegeling. Kort daarop, alsof ze zijn aanwezigheid en heimelijk gestaar had gevoeld, richtte ze haar blik op hem. De schoonheid van dat gezicht was hem pijnlijk, onverdraaglijk. Hij meende een aanzet tot een glimlach te zien. Verschrikt rende Javier weg om zich boven in de toren van het waterreservoir te verbergen, naast de duiventil in de nok van de school, zijn lievelingsschuilplaats. Zijn handen trilden nog toen hij zijn snijspullen pakte en aan een nieuw figuurtje begon dat hij wilde laten lijken op het gezicht waarvan hij zojuist een glimp had opgevangen. Toen hij die avond terugging naar huis, uren later dan gebruikelijk, wachtte zijn moeder hem op, halfnaakt en woedend. De jongen keek naar de grond uit vrees dat als zijn moeder zijn blik las, zij het meisje van de fontein erin zou zien en zou weten wat hij had zitten denken.

"En waar heb jij uitgehangen, ellendeling?"

"Vergeef me moeder. Ik was verdwaald."

"Jij bent al verdwaald sinds de dag van je geboorte."

Jaren later, telkens als hij zijn revolver in de mond van een gevangene stak en de trekker overhaalde, zou inspecteur Francisco Javier Fumero zich het beeld voor de geest halen van de dag dat hij in de buurt van een picknickplaats van Las Planas de schedel van zijn moeder uiteen zag spatten als een rijpe watermeloen en niets voelde, slechts de afkeer van dode dingen. De Guardia Civil, gealarmeerd door de beheerder van de picknickplaats die het schot gehoord had, vond de jongen zittend op een rots met het geweer op schoot, nog lauw. Hij keek onverstoorbaar naar het onthoofde lijf van María Craponcia, alias Yvonne, bedekt met insecten. Toen hij de agenten dichterbij zag komen, haalde hij slechts zijn schouders op, het gezicht vol bloedspatten alsof hij de pokken had. Afgaand op het geluid van het gesnik, vonden ze vervolgens Ramón de Eeneiige, in elkaar gehurkt tussen het struweel bij een boom, op ongeveer dertig meter afstand. Hij beefde als een kind en was niet in staat zich verstaanbaar te maken. De luitenant van de Guardia Civil sprak na een hoop vijven en zessen het oordeel uit dat het een tragisch ongeluk was geweest en liet dat zo opnemen in het attest, ofschoon niet in zijn geweten. Toen ze de jongen vroegen of ze iets voor hem konden doen, vroeg Francisco Fumero of hij het oude geweer mocht houden, omdat hij soldaat wilde worden als hij groot was ...

***

"Voelt u zich wel goed, meneer Romero de Torres?"

De plotselinge verschijning van Fumero in het relaas van pater Fernando Ramos had mij doen verstarren, maar het effect op

Fermín was ronduit desastreus. Hij was lijkbleek en zijn handen trilden.

"Een bloeddrukverlaging", improviseerde Fermín met een dun stemmetje. "Dit Catalaanse klimaat is voor ons zuiderlingen soms een kwelling."

"Kan ik u een glas water aanbieden?" vroeg de priester geconsterneerd.

"Als Uwe Excellentie dat niet lastig vindt. En misschien een chocolaatje, vanwege de glucose ..."

De priester schonk een glas water voor hem in, dat Fermín gulzig leegdronk.

"Het enige wat ik heb zijn eucalyptussnoepjes. Volstaan die?"

"Moge God u belonen."

Fermín werkte een vuistvol snoepjes naar binnen en leek na een poosje zijn normale bleekheid terug te krijgen.

"Die jongen, de zoon van de conciërge die op heroïsche wijze zijn scrotum verloor toen hij de koloniën verdedigde, weet u zeker dat hij Fumero heette, Francisco Javier Fumero?"

"Ja. Heel zeker. Kent u hem toevallig?"

"Nee", zeiden wij unisono.

Pater Fernando fronste zijn voorhoofd.

"Dat zou niet zo vreemd zijn namelijk. Francisco Javier is een beruchte figuur geworden."

"We zijn er niet zeker van of we u goed begrijpen ..."

"U begrijpt mij fantastisch goed. Francisco Javier Fumero is hoofdinspecteur van de Criminele Brigade in Barcelona en zijn reputatie is gevoeglijk bekend, zelfs bij ons die het terrein niet afkomen. En mij dunkt dat u een paar centimeter bent gekrompen bij het horen van zijn naam."

"Nu dat u het zegt Uwe Excellentie, doet de naam wel een klein belletje rinkelen ..."

Pater Fernando keek ons zijdelings aan.

"Deze jongen is niet de zoon van Julián Carax, vergis ik me daarin?"

"Spirituele zoon, Eminentie, dat heeft moreel gezien meer gewicht."

"In wat voor zaakje bent u beiden verwikkeld? Door wie bent u gestuurd?"

Ik wist toen zeker dat we op het punt stonden uit het kantoor van de priester geschopt te worden en besloot Fermín het zwijgen op te leggen en voor één keer onze kaart eerlijk uit te spelen.

"U hebt gelijk, pater. Julián Carax is niet mijn vader. Maar niemand stuurt ons. Jaren geleden kwam ik toevallig in aanraking met een boek van Carax, een boek waarvan men dacht dat het verdwenen was, en sindsdien probeer ik meer over hem te weten te komen en de omstandigheden van zijn dood op te helderen. De heer Romero de Torres heeft me zijn hulp geboden ..."

"Welk boek?"

"*De schaduw van de wind*. Hebt u het gelezen?"

"Ik heb alle romans van Julián gelezen."

"Hebt u ze nog?"

De priester schudde zijn hoofd.

"Mag ik u vragen wat u ermee hebt gedaan?"

"Jaren geleden is er iemand mijn kamer binnengekomen en heeft ze in brand gestoken."

"Verdenkt u iemand?"

"Natuurlijk. Fumero. Is dat niet waarom u tweeën hier bent?"

Fermín en ik wisselden een verbijsterde blik met elkaar.

"Inspecteur Fumero? Waarom zou hij die boeken hebben willen verbranden?"

"Wie anders? Het laatste jaar dat we met z'n allen op school zaten, probeerde Francisco Javier Julián te vermoorden met het geweer van zijn vader. Als Miquel 'm niet had tegengehouden ..."

"Waarom probeerde hij hem te vermoorden? Julián was z'n enige vriend."

"Francisco Javier was geobsedeerd door Penélope Aldaya. Niemand wist het. Ik geloof niet dat Penélope zelf heeft stilgestaan bij het bestaan van de jongen. Jarenlang liep hij met het geheim rond. Het schijnt dat hij Julián volgde zonder dat die het wist. Ik geloof dat hij op een dag zag dat Julián haar kuste. Ik weet het niet. Wat ik wel weet is dat hij hem op klaarlichte dag probeerde te doden. Miquel Moliner, die Fumero nooit had vertrouwd, wierp zich op hem en wist dat op het nippertje te verhinderen. Het gat van de kogelinslag is nog steeds te zien naast de ingang. Iedere keer dat ik er langsloop, herinner ik me die dag."

"Wat gebeurde er met Fumero?"

"Hij en zijn familie werden van het terrein verdreven. Ik geloof dat ze Francisco Javier een tijd in een internaat hebben gestopt. We hoorden niets meer van hem tot een paar jaar later, toen zijn moeder tijdens een jachtongeluk om het leven kwam. Er was helemaal geen jachtongeluk. Miquel had vanaf het begin gelijk gehad. Francisco Javier is een moordenaar."

"Daar kan ik u verhalen over vertellen ..." mompelde Fermín.

"Het zou inderdaad niet te veel gevraagd zijn me er een paar te vertellen, een paar die wáár zijn voor de verandering."

"We kunnen u zeggen dat Fumero niet degene was die uw boeken verbrand heeft."

"Wie was het dan?"

"Naar alle waarschijnlijkheid was het een man met een door verbrandingen misvormd gezicht, die zich Laín Coubert laat noemen."

"Is dat niet die ...?"

Ik knikte.

"De naam van een van Carax' personages. De duivel."

Pater Fernando leunde achterover in zijn stoel, bijna net zo perplex als wij.

"Wat steeds duidelijker lijkt te worden is dat Penélope Aldaya het middelpunt vormt van deze hele zaak, en zij is degene van wie we het minst weten", verklaarde Fermín.

"Ik geloof niet dat ik u hier kan helpen. Ik heb haar twee of drie keer vanuit de verte gezien. Wat ik van haar weet is wat Julián me verteld heeft en dat was niet veel. De enige persoon die ik de naam Penélope wel eens heb horen noemen is Jacinta Coronado."

"Jacinta Coronado?"

"De gouvernante van Penélope. Zij heeft Jorge en Penélope opgevoed. Ze hield zielsveel van ze, vooral van Penélope. Soms kwam ze naar school om Jorge op te halen, omdat don Ricardo Aldaya er niet van hield dat zijn kinderen ook maar een seconde doorbrachten zonder dat ze door iemand van het huis begeleid werden. Jacinta was een engel. Ze had horen zeggen dat ik, net als Julián, vrij beperkte middelen van bestaan had en ze bracht altijd iets te eten voor ons mee omdat ze dacht dat we hongerleden. Ik vertelde haar dat mijn vader de kok was, dat ze zich geen zorgen hoefde te maken, te eten had ik genoeg. Maar ze stond erop. Soms wachtte ik op haar en dan praatten we een poosje. Ze was de aardigste vrouw die ik ooit heb ontmoet. Ze had geen kinderen, en van een verloofde was ons niets bekend. Ze was alleen op de wereld en had haar leven gegeven om de kinderen van de Aldaya's op te voeden. Ze adoreerde Penélope met heel haar ziel en heeft het nog steeds over haar ..."

"Hebt u nog contact met Jacinta?"

"Ik bezoek haar af en toe in het Santa Lucia Hospice. Zij heeft niemand. De Heer, om redenen die ons begrip te boven gaan, beloont ons niet altijd in het leven. Jacinta is al heel oud en nog net zo alleen als altijd."

Fermín en ik wisselden een blik.

"En Penélope? Heeft zij u nooit bezocht?"

Vader Fernando's blik was een zwarte afgrond.

"Niemand weet wat er van Penélope geworden is. Dat meisje was Jacinta's hele leven. Toen de familie naar Amerika vertrok en ze haar Penélope verloor, verloor ze alles."

"Waarom namen ze haar niet mee? Ging Penélope ook naar Argentinië, met de andere Aldaya's?" vroeg ik.

De priester haalde zijn schouders op.

"Ik weet het niet. Niemand heeft na 1919 Penélope nog gezien of iets van haar gehoord."

"Het jaar dat Carax naar Parijs vertrok", observeerde Fermín.

"U moet me allebei beloven dat u niet die arme oude vrouw gaat lastigvallen met het opgraven van pijnlijke herinneringen."

"Voor wie houdt de Eerwaarde ons?" vroeg Fermín boos.

Vermoedend dat hij niets meer uit ons los zou krijgen, liet pater Fernando ons zweren hem op de hoogte te houden van onze ontdekkingen. Om hem gerust te stellen wilde Fermín met alle geweld op het Nieuwe Testament zweren dat op het bureau van de priester lag.

"Laat de Evangeliën met rust. Uw woord volstaat."

"U ziet ook niks door de vingers, hè vader? Scherp als een fileermes!"

"Kom, ik begeleid u naar de uitgang."

Hij voerde ons door de tuin naar het hek met de punten en stopte op een veilige afstand voor de uitgang, terwijl hij de straat in zich opnam die omlaag kronkelde naar de werkelijke wereld, alsof hij bang was in rook op te gaan als hij zich een paar passen verder waagde. Ik vroeg me af wanneer de laatste keer was geweest dat pater Fernando het terrein van het Sint Gabriël College had verlaten.

“Het speet me bijzonder te horen dat Julián was overleden”, zei hij met zachte stem. “Ondanks alles wat er daarna gebeurd is en hoewel we door de jaren heen van elkaar verwijderd raakten, waren we goede vrienden: Miquel, Aldaya, Julián en ik. Zelfs Fumero. Ik dacht altijd dat we onafscheidelijk zouden zijn, maar het leven schijnt iets te weten wat wij níét weten. Ik heb nooit meer vrienden gehad zoals zij en ik geloof niet dat ik ze nog zal krijgen. Ik hoop dat u vindt wat u zoekt, Daniel.”

26

De ochtend was al half om toen we bij Paseo Bonanova aankwamen, allebei verzonken in onze eigen gedachten. Ik twijfelde er niet aan of die van Fermín concentreerden zich op de sinistere verschijning in de zaak van inspecteur Fumero. Ik keek hem terloops aan en merkte zijn van onrust gekwelde gezicht op. Een donkere, violetkleurige wolkensluier breidde zich als vergoten bloed uit over de hemel, doorschoten met splinters licht in de kleur van dorre bladeren.

"Als we niet voortmaken, krijgen we een flinke bui op ons hoofd", zei ik.

"Nog niet. Die wolken zien er dreigend uit, net blauwe plekken, maar ze zijn van het soort dat op zich laat wachten."

"U gaat me niet vertellen dat u ook wolkenexpert bent, Fermín."

"Op straat leven leert je meer dan je zou willen. Alleen al door aan Fumero te denken heb ik een geweldige honger gekregen. Wat zegt u ervan als we naar de bar op Plaza Sarriá gaan en twee broodjes met tortilla en ontzettend veel ui soldaat maken?"

We gingen op weg naar het plein, waar een horde oudjes op de plaatselijke duiventil leek, hun leven gereduceerd tot een spel van kruimels strooien en wachten. We namen plaats aan een tafel naast de deur van de bar, waar Fermín vervolgens met smaak de twee broodjes soldaat maakte, het zijne en het mijne, een bier, twee chocolaatjes en een *trifásico* met rum. Als dessert nam hij een Sugus. Een man aan de tafel naast ons observeerde Fermín verstolen over de rand van de krant heen en dacht vermoedelijk hetzelfde als ik.

"Ik begrijp niet waar u dat allemaal laat, Fermín."

"In mijn familie hebben we altijd een snelle stofwisseling gehad. Mijn zuster Jesusa, God hebbe haar ziel, was in staat 's middags een tortilla van zes eieren met bloedworst en jonge look te eten en bij het avondmaal te bunkeren als een hollebolle Gijs. We noemden haar Het Levertje omdat ze last had van een slechte adem. Arm kind. Ze was net als ik, weet je. Hetzelfde smoelwerk en hoekige lijf, met weinig vlees eraan. Een dokter in Cáceres zei een keer tegen mijn moeder dat wij, Romero de Torres, de zoekgeraakte schakel waren tussen de mens en de hamerhaai, omdat negentig procent van ons organisme bestaat uit kraakbeen, grotendeels geconcentreerd in de neus en de oorschelp. Jesusa werd in het dorp vaak met mij verward omdat het arme mens nooit een borstpartij heeft ontwikkeld en eerder met scheren begon dan ik. Ze stierf op haar tweeëntwintigste aan de tering, maagd tot het bittere einde en in het geheim verliefd op een kwezelige pastoor die altijd zei als hij haar op straat tegenkwam: 'Dag Fermín, je bent al een hele jongen geworden.' De ironie van het leven."

"Mist u ze?"

"Mijn familie?" Fermín haalde zijn schouders op, er lag een nostalgische glimlach op zijn gezicht.

"Wat zal ik zeggen? Er zijn weinig dingen zo bedrieglijk als herinneringen. Kijk maar naar de priester ... En u? Mist u uw moeder?"

Ik keek omlaag.

"Heel erg."

"Weet u wat ik me het meest herinner van de mijne?" vroeg Fermín. "Haar geur. Ze rook altijd schoon, en naar zoet brood. Het maakte niet uit of ze de hele dag op het veld had gewerkt of dezelfde vodden droeg die ze de hele week al had gedragen. Zij rook altijd naar al het goede in deze wereld. En ze was een bruut, hoor. Ze vloekte als een kozak, maar rook als een prinses uit een sprookje. Of tenminste, zo scheen het mij toe. En u? Wat herinnert u zich het meest van uw moeder, Daniel?"

Ik aarzelde een moment, moest de woorden bij elkaar schrapen die ik niet hardop leek te kunnen uitspreken.

"Niets. Ik kan me mijn moeder al jaren niet meer herinneren. Niet hoe haar gezicht was, noch haar stem, noch haar geur. Ik raakte ze kwijt op de dag dat ik Julián Carax ontdekte en ze zijn niet teruggekomen."

Fermín bekeek me bedachtzaam, terwijl hij zorgvuldig zijn antwoord afwoog.

"Hebt u geen portret van haar?"

"Dat heb ik nooit willen bekijken", zei ik.

"Waarom niet?"

Dit had ik nooit aan iemand verteld, zelfs niet aan mijn vader of Tomás.

"Omdat ik bang ben. Ik ben bang een afbeelding van mijn moeder te zien en te ontdekken dat ze een vreemde voor me is. U zult het wel onzin vinden."

Fermín schudde zijn hoofd.

"En daarom denkt u dat als het u lukt het mysterie van Julián Carax te ontrafelen en hem aan de vergetelheid te ontrukken, u zich het gezicht van uw moeder weer zult kunnen herinneren?"

Ik keek hem zwijgend aan. Er was geen ironie of oordeel van zijn gezicht af te lezen. Een moment lang leek Fermín Romero de Torres mij de meest lucide en wijze man van het universum.

"Misschien", zei ik, zonder na te denken.

Klokslag twaalf uur namen we de bus terug naar het centrum. We gingen voorin zitten, recht achter de chauffeur, een gelegenheid die Fermín te baat nam om een debat met hem te starten over de vele vooruitgangen, technische en cosmetische, die hij opmerkte bij het bovengrondse openbaar vervoer vergeleken met de laatste keer dat hij het had gebruikt, ergens in 1940, vooral wat betrof de signalering, zoals een plakkaat bewees waarop stond: VERBODEN TE SPUGEN EN SCHUNNIGE WOORDEN TE GEBRUIKEN. Fermín bestudeerde het en besloot het met respect te bejegenen door met kracht een sonore rochel uit te braken, hetgeen ons de nijdige blikken opleverde van een trio kwezelaarsters, die in formatie achter in de bus meereisden, elk uitgerust met een exemplaar van het misboek.

"Barbaars!" mompelde de kwezelaarster aan de oostflank, die een verbluffende gelijkenis vertoonde met het officiële portret van generaal Yagüe.

"Daar gaan ze", zei Fermín. "Drie heiligen heeft mijn Spanje: de Heilige Schaamte, de Heilige Fatsoensrakker en de Heilige Aanstellerij. Met zijn allen hebben we dit land in een aanfluiting veranderd."

"Zegt u dat wel", beaamde de chauffeur. "Onder Azaña en de Republiek waren we beter af. Om het over het verkeer maar niet te hebben. Wat een verschrikking."

Een man achterin lachte en genoot van de uitwisseling van

meningen. Ik herkende hem als dezelfde vent die naast ons had gezeten in de bar. Zijn gezichtsuitdrukking leek te insinueren dat hij aan Fermíns kant stond en hoopte dat hij de vloer zou aanvegen met de drie vrome vrouwen. Onze blikken ontmoetten elkaar kort. Hij glimlachte beleefd naar me en dook achteloos weer achter zijn krant. Toen we bij Calle Ganduxer aankwamen, zag ik dat Fermín zich als een balletje in elkaar had gerold in zijn regenjas en een tukje deed met zijn mond open en een gelukzalig gezicht. De bus reed door het opgedirkte domein van Paseo San Gervasio toen hij plotseling wakker werd.

"Ik droomde van pater Fernando", zei hij. "Behalve dan dat hij in mijn droom was gekleed als de aanvoerder van Real Madrid en dat de beker van de Liga naast hem stond, glimmend als de Heilige Graal."

"En wat zou dat?" vroeg ik.

"Als Freud gelijk heeft, betekent dat dat hij ons misschien een hak heeft gezet."

"Hij leek me een oprecht man."

"Eigenlijk is dat wel waar. Misschien iets meer dan goed voor hem is. Priesters die uit heiligenhout zijn gesneden, sturen ze uiteindelijk naar de missieposten om te zien of de muggen of piranha's een einde aan ze maken."

"Zo erg is het toch niet?"

"Gezegend zij uw onschuld, Daniel. U gelooft zelfs in de tandenfee. Om u een voorbeeld te geven: dat sterke verhaal over Miquel Moliner dat Nuria Monfort voor u in elkaar heeft gedraaid. Ik heb de indruk dat dat wicht u meer smoesjes op de mouw heeft gespeld dan de redactiepagina van *L'Osservatore Romano*. Nu blijkt dat ze getrouwd is met een jeugdvriend van Aldaya en Carax, zie eens aan. En dan hebben we nog het verhaal van Jacinta, de goede gouvernante, dat misschien waar is maar te veel klinkt als de laatste akte in een toneelstuk van Alexandre Dumas. Om maar te zwijgen over de sterverschijning van Fumero in de rol van beul."

"Denkt u dan dat pater Fernando loog?"

"Nee. Ik ben het met u eens dat hij oprecht lijkt, maar het uniform weegt zwaar en voor hetzelfde geld heeft hij een enkele *ora pro nobis* achtergehouden, als u begrijpt wat ik bedoel. Ik geloof dat áls hij loog, dat was uit nalatigheid en fatsoen, niet met opzet of uit boosaardigheid. Bovendien acht ik hem niet in staat tot het verzinnen van zo'n verhaal. Als hij beter kon liegen zou hij nu geen algebra en Latijn onderwijzen; dan zat hij allang in het bisdom achter een kardinaalsbureau zachte cakejes in de koffie te dopen."

"Wat stelt u voor dat we nu doen?"

"Vroeg of laat zullen we de mummie van het engelachtige oudje moeten opgraven en haar ondersteboven houden, kijken wat eruit valt. Voor dit moment ga ik aan een paar touwtjes trekken om te zien wat er over die Miquel Moliner boven tafel komt. En het zou geen kwaad kunnen een oogje te houden op onze Nuria Monfort, wat mij betreft begint ze te lijken op wat wijlen mijn moeder een gehaaide vrouw noemde."

"U vergist zich in haar", voerde ik aan.

"Ze laten u een paar pronte borsten zien en u denkt dat u de heilige Teresa de Jesús hebt gezien, hetgeen op uw leeftijd excusabel, zo niet remediabel is. Laat haar aan mij over, Daniel, het aroma van het eeuwig vrouwelijke bedwelmt mij niet meer zo erg als u. Op mijn leeftijd krijgt de bloedstroom naar het hoofd de voorkeur boven die naar de weke delen."

"Moet je horen wie het zegt."

Fermín haalde zijn beurs tevoorschijn en begon de inhoud te tellen.

"U hebt daar een fortuin bij u", zei ik. "Is dat allemaal over van het wisselgeld van vanmorgen?"

"Gedeeltelijk. De rest is wettelijk verkregen. Vandaag neem ik Bernarda mee uit. Ik kan die vrouw nu eenmaal niets weigeren. Als het nodig is overval ik de Bank van Spanje om haar wensen en grillen te vervullen. En wat voor plannen hebt u voor de rest van de dag?"

"Niks bijzonders."

"Maar dat meisje, hoe staat het daarmee?"

"Welk meisje?"

"Goedemorgen! Welk meisje zal ik bedoelen? Aguilars zuster natuurlijk!"

"Ik weet niet."

"U weet het wel maar wat u mist, zijn, om het maar eens duidelijk te zeggen, de ballen om de koe bij de horens te vatten."

Op dat moment kwam de conducteur naar ons toe met een lusteloos gezicht, terwijl hij jongleerde met een tandenstoker die hij tussen zijn tanden liet wandelen en kopjeduikelen met de vaardigheid van een trapezeacrobaat.

"Excuseer, maar de dames daar verzoeken of u fatsoenlijker taal kunt bezigen."

"Om de dooie dood niet", antwoordde Fermín hardop.

De conducteur draaide zich om naar de drie dames en haalde zijn schouders op, waarmee hij ze te verstaan gaf dat hij had gedaan wat hij kon en niet bereid was in een handgemeen verzeild te raken om een kwestie van semantische preutsheid.

"Mensen zonder een eigen leven moeten zich altijd in dat van anderen mengen", prevelde Fermín. "Waar waren we gebleven?"

"Bij mijn gebrek aan branie."

"Inderdaad. Een chronisch geval. Let op mijn woorden. Gaat u alstublieft dat meisje zoeken, het leven vervliegt in een ademtocht, vooral het gedeelte dat de moeite waard is om geleefd te worden. U hebt gehoord wat de geestelijke zei. In een oogwenk."

"Maar ze is niet mijn meisje."

"Verover haar voor een ander haar meeneemt, in het bijzonder een tinnen soldaatje."

"U praat alsof Bea een trofee is."

"Nee, alsof ze een zegening is", corrigeerde Fermín. "Kijk, Daniel. Het lot staat meestal om de hoek te wachten. Alsof het een pooier is, een hoer, of een loterijverkoper: de drie meest gebruikte incarnaties. Maar waar het niet aan doet, zijn huisbezoekjes. Je moet er zelf achteraan gaan."

De rest van het traject besteedde ik aan een beschouwing van deze filosofische parel terwijl Fermín nog een uiltje knapte, een klus waar hij een begenadigd talent voor had. We stapten uit op de hoek van Gran Vía met Paseo de Gracia, onder een askleurige hemel die al het licht opzoog. Terwijl hij zijn jas tot aan de strot dichtknoopte, kondigde Fermín aan dat hij in allerijl naar zijn pension vertrok om zich op te frissen voor zijn afspraak met Bernarda.

"Besef goed dat bij een overwegend bescheiden figuur als het mijne, toilet maken minstens negentig minuten kost. Het oog wil ook wat; dat is de trieste realiteit van deze onzinnige tijden. *Vanitas peccata mundi.*"

Ik zag hem weglopen over Gran Vía, een schim van een mannetje, weggedoken in zijn grijze regenjas die flapperde als een gescheurde vlag in de wind. Ik ging op weg naar huis, waar ik van plan was een goed boek te rekruteren en me voor de wereld te verbergen. Toen ik de hoek omsloeg bij Puerta del Ángel en Calle Santa Ana, maakte mijn hart een sprongetje. Fermín had, zoals altijd, gelijk gehad. Mijn lot wachtte op me voor de boekwinkel in een grijs, wollen pakje, nieuwe schoenen en zijden kousen, terwijl ze haar spiegelbeeld in de etalage bestudeerde.

"Mijn vader denkt dat ik de twaalfuursmis bijwoon", zei Bea zonder haar blik van haar eigen beeld af te wenden.

"Dat doe je ook bijna. Op minder dan twintig meter van hier, in de kerk van Santa Ana, is er doorlopende voorstelling vanaf negen uur 's ochtends."

We praatten als twee vreemden die toevallig voor dezelfde etalage stil waren blijven staan, terwijl onze ogen elkaar zochten in het glas.

"Het is niet iets om grapjes over te maken. Ik moest een kerkblaadje pakken om te zien waar de preek over ging. Naderhand zal hij me vragen gedetailleerd verslag uit te brengen."

"Je vader heeft ook overal verstand van."

"Hij heeft gezworen je beide benen te breken."

"Hij zal eerst te weten moeten komen wie ik ben. En zolang mijn benen nog heel zijn, ren ik sneller dan hij."

Bea keek me gespannen aan en keek met enige regelmaat over haar schouder naar de voetgangers die achter ons weggleden in pufjes grijs en wind.

"Ik weet niet waarom je lacht", zei ze. " Hij meent het."

"Ik lach niet. Ik sta doodsangsten uit. Maar ik ben zo blij je te zien."

Een halve glimlach, nerveus, vluchtig.

"Ik ook", gaf Bea toe.

"Je zegt het alsof het een ziekte is."

"Het is erger dan dat. Ik dacht dat als ik je bij daglicht zou zien, ik weer bij zinnen zou komen."

Ik vroeg me of dat een compliment was of een veroordeling.

"Ze mogen ons niet samen zien, Daniel. Niet zo, midden op straat."

"Als je wilt, gaan we de winkel binnen. Achterin, in de achterkamer hebben we een koffiezetapparaat en ..."

"Nee. Ik wil niet dat iemand mij hier naar binnen of naar buiten ziet gaan. Als iemand me nu met jou ziet praten, kan ik altijd zeggen dat ik puur toevallig de beste vriend van mijn broer ben tegengekomen. Als ze ons twee keer samen zien, zullen we argwaan wekken."

Ik zuchtte.

"En wie zal ons zien? Wie zal het iets kunnen schelen wat wij doen?"

"De mensen hebben altijd oog voor wat ze niet aangaat, en mijn vader kent half Barcelona."

"Waarom ben je dan hier gekomen om op me te wachten?"

"Ik ben niet gekomen om op je te wachten. Ik ben hier naar de mis gegaan, weet je nog? Jij hebt het zelf gezegd. Op twintig meter van hier ..."

"Je maakt me bang, Bea. Je liegt nog beter dan ik."

"Je kent me niet, Daniel."

"Dat zegt je broer ook."

Onze blikken vonden elkaar in het spiegelbeeld.

"Jij hebt me laatst iets laten zien wat ik nog nooit heb gezien", murmelde Bea. "Nu is het mijn beurt."

Ik fronste geïntrigeerd mijn voorhoofd. Bea opende haar tas, haalde er een dubbelgevouwen kaartje uit en reikte het me aan.

"Je bent niet de enige die de geheimen van Barcelona kent, Daniel. Ik heb een verrassing voor je. Ik wacht vandaag om vier uur op je op dit adres. Niemand mag weten dat we daar hebben afgesproken."

"Hoe weet ik of ik de goeie plek zal hebben gevonden?"

"Dat kan niet missen."

Ik keek haar zijdelings aan, terwijl ik hoopte dat ze me voor de gek hield.

"Als je niet komt, zal ik het begrijpen", zei Bea. "Ik zal begrijpen dat je me dan niet meer wilt zien."

Zonder me een moment te gunnen om te antwoorden, draaide Bea zich om en liep met lichte tred naar de Ramblas. Ik bleef achter met het kaartje in de hand, de woorden van mijn vraag nog op mijn lippen, haar met mijn blik achtervolgend tot haar silhouet zich oploste in de grijze duisternis die aan de storm voorafging. Ik vouwde het kaartje open. Binnenin, in een blauw handschrift, stond een adres te lezen dat ik maar al te goed kende.

Avenida Tibidabo, 32

27

De storm wachtte niet op het invallen van de avond om zijn tanden te laten zien. De eerste bliksemschichten verrasten me kort nadat ik bus 22 had genomen. Toen we om Plaza Molina heen reden, Calle Balmes in, vervaagde de stad al onder gordijnen van vloeibaar fluweel die me eraan herinnerden dat ik niet eens een miezerige paraplu had meegenomen.

"Je moet wel moed hebben", prevelde de chauffeur toen ik om een stop vroeg.

Het was al tien over vier toen de bus me op het verloren, bovenste stuk van Calle Balmes aan de genade van de storm overleverde. Ertegenover vervaagde Avenida Tibidabo tot een waterige luchtspiegeling onder een loodgrijze hemel. Ik telde tot drie en begon te rennen. Minuten later, doorweekt tot op het bot en klappertandend van de kou, hield ik stil onder de beschutting van een portiek om op adem te komen en de rest van het traject te bestuderen. De ijzige adem van de storm liet een grijze sluier achter die de spookachtige contouren van de kleine paleizen en deftige huizen nog waziger deed lijken. Eenzaam verhief zich de donkere, grote toren van het Aldaya-palazzo, verankerd tussen de golvende boomtoppen. Ik streek mijn kletsnatte haar uit mijn ogen en begon er naartoe te rennen, dwars over de uitgestorven straat.

De deur in het grote hek wiegde in de wind. Erachter begon een slingerpad dat omhoogliep tot aan het enorme huis. Ik glipte door het poortje naar binnen en liep het terrein op. Tussen het struweel waren voetstukken van standbeelden te zien die zonder pardon omver waren geworpen. Toen ik dichter bij het huis kwam, zag ik dat een van de standbeelden, de beeltenis van een wrekende engel, in een fontein was achtergelaten die de tuin bekroonde. Het zwart geworden marmeren silhouet glinsterde als een spookbeeld onder het overlopende water. De hand van de vuurengel stak uit het water omhoog; een beschuldigende vinger, puntig als een bajonet, wees naar de hoofdingang van het huis. De bewerkte eikenhouten poort leek half open te staan. Ik duwde tegen de deur en waagde me een paar passen in de holklinkende ontvangsthal. De muren leken te schommelen in het zachte licht van een kaars.

"Ik dacht dat je niet zou komen", zei Bea.

Haar silhouet tekende zich af in het halfduister, uitgelicht in het fletse licht van een galerij ergens achterin. Ze zat op een stoel tegen de muur, een kaars bij haar voeten.

"Sluit de deur", gebood ze zonder op te staan. "De sleutel zit in het slot."

Ik gehoorzaamde. Het slot knarste met een tombe-achtige echo. Ik hoorde de voetstappen van Bea achter me dichterbij komen en ik voelde haar aanraking op mijn doorweekte kleding.

"Je rilt. Is dat van angst of kou?"

"Dat heb ik nog niet besloten. Waarom zijn we hier?"

"Weet je dat niet? Ik dacht dat je het geraden zou hebben ..."

"Dit was het huis van de Aldaya's, dat is alles wat ik weet. Hoe ben je binnengekomen en hoe wist je ...?"

"Kom, we maken een vuur zodat je het weer een beetje warm krijgt."

Ze leidde me door de gang naar de galerij die uitkeek over de binnenpatio en de salon van het huis. De marmeren zuilen en naakte muren van de salon kropen omhoog naar het plafond met vakwerk dat in stukken naar beneden hing. Verschoten plekken waar schilderijen en spiegels lang geleden de muren hadden bedekt waren zichtbaar, net als de sporen van meubels op de marmeren vloer. Aan één kant van de salon was een open haard waar wat houtblokken klaarlagen. Een stapel oude kranten rustte naast de pook. De schoorsteen rook naar recent vuur en kolengruis. Bea knielde voor de haard en begon stukken krant tussen de houtblokken te steken. Ze haalde een lucifer tevoorschijn en stak ze aan. Al snel ontstond er een krans van vuur. Bea's handen verplaatsten de stukken hout met handigheid en ervaring. Vermoedelijk dacht ze dat ik doodging van nieuwsgierigheid en ongeduld, maar ik besloot me een onverstoorbaar air aan te meten dat duidelijk moest maken dat als Bea met mij spelletjes wilde spelen, ze dan de verkeerde kaarten in handen had. Ze glimlachte triomfantelijk. Misschien dat het beven van mijn handen mijn rol niet echt geloofwaardig maakte.

"Kom je hier vaak?" vroeg ik.

"Vandaag is de eerste keer. Geïntrigeerd?"

"Och ..."

Ze knielde opnieuw voor het vuur neer en spreidde een schone deken uit die ze uit een canvastas had gehaald. Hij rook naar lavendel.

"Kom, ga hier zitten, bij het vuur, je moet niet door mijn schuld een longontsteking oplopen."

De warmte van het vuur bracht me weer bij de levenden. Bea staarde in stilte naar de vlammen, betoverd.

"Ga je me het geheim vertellen?" vroeg ik uiteindelijk.

Bea zuchtte en ging op een van de stoelen zitten. Ik bleef dicht bij het vuur terwijl ik toekeek hoe de damp uit mijn kleding opsteeg als een ziel op de vlucht.

"Wat jij het Aldaya-palazzo noemt, had in werkelijkheid een eigen naam. Het huis heet 'De engel van nevel', maar bijna niemand weet dat. Het kantoor van mijn vader probeert al vijftien jaar dit landgoed te verkopen, zonder succes. Toen je me onlangs het verhaal van Julián Carax en Penélope Aldaya uit de doeken deed, stond ik er niet bij stil. Later, 's avonds thuis, begon ik alles op een rijtje te zetten en ik herinnerde me dat ik mijn vader wel eens had horen praten over de familie Aldaya en over dit huis in het bijzonder. Gisteren ben ik naar het kantoor van mijn vader gegaan en zijn secretaris, Casasús, heeft me de geschiedenis van het huis verteld. Wist je dat dit eigenlijk niet hun officiële residentie was, maar een van de zomerhuizen?"

Ik schudde mijn hoofd.

"Het voornaamste huis van de Aldaya's was een paleis dat in 1925 met de grond gelijk is gemaakt om er een huizenblok neer te zetten – waar nu de kruising is tussen Calle Bruch en Mallorca – ontworpen door Puig i Cadafalch in opdracht van de grootvader van Penélope en Jorge, Simón Aldaya, in 1896, toen dat hele stuk niks anders was dan akkers met greppels. De oudste zoon van patriarch Simón, don Ricardo Aldaya, had deze zomerresidentie in de laatste jaren van de negentiende eeuw van een kleurrijk figuur gekocht voor een lachwekkende prijs, omdat het huis slecht bekend stond. Casasús vertelde me dat het verdoemd was en dat zelfs de verkopers het niet waagden er te komen om het te laten zien en zich met elk willekeurig excuus drukten ...”

28

Die middag, terwijl ik mij warmde bij het vuur, vertelde Bea me de geschiedenis over hoe 'De engel van nevel' in handen was gekomen van de familie Aldaya. Het relaas was een hachelijk melodrama dat zo uit de pen van Julián Carax had kunnen vloeien. Het huis was geconstrueerd in 1899 door de firma van architecten Naulí, Martorell i Bergadà, onder auspiciën van een welvarende, extravagante Catalaanse bankier met de naam Salvador Jausà, die daar slechts een jaar zou wonen. De potentaat, weeskind sinds zijn zesde en van eenvoudige komaf, had zijn fortuin vergaard in Cuba en Puerto Rico. Men zei dat hij een van de vele schaduwfiguren was achter het complot dat leidde tot de val van Cuba en de oorlog met de Verenigde Staten, waarin de laatste koloniën verloren gingen. Van de Nieuwe Wereld bracht hij echter nog meer mee dan een fortuin: een Noord-Amerikaanse echtgenote vergezelde hem, een fragiel en bleek juffertje uit de gegoede burgerij van Philadelphia dat geen woord Spaans sprak, en een halfbloed dienstmeisje dat al bij hem in dienst was sinds zijn eerste jaren op Cuba en dat met een als harlekijn gekleed aapje in een kooi reisde, en zeven hutkoffers bagage. Ze installeerden zich tijdelijk in meerdere kamers van Hotel Columbus op Plaza Cataluña, wachtend op de aankoop van het geschikte huis dat Jausà naar de smaak en zin was.

Voor niemand leed het enige twijfel dat het dienstmeisje – een ebbenhouten schoonheid, gezegend met ogen en een taille die volgens de kronieken over de beau monde leidden tot hartkloppingen – in werkelijkheid zijn maîtresse en leermeesteres was in onwettige en onbenoembare geneugten. Men nam zonder meer aan dat ze een heks was en een toverkol. Haar naam was Marisela, of zo noemde Jausà haar, en haar mysterieuze aanwezigheid en houding werden al spoedig het lievelingsschandaal op de bijeenkomsten die de dames van stand hielden om honingbeignets te snoepen en de tijd en de herfsthitte te doden. Op deze bijeenkomsten circuleerden onbevestigde geruchten die suggereerden dat de Afrikaanse vrouw, als een visioen uit de hel, zittend op de man ontucht pleegde met hem, met andere woorden, hem bereed als een tochtige merrie, hetgeen een schending betekende van minstens vijf of zes doodzonden. Uiteraard waren er die het bisdom schreven om te vragen om speciale zegening en bescherming voor de onbezoedelde ziel en zaligheid van de families van goede naam in Barcelona die zich met dergelijke zondigheid geconfronteerd zagen. Tot overmaat van ramp was Jausà zo impertinent om op zondagmiddag uit rijden te gaan met zijn vrouw en Marisela in zijn koets, waarmee hij de ogen van elke willekeurige onbedorven knul die op Paseo de Gracia op weg was naar de elfuursmis, een Babylonisch spektakel van verdorvenheid bood. Zelfs de kranten namen notitie van de hoogmoedige, trotse blik van de zwarte vrouw, die het Barcelonese publiek bekeek 'zoals een koningin van het oerwoud een congregatie van pygmeeën zou bekijken'.

In die tijd werd Barcelona al door de modernistische koorts verteerd, maar Jausà maakte de architecten die hij gecontracteerd had om zijn nieuwe onderkomen te ontwerpen, duidelijk dat hij iets anders wilde. In zijn woordenschat was 'anders' een bewierookt woord. Jausà had jarenlang langs de rij neogotische herenhuizen gewandeld die de grote magnaten van het Amerikaanse industriële tijdperk hadden laten bouwen op het stuk Fifth Avenue tussen 58th en 72nd Street, aan de oostkant van Central Park in New York. Vol heimwee naar zijn Amerikaanse gloriedagen, weigerde de bankier te luisteren naar welk argument dan ook dat pleitte voor constructie volgens de mode en het gebruik van het moment, net zoals hij had geweigerd een loge te nemen in het Liceo, wat de rigueur was, en het operahuis kwalificeerde als een Babel voor doven, een bijenkorf voor ongewenste elementen. Hij wilde zijn huis ver van de stad, in de toen nog relatief onbevolkte omgeving van Avenida Tibidabo. Hij wilde Barcelona van een afstand kunnen beschouwen, zei hij. Als enig gezelschap wenste hij slechts een beeldentuin van engelen die, volgens zijn instructies (medegedeeld door Marisela), geplaatst moesten worden op de punten van een zevenpuntige ster, niet een meer, niet een minder. Vastbesloten zijn plannen ten uitvoer te brengen, en met overlopende schatkisten waarmee hij kon doen waar hij zin in had, stuurde Salvador Jausà zijn architecten drie maanden naar New York om de fantastische bouwsels te bestuderen die opgetrokken waren om commodore Vanderbilt te herbergen, de Astor-familie, Andrew Carnegie en de rest van de vijftig gouden families. Hij instrueerde ze om zich de stijl en technieken van het architectenatelier van Stanford, White & McKim eigen te maken en waarschuwde ze dat ze niet hoefden aan te komen met een project dat in de smaak zou vallen bij wat hij 'worstenmakers en knopenfabrikanten' noemde.

Een jaar later maakten de drie architecten hun opwachting in de weelderige vertrekken van Hotel Columbus om hem het project te presenteren. Jausà, in gezelschap van de mulattin Marisela, luisterde in stilte naar ze en vroeg aan het eind van de presentatie wat de kosten zouden zijn om de klus in een halfjaar te klaren. Frederic Martorell, de hoofdpartner van het architectenatelier, schraapte zijn keel en schreef uit fatsoen het getal op een papiertje en reikte dat de potentaat aan. Deze gaf hem zonder met zijn ogen te knipperen terstond een cheque voor het totale bedrag en ontsloeg zijn gevolg met een afwezige groet. Zeven maanden later, in juli 1900, installeerden Jausà, zijn echtgenote en het dienstmeisje Marisela zich in het huis. In augustus van dat jaar zouden beide vrouwen dood zijn en zou de politie Salvador Jausà zieltogend, naakt en geboeid aan de stoel in zijn studeerkamer vinden. Het rapport van de sergeant die het onderzoek leidde, vermeldde dat de muren van het hele huis onder het bloed zaten, dat de engelenbeelden die de tuin omringden verminkt waren, de gezichten beschilderd als tribale maskers, en dat er sporen waren gevonden van zwarte waskaarsen op de voetstukken. Het onderzoek duurde acht maanden. Tegen die tijd was Jausà verstomd.

Het speurwerk van de politie had het volgende opgeleverd: alles leek erop te duiden dat Jausà en zijn echtgenote vergiftigd waren met een plantaardig extract dat hun was toegediend door Marisela, in wier vertrekken diverse flacons van de substantie waren gevonden. Om de een of andere reden had Jausà het vergif overleefd, hoewel de gevolgen verschrikkelijk waren. Stukje bij beetje verloor hij spraak en gehoor, raakte gedeeltelijk verlamd en leed hevige pijnen, die de rest van zijn leven tot een constante, ondraaglijke kwelling maakten. De vrouw van Jausà werd op het bed in haar kamer gevonden, met niets meer om het lijf dan haar sieraden en een armband met briljanten. De politie vermoedde dat Marisela, na de misdaad begaan te hebben, haar aderen met een mes had opengesneden en door het hele huis was gelopen om haar bloed op de muren van de gangen en kamers te smeren tot ze dood neerviel in haar kamer op zolder. Het motief was volgens de politie jaloezie geweest. Naar het scheen was de vrouw van de potentaat zwanger geweest toen ze stierf. Marisela, zei men, had met hete, rode was een doodshoofd getekend op de blote buik van mevrouw. De zaak werd enkele maanden later voor altijd gesloten, net als de lippen van Salvador Jausà.

Barcelona's gegoede burgerij sprak erover dat zoiets in de geschiedenis van de stad nog nooit had plaatsgevonden en dat het overschot aan rijke kolonialen en ander Amerikaans tuig van de richel het solide morele karakter van het land aan het ruïneren was. Achter gesloten deuren waren velen blij dat aan de excentriciteiten van Salvador Jausà een einde was gekomen. Zoals altijd vergisten ze zich: ze waren nauwelijks begonnen.

De politie en advocaten van Jausà waren verantwoordelijk voor het sluiten van het dossier over dit geval, maar de schatrijke Jausà was bereid om door te gaan. Dat was het moment dat hij don Ricardo Aldaya leerde kennen, in die tijd al een welvarend industrieel met de kleurrijke reputatie van een Don Juan en een leonisch temperament, die hem aanbood het landgoed te kopen met de bedoeling het te slopen en het opnieuw te verkopen voor een torenhoge prijs, omdat de waarde van grond in die zone de pan uit rees. Jausà ging niet akkoord met de verkoop, maar nodigde Aldaya uit het huis te bezichtigen met de bedoeling hem een, naar eigen zeggen, wetenschappelijk en spiritueel experiment te tonen. Niemand was het pand meer binnengegaan sinds de afronding van het onderzoek. Wat Aldaya daar zag, deed hem verstijven. Jausà had zijn verstand totaal verloren. De donkere schaduw van Marisela's bloed zat nog steeds op de muren. Jausà had de hulp ingeroepen van een uitvinder en pionier in de technologische nouveauté van het moment, de cinematografie. Zijn naam was Fructuós Gelabert en hij was ingegaan op de eisen van Jausà om enkele cinematografische studio's te construeren in de Vallés, in ruil voor fondsen, aangezien hij er volkomen zeker van was dat in de loop van de twintigste eeuw bewegende beelden de georganiseerde religie gingen vervangen. Naar het schijnt was Jausà ervan overtuigd dat de geest van Marisela nog in het huis rondwaarde. Hij beweerde haar aanwezigheid te voelen, haar stem en haar geur, en zelfs haar aanraking in de duisternis. Bij het horen van deze verhalen was het personeel er hard hollend vandoor gegaan, op zoek naar banen met een wat minder zenuwslopend karakter in het nabijgelegen Sarrià, waar volop palazzo's en villa's waren met gezinnen die niet in staat waren een emmer met water te vullen of sokken te stoppen.

Jausà bleef alleen achter met zijn obsessie en zijn onzichtbare spookbeelden. Al snel raakte hij ervan overtuigd dat de sleutel zat in het overwinnen van die onzichtbaarheid. Hij had al eens gelegenheid gehad om enkele resultaten van de uitvinding van de cinematografie te zien in New York en deelde de mening van de overleden Marisela dat de camera zielen opzoog, die van het gefilmde onderwerp en die van de kijker. Deze lijn van redeneren volgend, had hij Fructuós Gelabert de opdracht gegeven om meters en meters film op te nemen in de gangen van de 'De engel van nevel', op zoek naar tekens en visioenen van de andere wereld. De pogingen waren tot op heden, en niet door gebrek aan inspanning van de uitvinder, niet succesvol gebleken.

Alles veranderde toen Gelabert aankondigde dat hij een nieuw type gevoelig materiaal had ontvangen uit de fabriek van Thomas Edison in Menlo Park, New Jersey, dat het mogelijk maakte scènes te filmen in precaire lichtomstandigheden, tot dan toe ongehoord. Toen, onder omstandigheden die nooit helemaal werden opgehelderd, had een van de laboratoriumassistenten van Gelabert een fles mousserende xarelo-wijn, afkomstig uit de Penedés, in de emmer met ontwikkelaar gegooid. Als gevolg van de chemische reactie begonnen er vreemde vormen op de blootgestelde film te verschijnen. Dat was de film die Jausà wilde laten zien aan don Ricardo Aldaya de nacht dat hij hem uitnodigde in zijn spookvilla op nummer 32 van Avenida Tibidabo.

Toen Aldaya dit hoorde, veronderstelde hij dat Gelabert bang was de economische fondsen te zien verdwijnen die Jausà hem verschafte en zijn toevlucht had genomen tot zulke byzantijnse listen om de interesse van zijn werkgever vast te houden. Jausà koesterde echter geen enkele twijfel omtrent de betrouwbaarheid van de resultaten. Sterker nog, waar anderen vormen en schaduwen zagen, zag hij zielen. Hij zwoer dat hij het silhouet van Marisela materie zag worden onder een lijkwade, een schaduw die transformeerde tot wolf en rechtop wandelde. Aldaya zag echter niets anders in de projectie dan grote vlekken en merkte bovendien op dat zowel de geprojecteerde film als de technicus die de projector bediende naar goedkope wijn stonk. Doorgewinterde zakenman die hij was, voelde de industrieel aan dat hij uit dit alles zijn slatje zou kunnen slaan. Een gekke miljonair, alleen en geobsedeerd door het vangen van ectoplasma's op film, was een ideaal slachtoffer. Dus hij gaf hem gelijk en moedigde hem aan om door te gaan met de onderneming. Gedurende weken filmden Gelabert en zijn mannen kilometers film, die ontwikkeld moest worden in verschillende tanks met chemische oplossingen van ontwikkelvloeistoffen, aangelengd met *Aromas de Montserrat*, likeur die gezegend was in de parochie van El Ninot, en allerlei soorten *cava* van Tarragonese bodem. Tussen projectie en projectie door verleende Jausà machtigingen, tekende autorisaties en droeg de controle over zijn financiële reserves over aan Ricardo Aldaya.

Jausà verdween op een novembernacht van dat jaar tijdens een storm. Niemand wist wat er van hem geworden was. Naar het scheen was hij een van de rollen speciale film van Gelabert zelf aan het belichten toen hem een ongeluk overkwam. Don Ricardo Aldaya beval Gelabert die rol te herstellen en na hem in zijn eentje te hebben bekeken, stak hij hem hoogstpersoonlijk in brand en suggereerde de technicus het geval te vergeten met behulp van een cheque van onbetwiste generositeit. Aldaya was toen al de rechthebbende van het leeuwendeel van Jausà's bezittingen. Er waren er die zeiden dat de overleden Marisela was teruggekomen om hem mee te nemen naar de hel. Anderen beweerden dat een bedelaar met een treffende gelijkenis gedurende een paar maanden gezien werd in de omgeving van de Ciutadella, tot een zwarte koets met dichte gordijnen midden op de dag over hem heen reed zonder te stoppen. Maar toen was het al te laat: de zwarte legende van het herenhuis was, net als de invasie van Cubaanse muziek in de danshallen van de stad, onafwendbaar.

Enkele maanden later trok don Ricardo Aldaya met zijn familie in het huis aan Avenida Tibidabo, waar twee weken later de jongste dochter geboren zou worden, Penélope. Om het te vieren doopte Aldaya het huis om tot 'Villa Penélope'. De nieuwe naam sloeg echter nooit aan. Het huis had zijn eigen karakter en toonde zich immuun voor de invloed van zijn nieuwe eigenaren. De recente bewoners klaagden over lawaai en geklop op de muren 's nachts, plotselinge bedorven luchten en ijzige tochtvlagen die door het huis leken te dwalen als dolende schildwachten. Het enorme huis was een compendium van mysteries. Er zat een dubbel souterrain in, met een soort nog in gebruik te nemen crypte op het onderste niveau en een kapel in het bovenste, gedomineerd door een grote Christus aan een veelkleurig kruis die het personeel een verontrustende gelijkenis vond vertonen met Raspoetin, een zeer populair personage in de media van die tijd. De boeken van de bibliotheek wisselden voortdurend van volgorde, of waren ondersteboven gezet. Er was een kamer op de derde verdieping die men niet gebruikte vanwege onbegrijpelijke vochtplekken die uit de muren opwelden en schimmige gezichten leken te vormen, een kamer waar verse bloemen in slechts enkele minuten verwelkten en waar men altijd vliegen kon horen zwermen, hoewel ze niet te zien waren.

De kokkinnen beweerden dat sommige artikelen, zoals de suiker, als bij toverslag verdwenen uit de provisiekamer en dat de melk met de nieuwe maan rood kleurde. Bij gelegenheid werden er dode vogels gevonden op de drempels van sommige kamers, of kleine knaagdieren. Andere keren ontbraken er objecten, vooral sieraden en knopen aan de kleding die in de kasten en ladekasten werd bewaard. Heel af en toe verschenen de ontvreemde objecten als bij toverslag maanden later in een of andere verre hoek van het huis, of werden ze opgegraven in de tuin. Gewoonlijk werden ze nooit meer gevonden. Al deze voorvallen kwamen don Ricardo voor als bedriegerij en zotheid, eigen aan bemiddelde mensen. Wat hem betrof had een week nuchter blijven en vasten de familie genezen van spoken. Wat hij niet met zoveel filosofie bezag waren de diefstallen van zijn eega's juwelen. Meer dan vijf dienstmeisjes werden ontslagen bij het verdwijnen van verschillende stukken uit het juwelenkistje van mevrouw, hoewel allen in tranen bezwoeren dat ze onschuldig waren. Slimmeriken waren geneigd te denken dat die ontslagen, los van al het mysterie, te wijten waren aan de rampzalige gewoonte van don Ricardo om rond middernacht de alkoven van de jonge dienstmeisjes in te glippen met speelse, buitenechtelijke bedoelingen. Zijn reputatie dienaangaande was bijna net zo gevierd als zijn fortuin en er waren er die zeiden dat in dit tempo de bastaarden die hij onderweg achterliet, hun eigen syndicaat zouden kunnen organiseren. Feit is dat niet alleen de sieraden verdwenen. Gaandeweg verloor het gezin alle joie de vivre.

De familie Aldaya was nooit gelukkig in het huis, verkregen door de troebele handelaarskunsten van don Ricardo. Mevrouw Aldaya smeekte haar man onophoudelijk het landgoed te verkopen en naar een residentie in de stad te verhuizen, of zelfs terug te keren naar het paleis dat Puig i Cadafalch had gebouwd voor grootvader Simón, de patriarch van de clan. Ricardo Aldaya weigerde ronduit. Omdat hij het grootste deel van de tijd op reis was of doorbracht in de fabrieken van de familie, had hij geen enkel probleem met het huis. Eenmaal verdween de kleine Jorge gedurende acht uur spoorloos. Zijn moeder en het personeel zochten wanhopig naar hem, zonder succes. Toen het jochie weer opdook, bleek en verward, zei hij dat hij de hele tijd in de bibliotheek was geweest in gezelschap van de gekleurde vrouw die hem oude foto's had getoond en had gezegd dat alle vrouwen van de familie moesten sterven in dit huis om te boeten voor de zonden van de mannelijke leden. De dame ging zelfs zover de kleine Jorge de datum te onthullen waarop zijn moeder zou sterven: 12 april 1921. Onnodig te zeggen dat de zwarte dame nooit werd gevonden, maar mevrouw Aldaya werd jaren later levenloos gevonden op haar sponde in de slaapkamer op de ochtend van 12 april 1921. Al haar sieraden waren verdwenen. Bij het dreggen van de put op de patio vond een van de knechten ze in de modder op de bodem, samen met een pop die aan haar dochter Penélope had toebehoord.

Een week later besloot don Ricardo Aldaya zich te ontdoen van het huis. Zijn financieel imperium was toen al dodelijk verwond en er waren er die insinueerden dat die verdoemde villa de schuld was van alles, omdat het ongeluk bracht aan iedereen die er woonde. Anderen, iets voorzichtiger, opperden dat Aldaya nooit de veranderende trends van de markt had begrepen en dat hij zich vooral had beziggehouden met het ruïneren van de handel die de patriarch Simón had opgericht. Ricardo Aldaya kondigde aan dat hij Barcelona verliet en met zijn gezin naar Argentinië emigreerde, waar zijn textielindustrieën floreerden. Velen zeiden dat hij de mislukking en de schaamte ontvluchtte.

In 1922 werd 'De engel van nevel' in de verkoop gedaan voor een lachwekkende prijs. Aanvankelijk was er veel interesse, zowel uit sensatiezucht als om het groeiende prestige van het stadsdeel, maar geen van de potentiële kopers deed na bezichtiging van het huis een bod. In 1923 werd het gesloten. De titel van rechthebbende werd naar een onroerendgoedmaatschappij overgeheveld waar Aldaya geld aan schuldig was, opdat zij de verkoop danwel de sloop administreerde, wat er maar te pas kwam. Jarenlang stond het te koop zonder dat het bedrijf erin slaagde een koper te vinden. Genoemde maatschappij, Botell i Llofré, S.L., ging failliet in 1939 toen de twee vennoten de gevangenis indraaiden wegens nooit opgehelderde beschuldigingen en werd, bij het tragisch overlijden van de twee in een ongeluk in de gevangenis van San Viçens in 1940, opgeslokt door een financieel consortium uit Madrid dat drie generaals onder de vennoten telde, evenals een Zwitserse bankier en staflid en manager van de firma, de heer Aguilar, vader van Tomás en Bea. Ondanks alle promotionele inspanningen wist geen van de verkopers in dienst van de heer Aguilar iemand het huis in de maag te splitsen, zelfs niet door het voor een prijs ver onder de marktwaarde aan te bieden. In meer dan tien jaar was het terrein door niemand meer betreden.

"Tot vandaag", zei Bea, en ze dompelde zich weer onder in een van haar stiltes.

Mettertijd zou ik eraan wennen haar in zichzelf opgesloten te zien, ver weg, met een verloren blik en weggezakte stem.

"Ik wilde je deze plek laten zien. Ik wilde je een verrassing bezorgen. Toen ik naar Casasús luisterde, zei ik bij mezelf dat ik je hier moest brengen omdat dit een deel is van je geschiedenis, de geschiedenis van Carax en Penélope. De sleutel heb ik geleend uit het kantoor van mijn vader. Niemand weet dat we hier zijn. Het is ons geheim. Ik wilde het met je delen. En ik vroeg me af of je zou komen."

"Je wist dat ik dat zou doen."

Ze glimlachte terwijl ze knikte.

"Ik geloof dat niets toevallig gebeurt, jij wel? Dat in de grond van de zaak de dingen hun geheime plan hebben, ofschoon wij het niet begrijpen. Zoals dat jij die roman van Julián Carax vindt in het Kerkhof der Vergeten Boeken, of dat jij en ik nu hier zijn, in dit huis dat de Aldaya's toebehoorde. Het vormt allemaal deel van iets wat wij niet kunnen begrijpen, maar wat ons bezit."

Terwijl ze praatte, had mijn hand zich onhandig verplaatst naar Bea's enkel en was omhoog gekropen naar haar knie. Zij observeerde hem alsof het om een insect ging dat langs haar been omhoogkroop. Ik vroeg me af wat Fermín op dat moment gedaan zou hebben. Waar was zijn wijsheid als je 'm het hardste nodig had?

"Tomás zegt dat je nog nooit een vriendin hebt gehad", zei Bea, alsof dat alles verklaarde.

Ik trok mijn hand terug en keek naar beneden, verslagen. Ik dacht dat Bea glimlachte, maar gaf er de voorkeur aan dat niet zeker te weten.

"Voor zo'n zwijgzaam iemand blijkt je broer nogal een flapuit te zijn. Wat zegt het weekjournaal nog meer over me?"

"Hij zegt dat je gedurende jaren verliefd was op een oudere vrouw en dat die ervaring je hart kapot heeft gemaakt."

"Het enige kapotte dat ik daaraan heb overgehouden was een lip en mijn trots."

"Tomás zegt dat je met geen enkel meisje meer bent uitgegaan, omdat je ze allemaal vergelijkt met die vrouw."

Die goeie Tomás en zijn stoten onder de gordel.

"Die vrouw heet Clara", bood ik aan.

"Dat heb je al verteld. Clara Barceló."

"Heb je haar wel eens ontmoet?"

"Iedereen kent wel een Clara Barceló. De naam doet er het minst toe."

We zwegen een poosje, turend in de knetterende vlammen.

"Gisternacht, nadat ik afscheid van je had genomen, heb ik Pablo een brief geschreven", zei Bea.

Ik slikte.

"Aan je verloofde de vaandeldrager? Waarom?"

Bea haalde een envelop uit haar blouse en liet hem zien, dicht en gefrankeerd.

"In de brief vertel ik hem dat ik zo snel mogelijk wil trouwen, binnen een maand als dat mogelijk is, en dat ik voor altijd weg wil uit Barcelona."

Bijna bevend zocht ik haar ondoorgrondelijke ogen.

"Waarom vertel je me dit?"

"Omdat ik wil dat je me zegt of ik hem moet sturen of niet.

Daarom heb ik je vandaag hier laten komen, Daniel."

Ik bestudeerde de envelop die ze om en om draaide in haar handen.

"Kijk me aan", zei ze.

Ik keek omhoog en doorstond haar blik. Ik wist niets te antwoorden. Bea sloeg haar ogen neer en liep weg, naar het eind van de zaal. Een deur leidde naar de marmeren balustrade, die op de binnenpatio uitkwam. Ik zag hoe haar gestalte oploste in de regen, rende achter haar aan en hield haar tegen, terwijl ik de envelop uit haar handen rukte. De regen sloeg haar in het gezicht en wiste de tranen en de woede weg. Ik leidde haar het huis weer binnen en schoof haar naar de warmte van het haardvuur. Ze ontweek mijn blik. Ik nam de envelop en gooide hem in de vlammen. We keken hoe de brief sneuvelde tussen de gloeiende kooltjes en hoe de pagina's een voor een in kringeltjes blauwe rook opgingen. Bea knielde naast me, met tranen in de ogen. Ik omhelsde haar en voelde haar adem tegen mijn keel.

"Laat me niet vallen, Daniel", prevelde ze.

De wijste man die ik ooit kende, Fermín Romero de Torres, had me eens verteld dat er in het leven geen ervaring was vergelijkbaar met het voor de eerste keer uitkleden van een vrouw. Wijs als hij was, had hij niet gelogen, maar hij had me niet de hele waarheid gezegd. Hij had niets gezegd over dat rare sidderen van de handen dat iedere knoop en iedere rits tot een enorme hindernis maakte. Hij had niets gezegd over de betovering van bleke, bevende huid, de eerste aanraking van lippen, noch over de luchtspiegeling die in iedere porie leek te gloeien. Hij had niets over dat al gezegd omdat hij wist dat het wonder slechts eenmaal gebeurde en daarbij een taal van geheimen sprak die, eenmaal onthuld, voor altijd zou verdwijnen. Duizendmaal heb ik willen terugkeren naar die eerste middag in het huis aan Avenida Tibidabo, toen het rumoer van de regen de wereld met zich meenam; duizendmaal heb ik mezelf in een herinnering willen verliezen waarvan ik slechts één beeld kan redden, ontstolen aan de hitte van de vlammen: Bea, naakt en glanzend van het regenwater, liggend naast het vuur, met een blik in haar ogen die me sindsdien heeft achtervolgd. Ik boog me over haar heen en trok met mijn vingertoppen een spoor over haar buik. Bea liet haar oogleden zakken en glimlachte naar me, zeker en sterk.

"Doe met me wat je wilt", fluisterde ze.
Ze was zeventien jaar en droeg het leven op haar lippen.

29

Duisternis hulde ons in blauwe schaduwen toen we het huis verlieten. Van de storm was nog slechts een zucht koude motregen over. Ik wilde Bea de sleutel teruggeven, maar ze gaf me met een blik te verstaan dat ík hem moest bewaren. We liepen de weg af, in de richting van Paseo San Gervasio in de hoop een taxi tegen te komen of een bus. We wandelden in stilte, onze handen verstrengeld en zonder elkaar aan te kijken.

"Ik kan je pas dinsdag weer zien", zei Bea met trillende stem, alsof ze plotseling twijfelde aan mijn wens om haar terug te zien.

"Ik zal hier op je wachten", zei ik.

Ik nam als vanzelfsprekend aan dat al mijn ontmoetingen met Bea zouden plaatsvinden tussen de muren van dat oude huis, dat de rest van de stad ons niet toebehoorde. Het leek zelfs of de fermheid van haar aanraking zwakker werd naarmate we ons er verder van verwijderden, dat haar kracht en warmte met iedere stap afnamen. Toen we bij de Paseo aankwamen, constateerden we dat de straten praktisch verlaten waren.

"Hier zullen we niks vinden", zei Bea. "We kunnen beter via Balmes lopen."

In flinke pas liepen we Calle Balmes in en liepen onder de boomkruinen om ons tegen de motregen te beschermen. Het leek of Bea steeds sneller ging lopen, ze trok bijna aan me. De gedachte ging door me heen dat als ik haar hand losliet, Bea zou gaan rennen. Ik was nog steeds bedwelmd door de aanraking en smaak van haar lichaam, brandde van verlangen haar op een bank vast te pinnen, haar te kussen, en een hele trits nonsens te declameren die ieder ander in lachen zou hebben doen uitbarsten. Maar Bea was er niet meer. Iets vrat haar vanbinnen op, stilletjes en toch luidkeels.

"Wat is er?" vroeg ik zachtjes.

Ze gaf me een gebroken glimlachje terug, vol van angst en eenzaamheid. Ik zag mezelf toen door haar ogen: een argeloze jongen die meende de wereld in een uur veroverd te hebben en die nog niet wist dat je die in een minuut weer kon verliezen. Ik liep door, zonder een antwoord te verwachten, eindelijk ontwakend. Al snel hoorden we het rumoer van het verkeer, en de lucht leek als een gasbel te ontbranden bij de warmte van de straatlantaarns en verkeerslichten. Ze deden me denken aan een onzichtbare muur.

"We kunnen hier beter uit elkaar gaan", zei Bea, terwijl ze mijn hand losliet.

Op de hoek waren de lichten van een taxistandplaats zichtbaar, een defilé van gloeiwurmpjes.

"Zoals je wilt."

Bea boog zich naar mij toe en beroerde licht mijn wang met haar lippen. Haar haar rook naar kaarsenwas.

"Bea", begon ik, bijna onhoorbaar, "ik hou van je ..."

Ze schudde zwijgend haar hoofd, verzegelde mijn lippen met haar hand alsof mijn woorden haar verwond hadden.

"Dinsdag om zes uur, goed?" vroeg ze.

Ik knikte. Ik zag haar vertrekken en in een taxi verdwijnen, bijna een vreemde. Een van de chauffeurs die het gesprek als een lijnrechter had gevolgd, keek me nieuwsgierig aan.

"Wat zal het zijn, chef? Naar huis?"

Gedachteloos stapte ik in zijn auto. De chauffeur taxeerde me via zijn achteruitkijkspiegel. Ik verloor de auto die Bea meenam uit het oog, twee lichtpuntjes die verdronken in een muur van duisternis.

Ik kon de slaap niet vatten tot het ochtendlicht mijn raam met honderd grijstonen overgoot, de een nog grauwer dan de ander. Fermín wekte me door kleine steentjes tegen mijn raam te gooien vanaf het kerkplein. Ik trok het eerste het beste stel kleren aan dat ik vond en liep naar beneden om open te doen. Fermín bracht zijn onuitstaanbare, matineuze maandagochtendenthousiasme met zich mee. We trokken de traliehekken op en hingen het bordje OPEN op.

"Wat hebt u een wallen onder uw ogen, Daniel. Het lijkt wel een bouwterrein. Het is u aan te zien dat u de koe bij de horens hebt gevat."

In de achterkamer trok ik mijn blauwe stofjas aan en reikte hem de zijne aan, of liever, ik gooide het ding vol woede naar hem toe. Fermín plukte hem uit de lucht, een en al spottende glimlach.

"De koe heeft mij eerder als een stier op de horens genomen", zei ik venijnig.

"Laat u zulke geestige uitspraken maar liever over aan don Ramón Gómez de la Serna, die van u lijden aan bloedarmoede. Goed, vertel."

"Wat moet ik vertellen?"

"Wat u maar wilt. Het aantal dolkstoten of het aantal ererondes."

"Ik ben niet in de stemming, Fermín."

"O jeugd, bloem van onnozelheid. Vooruit, word maar niet kribbig van me, ik heb kersvers nieuws over ons onderzoek naar uw vriend Julián Carax."

"Ik ben een en al oor."

Hij wierp me zijn samenzweerdersblik toe, één wenkbrauw gebogen.

"Het komt erop neer dat ik gisteren, na Bernarda met haar deugd intact maar met fikse blauwe plekken op haar billen thuis te hebben afgeleverd, aan een onstuimige aanval van slapeloosheid leed wegens avondlijke stijfheid, een omstandigheid die ik heb aangewend om naar een van de informatiecentra van de Barcelonese onderwereld te gaan, namelijk de taverne van Eliodoro Safumán, alias Kouwepik, gevestigd in een ongezond, maar zeer kleurrijk lokaal in Calle Sant Jeroni, trots en ziel van de Raval."

"Houd u het in godsnaam kort, Fermín."

"Dat wilde ik juist gaan doen. Dus, daar aangekomen, heb ik me ingelikt bij wat oude *partners in crime* uit de tijden van weleer, en wat vragen gesteld omtrent onze Miquel Moliner, echtgenoot van uw Mata Hari Nuria Monfort en vermeende gast van de gevangenishotels hier ter stede."

"Vermeend?"

"Met een hoofdletter 'V', want van een vergissing met een kleine 'v' is in dit geval geen sprake. Ik weet uit ervaring dat mijn informanten uit Kouwepiks kroeg wat betreft telling en appèl van de gevangenisbevolking accurater zijn dan de pennenlikkers van het

Gerechtshof, en ik kan u verzekeren, vriend Daniel, dat niemand in minstens tien jaar heeft horen praten over een zekere Miquel Moliner in hoedanigheid van gevangene, bezoeker of levend wezen in de kerkers van Barcelona."

"Misschien zit hij ergens anders vast in een gevangenis."

"Natuurlijk. Alcatraz, Sing-Sing of de Bastille. Daniel, die vrouw heeft gelogen."

"Daar ziet het naar uit."

"Niet 'Daar ziet het naar uit', accepteer het."

"En wat nu? Miquel Moliner is een dood spoor."

"Of die Nuria een zeer levend."

"Wat stelt u voor?"

"Op dit moment andere wegen exploreren. Het zou geen overbodige luxe zijn dat oude vrouwtje te bezoeken, de goede gouvernante uit het sprookje dat de eerwaarde ons gistermorgen opdiste."

"U gaat me toch niet vertellen dat u vermoedt dat de gouvernante ook verdwenen is."

"Nee, maar ik denk dat het tijd wordt om de beleefdheden achterwege te laten en dat we niet meer op deuren moeten kloppen alsof we om een aalmoes vragen. In deze zaak moeten we door de achterdeur naar binnen. Volgt u mij?"

"Fermín, uw woorden zijn mij heilig, dat weet u."

"Haal je misdienaarskostuum dan maar uit de mottenballen, want vanmiddag gaan we meteen na sluitingstijd een barmhartigheidsbezoekje afleggen bij het oudje in het Santa Lucia Hospice. En nu, vertel hoe het gisteren allemaal ging met het jonge veulen. Niets achterhouden, want wat u niet vertelt zal eruit komen in de vorm van steenpuisten."

Ik zuchtte en gaf me gewonnen, waarna ik alles opbiechtte zonder ook maar één detail weg te laten. Toen ik klaar was met mijn verhaal en ook mijn existentiële angsten van achterlijke scholier geschilderd had, verraste Fermín me met een plotselinge en welgemeende omhelzing.

"U bent verliefd", mompelde hij geëmotioneerd, terwijl hij me op de schouder klopte. "Ach arme."

Die middag verlieten we stipt op tijd de boekhandel, hetgeen ons een ijzige blik van mijn vader opleverde, die begon te vermoeden dat we iets in ons schild voerden met al dat komen en gaan.

Fermín sputterde een paar incoherente zinnen over wat af te handelen bestellingen en toen knepen we er met gezwinde spoed tussenuit. Ik vermoedde dat ik vroeg of laat een deel van het wespennest aan mijn vader zou moeten onthullen; welk deel precies, dat was weer een heel ander verhaal.

Onderweg lichtte Fermín met zijn gebruikelijke flair voor melodrama toe wat ons te wachten stond. Het Santa Lucia Hospice was een instituut met een twijfelachtige reputatie, dat zich bevond in de ingewanden van een oud, vervallen paleis in Calle Moncada. De legende rondom deze plek deed vermoeden dat het een kruising was tussen het vagevuur en een lijkenhuis in abominabele sanitaire omstandigheden. De geschiedenis ervan was op zijn minst merkwaardig te noemen. Vanaf de elfde eeuw had het paleis onder meer diverse gegoede families gehuisvest, een gevangenis, een salon van courtisanes, een bibliotheek van verboden manuscripten, een kazerne, een beeldhouwatelier, een sanatorium van pestlijders, en een klooster. Halverwege de negentiende eeuw, toen het praktisch uit elkaar viel van ellende, werd er een museum van misgeboorten en andere deerniswekkende extravaganties van gemaakt door een bombastische ondernemer die zich László de Vicherny, hertog van Parma en privé-alchemist van het huis Bourbon liet noemen, maar wiens werkelijke naam Baltasar Deulofeu i Carallot bleek te zijn, uit Esparraguera, geboren bedrieger en notoire gigolo.

Eerdergenoemde liet zich erop voorstaan de meest uitgebreide collectie van menselijke foetussen in diverse stadia van deformatie te hebben, geconserveerd in flessen formol, om maar te zwijgen over de nog veel uitvoeriger collectie arrestatiebevelen, uitgegeven door de politiemachten van half Europa en Amerika. Het 'Tenebrarium' (zoals Deulofeu zijn creatie had gedoopt) offreerde onder meer sessies in spiritisme, dodenbezwering, hanen-, katten-, honden-, grote-vrouwen-, gehandicapten-, of gemengde gevechten – met de bijbehorende weddenschappen; een in kreupelen en mismaakte personen gespecialiseerd bordeel; een casino; een juridisch en financieel adviesbureau; een atelier met minnedranken; een toneel voor spektakels van regionale folklore; een marionettentheater, en parades van exotische danseressen. Met Kerstmis werd er een voorstelling van Los Pastorets in scène gezet met de leden van het toneelgezelschap en het bordeel, waarvan de roem tot aan de grenzen van de provincie reikte.

Het Tenebrarium was gedurende vijftien jaar een daverend succes, totdat de zwartste smaad over het illustere centrum en zijn schepper viel, toen ontdekt werd dat Deulofeu de echtgenote, de dochter, en de schoonmoeder van de militaire gouverneur van de provincie had verleid in een tijdsbestek van slechts één week. Voordat Deulofeu de stad kon ontvluchten om een van zijn vele andere identiteiten aan te nemen, maakte een bende beulen jacht op hem in de stegen van de wijk Santa María, om hem vervolgens op te hangen en in brand te steken in de Ciutadella, het lichaam achterlatend voor de wilde honden uit de buurt. Na twee decennia verwaarlozing, waarin niemand de moeite nam om de gruwelcollectie van de infame László weg te halen, werd het Tenebrarium onder de zorg van een religieuze orde omgevormd tot een liefdadigheidsinstituut.

“De Dames van de Laatste Oordeel, of iets dergelijks zieks”, zei Fermin. “Het lastige is dat ze bijzonder gebrand zijn op de geheimhouding van de plek (een slecht geweten, zou ik zeggen), dus we zullen een list moeten verzinnen om binnen te komen.”

In recentere tijden werden de bewoners van het Santa Lucia Hospice gerekruteerd uit de rijen stervenden, verlaten ouderen, dementen, nooddruftigen, en een enkele opgestane messias, die bij elkaar de dichtbevolkte Barcelonese onderwereld vormden. Het was een prettige bijkomstigheid voor de inwoners van het hospice dat het leeuwendeel van hen na opname slechts korte tijd overleefde; de condities van het pand, noch het gezelschap nodigden uit tot een lange levensduur. Volgens Fermin werden de overledenen altijd vlak voor het licht werd weggehaald en maakten ze hun laatste reis naar het gemeenschappelijke graf in een huifkar, gedoneerd door een bedrijf in Hospitalet de Llobregat, dat gespecialiseerd was in vlees- en worstproducten van dubieuze kwaliteit en dat jaren later in een duister schandaal verwikkeld zou raken.

“Dit verzint u allemaal”, protesteerde ik, overdonderd door het danteske portret dat Fermín me schilderde.

“Zo ver reikt mijn fantasie niet, Daniel. Wacht af en u zult het zien. Ik heb het hospice bezocht bij een rampzalige gelegenheid zo’n tien jaar geleden en ik kan u zeggen dat het leek of ze uw vriend Julián Carax hadden gecontracteerd als decorateur. Spijtig dat we niet wat laurierblaadjes hebben meegenomen om de karakteristieke aroma's wat te verzachten. Het zal al een hele klus worden om ervoor te zorgen dat ze ons erin laten."

Met deze perspectieven liepen we Calle Moncada in, op dat uur van de dag reeds tot een duistere doorgang verworden, geflankeerd door de oude, tot magazijnen en werkplaatsen omgebouwde paleizen. De litanie van de klokken van de Santa María del Mar-basiliek begeleidde de echo van onze voetstappen. Kort daarna drong een bittere, penetrante lucht door de koude winterbries heen.

"Wat is dat voor stank?"

"We zijn er", kondigde Fermín aan.

30

Een poort van verrot hout leidde naar een binnenhof, bewaakt door gaslampen die flikkerden boven waterspuwers en engelen, wier trekken door de tijd heen waren opgelost in de oud geworden steen. Een brede trap voerde naar de eerste verdieping, waar een rechthoek van nevelig licht de hoofdingang markeerde. Het gaslicht dat uit deze opening straalde, kleurde de stinkende walm die van binnen naar buiten dreef, in okertonen. Een hoekig, roofdierachtig silhouet observeerde ons vanuit de deuropening. Zelfs in het halfduister waren haar ijzige ogen te zien, van dezelfde kleur als het habijt dat ze droeg. Het silhouet hield een dampende, houten emmer vast die een onbeschrijflijke stank afgaf.

"AveMariaHeiligeMoederGodsDeOnbevlektOntvangene", begon Fermín zonder haperen en vol enthousiasme.

"En de kist?" antwoordde de stem vanuit de hoogte, laag en argwanend.

"Kist?" vroegen Fermín en ik unisono.

"Bent u niet van de begrafenisonderneming?" vroeg de non vermoeid.

Ik vroeg me af of dat een commentaar was op onze uitmonstering of een echte vraag. Fermíns gezicht lichtte op bij deze buitenkans.

"De kist ligt in de bestelbus. We wilden eerst de cliënt onderzoeken. Pure formaliteit."

Ik voelde een sterke misselijkheid opkomen.

"Ik dacht dat de heer Collbató zelf zou komen", zei de non.

"De heer Collbató laat zich verontschuldigen, maar er kwam op het laatste moment een zeer ingewikkelde balseming tussendoor. Een mannetjesputter uit het circus."

"Werkt u beiden bij de heer Collbató in de begrafenisonderneming?"

"Wij zijn respectievelijk zijn rechter- en linkerhand. Wilfredo Velludo, om u te dienen, en hier aan mijn zijde mijn leerling, student Sansón Carrasco."

"Aangenaam", completeerde ik.

De non bekeek ons vluchtig en knikte onverschillig.

"Welkom in Santa Lucia. Ik ben zuster Hortensia, degene die u belde. Volgt u mij."

We volgden zuster Hortensia zonder een woord te zeggen door een spelonkachtige gang waarvan de lucht me deed denken aan die van de metrotunnels. De gang werd geflankeerd door deurposten zonder deuren waarachter met kaarsen verlichte zalen te zien waren, bezet met rijen tegen de muur gestouwde bedden die overdekt werden met muskietengaas, golvend als lijkwades. Er waren jammerklachten te horen en silhouetten tekenden zich af tussen de weefsels.

"Hierheen", wees zuster Hortensia, die enkele meters verderop de voorhoede vormde.

We gingen een ruim gewelf in waar het mij geen enkele moeite kostte het toneel van het Tenebrarium te situeren dat Fermín me beschreven had. Het schemerduister verhulde wat op het eerste gezicht een collectie wassen beelden leek, in zithouding of liggend op de grond in hoeken, beelden met dode, glazige ogen die glansden als blikken muntjes bij het schijnsel van de kaarsen. Ik dacht dat het misschien poppen waren of resten van het oude museum. Toen besefte ik dat ze bewogen, zij het zeer langzaam en uiterst behoedzaam. Het was onmogelijk leeftijd of geslacht te onderscheiden. De vodden die hen bedekten, waren askleurig.

"De heer Collbató zei dat we niets moesten aanraken of schoonmaken", zei zuster Hortensia op enigszins verontschuldigende toon. "We hebben ons ertoe beperkt de arme ziel in een van de kisten te leggen die we nog hadden, omdat hij begon te lekken, maar meer niet."

"Dat hebt u goed gedaan. U kunt niet voorzichtig genoeg zijn", stemde Fermín in.

Ik wierp hem een wanhopige blik toe. Hij schudde sereen met het hoofd, waarmee hij me te kennen gaf dat ik de situatie aan hem moest overlaten. Zuster Hortensia leidde ons naar wat een cel zonder ventilatie of licht bleek te zijn aan het einde van een smalle gang. Ze nam een van de gaslampen die aan de muur hingen en reikte hem ons aan.

"Denkt u veel tijd nodig te hebben? Ik heb meer te doen."

"Laat u zich door ons niet ophouden. Doet u alstublieft de dingen die u moet doen, wij nemen hem mee. Wees gerust."

"Goed, als u iets nodig hebt ben ik in het souterrain, in de galerij van de bedlegerigen. Als het niet te veel gevraagd is, wilt u hem dan langs de achterkant wegvoeren, zodat de anderen hem niet zien? Dat is slecht voor het moreel van de inwonenden."

"Dat zullen we doen", zei ik met haperende stem.

Zuster Hortensia bekeek me met een vage nieuwsgierigheid. Nu ik haar van dichterbij zag, drong het tot me door dat ze een oude vrouw was, bijna bejaard. Luttele jaren scheidden haar van de rest van de bewoners van het hospice.

"Hoort u eens, is uw leerling niet een beetje jong voor dit beroep?"

"'s Levens waarheden kennen geen leeftijd, zuster", merkte Fermín op.

Met een knikje glimlachte de non vriendelijk naar me. Er was geen wantrouwen in haar blik, slechts triestheid.

"Maar toch", mompelde ze.

Ze liep weg in de nevel, de emmer met zich mee zeulend en haar schaduw achter haar aan slepend als een bruidssluier. Fermín duwde me de cel in. Het was een miserabel kamertje, uitgespaard tussen twee grotmuren die etterden van het vocht. Kettingen die eindigden in haken hingen van het plafond en de gesprongen vloer werd gevierendeeld door afwateringsgeulen. In het midden, op een grauwe marmeren tafel, rustte een houten kist. Fabrieksverpakking. Fermín tilde de lamp op en we zagen het silhouet van de overledene tussen het strovulsel uitsteken. Perkamenten trekken, ondoorgrondelijk, uitgehakt en bevroren. De verstijfde huid was paarsgekleurd. De ogen waren open: wit, als gebroken eierschalen.

Mijn maag keerde zich om en ik wendde mijn blik af.

"Kom, aan het werk", beval Fermín.

"Bent u gek geworden?"

"Ik bedoel dat we onze Jacinta moeten vinden voor ze onze list doorhebben."

"Hoe?"

"Hoe denkt u? Rondvragen."

We gluurden de gang in om ons ervan te verzekeren dat zuster Hortensia was verdwenen. Toen gleden we zeer behoedzaam naar de zaal waar we doorheen gelopen waren. De miserabele figuren observeerden ons nog steeds met blikken die varieerden van nieuwsgierigheid tot vrees en in een enkel geval, begerigheid.

"Pas op, sommigen van hen zouden je op de nek springen als ze konden, om je bloed te drinken en opnieuw jong te zijn", zei Fermín. "De leeftijd laat ze er allemaal als makke lammetjes uitzien, maar hierbinnen zijn net zoveel klootzakken als daarbuiten, misschien nog wel meer. Dit zijn namelijk degenen die het lang uithouden en de rest hebben begraven. Heb er geen medelijden mee. Kom, u begint bij die daar in de hoek, die lijken geen tanden te hebben."

Als zijn woorden bedoeld waren om me voor de missie moed in te spreken, mislukten ze grandioos. Ik keek naar het groepje menselijk afval dat wegkwijnde in de hoek en glimlachte naar ze. Enkel en alleen hun aanwezigheid kwam mij al voor als een propagandistische list ten faveure van de morele leegte van het universum en de mechanische brutaliteit waarmee het de onderdelen vernietigt die niet meer nuttig blijken. Fermín leek mijn diepzinnige gedachten te lezen en knikte ernstig.

"Moeder natuur is een ongelooflijke hoer, dat is de trieste realiteit", zei hij. "Vat moed en ga ervoor."

Mijn eerste rondje ondervragingen leverde me niets meer op dan lege blikken, gekreun, geboer en wartaal door alle sujetten die ik ondervroeg over de verblijfplaats van Jacinta Coronado. Vijftien minuten later hield ik het voor gezien en sloot me bij Fermín aan om te zien of hij meer geluk had gehad. Hij was volkomen ontmoedigd.

"Hoe gaan we Jacinta Coronado vinden in dit hol?"

"Ik weet niet. Dit is een kluit gestoorden. Ik heb het met Sugussnoepjes geprobeerd, maar ze denken dat het zetpillen zijn."

"En als we het aan zuster Hortensia vragen? We vertellen haar de waarheid en klaar."

"De waarheid vertellen we alleen in uiterste nood, Daniel, en bij een non zéker. Eerst verschieten we al ons kruit. Kijk dat kliekje daar, dat lijkt nog behoorlijk monter. Die zijn vast en zeker redelijk bij de pinken. Vraag hun eens."

"En wat denkt u te gaan doen?"

"Ik bewaak de achterhoede in het geval de pinguïn terugkeert. Aan het werk."

Met weinig of geen enkele hoop op succes naderde ik een groep inwonenden die een hoek van de zaal bezet hield.

"Goedenavond", zei ik, me onmiddellijk de absurditeit van mijn groet realiserend, omdat het daar altijd nacht was. "Ik zoek mevrouw Jacinta Coronado. Co-ro-na-do. Kent iemand van u haar of kunt u mij zeggen waar ik haar kan vinden?"

Tegenover mij vier door begeerte verloederde blikken. Hier gebeurt iets, zei ik bij mezelf. Misschien is nog niet alles verloren.

"Jacinta Coronado?" hield ik aan.

De vier inwonenden wisselden blikken en knikten naar elkaar. Een van hen, corpulent en zonder één zichtbare haar op het hele lichaam, leek de aanvoerder. Zijn uiterlijk en esprit deden mij denken aan een gelukkige Nero die zijn harp bespeelt terwijl Rome aan zijn voeten wegrot. Met een majestueus gebaar glimlachte keizer Nero speels naar me. Ik maakte hetzelfde gebaar terug, hoopvol.

Hij beduidde me dichterbij te komen, alsof hij me iets in het oor wilde fluisteren. Ik aarzelde, maar kwam aan zijn voorwaarde tegemoet.

"Kunt u mij vertellen waar ik mevrouw Jacinta Coronado kan vinden?" vroeg ik voor de laatste keer.

Ik bracht mijn oor dichter naar de lippen van de patiënt toe, zozeer dat ik zijn stinkende, lauwe adem op mijn huid kon voelen. Ik was bang dat hij zou bijten, maar toen liet hij onverwachts een wind van een oorverdovende heftigheid. Zijn kameraden barstten in lachen uit en klapten. Ik week een paar stappen terug, maar de winderige damp sloeg me al in het gezicht. Dat was het moment dat ik een oude man naast me opmerkte, kromgegroeid, gewapend met een profetenbaard, dun haar en vuurogen, die zichzelf overeind hield met een stok en ze minachtend aankeek.

"U verliest uw tijd, jongeman. Juanito weet alleen scheten te laten en de anderen kunnen er alleen maar om lachen en ze inademen. Zoals u ziet is de sociale structuur hier niet heel verschillend van die in de buitenwereld."

De oude filosoof sprak plechtig en met een perfecte dictie. Hij nam me van top tot teen met vorsende blik op.

"U zoekt Jacinta, meen ik u te hebben horen zeggen?"

Ik knikte, stomverbaasd bij de verschijning van intelligent leven in deze horrorgrot.

"En waarom?"

"Ik ben haar kleinzoon."

"En ik de Markies van Kwark-met-honing. Een vat vol leugens, dat bent u. Vertelt u mij waarom u haar zoekt of ik doe of ik gek ben. Dat is hier heel gemakkelijk. En als u serieus overweegt deze lammelingen het een voor een te gaan vragen, dan zult u al snel begrijpen waaróm dat zo eenvoudig is."

Juanito en zijn kliek van opsnuivers lachten nog steeds dat het een aard had. De solist gaf vervolgens een toegift, gedempter en langer dan de eerste en in de vorm van gesis dat het geluid van een lekke band evenaarde. Het was duidelijk dat Juanito een controle over zijn sfincter had die grensde aan virtuositeit. Ik gaf me gewonnen.

"U hebt gelijk. Ik ben geen familie van mevrouw Coronado, maar ik moet met haar praten. Het is een zaak van het grootste belang."

De oude kwam dichterbij. Hij had een schalkse glimlach, als van een oud geworden jongetje, en zijn oogjes gloeiden van listigheid.

"Kunt u mij helpen?" smeekte ik.

"Dat hangt ervan af in hoeverre u míj kunt helpen."

"Als het in mijn macht ligt, met veel genoegen. Wilt u dat ik uw familie een bericht overbreng?"

De oude begon bitter te lachen.

"Om precies te zijn is het mijn familie die me naar dit oord heeft verbannen. Een fraaie bende bloedzuigers, in staat om mijn onderbroek te jatten als ie nog lauw is. Naar de hel met ze. Ik heb ze lang genoeg moeten verdragen en onderhouden. Wat ik wil is een vrouw."

"Pardon?"

De oude keek me ongeduldig aan.

"Uw luttele jaren zijn geen excuus voor uw gebrek aan snuggerheid, jochie. Ik zeg u dat ik een vrouw wil. Een vrouw, dienstmeid of klassevrouw. Jong – dat wil zeggen, jonger dan vijfenvijftig jaar – en gezond, zonder wonden en breuken ..."

"Ik weet niet zeker of ik u ..."

"U begrijpt mij uitstekend. Ik wil een vrouw die tanden heeft en niet zichzelf onderpist, een beurt geven alvorens ik naar het hiernamaals ga. Het maakt me niet uit of ze knap is of niet; ik ben halfblind en op mijn leeftijd is een willekeurige meid die je lekker kan vastpakken, een Venus. Ben ik duidelijk genoeg?"

"Als een open boek. Maar ik zie niet hoe ik voor u een vrouw vind die ..."

"Toen ik uw leeftijd had, bestond er in de dienstensector zoiets als dames van lichte zeden. Ik weet dat de wereld weliswaar verandert, maar nooit in de essentiële dingen. Bezorgt u mij er eentje, volrond en wulps, en we doen zaken. En als u zich aan het afvragen bent wat mijn capaciteiten zijn om van een dame te genieten, bedenk dan dat ik al tevreden ben met haar in haar kont te knijpen en haar twee schoonheden te wegen. Voordelen van de ervaring."

"De technische details zijn uw zaak, maar ik kan u hier nu niet een vrouw brengen."

"Ik mag dan een oude, geile bok zijn, maar geen idioot. Dát weet ik ook wel. Ik neem genoegen met uw belofte."

"En hoe weet u dat ik niet alleen maar ja zeg opdat u mij vertelt waar Jacinta Coronado is?"

Het oude kereltje glimlachte uitgekookt naar me.

"Geeft u mij uw woord nou maar en laat u de gewetensproblemen aan mij over."

Ik keek om me heen. Juanito bereidde zich voor op het tweede deel van zijn recital. Hoop sijpelde zienderogen weg. Het verzoek van de ondeugende grootvader was het enige wat zin leek te hebben in dit vagevuur.

"Ik geef u mijn woord. Ik zal doen wat ik kan."

De oude grijnsde van oor tot oor. Ik telde drie tanden.

"Blond, ook al is het geverfd. Met een paar goeie meloenen en een hoerige stem als het mogelijk is. Van al mijn zintuigen is mijn gehoor nog het best bewaard gebleven."

"Ik zal zien wat ik kan doen. Vertelt u mij nu waar ik Jacinta Coronado kan vinden."

31

"Wát hebt u aan deze Methusalem beloofd?"

"Dat hebt u gehoord."

"Dat was een grap, hoop ik."

"Ik lieg niet tegen een grootvadertje dat met één been in het graf staat, hoe schaamteloos hij ook is."

"En dat siert u, Daniel, maar hoe denkt u een hoer dit heilige huis binnen te smokkelen?"

"Haar het driedubbele betalen, veronderstel ik. De specifieke details laat ik aan u over."

Berustend haalde Fermín zijn schouders op.

"Vooruit dan, afspraak is afspraak. We bedenken er wel wat op. Maar de volgende keer dat er zich een onderhandeling van dergelijke aard voordoet, laat u mij het woord doen."

"Akkoord."

Precies zoals de oude fijnproever had aangegeven, vonden we Jacinta Coronado op een vliering waar je alleen kon komen via een buitentrap op de derde verdieping. Volgens de wellustige oude was de zolder de schuilplaats van de schaarse bewoners voor wie de goden niet het fatsoen hadden kunnen opbrengen om hen van hun verstand te beroven, wat overigens geen duurzaame toestand was. Naar het scheen waren in die verborgen vleugel in zijn tijd de vertrekken van Baltasar Deulofeu, alias László de Vicherny, gehuisvest, van waaruit hij de activiteiten van het Tenebrarium bestierde en de zojuist uit de Oriënt overgewaaide minnekunsten cultiveerde te midden van geparfumeerde dampen en oliën. Dampen en parfums waren er nog steeds, zij het van een geheel andere aard. Jacinta Coronado kwijnde gelaten weg in een rieten stoel, gewikkeld in een deken.

"Mevrouw Coronado?" vroeg ik met stemverheffing, bang dat de arme ziel doof, gek of beide zou zijn.

De oude vrouw bestudeerde ons met een vastberaden blik en een zekere reserve. Haar ogen waren troebel en slechts enkele schaarse lokjes wittig haar bedekten haar hoofd. Het viel me op dat ze me bevreemd aankeek, alsof ze me eerder had gezien, maar zich niet kon herinneren wáár. Ik vreesde dat Fermín zich zou haasten mij als zoon van Carax voor te stellen of een soortgelijke kunstgreep, maar hij knielde slechts naast haar neer en pakte haar bevende, rimpelige hand.

"Jacinta, ik ben Fermín, en deze knappe jongen is mijn vriend Daniel. Uw vriend, pater Fernando Ramos, stuurt ons. Hij heeft vandaag niet kunnen komen omdat hij twaalf missen moest zeggen, u weet hoe dat gaat met die heiligen, maar hij laat u bijzonder hartelijk groeten. Hoe gaat het met u?"

De bejaarde dame glimlachte lief naar Fermín. Mijn vriend streelde haar gezicht en voorhoofd. Ze was dankbaar als een schootkatje voor het contact met andermans huid. Ik voelde dat ik een brok in mijn keel kreeg.

"Wat een domme vraag, nietwaar?" vervolgde Fermín. "Wat u zou willen is daarbuiten zijn, een dansje maken. Want u hebt de bouw van een danseres, dat zal iedereen wel tegen u zeggen."

Ik had hem iemand nog nooit zo delicaat zien behandelen, zelfs Bernarda niet. De woorden ware pure vleierij, maar de toon en de uitdrukking op zijn gezicht waren oprecht.

"Wat een mooie dingen zegt u", mompelde ze met een stem die gebroken klonk doordat ze al jaren met niemand had kunnen praten.

"Niet half zo mooi als u bent, Jacinta. Denkt u dat we u een paar vragen zouden kunnen stellen? Zoals bij die prijsvragen op de radio, weet u wel?"

De oude dame knipperde slechts met haar ogen ten antwoord.

"Ik zou zeggen dat dat 'ja' betekent. Herinnert u zich Penélope, Jacinta? Penélope Aldaya? Zij is het over wie we wat vragen willen stellen."

Jacinta knikte, haar blik plots stralend.

"Mijn meisje", prevelde ze en het leek of ze terstond in huilen zou uitbarsten.

"Die bedoel ik. U herinnert haar zich, hè? Wij zijn vrienden van

Julián. Julián Carax. Die van de enge sprookjes, die herinnert u zich ook, nietwaar?"

De ogen van de vrouw glinsterden, alsof de woorden en de aanraking op haar huid haar van het ene op het andere moment het leven terugbrachten.

"Pater Fernando, van het Sint Gabriël College, vertelde dat u veel van Penélope hield. Hij houdt ook veel van u en denkt iedere dag aan u, weet u. Als hij niet vaker komt, is dat omdat de nieuwe bisschop, een streber, hem treitert met een hoeveelheid missen dat hij er schor van wordt."

"Eet u wel goed?" vroeg ze plotseling ongerust.

"Als een hollebolle Gijs, Jacinta, het punt is dat ik een zeer mannelijk metabolisme heb en alles verbrand. Maar gelooft u mij, onder deze kleren is alles puur spier. Voel maar. Net Charles Atlas, maar behaarder."

Jacinta knikte gerustgesteld.. Ze had uitsluitend oog voor Fermín, mij was ze compleet vergeten.

"Wat kunt u ons vertellen over Penélope en Julián?"

"Ze hebben me haar met z'n allen afgenomen", zei ze. "Mijn meisje."

Ik maakte me op om iets te zeggen, maar Fermín wierp me een blik toe die zei: zwijg.

"Wie heeft Penélope van u afgepakt, Jacinta? Weet u dat nog?"

"De heer", zei ze, haar ogen angstig opslaand, alsof ze vreesde dat iemand ons kon horen.

Fermín leek het gebaar van de oude vrouw in te schatten en volgde haar blik de hoogte in, mogelijkheden afwegend.

'Refereert u aan de almachtige God, heerser in de hemel, of aan meneer de vader van juffrouw Penélope, don Ricardo?"

"Hoe is het met Fernando?" vroeg ze.

"De priester? Hij maakt het uitstekend. De dag dat we het het minst verwachten, maken ze hem paus en installeert hij u in de Sixtijnse Kapel. Hij stuurt u vele groeten."

"Hij is de enige die me komt opzoeken, weet u. Hij komt omdat hij weet dat ik niemand anders heb."

Fermín wierp me een blik toe vanuit een ooghoek, alsof hij aan hetzelfde dacht als ik. Jacinta Coronado had ze aanzienlijk meer op een rij dan haar aanblik suggereerde. Haar lichaam kwijnde weg, maar geest en ziel brandden maar zeer langzaam op in deze poel van ellende. Ik vroeg me af hoeveel meer zoals zij en het zedeloze oudje er hier opgesloten zouden zitten.

"Hij komt omdat hij veel van u houdt, Jacinta. Omdat hij zich herinnert hoe goed u hem verzorgd en gevoed had als jochie, hij heeft het ons allemaal verteld. Herinnert u zich dat, Jacinta? Herinnert u zich die tijd, toen u Jorge altijd ophaalde van school, herinnert u zich Fernando, en Julián?"

"Julián ..."

Haar stem klonk als een slepend gefluister, maar de glimlach verraadde haar.

"Herinnert u zich Julián Carax, Jacinta?"

"Ik herinner me de dag dat Penélope me vertelde dat ze met hem ging trouwen ..."

Fermín en ik keken elkaar stomverbaasd aan.

"Trouwen? Wanneer was dat, Jacinta?"

"De dag dat ze hem voor de eerste keer zag. Ze was dertien en ze wist niet wie hij was noch hoe hij heette ..."

"Hoe wist ze dan dat ze met hem ging trouwen?"

"Omdat ze hem gezien had. In haar dromen."

***

Als kind was Maria Jacinta Coronada ervan overtuigd dat de wereld ophield bij de stadsgrenzen van Toledo en dat daarbuiten niets anders was dan duisternis en oceanen van vuur. Jacinta had dat idee gekregen door een droom die ze gedurende een koortsaanval had en waar ze op haar vierde bijna aan was bezweken. Haar dromen begonnen tijdens die mysterieuze koorts, die volgens sommigen de schuld was van de beet van een enorme, rode schorpioen die op een dag in huis verscheen en daarna nooit meer gezien werd, anderen weten het aan de slechte werken van een krankzinnige non die 's nachts de huizen insloop om de kinderen te vergiftigen en die jaren later zou sterven aan de wurgpaal, het onzevader achterstevoren opzeggend en met uit de kassen rollende ogen, terwijl een rode wolk zich uitbreidde over de stad en zich ontlaadde in een storm van dode kevers. In haar dromen zag Jacinta het verleden en de toekomst en soms ving ze een glimp op van de geheimen en mysteries van de oude Toledaanse straten. Een van de gebruikelijke personages in haar dromen was Zacharias, een engel die altijd in het zwart gekleed ging en vergezeld werd door een donkere kat met gele ogen waarvan de adem naar zwavel rook. Zacharias wist alles: hij had haar de dag en het uur voorspeld dat haar oom Benancio zou sterven, de scharrelaar in zalfjes en heilige watertjes. Hij had haar de plek onthuld waar haar moeder, een rechtschapen kwezel, een verzameling brieven bewaarde van een vurige medicijnenstudent met weinig economische middelen maar met een gedegen kennis van anatomie, in wiens alkoof in Callejón de Santa María zij de poorten van het paradijs alvast ontdekt had. Hij had haar aangekondigd dat er iets duivels in haar buik zat, een dode geest die haar kwaad toewenste, en dat ze slechts de liefde van één man zou kennen: een lege egoïstische liefde die haar ziel in tweeën zou splijten. Hij had geprofeteerd dat zij in haar leven alles waar zij van hield verloren zou zien gaan en dat ze voor ze de hemel bereikte eerst de hel zou bezoeken. De dag van haar eerste menstruatie verdwenen Zacharias en zijn zure kat uit haar dromen, maar jaren later zou Jacinta zich de bezoeken van de zwarte engel herinneren met tranen in haar ogen, omdat alle profetieën waren uitgekomen.

Dus toen de artsen de diagnose stelden dat ze nooit kinderen zou kunnen krijgen, was Jacinta niet verrast. Ze was óók niet verrast, ofschoon ze bijna doodging van schaamte, toen haar echtgenoot met wie ze drie jaar was getrouwd, aankondigde dat hij haar verliet voor een ander omdat zij als een dorre woestijn was die geen vruchten gaf, omdat ze geen vrouw was. Bij afwezigheid van Zacharias (die zij hield voor een afgezant uit de hemel, want zwart of niet, hij was een lichtgevende engel – en de knapste man die ze ooit had gezien) praatte Jacinta in haar eentje met God, verborgen in hoeken, zonder hem te zien en zonder van hem te verwachten dat hij de moeite zou nemen om te antwoorden omdat er veel leed was in de wereld en dat van haar was uiteindelijk een kleinigheid. Al haar monologen met God handelden over hetzelfde onderwerp: ze wenste slechts één ding in het leven, moeder te zijn, vrouw te zijn.

Op een goede dag, terwijl ze aan het bidden was in de kathedraal, kwam er een man naar haar toe die ze herkende als Zacharias. Gekleed als altijd in het zwart en met zijn boosaardige kat op zijn schoot. Hij was niet één dag ouder geworden en had nog steeds die magnifieke nagels, hertoginnennagels, lang en puntig.

De engel bekende haar dat hij kwam omdat God niet van plan was haar smeekbeden te beantwoorden. Maar Zacharias zei dat ze zich geen zorgen moest maken omdat hij haar, op wat voor manier dan ook, een schepseltje zou sturen. Hij boog zich over haar heen, fluisterde het woord Tibidabo en kuste haar heel teder op de lippen. Bij het contact met die delicate, zoete lippen had Jacinta een visioen: ze zou een meisje hebben zonder de noodzaak een man te kennen (hetgeen, te oordelen naar de drie jaar ervaring in de alkoof met een echtgenoot die erop stond dingen met haar te doen terwijl hij haar hoofd bedekte met een kussen en haar toebeet "Niet kijken, hoer", een opluchting voor haar betekende). Dit meisje zou naar haar toe komen in een verre stad, gevangen tussen een halvemaan van bergen en een zee van licht, een stad gesmeed uit gebouwen die alleen in dromen konden bestaan. Later wist Jacinta niet te vertellen of het bezoek van Zacharias in een van haar dromen was geweest of dat de engel werkelijk naar haar toe was gekomen in de kathedraal van Toledo, met zijn kat en zijn scharlakenrode gemanicuurde nagels. Wat zij geen seconde in twijfel trok was de waarheid van zijn voorspellingen. Diezelfde middag consulteerde zij de diaken van de parochie, een belezen man die veel van de wereld had gezien (men zei dat hij tot aan Andorra was gekomen en zelfs een mondjevol Baskisch sprak). De diaken, die beweerde de engel Zacharias uit de gevleugelde hemelse legioenen niet te kennen, luisterde aandachtig naar het visioen van Jacinta. Na lang beraad, waarbij hij afging op de beschrijving van de kathedraal die in de woorden van de helderziende op een soort grote sierkam leek, gemaakt van gesmolten chocolade, zei de wijze man tegen haar: "Jacinta, wat jij hebt gezien is Barcelona, de grote tovenares, en de boetetempel van de Sagrada Familia ..." Twee weken later, gewapend met een bundeltje kleren, een misboek en haar eerste glimlach in vijf jaar, vertrok Jacinta naar Barcelona, ervan overtuigd dat alles wat de engel haar had beschreven bewaarheid zou worden.

Maanden van penibele levensomstandigheden en moeilijkheden gingen voorbij voor Jacinta vast werk vond in een van de magazijnen van Aldaya en Zoon, in de buurt van de paviljoens van de oude Wereldtentoonstelling van 1888 in de Ciutadella. Het Barcelona van haar dromen had zich getransformeerd tot een vijandige en sinistere stad, vol met gesloten paleizen, vol met fabrieken waaruit mistige walmen ontsnapten die de huid vergiftigden met steenkool en zwavel. Jacinta wist vanaf de eerste dag dat die stad een vrouw was, ijdel en wreed, en leerde haar te vrezen en nooit recht in de ogen te kijken. Ze woonde alleen in een pension in de wijk La Ribera, waar zij van haar salaris net een miserabele kamer kon betalen zonder ramen of licht – slechts dat van kaarsen die ze stal in de kathedraal en die ze de hele nacht liet branden om de ratten af te schrikken, die de oren en vingers van de zes maanden oude baby van Ramoneta hadden opgegeten, een prostituee die de kamer naast de hare huurde, en de enige vriendin die ze had kunnen maken in elf maanden Barcelona. Die winter regende het bijna iedere dag, zwarte regen, zwart van roet en arseen. Al snel begon Jacinta te vrezen dat Zacharias haar voor de gek had gehouden, dat ze naar die verschrikkelijke stad was gekomen om dood te gaan van kou, ellende en vergetelheid.

Vastbesloten om te overleven, ging Jacinta iedere dag voor het ochtend werd naar het magazijn en vertrok niet voor de avond allang begonnen was. Daar ontdekte don Ricardo Aldaya haar per toeval toen ze de dochter van een van de opzichters verzorgde, die ziek was geworden van uitputting, en toen hij de zorg en tederheid zag die het meisje uitstraalde, besloot hij haar mee naar huis te nemen om voor zijn echtgenote te zorgen die in verwachting was van wat zijn eerstgeborene zou zijn. Haar smeekbeden waren verhoord. Die nacht zag Jacinta Zacharias opnieuw in haar dromen. De engel ging niet meer in het zwart gekleed. Hij was naakt en zijn huid was bedekt met schubben. Niet zijn kat vergezelde hem, maar een witte slang die om zijn tors gerold zat. Zijn haar was gegroeid tot aan zijn middel en zijn glimlach, de zoete glimlach die ze gekust had in de kathedraal van Toledo, was doorsneden met driehoekige, geslepen tanden zoals ze die bij sommige diepzeevissen op de vismarkt had gezien, die wild hun staart in de netten van de vissers heen en weer zwiepten. Jaren later zou de jonge vrouw dit visioen beschrijven aan een achttien jaar oude Julián Carax, terugdenkend aan de dag dat ze het pension in La Ribera verliet om naar het kleine Aldaya-palazzo te verhuizen en te horen kreeg dat haar vriendin Ramoneta de nacht ervoor met messteken om het leven was gebracht in het portiek en dat haar kindje van kou was gestorven in de armen van het levenloze lichaam. Bij het horen van het bericht raakten de huurders van het pension slaags om zich de schaarse bezittingen van de dode toe te eigenen. Het enige wat ze met rust lieten was wat Ramoneta's grootste schat was geweest: een boek. Jacinta herkende het omdat Ramoneta haar vele malen had gevraagd of ze er een paar bladzijden uit wilde voorlezen. Zelf had ze nooit leren lezen.

Vier maanden later werd Jorge Aldaya geboren en hoewel Jacinta hem alle zorg zou bieden die de moeder – een etherische dame, dacht Jacinta, die gevangen leek te zitten in haar eigen spiegelbeeld – nooit kon of wilde geven, begreep het kindermeisje dat dat niet het schepsel was dat Zacharias haar had beloofd. In die jaren ontdeed Jacinta zich van haar jeugd en werd een andere vrouw, die slechts dezelfde naam en hetzelfde gezicht bewaarde. De andere Jacinta was achtergebleven in dat pension in La Ribera, net zo dood als Ramoneta. Nu woonde ze in de schaduw van de luxe van de Aldaya's, ver van de sinistere stad die ze zo had leren haten en waarin ze zich zelfs niet waagde op die ene dag per maand dat ze vrij was. Ze leerde te leven door en voor anderen, door en voor een familie die boven op een fortuin zat dat ze maar nauwelijks kon bevatten. Ze leefde in de verwachting van het schepseltje, dat een meisje zou zijn, net als de stad, en aan wie ze al haar liefde zou geven waar God haar ziel mee vergiftigd had. Soms vroeg Jacinta zich af of de dromerige vrede die haar dagen vulde, die bewustzijnsafwezigheid, was wat sommigen geluk noemden, en ze wilde geloven dat God in zijn oneindige stilte, op zijn manier, haar smeekbeden had verhoord.

Penélope Aldaya werd geboren in de lente van 1902. Toen had don Ricardo Aldaya het huis aan de Avenida Tibidabo al gekocht, dat bakbeest van een huis dat volgens Jacinta's collega's onder invloed stond van een machtige betovering, maar dat zij niet vreesde, omdat ze wist dat wat anderen voor beheksing hielden, niets anders was dan een aanwezigheid die alleen zíj in haar dromen kon zien: de schaduw van Zacharias, die nauwelijks meer de man leek die zij zich herinnerde en die zich nu nog slechts manifesteerde als een wolf die op zijn achterpoten liep.

Penélope was een fragiel meisje, bleek en vederlicht. Jacinta zag haar opgroeien als een winterbloem. Gedurende jaren waakte ze iedere nacht bij haar, bereidde persoonlijk al haar maaltijden, naaide haar kleren, was aan haar zijde bij duizend en een kinderziektes, toen ze haar eerste woorden brabbelde, toen ze een vrouw werd. Mevrouw Aldaya was een van de vele figuren die in en uit het tableau schoven, volgens de voorschriften van het decorum. Voor ze naar bed ging, kwam ze altijd haar dochter goedenacht wensen en haar vertellen dat ze meer van haar hield dan van wat ook ter wereld, dat zij voor haar het belangrijkste was in het hele universum. Jacinta zei nooit tegen Penélope dat ze van haar hield. Het kindermeisje wist dat wie werkelijk liefheeft, zwijgend liefheeft, met daden en niet met woorden. Heimelijk minachtte Jacinta mevrouw Aldaya, dat ijdele, lege schepsel dat in de gangen van het huis ouder werd onder het gewicht van haar sieraden waarmee haar echtgenoot, die al sinds jaren bij vreemde deuren aanklopte, haar het zwijgen oplegde. Ze haatte haar omdat van alle vrouwen God haar had gekozen om Penélope ter wereld te brengen, terwijl haar buik, de buik van de waarachtige moeder, vruchteloos bleef. Mettertijd verloor Jacinta, alsof de woorden van haar echtgenoot profetisch waren geweest, haar vrouwelijke vormen. Ze had gewicht verloren en haar figuur had de stugge trekken gekregen van vermoeide huid en bot. Haar borsten waren ineengekrompen tot twee huidzakjes, haar heupen leken op die van een jongen en haar vormen, hard en hoekig, vingen zelfs de blik van don Ricardo Aldaya niet, die doorgaans slechts aan het vermoeden van weelderigheid in de knop genoeg had om woest toe te slaan, zoals alle kamermeisjes van zijn en aanverwante huizen wisten. Het is beter zo, zei Jacinta bij zichzelf. Ze had geen tijd voor onzin.

Al haar tijd was voor Penélope. Ze las haar voor, vergezelde haar overal naartoe, baadde haar, kleedde haar, ontkleedde haar, kamde haar haar, ging met haar wandelen, legde haar in bed en maakte haar weer wakker. Maar vooral praatte ze met haar. Iedereen hield haar voor een excentrieke gouvernante, een oude vrijster die geen leven had buiten haar baan in het huis, maar niemand kende de waarheid: Jacinta was niet alleen Penélope's moeder, ze was haar beste vriendin. Sinds het meisje begon te praten en gedachten te vormen – veel vroeger dan Jacinta zich van elk ander kind wist te herinneren – deelden de twee hun geheimen, hun dromen en hun levens.

Het verstrijken van de tijd versterkte deze band slechts. Toen Penélope de adolescentie bereikte, waren beiden al onafscheidelijke vriendinnen. Jacinta zag Penélope opbloeien tot een vrouw wier schoonheid en helderheid niet uitsluitend evident waren voor haar eigen verliefde ogen. Penélope was licht. Toen die raadselachtige jongen genaamd Julián naar het huis kwam, merkte Jacinta vanaf het eerste moment dat er een stroom circuleerde tussen hem en Penélope. Er was een band, gelijk aan die van haar met Penélope, en tegelijkertijd anders. Intenser. Gevaarlijk. In het begin dacht ze dat ze de jongen zou gaan haten, maar al snel stelde ze vast dat ze Julián Carax niet haatte en dat ook nooit zou kunnen. Naarmate Penélope steeds meer onder de bekoring van Julián kwam, liet ook zij zich steeds meer meeslepen en uiteindelijk wenste ze nog slechts wat Penélope wenste. Niemand had het gemerkt, niemand had er aandacht aan geschonken, maar zoals altijd was het essentiële deel van de hele kwestie al beslist voor de geschiedenis begon en toen was het te laat.

Vele maanden van verlangende blikken en vergeefse hunkeringen moesten voorbijgaan voordat Julián Carax en Penélope alleen konden zijn. Ze leefden van het toeval, kwamen elkaar tegen in de gangen, observeerden elkaar vanaf uiteinden van tafels, raakten elkaar in stilte even aan, voelden elkaar in de afwezigheid. Hun eerste woorden wisselden ze in de bibliotheek van het huis aan de Avenida Tibidabo, op een stormachtige middag waarin 'Villa Penélope' zich onderdompelde in de weerschijn van grote kaarsen; slechts luttele seconden ontstolen aan het halfduister waarin Julián meende in de ogen van het meisje de zekerheid te lezen dat beiden hetzelfde voelden, dat hetzelfde geheim hen opvrat. Niemand leek het te merken. Niemand behalve Jacinta, die met groeiende ongerustheid het spel met de wederzijdse blikken bezag dat Penélope en Julián in de schaduw van de Aldaya's speelden. Ze vreesde voor hen.

Rond die tijd was Julián al begonnen met de nachten wakend door te brengen, terwijl hij verhalen schreef van middernacht tot de dageraad, waarin hij zijn ziel uitstortte voor Penélope. Daarna gebruikte hij elke willekeurige smoes om het huis aan de Avenida Tibidabo te bezoeken, glipte dan ongezien de kamer van Jacinta binnen en gaf haar de velletjes opdat zij ze aan het meisje kon geven. Soms gaf Jacinta hem een briefje dat Penélope voor hem had geschreven en dat herlas hij dagenlang. Het spel duurde maanden. Terwijl de tijd hun geen geluk bracht, deed Julián wat maar nodig was om dicht bij Penélope te zijn. Jacinta hielp hem, om Penélope gelukkig te zien, om dat licht brandende te houden.

Julián, op zijn beurt, voelde dat de terloopse onschuld van het begin aan het verdwijnen was en dat het noodzaak werd terrein prijs te geven. Zo begon hij tegen don Ricardo te liegen over zijn toekomstplannen, een bordpapieren enthousiasme tentoon te spreiden over een toekomst in het bankwezen en in de financiën, een sympathie en genegenheid voor Jorge Aldaya voor te wenden die hij niet voelde, om zijn bijna constante aanwezigheid in het huis aan de Avenida Tibidabo te rechtvaardigen; hij zei nog slechts dat waarvan hij wist dat anderen het wilden horen, las hun blikken en verlangens, offerde eerlijkheid en oprechtheid op, voelde dat hij zijn ziel stukje bij beetje verkocht, en vreesde dat als hij op een dag Penélope waard was, er dan niets meer zou zijn van de Julián die haar voor het eerst had gezien. Soms werd hij vroeg in de ochtend wakker, gloeiend van woede en vol verlangen om de wereld zijn werkelijke gevoelens te verklaren, don Ricardo Aldaya recht in zijn gezicht te zeggen dat hij geen enkele interesse had voor zijn fortuin, zijn toekomstplannen en zijn gezelschap, dat hij slechts zijn dochter Penélope wenste en dat hij haar zo ver mogelijk wilde weghouden van die lege, fraai aangeklede wereld waarin don Aldaya haar gevangen had gezet. Het licht van de dag verdreef zijn moed.

Bij gelegenheden luchtte Julián zijn hart bij Jacinta, die veel meer van de jongen begon te houden dan ze wenste. Vaak liet Jacinta Penélope kortstondig alleen en met het excuus dat ze Jorge ging ophalen van het Sint Gabriël College, bezocht ze Julián en gaf hem boodschappen van Penélope. Zo leerde ze Fernando kennen, die jaren later de enige vriend zou zijn die ze nog had, terwijl ze op de dood wachtte in de hel van Santa Lucia, zoals geprofeteerd door de engel Zacharias. Soms nam het kindermeisje uit een lichte boosaardigheid Penélope met zich mee om zo een korte ontmoeting tussen de twee te bewerkstelligen, waarbij ze zag hoe er tussen hen een liefde groeide die ze zelf nooit gekend had, die haar onthouden was. Het was rond deze tijd dat Jacinta de duistere, verwarrende aanwezigheid opmerkte van de stille jongen die door iedereen Francisco Javier werd genoemd, de zoon van de conciërge van Sint Gabriël. Ze betrapte hem terwijl hij hen bespioneerde, van verre hun gebaren las en Penélope met de ogen verslond.

Jacinta bewaarde een foto die de officiële portretfotograaf van huize Aldaya, Recasens, had genomen van Julián en Penélope in de deuropening van de hoedenzaak aan Ronda San Antonio. Het was een onschuldig beeld, genomen rond het middaguur en in aanwezigheid van don Ricardo en Sophie Carax. Jacinta droeg hem altijd bij zich.

Op een dag, toen ze op Jorge wachtte bij de uitgang van de school, liet de gouvernante haar tas bij de fontein staan en toen ze terugkwam om hem te pakken, zag ze dat de jonge Fumero daar rondhing, nerveus naar haar kijkend. Die nacht, toen ze het portretje zocht, vond ze het niet en ze wist heel zeker dat de jongen het had gestolen. Bij een andere gelegenheid, weken later, kwam Francisco Javier Fumero naar haar toe en vroeg haar of ze iets van hem aan Penélope wilde geven. Toen Jacinta vroeg wat het was, haalde de jongen een doek tevoorschijn waarmee hij een uit hout gesneden figuurtje had omwikkeld. Jacinta herkende er Penélope in en huiverde. Voordat ze iets kon zeggen, was de jongen weggelopen. Op de terugweg gooide Jacinta het figuurtje uit het autoraam alsof het om een onwelriekend kreng ging. Meer dan eens zou Jacinta 's ochtends badend in het zweet ontwaken, geplaagd door nachtmerries waarin de jongen met de troebele blik zich op Penélope wierp met de koude, onverschillige brutaliteit van een insect.

Op sommige middagen, als Jacinta Jorge kwam halen en deze verlaat was, praatte het kindermeisje met Julián. Ook hij begon van die vrouw met het harde uiterlijk te houden en haar zijn vertrouwen te schenken. Algauw, als de donkere wolken van een probleem zich boven zijn hoofd samenpakten en een schaduw over zijn leven wierpen, waren zij en Miquel Moliner de eersten, en vaak de enigen, die het te weten kwamen. Een keer vertelde Julián aan Jacinta dat hij zijn moeder en don Ricardo Aldaya had aangetroffen bij de patio van de fonteinen, pratend terwijl ze wachtten op het uitgaan van de leerlingen. Don Ricardo leek te genieten van het gezelschap van Sophie en Julián voelde een zeker onbehagen want hij was op de hoogte van de rokkenjagersreputatie van de magnaat en de niet te stillen gulzigheid naar de heerlijkheden van het vrouwelijk geslacht – zonder enige distinctie voor klasse of conditie. "Ik vertelde juist aan je moeder hoezeer de nieuwe school je bevalt", had don Ricardo tegen hem gezegd en bij het afscheid had hij naar ze geknipoogd en was luid lachend verdwenen. Zijn moeder legde de hele terugweg af in stilte, duidelijk beledigd door de opmerkingen die don Ricardo Aldaya haar had toegevoegd.

Niet alleen Sophie bekeek met achterdocht Juliáns groeiende band met de Aldaya's en de nalatigheid waarmee hij zijn oude vrienden en zijn familie bejegende. Maar waar zijn moeder triest zweeg, toonde de hoedenmaker wrok en ergernis. Het aanvankelijke enthousiasme om zijn clientèle uit te breiden tot de crème de la crème van de Barcelonese gemeenschap was snel in rook opgegaan. Hij zag zijn zoon bijna niet meer en spoedig moest hij Quimet als assistent en leerling in de winkel contracteren, een buurtjongen en oude vriend van Julián. Antoni Fortuny was een man die uitsluitend over hoeden open kon praten. Zijn gevoelens sloot hij maandenlang op in de kerker van zijn ziel, waar ze onherroepelijk verbitterden. Iedere dag was hij slechter gehumeurd en sneller geïrriteerd. Hij vond alles slecht, van de pogingen van de arme Quimet, die zich uit de naad werkte om het vak te leren, tot en met de pogingen van zijn echtgenote Sophie om de ogenschijnlijke vergetelheid waartoe Julián ze veroordeeld had, te verzachten.

"Jouw zoon denkt dat hij iemand is, omdat die rijke stinkerds hem als circusaapje gebruiken", zei hij op sombere toon, overlopend van wrok.

Op een goede dag, toen er drie jaar om waren sinds het eerste bezoek van don Ricardo Aldaya aan de hoedenzaak van Fortuny en Zoon, liet de hoedenmaker de winkel onder de hoede van Quimet achter en zei dat hij rond het middaguur terug zou zijn. Zonder zich te bedenken maakte hij zijn opwachting bij de kantoren van het Aldaya-consortium aan Paseo de Gracia en verzocht don Ricardo te spreken.

"En wie heb ik de eer te kunnen zeggen dat er is?" vroeg een slippendrager met een aanmatigende houding.

"Zijn persoonlijke hoedenmaker."

Don Ricardo ontving hem goedgeluimd, zij het vaag verrast, denkend dat Fortuny hem misschien een rekening kwam brengen. De kleine zakenlieden begrepen het protocol nooit helemaal waar het geld betrof.

"Vertelt u mij eens, wat kan ik voor u doen, vriend Fortunato?"

Onmiddellijk begon Antoni Fortuny don Ricardo uit te leggen dat hij zich bijzonder vergiste ten aanzien van zijn zoon Julián.

"Mijn zoon, don Ricardo, is niet wie u denkt dat hij is. Integendeel, het is een onnozel jongmens, een lanterfanter met niet meer talent dan de ijdelheden die zijn moeder hem in zijn kop heeft gepraat. Hij zal nooit iets bereiken, gelooft u mij. Het ontbreekt hem aan ambitie, aan karakter. U kent hem niet. Hij kan zeer bedreven zijn in het inpalmen van vreemden en ze laten denken dat hij heel veel weet, terwijl hij in feite helemaal niks weet. Hij is middelmatig. Maar ik ken hem beter dan wie ook en het leek mij nodig u te waarschuwen."

Don Ricardo Aldaya had zijn uiteenzetting in stilte aangehoord, bijna zonder met zijn ogen te knipperen.

"Is dat alles, Fortunato?"

De industrieel drukte op een knop op zijn bureau en na enkele seconden verscheen in de deuropening van het kantoor de secretaris die hem had ontvangen.

"Onze vriend Fortunato vertrekt weer, Balcells", kondigde hij aan. "Wees zo goed hem naar de uitgang te begeleiden."

De ijzige toon van de industrieel beviel de hoedenmaker niet.

"Met uw welnemen, don Ricardo: het is Fortuny, niet Fortunato."

"Wat dan ook. U bent een zeer triest figuur, Fortuny. Ik zou u dankbaar zijn als u zich hier niet meer vertoonde."

Toen Fortuny weer op straat stond, voelde hij zich eenzamer dan ooit, ervan overtuigd dat iedereen tegen hem was. Slechts enkele dagen later begonnen de deftige cliënten die zijn betrekkingen met Aldaya hem hadden opgeleverd, boodschappen te sturen om hun opdrachten te annuleren en hun rekeningen te vereffenen. In luttele weken moest hij Quimet ontslaan omdat er niet genoeg werk meer was. De jongen was toch niet veel waard. Middelmatig en een lanterfanter, zoals allemaal.

De mensen uit de buurt spraken erover dat de heer Fortuny er zo oud uitzag, eenzamer, zuurder. Hij praatte nauwelijks meer met iemand en bracht vele, lange uren door in zijn winkel, zonder iets te doen, terwijl hij de mensen vanachter de toonbank met een gevoel van minachting en, na een tijdje, met hunkering voorbij zag lopen. Later zei men dat de mode veranderde, dat jonge mensen niet langer een hoed droegen en dat zij die dat wel deden, de voorkeur gaven aan andere etablissementen waar ze ze kant-en-klaar verkochten, in diverse maten, moderne ontwerpen, en goedkoper. De hoedenzaak van Fortuny en Zoon zonk langzaam weg in een sombere, stille lethargie.

Jullie wachten erop dat ik sterf, zei hij bij zichzelf. Nou, misschien doe ik jullie dat genoegen wel. Hij wist het zelf niet, maar lange tijd geleden was hij al begonnen met sterven.

Julián richtte zich nog meer op de wereld van de Aldaya's en Penélope en op de enige toekomst die hij zich kon voorstellen. Zo gingen er bijna twee jaar voorbij dat de twee op het slappe koord hun geheime liefde leefden. Op zijn eigen manier had Zacharias hem lange tijd geleden al gewaarschuwd. Schaduwen spreidden zich om Julián heen en zouden spoedig het net rond hem sluiten.

Het eerste teken kwam op een dag in april in 1918. Jorge Aldaya werd achttien jaar en don Ricardo, die de grote patriarch uithing, had besloten om een monumentaal verjaardagsfeest te organiseren (of liever gezegd, de bevelen daartoe te geven) dat zijn zoon niet wenste en waarbij hij zelf niet aanwezig zou zijn met het excuus dat hij belangrijke zakelijke belangen moest behartigen, om zich vervolgens in de blauwe suite van Hotel Columbus terug te trekken met een verrukkelijke dame, onlangs gearriveerd uit Sint Petersburg. Het huis aan Avenida Tibidabo werd voor het evenement in een circustent omgetoverd: honderden lantaarns, vlaggetjes en kraampjes in de tuinen dienden om de gasten te verzorgen.

Bijna alle kameraden van Jorge Aldaya van het Sint Gabriël College waren uitgenodigd. Op voorstel van Julián had Jorge ook Francisco Javier Fumero geïnviteerd. Miquel Moliner waarschuwde hen dat de zoon van de conciërge van Sint Gabriël zich als een vreemde eend in de bijt zou voelen in deze opgeblazen pompeuze omgeving van heertjes van stand. Francisco Javier ontving zijn uitnodiging, maar voelde dat inderdaad aankomen en besloot de uitnodiging af te slaan. Toen doña Yvonne, zijn moeder, erachter kwam dat haar zoon van plan was een uitnodiging voor het weelderige herenhuis van de Aldaya's te negeren, kwam ze in de verleiding hem de ogen uit te krabben. Wat kon die uitnodiging anders betekenen dan dat haar entree in de betere kringen nakende was? De volgende stap zou een invitatie zijn om thee en gebak te komen nuttigen met mevrouw Aldaya en andere dames van onbetwistbare distinctie. Dus doña Yvonne nam het spaargeld dat ze bij elkaar had geschraapt uit het salaris van haar man en kocht een matrozenpak voor haar zoon.

Francisco Javier was toen al zeventien en het pak, blauw, met een korte broek en evident aangepast aan de geraffineerde smaak van doña Yvonne, stond hem grotesk en was vernederend. Onder druk van zijn moeder accepteerde Francisco Javier en hij bracht de week door met het snijden van een brievenopener die hij Jorge cadeau wilde geven. De dag van het feest wilde doña Yvonne hem met alle geweld begeleiden naar de deuren van het huis van de Aldaya's. Ze wilde de geur van koninklijkheid opsnuiven en zich baden in glorie als haar zoon deuren binnenging die zich spoedig voor haar zouden openen. Toen het moment daar was om zich in het afzichtelijke matrozenpak te hullen, ontdekte Francisco Javier dat het hem te krap zat. Yvonne loste het ter plekke op met een lapmiddel. Ze arriveerden laat. Ondertussen was Julián van het feest weggeglipt, gebruikmakend van de feestdrukte en de afwezigheid van don Ricardo – die op dat moment ongetwijfeld van het beste van het Slavische ras genoot en op geheel eigen wijze een feestje vierde. Penélope en hij hadden in de bibliotheek afgesproken, waar geen risico bestond een lid van de verlichte high society van Barcelona tegen het lijf te lopen. Te zeer in beslag genomen door het verslinden van elkaars monden zag noch Julián noch Penélope het waanzinnige paar dat de deuren van het huis naderde. Francisco Javier, uitgedost als matroos op zijn eerste communie en paars van vernedering, werd bijna voortgesleurd door doña Yvonne, die voor de gelegenheid besloten had een breedgerande hoed op te diepen met bijpassende plisséjurk met bloemenslingers, waardoor ze op een snoepkraam leek of, in de woorden van Miquel Moliner die haar van verre zag aankomen, op een bizon vermomd als Mme Recamier. Twee leden van de staf bewaakten de ingang. Ze leken niet onder de indruk van de bezoekers. Doña Yvonne kondigde aan dat haar zoon, don Francisco Javier Fumero de Sotoceballos, zijn entree maakte. De twee bedienden antwoordden dat de naam hun niet bekend voorkwam. Woedend, maar haar houding van grande dame bewarend, sommeerde Yvonne haar zoon om de uitnodiging te laten zien. Ongelukkigerwijs was de uitnodiging bij de reparatie van het matrozenpak op de naaitafel van doña Yvonne achtergebleven.

Francisco Javier probeerde de omstandigheid uit te leggen, maar stotterde en het gelach van de bedienden hielp niet om het misverstand uit de weg te ruimen. Moeder en zoon werden hartelijk verzocht op te hoepelen. Ziedend van razernij bracht doña Yvonne uit dat ze eens moesten weten met wie ze hier te maken hadden. De bedienden riposteerden dat de plek van afwashulp al bezet was. Vanuit haar slaapkamerraam zag Jacinta dat Francisco Javier al wegliep, toen hij plotseling stil bleef staan. De jongen draaide zich om en, ver weg van het spektakel van zijn moeder die zich schor stond te krijsen tegen de arrogante bedienden, zag hij ze. Julián kuste Penélope in het grote raam van de bibliotheek. Ze kusten elkaar met de intensiteit van hen die elkaar toebehoren, onwetend van de wereld om hen heen.

De volgende dag dook Francisco Javier plotseling op tijdens de middagpauze. Het nieuws van het schandaal van de vorige dag was als een lopend vuurtje door de school gegaan en de lachsalvo's lieten niet lang op zich wachten, evenmin als de vragen over wat hij gedaan had met zijn matrozenpak. Het gelach verstomde echter abrupt toen de leerlingen doorkregen dat hij zijn vaders geweer vasthield. Het werd stil, velen liepen weg. Slechts het clubje van Aldaya, Moliner, Fernando en Julián draaide zich om en staarde niet-begrijpend naar de jongen. Zonder iets te zeggen hief Francisco Javier het geweer en richtte. Getuigen zeiden later dat er geen woede of haat op zijn gezicht te lezen viel. Francisco Javier toonde dezelfde automatische kilte waarmee hij zijn schoonmaaktaken in de tuin vervulde. De eerste kogel floot vlak langs Juliáns hoofd. De tweede zou zijn keel hebben doorboord als Miquel Moliner zich niet op de zoon van de conciërge had gestort en hem na wat vuistslagen het geweer uit de handen had gerukt. Julián Carax had de scène stomverbaasd gadegeslagen, als verlamd. Iedereen dacht dat de schoten bestemd waren voor Jorge Aldaya, als wraak voor de geleden vernedering gistermiddag. Pas later, toen de Guardia Civil de jongen wegvoerde en de conciërges bijna hun woning uitgeschópt waren, ging Miquel Moliner naar Julián toe en zei zonder trots dat hij hem het leven had gered.

Het was het laatste jaar op het Sint Gabriël College voor Julián en zijn kameraden. De meesten praatten al over hun plannen, of de plannen die hun respectievelijke families voor ze hadden gemaakt voor het volgende jaar. Jorge Aldaya wist al dat zijn vader hem naar Engeland zou sturen om te studeren en Miquel Moliner nam als vanzelfsprekend aan dat hij naar de Universiteit van Barcelona zou gaan. Fernando Ramos had meer dan eens gezegd dat hij wellicht wilde toetreden tot het seminarie van de jezuïeten, een plan dat door de docenten als de meest verstandige werd beschouwd in zijn speciale geval. Wat betreft Francisco Javier Fumero, het enige wat men wist was dat door interventie van don Ricardo Aldaya de jongen naar een tuchtschool ver weg in de Valle de Arán in de Pyreneeën was gestuurd, waar hem een lange winter wachtte. Toen hij zijn vrienden deze of gene richting op zag gaan, vroeg Julián zich af wat er van hem zou worden. Zijn dromen en literaire ambities leken hem verder weg en onuitvoerbaarder dan ooit. Hij wilde slechts bij Penélope zijn.

Terwijl Julián zich vragen over zijn toekomst stelde, waren anderen bezig die voor hem te organiseren. Don Ricardo Aldaya was al een plek in zijn bedrijf voor hem aan het voorbereiden om hem in te wijden in de handel. De hoedenmaker op zijn beurt, had besloten dat als zijn zoon niet het familiebedrijf wilde voortzetten, hij het kon vergeten nog langer op zijn kosten te teren. In het geheim had hij al stappen ondernomen om Julián naar het leger te sturen, waar een paar militaire jaren hem van zijn grootheidswaanzin zouden genezen. Julián kende deze plannen niet en op het moment dat hij erachter kwam wat anderen voor hem geregeld hadden, zou het te laat zijn. In zijn hoofd was slechts plaats voor Penélope en de geveinsde afstand en vluchtige ontmoetingen tussen hen bevredigden hem niet langer. Hij stond erop haar vaker te zien, met een groeiend risico dat zijn relatie met het meisje ontdekt werd. Jacinta deed wat ze kon om ze de hand boven het hoofd te houden: ze loog dat het gedrukt stond, bekokstoofde geheime ontmoetingen en verzon duizend en een listen om ze enkele momenten alleen te gunnen. Zelfs zij begreep dat dat niet voldoende was, dat iedere minuut die Penélope en Julián samen doorbrachten hen meer met elkaar verbond. Lang geleden had het kindermeisje geleerd in hun blikken de uitdaging en de arrogantie van het verlangen te herkennen: een blinde wil om ontdekt te worden, de hoop dat hun geheim een luid schandaal werd zodat ze zich niet meer hoefden te verbergen in hoeken en gaten om elkaar lief te hebben in het donker. Soms, als Jacinta kwam om Penélope in te stoppen, was het meisje in tranen en biechtte haar het verlangen op om met Julián te vluchten, de eerste de beste trein te nemen en te ontsnappen naar een plek waar niemand hen kende. Jacinta, die zich het soort wereld herinnerde dat zich buiten de tralies van het Aldaya-terrein uitstrekte, huiverde en raadde het haar af. Penélope was een volgzame geest en de vrees die ze zag op het gezicht van Jacinta was voldoende om haar verlangen te sussen. Julián was een ander verhaal.

Tijdens die laatste lente op Sint Gabriël ontdekte Julián ongerust dat don Ricardo Aldaya en zijn moeder Sophie elkaar soms in het geheim ontmoetten. In het begin was hij bang dat de industrieel besloten had dat Sophie een smakelijke verovering was om aan zijn collectie toe te voegen, maar spoedig begreep hij dat de ontmoetingen, die altijd plaatsvonden in cafés in het centrum en altijd volkomen correct verliepen, zich beperkten tot conversatie. Sophie hield deze ontmoetingen geheim. Toen Julián eindelijk besloot don Ricardo aan te spreken en hem te vragen wat er tussen hem en zijn moeder plaatsvond, lachte de magnaat.

"Jou ontgaat ook niets, hè Julián? Inderdaad wilde ik het er met je over hebben. Jouw moeder en ik hebben gesproken over je toekomst. Ze kwam enkele weken geleden naar me toe, bezorgd, omdat je vader maatregelen aan het nemen is om je volgend jaar naar het leger te sturen. Vanzelfsprekend wil ze het beste voor je en ze is naar mij toe gekomen om te zien of we met zijn tweeën iets konden doen. Maak je geen zorgen, je hebt het erewoord van Ricardo Aldaya dat jij geen kanonnenvlees zult zijn. Je moeder en ik hebben grote plannen voor je. Vertrouw ons."

Julián wilde hem vertrouwen, maar don Ricardo boezemde alles behalve vertrouwen in. Toen hij Miquel Moliner raadpleegde, was de jongen het eens met Julián.

"Als je werkelijk wilt vluchten met Penélope, moge God je bijstaan, dan heb je geld nodig."

Maar geld was nu juist wat Julian níét had.

"Dat is op te lossen", vond Miquel, "daar zijn rijke vrienden voor."

Zo kwam het dat Miquel en Julián de vlucht van de geliefden begonnen te organiseren. Het doel, op suggestie van Miquel, zou Parijs zijn. Moliner was van mening dat als Julián zo nodig bohémien en hongerlijder wilde zijn, Parijs als decor niet was te evenaren. Penélope praatte een beetje Frans en voor Julián was het, dankzij de lessen van zijn moeder, zijn tweede taal.

"Bovendien is Parijs groot genoeg om in te verdwijnen, maar klein genoeg om mogelijkheden te vinden", schatte Miquel in.

Juliáns vriend haalde een klein fortuin bij elkaar door zijn spaargeld van jaren te voegen bij wat hij zijn vader kon ontfutselen met de meest onzinnige smoezen. Alleen Miquel zou weten waar ze naar toe gingen.

"En ik zal verstommen zodra jullie in die trein zitten."

Diezelfde middag, na de laatste details met Moliner te hebben doorgenomen, ging Julián naar het huis aan Avenida Tibidabo om het plan aan Penélope uit te leggen.

"Wat ik je nu ga vertellen mag je aan niemand doorvertellen. Aan niemand. Zelfs niet aan Jacinta", begon Julián.

Het meisje luisterde stomverbaasd en als betoverd naar hem. Het plan van Moliner was feilloos. Miquel zou de kaartjes kopen onder een valse naam en een onbekende persoon gebruiken om ze op te halen bij het stationsloket. Als de politie hem al zou vinden, zou hij ze niet meer kunnen bieden dan een beschrijving van iemand die niet op Julián leek. Julián en Penélope zouden elkaar in de trein ontmoeten. Geen gewacht op het perron, dat zou maar mogelijkheden creëren om gezien te worden. De vlucht zou op een zondag zijn, rond het middaguur. Julián zou op eigen gelegenheid naar station Francia gaan. Daar zou Miquel op hem wachten met de kaartjes en het geld.

Het meest delicate gedeelte van het plan was het stuk dat Penélope betrof. Ze moest Jacinta voor de gek houden en het kindermeisje vragen een excuus te verzinnen om haar mee te nemen naar de mis van elf uur en weer terug. Onderweg zou Penélope haar vragen om haar Julián te laten ontmoeten en Jacinta beloven terug te zijn voor de familie weer huiswaarts keerde. Dit zou Penélope's kans zijn om naar het station te gaan. Beiden wisten dat als ze de waarheid zei, Jacinta hen niet zou laten vertrekken. Ze hield te veel van ze.

"Het is een perfect plan, Miquel", had Julián gezegd bij het horen van de door zijn vriend uitgedachte strategie.

Miquel knikte treurig.

"Op één detail na. De schade die jullie veel mensen gaan berokkenen door voor altijd te vertrekken."

Julian had geknikt en aan zijn moeder en Jacinta gedacht. Het kwam niet in hem op te denken dat Miquel Moliner het over zichzelf had.

Het moeilijkste was Penélope van de noodzaak te overtuigen dat Jacinta in het ongewisse moest worden gelaten over het plan.

Alleen Miquel zou de waarheid weten. De trein vertrok om één uur 's middags. Tegen de tijd dat de afwezigheid van Penélope opgemerkt zou worden, zouden ze de grens al gepasseerd zijn. Eenmaal in Parijs zouden ze hun intrek nemen in een herberg als man en vrouw, onder een valse naam. Dan zouden ze een brief sturen naar Miquel Moliner, gericht aan hun families, waarin ze hun liefde opbiechtten, vertelden dat ze het goed maakten en van hen hielden, hun huwelijk voor de kerk aankondigden en om vergiffenis en begrip vroegen. Miquel Moliner zou de brief in een tweede envelop stoppen om het Parijse stempel weg te werken en hij zou de brief sturen vanuit een dorpje in de buurt.

"Wanneer?" vroeg Penélope.

"Over zes dagen", zei Julián. "Komende zondag."

Miquel schatte in dat het het beste was, om geen verdenkingen op zich te laden, dat Julián gedurende de zes dagen voor de vlucht Penélope niet zou bezoeken. Ze moesten alles doorspreken en elkaar niet zien tot ze elkaar in de trein naar Parijs weer zouden treffen. Zes dagen zonder Penélope te zien, zonder haar aan te raken, leken Julián eindeloos. De twee verzegelden het pact, een geheim huwelijk, met hun lippen.

Dat was het moment dat Julián Penélope naar de sponde van Jacinta leidde op de derde verdieping. Op die verdieping bevonden zich de personeelskamers en Julián wilde uit alle macht geloven dat niemand hen daar zou vinden. Ze ontdeden zich koortsachtig van hun kleding, vol razernij en begeerte, en prentten zich elkaars lichaam in het geheugen om vervolgens de scheiding van zes lange dagen te begraven in zweet en speeksel. Julián penetreerde haar vol furie en pinde haar vast tegen de planken van de vloer. Penélope ontving hem met open ogen, haar benen om zijn rug geklemd, haar lippen halfopen van lust. Geen sprankje breekbaarheid of kinderlijkheid lag er in haar blik of in haar warme lijf dat om méér vroeg. Toen Julián later zijn gezicht op haar buik liet rusten, de handen nog om haar blanke borsten, wist hij dat ze afscheid moesten nemen. Er was nauwelijks tijd om overeind te gaan zitten toen de deur van de kamer langzaam openging en het silhouet van een vrouw zich aftekende op de drempel. Een seconde lang dacht Julián dat het Jacinta was, maar onmiddellijk begreep hij dat het mevrouw Aldaya was, die hen als betoverd observeerde, met een mengeling van fascinatie en afkeer. Het enige wat ze uit wist te brengen was: "Waar is Jacinta?" Toen draaide ze zich zonder slag of stoot om en verdween stilletjes terwijl Penélope op de vloer in elkaar kroop in geluidloze smart en Julián het gevoel had dat de wereld om hem heen uiteenviel.

"Ga nu, Julián. Ga voordat mijn vader komt."

"Maar ..."

"Ga."

Julián knikte.

"Wat er ook gebeurt, zondag wacht ik in die trein op je."

Penélope lachte met moeite een half glimlachje.

"Ik zal er zijn. Ga nu. Alsjeblieft ..."

Ze was nog steeds naakt toen hij haar verliet en de diensttrappen afsloop in de richting van de koetshuizen. Vanaf daar glipte hij de koudste nacht in die hij zich herinnerde.

Julián bleef de hele nacht wakker, wachtend op het moment dat don Ricardo's huurmoordenaars hem kwamen halen. Maar zelfs de slaap kwam hem niet halen. De volgende dag, op het Sint Gabriël College, merkte hij geen enkele verandering op in de houding van Jorge Aldaya. Verlamd van angst biechtte Julián aan Miquel Moliner op wat er was gebeurd. De altijd kalme Miquel schudde zwijgend zijn hoofd.

"Je bent gek, Julián, maar dat is geen nieuws. Het merkwaardige is dat er geen opschudding is geweest bij de Aldaya's thuis. Hoewel dat, als je erover nadenkt, ook weer niet zo verrassend is. Als mevrouw Aldaya, zoals jij beweert, jullie ontdekte, bestaat de mogelijkheid dat ze zelf nog niet weet wat te doen. Ik heb in mijn leven drie conversaties met haar gehad en daar heb ik twee conclusies uit getrokken: 1) mevrouw Aldaya heeft de mentale leeftijd van een kind van twaalf; 2) ze lijdt aan een chronisch narcisme dat haar verhindert elk willekeurig ding te zien of te begrijpen dat niet is wat zij wíl zien of wíl begrijpen, met name als het haarzelf betreft."

"Bespaar me de diagnose, Miquel."

"Wat ik wil zeggen, is dat ze vermoedelijk nog steeds aan het bedenken is wat ze moet zeggen, hoe, wanneer en tegen wie. Eerst moet ze denken aan de gevolgen voor haarzelf, het potentiële schandaal, de woede van haar echtgenoot ... De rest, durf ik wel te veronderstellen, laat haar koud."

"Dus jij denkt dat ze niks zal zeggen?"

"Misschien duurt het een of twee dagen. Maar ik geloof niet dat ze in staat is zo'n geheim te bewaren achter de rug van haar echtgenoot om. Hoe zit het met het vluchtplan? Is het nog van kracht?"

"Meer dan ooit."

"Het doet me deugd dat te horen. Het lijkt mij namelijk dat er nu geen weg terug meer is."

De dagen van die week gingen in een dodelijk trage kwelling voorbij. Julián ging iedere dag naar het Sint Gabriël College met de onzekerheid die hem op de hielen zat. Hij kwam de tijd door met pretenderen dat hij er echt bij was met zijn hersens, maar was nauwelijks in staat om af en toe een blik te wisselen met Miquel Moliner, die minstens zo bezorgd of misschien nog wel bezorgder was. Jorge Aldaya zei niets. Hij toonde zich net zo beleefd als altijd. Jacinta was niet meer gekomen om Jorge op te halen. De chauffeur van don Ricardo kwam iedere middag langs. Julián voelde dat hij doodging, bijna wensend dat gebeurde wat er moest gebeuren, dat dat ellenlange wachten eindelijk ophield. Op donderdagmiddag, toen de lessen ten einde liepen, begon Julián te denken dat het geluk aan zijn kant stond. Mevrouw Aldaya had niets gezegd, misschien uit schaamte, uit stompzinnigheid of om een van de redenen die Miquel had geschetst. Het deed er weinig toe. Het enige wat telde was dat ze het geheim bewaarden tot zondag. Die nacht, voor het eerst in dagen, slaagde hij erin te slapen.

Vrijdagmorgen, op weg naar de les, wachtte pater Romanones hem bij het hek op.

"Julián, ik moet met je praten."

"Zegt u het maar, pater."

"Ik heb altijd geweten dat deze dag zou komen en ik moet je bekennen dat het me verheugt dat ik degene ben die je het nieuws brengt."

"Welk nieuws, pater?"

Julián Carax was geen leerling meer van het Sint Gabriël College. Zijn aanwezigheid op het terrein, in de aula's of zelfs de tuinen was uitdrukkelijk verboden. Zijn spullen, tekstboeken en alle bezittingen werden bezit van de school.

"De technische term is 'onmiddellijke verwijdering'", vatte pater Romanones samen.

"Mag ik naar de oorzaak vragen?"

"Ik kan er wel een dozijn verzinnen, maar ik weet zeker dat jij de meest ideale eruit weet te pikken. Goedendag, Julián Carax. Veel geluk in het leven. Je zult het nodig hebben."

Op zo'n dertig meter afstand, op de patio van de fonteinen, keek een groep leerlingen naar hem. Sommigen lachten en maakten een afscheidsgebaar met de hand. Anderen observeerden hem bevreemd en met compassie. Slechts één glimlachte treurig: zijn vriend Miquel Moliner, die slechts knikte en geluidloos de woorden sprak die Julián meende in de lucht te lezen: "Tot zondag."

Toen hij terugliep naar het huis aan Ronda San Antonio, zag Julián dat de Mercedes Benz van don Ricardo Aldaya voor de hoedenzaak stond. Hij stopte op de hoek en wachtte. Kort daarop kwam don Ricardo de winkel van zijn vader uit en stapte in de auto. Julián verborg zich in een portiek totdat hij was verdwenen in de richting van Plaza Universidad. Pas toen haastte hij zich de trappen op naar zijn huis. Zijn moeder Sophie wachtte hem daar in tranen op.

"Wat heb je gedaan, Julián?" prevelde ze zonder woede.

"Vergeef me, moeder ..."

Sophie omhelsde haar zoon stevig. Ze had gewicht verloren en was oud geworden, alsof ze haar met zijn allen het leven en de jeugd hadden ontstolen. Ik meer dan wie ook, dacht Julián.

"Luister goed naar me, Julián. Je vader en don Ricardo Aldaya hebben alles geregeld om je over een paar dagen naar het leger te sturen. Aldaya heeft invloedrijke contacten ... Je moet weg, Julián. Je moet ergens heen gaan waar niemand je kan vinden ..."

Julián meende een schaduw in de ogen van zijn moeder te zien van iets wat haar vanbinnen verteerde.

"Is er nog iets, moeder? Iets wat u me niet verteld hebt?"

Sophie keek hem aan met trillende lippen.

"Je moet weg. We moeten hier allebei voor altijd weg."

Julián omhelsde haar met kracht en fluisterde haar in het oor: "Maakt u zich geen zorgen over mij, moeder. Maakt u zich geen zorgen."

Hij bracht de zaterdag opgesloten in zijn kamer door, tussen zijn boeken en tekenschriften. De hoedenmaker was voor dag en dauw naar de winkel afgedaald en kwam niet eerder terug dan ver na middernacht. Hij heeft zelfs niet de moed om het me in mijn gezicht te zeggen, dacht Julián. Die nacht, zijn ogen verblind door tranen, nam hij afscheid van de jaren die hij in die donkere, koude kamer had doorgebracht, verloren in dromen waarvan hij nu wist dat ze nooit zouden uitkomen. Uitgerust met slechts één tas met wat kleding en een paar boeken kuste hij op zondagochtend voor dag en dauw het voorhoofd van Sophie, die opgerold in dekens in de eetkamer sliep, en vertrok. De straten lagen onder een blauwachtige nevel. Koperen schitteringen glinsterden op de dakterrassen van de oude stad. Hij liep langzaam, afscheid nemend van elk portiek, elke hoek, zich afvragend of het waar was, de valkuil van de tijd, en of hij zich op een dag inderdaad nog slechts het goede zou herinneren en de eenzaamheid vergeten zou zijn die hem zo vaak in die straten had achtervolgd.

Station Francia lag er verlaten bij; de perrons die het gloeiende licht van de dageraad reflecteerden, bogen weg in de nevel als glinsterende sabels. Julián ging zitten op een bank onder het gewelf en haalde zijn boek tevoorschijn. Hij liet de uren voorbijgaan, verloren in de magie van de woorden, terwijl hij zijn huid en naam afwierp en zich een ander voelde. Hij liet zich meeslepen door de dromen van schaduwpersonages en meende dat hem geen ander toevluchtsoord noch een betere schuilplaats overbleef dan dat. Hij wist toen al dat Penélope niet zou komen. Hij wist dat hij in die trein zou stappen zonder ander gezelschap dan zijn geheugen. Klokslag twaalf uur verscheen Miquel Moliner op het station en overhandigde hem zijn reisbiljet en al het geld dat hij bij elkaar had kunnen krijgen. De twee vrienden omhelsden elkaar in stilte. Julián had Miquel Moliner nog nooit zien huilen. De tijd kapselde hen in en telde de minuten tot de vlucht.

"Er is nog tijd", mompelde Miquel met zijn ogen gericht op de ingang van het station.

Om vijf over een gaf de stationschef het laatste fluitje voor de passagiers met bestemming Parijs. De trein gleed al van het perron weg toen Julián zich omdraaide om van zijn vriend afscheid te nemen. Miquel Moliner stond daar naar hem te kijken, de handen diep in de zakken gestoken.

"Schrijf", zei hij.

"Zodra ik er ben", antwoordde Julián.

"Nee. Niet naar mij. Schrijf boeken. Geen brieven. Schrijf ze voor mij. Voor Penélope."

Julián knikte en realiseerde zich toen pas hoezeer hij zijn vriend zou missen.

"En behoud je dromen", zei Miquel. "Je weet nooit wanneer je ze nodig hebt."

"Altijd", prevelde Julián, maar het geronk van de trein had hun de woorden al ontnomen.

***

"Penélope vertelde me dezelfde nacht dat mevrouw ze betrapte in mijn kamer, wat er gebeurd was", vervolgde Jacinta. "De volgende dag liet mevrouw me roepen en vroeg me wat ik wist van Julián. Ik zei haar dat ik heel weinig wist, aardige jongen, goede vriend van Jorge ... Ze gaf me bevel Penélope in haar kamer te houden totdat mevrouw haar toestemming gaf om eruit te komen. Don Ricardo was op reis naar Madrid en kwam niet voor vrijdag terug. Zodra hij aankwam, vertelde mevrouw wat er was voorgevallen. Ik was erbij. Don Ricardo sprong op uit zijn stoel en gaf mevrouw zo'n harde klap dat ze er van op de grond viel. Daarna, schreeuwend als een dolleman, zei hij haar te herhalen wat ze had gezegd. Mevrouw was verlamd van angst. Nooit hadden we meneer zo gezien. Nooit. Het was alsof hij was bezeten van alle demonen uit de hel. Rood van razernij ging hij naar de slaapkamer van Penélope en sleurde haar bij haar haren uit bed. Ik wilde hem tegenhouden, maar hij schopte me aan de kant. Diezelfde nacht liet hij de arts van de familie halen om Penélope te onderzoeken. Toen de arts klaar was, had hij een gesprek met meneer. Ze sloten Penélope op in haar kamer en mevrouw gaf me opdracht mijn spullen te verzamelen.

"Ze lieten me niet meer bij Penélope, niet eens om afscheid van haar te nemen. Don Ricardo dreigde me aan te geven bij de politie als ik ook maar iets van het gebeurde onthulde. Nog diezelfde nacht werd ik de straat op getrapt, zonder een plek te hebben waar ik naartoe kon, na achttien jaar ononderbroken dienst in het huis. Twee dagen later, in een pension in Calle Muntaner, ontving ik bezoek van Miquel Moliner, die me vertelde dat Julián naar Parijs was vertrokken. Hij wilde dat ik vertelde wat er met Penélope was gebeurd en waarom ze niet op haar afspraak op het station was verschenen. Wekenlang ging ik telkens weer naar het huis en vroeg of ik Penélope mocht bezoeken, maar ze lieten me niet eens voorbij het hek. Soms posteerde ik me de hele dag op de tegenoverliggende hoek, in de hoop ze te zien vertrekken. Ik heb haar niet één keer gezien. Ze kwam het huis niet uit. Later belde meneer Aldaya de politie en met zijn hooggeplaatste vriendjes kreeg hij voor elkaar dat ze me in het gekkenhuis van Horta opsloten, aanvoerend dat niemand me kende en dat ik een gek was die zijn familie en kinderen lastigviel. Ik bracht daar twee jaar door, opgesloten als een beest. Het eerste wat ik deed toen ik eruit kwam, was naar het huis aan Avenida Tibidabo gaan om Penélope te zien.

"Kreeg u haar te zien?" vroeg Fermín.

"Het huis was dicht, te koop. Er woonde daar niemand. Ze zeiden me dat de Aldaya's naar Argentinië waren vertrokken. Ik schreef het adres op dat ze me hadden gegeven. De brieven kwamen ongeopend terug ..."

"Wat is er gebeurd met Penélope? Weet u dat?"

Jacinta schudde haar hoofd en zakte in elkaar.

"Ik heb haar nooit meer gezien."

De oude vrouw kreunde en begon hartverscheurend te huilen. Fermín hield haar in zijn armen en wiegde haar. Het lichaam van Jacinta Coronado was ingekrompen tot de grootte van een klein meisje en naast haar leek Fermín een gigant. Duizend vragen spookten door mijn hoofd, maar mijn vriend gaf met een gebaar te kennen dat het gesprek was afgelopen. Ik zag hem het vieze, koude hol bekijken waar Jacinta Coronado haar laatste dagen doorbracht.

"Kom, Daniel. We gaan. Loop jij maar vast vooruit."

Ik deed wat hij zei. Toen ik wegliep draaide ik me een moment om en zag dat Fermin naast haar neerknielde en haar op het voorhoofd kuste. Ze liet haar tandeloze glimlachje zien.

"Vertelt u eens, Jacinta", hoorde ik Fermín zeggen. "U lust toch wel een Sugus, nietwaar?"

Bij onze omzwervingen naar de uitgang kwamen we de wettige begrafenisondernemer tegen en twee aapachtige assistenten die een vurenhouten kist bij zich hadden, touw en diverse opgevouwen, oude lakens waarvan de toepassing dubieus was. Het comité gaf een sinister aroma van formol en goedkope eau de cologne af en alle drie hadden ze een doorschijnende gelaatskleur die een uitgemergelde grijns omlijstte. Fermín wees slechts de weg naar de cel waar de overledene wachtte en zegende het trio vervolgens, dat het gebaar beantwoordde door te knikken en respectvol een kruis te slaan.

"Ga in vrede", prevelde Fermín, en hij sleurde me naar de uitgang, alwaar een non met een olielamp afscheid van ons nam met een macabere, afkeurende blik.

Eenmaal buiten het gebouw kwam de lugubere schacht van steen en schaduw die Calle Moncada was, me voor als een vallei van glorie en hoop. Naast mij haalde Fermín opgelucht diep adem en ik wist dat ik niet de enige was die blij was om die hellekermis achter ons te hebben gelaten. De geschiedenis die Jacinta ons had verteld, woog zwaarder op ons geweten dan we wilden toegeven.

"Daniel, als we eens wat hamkroketjes bestelden met een paar mousserende wijntjes erbij hier in El Xampañet, om de nare smaak uit onze mond te spoelen?"

"Daar zeg ik geen nee tegen, eerlijk gezegd."

"Hebt u vandaag niet met het meiske afgesproken?"

"Morgen."

"Aha, schelm, u laat om zich smeken, hè? Ik zie het al, we leren snel ..."

We hadden nog geen tien stappen gedaan op weg naar de lawaaiige bodega slechts een paar huizen verderop, toen drie angstaanjagende silhouetten zich losmaakten uit de schaduw en achter ons kwamen lopen. Twee van hen posteerden zich achter ons, zo dichtbij dat ik hun adem in mijn nek kon voelen. De derde, kleiner, maar oneindig veel dreigender, versperde ons de weg. Hij droeg de gebruikelijke regenjas en zijn glibberige glimlach leek buiten zijn mondhoeken te treden van plezier.

"Kijk eens aan, wie hebben we hier? Als dat mijn oude vriend niet is, de man van de duizend gezichten", zei inspecteur Fumero.

Ik meende alle botjes van Fermín te horen klapperen van angst bij zijn verschijning. Zijn spraakzaamheid werd gereduceerd tot een verstikte kreun. Op dat moment hadden de twee vechtersbazen, die niks anders waren dan twee agenten van de Criminele Brigade vermoedde ik, ons al bij nekvel en rechterpols gegrepen, klaar om onze armen om te draaien bij het minste teken van beweging.

"Ik zie aan je verraste gezicht dat je dacht dat ik je spoor al tijdenlang kwijt was, is het niet? Je dacht toch niet dat een stuk drek als jij uit de goot zou kunnen klauteren om voor decent burgermannetje door te gaan, hm? Je bent gek, maar niet zó gek. Bovendien, wordt mij verteld, steek jij je neus, en wat voor neus, in een hele hoop zaken die jou geen bal aangaan. Slecht teken ... Hoe zit het met jou en de nonnetjes? Geef je er eentje af en toe een beurt? Wat kosten ze tegenwoordig?"

"Ik respecteer vreemde achterwerken, meneer de inspecteur, vooral als ze achter kloostermuren zitten. Als u zich daar ook aan zou wennen, zou het u misschien een berg penicilline besparen en zou u minder maagproblemen hebben."

Fumero stootte een woedend lachje uit.

"Zo zie ik het graag. De kloten van een stier. Wat ik zeg. Als al het tuig zo was als jij, zou mijn werk een feest zijn. Vertel eens, hoe laat je je tegenwoordig noemen, klootzakje? Gary Cooper? Kom, vertel op wat die gok van jou hier doet in het Santa Lucia Hospice en misschien laat ik je gaan met een paar blauwe plekken. Vooruit, mond open!"

"Een privé-aangelegenheid. We hebben hier een familielid bezocht."

"Ja hoor, m'n reet. Het is dat ik vandaag een goed humeur heb, want zo niet, dan nam ik je nu mee naar het politiebureau om je nog eens onder handen te nemen met de blaaspijp. Wees een goeie vent en vertel de waarheid aan je vriend inspecteur Fumero over wat jij en je maatje hier in jezusnaam doen. Werk een beetje mee en je bespaart me de moeite dit snotjong dat je als maecenas hebt uitgezocht, een nieuw smoel te bezorgen."

"Als u hem ook maar een haar krenkt, dan zweer ik dat ..."

"Je maakt me doodsbang. Ik schijt er van in mijn broek."

Fermín slikte en leek de restjes moed bij elkaar te schrapen die uit al zijn poriën wegstroomde.

"Dat zal toch niet dat matrozenbroekje zijn dat uw doorluchtige moeder, de illustere keukenmeid, u aantrok? Dat zou jammer zijn, want ik heb gehoord dat het modelletje u buitengewoon goed stond."

Het gezicht van inspecteur Fumero verbleekte en alle uitdrukking gleed van zijn gezicht.

"Wát zei je daar, lammeling?"

"Ik zei dat het mij voorkomt dat u de smaak en verfijning van doña Yvonne Sotoceballos hebt geërfd, dame uit de hogere klasse van de maatschappij ..."

Fermín was bepaald geen corpulente man en de eerste vuistslag was voldoende om hem met een boog op de grond te werpen. Hij lag nog steeds als een kluwen in de plas waarin hij geland was, toen Fumero hem in zijn maag, nieren en gezicht begon te schoppen. Bij de vijfde dreun verloor ik de tel. Fermín hapte naar adem en was absoluut niet in staat om maar een vinger uit te steken of zich tegen de slagen te beschermen. De twee politiemannen die mij vasthielden lachten uit beleefdheid of plicht, terwijl ze me in een ijzeren greep hielden.

"Bemoei je er niet mee", fluisterde er eentje. "Ik heb geen zin om je arm te breken."

Ik probeerde me vergeefs uit zijn greep los te wurmen en bij de worsteling zag ik gedurende één moment het gezicht van de agent die tegen me gesproken had. Ik herkende hem onmiddellijk. Het was de man van de regenjas en de krant in de bar op Plaza Sarriá een paar dagen geleden, dezelfde man die ons had gevolgd in de bus, lachend om de grapjes van Fermín.

"Waar ik nou de grootste hekel aan heb in deze klotewereld is aan mensen die poken in de stront uit het verleden", riep Fumero uit, terwijl hij om Fermín heen draaide. "Dingen die gebeurd zijn moet je met rust laten, gesnopen? Dat geldt voor jou en dat onnozele vriendje van je. Kijk maar goed, jochie, en leer ervan. Jij bent de volgende."

Ik zag hoe inspecteur Fumero Fermín verrot schopte onder de schuine lichtinval van een lantaarn, en al die tijd was ik niet in staat mijn mond open te doen. Ik herinner me het doffe, verschrikkelijke geluid van de schoppen die zonder clementie neerregenden op mijn vriend. Ze doen me nog steeds pijn. Ik verschool me slechts in de welkome greep van de politiemannen, bevend en in stilte tranen van lafheid vergietend.

Toen het Fumero begon te vervelen tegen een dood gewicht aan te trappen, opende hij zijn jas, trok de rits van zijn broek naar beneden en urineerde boven op Fermín. Mijn vriend bewoog niet, zag eruit als een hoopje oude kleren in een plas. Terwijl Fumero zich verloste van een royale, stomende straal, was ik nog steeds niet in staat iets te zeggen. Toen hij klaar was, ritste hij zijn gulp weer dicht en kwam naar me toe, hijgend en met een zwetende kop. Een van de agenten reikte hem een zakdoek aan waar hij zijn gezicht en nek mee afveegde. Fumero kwam zo dichtbij dat zijn gezicht op enkele centimeters afstand van het mijne was en hij boorde zijn ogen in de mijne.

"Jij was dat pak slaag niet waard, jochie. Dát is het probleem van je vriend: hij wedt altijd op het verkeerde paard. De volgende keer ga ik hem te grazen nemen zoals nooit tevoren, en ik weet zeker dat dat jouw schuld zal zijn."

Ik dacht dat hij me toen ging slaan, dat mijn beurt was gekomen. Om de een of andere reden verheugde me dat. Ik wilde geloven dat de vuistslagen me zouden genezen van de schaamte die ik voelde omdat ik niet in staat was geweest ook maar een vinger uit te steken om Fermín te helpen, terwijl hij mij, zoals altijd, probeerde te beschermen.

Maar er viel geen enkele vuistslag. Fumero gaf me slechts een paar tikjes op de wang.

"Rustig maar, jochie. Ik maak mijn handen niet vuil aan lafaards."

De twee politiemannen lachten hartelijk, wat meer ontspannen nu het spektakel afgelopen bleek te zijn. Hun wens deze plek te verlaten, was tastbaar. Lachend losten ze weer op in de schaduwen. Toen ik toeschoot om Fermín te helpen, probeerde hij tevergeefs overeind te gaan zitten en de tanden te zoeken die hij in het vieze water van de plas had verloren. Zijn mond bloedde, zijn neus, zijn oren en zijn wenkbrauwen. Toen hij zag dat ik gezond en wel was, trok er een schaduw van een lichte grijns om zijn mond en ik dacht dat hij daar ter plekke de geest zou geven. Ik knielde naast hem neer en hield hem in mijn armen. De eerste gedachte die door mijn hoofd schoot was dat hij minder woog dan Bea.

"Fermín, in godsnaam, we moeten je onmiddellijk naar het ziekenhuis brengen."

Fermín schudde energiek zijn hoofd.

"Breng me naar haar toe."

"Naar wie, Fermín?"

"Naar Bernarda. Als ik het loodje moet leggen, dan het liefst in haar armen."

32

Die nacht keerde ik terug naar het huis aan Plaza Real waarvan ik jaren geleden gezworen had dat ik het niet meer zou betreden. Een paar vaste klanten hadden het pak slaag vanuit de deuropening van La Xampañet gezien en boden aan me te helpen om Fermín naar een taxistandplaats in Calle Princesa te brengen terwijl een ober het nummer belde dat ik hem had gegeven om onze komst aan te kondigen. De taxirit leek eindeloos te duren. Fermín had het bewustzijn al verloren voor we optrokken. Ik hield hem in mijn armen, klemde hem tegen mijn borst om hem warm te houden. Ik murmelde in zijn oor dat we er bijna waren, dat het een eindje van niks was. Mijn stem trilde. De chauffeur wierp me steelse blikken toe vanuit het spiegeltje.

"Ik wil geen gedoe, hè? Als hij daar doodgaat, dan stapt u uit."

"Rijd u nou maar zo hard mogelijk door en zwijg."

Toen wij bij Calle Fernando aankwamen, wachtten Gustavo Barceló en Bernarda al bij de deur van het gebouw, in gezelschap van dokter Soldevila. Toen ze ons zag, bedekt met bloed en viezigheid, begon Bernarda in een aanval van paniek te gillen. De arts nam snel Fermíns pols en verzekerde ons dat de patiënt leefde. Met z'n vieren slaagden we erin Fermín naar boven te tillen en hem naar de kamer van Bernarda te dragen, waar een verpleegster die met de dokter was meegekomen, alles aan het voorbereiden was. Toen de patiënt op het bed lag, begon de verpleegster hem uit te kleden. Dokter Soldevila stond erop dat we allemaal de kamer uitgingen en hem zijn gang lieten gaan. Hij sloot de deur voor onze neus met een kort: "Hij overleeft het."

In de gang huilde Bernarda ontroostbaar, kreunend dat die ene keer dat ze een goeie vent vond, God hem haar met vuistslagen weer afnam. Don Gustavo Barceló nam haar in zijn armen en voerde haar mee naar de keuken, waar hij haar vervolgens volgoot met cognac, tot ze nog maar net op haar benen kon staan. Toen haar woorden onverstaanbaar begonnen te worden, schonk hij zichzelf een glas in en dronk het in één teug leeg.

"Het spijt me. Ik wist niet waar ik naar toe moest", begon ik.

"Kalm maar. Dat was een goede beslissing van je. Soldevila is de beste traumatoloog van Barcelona", zei hij tegen niemand in het bijzonder.

"Dank u", mompelde ik.

Barceló zuchtte en schonk me een flinke bel cognac in. Ik sloeg het af, waarna het glas naar Bernarda ging, tussen wier lippen het als bij toverslag verdween.

"Wees zo goed om een douche te nemen en wat schoons aan te trekken", adviseerde Barceló. "Als je zo naar huis gaat, schrikt je vader zich dood."

"Niet nodig ... ik ben in orde", zei ik.

"Hou dan op met beven. Vooruit, gebruik mijn badkamer, die heeft een boiler. Je weet de weg. Ik zal ondertussen je vader bellen en hem zeggen dat, enfin, ik weet niet wat ik zal zeggen. Ik verzin wel iets."

Ik knikte.

"Dit blijft jouw huis, Daniel", zei Barceló toen ik de gang inliep. "Het heeft je gemist."

Ik was weliswaar in staat om de badkamer van Gustavo Barceló te vinden, maar niet het lichtknopje en bedacht toen dat ik bij nader inzien liever in het donker douchte. Ik ontdeed me van mijn met bloed en vuil besmeurde kleding en ging in het keizerlijke bad van Gustavo Barceló staan. Een parelkleurige nevel filterde door het grote raam dat op de patio uitkeek en onthulde de omtrekken van het vertrek en de bijpassende siertegels op de vloer en de muren. Het water kwam er gloeiendheet uit en met een druk die mij, vergeleken met de bescheidenheid van onze badkamer in Calle Santa Ana, passend leek voor de luxehotels waar ik nog nooit een voet in had gezet. Ik bleef een tijd onbeweeglijk onder de stomende stralen van de douche staan.

De echo van de slagen die op Fermín neerregenden hamerde nog in mijn oren. Ik kreeg de woorden van Fumero niet uit mijn hoofd, noch het gezicht van de politieman die me had vastgehouden, waarschijnlijk om me te beschermen. Na een poosje merkte ik dat het water koud begon te worden en ik vermoedde dat ik de boilervoorraad van mijn gastheer aan het opmaken was. Toen ik de laatste lauwe druppel had gebruikt, draaide ik de kraan dicht. Door het douchegordijn heen nam ik een onbeweeglijk silhouet waar bij de deur. Haar lege blik glinsterde als die van een kat.

"Je kunt er zonder angst uitkomen, Daniel. Ondanks al mijn gemene streken, kan ik je nog steeds niet zien."

"Dag, Clara."

Ze reikte me een schone handdoek aan. Ik stak mijn hand uit en pakte hem, me erin wikkelend met de preutsheid van een schoolmeisje. Zelfs in het stomende halfduister kon ik zien dat Clara glimlachte, terwijl ze mijn bewegingen raadde.

"Ik heb je niet horen binnenkomen."

"Ik heb geklopt. Waarom douche je in het donker?"

"Hoe weet je dat het licht niet aan is?"

"Het gezoem van het peertje", zei ze. "Je bent nooit teruggekomen om afscheid te nemen."

Zeker wel, dacht ik, maar je had het erg druk. De woorden bestierven me op de lippen, de wrok en bitterheid van lang geleden leken ineens belachelijk.

"Ik weet het. Het spijt me."

Ik stapte uit het bad en ging op de velours badmat staan. Een aureool van stoom fonkelde in zilveren stofjes, de helderheid van het daklicht wierp een witte sluier over Clara's gezicht. Ze was geen spat veranderd ten opzichte van het beeld in mijn herinnering. Vier jaar afwezigheid hadden me in dat opzicht niet geholpen.

"Je stem is veranderd", zei ze. "Ben jijzelf ook veranderd, Daniel?"

"Ik ben nog net zo onnozel als vroeger, als het je mocht interesseren."

En laffer, dacht ik er vanbinnen bij. Ze had nog steeds dezelfde gebroken glimlach, die zelfs in de duisternis pijn deed. Ze stak haar hand uit en, zoals die middag acht jaar geleden in de bibliotheek van het Ateneum, begreep ik het onmiddellijk. Ik leidde haar hand naar mijn vochtige gezicht en voelde hoe haar vingers mij opnieuw ontdekten, waarbij haar lippen in stilte woorden vormden.

"Ik heb je nooit pijn willen doen, Daniel. Het spijt me."

Ik nam haar hand en kuste die in het donker.

"Het spijt míj ..."

Iedere hint van melodrama viel aan scherven toen Bernarda haar hoofd om de deur stak en, ofschoon beneveld, mij daar ontdekte, naakt en druipend van het water, met de hand van Clara tegen mijn lippen en het licht uit.

"In godsnaam, heer Daniel, wat een schaamteloosheid. Allemachtig nogantoe. Er zijn er die het nooit leren ..."

Ze blies beduusd de aftocht en ik vertrouwde erop dat als het effect van de cognac was uitgewerkt, de herinnering aan wat ze had gezien uit haar geest verdween als een flard van een droom. Clara deed een paar stappen terug en reikte me de kleding aan die ze over haar linkerarm had hangen.

"Mijn oom heeft me een pak van hem gegeven om aan te trekken. Het is van toen hij jong was. Hij zegt dat je enorm gegroeid bent en dat het je zal passen. Ik laat je alleen zodat je je kunt aankleden. Ik had niet zonder kloppen moeten binnenkomen."

Ik nam het stel kleren dat ze me aanbood en trok het ondergoed aan, lauw en geparfumeerd, het roze overhemd, de sokken, het vest, de broek en het jasje. De spiegel toonde een vertegenwoordiger die aan huis verkocht, maar zonder de glimlach.

Toen ik naar de keuken terugkeerde, was dokter Soldevila een moment de kamer waar hij Fermín behandelde uitgekomen om de aanwezigen over zijn situatie te informeren.

"Op het moment is het ergste voorbij", kondigde hij aan. "U hoeft zich geen zorgen te maken. Dit soort dingen lijkt altijd erger dan het is. Uw vriend heeft een botbreuk in zijn linkerarm en twee kapotte ribben, hij heeft drie tanden verloren, en blauwe plekken, sneden en kneuzingen over het hele lichaam, maar gelukkig geen inwendige bloeding, noch symptomen van hersenletsel. De opgevouwen kranten die de patiënt onder zijn kleding droeg bij wijze van jas en om zijn soliditeit te accentueren, zoals hij zelf zegt, hebben gediend als harnas om de klappen op te vangen. Een paar seconden geleden, toen hij kort bij bewustzijn was, heeft de patiënt me verzocht u mee te delen dat hij zich voelt als een twintigjarige, dat hij een broodje bloedworst met verse knoflook wil, een chocolaatje en Sugus-snoepjes met citroensmaak. In principe heb ik daar geen bezwaar tegen, hoewel ik geloof dat het voor het moment beter is te beginnen met wat sapjes, yoghurt en misschien wat gekookte rijst. Verder deel ik u namens de patiënt mee, als bewijs van zijn vitaliteit, dat toen verpleegster Amparito een paar hechtingen maakte in zijn been, hij een knoert van een erectie kreeg."

"Hij is nu eenmaal erg mannelijk", mompelde Bernarda op verontschuldigende toon.

"Wanneer kunnen we hem zien?" vroeg ik.

"Nu liever niet. Misschien morgenochtend. Het zal hem goed doen wat te rusten en morgen zou ik hem willen meenemen naar het Hospital del Mar om een encefalogram te maken om alle twijfel weg te nemen. Maar ik geloof dat we gerust kunnen zijn en dat de heer Romero de Torres over enkele dagen weer als nieuw zal zijn. Gezien de plekken en littekens die hij op zijn lijf heeft, heeft deze man voor hetere vuren gestaan en is het een enorme vechter. Als u een kopie van de diagnose nodig heeft om aangifte te doen bij de politie ..."

"Dat zal niet nodig zijn", onderbrak ik.

"Jongeman, ik waarschuw dat dit zeer ernstig had kunnen zijn. De politie moet onmiddellijk geïnformeerd worden."

Barceló keek aandachtig naar me. Ik keek terug en hij knikte.

"Er zal nog voldoende tijd zijn voor die formaliteiten, dokter, maakt u zich geen zorgen", zei Barceló. "Het belangrijkste is nu te weten dat de patiënt het goed maakt. Ik zal zelf morgenochtend meteen de aangifte presenteren. Zelfs de autoriteiten hebben recht op een beetje nachtelijke rust en vrede."

Het was duidelijk dat de dokter mijn suggestie om het incident voor de politie verborgen te houden afkeurde, maar toen hij vaststelde dat Barceló de verantwoordelijkheid op zich nam, haalde hij zijn schouders op en ging hij terug naar de kamer om de behandeling voort te zetten. Zodra hij verdwenen was, gaf Barceló me aan hem te volgen naar zijn studeerkamer. Bernarda zat te zuchten op haar krukje, overgeleverd aan de genade van de cognac en de schrik.

"Bernarda, doe iets. Maak koffie, goed sterk."

"Ja, meneer. Nu meteen."

Ik volgde Barceló naar zijn kantoor, een grot die zich in nevels van pijptabak aftekende tussen zuilen van boeken en papieren. De echo's van Clara's pianospel bereikten ons in vlagen. De lessen van meester Neri hadden duidelijk niet veel nut gehad, niet op muzikaal terrein tenminste. De boekhandelaar wees me een stoel en stopte vervolgens een pijp.

"Ik heb uw vader gebeld en gezegd dat Fermín een ongelukje heeft gehad en dat jij hem hier hebt gebracht."

"Slikte hij dat?"

"Ik geloof het niet."

"Hm."

De boekhandelaar sabbelde op zijn onaangestoken pijp en leunde achterover in de grote fauteuil achter zijn bureau. Aan de andere kant van het appartement was Clara Debussy aan het mishandelen. Barceló rolde met zijn ogen.

"Wat is er gebeurd met de muziekleraar?" vroeg ik.

"Ik heb hem ontslagen. Misbruik van het vak."

"Hm."

"Weet je zeker dat ze jou niet ook hebben afgerost? De monosyllaben gaan je nogal goed af. Als jonge jongen was je een hele kletskous."

De deur van de studeerkamer ging open en Bernarda kwam binnen met twee dampende koppen koffie en een suikerpot op een dienblad. Gezien haar waggelgang vreesde ik door een golf gloeiend hete koffie overspoeld te worden.

"Met uw welnemen. Meneer neemt zijn koffie met een drupje cognac?"

"Het lijkt me dat de fles Lepanto voor vannacht rust heeft verdiend, Bernarda. En u ook. Gaat u alstublieft slapen. Daniel en ik blijven op voor het geval er iets nodig is. Nu Fermín in uw slaapkamer ligt, kunt u de mijne gebruiken."

"O meneer, absoluut niet."

"Dit is een bevel. En gaat u er niet tegenin. Ik wil dat u binnen vijf minuten slaapt."

"Maar meneer ..."

"Bernarda, u zet uw kerstgratificatie op het spel."

"Wat u beveelt, meneer. Hoewel ik boven op de sprei zal slapen. Dat spreekt vanzelf."

Barceló wachtte plechtig tot Bernarda zich had teruggetrokken. Hij deed zeven suikerklontjes in zijn koffie en begon er met een lepeltje in te roeren.

"Je ziet het. Ik moet dit huis met harde hand besturen."

"Ja, u bent zeker een harde, don Gustavo."

"En jij een stoker. Vertel eens, Daniel, nu niemand ons hoort. Waarom is het geen goed idee om een klacht bij de politie in te dienen?"

"Omdat ze het al weten."

"Wou je beweren ...?"

Ik knikte.

"In wat voor problemen zijn jullie verwikkeld, als ik zo vrij mag zijn?"

Ik zuchtte.

"Iets waar ik bij van dienst kan zijn?"

Ik keek op. Barceló glimlachte zonder boosaardigheid naar me, de ironische façade voor een keer niet op zijn plek.

"Dit zal toch niet, toevallig, te maken hebben met het boek van Carax dat je me niet wilde verkopen toen je dat had moeten doen?"

Hij zag mijn verbazing.

"Ik zou jullie kunnen helpen", bood hij aan. "Ik heb meer dan genoeg van wat jullie ontbreekt: geld en gezond verstand."

"Gelooft u mij, don Gustavo, ik heb al te veel mensen bij deze zaak betrokken."

"Een meer of minder maakt dus niet uit. In vertrouwen nu. Doe alsof ik je biechtvader ben."

"Ik biecht al jaren niet meer."

"Het is aan je gezicht te zien."

33

Met de kin op zijn als in gebed gevouwen handen, de ellebogen op zijn bureau gesteund, hoorde Gustavo Barceló me aan. Bijna zonder met zijn ogen te knipperen, knikte hij af en toe alsof hij symptomen of kleine zonden in de stroom van mijn relaas ontdekte en zijn eigen diagnose aan het stellen was. Iedere keer dat ik stopte haalde de boekhandelaar vragend zijn wenkbrauwen op en maakte een gebaar met zijn rechterhand om aan te geven dat ik door moest gaan met mijn verwarde verhaal, dat hem enorm scheen te amuseren. Af en toe hief hij zijn hand en noteerde iets of richtte zijn blik op het oneindige als om de implicaties van wat ik hem vertelde te overwegen. Het merendeel van de tijd likte hij zijn lippen en glimlachte sardonisch, gebaren die ik onmiddellijk toeschreef aan mijn onnozelheid of de domheid van mijn vermoedens.

"Hoort u eens, als het u allemaal onzin lijkt, zwijg ik."

"Integendeel. Dwazen praten; lafaards zwijgen; wijzen luisteren."

"Wie heeft dat gezegd? Seneca?"

"Nee. Meneer Braulio Recolons, die een vleeswarenwinkel beheert in Calle Aviñón en een groot talent bezit voor zowel het maken van worsten als geestige aforismen. Ga door, alsjeblieft. Je sprak over dat temperamentvolle meisje ..."

"Bea. Dat is mijn zaak en ze heeft niets met al het andere te maken."

Barceló lachte zachtjes. Ik wilde juist de draad van mijn lotgevallen weer oppakken, toen dokter Soldevila zijn hoofd om de deur van het kantoor stak, zuchtend en met een vermoeid gebaar.

"Mijn excuses. Ik sta op het punt te vertrekken. De patiënt

maakt het goed en barst, om het zo maar eens te zeggen, van de energie. Deze heer zal ons allen begraven. Hij beweert werkelijk dat de slaapmiddelen hem naar het hoofd gestegen zijn en is ongelooflijk wakker en nerveus. Hij weigert te gaan rusten en staat erop dat hij met de heer Daniel zaken heeft af te handelen waarvan hij me de aard niet wil beschrijven, waarbij hij aanvoerde dat hij niet in de hippocratische, of hypocriete, zoals hij zegt, eed gelooft."

"We gaan er nu meteen naartoe. En verontschuldigt u de heer Fermín. Zijn woorden zijn zonder twijfel het resultaat van het trauma."

"Misschien, maar ik zou schaamteloosheid niet uitsluiten, want hij houdt niet op met de verpleegster in haar achterste te knijpen en versjes te reciteren over de stevige rondingen van haar dijen."

We begeleidden arts en verpleegster naar de deur en bedankten ze uitvoerig voor hun goede werken. Toen we de slaapkamer binnengingen, ontdekten we dat Bernarda ondanks alles de bevelen van Barceló had getrotseerd en bij Fermín in bed was gaan liggen, waar de schrik, de cognac en de vermoeidheid er eindelijk in waren geslaagd haar naar dromenland te sturen. Fermín hield haar teder in zijn armen en streelde, ingepakt met verband, kompressen en mitella's, haar haar. Zijn gezicht was één grote blauwe plek waarvan je pijn kreeg als je ernaar keek en waar zijn neus uit stak, intact, twee oren als zendmasten en het stel ogen van een verslagen muisje. De tandeloze glimlach vol sneden was er een van triomf en hij ontving ons door de rechterhand op te tillen met het overwinningsteken.

"Hoe voelt u zich, Fermín?" vroeg ik.

"Twintig jaar jonger", zei hij zachtjes om Bernarda niet wakker te maken.

"Maak dat de kat wijs, u ziet eruit om op te schieten, Fermín. Wat een schrik. Weet u zeker dat u zich goed voelt? Niet draaierig? Hoort u stemmen?"

"Nu u het zegt, soms leek het of ik een dissonant en aritmisch geroezemoes hoorde, alsof een aapje probeerde piano te spelen."

Barceló fronste zijn voorhoofd. Clara was nog steeds aan het spelen aan de andere kant van het huis.

"Maakt u zich geen zorgen, Daniel. Ik heb ergere aframmelingen geïncasseerd. Die Fumero kan nog geen postzegel op de goeie plek plakken."

"Zo, dus de degene die u een nieuw gezicht heeft bezorgd, is niemand anders dan inspecteur Fumero zelf", zei Barceló. "Ik zie dat u zich in edele kringen beweegt."

"Aan dat gedeelte van het verhaal was ik nog niet toegekomen", zei ik.

Fermín wierp me een gealarmeerde blik toe.

"Rustig maar, Fermín. Daniel was bezig me te informeren over deze klucht waar jullie beiden een rol in hebben. Ik moet erkennen dat het een zeer interessant geval is. En u, Fermín, hoe staat het met uw biecht? Ik waarschuw u dat ik twee jaar heb doorgebracht op het seminarie."

"Ik had u er minstens drie toegedacht, don Gustavo."

"Alles gaat verloren, te beginnen bij de schaamte. Dit is de eerste keer dat u in mijn huis bent en u eindigt meteen in het bed van de huishoudster."

"Kijk dan, arm kind, mijn engeltje. Weet dat mijn bedoelingen eerbaar zijn, don Gustavo."

"Uw bedoelingen zijn uw zaak en die van Bernarda, die is oud genoeg. En nu eens kijken: in welk wespennest heeft u zich beiden gestoken?"

"Wat hebt u hem verteld, Daniel?"

"We zijn tot de tweede akte gekomen: opkomst van de femme fatale", preciseerde Barceló.

"Nuria Monfort?" vroeg Fermin.

Barceló likkebaardde verrukt.

"Is er dan meer dan één? We hebben hier waarachtig met een harem te maken, lijkt het wel."

"Mag ik u vragen uw stem te dempen, mijn verloofde is erbij."

"Wees gerust, uw verloofde heeft een halve fles Lepanto-cognac door haar aderen stromen. We zouden haar nog niet met een kanonschot wakker maken. Vooruit, zeg tegen Daniel dat hij de rest vertelt. Drie hoofden denken beter dan twee, vooral als het derde het mijne is."

Onder de mitella's en verbanden leek Fermín zijn schouders op te halen.

"Ik heb er niets op tegen, Daniel. U beslist."

Erin berustend don Gustavo Barceló aan boord te hebben, zette ik mijn relaas voort tot aan het moment dat Fumero en zijn mannen ons hadden verrast in Calle Moncada, enkel uren geleden. Toen het verhaal ten einde was stond Barceló op en liep peinzend in de kamer op en neer. Fermín en ik observeerden hem behoedzaam. Bernarda snurkte als een graskalfje.

"Het lieve wichtje", fluisterde Fermín in vervoering.

"Diverse zaken vallen me op", zei de boekhandelaar ten slotte. "Inspecteur Fumero zit hier evident tot aan zijn kruin in, hoewel me ontgaat hoe en waarom. Aan de ene kant is daar die vrouw ..."

"Nuria Monfort."

"Dan hebben we de kwestie van Julián Carax' terugkeer naar Barcelona en de moord op hem midden op straat na een maand waarin niemand iets van hem heeft vernomen. De dame liegt duidelijk dat ze groen ziet."

"Dat zeg ik al vanaf het begin tegen hem", zei Fermín. "De kwestie is dat hier een hoop jeugdige geilheid meespeelt en weinig overzicht."

"Hoor, hoor; de heilige Johannes van het Kruis."

"Zo is het genoeg, laten we geen ruzie maken en ons tot de feiten beperken. Er is iets in het verhaal van Daniel wat me heel vreemd lijkt, meer nog dan de rest, en niet om het feuilletongehalte van de verwikkeling, maar om een essentieel en ogenschijnlijk banaal detail", peinsde Barceló hardop.

"Verbijster ons, don Gustavo."

"Welaan, de vader van Carax weigerde het lijk van Carax te erkennen met het argument dat hij geen zoon had. Dat vind ik heel erg merkwaardig. Bijna tegennatuurlijk. Er is geen vader op de wereld die dat doet. De haat en nijd die er tussen hen mogelijk is geweest doen er niet toe zodra de dood in het spel is: bij iedereen ontwaakt dan zijn sentimentele kant. Tegenover een doodskist zien we alleen het goede of dat wat we willen zien."

"Wat is dat een prachtig citaat, don Gustavo", bracht Fermín naar voren. "Vindt u het goed dat ik het aan mijn repertoire toevoeg?"

"Op alle regels zijn uitzonderingen", wierp ik tegen. "Zover we weten was de heer Fortuny een tamelijk vreemde man."

"Alles wat we over hem weten zijn kletspraatjes uit de derde hand", zei Barceló. "Als de hele wereld zijn best doet iemand als een monster af te schilderen, zijn er twee dingen mogelijk: of het was een heilige of de helft wordt verzwegen."

"U mag de hoedenmaker omdat hij de sufferd in het verhaal is", zei Fermín.

"Met alle respect voor het vak, als het portret van de slechterik uitsluitend is gebaseerd op de getuigenis van de conciërge van het gebouw, dan is mijn eerste reactie er een van wantrouwen."

"Maar dan kunnen we nergens zeker van zijn. Alles wat we weten is uit de derde of zelfs de vierde hand. Conciërges of anderszins."

"Wantrouw degene die iedereen vertrouwt", merkte Barceló op.

"Dit is uw avond, don Gustavo", prees Fermín. "Pareltjes van wijsheid en gros. Welk een glashelder inzicht."

"Het enige wat hier werkelijk glashelder is, is dat u mijn hulp nodig heeft, logistiek en waarschijnlijk financieel, als u pretendeert deze riedel op te lossen vóór inspecteur Fumero een suite voor u beiden reserveert in de gevangenis van San Sebas. Fermín, ik veronderstel dat u het met mij eens bent?"

"Ik sta onder bevel van Daniel. Als hij het me vraagt, speel ik zelfs het kindeke Jezus."

"Daniel, wat zeg jij ervan?"

"Zegt u het maar. Wat stelt u voor?"

"Dit is mijn plan: zodra Fermín hersteld is breng jij, Daniel, puur toevallig een bezoekje aan mevrouw Nuria Monfort en je legt de kaarten op tafel. Je laat merken dat je weet dat ze heeft gelogen en dat ze iets verbergt, veel of weinig, dat staat nog te bezien."

"Waarom?" vroeg ik.

"Om te zien hoe ze reageert. Ze zal je niks vertellen natuurlijk. Of ze zal nogmaals liegen. Het belangrijkste is de *banderilla* in haar te stoten – vergeef me de smakeloze stierenvechtersvergelijking – om haar te prikkelen en te zien waar de stier ons heen leidt, beter gezegd, het kalfje in dit geval. En daar komt u om de hoek kijken, Fermín. Terwijl Daniel de kat de bel aanbindt, stelt u zich ergens discreet op om de verdachte in de gaten te houden, en wacht tot ze in het aas bijt. Doet ze dat, dan volgt u haar."

"U neemt aan dat ze ergens naartoe zal gaan", protesteerde ik.

"O, man van weinig geloof! Dat zal ze zeker. Vroeg of laat. En iets zegt me dat het in dit geval eerder vroeg dan laat zal zijn. Het is de basis van de vrouwelijke psychologie."

"En wat denkt u ondertussen te doen, dokter Freud?" vroeg ik.

"Dat is mijn zaak en als de tijd daar is zul je het weten. En je zult me dankbaar zijn."

Ik zocht geruststelling in Fermíns blik, maar de arme ziel was tijdens Barceló's triomfantelijke beschouwing langzaamaan in zijn omhelzing met Bernarda in slaap gesukkeld. Zijn hoofd was naar opzij gevallen en speeksel druppelde uit een hoekje van een argeloze glimlach. Bernarda snurkte luidruchtig.

"Hopelijk is hij goed voor haar", mompelde Barceló.

"Fermín is een geweldige vent", verzekerde ik hem.

"Dat moet wel, want om zijn mooie blauwe ogen kan het nauwelijks geweest zijn. Kom, we gaan."

We deden het licht uit en trokken ons behoedzaam terug uit het vertrek, sloten de deur en lieten de twee tortelduifjes over aan de genade van een diepe slaap. Ik meende het eerste glimpje van de dageraad te zien in de ramen van de galerij achter in de gang.

"Veronderstel dat ik nee zeg tegen u", zei ik zachtjes, "dat u alles moet vergeten."

Barceló glimlachte.

"Te laat, Daniel. Je had me dat boek jaren geleden moeten verkopen, toen je de kans had."

De dag brak aan toen ik thuiskwam, nadat ik mezelf in dat absurde, geleende pak door rood glimmende, vochtige straten naar huis had gesleept. Ik vond mijn vader slapend in zijn stoel in de eetkamer, met een deken over zijn benen en zijn favoriete boek opengeslagen in de handen – een exemplaar van Voltaires *Candide* dat hij een paar keer per jaar herlas, de enige keren per jaar dat ik hem hartelijk hoorde lachen. Ik keek stilletjes naar hem. Hij had grijs haar dat dunner aan het worden was en de huid van zijn gezicht begon de stevigheid rondom de jukbeenderen te verliezen. Ik keek naar deze man van wie ik ooit had gedacht dat hij sterk was, bijna onoverwinnelijk, en ik vond hem nu breekbaar, overwonnen zonder dat hij het wist. Misschien waren we beiden overwonnen. Ik boog voorover om hem toe te dekken met de deken waarvan hij al jaren beloofde hem te doneren aan de liefdadigheid en kuste hem op het voorhoofd alsof ik hem op die manier kon beschermen tegen de onzichtbare draden die hem van mij verwijderden, van dat benauwde appartement en van mijn herinneringen, alsof ik geloofde dat ik met die kus de tijd om de tuin kon leiden en ervan overtuigen ons te negeren en een andere keer terug te komen, in een ander leven.

34

Ik bracht bijna de hele morgen dagdromend door in de achterkamer, beelden van Bea oproepend. Ik visualiseerde haar naakte huid onder mijn handen en meende opnieuw haar zoete adem te ruiken. Ik betrapte mezelf erop dat ik me met cartografische precisie de rondingen van haar lichaam kon herinneren, de glinstering van mijn speeksel op haar lippen en op die lijn van blond haar, bijna transparant, die over haar buik omlaag liep en waar mijn vriend Fermín, in zijn geïmproviseerde colleges over vleselijke logistiek, aan refereerde als 'Het weggetje naar Jerez'.

Voor de zoveelste keer keek ik op mijn horloge en stelde tot mijn afgrijzen vast dat er nog enkele uren moesten verstrijken voor ik Bea opnieuw kon zien – en aanraken. Ik probeerde de kwitanties van de maand te ordenen, maar het geritsel van de papieren deed me denken aan het fluisterende ondergoed dat over de bleke heupen en dijen gleed van doña Beatriz Aguilar, zuster van mijn beste jeugdvriend.

"Daniel, je zit met je hoofd ergens anders. Maak je je ergens zorgen over? Is het Fermín?" vroeg mijn vader.

Ik knikte beschaamd. Mijn beste vriend had een paar ribben gebroken om mijn huid te redden een paar uur geleden en mijn eerste gedachte was aan een bh-sluiting.

"Als je het over de duivel hebt ..."

Ik keek op en daar was hij. Fermín Romero de Torres, de enige echte, gekleed in zijn beste pak. Scheef als een geknakte sigaar kwam hij de winkel binnen met een triomfantelijke grijns op zijn gezicht en een verse anjer in het knoopsgat.

"Wat doet u hier, ongelukkige man? Wordt u niet verondersteld rust te houden?"

"Dat doet de rust zelf maar. Ik ben een man van actie. En als ík hier niet ben, verkoopt u nog geen catechismus."

De doktersadviezen in de wind slaand, was Fermín hiernaartoe gekomen, vastbesloten zijn post opnieuw te betrekken. Zijn gezicht was gelig en bezaaid met blauwe plekken, hij liep akelig mank en bewoog zich als een kapotte pop.

"U gaat nu onmiddellijk naar bed, Fermín, in godsnaam", zei mijn vader, dodelijk verschrikt.

"Geen sprake van. De statistieken bewijzen het: er sterven meer mensen in bed dan in de loopgraven."

Al onze protesten gingen het ene oor in en het andere weer uit. Na een poosje gaf mijn vader toe, omdat iets in de blik van de arme Fermín suggereerde dat hoewel zijn botten hem tot in zijn ziel pijn deden, het perspectief alleen te zijn in zijn pensionkamer nog veel pijnlijker zou zijn.

"Goed dan, maar als ik u iets anders zie tillen dan een potlood, dan krijgt u met mij te maken."

"Tot uw dienst. U hebt mijn woord dat ik vandaag nog geen klant zal tillen."

Zo gezegd, zo gedaan. Fermín trok zijn blauwe stofjas aan en wapende zich met een doek en een fles alcohol om daarmee achter de toonbank de kaften en ruggen op te wrijven van vijftien tweedehands exemplaren van een zeer gewilde titel, die die ochtend waren aangekomen: *De Driekantige Steek: Geschiedenis van de Guardia Civil in alexandrijnen*, van Fulgencia Capón, een zeer jonge auteur die door critici uit het hele land op handen werd gedragen. Terwijl hij zich van zijn taak kweet bleef Fermín steelse blikken werpen, knipogend als het spreekwoordelijke duveltje uit een doosje.

"U hebt rode oren als tomaten, Daniel."

"Dat zal komen van alle nonsens die ik u hoor uitslaan."

"Of van de geilheid die u in haar ban heeft. Wanneer ziet u de dame weer?"

"Dat is niet uw zaak."

"U ziet er werkelijk slecht uit. U vermijdt toch wel pikant eten, hè? Scherpe kruiden zijn een dodelijk vaatverwijdend middel."

"Loopt u alstublieft naar de pomp."

Het beloofde een lange, ellendige dag te worden.

Het schemerde al toen de metro me afzette aan de voet van Avenida Tibidabo. Ik kon de vorm van de blauwe tram onderscheiden die net wegreed door flarden violetkleurige mist. Ik besloot niet op zijn terugkeer te wachten en legde de weg te voet af in de schemering. Na een poosje ontwaarde ik het silhouet van 'De engel van nevel'. Ik haalde de sleutel tevoorschijn die Bea me had gegeven en maakte het deurtje open dat in het traliehek zat. Ik liep het terrein op en liet de deur op een kier staan, zodat het leek of hij dicht was, maar zonder problemen door Bea geopend kon worden. Ik was expres vroeger gekomen. Ik wist dat ze pas over een halfuur of drie kwartier zou arriveren. Ik wilde in mijn eentje de aanwezigheid van het huis voelen en het ontdekken voor Bea er zou zijn en het zich toe-eigende. Ik hield een moment stil om naar de fontein te kijken en naar de hand van de engel die uit het roodgekleurde water stak. De beschuldigende wijsvinger leek scherp als een dolk. Ik naderde de rand van het bassin. Het uitgehouwen gezicht zonder blik of ziel trilde onder de oppervlakte.

Ik liep de brede trap op die naar de ingang voerde. De voordeur stond op een kier van enkele centimeters. Ik voelde een steek van angst, omdat ik meende hem de vorige nacht te hebben gesloten bij het weggaan. Ik bestudeerde het slot, dat niet geforceerd leek te zijn, en veronderstelde dat ik toch was vergeten hem goed dicht te doen. Zachtjes duwde ik de deur open en voelde hoe de adem van het huis over mijn gezicht streek, een vleug van verbrand hout, vocht en dode bloemen. Ik haalde het doosje lucifers tevoorschijn dat ik bij me had gestoken voor ik de winkel verliet en knielde neer om de eerste van de kaarsen aan te steken die Bea had achtergelaten. Een koperkleurige bubbel vlamde op uit mijn handen en onthulde de dansende contouren van muren – die leken te huilen van de dikke vochttranen –, de ingevallen daken en de ontwrichte deuren.

Ik liep naar de volgende kaars en stak hem aan. Langzaam, bijna als een ritueel, liep ik het kaarsenspoor langs dat Bea had achtergelaten en stak ze een voor een aan, een aureool van amberkleurig licht oproepend dat in de lucht zweefde als een spinnenweb dat gevangenzat tussen mantels van ondoordringbare duisternis. Mijn reis eindigde bij de open haard van de bibliotheek, bij de dekens die nog steeds op de grond lagen, met as besprenkeld. Ik ging daar zitten, met het gezicht naar de kamer. Ik had stilte verwacht, maar het huis ademde duizend geluiden uit. Geknars in het hout, de wind in de dakpannen, duizend en een klopgeluiden tussen de muren, onder de vloer, van de ene plek naar de andere wandelend.

Er moest een klein halfuur voorbij zijn gegaan toen ik merkte dat de kou en het halfduister me in slaap begonnen te wiegen. Ik kwam overeind en begon de kamer rond te rennen om warm te worden. Er lag nog maar een restje hout in de haard en ik vermoedde dat tegen de tijd dat Bea arriveerde, de temperatuur in het enorme huis voldoende zou zijn gedaald om de koortsachtige beelden die mijn geest de afgelopen dagen hadden gevuld weg te vagen en me nog slechts te inspireren tot pure en reine gedachten. Nu ik een praktischer en prozaïscher doel had gevonden dan de overdenking van de ruïnes van de tijd, nam ik een van de kaarsen en ging op zoek naar brandbaar materiaal waarmee ik de kamer bewoonbaar kon maken, evenals de dekens die vooralsnog voor de haard lagen te klappertanden, onwetend van de warme herinneringen die ik aan ze bewaarde.

Mijn kennis van de Victoriaanse literatuur volgend leek het mij het meest voor de hand liggend om de zoektocht te beginnen in het souterrain, waar waarschijnlijk ooit de keukens en een grote kolenkelder gehuisvest waren. Met dit idee in mijn hoofd was ik bijna vijf minuten bezig een deur of trap te vinden die naar de lager gelegen verdieping zou leiden. Ik koos een grote deur uit van bewerkt hout aan het einde van een gang. De deur zag eruit als een prachtig stuk vakmanschap, met reliëfs in de vorm van engelen en met een groot kruis in het midden. Het slot zat in het midden van de deur, onder het kruis. Ik probeerde het tevergeefs te forceren. Het mechanisme zat vermoedelijk vast of was helemaal weggeroest. De enige manier om die deur de baas te worden was hem met een koevoet forceren of neerhalen met bijlslagen, opties die ik snel terzijde schoof. Ik bestudeerde het enorme gevaarte van bewerkt hout bij het licht van de kaarsen en bedacht dat het eerder het beeld van een sarcofaag opriep dan dat van een deur. Ik vroeg me af wat er aan de andere kant verborgen zou zitten en ik stond op het punt mijn zoektocht om in het souterrain te komen op te geven toen ik, puur toevallig, op een kleine deur stuitte aan de andere kant van de gang, waarvan ik in eerste instantie meende dat het een bezemkast was. Ik probeerde de deurklink en die gaf onmiddellijk mee. Aan de andere kant was vaag een trap te zien die afdaalde naar een poel van duisternis. Een intense lucht van vochtige aarde sloeg me in het gezicht. In de aanwezigheid van die stank, zo merkwaardig vertrouwd, en met de blik gericht op de duisternis voor me, schoot me een beeld te binnen dat ik al sinds mijn kindertijd met me meedroeg, maar begraven had onder lagen van angst.

***

Een regenachtige middag op de oostflank van de begraafplaats van de Montjuïc, uitkijkend op de zee te midden van een woud van onmogelijke mausolea, kruisen en bewerkte grafstenen met gezichten van doodshoofden en kinderen zonder lippen of ogen, plaats die stonk naar dood; de silhouetten van een twintigtal volwassenen die ik me slechts herinnerde als door de regen doorweekte zwarte pakken, en de hand van mijn vader die de mijne veel te krachtig omklemde, alsof hij zo zijn tranen tot zwijgen wilde brengen, terwijl de holle woorden van een priester in dat marmeren graf vielen waarin drie doodgravers zonder gezicht een grijze kist duwden. De stortbui glibberde als gesmolten was over de kist waarin ik de stem van mijn moeder meende te horen, die mij riep en me smeekte haar te bevrijden uit die gevangenis van steen en duisternis. Ik kon slechts beven en met krachteloze stem tegen mijn vader mompelen dat hij niet zo hard moest knijpen, dat hij me pijn deed, en die lucht van verse aarde, as en regenaarde, die alles verslond, stank van dood en leegte.

***

Ik deed mijn ogen open en daalde de treden bijna blindelings af, omdat het licht van de kaars slechts met moeite een paar centimeter op de duisternis veroverde. Toen ik beneden aankwam, hield ik de kaars hoog en keek om me heen. Ik zag noch een keuken noch een ingebouwde kast vol droog hout. Voor mij lag een nauwe gang. Deze liep dood in een kamer in de vorm van een halve cirkel. In de kamer stond een figuur, het gelaat doorgroefd met tranen van bloed die uit twee holle ogen rolden, de armen uitgevouwen als vleugels, en met een krans van stekels die aan zijn slapen ontsproot. Ik voelde een ijzige kou in mijn nek prikken. Op een bepaald moment herwon ik mijn kalmte en ik begreep dat ik naar de beeltenis van een uit hout gesneden Christusfiguur keek op de muur van een kapel. Ik deed een paar stappen naar voren en werd een huiveringwekkend beeld gewaar: een dozijn naakte, vrouwelijke torso's lag opgetast in een hoek van de oude kapel. Ik zag dat de armen en hoofden ontbraken en dat ze steunden op een driepoot. Elk van hen had een andere vorm en het kostte me weinig moeite er de contouren van vrouwen in diverse leeftijden en constituties in te zien. Over de buik waren woorden te lezen, geschreven met houtskool: ISABEL, EUGENIA, PENÉLOPE. Voor een keer kwam mijn Victoriaanse lectuur van pas en ik besefte dat dat vreselijke visioen de ruïne was van een in onbruik geraakte praktijk, een echo van tijden waarin welgestelde families beschikten over op maat gemaakte paspoppen van de diverse familieleden voor de confectie van jurken en uniforms. Ondanks de strenge, dreigende blik van de Christus kon ik de verleiding niet weerstaan mijn hand uit te steken en langs het middel van de torso te strijken waarop de naam van Penélope Aldaya stond.

Op dat moment meende ik voetstappen te horen op de verdieping boven mij. Ik dacht dat Bea was gearriveerd en me in het huis liep te zoeken. Ik liet de kapel opgelucht achter me en liep weer naar de trap. Ik wilde juist de trap oplopen toen ik zag dat er aan de andere kant van de gang een ketel stond met een verwarmingsinstallatie in ogenschijnlijk goede staat, hetgeen in tegenspraak leek met de rest van de kelder. Ik herinnerde me dat Bea had verteld dat het onroerendgoedbedrijf dat gedurende jaren geprobeerd had het Aldaya-huis te verkopen, een paar verbeteringen had aangebracht met de bedoeling potentiële kopers aan te trekken. Ik liep ernaartoe om het apparaat wat nauwkeuriger te bestuderen en stelde vast dat het ging om een systeem van radiatoren, gevoed door een kleine boiler. Aan mijn voeten vond ik diverse emmers met kolen, stukken triplex en wat blikken met, vermoedde ik, kerosine. Ik opende de onderdeur van de ketel en onderzocht het binnenste. Alles leek in orde. Het idee dat ik het geval na zoveel jaren aan de praat zou krijgen leek me vergezocht, maar dat weerhield me er niet van de ketel te vullen met kolen en stukken hout en er flinke scheuten kerosine overheen te gooien. Terwijl ik hiermee bezig was, meende ik het geknars van oud hout te horen en ik draaide me om. Plotseling had ik een visioen van bloedige doornen die zich losmaakten van het hout, en ik tuurde de duisternis in om de figuur van Christus op een paar pas afstand van mij te zien opdoemen met een wolfachtige grijns om de lippen.

Toen ik de kaars in de ketel hield, ontbrandde hij met een steekvlam en een metalig geraas. Ik sloot de onderdeur en deed een paar stappen terug, steeds minder zeker van de soliditeit van mijn plan. De ketel leek moeizaam te trekken en ik besloot naar de begane grond terug te gaan om vast te stellen of deze actie enig praktisch effect had. Ik liep de trap op en ging terug naar de grote salon in de hoop Bea te vinden, maar ik zag geen spoor van haar. Ik rekende uit dat er al bijna een uur voorbij was gegaan sinds mijn komst en de vrees dat het onderwerp van mijn troebele verlangens nooit zou opduiken, werd met de minuut acuter. Om die onrust te onderdrukken besloot ik door te gaan met mijn loodgietersactiviteiten en ik ging op zoek naar radiatoren die konden bevestigen dat de wederopstanding van de verwarmingsketel een succes was geweest. Alle exemplaren die ik vond, leken zich tegen mijn verlangens te verzetten en waren ijzig koud. Op één na. In een kleine kamer van niet meer dan vier of vijf vierkante meter, een badkamer die vermoedelijk precies boven de ketel lag, was een zekere warmte waar te nemen. Ik knielde en stelde vrolijk vast dat de tegels van de vloer lauw waren. Zó vond Bea me, geknield op de vloer, terwijl ik de tegels van een badkamer aftastte als een idioot, met een onnozele glimlach op mijn gezicht.

Als ik terugkijk en probeer de gebeurtenissen van die nacht in het Aldaya-huis te reconstrueren, is het enige excuus ter rechtvaardiging van mijn gedrag dat ik kan verzinnen, dat op je achttiende, bij gebrek aan subtiliteit en meer ervaring, een oude badkamer het paradijs kan lijken. Een paar minuten had ik maar nodig om Bea ervan te overtuigen de dekens uit de salon te halen en ons in die piepkleine badkamer op te sluiten met slechts twee kaarsen en een paar badkamerlampjes die eruitzagen als museumstukken. Mijn voornaamste argument – van klimatologische aard – maakte grote indruk op Bea, bij wie de warmte van de vloertegels de aanvankelijke vrees wegnam dat door mijn krankzinnige uitvinding de ketel in de fik zou schieten. Later, in de rozige schemering van de kaarsen, terwijl ik haar met trillende vingers van haar kleren ontdeed, glimlachte ze, en haar ogen zochten de mijne en toonden me dat alles wat me inviel, haar al was ingevallen, toen en alle andere keren daarna.

Ik herinner me hoe ze daar zat, met de rug tegen de gesloten deur van de kleine ruimte, de armen langs haar zij, de handpalmen naar boven, naar mij gekeerd. Ik herinner me hoe ze haar gezicht omhooghield, uitdagend, terwijl ik haar keel streelde met de toppen van mijn vingers. Ik herinner me hoe ze mijn handen nam en ze op haar borsten legde, en hoe haar ogen en lippen trilden toen ik haar tepels tussen mijn vingers nam en er als betoverd zachtjes in kneep, hoe ze op de grond gleed terwijl ik haar buik zocht met mijn lippen en haar blanke dijen me ontvingen.

"Heb je dit eerder gedaan, Daniel?"

"In m'n dromen."

"Serieus."

"Nee. En jij?"

"Nee. Zelfs niet met Clara Barceló?"

Ik lachte, vermoedelijk om mezelf. "Wat weet jij van Clara Barceló?"

"Niks."

"Nou, ik nog minder", zei ik.

"Dat geloof ik niet."

Ik leunde over haar heen en keek in haar ogen. "Nog nooit heb ik dit met iemand gedaan."

Bea glimlachte. Mijn hand gleed tussen haar dijen en ik stortte me op haar lippen, er inmiddels van overtuigd dat kannibalisme de opperste incarnatie was van wijsheid.

"Daniel?" vroeg Bea met een dun stemmetje.

"Wat?" vroeg ik.

Plotseling floot er een koude tochtvlaag onder de deur door en in die oneindige seconde voor de wind de kaarsen uitblies, vonden onze ogen elkaar en voelden we hoe de illusie van dat moment uiteenspatte. Een seconde was voldoende om te weten dat er iemand was aan de andere kant van de deur. Ik zag de angst zich op Bea's gezicht aftekenen en meteen daarna werden we omhuld door duisternis. De klap op de deur kwam later. Bruut, alsof een ijzeren vuist tegen de deur had gebeukt en hem bijna uit zijn hengsels had gerukt.

Ik voelde Bea's lijf trillen van angst in het donker en omarmde haar. We kropen naar de verste hoek van het vertrek, net voor de tweede dreun op de deur knalde, die daardoor met enorme kracht tegen de muur werd gesmeten. Bea gilde en kroop tegen me aan. Een ogenblik lang zag ik de blauwe mist die over de gang kroop en de slangen van rook van de uitgedoofde kaarsen, in spiralen omhoogkringelend. De deurlijst wierp klauwachtige schaduwen en ik meende een hoekig silhouet te zien op de drempel van de duisternis.

Ik tuurde de gang in, vrezend, of misschien wel hopend, slechts een vreemdeling te vinden, een zwerver die zich in het vervallen huis had gewaagd op zoek naar bescherming in een gure nacht. Maar er was niemand, slechts de blauwe weerschijn van de ramen. Gehurkt in een hoek van het vertrek fluisterde Bea bevend mijn naam.

"Er is niemand", zei ik. "Misschien is het een windvlaag geweest."

"De wind hamert niet met vuistslagen op de deur, Daniel. Laten we gaan."

Ik liep terug de kamer in en verzamelde onze kleren.

"Hier, kleed je aan. We gaan een kijkje nemen."

"We kunnen beter gaan."

"Zo dadelijk. Ik wil nog even iets controleren."

We kleedden ons snel en op de tast aan. Binnen een paar seconden zagen we onze ademhaling kleine wolkjes vormen. Ik pakte een van de kaarsen van de vloer en stak hem opnieuw aan. Een koude luchtstroom gleed door het huis, alsof iemand deuren en ramen had opengezet.

"Zie je? Het is de wind."

Bea schudde slechts zwijgend haar hoofd. We liepen terug naar de salon terwijl ik de vlam met mijn hand beschermde. Bea volgde me op de voet, bijna zonder adem te halen.

"Wat zoeken we, Daniel?"

"Het duurt maar een minuutje."

"Nee, laten we nu gaan."

"Goed dan."

We keerden om om naar de uitgang te lopen en toen zag ik het. De grote deur van bewerkt hout aan het einde van een gang, die ik een of twee uur geleden vruchteloos geprobeerd had te openen, stond op een kier.

"Wat is er?" vroeg Bea.

"Wacht hier op me."

"Daniel, alsjeblieft ..."

Ik liep de gang in, de kaars in mijn hand flakkerend in de koude adem van de wind. Bea zuchtte en volgde me met tegenzin. Ik stopte voor de grote deur. Er waren marmeren traptreden zichtbaar, die afdaalden naar een inktzwarte duisternis. Ik ging op de eerste trede staan. Bea, verlamd van angst, stond op de drempel met de kaars.

"Alsjeblieft, Daniel, laten we gaan ..."

Ik daalde trede voor trede af naar het einde van de trap. Het spookachtige aureool van de kaars leek te krabben aan de omtrek van een rechthoekige ruimte met onbewerkte muren die helemaal bedekt waren met kruisen. De kou in het vertrek sneed me de adem af. Voor me stond een marmeren deksteen en daar bovenop stonden twee dezelfde witte objecten naast elkaar, zij het van verschillende grootte. Ze reflecteerden de flakkering van de kaarsvlam met meer intensiteit dan de rest van de kamer en ik vermoedde dat het om gelakt hout ging. Ik deed nog een stap naar voren en pas toen begreep ik het. De twee objecten waren twee witte grafkisten. Een van de twee mat nauwelijks drie span. Een koude huivering kroop langs mijn rug. Het was de sarcofaag van een kind. Ik bevond me in een crypte.

Zonder te beseffen wat ik deed liep ik naar de marmeren deksteen tot ik dichtbij genoeg was om mijn hand uit te steken en hem aan te raken. Ik zag toen dat op beide grafkisten een naam en een kruis waren gezet, onleesbaar geworden door een dikke stoflaag. Ik legde mijn hand op een van de twee, de grootste. Langzaam, bijna in trance, zonder te stoppen om na te denken over wat ik deed, veegde ik stof en as weg. De woorden waren in het zwakke rozige kaarslicht nauwelijks te lezen.

PENÉLOPE ALDAYA
1902–1919

Ik bevroor. Iets of iemand bewoog in de duisternis. Ik voelde hoe de koude lucht over mijn huid gleed en pas toen deed ik een paar stappen terug.

"Ga hier weg", prevelde een stem vanuit de schaduw. Ik herkende hem onmiddellijk. Laín Coubert. De stem van de duivel.

Ik stormde de trap op en eenmaal op de begane grond greep ik

Bea bij de arm en sleurde haar zo snel als ik kon naar de uitgang. De kaars waren we kwijt en we renden op de tast. Bea begreep mijn plotselinge alarm niet. Ze had niets gezien. Ze had niets gehoord. Ik hield niet stil om tekst en uitleg te geven. Ik verwachtte op elk moment dat er iets uit de schaduwen tevoorschijn zou springen om ons de pas af te snijden, maar de voordeur wachtte op ons aan het einde van de gang, een rechthoek van licht scheen door de kieren.

"Hij is op slot", prevelde Bea.

Ik zocht in mijn zakken naar de sleutel. Ik keek een fractie van een seconde om en wist heel zeker dat twee glinsterende puntjes langzaam dichterbij kwamen vanaf het einde van de gang. Ogen. Mijn vingers vonden de sleutel. Wanhopig stak ik hem in het slot, opende de deur en duwde Bea bruusk naar buiten. Bea moest de angst in mijn ogen hebben gelezen, want ze haastte zich door de tuin naar het hek en stopte niet voor we ons buiten adem en bezweet op de stoep bevonden van Avenida Tibidabo.

"Wat is daar beneden gebeurd, Daniel? Was er iemand?"

"Nee."

"Je ziet bleek."

"Ik zie altijd bleek. Kom, we gaan."

"En de sleutel?"

Die had ik binnen gelaten, in het slot gestoken. Ik voelde er weinig voor terug te gaan.

"Ik geloof dat ik hem verloren ben toen ik naar buiten rende. We zoeken hem op een andere dag wel."

In stevig marstempo liepen we de straat af. We staken over naar het andere trottoir en gingen pas langzamer lopen tot we een honderdtal meters van het huis vandaan waren en de omtrek nauwelijks te zien was in de donkere nacht. Ik ontdekte toen dat mijn hand nog steeds bedekt was met as en stof en was dankbaar voor de mantel van de nacht, die voor Bea de tranen verborg die over mijn wangen liepen.

We volgden Calle Balmes naar beneden tot aan Plaza Núñez de Arce, waar we een eenzame taxi tegenkwamen. We reden bijna zonder een woord te wisselen door Balmes tot aan Consejo de Ciento. Bea hield mijn hand vast en een paar keer zag ik haar naar me kijken met een starre, ondoordringbare blik. Ik boog voorover om haar te kussen, maar ze hield haar lippen op elkaar.

"Wanneer zie ik je weer?"

"Ik bel je morgen of overmorgen."

"Beloof je dat?"

Ze knikte.

"Je kunt me thuis of in de winkel bellen, dat is hetzelfde nummer. Dat heb je toch?"

Ze knikte opnieuw. Ik vroeg de chauffeur een moment te stoppen op de hoek van Muntaner en Diputación. Ik bood Bea aan haar tot aan het portiek te vergezellen, maar ze weigerde en liep weg zonder me haar nogmaals te laten kussen of zelfs maar haar hand te laten aanraken. Ze begon te rennen en ik keek haar vanuit de taxi na. De lichten waren aan in de woning van de Aguilars en ik kon duidelijk zien hoe mijn vriend Tomás me observeerde vanuit het raam van zijn kamer, waar we zovele middagen samen hadden doorgebracht met kletsen of schaken. Ik stak mijn hand op en forceerde daarbij een glimlach die hij waarschijnlijk niet kon zien. Hij groette niet terug. Zijn gestalte bleef onbeweeglijk aan het glas gekleefd staan en bekeek me ijzig. Een paar seconden later trok hij zich terug en de ramen werden donker. Hij wachtte op ons, dacht ik.

35

Bij thuiskomst vond ik de kliekjes van een maaltijd voor twee op tafel. Mijn vader had zich al in zijn kamer teruggetrokken en ik vroeg me af of hij wellicht de moed had gevat om Merceditas bij hem thuis uit te nodigen voor het eten. Ik sloop naar mijn kamer en glipte naar binnen zonder het licht aan te doen. Zodra ik ging zitten op de rand van het matras merkte ik dat er nog iemand in het vertrek was, die op het bed lag als een overledene, de armen gekruist voor de borst. Het was alsof ik een stomp in mijn maag kreeg, maar al snel herkende ik het gesnurk en het profiel van de neus die zijn weerga niet kende. Ik deed het nachtlampje aan en vond Fermín Romero de Torres liggend op de bedsprei, verloren in een verzaligde glimlach en kleine kreuntjes van plezier uitstotend. Ik zuchtte en de slapende opende zijn ogen. Toen hij mij zag, keek hij bevreemd. Hij verwachtte duidelijk ander gezelschap. Hij wreef in zijn ogen en keek om zich heen om een duidelijker beeld van de wereld om hem heen te krijgen.

"Ik hoop dat ik u niet heb laten schrikken. Bernarda zegt dat ik in mijn slaap lijk op een Spaanse Boris Karloff."

"Wat doet u in mijn bed, Fermín?"

Verlangend deed hij zijn ogen een beetje dicht.

"Dromen van Carole Lombard. We waren in Tanger, in een Turks bad en ik was haar helemaal met van die olie voor babybilletjes aan het insmeren. Hebt u wel eens een vrouw met olie ingesmeerd, van boven tot onder, grondig?"

"Fermín, het is halfeen 's nachts en ik val om van de slaap."

"Pardon, Daniel. Uw vader stond erop dat ik boven kwam voor het avondeten en daarna kreeg ik ontzettende slaap. Rundvlees heeft op mij een narcotiserend effect, weet u. Uw vader stelde voor dat ik hier een poosje ging liggen, en zei dat u het niet erg zou vinden ..."

"En ik vind het niet erg, Fermín. Het is meer de verrassing. Blijft u in bed liggen en keer terug naar Carole Lombard, die zit vast op u te wachten. En kruip onder de dekens, het is hondenweer en u vat nog kou. Ik ga naar de eetkamer."

Fermín knikte traag. De kneuzingen op zijn gezicht begonnen op te zwellen en zijn hoofd, versierd met een baard van twee dagen en wat schaars hoofdhaar, leek een overrijpe vrucht die uit de boom was gevallen. Ik pakte een deken uit de commode en reikte Fermín er ook een aan. Ik deed het licht uit en liep naar de eetkamer waar de favoriete fauteuil van mijn vader me opwachtte. Ik wikkelde me in de deken en krulde in elkaar zo goed en zo kwaad als het ging, ervan overtuigd dat ik geen oog dicht zou doen. Het beeld van twee witte grafkisten in de duisternis stond in mijn geheugen gegrift. Ik sloot mijn ogen en zette alles op alles om dat visioen weg te vagen en het beeld van Bea op te roepen, naakt op de dekens in de badkamer, bij het licht van de kaarsen. Overgeleverd aan deze gelukkige gedachten, meende ik het verre gemurmel van de zee te horen en ik vroeg me af of de slaap me al had overmand zonder dat ik het wist. Misschien koerste ik richting Tanger. Toen besefte ik dat het het gesnurk van Fermín was en een ogenblik daarna ging de wereld uit. In mijn hele leven heb ik niet beter of dieper geslapen dan die nacht.

Het werd licht en het plensde. De straten stonden blank en de regen sloeg woedend tegen de ramen. De telefoon ging om halfacht. Ik sprong op uit de stoel om hem op te nemen, met het hart in de keel. Fermín, in ochtendjas en pantoffels, en mijn vader met de koffiepot in zijn hand, wisselden een blik die al een gewoonte begon te worden.

"Bea?" fluisterde ik in de hoorn, met mijn rug naar hen toe.

Ik meende een zucht te horen in de lijn.

"Bea, ben jij het?"

Ik kreeg geen antwoord en enkele seconden later werd de verbinding verbroken. Ik stond daar een minuut roerloos, starend naar de telefoon in de hoop dat hij opnieuw zou overgaan.

"Ze bellen wel terug, Daniel. Kom nu eerst ontbijten", zei mijn vader.

Ze belt later nog wel terug, hield ik mezelf voor. Iemand moet haar betrapt hebben. Het was vast niet eenvoudig de avondklok van de heer Aguilar te beduvelen. Geen reden tot alarm. Met dat en andere excuses sleepte ik me naar de tafel om te doen alsof ik meedeed met het ontbijt van mijn vader en Fermín. Misschien was het de regen, maar het eten had alle smaak verloren.

Het goot de hele ochtend en kort na het openen van de winkel hadden we in de hele wijk te maken met een stroomstoring die duurde tot het middaguur.

"Dat ontbrak er nog maar aan", zuchtte mijn vader.

Om drie uur begon de eerste lekkage. Fermín bood aan naar het huis van Merceditas te gaan om een paar emmers te lenen, borden of welk hol object dan ook. Mijn vader verbood hem dat ten enen male. De zondvloed hield aan. Om de verveling te doden vertelde ik Fermín wat er de vorige nacht was voorgevallen, waarbij ik echter voor me hield wat ik in die crypte had gezien. Fermín luisterde gefascineerd naar me, maar ondanks zijn titanische vasthoudendheid weigerde ik de consistentie, textuur en vorm van Bea's borsten te beschrijven. De dag ging in stortbuien ten onder.

Na het avondeten, onder het mom van een wandelingetje om de benen te strekken, liet ik mijn vader achter met zijn boek en begaf me naar Bea's huis. Toen ik aankwam, stopte ik op de hoek om naar de ramen van het appartement te kijken en vroeg me af wat ik daar deed. Spioneren, neuzen, of mezelf belachelijk maken waren een paar termen die door mijn hoofd schoten. En toch, ontdaan van zowel waardigheid als een geschikte jas tegen de ijzige temperatuur, school ik voor de regen in een portiek aan de overkant van de straat en bleef daar staan, turend naar de ramen. Ik nam de silhouetten van de heer Aguilar en zijn echtgenote waar. Geen spoor van Bea.

Het was bijna middernacht toen ik naar huis terugging, klappertandend van de kou en de wereld op mijn schouders meetorsend. Ze belt morgen, herhaalde ik duizend keer bij mezelf terwijl ik de slaap probeerde te vatten. Bea belde de volgende dag niet. Noch de dag erna. Noch in die hele week, de langste en laatste van mijn leven.

Binnen zeven dagen zou ik dood zijn.

36

Alleen iemand die nog maar een week te leven heeft, is in staat zijn tijd zo te verprutsen als ik deed gedurende die dagen. Ik was niet bij de telefoon weg te slaan en iets knaagde voortdurend aan mijn ziel. Zo gevangen was ik in mijn eigen blindheid dat ik niet eens in staat was te raden wat het lot voor me in petto had. Maandag rond het middaguur ging ik naar de Letterenfaculteit op Plaza Universidad in de hoop Bea daar te vinden. Ik wist dat ze het absoluut niet leuk zou vinden als ik daar opdook en men ons samen zou zien in het openbaar, maar ik bood liever haar woede het hoofd dan verder te leven met deze onzekerheid.

Ik vroeg bij de administratie naar de aula van professor Velázquez en besloot te wachten tot de studenten naar buiten kwamen. Ik wachtte zo'n twintig minuten voor de deuren zich openden en ik het arrogante, verzorgde smoel van professor Velázquez zag passeren, zoals altijd omringd door zijn coterie van bewonderaarsters. Vijf minuten later was er nog steeds geen spoor van Bea. Ik besloot een blik te werpen in de collegezaal. Drie meisjes met zondagsschoolgezichten zaten met elkaar te kletsen en aantekeningen en vertrouwelijkheden uit te wisselen. Het meisje dat de leidster van de congregatie leek te zijn merkte mijn aanwezigheid op en interrumpeerde haar monoloog om een onderzoekende blik op me te werpen.

"Pardon, ik zoek Beatriz Aguilar. Weten jullie of ze dit college volgt?"

De meisjes wisselden venijnige blikken.

"Ben jij haar verloofde?" vroeg een van hen. "De vaandeldrager?"

Ik beperkte me tot een vage glimlach waarvan ze aannamen dat die een bevestiging inhield. Alleen het derde meisje glimlachte terug, verlegen en mijn ogen ontwijkend. De andere twee waren brutaler, bijna uitdagend.

"Ik dacht dat je anders was", zei het meisje dat de baas leek van het commando.

"En het uniform?" vroeg de tweede officier, terwijl ze me wantrouwig opnam.

"Ik ben met verlof. Weten jullie of ze al weg is?"

"Beatriz is vandaag niet naar de les gekomen", informeerde de baas me.

"Aha, niet?"

"Nee", bevestigde de luitenant van de twijfel en de argwaan. "Jij als verloofde zou dat moeten weten."

"Ik ben haar verloofde, geen politieagent."

"Kom, we gaan, dit is een malloot", concludeerde de baas.

Beiden liepen langs me heen met een zijdelingse blik en een halve glimlach vol walging. De derde bleef wat achter en hield even haar pas in voor ze vertrok en fluisterde me in het oor, toen ze zeker wist dat de anderen het niet zagen: "Beatriz was er vrijdag ook niet."

"Weet je waarom?"

"Jij bent haar verloofde niet, hè?"

"Nee. Alleen een vriend."

"Ik geloof dat ze ziek is."

"Ziek?"

"Dat zei een van hen die haar thuis gebeld heeft. Nu moet ik gaan."

Voor ik haar kon bedanken voor haar hulp was ze weggerend om zich bij de andere twee te voegen, die met bliksemende ogen aan de andere kant van de kloostergang op haar wachtten.

"Daniel, er zal wel iets gebeurd zijn. Een oudtante die is overleden, een papegaai met de bof, een verkoudheid van al dat rondlopen met ontbloot achterste, god weet wat. In tegenstelling tot wat u voetstoots aanneemt, draait het universum niet om de lusten van uw kruis. Andere factoren beïnvloeden de toekomst van de mensheid."

"Denkt u dat ik dat niet weet? U lijkt me niet erg goed te kennen, Fermín."

"Beste jongen, als God me bredere heupen had willen geven, zou ik u zelfs gebaard kunnen hebben: zo goed ken ik u. Let op mijn woorden. Laat uw hoofd met rust en ga een luchtje scheppen. Wachten is roest voor de ziel."

"Dus ik ben in uw ogen belachelijk."

"Nee. U bent kribbig. Ik weet wel dat op uw leeftijd zulke dingen het einde van de wereld lijken, maar alles heeft een grens. Vanavond gaan u en ik de bloemetjes buitenzetten in een bar in Calle Platería die naar het schijnt furore aan het maken is. Ze hebben me gezegd dat er recentelijk een paar noordelijke dames uit Ciudad Real zijn gearriveerd die je niet alleen de adem benemen, maar zelfs je roos. Ik trakteer."

"En wat zal Bernarda ervan zeggen?"

"De meisjes zijn voor u. Ik ben van plan in de hal te wachten terwijl ik een tijdschrift lees en het geharrewar uit de verte gadesla, omdat ik me bekeerd heb tot de monogamie, zo niet *in mente* dan toch ten minste *de facto*."

"Ik waardeer het zeer Fermín, maar ..."

"Een knul van achttien jaar die zo'n aanbod afslaat, is niet in het bezit van zijn volle verstand. We moeten nú onmiddellijk iets doen. Hier."

Hij viste in zijn zakken en reikte me wat munten aan. Ik vroeg me af of dat de enorme som was waarmee hij dacht het bezoek aan de weelderige harem van nimfen van de hoogvlakte te bekostigen.

"Daarmee wensen ze ons nog niet eens goedenacht, Fermín."

"U bent er zo een die uit een boom valt en toch nooit de grond bereikt. Denkt u werkelijk dat ik u ga meenemen naar de hoeren om u tot aan de nok toe met gonorroe weer bij uw heer vader af te leveren, de heiligste man die ik ken? Dat van de vrouwtjes zei ik om te zien hoe u zou reageren. Ik doe een beroep op het enige deel van uw persoon dat lijkt te functioneren. Dit is voor u om naar de telefooncel op de hoek te gaan en uw liefje in enige intimiteit te kunnen bellen."

"Bea zei me uitdrukkelijk haar niet te bellen."

"Ze zei ook dat ze vrijdag zou bellen. Het is maandag. U zegt het maar. Eén ding is geloven in de vrouwen en iets anders is geloven wat ze zeggen."

Overtuigd door zijn argumenten, glipte ik weg naar de openbare cel op de hoek en draaide het nummer van de Aguilars. Bij de vijfde keer overgaan nam iemand aan de andere kant op en luisterde in stilte, zonder te antwoorden. Vijf eeuwige seconden gingen voorbij.

"Bea?" fluisterde ik. "Ben jij het?"

De stem die antwoordde, stompte me als een mokerslag in mijn maag.

"Klootzak, ik zweer je dat ik je ziel uit je lijf zal rukken."

De toon was bikkelhard van pure ingehouden woede. IJzig en sereen. Dat is wat ik nog het meeste vreesde. Voor mijn geestesoog kon ik de heer Aguilar zien, terwijl hij de hoorn omklemde in de vestibule van het huis, dezelfde telefoon die ik vele malen had gebruikt om mijn vader te bellen en hem te zeggen dat ik later kwam omdat ik de middag bij Tomás doorbracht. Ik bleef naar de ademhaling van Bea's vader luisteren, verstomd, en vroeg me af of hij mijn stem herkend had.

"Ik zie dat je zelfs niet de ballen hebt om je mond open te doen, lafaard. Elk klootzakje is in staat te doen wat jij hebt gedaan, maar een man zou ten minste de moed hebben er openlijk voor uit te komen. Ik zou me de ogen uit mijn kop schamen als ik wist dat een meisje van zeventien jaar meer kloten heeft dan ikzelf, omdat zij niet wilde zeggen wie je was, en dat gaat ze niet doen ook. Ik ken haar. En omdat jij niet het lef hebt je nek uit te steken voor Bea, gaat zij betalen voor wat jij hebt gedaan."

Toen ik ophing beefden mijn handen. Ik was me niet bewust van wat ik zojuist had gedaan tot ik de cabine uitliep en mezelf terugsleepte naar de winkel. Ik had er niet bij stilgestaan dat mijn telefoontje de situatie waarin Bea zich bevond slechts zou verergeren. Mijn enige zorg was geweest anoniem te blijven en me te verbergen, diegenen te verloochenen van wie ik zei te houden, maar die ik in werkelijkheid slechts gebruikte. Dat had ik al gedaan toen inspecteur Fumero Fermín in elkaar had geslagen, en ik had het nu opnieuw gedaan door Bea aan haar lot over te laten. En ik zou het weer doen als de omstandigheden me de mogelijkheid gaven. Ik bleef tien minuten op straat staan en probeerde te kalmeren alvorens terug te gaan naar de winkel. Misschien moest ik nog eens bellen en de heer Aguilar zeggen ja, ik ben het, ik ben gek op uw dochter, dat is waar. Als hij vervolgens zin had in zijn commandantenuniform hier te komen om mijn gezicht aan gort te slaan, stond hij in zijn recht.

Ik was al op weg naar de winkel toen ik voelde dat iemand me observeerde vanuit een portiek aan de overkant van de straat.

Aanvankelijk dacht ik dat het don Federico was, de horlogemaker, maar een vluchtige blik was voldoende om vast te stellen dat het om een veel langer en forser individu ging. Ik stopte om terug te kijken en tot mijn verrassing knikte hij, alsof hij me wilde groeten en aangeven dat het hem in het geheel niet stoorde dat zijn aanwezigheid mij was opgevallen. Het licht van een straatlantaarn viel over zijn profiel. De trekken kwamen me bekend voor. Hij deed een stap naar voren, glimlachte naar me terwijl hij zijn regenjas tot bovenaan dichtknoopte, en verdween tussen de voetgangers in de richting van de Ramblas. Ik herkende hem toen als de politieagent die me had vastgehouden terwijl inspecteur Fumero Fermín in elkaar sloeg. Toen ik de winkel inliep, keek Fermín op en wierp me een onderzoekende blik toe.

"Vanwaar dat lange gezicht?"

"Fermín, ik geloof dat we een probleem hebben."

Diezelfde nacht zetten we het plan zoals we dat met don Gustavo Barceló hadden bekokstoofd, in werking.

"Het eerste is ons ervan te verzekeren dat u het bij het rechte eind hebt en wij onder politiesurveillance staan. We gaan achteloos een ommetje maken tot aan Els Quatre Gats om te zien of dat individu nog steeds op de loer ligt. Maar geen woord tegen uw vader hierover, anders krijgt hij nog nierstenen."

"Wat wilt u dan dat ik vertel? Hij voelt al tijden nattigheid."

"Zeg hem dat u zonnebloempitten gaat kopen of wat dan ook."

"En waarom uitgerekend naar Els Quatre Gats?"

"Omdat ze daar de beste stokbroodjes *longaniza* serveren in een straal van vijf kilometer en we toch érgens moeten praten. Wees geen spelbreker en doe wat ik zeg, Daniel."

Omdat ik elke willekeurige activiteit verwelkomde die mijn gedachten kon afleiden, gehoorzaamde ik gedwee en een paar minuten later liep ik de straat op na mijn vader ervan overtuigd te hebben dat ik zeker thuis zou zijn voor de avondmaaltijd. Fermín wachtte op me op de hoek van Puerta del Ángel. Zodra ik me bij hem had gevoegd, gaf hij een teken met zijn wenkbrauwen om aan te geven dat ik me in beweging moest zetten.

"De druif loopt twintig meter achter ons. Niet omdraaien."

"Is het dezelfde?"

"Ik geloof het niet, tenzij hij door het vochtige weer is gekrompen. Deze lijkt me een nieuweling. Hij heeft een sportkrant bij zich van zes dagen terug. Fumero rekruteert zijn leerlingen blijkbaar op elitescholen."

Toen we bij Els Quatre Gats aankwamen nam onze incognitoman een tafel op enkele meters afstand van de onze en deed voor de zoveelste keer alsof hij de voorvallen van de wedstrijddag van vorige week bestudeerde. Iedere twintig seconden wierp hij een steelse blik op ons.

"Ach arme, kijk hoe hij zweet", zei Fermín hoofdschuddend. "Ik vind u er een tikkeltje verstrooid uitzien, Daniel. Hebt u met het meisje gepraat of niet?"

"Haar vader kwam aan de lijn."

"En hebt u beiden een vriendelijke, beleefde conversatie gehad?"

"Meer een monoloog."

"Ik begrijp het. Moet ik daaruit opmaken dat u hem nog niet met papa aanspreekt?"

"Hij heeft me letterlijk gezegd dat hij me mijn ziel uit mijn lijf wilde rukken."

"Dat zal een stijlfiguur zijn."

Op dat punt aangekomen boog de ober zich over ons heen. Fermín bestelde eten voor een regiment soldaten en wreef zich al verlekkerd in de handen.

"En wilt u niks, Daniel?"

Ik schudde mijn hoofd. Toen de ober terugkwam met twee dienbladen vol tapas, broodjes en een fles wijn, gaf Fermin hem een hoop geld en zei dat hij de fooi kon houden.

"Chef, ziet u dat individu daar aan die tafel bij het raam, die met zijn hoofd in die krant zit gedoken alsof het een puntmuts is?"

De ober knikte samenzweerderig.

"Zou u mij een plezier willen doen en hem willen zeggen dat inspecteur Fumero hem de urgente boodschap stuurt dat hij ipso facto naar de markt van de Boquería gaat, voor twintig stuivers gekookte kikkererwten koopt en ze zonder dralen meeneemt naar het politiebureau (per taxi als het nodig is) en dat hij zich er anders op moet voorbereiden zijn scrotum op een presenteerblaadje aan te bieden? Zal ik het voor u herhalen?"

"Niet nodig, meneer. Voor twintig stuivers gekookte kikkererwten of het scrotum."

Fermín schoof hem nog een munt toe.

"God zij u genadig."

De ober knikte vol respect en vertrok naar de tafel van onze achtervolger om de boodschap over te brengen. Toen hij de bevelen hoorde, betrok het gezicht van onze wacht. Hij bleef nog vijftien seconden aan zijn tafeltje zitten, ten prooi aan de peilloze krachten van het dilemma, en stortte zich vervolgens in galop de straat op. Fermín nam niet eens de moeite om met zijn ogen te knipperen. Onder andere omstandigheden zou ik van dit incident hebben genoten, maar deze avond was ik niet in staat mijn gedachten van Bea af te brengen.

"Daniel, bij de les blijven alstublieft, we hebben werk te bespreken. Morgen gaat u meteen Nuria Monfort bezoeken, zoals we hadden afgesproken."

"En als ik daar ben, wat zeg ik dan?"

"Onderwerpen genoeg. Het plan is de heer Barceló's zo verstandige suggesties te volgen. U laat doorschemeren dat u weet dat ze wat betreft Carax verraderlijk heeft zitten liegen, dat haar zogenaamde echtgenoot Miquel Moliner niet in de gevangenis zit, zoals zij pretendeert, dat u erachter bent gekomen dat zij de vrouw op de achtergrond is die de correspondentie uit het oude huis van de familie Fortuny-Carax al die tijd heeft opgehaald door een postbusnummer te gebruiken op naam van een niet-bestaand advocatenkantoor ... U zegt wat maar nodig is om haar het vuur na aan de schenen te leggen. Dat alles op melodramatische toon en met een bijbelse gelaatsuitdrukking. Daarna, puur voor het effect, vertrekt u en laat u haar een tijdje in haar eigen ongemakkelijke sop gaarkoken."

"En ondertussen ..."

"Ondertussen sta ik klaar om haar te volgen, welk voornemen ik van plan ben te volbrengen door gebruik te maken van de meest geavanceerde camouflagetechnieken."

"Dat gaat niet functioneren, Fermín."

"U bent een man van weinig geloof. Vertelt u me eens, wát heeft de vader van dat meisje gezegd dat u er zo aan toe bent? Is het vanwege die bedreiging? Geen aandacht aan schenken. Wát heeft die bezetene gezegd?"

Zonder nadenken gaf ik antwoord. "De waarheid."

"De waarheid volgens Sint Daniel Martelaar?"

"Lacht u maar. Het is mijn eigen schuld."

"Ik lach niet, Daniel. Maar ik vind het akelig om te zien dat u uzelf zo kastijdt. Een ieder die u ziet zou zeggen dat u het haren boetekleed hebt aangetrokken. U hebt niets slechts gedaan. Het leven kent al voldoende echte bandieten om ook nog tegenover jezelf de Grootinquisiteur uit te hangen."

"Praat u uit ervaring?"

Fermín haalde zijn schouders op.

"U hebt me nooit verteld hoe u Fumero tegen het lijf gelopen bent", merkte ik op.

"Wilt u een verhaal met een moraal horen?"

"Alleen als u het me wilt vertellen?"

Fermín schonk zichzelf een glas wijn in en dronk het in één teug leeg.

"Amen", zei hij bij zichzelf. "Wat ik u kan vertellen over Fumero is vox populi. De eerste keer dat ik over hem hoorde praten was de toekomstige inspecteur *pistolero* in dienst van de anarchistische vakbond, de FAI. Hij had een hele reputatie opgebouwd omdat hij angst noch scrupules kende. Een naam was voor hem genoeg en hij hielp hem naar de andere wereld met een schot in het gezicht midden op straat, midden op de dag. Zulke talenten worden geapprecieerd in roerige tijden. Wat hij ook niet had waren loyaliteit of principes. De zaak die hij diende maakte hem geen barst uit, zolang de zaak hem hielp hogerop te komen. Er lopen tonnen van zulke klootzakken rond, maar weinigen hebben het talent van Fumero. Van de anarchisten ging hij naar de communisten en vandaar naar de fascisten was slechts een kleine stap. Hij spioneerde en verkocht informatie van de ene kant naar de andere, hij nam van iedereen geld aan. Ik hield hem al tijden in de gaten. Op dat moment werkte ik voor de regering van de Generalidad. Soms verwarde men mij met het lelijke broertje van president Companys, wat me met trots vervulde."

"Wat deed u?"

"Een beetje van alles. In de radioseries van tegenwoordig noemen ze dat wat ik deed spionage, maar in tijden van oorlog zijn we allemaal spionnen. Deel van mijn werk was individuen als Fumero in de gaten houden. Dat zijn de gevaarlijksten. Het zijn net adders, zonder kleur of geweten. In de oorlog komen ze overal tevoorschijn. In tijden van vrede zetten ze een masker op. Maar ze zijn er wel. Duizenden. Het geval wil dat ik er vroeg of laat achter kwam wat zijn spelletje was. Eerder laat dan vroeg, zou ik zeggen.

Barcelona viel binnen een paar dagen en toen lagen de kaarten ineens compleet anders geschud. Ik werd een achtervolgde misdadiger en mijn superieuren zagen zich genoodzaakt zich als ratten te verbergen. Natuurlijk stond Fumero aan het hoofd van deze 'schoonmaakoperatie'. De zuivering werd openlijk op straat uitgevoerd met schietpartijen, of in het kasteel van Montjuïc. Ze hielden me aan in de haven toen ik probeerde voor sommigen van mijn bazen een overtocht naar Frankrijk te regelen op een Grieks vrachtschip. Ze namen me mee naar Montjuïc en hielden me twee dagen gevangen in een compleet donkere cel, zonder water en zonder ventilatie. Toen ik weer licht zag, was dat het licht van de vlam van een soldeerbrander. Fumero en een vent die uitsluitend Duits praatte, hingen me op aan mijn voeten. De Duitser ontdeed me eerst met de soldeerbrander van mijn kleding. Ik kreeg de indruk dat hij het vaker had gedaan. Toen ik spiernaakt was, met alle haren op mijn lijf verschroeid, zei Fumero dat als ik niet vertelde waar mijn superieuren verborgen zaten, de pret pas echt ging beginnen. Ik ben geen moedig mens, Daniel. Ben ik nooit geweest, maar het beetje moed dat ik had, gebruikte ik om hem naar de verdommenis te sturen. Op een teken van Fumero injecteerde de Duitser ik weet niet wat in mijn dij en wachtte een paar minuten. Toen, terwijl Fumero rookte en me glimlachend observeerde, begon hij me nauwgezet met de brander te roosteren. U hebt de littekens gezien ..."

Ik knikte. Fermín praatte op kalme toon, zonder emotie.

"Die littekens aan de buitenkant zijn het minst belangrijk. De ergste zijn die vanbinnen. Ik hield een uur vol onder die brander, of misschien was het maar een minuut. Ik weet het niet. Maar ik eindigde met het geven van namen, achternamen, ja, de hemdsmaten van al mijn superieuren en zelfs van hen die dat niet waren. Ze lieten me achter in een steeg in Pueblo Seco, naakt en met een volledig verbrande huid. Een goede vrouw nam me op in haar huis en verzorgde me gedurende twee maanden. De communisten hadden haar echtgenoot en twee zoons met enkele pistoolschoten voor de deur van haar huis vermoord. Ze wist niet waarom. Toen ik weer kon staan en de straat op kon, kwam ik erachter dat slechts enkele uren nadat ik ze had verraden, al mijn meerderen waren gearresteerd en geëxecuteerd."

"Fermín, als u me dit niet wilt vertellen ..."

"Nee, nee. Het is beter dat u dit hoort en weet met wie u van doen heeft. Toen ik terugkeerde naar mijn huis, werd me verteld dat het door de regering onteigend was, net als al mijn bezittingen. Ik was in een bedelaar veranderd zonder dat ik het wist. Ik probeerde werk te vinden. Dat werd me geweigerd. Het enige wat ik kon krijgen was een fles getapte wijn voor een paar centen. Het is een langzaam gif dat de ingewanden wegvreet als zuur, maar ik vertrouwde erop dat het vroeg of laat zijn werk zou doen. Ik zei bij mezelf dat ik op een goede dag naar Cuba terug zou gaan, naar mijn mulattinnetje. Ze hielden me aan toen ik probeerde aan boord te komen van een vrachtschip op weg naar Havana. Ik ben vergeten hoeveel tijd ik in de gevangenis heb doorgebracht. Na het eerste jaar begin je alles te verliezen, tot je verstand aan toe. Toen ik eruit kwam, was de volgende stap op straat leven, waar u me een eeuwigheid verder vond. Er waren er velen zoals ik, collega's uit de gevangenis, of voorwaardelijk vrijgelaten. Zij die geluk hadden konden rekenen op iets of iemand buiten de gevangenismuren om naar terug te keren. De rest van ons voegde zich bij het leger van onteigenden. Als je eenmaal het pasje krijgt voor deze club, ben je voor altijd lid. De meerderheid van ons ging slechts 's nachts op pad, als de wereld niet kijkt. Ik kende er velen zoals ikzelf. Zelden zag ik ze terug. Het leven op straat is kort. De mensen kijken naar je met walging, zelfs zij die je een aalmoes geven, maar dat is niets vergeleken met de afkeer die je bij jezelf oproept. Het is alsof je als een gevangene leeft in een kadaver dat loopt, honger voelt, stinkt, en zich verzet tegen de dood. Zo nu en dan arresteerden Fumero en zijn mannen me en beschuldigden me van een of andere absurde diefstal of van het lokken van meisjes die de nonnenschool verlieten. Opnieuw een maandje in de Modelo-gevangenis, meer aframmelingen en weer de straat op. Ik heb nooit begrepen wat voor zin die farces hadden. Naar het schijnt vond de politie het handig over een lijst van verdachten te beschikken, indien nodig. Bij een van mijn ontmoetingen met Fumero, die toen al een zeer respectabel, vooraanstaand man was, vroeg ik hem waarom hij me niet had gedood, zoals de anderen. Hij lachte en zei me dat er ergere dingen waren dan de dood. Hij doodde nooit een verklikker, zei hij. Hij liet hem levend wegrotten."

"Fermín, u bent geen verklikker. Ieder ander had in uw plaats hetzelfde gedaan. U bent mijn beste vriend."

"Ik verdien uw vriendschap niet, Daniel. U en uw vader hebben mij het leven gered, en mijn leven behoort u beiden toe. Wat ik voor u kan doen, zal ik doen. De dag dat u me van straat haalde, werd Fermín Romero de Torres opnieuw geboren."

"Dat is niet uw echte naam, is het wel?"

Fermín schudde zijn hoofd. "Die zag ik in een gevangenis op Plaza de las Arenas. De ander is begraven. De man die vroeger in deze botten woonde, is dood, Daniel. Soms komt hij terug, in nachtmerries. Maar u hebt me geleerd een andere man te zijn en me een reden gegeven om opnieuw te leven: mijn Bernarda."

"Fermín ..."

"Zeg alstublieft niets, Daniel. Vergeef me slechts, als u kunt."

Ik omarmde hem in stilte en liet hem huilen. De mensen wierpen steelse blikken op ons en ik gaf ze een woedende blik terug. Na een poosje besloten ze ons te negeren. Later, toen ik met Fermín terugliep naar zijn pension, had hij zijn stem herwonnen.

"Wat ik u vandaag verteld heb ... ik smeek u dat Bernarda niets van dit alles ..."

"Niet aan Bernarda, aan niemand. Niet één woord, Fermín."

We namen afscheid met een handdruk.

37

Ik lag de hele nacht wakker met het licht aan en bekeek mijn fonkelnieuwe Montblanc, waarmee ik in geen jaren had geschreven en die zo langzamerhand begon te veranderen in het beste paar handschoenen dat ooit aan een eenarmige cadeau is gedaan. Meer dan eens voelde ik de verleiding om naar het huis van de Aguilars te gaan en me, bij gebrek aan een beter woord, over te geven, maar na lang wikken en wegen veronderstelde ik dat 's ochtends binnenvallen in het ouderlijk huis van Bea de situatie waarin ze zich bevond niet zou verbeteren. 's Ochtends hielpen de vermoeidheid en de verstrooiing me mijn spreekwoordelijke egoïsme te hervinden en ik had niet lang nodig om mezelf ervan te overtuigen dat het het beste was om de zaken op zijn beloop te laten; mettertijd zouden de gemoederen weer bedaren.

De morgen ging voorbij met weinig actie in de winkel, omstandigheid waar ik gebruik van maakte om staand te dommelen met de gratie en het evenwicht van een flamingo, volgens mijn vader. Om twaalf uur deed ik alsof ik een wandelingetje ging maken, precies zoals ik met Fermín had afgesproken de avond tevoren; Fermín voerde aan dat hij een afspraak had op de poli om een paar hechtingen te laten verwijderen. Voorzover ik het kon zien, slikte mijn vader beide canards als zoete koek. Het idee dat ik systematisch aan het liegen was tegen mijn vader begon aan mijn geweten te knagen en dat had ik Fermín ook laten weten halverwege de ochtend toen mijn vader even de deur uit moest voor een bestelling.

"Daniel, de vader-zoon-relatie is gebaseerd op duizenden kleine leugentjes om bestwil. Driekoningen, de tandenfee, de zak van Sinterklaas, enzovoorts. Dit is er eentje meer. U moet zich niet schuldig voelen."

Toen het moment eenmaal daar was, loog ik dus opnieuw en liep naar het huis van Nuria Monfort, wier aanraking en geur ik had opgeslagen in mijn geheugen. Plaza de San Felipe Neri werd in beslag genomen door een horde duiven die op het plaveisel rustte. Ik had verwacht Nuria Monfort daar te vinden, in gezelschap van haar boek, maar het plein was verlaten. Ik stak het plaveisel over onder het aandachtige toezicht van de duiven en keek om me heen, tevergeefs op zoek naar de aanwezigheid van Fermín, vermomd als god mag weten wat, want hij had geweigerd de truc te onthullen die hij in gedachten had. Ik ging het trappenhuis binnen en stelde vast dat de naam Miquel Moliner nog steeds op de brievenbus stond. Ik vroeg me af of dat het eerste gaatje in haar verhaal zou zijn waar ik Nuria Monfort op zou wijzen. Terwijl ik in het halfduister de trap opliep, wenste ik bijna haar niet thuis te treffen. Niemand heeft zoveel compassie met een leugenaar als een andere leugenaar. Toen ik op de overloop van de vierde aankwam, stond ik stil. Ik raapte al mijn moed bij elkaar en verzon een excuus om mijn bezoek mee te rechtvaardigen. De radio van de buurvrouw donderde nog steeds oorverdovend aan de andere kant van de overloop, dit keer werd er een wedstrijd over religieuze kennis uitgezonden die *De heilige in de hemel* heette en iedere dinsdag rond het middaguur de luisteraars van heel Spanje in de ban hield:

"En dan nu, voor vijf stuivers, Bartolomé, vertel: op welke manier verschijnt de duivel aan de wijzen van de tabernakel in de parabel van de aartsengel en de kalebas in het boek van Joshua? a) als een geitje, b) een kruikenverkoper, c) een kunstenmaker met een aapje?"

Toen het applaus van het publiek in de studio van Radio Nacional losbarstte, plantte ik me gedecideerd bij de deur van Nuria Monfort en drukte ettelijke seconden op de bel. Ik hoorde de echo verloren gaan in het binnenste van het appartement en zuchtte opgelucht. Ik stond al op het punt rechtsomkeert te maken toen ik voetstappen dichterbij hoorde komen en het spionnetje oplichtte in een traan van licht. Ik glimlachte. Ik hoorde de sleutel draaien in het slot en haalde diep adem.

38

"Daniel."

De blauwe rook van de sigaret omsluierde haar gezicht. Haar lippen glinsterden donkerrood en vochtig en lieten bloedige sporen achter op het filter. Er zijn mensen die je je herinnert en er zijn er van wie je droomt. Voor mij had Nuria Monfort de consistentie en geloofwaardigheid van een luchtspiegeling: je trekt haar waarachtigheid niet in twijfel, je volgt haar simpelweg tot ze vervaagt of je vernietigt. Ik volgde haar naar de smalle, schemerige kamer waar ze haar bureau had, haar boeken en haar rij potloden, streng in het gelid.

"Ik dacht dat ik je niet meer terug zou zien."

"Het spijt me u te moeten teleurstellen."

Ze ging op haar bureaustoel zitten, sloeg haar benen over elkaar en leunde naar achteren. Ik scheurde mijn blik los van haar keel en concentreerde me op een vochtplek op de muur. Ik liep naar het raam en wierp een blik op het plein. Geen spoor van Fermín. Achter me kon ik Nuria horen ademhalen en ik voelde haar blik in mijn rug. Ik sprak zonder mijn ogen van het raam los te maken.

"Een paar dagen geleden kwam een goede vriend van mij erachter dat de beheerder die verantwoordelijk is voor het oude huis van de familie Fortuny-Carax, al die tijd correspondentie heeft gestuurd naar het postbusnummer van een advocatenkantoor dat naar het schijnt niet bestaat. Diezelfde vriend ontdekte dat de persoon die jarenlang de post ophaalde op dit postbusnummer uw naam heeft gebruikt, Nuria Monfort ..."

"Zwijg."

Ik draaide me om en zag dat ze zich terugtrok in de schaduw.

"Je oordeelt zonder me te kennen", zei ze.

"Help me dan u te leren kennen."

"Aan wie heb je dit verteld? Wie weet nog meer wat je me net gezegd hebt?"

"Meer mensen dan u zou verwachten. De politie volgt me al een tijdje."

"Fumero?"

Ik knikte. Ik meende haar handen te zien trillen.

"Je weet niet wat je gedaan hebt, Daniel."

"Zegt u het maar", riposteerde ik met een hardheid die ik niet voelde.

"Je denkt dat je, omdat je op een boek gestuit bent, het recht hebt het leven binnen te dringen van mensen die je niet kent, je te mengen in zaken die je niet kunt begrijpen en die jou niet toebehoren."

"Ze behoren me nu wel toe, of ik wil of niet."

"Je weet niet wat je zegt."

"Ik was in het huis van de Aldaya's. Ik weet dat Jorge Aldaya zich daar verbergt. Ik weet dat hij het was die Carax vermoordde."

Ze keek me lange tijd aan, woog haar woorden.

"Weet Fumero dat?"

"Dat weet ik niet."

"Het is beter dat je het wel weet. Is Fumero je naar dit huis gevolgd?"

De woede in haar ogen verbrandde me. Ik was binnengekomen in de rol van aanklager en rechter, maar met iedere minuut die voorbijging voelde ik me meer de schuldige.

"Ik geloof het niet. Wist u het? Wist u dat het Aldaya was die Julián heeft gedood en dat hij zich in dat huis verbergt? Waarom hebt u me dat niet verteld?"

Ze glimlachte bitter. "Je begrijpt ook niets, hè?"

"Ik begrijp dat u loog om de man te verdedigen die de persoon vermoordde die u uw vriend noemde, dat u de misdaad gedurende jaren hebt verzwegen, een man wiens enige doel is elk spoor van het bestaan van Julián Carax uit te wissen, die zijn boeken verbrandt. Ik begrijp dat u hebt gelogen over uw echtgenoot, die niet in de gevangenis zit, maar ook niet hier is. Dat is wat ik begrijp."

Nuria Monfort schudde langzaam haar hoofd. "Ga, Daniel. Ga dit huis uit en kom niet terug. Je hebt al genoeg aangericht."

Ik liep naar de deur en liet haar achter in de eetkamer. Halverwege stond ik stil en liep terug. Nuria Monfort zat op de grond, tegen de muur. Alle luister rondom haar verschijning was verdwenen.

Ik stak Plaza de San Felipe over, mijn blik strak op de grond gericht. Ik droeg de pijn die ik van de lippen van die vrouw had geplukt met me mee, een pijn die ik verdiende, voelde ik nu, al wist ik niet waarom. Je weet niet wat je hebt gedaan, Daniel. Ik wilde alleen maar weg van daar. Toen ik de kerk voorbijliep, merkte ik ternauwernood de aanwezigheid op van de schrale priester met de grote neus die me doodkalm zegende aan de voet van het portaal, misboek en rozenkrans in de hand.

39

Ik was bijna vijfenveertig minuten te laat terug bij de winkel. Toen mijn vader me zag, fronste hij afkeurend het voorhoofd en keek op de klok.

"Tamelijk laat. Jullie weten dat ik weg moet om een cliënt in San Cugat te bezoeken en jullie laten me hier alleen."

"En Fermín? Is hij ook nog niet terug?"

Mijn vader schudde haastig zijn hoofd op een voor hem karakteristieke manier; ik wist dan dat hij in een slecht humeur was.

"Trouwens, er is een brief voor je. Ik heb hem naast de kassa gelegd."

"Pap, sorry, maar ..."

Hij maakte een gebaar dat ik me de excuses kon besparen, wapende zich met jas en hoed en ging de deur uit zonder te groeten. Hem kennende vermoedde ik dat zijn boosheid al in rook zou zijn opgegaan voor hij bij het station aankwam. Wat me bevreemdde, was Fermíns afwezigheid. Ik had hem uitgedost gezien als de priester uit een komische eenakter op Plaza de San Felipe Neri, wachtend tot Nuria Monfort naar buiten kwam rennen om hem naar het grote geheim van het complot te voeren. Mijn geloof in die strategie was vervlogen en ik verbeeldde me dat als Nuria Monfort echt de straat opging, Fermín in staat zou zijn haar zelfs naar de drogist of de bakker te volgen. Voortreffelijk plan. Ik liep naar de kassa om een blik te werpen op de brief waar mijn vader het over had gehad. De envelop was wit en rechthoekig, als een grafsteen, en in plaats van een kruis zat er een retouradres op dat erin slaagde de weinige animo die ik bewaarde om de dag door te komen, volledig te verpulveren:

"Halleluja", prevelde ik.

Ik wist wat erin stond zonder de envelop te openen, maar toch deed ik het om me extra in de modder te wentelen. De brief was beknopt, twee alinea's, gestrand tussen een gezwollen toespraak en een operette-aria, karakteristiek voor het genre van militaire brieven. Aangekondigd werd dat binnen een periode van twee maanden, ik, Daniel Sempere Martín, de eer en de trots zou hebben mij te verbinden met de meest heilige en opbouwende plicht die het leven aan de Iberische man kon bieden: het vaderland dienen en het uniform dragen van de nationale kruistocht ter verdediging van het spirituele bolwerk van het Westen. Ik hoopte dat ten minste Fermín in staat zou zijn om er de humor van in te zien en ons een poosje te laten lachen met de rijmversie van *De val van de joods-maçonnieke samenzwering*. Twee maanden. Acht weken. Zestig dagen. Ik kon altijd de tijd opdelen in seconden en er zo een ellenlang getal van maken. Ik had nog vijf miljoen honderdvierentachtigduizend seconden vrijheid. Misschien kon don Federico, die volgens mijn vader in staat was een Volkswagen te bouwen, een horloge in elkaar knutselen met schijfremmetjes. Misschien kon iemand me uitleggen hoe ik erin zou slagen om Bea niet voor altijd te verliezen. Toen ik het deurbelletje hoorde, dacht ik dat het Fermín was die terugkwam, er uiteindelijk van doordrongen dat onze detectiveske inspanningen het nog niet eens verdienden om er een slechte grap over te maken.

"Kijk eens aan, de erfgenaam die het fort bewaakt, zoals het hoort, ook al is het met een gezicht als een oorwurm. Trek een wat vrolijker hoofd, jongen", zei Gustavo Barceló, getooid in een kamelenharen jas en met een ivoren wandelstok die hij niet nodig had en die hij heen en weer zwaaide als een wierookvat. "Is je vader er niet, Daniel?"

"Het spijt me, don Gustavo. Hij is vertrokken om een klant te bezoeken en ik denk dat hij niet terug is voor ..."

"Perfect. Want ik kom niet voor hem, maar voor jou en wat ik je te zeggen heb, kan hij maar beter niet horen."

Hij knipoogde naar me, trok zijn handschoenen uit en keek nonchalant de winkel rond. "En onze collega Fermín? Is hij in de buurt?"

"In de strijd verdwenen."

"Terwijl hij zijn talenten aanwendt om het mysterie Carax op te lossen."

"Met hart en ziel. De laatste keer dat ik hem zag droeg hij een soutane en verstrekte hij de zegen urbi et orbi."

"Tja ... Het is mijn schuld, omdat ik jullie heb opgestookt. Ik wou dat ik mijn mond had gehouden."

"U ziet er tamelijk ongerust uit. Is er iets gebeurd?"

"Niet precies. Of ja, op een bepaalde manier wel."

"Wat wilde u me vertellen, don Gustavo?"

De boekhandelaar glimlachte vriendelijk naar me. Zijn gebruikelijke hautaine gedrag en salonarrogantie hadden de aftocht geblazen. In plaats daarvan voelde ik intuïtief een zekere ernst, een sprankje behoedzaamheid en enige bezorgdheid.

"Deze ochtend heb ik don Manuel Gutiérrez Fonseca leren kennen, 59 jaar, vrijgezel en ambtenaar bij het gemeentelijk mortuarium sinds 1924. Dertig jaar dienst op de drempel van de duisternis. De zin is van hem, niet van mij. Don Manuel is een heer van de oude stempel, beleefd, prettig, en behulpzaam. Hij woont sinds vijftien jaar in een gehuurde kamer in Calle de la Ceniza, die hij deelt met twaalf parkieten die geleerd hebben de dodenmars te neuriën. Hij heeft een abonnement voor de engelenbak in het Liceo. Hij houdt van Verdi en Donizetti. Hij vertelde me dat het in zijn werk belangrijk is om het reglement te volgen. Het reglement voorziet in alles, vooral bij de gelegenheden dat je niet weet wat te doen. Vijftien jaar geleden opende don Manuel een jutezak die de politie gebracht had en stond oog in oog met de beste vriend uit zijn kindertijd. De rest van het lichaam kwam in een aparte zak. Don Manuel slikte zijn emotie in en volgde het reglement."

"Wilt u een kop koffie, don Gustavo? U ziet een beetje bleek."

"Graag."

Ik liep naar de thermoskan en schonk een kop koffie voor hem in, met acht klontjes suiker. Hij dronk het in één teug leeg.

"Beter?"

"Het gaat zo wel weer. Zoals ik zei, het geval wil dat don Manuel dienst had op de dag dat ze het lichaam van Julián Carax naar de autopsiedienst brachten, in september 1936. Natuurlijk herinnerde don Manuel zich niet de naam, maar het raadplegen van de archieven en een donatie van twintig stuivers in zijn pensioenfonds fristen zijn geheugen aanzienlijk op. Kun je mij volgen?"

Ik knikte, bijna in trance.

"Don Manuel herinnert zich de bijzonderheden van die dag omdat het, zoals hij me vertelde, een van de weinige keren was waarbij hij het reglement overtrad. De politie beweerde dat het lichaam was gevonden in een steeg van de Raval kort voor het licht werd. Hij had slechts een boek bij zich en een paspoort dat hem identificeerde als Julián Fortuny Carax, afkomstig uit Barcelona, geboren in 1900. In het paspoort zat een stempel van de grens bij La Junguera dat aangaf dat Carax een maand eerder het land was binnengekomen. De oorzaak van zijn dood was, naar het schijnt, een kogelwond. Don Manuel is geen arts, maar mettertijd heeft hij het repertoire wel leren kennen. Naar zijn oordeel was het schot afgevuurd vanaf korte afstand, net boven het hart. Dankzij het paspoort kon men de heer Fortuny lokaliseren, Carax' vader, die dezelfde namiddag naar het mortuarium kwam voor de identificatie van het lichaam."

"Tot zover klopt alles met wat Nuria Monfort heeft verteld."

Barceló knikte. "Zo is het. Wat Nuria Monfort je niet heeft gezegd is dat hij, mijn vriend don Manuel, toen hij vermoedde dat de politie niet al te veel interesse had in het geval en na te hebben vastgesteld dat het boek dat op het lichaam gevonden was de naam droeg van de gestorvene, het initiatief nam om diezelfde middag de uitgeverij te bellen om hen over het gebeurde te informeren, terwijl ze wachtten op de komst van de heer Fortuny."

"Nuria Monfort vertelde dat de werknemer van het mortuarium de uitgever drie dagen later belde, toen het lijk al in een gemeenschappelijk graf was begraven."

"Volgens don Manuel belde hij op dezelfde dag dat het lichaam werd afgeleverd bij het lijkenhuis. Hij beweert een juffrouw gesproken te hebben die hem dankbaar was voor zijn telefoontje. Don Manuel herinnert zich dat de houding van genoemde juffrouw hem een weinig schokte. Volgens zijn eigen woorden 'was het alsof ze het al wist'."

"En de heer Fortuny? Is het waar dat hij weigerde zijn zoon te identificeren?"

"Dat is wat mij het meest intrigeerde. Don Manuel zegt dat toen de middag viel er een bevend mannetje aankwam in gezelschap van politieagenten. Het was de heer Fortuny. Volgens don Manuel is dat het enige moment waar een mens nooit aan went, het moment dat de naasten het lichaam van een geliefde komen identificeren. Het is een gebeurtenis die hij niemand toewenst. Het ergste is het als de dode een jong persoon is en het de ouders zijn, of een recente echtgenoot of -genote die het lichaam moeten identificeren. Don Manuel herinnert zich de heer Fortuny nog goed omdat deze zich toen hij bij het lijkenhuis aankwam, nauwelijks op de been kon houden en huilde als een kind; twee politiemannen moesten hem bij de arm nemen. Hij hield niet op te kreunen: 'Wat hebben ze met mijn zoon gedaan? Wat hebben ze met mijn zoon gedaan?'"

"Heeft hij uiteindelijk het lichaam gezien?"

"Don Manuel vertelde dat hij op het punt stond de twee politieagenten te verzoeken deze formaliteit over te slaan. Het is de enige keer dat het in hem opkwam van de regels af te wijken. Het lichaam was in slechte staat. Waarschijnlijk was het al meer dan vierentwintig uur dood voor het bij het lijkenhuis werd afgeleverd, en niet pas sinds die ochtend, zoals de politie aanvoerde. Manuel vreesde dat het oudje bij het zien ervan zou instorten. De heer Fortuny hield niet op te zeggen dat het niet mogelijk was, dat zijn Julián niet dood kon zijn ... Toen trok don Manuel de doek weg die het lichaam bedekte en de twee agenten vroegen hem formeel of dit zijn zoon Julián was."

"En?"

"De heer Fortuny keek bijna een minuut naar het lijk, begon toen te schreeuwen, draaide zich om en vertrok."

"Hij vertrok?"

"In grote haast."

"En de politie? Hielden ze hem niet tegen? Waren ze niet daar om het lichaam te identificeren?"

Barceló glimlachte boosaardig.

"In theorie. Maar don Manuel herinnert zich dat er nog iemand in het zaaltje was, een derde politieman die stilletjes was binnengekomen terwijl de agenten de heer Fortuny voorbereidden, en die de hele scène in stilte had gadegeslagen, tegen de muur geleund en met een sigaret tussen zijn lippen. Don Manuel herinnert het zich daarom zo goed omdat hij van een van de agenten zijn mond moest houden toen hij wilde uitleggen dat het reglement roken in het mortuarium ten strengste verbood. Zodra de heer Fortuny was vertrokken, kwam de derde man dichterbij, wierp een blik op het lichaam en spuugde het in het gezicht. Hij hield het paspoort en gaf orders om het lichaam naar Can Tunis te sturen om in een gemeenschappelijk graf te worden begraven, nog diezelfde dag."

"Dat is raar."

"Dat vond don Manuel ook. Vooral omdat dat niet overeenkwam met het reglement. 'Maar we weten niet wie deze man is', zei hij. De politiemannen zwegen. Don Manuel, helemaal woedend, gaf ze een veeg uit de pan: 'Of weet u het maar al te goed? Want iedereen hier heeft gezien dat hij al minstens een dag dood is.' Don Manuel refereerde maar al te duidelijk aan het reglement en dom was hij zeker niet. Naar zijn zeggen kwam de derde politieman bij het horen van zijn protesten naar hem toe, keek hem strak in de ogen en vroeg hem of hij zin had zich bij de overledene te voegen op zijn laatste reis. Don Manuel vertelde me dat hij verlamd was van schrik. Dat die man de ogen van een waanzinnige had en dat hij er geen moment aan twijfelde dat hij het serieus meende. Hij mompelde dat hij slechts trachtte de regels te volgen, dat niemand wist wie die man was en dat ze hem dus nog niet konden begraven. 'Deze man is wie ik zeg dat hij is', antwoordde de politieman. Toen pakte hij het registratieformulier en tekende het en daarmee was de kous af. Don Manuel zegt dat hij die handtekening nooit zal vergeten omdat hij haar in de oorlogsjaren en nog lange tijd daarna, telkens opnieuw zou tegenkomen op tientallen registratieformulieren van sterfgevallen van lichamen die daar werden afgeleverd van god weet waarvandaan dan ook en die niemand kon identificeren ..."

"Inspecteur Francisco Javier Fumero ..."

"Trots en bastion van het Hoofdbureau van Politie. Weet je wat dat betekent, Daniel?"

"Dat we vanaf het begin in het wilde weg om ons heen hebben geslagen."

Barceló nam zijn hoed en zijn stok en liep naar de deur, zachtjes met zijn hoofd schuddend.

"Nee, dat de klappen nu pas gaan vallen."

40

Die middag keek ik telkens met een schuin oog naar de funeste brief waarin ik werd opgeroepen voor militaire dienst, en wachtte op een levensteken van Fermín. Het was al een halfuur na sluitingstijd en nog steeds was Fermín met onbekende bestemming verdwenen. Ik nam de telefoon en belde het pension in Calle Joaquín Costa. Doña Encarna nam op met een anijslikeurstem en zei dat ze Fermín sinds die ochtend niet meer had gezien.

"Als hij er niet binnen een halfuur is, eet hij zijn eten koud. Dit is het Ritz niet. Er is toch niets met hem gebeurd, hè?"

"Maakt u zich geen zorgen, doña Encarna. Hij had een klusje dat afgehandeld moest worden en hij zal verlaat zijn. Hoe dan ook, als u hem mocht zien voor u gaat slapen, zou ik u bijzonder dankbaar zijn als u hem wilt vragen me te bellen. Daniel Sempere, de buurjongen van uw vriendin Merceditas."

"Dat zal ik doen, hoewel ik u vast waarschuw dat ik om halfnegen onder de wol ga."

Meteen daarna belde ik het huis van Barceló in de hoop dat Fermín zijn neus daar had laten zien om de voorraadkasten van Bernarda te plunderen of haar te betasten in het strijkkamertje. Ik had er geen seconde bij stilgestaan dat het Clara zou kunnen zijn die de telefoon opnam.

"Daniel, dit is nog eens een verrassing."

Mijn idee, dacht ik. Met een omhaal van woorden waar professor don Anacleto nog een puntje aan zou kunnen zuigen, liet ik het doel van mijn telefoontje vallen, alsof ik er slechts nauwelijks belang aan toekende.

"Nee, Fermín is hier de hele dag niet geweest. En Bernarda was de hele middag bij mij, dus dat zou ik geweten hebben. We hebben over jou zitten praten, weet je."

"Dat moet een saaie conversatie zijn geweest."

"Bernarda zegt dat je er erg goed uitziet, dat je al een hele vent bent."

"Ik slik veel vitamines."

Een lange stilte.

"Daniel, denk je dat we op een dag weer vrienden zullen zijn? Hoeveel jaren zijn er nodig om me te vergeven?"

"Vrienden zijn we al, Clara, en ik heb je niks te vergeven, dat weet je."

"Mijn oom zegt dat je nog steeds het geval Julián Carax aan het onderzoeken bent. Waarom kom je niet eens een middag langs om te lunchen en me van het laatste nieuws op de hoogte te brengen? Ik heb je ook het een en ander te vertellen."

"Een dezer dagen, absoluut."

"Ik ga trouwen, Daniel."

Ik keek naar de hoorn. Het voelde alsof mijn voeten in de vloer zonken of dat ik een paar centimeter was gekrompen.

"Daniel, ben je daar nog?"

"Ja."

"Het overvalt je."

Ik slikte speeksel weg met de consistentie van gewapend beton.

"Nee. Wat me verbaast is dat je niet al eerder bent getrouwd. Pretendenten zul je genoeg gehad hebben. Wie is de gelukkige?"

"Je kent hem niet. Hij heet Jacobo. Het is een vriend van mijn oom Gustavo. Directielid van de Bank van Spanje. We hebben elkaar leren kennen bij een operarecital, georganiseerd door mijn oom. Jacobo is operaliefhebber. Hij is ouder dan ik, maar we zijn erg goede vrienden en dat is wat er toe doet, vind je niet?"

Mijn mond gloeide van de kwaadaardige dingen die ik wilde zeggen, maar ik beet op mijn tong. Die smaakte naar vergif. "Natuurlijk ... Nou, ja, gefeliciteerd."

"Je zult het me nooit vergeven, hè Daniel? Voor jou zal ik altijd Clara Barceló, de trouweloze, zijn."

"Voor mij zul je altijd Clara Barceló zijn, punt. En dat weet jij ook."

Er viel een nieuwe stilte, van het soort waarin grijze haren je lijken te besluipen.

"En jij, Daniel? Fermín zegt dat je een prachtige vriendin hebt."

"Ik moet ophangen, Clara, er komt een klant binnen. Ik bel je deze week en dan spreken we af voor de lunch. Nogmaals gefeliciteerd."

Ik hing op en zuchtte diep.

Mijn vader kwam terug van zijn bezoek aan een cliënt met een verslagen gezicht en niet in de stemming voor conversatie. Terwijl ik de tafel dekte, bereidde hij de maaltijd, zonder te vragen naar Fermín of hoe de dag in de winkel was verlopen. We aten met de blik strak op onze borden gericht en verschanst achter het geleuter van het radionieuws. Mijn vader had zijn eten nauwelijks aangeraakt, alleen maar in de waterige, smakeloze soep geroerd alsof hij op de bodem ervan goud zocht.

"Je hebt niets gegeten", zei ik.

Mijn vader haalde zijn schouders op. De radio bleef ons bestoken met flauwekul. Mijn vader stond op en deed hem uit.

"Wat stond er in de brief van het leger?" vroeg hij ten slotte.

"Ik moet me over twee maanden melden."

Zijn gezicht leek tien jaar ouder te worden.

"Barceló zegt dat hij aan wat touwtjes gaat trekken, zodat ze me na het opleidingskamp verplaatsen naar de Militaire Regering in Barcelona. Ik zou dan zelfs thuis kunnen slapen", ging ik door.

Mijn vader reageerde met een lusteloos knikje. Ik kon zijn blik niet langer verdragen en stond op om de tafel af te ruimen. Mijn vader bleef verloren zitten, de handen gevouwen onder zijn kin. Ik wilde juist de borden afwassen toen ik voetstappen hoorde in het trappenhuis. Ferme, haastige voetstappen die de vloer geselden en een onheilspellende boodschap meedroegen. Ik keek op en wisselde een blik met mijn vader. De voetstappen hielden stil op onze overloop. Mijn vader stond ongerust op. Een seconde later hoorden we gebonk op de deur en een dreunende stem die mij vaag bekend in de oren klonk.

"Politie! Doe open!"

Duizend dolken drongen in mijn hoofd. Een nieuwe serie roffels deed de deur bijna uit zijn voegen springen. Mijn vader liep naar de deur en tilde het roostertje van het spionnetje omhoog.

"Wat wilt u op dit uur van de dag?"

"Of u doet deze deur open of we trappen hem in, meneer Sempere. Laat het mij niet hoeven herhalen."

Ik herkende de stem van Fumero en het werd me koud om het

hart. Mijn vader wierp me een onderzoekende blik toe. Ik knikte. Een zucht onderdrukkend, opende hij de deur. De silhouetten van Fumero en zijn gebruikelijke handlangers tekenden zich af tegen het gelige licht op de overloop. Asgrijze marionetten in grijze regenjassen.

"Waar is hij?" schreeuwde Fumero, terwijl hij mijn vader ruw opzij veegde en zich een weg baande naar de eetkamer.

Mijn vader maakte aanstalten om hem tegen te houden, maar een van de agenten die de inspecteur rugdekking gaf, greep hem bij de arm, duwde hem tegen de muur en pinde hem daar vast met de kilheid en efficiëntie van een daarvoor afgestelde machine. Het was hetzelfde individu dat Fermín en mij gevolgd had, dezelfde die mij had vastgehouden terwijl Fumero mijn vriend in elkaar sloeg bij het Santa Lucia Hospice, dezelfde die me een paar nachten eerder geschaduwd had. Hij wierp me een lege, nietszeggende blik toe. Ik liep naar Fumero toe, alle kalmte voorwendend waartoe ik in staat was. De inspecteur had bloeddoorlopen ogen. Een verse kras liep over zijn linkerwang, omzoomd door opgedroogd bloed.

"Waar is hij?"

"Waar is wie?"

Fumero keek naar de vloer, schudde het hoofd en mompelde wat voor zich uit. Toen hij weer opkeek, had hij een wolfachtige grijns om zijn lippen en een revolver in de hand. Zonder zijn ogen van de mijne af te wenden gaf hij met de kolf een klap tegen een vaas verwelkte bloemen op tafel. De vaas spatte in duizend stukjes uiteen waardoor het water met de verlepte stelen erin over het tafelkleed droop. Ik kromp in elkaar. Mijn vader ging in de gang tekeer in de houdgreep van de agenten. Ik kon zijn woorden nauwelijks ontcijferen. Het enige wat ik duidelijk registreerde was de ijskoude druk van de revolverloop tegen mijn wang en de geur van kruitdamp die ervanaf kwam.

"Met mij speel je geen spelletjes, rotjong, of je vader kan dadelijk je hersens van de vloer rapen. Hoor je me?"

Ik knikte bevend. Fumero drukte de loop van het wapen met kracht tegen mijn jukbeen. Ik voelde dat het in mijn huid sneed, maar ik durfde zelfs niet met mijn ogen te knipperen.

"Dit is de laatste keer dat ik het je vraag. Waar is hij?"

Ik zag mezelf gereflecteerd in de zwarte pupillen van de inspecteur die langzaam samentrokken terwijl hij de slagpin spande met zijn duim.

"Niet hier. Ik heb hem sinds vanmiddag niet meer gezien en dat is de waarheid."

Fumero bleef bijna een halve minuut doodstil staan, porde met de revolver in mijn gezicht en smakte met zijn lippen.

"Lerma", beval hij. "Ga kijken."

Een van de agenten haastte zich om het huis te inspecteren. Mijn vader worstelde tevergeefs met de derde politieagent.

"Als je tegen me hebt gelogen en we hem in dit huis vinden, breek ik je vader z'n beide benen, ik zweer het je", fluisterde Fumero.

"Mijn vader weet van niets. Laat hem met rust."

"Nee, jíj weet niet met wat voor spelletjes je bezig bent. Maar zodra ik je vriend te pakken heb, is het spel afgelopen. Geen rechters, geen ziekenhuizen, geen ene moer. Dit keer zal ik er persoonlijk zorg voor dragen dat hij uit de circulatie wordt gehaald. En daar ga ik van genieten terwijl ik dat doe, geloof me. Ik zal er de tijd voor nemen. Zeg hem dat maar als je hem ziet. Want ik zal hem vinden, al moet ik iedere steen in de stad van de andere halen. En jij bent de volgende."

Agent Lerma verscheen weer in de eetkamer en wisselde een blik met Fumero, waarbij hij licht het hoofd schudde. Fumero verslapte de slagpin en stak de revolver weg.

"Jammer", zei Fumero.

"Waar beschuldigt u hem van? Waarom zoekt u hem?"

Fumero keerde me de rug toe en liep naar de twee agenten die op zijn teken mijn vader loslieten.

"Hier gaat u nog van horen", beet mijn vader hem toe.

Fumero's ogen bleven op hem rusten. Instinctief deed mijn vader een stap naar achteren. Ik vreesde dat het bezoek van Fumero nog maar net was begonnen, maar plotseling schudde hij zijn hoofd, grinnikte binnensmonds en verliet het pand zonder verdere omhaal. Lerma volgde hem. De derde politieman, mijn eeuwige schildwacht, bleef een moment op de drempel staan. Hij keek me zwijgend aan, alsof hij iets wilde zeggen.

"Palacios!" brulde Fumero met een door de echo van het trappenhuis vervormde stem.

Palacios sloeg zijn ogen neer en verdween. Ik liep de overloop op. Scherpe lichtkieren drongen uit de halfgeopende deuren van sommige buren, die met angstige gezichten de duisternis in tuurden. De drie omineuze silhouetten van de politiemannen verdwenen naar beneden en het furieuze geroffel van hun voetstappen blies de aftocht, een spoor van angst achterlatend.

Het was rond middernacht toen we opnieuw gebonk op de deur hoorden, dit keer zwakker, bijna bevreesd. Mijn vader, die de kwetsuur van Fumero's revolver aan het schoonmaken was met peroxide, stopte abrupt. Onze blikken vonden elkaar. Opnieuw driemaal geklop.

Heel even dacht ik dat het Fermín was die misschien het hele incident had gadegeslagen vanuit een donker, verborgen hoekje van het trappenhuis.

"Wie is daar?" vroeg mijn vader.

"Don Anacleto, meneer Sempere."

Mijn vader zuchtte. We openden de deur teneinde de professor bleker dan ooit voor onze neus te zien staan.

"Don Anacleto, wat is er aan de hand? Is alles goed met u?" vroeg mijn vader, terwijl hij hem binnenliet.

De professor had een opgevouwen krant in de handen. Hij reikte hem slechts aan, met een blik van afgrijzen. Het papier was nog lauw en de inkt vers.

"Het is de ochtendeditie", prevelde don Anacleto. "Pagina zes."

Het eerste wat ik opmerkte waren de twee foto's die onder de kop stonden. De eerste toonde een Fermín met meer vlees op de botten en meer haar, misschien vijftien of twintig jaar jonger. De tweede onthulde het gezicht van een vrouw met gesloten ogen en een marmeren huid. Het kostte me een paar seconden om haar te herkennen omdat ik eraan gewend was geraakt haar in schemerduister te zien.

ZWERVER VERMOORDT VROUW BIJ VOL DAGLICHT
Barcelona / Persbureau (Redactie)

De politie is op zoek naar de zwerver die deze middag met messteken Nuria Monfort Masdedeu om het leven bracht. Zij was zevenendertig jaar oud en inwonende van Barcelona.
De misdaad vond plaats halverwege de middag in de wijk San Gervasio, waar het slachtoffer ogenschijnlijk zonder reden door de

pauper werd aangevallen die haar, naar het zich laat aanzien en volgens rapporten van het Hoofdbureau van Politie, al een tijdje had gevolgd om nog niet opgehelderde redenen.
De moordenaar, Antonio José Gutiérrez Alcayete, eenenvijftig jaar en geboren te Villa Inmunda, provincie Cáceres, is een bekende crimineel met een lange geschiedenis van geestesstoornissen. Hij is zes jaar geleden ontsnapt uit de Modelo-gevangenis, en is erin geslaagd de autoriteiten te omzeilen door verschillende identiteiten aan te nemen. Op het moment van de misdaad droeg hij een soutane. Hij is gewapend en de politie kwalificeert hem als zeer gevaarlijk. Men weet nog niet of het slachtoffer en haar moordenaar elkaar kenden, hoewel bronnen op het Hoofdbureau van Politie aangeven dat alles die hypothese lijkt te ondersteunen. Evenmin is bekend wat het motief is van de misdaad. Het slachtoffer kreeg zes messteken in buik, nek en borst. Diverse leerlingen waren getuigen van de aanval, die plaatsvond in de buurt van een school, en sloegen alarm bij het onderwijzend personeel van het instituut, dat op hun beurt de politie en een ambulance belde. Volgens het politierapport werd het lichaam om 18.15 uur Hospital Clínico binnengebracht.

41

Gedurende de volgende dag vernamen we niets van Fermín. Mijn vader stond erop de winkel te openen, zoals op iedere andere dag, om de schijn van normaliteit op te houden. De politie had een agent geposteerd bij de trap en een tweede bewaakte Plaza Santa Ana, schuilend onder het kerkportaal als de beeltenis van een heilige. We zagen ze klappertanden van de kou in de felle regen die met het aanbreken van de dag had ingezet, hun dampende adem steeds doorzichtiger, de handen diep in de jaszakken. Een paar buurtbewoners liepen straal voorbij en wierpen een vluchtige blik op de etalage, maar geen koper waagde het binnen te komen.

"Het zal al als een lopend vuurtje zijn rondgegaan", zei ik.

Mijn vader knikte slechts. De hele ochtend had hij geen woord tegen me gezegd, hooguit gebaren gebruikt om iets duidelijk te maken. De pagina met het nieuws van de moord op Nuria Monfort lag op de toonbank. Iedere twintig minuten liep hij ernaartoe en herlas het met een ondoorgrondelijke uitdrukking op zijn gezicht. Hij was al de hele dag de woede in zijn binnenste aan het oppotten.

"Hoe vaak je het bericht ook herleest, daarmee wordt het nog niet waar", zei ik.

Mijn vader keek me vorsend aan. "Kende jij deze persoon? Nuria Monfort?"

"Ik heb een paar keer met haar gepraat", zei ik.

Het gezicht van Nuria Monfort ontnam me iedere andere gedachte. Mijn gebrek aan oprechtheid was misselijkmakend. Haar geur en de aanraking van haar lippen, het beeld van dat voorbeeldig geordende bureau en haar trieste en wijze blik achtervolgden me.

"Waarom moest je met haar praten? Wat had ze met jou te maken?"

"Ze was een oude vriendin van Julián Carax. Ik bezocht haar om haar te vragen wat ze zich nog herinnerde van Carax. Dat is alles. Ze was de dochter van Isaac, de bewaker. Hij gaf me haar adres."

"Kende Fermín haar?"

"Nee."

"Hoe kun je daar zo zeker van zijn?"

"Hoe kun jij aan hem twijfelen en waarde hechten aan die leugens? Het enige wat Fermín van die vrouw wist, is wat ik hem vertelde."

"En daarom volgde hij haar?"

"Ja."

"Omdat jij het hem gevraagd had."

Ik bleef stil. Mijn vader zuchtte.

"Je begrijpt het niet, pap."

"Natuurlijk niet. Ik begrijp noch jou noch Fermín noch ..."

"Pap, wij kennen Fermín, en dan is wat daar staat, onmogelijk."

"En wat weten wij van Fermín? Nou? Om te beginnen blijkt dat we zijn echte naam niet eens wisten."

"Je vergist je in hem."

"Nee, Daniel. Jij bent degene die zich vergist en vaak. Wie stuurt je eropuit om je met andermans zaken te bemoeien?"

"Ik ben vrij om te praten met wie ik wil."

"Ik veronderstel dat je je ook vrij voelt van de consequenties."

"Insinueer je dat ik verantwoordelijk ben voor de dood van die vrouw?"

"Die vrouw, zoals jij zegt, had een naam en een achternaam, en je kende haar."

"Het is helemaal niet nodig dat je me daaraan herinnert", antwoordde ik met tranen in mijn ogen.

Mijn vader keek me met een trieste blik aan terwijl hij het hoofd schudde.

"Heilige God, ik wil niet weten hoe Isaac eraantoe is", prevelde hij.

"Ik heb geen schuld aan haar dood", zei ik met een dun stemmetje en ik bedacht dat ik het zelf zou gaan geloven als ik het maar vaak genoeg herhaalde.

Mijn vader trok zich terug in de kamer achter de winkel.

"Jij zult wel weten of je wel of niet verantwoordelijk bent, Daniel. Soms weet ik niet eens meer wie je bent."

Ik pakte mijn jas en vluchtte de straat op, de regen in, waar niemand me kende en in mijn ziel kon kijken.

Doelloos gaf ik me over aan de regen. Ik liep met neergeslagen blik, het beeld van Nuria Monfort in mijn hoofd, levenloos, liggend op een koud stuk marmer, het lichaam vol messteken. Bij iedere stap vervaagde de stad om me heen een stukje meer. Bij een kruispunt in Calle Fontanella stopte ik niet eens voor het verkeerslicht. Toen ik een windvlaag in mijn gezicht voelde draaide ik me om naar een muur van metaal en licht die zich in volle snelheid op me wierp. Op het allerlaatste moment rukte een voetganger me naar achteren. Op nauwelijks een paar centimeter van mijn gezicht zag ik de romp van de bus die mijn dood had kunnen betekenen, op een tiende van een seconde langs me razen. Toen ik eenmaal doorhad wat er bijna was gebeurd, zag ik de voetganger die me het leven had gered weglopen over het zebrapad, een vaag silhouet in een grijze regenjas. Ik bleef daar stokstijf staan, ademloos. In de spiegeling van de regen kon ik zien dat mijn redder aan de andere kant van de straat stil was blijven staan en me observeerde. Het was de derde politieagent, Palacios. Een stroom verkeer gleed tussen ons door en toen ik opnieuw opkeek, stond hij er niet meer.

Ik liep naar Bea's huis, niet in staat nog langer te wachten. Ik moest me het weinige goede herinneren, dat wat zij me had gegeven. Ik rende de trappen op en hield stil voor de deur van de Aguilars, bijna buiten adem. Ik pakte de klopper en liet hem drie keer krachtig neerkomen. Terwijl ik wachtte, probeerde ik mijn hoofd helder te krijgen en werd me bewust van mijn uiterlijk: verregend en doorweekt tot op het bot. Ik veegde het haar uit mijn gezicht en zei bij mezelf dat de teerling was geworpen. Als de heer Aguilar verscheen om me beide benen te breken, dan maar liever meteen. Ik klopte opnieuw en na een poosje hoorde ik voetstappen dichterbij komen. Het spionnetje ging open. Een donker, argwanend oog keek naar me.

"Wie is daar?"

Ik herkende de stem van Cecilia, een van de meisjes in dienst van de familie Aguilar.

"Ik ben het, Daniel Sempere, Cecilia."

Het spionnetje ging dicht en een paar seconden later begon het concert van sloten en schuiven die de ingang pantserden. De enorme deur ging langzaam open en Cecilia ontving me, in uniform en met kapje, terwijl ze een kaars in een kaarsenhouder droeg. Vanwege haar gealarmeerde blik begreep ik dat ik eruit moest zien als een geest.

"Goedemiddag, Cecilia. Is Bea er?"

Ze keek me niet-begrijpend aan. In het bekende protocol van het huis werd mijn aanwezigheid, de laatste tijd een ongebruikelijke toevalligheid, uitsluitend geassocieerd met Tomás, mijn oude schoolkameraad.

"Juffrouw Bea is er niet ..."

"Is ze weggegaan?"

Cecilia, een levenslange schrikachtigheid met een schortje eraan vastgenaaid, knikte.

"Weet je wanneer ze terugkomt?"

Het meisje haalde haar schouders op.

"Ze is een paar uur geleden met meneer en mevrouw vertrokken, naar de dokter."

"Naar de dokter? Is ze ziek?"

"Ik weet het niet, meneer."

"Naar welke dokter zijn ze gegaan?"

"Dat weet ik niet, meneer."

Ik besloot het arme kind niet langer met vragen te kwellen. De afwezigheid van Bea's ouders bood andere wegen aan om te exploreren.

"En Tomás, is die thuis?"

"Ja meneer, komt u verder, dan laat ik hem weten dat u er bent."

Ik liep de vestibule in en wachtte. In andere tijden zou ik direct naar de kamer van mijn vriend zijn gelopen, maar het was al zo lang geleden dat ik in dit huis was geweest dat ik me weer een vreemde voelde. Cecilia verdween de gang in, gewikkeld in een aureool van licht, terwijl ze me achterliet in de duisternis. Ik meende ver weg de stem van Tomás te horen en daarna voetstappen die naderden. Ik verzon een excuus om tegenover mijn vriend dit plotselinge bezoek te rechtvaardigen. Het figuurtje dat op de drempel van de vestibule verscheen, was echter opnieuw dat van het meisje. Cecilia wierp me een gekwelde blik toe en de plichtmatige glimlach verdween van mijn gezicht.

"Meneer Tomás zegt dat hij het erg druk heeft en u nu niet kan ontvangen."

"Heb je hem gezegd wie ik ben? Daniel Sempere."

"Ja meneer. Hij gaf me opdracht u te zeggen dat u moet vertrekken."

Een plotselinge kilte in mijn binnenste sneed me de adem af.

"Het spijt me, meneer", zei Cecilia.

Ik knikte en wist niet wat ik moest zeggen. Het meisje deed de deur van het huis dat ik tot voor kort als mijn tweede thuis had beschouwd, verder open.

"Wil meneer een paraplu?"

"Nee dank je, Cecilia."

"Het spijt me, meneer", herhaalde het meisje.

Ik glimlachte krachteloos naar haar.

"Maak je geen zorgen, Cecilia."

De deur ging dicht en liet me in het donker achter. Ik stond daar een paar ogenblikken en sleepte me toen de trappen af. Buiten werd de regen heviger. Ik liep de straat in. Bij de hoek stopte ik, draaide me vluchtig om en keek omhoog naar het huis van de Aguilars. Het silhouet van mijn oude vriend Tomás tekende zich af in zijn slaapkamerraam. Onbeweeglijk staarde hij naar me. Ik stak mijn hand op. Hij groette niet terug. Kort daarop trok hij zich terug. Ik bleef bijna vijf minuten wachten in de hoop hem weer te zien verschijnen, maar het was tevergeefs. De regen spoelde mijn tranen weg.

42

Op de terugweg naar de boekhandel liep ik bioscoop Cine voorbij waar twee schilders op een stelling verslagen zaten te kijken hoe de verf op het bord dat nog niet droog was, onder hun handen wegspoelde in de stortbui. In de verte herkende ik de stoïcijnse figuur van de dienstdoende bewaker tegenover de winkel. Toen ik de winkel van don Federico Flaviá naderde, zag ik dat de horlogemaker op de drempel stond om naar de wolkbreuk te kijken. Nog steeds waren op zijn gezicht de gevolgen te lezen van zijn verblijf op het politiebureau. Hij droeg een onberispelijk wollen pak en hield een sigaret tussen zijn vingers die hij niet eens had aangestoken. Ik stak mijn hand op en hij lachte naar me.

"Wat heb jij tegen paraplu's, Daniel?"

"Wat is er mooier dan de regen, don Federico?"

"Een longontsteking. Vooruit, kom binnen, ik heb je bestelling klaarliggen."

Ik keek hem niet-begrijpend aan. Don Federico keek me strak aan, de glimlach intact. Ik knikte kort en volgde hem naar het binnenste van zijn wonderbazaar. Zodra we binnen waren, reikte hij me een kleine papieren zak aan.

"En nu weer naar buiten, die onnozele hals die de winkel bewaakt, laat ons geen moment uit het oog."

Ik keek in de zak. Er zat een in leer gebonden boekje in. Een misboek. Het misboek dat Fermín in zijn handen had gehad, de laatste keer dat ik hem zag. Don Federico, die me de straat weer op duwde, verzegelde mijn lippen met een ernstige hoofdknik. Buiten zette hij zijn vrolijke gezicht weer op en zei met luide stem: "En denk erom dat je niet het slingertje forceert als je hem opwindt, anders springt het er weer af, goed?"

"Geen zorgen, don Federico, en dank u zeer."

Ik vertrok met een knoop in mijn maag die bij iedere pas die ik dichter bij de bewaker van de winkel kwam, meer samentrok. Toen ik hem passeerde, groette ik hem met dezelfde hand die de kleine papieren zak vasthield die don Federico me had gegeven. De agent keek ernaar met vage interesse. Ik glipte de winkel in. Mijn vader stond nog steeds achter de toonbank, alsof hij zich sinds mijn vertrek niet had bewogen. Bedrukt keek hij me aan.

"Daniel, dat van daarnet ..."

"Maak je geen zorgen. Je had gelijk."

"Je klappertandt helemaal ..."

Ik knikte losjes en zag hem op zoek gaan naar de thermoskan. Ik maakte van die gelegenheid gebruik door me op het kleine toilet in de achterkamer op te sluiten en het misboek te onderzoeken. Fermíns boodschap gleed eruit, fladderend als een vlinder. Ik ving het in de vlucht. Het bericht was geschreven op een bijna transparant velletje vloeipapier in een piepklein handschrift dat ik tegen het licht moest houden om het te kunnen ontcijferen.

Vriend Daniel,

Gelooft u alstublieft geen woord van wat de kranten zeggen over de moord op Nuria Monfort. Zoals altijd is het puur bedrog. Ik zit gezond en wel op een veilige plek. Probeer me niet te vinden of berichten te sturen. Vernietig dit bericht als u het heeft gelezen. Het is niet nodig om het in te slikken, verbranden of verscheuren is voldoende. Ik zal me met u in verbinding stellen met behulp van mijn vernuft en de goede werken van derden. Ik verzoek u de essentie van deze boodschap, versluierd en met alle discretie, over te brengen aan mijn geliefde. Doet u alstublieft niets. Uw vriend, de derde man,

FRdT

Ik begon juist het bericht te herlezen toen iemand met zijn knokkels op de deur van het toilet klopte.

"Mag ik?" vroeg een onbekende stem.

Mijn hart sloeg over. Niet wetend wat ik anders moest doen, maakte ik een propje van het vloeipapier en stopte het in mijn mond. Ik trok door en terwijl het water door de leiding en de stortbak ruiste, slikte ik het balletje papier door. Toen ik de deur opendeed, keek ik recht in de slangachtige grijns van de agent die tegenover de boekwinkel had gestaan.

"Pardon. Ik weet niet of het komt van de hele dag naar de regen luisteren, maar ik moest dringend urineren, om het zo maar eens te zeggen ..."

"Gaat uw gang", zei ik, terwijl ik opzij ging. "Helemaal van u."

"Dank u zeer."

De agent, die mij bij het licht van het peertje aan een kleine wezel deed denken, bekeek me van top tot teen. Zijn rattenoogjes bleven rusten op het misboek in mijn handen.

"Als ik niet ondertussen wat lees, dan lukt het gewoon niet", legde ik uit.

"Ik heb hetzelfde. En dan zeggen ze dat de Spanjaarden nooit lezen. Mag ik 'm van u lenen?"

"Boven op de stortbak ligt de meest recente *Premio de la Crítica*. Doet het ook uitstekend."

Zonder mijn zelfbeheersing te verliezen, liep ik terug naar mijn vader, die bezig was een koffie verkeerd voor me te maken.

"Wat doet hij hier?" vroeg ik.

"Hij heeft me bezworen dat hij het bijna in zijn broek deed. Wat kon ik anders?"

"Hem buiten laten, dan had hij het warm gekregen."

Mijn vader fronste zijn voorhoofd.

"Als je het niet erg vindt, ga ik vast naar boven."

"Natuurlijk niet. En trek droge kleren aan, je krijgt nog een longontsteking."

Het huis was koud en stil. Ik liep naar mijn kamer en gluurde door het raam. De tweede wachtpost stond nog steeds beneden, bij de deur van de Santa Ana-kerk. Ik trok mijn doorweekte kleren uit en hulde me in een dikke pyjama en een badjas die van mijn grootvader was geweest. Ik ging op bed liggen zonder de moeite te nemen het licht aan te doen en gaf me over aan het donker en het geluid van de regen op de ruiten. Ik sloot mijn ogen en probeerde het beeld, het gevoel en de geur van Bea op te roepen. De vorige nacht had ik geen oog dichtgedaan en al snel werd ik overmand door vermoeidheid. In mijn dromen reed een figuur met bedekt gelaat over Barcelona, een spookachtige verschijning die zich als een mistvlaag om torens slingerde en over daken bewoog, zwarte touwen achter zich aan fladderend waarin honderden witte grafkistjes balanceerden. Op hun beurt lieten de kistjes een spoor van zwarte bloemen achter, op de bloemblaadjes was de naam van Nuria Monfort geschreven. In bloed.

Ik werd wakker bij het gloren van een grijze dag, de ruiten beslagen. Ik kleedde me tegen de kou en trok halfhoge laarzen aan. Zachtjes sloop ik de gang op en liep praktisch op de tast door het huis. Ik glipte naar buiten. De lichtjes van de kiosken op de Ramblas waren al van verre zichtbaar. Bij een kiosk die verankerd stond naast de nauwe ingang van Calle Tallers, kocht ik de eerste editie van de dag. De krant rook nog naar lauwe inkt. Haastig sloeg ik de pagina's om tot ik de sectie van de necrologieën vond. De naam van Nuria Monfort stond onder een kruis en ik voelde dat ik er nauwelijks naar kon kijken, zo erg trilde mijn blik. Ik liep weg met de krant opgevouwen onder mijn arm, op zoek naar duisternis. De begrafenis was die middag om vier uur op de begraafplaats van Montjuïc. Met een omweg keerde ik terug naar huis. Mijn vader sliep nog steeds. In mijn kamer ging ik aan mijn schrijftafel zitten en haalde mijn Meisterstück-vulpen uit zijn etui. Ik pakte een blanco vel en wenste dat de vulpen me leidde, maar in mijn handen had de vulpen niets mee te delen. Ik zocht tevergeefs naar de woorden die ik Nuria Monfort wilde aanbieden, maar ik was niet in staat iets te schrijven of te voelen, anders dan de ontzetting over haar afwezigheid, de wetenschap haar verloren te hebben, wreed weggerukt. Je gaat heen in schaduwen, dacht ik. Zoals je leefde.

43

Kort voor drie uur 's middags stapte ik op Paseo Colón in de bus die me naar de begraafplaats van Montjuïc zou brengen. Door het glas was het woud van masten en wapperende vlaggetjes in de binnenhaven te zien. De bijna lege bus draaide om de berg Montjuïc heen en sloeg toen de weg in die omhoogliep tot aan de oostingang van de grote begraafplaats van de stad. Ik was de laatste passagier.

"Hoe laat vertrekt de laatste bus?" vroeg ik de chauffeur alvorens uit te stappen.

"Om halfvijf."

De chauffeur zette me af bij de ingang van de begraafplaats. Een cipressenlaan verhief zich in de nevel. Zelfs vanaf hier, aan de voet van de heuvel, was de oneindige dodenstad te onderscheiden, die steeds hoger de helling was opgeklommen en de piek achter zich had gelaten. Avenues van graftombes, lanen met grafstenen en stegen van mausolea, torens bekroond met vuurengelen en complete wouden van graven die tegen elkaar aan leken te groeien, bewaakt door legers standbeelden van bemoste steen die wegzonken in de drassigheid. Ik haalde diep adem en ging het labyrint binnen. Mijn moeder lag een honderdtal meters van dat pad begraven. Bij iedere stap voelde ik de kou van dit oord, de leegte en de razernij, de verschrikking van de in oude fotolijsten gevangen vergeelde gezichten, overgelaten aan het gezelschap van kaarsen en dode bloemen. Na een tijdje kon ik in de verte de brandende gaslantaarns zien die om de kuil stonden. De silhouetten van een half dozijn mensen tekenden zich af tegen een asgrauwe hemel. Ik versnelde mijn pas en hield stil waar de woorden van de priester me bereikten.

De doodskist, van onbewerkt vurenhout, rustte in de modder.

Twee doodgravers flankeerden hem, leunend op hun spades. Ik nam de aanwezigen op. De oude Isaac, bewaker van het Kerkhof der Vergeten Boeken, was niet naar de begrafenis van zijn dochter gekomen. Ik herkende de buurvrouw van de overloop. Snikkend schudde ze met haar hoofd, terwijl een man met een verslagen uiterlijk haar troostte door haar rug te strelen. Haar echtgenoot, vermoedde ik. Naast hen stond een vrouw van een jaar of dertig, gekleed in het grijs en met een boeket in de hand. Ze huilde stilletjes en beet op haar lip, wegkijkend van de kuil. Ik had haar nog nooit gezien. Afgescheiden van de groep, gehuld in een donkere regenjas, de hoed op zijn rug, stond de politieman die me de vorige dag het leven had gered. Palacios. Hij keek op en observeerde me enkele seconden zonder met de ogen te knipperen. De blinde woorden van de priester, gespeend van iedere betekenis, waren alles wat ons scheidde van de verschrikkelijke stilte. Ik keek naar de doodskist, met modder bespat. Ik stelde me voor hoe zij erin lag en besefte niet dat ik huilde, totdat de onbekende vrouw in het grijs naar me toe kwam en me een van de bloemen uit het boeket aanbood. Ik bleef daar tot de groep uiteenging en de doodgravers op een teken van de priester aanstalten maakten om hun werk te doen bij het licht van de lantaarns. De bloem bewaarde ik in mijn jaszak en ik liep weg, niet in staat om het vaarwel uit te spreken dat ik had meegenomen.

Het begon donker te worden toen ik bij de toegangspoort van de begraafplaats kwam en ik nam aan dat ik de laatste bus wel gemist zou hebben. Ik maakte aanstalten om een lange wandeling in de schaduw van de necropolis te maken langs de weg die de haven omzoomde, terug naar Barcelona. Een zwarte auto stond een twintigtal meters verderop geparkeerd, de koplampen ontstoken. Binnenin rookte iemand een sigaret. Toen ik dichterbij kwam, opende Palacios het portier aan de passagierskant en gaf me te kennen in te stappen.

"Stap in, dan rij ik je terug naar huis. Op dit tijdstip zul je geen bussen of taxi's vinden in deze buurt."

Ik twijfelde. "Ik ga liever lopen."

"Klets geen onzin. Stap in."

Hij sprak op de bijtende toon van iemand die gewend is te bevelen en ogenblikkelijk gehoorzaamd te worden. "Alsjeblieft", voegde hij toe.

Ik stapte in de auto en de politieman startte de motor.

"Enrique Palacios", zei hij en hij stak zijn hand uit.

Ik drukte hem niet. "Als u me bij Paseo Colón kunt afzetten, is dat prima."

De auto sprong in beweging. We voegden ons in het verkeer en legden een flink stuk af zonder een woord te zeggen.

"Ik wil dat je weet dat het me bijzonder spijt van mevrouw Monfort."

Uit zijn mond leken die woorden mij een obsceniteit, een belediging.

"Ik ben u dankbaar dat u me onlangs het leven redde, maar ik moet u zeggen dat het me geen barst kan schelen wat u vindt, meneer Enrique Palacios."

"Ik ben niet wat jij denkt, Daniel. Ik zou je willen helpen."

"Als u verwacht dat ik vertel waar Fermín is, dan kunt u me hier net zo goed afzetten ..."

"Het interesseert me geen bal waar je vriend is. Ik heb nu geen dienst."

Ik zei niks.

"Je vertrouwt me niet en ik geef je geen ongelijk. Maar luister ten minste naar me. Dit is al veel te ver gegaan. Die vrouw had helemaal niet hoeven sterven. Ik verzoek je om het geval te laten rusten en voor altijd die man, Carax, te vergeten."

"U praat erover alsof ik controle heb over wat er gebeurt. Ik ben slechts een toeschouwer. De voorstelling is door uw baas en uw collega's in scène gezet."

"Ik heb genoeg van begrafenissen, Daniel. Ik wil niet bij de jouwe zijn."

"Des te beter, want u bent niet uitgenodigd."

"Ik meen het."

"Ik ook. Wilt u alstublieft zo goed zijn te stoppen zodat ik uit kan stappen."

"Binnen twee minuten zijn we bij Paseo Colón."

"Dat kan me niks schelen. Deze auto ruikt naar de dood, net als u. Laat me uitstappen."

Palacios minderde vaart en stopte op de vluchtstrook. Ik stapte uit en sloeg de deur met een knal dicht, de blik van Palacios ontwijkend. Ik wachtte tot hij wegreed, maar de politieman reed niet weg. Ik draaide me om en zag dat hij het raampje naar beneden draaide. Ik meende oprechtheid, zelfs pijn, op zijn gezicht te lezen, maar ik weigerde het te geloven.

"Nuria Monfort stierf in mijn armen, Daniel", zei hij. "Ik geloof dat haar laatste woorden een boodschap waren voor jou."

"Wat zei ze? Noemde ze mijn naam?"

"Ze ijlde, maar ik geloof dat ze jou bedoelde. Op een bepaald moment zei ze dat er ergere gevangenissen zijn dan woorden. Toen, voor ze stierf, vroeg ze me jou te zeggen dat je haar moest laten gaan."

Ik keek hem niet-begrijpend aan.

"Dat ik wie moest laten gaan?"

"Een zekere Penélope. Ik dacht dat dat je vriendin moest zijn."

Palacios sloeg zijn ogen neer en vertrok in de schemering. Ik bleef verward staan kijken hoe de lichten van de auto verdwenen in de blauwrode duisternis. Toen ging ik op weg naar Paseo Colón, de laatste woorden van Nuria Monfort herhalend zonder de betekenis ervan te ontdekken. Aangekomen bij Plaza del Portal de la Paz stopte ik om naar de kade te kijken bij de aanlegsteiger van de plezierboten. Ik ging op de treden zitten die eindigden in het troebele water, op dezelfde plek waar ik op een avond, alweer vele jaren geleden, Laín Coubert had ontmoet, de man zonder gezicht.

"Er zijn ergere gevangenissen dan woorden", mompelde ik.

Pas toen begreep ik dat de boodschap van Nuria Monfort niet voor mij bestemd was. Ík was het niet die Penélope moest laten gaan. Haar laatste woorden waren niet voor een vreemde bedoeld geweest, maar voor de man die ze in stilte gedurende vijftien jaar had liefgehad: Julián Carax.

44

De avond viel toen ik bij Plaza de San Felipe Neri aankwam. Het bankje waarop ik Nuria Monfort voor het eerst had gezien, stond onder een straatlantaarn, leeg en gekerfd door pennenmesjes, met namen van verliefden, beledigingen en beloftes. Ik keek op naar de ramen van het huis van Nuria Monfort op de derde verdieping en zag een flakkerend, koperkleurig schijnsel. Een kaars.

Ik ging het spelonkachtige portaal binnen en liep op de tast naar boven. Mijn handen trilden toen ik op de overloop van de derde aankwam. Een dun straaltje licht kroop onder de drempel van de halfgeopende deur uit. Ik legde mijn hand op de klink en stond daar doodstil, ingespannen luisterend. Ik meende een gefluister te horen, een haperende ademhaling die vanbinnen kwam. Een ogenblik dacht ik dat als ik die deur opendeed, ik haar daar aan de andere kant zou vinden, rokend bij het balkon, met haar benen onder zich gevouwen tegen de muur geleund, verankerd op dezelfde plek waar ik haar had achtergelaten. Zachtjes, bang om haar lastig te vallen, deed ik de deur open en ging naar binnen. De gordijnen van het balkon wapperden in de kamer. De gestalte zat bij het raam, onbeweeglijk en met een brandende kaars in de handen. Het met tranen overstroomde gezicht van Isaac Monfort draaide zich naar me toe.

"Ik zag u niet vanmiddag bij de begrafenis", zei ik.

Hij schudde het hoofd en droogde zijn tranen met de achterkant van zijn revers.

"Nuria was daar niet", prevelde hij na een tijdje. "De doden gaan nooit naar hun eigen begrafenis."

Hij wierp een blik om zich heen alsof hij daarmee wilde aangeven dat zijn dochter in die kamer was, dat ze naast ons zat in het halfdonker, luisterend naar ons.

“Weet u dat ik nooit in deze woning ben geweest?” vroeg hij. “Altijd als we elkaar zagen was het Nuria die naar mij toe kwam. ‘Voor u veel gemakkelijker, vader’, zei ze. ‘Waarom zou u al die trappen beklimmen?’ Ik zei altijd: ‘Goed dan, als je me niet uitnodigt ga ik niet’, en zij antwoordde dan: ‘Ik hoef u niet bij mij thuis uit te nodigen, vader, alleen vreemden nodig je uit. U kunt komen wanneer u wilt.’ In meer dan vijftien jaar ben ik haar niet eenmaal komen opzoeken. Ik zei altijd tegen haar dat ze een slechte buurt had uitgekozen. Weinig licht. Een oud pand. Zij knikte dan alleen maar. Net als wanneer ik zei dat ze voor een slecht leven had gekozen. Weinig toekomst. Een echtgenoot zonder middelen of vast beroep. Vreemd, zoals we anderen veroordelen en niet beseffen hoe miserabel onze minachting is – tot ze er niet meer zijn, tot ze van ons weggerukt worden. En ze worden van ons weggerukt, omdat ze nooit van ons zijn geweest ...”

De stem van de oude man, ontdaan van zijn sluier van ironie, haperde en klonk bijna zo oud als zijn blik.

“Nuria hield veel van u, Isaac. Daar moet u geen moment aan twijfelen. En ik weet dat zij zich door u geliefd wist”, improviseerde ik.

De oude Isaac schudde opnieuw het hoofd. Hij glimlachte, maar de tranen rolden stilletjes en onophoudelijk over zijn wangen.

“Misschien hield ze van me, op haar manier, zoals ik van haar hield op mijn manier. Maar we kenden elkaar niet. Misschien omdat ik haar nooit toestond mij te leren kennen, of nooit een stap naar haar toe heb gedaan om haar te leren kennen. Ons hele leven leefden we als twee vreemden die elkaar iedere dag zagen en elkaar groetten uit beleefdheid. En ik denk dat ze misschien stierf zonder me te vergeven.”

“Isaac, ik verzeker u ...”

“Daniel, u bent jong en u doet uw best, maar, hoewel ik heb gedronken en nauwelijks nog weet wat ik zeg, hebt u nog niet goed genoeg leren liegen om een oude man met een van ongeluk vergiftigd hart voor de gek te houden.”

Ik sloeg mijn ogen neer.

“De politie zegt dat de man die haar doodde een vriend van u is”, waagde Isaac het erop.

“De politie liegt.”

Isaac knikte.

“Dat weet ik.”

“Ik verzeker u ...”

“Niet nodig, Daniel. Ik weet dat u de waarheid vertelt”, zei Isaac. Hij haalde een dikke envelop uit zijn jaszak.

“De middag voor ze stierf, kwam Nuria me opzoeken, zoals ze vroeger placht te doen. Ik herinner me dat we altijd naar een café in Calle Guardia gingen voor het middageten, een café waar ik haar als klein meisje mee naartoe nam. Altijd praatten we over boeken, oude boeken. Zij vertelde me soms dingen over haar werk, kleinigheden, dingen die je aan een vreemde in de bus vertelt ... Een keer zei ze tegen me dat het haar speet dat ze een teleurstelling voor me was geweest. Ik vroeg haar waar ze dat absurde idee vandaan had gehaald. ‘Uit uw ogen, vader, uit uw ogen’, zei ze. Niet één keer kwam het in me op dat ik wellicht een nog veel grotere teleurstelling voor háár was geweest. Soms denken we dat personen loterijloten zijn, dat ze er zijn om onze absurde dromen waar te maken.”

“Isaac, met alle respect, u hebt gedronken als een tempelier en u weet niet wat u zegt.”

“Wijn verandert de wijze in een stomkop en de stomkop in een wijze. Ik weet voldoende om te begrijpen dat mijn eigen dochter mij nooit vertrouwde. Ze vertrouwde u meer, Daniel, en ze heeft u maar een enkele keer gezien.”

“Ik verzeker u dat u zich vergist.”

“Die laatste middag dat we elkaar zagen, bracht ze deze envelop mee. Ze was erg rusteloos, bezorgd om iets waar ze niet over wilde praten. Ze vroeg me deze envelop te bewaren en hem aan u te geven als er iets gebeurde.”

“Als er iets gebeurde?”

“Dat waren haar woorden. Ik vond haar zo nerveus dat ik voorstelde om samen naar de politie te gaan, dat we er een oplossing voor zouden vinden, wat het probleem ook was. Maar ze zei dat het politiebureau wel de allerlaatste plek was waar ze naartoe kon. Op mijn smeekbede aan haar om me te vertellen waar het om ging, zei ze dat ze moest gaan en ze liet me beloven dat ik u deze envelop zou overhandigen als zij hem niet binnen een paar dagen kwam ophalen. Ze vroeg me hem niet te openen.”

Isaac reikte de envelop aan. Hij was open. “Ik loog tegen haar, zoals altijd”, zei hij.

Ik inspecteerde de envelop. Er zat een stapeltje handgeschreven velletjes papier in.

"Hebt u ze gelezen?" vroeg ik.

De oude man knikte langzaam. Zijn lippen trilden. Hij leek honderd jaar ouder te zijn geworden sinds de laatste keer dat ik hem zag.

"Wat staat erin?"

"Het is het verhaal dat u zocht, Daniel. De geschiedenis van een vrouw die ik nooit heb gekend, ook al droeg ze mijn naam en was ze mijn eigen bloed. Nu behoort ze u toe."

Ik borg de envelop op in mijn jaszak.

"Ik ga u vragen me hier met haar alleen te laten, als u het niet erg vindt. Net toen ik die bladzijden las, leek het alsof ik haar weer zag. Hoe hard ik ook mijn best doe, ik kan me haar slechts als jong meisje herinneren. Ze was erg zwijgzaam, moet u weten, en het meest hield ze van sprookjes. Iedere keer weer smeekte ze me sprookjes voor te lezen en ik geloof niet dat er ooit een kind sneller heeft leren lezen dan zij. Ze zei dat ze schrijfster wilde worden en encyclopedieën wilde redigeren en historische en filosofische traktaten. Haar moeder zei dat dat allemaal mijn schuld was, dat Nuria me adoreerde en boeken wilde schrijven zodat haar vader van haar zou houden, omdat ze dacht dat hij uitsluitend van boeken hield."

"Isaac, het lijkt me geen goed idee dat u hier alleen bent vannacht. Waarom komt u niet met mij mee? U blijft vannacht bij ons en zo houdt u meteen mijn vader een beetje gezelschap."

Weer schudde Isaac zijn hoofd.

"Ik heb dingen te doen, Daniel. Gaat u naar huis en leest u die bladzijden. Ze behoren u toe."

De oude man wendde zijn blik af en ik deed een paar passen in de richting van de deur. Ik stond al op de drempel toen Isaacs stem me riep; het was nauwelijks meer dan een fluistering.

"Daniel?"

"Ja."

"Weest u alstublieft heel voorzichtig."

Toen ik de straat opging leek het alsof de zwartheid zich over het plaveisel sleepte en me op de hielen trapte. Ik versnelde mijn pas en hield het tempo aan tot ik bij ons huis in Santa Ana was. Toen ik naar binnen liep, vond ik mijn vader weggedoken in zijn fauteuil met een open boek op schoot. Het was een fotoalbum. Toen hij me zag ging hij rechtop zitten met een uitdrukking van pure opluchting op zijn gezicht.

"Ik begon me al ongerust te maken", zei hij. "Hoe was de begrafenis?"

Ik haalde mijn schouders op en mijn vader knikte ernstig, waarmee het onderwerp werd afgesloten.

"Ik heb wat te eten voor je klaargemaakt. Als je zin hebt, warm ik het op en ..."

"Ik heb geen honger, dank je. Ik heb ergens een hapje gegeten."

Hij keek me in de ogen, knikte opnieuw, en begon de borden te verzamelen die hij op tafel had gezet. Op dat moment, en zonder goed te weten waarom, liep ik naar hem toe en omhelsde hem. Verrast sloeg ook hij zijn armen om me heen.

"Daniel, is alles goed met je?"

Ik hield mijn vader stevig vast.

"Ik hou van je", prevelde ik.

De klokken van de kathedraal sloegen middernacht toen ik Nuria Monforts manuscript begon te lezen. Haar kleine, nette handschrift deed me denken aan de orde op haar schrijftafel, alsof ze in de woorden de vrede en zekerheid had willen zoeken die het leven haar had onthouden.

Nuria Monfort: schimmen uit het verleden 1933 – 1955

1

Er bestaan geen tweede kansen, behalve voor berouw. Julián Carax en ik leerden elkaar kennen in de herfst van 1933. Ik werkte in die tijd voor uitgever Josep Cabestany. De heer Cabestany had Carax in 1927 ontdekt op een van zijn 'verkennersreizen' naar Parijs. Julián verdiende zijn brood door 's middags en 's avonds piano te spelen in een huis van plezier, en 's nachts te schrijven. De eigenares van het lokaal, een zekere Irene Marceau, kende de meeste uitgevers in Parijs en dankzij haar verzoeken, gunsten of bedreigingen met indiscretie, had Julián Carax het voor elkaar gekregen om een aantal romans gepubliceerd te krijgen bij diverse uitgeverijen; de commerciële resultaten waren desastreus. Voor een lachwekkend bedrag had Cabestany de exclusieve rechten verworven om Carax' werk in Spanje en Latijns-Amerika uit te geven, inclusief een vertaling door de auteur van de Franse originelen naar het Spaans. Hij hoopte van elke titel zo'n drieduizend exemplaren te kunnen verkopen, maar de eerste twee titels die hij in Spanje uitbracht waren een pertinente mislukking: van beide werd nauwelijks een honderdtal verkocht. Ondanks de slechte resultaten ontvingen we elke twee jaar een nieuw manuscript van Julián, dat Cabestany zonder bezwaren accepteerde met het argument dat hij een overeenkomst met de auteur had ondertekend, dat winst niet alles was en dat goede literatuur gestimuleerd moest worden.

Op een dag vroeg ik nieuwsgierig waarom hij doorging met romans van Julián Carax te publiceren en geld te verliezen aan deze onderneming. In antwoord op mijn vraag liep Cabestany naar zijn boekenkast, pakte er een van Juliáns boeken uit en nodigde me uit het te lezen. Zo gezegd, zo gedaan. Twee weken later had ik ze allemaal gelezen. Dit keer was mijn vraag hoe het mogelijk was dat we zo weinig exemplaren van de romans verkochten.

"Ik weet het niet", zei Cabestany. "Maar we blijven het proberen."

Het leek mij een nobele en bewonderenswaardige geste die niet strookte met het beeld dat ik mij van de heer Cabestany had gevormd. Misschien had ik hem verkeerd beoordeeld. De figuur van Julián Carax intrigeerde me steeds meer. Alles om hem heen was in mysterie gehuld. Ten minste een- of tweemaal per maand belde er iemand om het adres van Julián Carax te vragen. Al snel kwam ik erachter dat het altijd dezelfde persoon was, die verschillende namen gebruikte. Ik herhaalde altijd slechts wat op de achterflap van de boeken stond, namelijk dat Julián Carax in Parijs woonde. Op een gegeven moment hield de man op met bellen, maar voor alle zekerheid had ik het adres van Carax uit de archieven van de uitgeverij gegomd. Ik was de enige die hem schreef en kende het uit mijn hoofd.

Maanden later vond ik toevallig de rekeningen die de drukkerij altijd naar de heer Cabestany stuurde. Toen ik er een vluchtige blik op wierp, zag ik dat de publicatie- en drukkosten van Carax' boeken werden betaald door iemand van buiten het bedrijf over wie ik nog nooit had horen praten: Miquel Moliner. Sterker nog, de drukkosten en de distributie van de romans waren substantieel lager dan het bedrag dat aan de heer Moliner gefactureerd werd. De cijfers logen er niet om: de uitgeverij verdiende geld aan het maken van boeken die linea recta naar het magazijn gingen. Ik had de moed niet om de financiële malversaties van de heer Cabestany naar voren te brengen, omdat ik bang was mijn baan te verliezen. Wat ik wél deed, was het adres opschrijven waar we de rekeningen, op naam van Miquel Moliner, naartoe stuurden, een palazzo in Calle Puertaferrisa. Ik bewaarde dat adres maandenlang voor ik hem durfde te bezoeken. Uiteindelijk kreeg mijn geweten de overhand en ik ging naar zijn huis om hem te vertellen dat Cabestany hem aan het oplichten was. Miquel Moliner glimlachte en zei dat hij dat al wist.

"Een ieder doet waar hij goed in is."

Ik vroeg hem of hij het was geweest die zo vaak had gebeld om het adres van Carax te achterhalen. Hij zei van niet en waarschuwde me met een bezorgd gezicht dat ik dat adres nooit aan iemand moest geven. Nooit.

Miquel Moliner was een raadselachtige man. Hij woonde alleen in een spelonkachtig, halfvervallen paleis dat een deel was van zijn vaders erfenis, een industrieel die rijk was geworden met de productie van wapens en, naar men zei, het bevorderen van oorlogen. Verre van een luxueus leven leidde Miquel bijna een monnikenbestaan, gewijd aan het spenderen van zijn vaders geld, dat hij als bloedgeld beschouwde, door musea, kathedralen, scholen, bibliotheken en ziekenhuizen te restaureren en ervoor te zorgen dat de romans van Julián Carax, zijn jeugdvriend, in zijn geboortestad gepubliceerd werden.

"Geld heb ik meer dan genoeg, vrienden als Julián heb ik te weinig", was zijn enige commentaar.

Hij onderhield nauwelijks contact met zijn broers of de rest van zijn familie, over wie hij sprak als over vreemdelingen. Hij was nooit getrouwd en verliet zelden het terrein van het palazzo, waarvan hij slechts de bovenste verdieping gebruikte. Daar had hij zijn kantoor gevestigd, waar hij koortsachtig werkte aan artikelen en columns voor diverse kranten en tijdschriften in Madrid en Barcelona, technische teksten vertaalde vanuit het Frans en het Duits, en stijlcorrecties in encyclopedieën en schoolboeken doorvoerde. Miquel Moliner leed aan de ziekte van hen die zich schuldig voelen als ze niet werken; hoewel hij de ledigheid van anderen respecteerde en er zelfs jaloers op was, ontvluchtte hij haar als de pest. Hij liet zich totaal niet voorstaan op zijn arbeidsethiek, maakte grappen over zijn productieve dwang en beschreef het als een onschuldige vorm van lafheid. "Zolang je werkt, hoef je het leven niet in de ogen te kijken."

We werden goede vrienden, bijna zonder het te beseffen. We hadden veel gemeen, misschien te veel. Miquel praatte over boeken, zijn aanbeden dokter Freud, muziek, maar vooral over zijn oude vriend Julián. We zagen elkaar praktisch iedere week. Hij vertelde me verhalen over de tijd dat Julián leerling was bij het Sint Gabriël College. Hij bezat een collectie oude foto's en korte verhalen, geschreven door een adolescente Julián. Miquel adoreerde Julián en door zijn woorden en herinneringen leerde ik hem kennen, stelde in zijn afwezigheid een beeld van hem samen. Een jaar na onze kennismaking bekende Miquel me dat hij verliefd op me was geworden. Ik wilde hem niet kwetsen, maar hem ook niet iets voorspiegelen. Ik bekende hem dat ik bijzonder op hem gesteld was, maar niet verliefd. Miquel zei dat hij dat al wist.

"Je bent verliefd op Julián, maar je weet het nog niet."

In augustus 1933 schreef Julián me om aan te kondigen dat hij bijna klaar was met het manuscript van een nieuwe roman getiteld *De kathedralendief*. Cabestany had wat contracten bij Gallimard die vernieuwd moesten worden in september. Hij was al weken uit de roulatie vanwege een jichtaanval en als beloning voor mijn toewijding besloot hij mij naar Frankrijk te laten reizen om de nieuwe contracten af te handelen en en passant Julián Carax op te zoeken om zijn nieuwe manuscript op te halen. Ik kondigde Julián mijn bezoek van half september aan en vroeg hem of hij me een fatsoenlijk, betaalbaar hotel kon aanbevelen. Julián antwoordde dat ik in zijn huis kon verblijven, een bescheiden woning in de buurt van St. Germain, om op hotelkosten te besparen en dat geld voor andere zaken te gebruiken. De dag voor vertrek ging ik naar Miquel om hem te vragen of ik een boodschap van hem aan Julián moest overbrengen. Hij aarzelde lange tijd, maar zei uiteindelijk nee.

De eerste keer dat ik Julián in levenden lijve zag was op station Austerlitz. De herfst was verraderlijk vroeg aangebroken in Parijs en het station lag weggezonken in de mist. Ik bleef op het perron wachten terwijl de overige passagiers koers zetten naar de uitgang. Al spoedig bleef ik alleen achter en zag een man in een zwarte jas bij de ingang van het perron staan, die me door de rook van een sigaret heen observeerde. Gedurende de reis had ik me vaak afgevraagd hoe ik Julián zou herkennen. De foto's die ik van hem had gezien in de verzameling van Miquel Moliner waren minstens dertien of veertien jaar oud. Ik keek van de ene kant van het perron naar de andere. Behalve die figuur en ik was er niemand. Ik merkte dat de man me met een zekere nieuwsgierigheid bekeek: misschien wachtte hij ook op iemand, net als ik. Hij kon het niet zijn. Volgens mijn gegevens was Julián drieëndertig jaar en deze man leek me ouder. Hij had grijs haar en een uitdrukking van triestheid of vermoeidheid op zijn gezicht; te bleek en te mager, maar misschien was het de nevel en vermoeienis van de reis. Ik had me een jeugdiger Julián voorgesteld. Behoedzaam liep ik op de vreemdeling af en ik keek hem in de ogen.

"Julián?"

De vreemdeling glimlachte en knikte. Julián Carax had de mooiste glimlach van de wereld. Het was het enige wat er van hem over was.

Julián woonde op een zolder in St. Germain. Het appartement beperkte zich tot twee ruimtes: een woonkamer met een minuscule keuken en een balkon vanwaar de torens van de Notre-Dame te zien waren, die uitstaken boven een lichte mist en een oerwoud van daken, en een slaapkamer zonder ramen met een eenpersoonsbed. De badkamer was aan het einde van de gang van de verdieping eronder en werd gedeeld met de overige bewoners. De gehele woning besloeg minder oppervlakte dan de kantoorkamer van de heer Cabestany. Julián had grondig schoongemaakt en had er alles aan gedaan om me met eenvoud en waardigheid te ontvangen. Ik deed of ik het huis, dat nog steeds rook naar het schoonmaakmiddel en de boenwas die Julián met meer ijver dan kundigheid had gebruikt, leuk vond. De beddenlakens zagen eruit of ze nieuw waren. Ze hadden een dessin van draken en kastelen. Kinderlakens. Julián verontschuldigde zich en zei dat hij ze voor een koopje op de kop had getikt, maar dat ze van de allerbeste kwaliteit waren. De lakens zonder dessin waren twee keer zo duur, legde hij uit, en veel saaier.

In de woonkamer stond een oud, houten bureau dat uitkeek op de torens van de kathedraal. Op het bureau stond de Underwoodschrijfmachine, gekocht van het voorschot van Cabestany, en twee stapels papier, de ene stapel blanco, de andere aan beide kanten volgetypt. Julián deelde de woning met een enorme witte kater die Kurtz heette. Het beest keek me wantrouwig aan vanaf de plek aan zijn meesters voeten, en likte zijn poten. Ik telde twee stoelen, een kapstok en weinig meer. De rest bestond uit boeken. Muren van boeken bedekten de wanden van het huis vanaf de grond tot aan het plafond, twee rijen dik. Terwijl ik nauwkeurig alles in me opnam, zuchtte Julián.

"Er is een hotel twee straten hiervandaan. Schoon, betaalbaar en respectabel. Ik ben zo vrij geweest te reserveren ..."

Ik had mijn twijfels, maar vreesde hem te beledigen.

"Dit is uitstekend, mits ik natuurlijk jou of Kurtz niet tot last ben."

Kurtz en Julián wisselden een blik. Julián schudde zijn hoofd en de kater imiteerde zijn gebaar. Het viel me nu pas op hoezeer de twee op elkaar leken. Julián stond erop me de slaapkamer te geven. Hij sliep nauwelijks, zei hij, en zou zich installeren in de woonkamer op een vouwbed dat hij had geleend van zijn buurman, monsieur Darcieu, een oude goochelaar die de handpalmen van meisjes las in ruil voor een kus.

Die eerste nacht sliep ik aan één stuk door, uitgeput van de reis. Ik werd wakker toen het licht werd en ontdekte dat Julián was vertrokken. Kurtz sliep op de schrijfmachine van zijn baasje en snurkte als een Engelse dog. Ik liep naar het bureau toe en zag het manuscript van de nieuwe roman dat ik kwam ophalen.

De kathedralendief

Op de eerste bladzijde, zoals in alle romans van Julián, luidde de handgeschreven opdracht:

Voor P

Ik kwam in de verleiding om het onmiddellijk te gaan lezen en ik stond op het punt de tweede pagina te pakken toen ik merkte dat Kurtz me zijdelings aankeek. Net als ik Julián had zien doen, schudde ik mijn hoofd. De kater schudde op zijn beurt zijn kop en ik legde de velletjes terug op hun plek. Na een tijdje verscheen Julián met vers brood, een thermoskan met koffie en verse kaas. We ontbeten op het balkon. Julián praatte onophoudelijk, maar ontweek mijn blik. In het ochtendlicht leek hij een oud kind. Hij had zich geschoren en zich gehuld in wat vermoedelijk zijn enige decente stel kleren was, een crèmekleurig katoenen pak dat er versleten maar elegant uitzag. Ik luisterde naar zijn verhalen over de mysteries van de Notre-Dame, over een vermeende spookachtige boot die 's nachts over de Seine voer om de zielen van wanhopige geliefden op te halen die zelfmoord hadden gepleegd door zich in het ijzige water te storten, over duizend en een betoveringen die hij ter plekke verzon om me maar niet in de gelegenheid te stellen iets te vragen. Ik bestudeerde hem zwijgend, knikte af en toe, en zocht in hem de man die de boeken had geschreven die ik bijna uit mijn hoofd kende van al het herlezen, de jongen die Miquel Moliner me zo vaak had beschreven.

"Hoelang blijf je in Parijs?" vroeg hij.

De zaken die ik moest afhandelen met Gallimard zouden me een dag of twee, drie kosten, veronderstelde ik. Mijn eerste afspraak was diezelfde middag. Ik vertelde hem dat ik een paar dagen extra zou blijven om de stad te leren kennen, alvorens terug te reizen naar Barcelona.

"Parijs vereist meer dan twee dagen", zei Julián, "En ze verhoudt zich slecht tot argumenten en verstand."

"Meer tijd heb ik niet, Julián. De heer Cabestany is een genereuze werkgever, maar alles heeft een grens."

"Cabestany is een piraat, maar zelfs hij weet dat je Parijs niet in twee dagen kunt zien, noch in twee maanden, noch in twee jaar."

"Ik kan niet twee jaar in Parijs blijven, Julián."

Julián keek lange tijd stil voor zich uit en glimlachte.

"Waarom niet eigenlijk? Wacht er iemand op je?"

De formaliteiten met Gallimard en mijn beleefdheidsbezoekjes aan diverse uitgevers waarmee Cabestany contracten had lopen, hadden drie volle dagen nodig, precies zoals ik had voorzien. Julián had een gids en beschermer voor me uitgezocht, een jongen die Hervé heette, nauwelijks dertien jaar oud was en de stad op zijn duimpje kende. Hervé vergezelde me van deur tot deur, zorgde ervoor mij de cafés te wijzen waar je het beste iets kon gebruiken, welke straten te vermijden, welke uitzichten niet te missen. Hij wachtte uren bij de deuren van de uitgeverijen zonder zijn glimlach te verliezen en zonder ook maar een fooi te accepteren. Hervé brabbelde een komisch gebroken Spaans, doorspekt met Italiaans en Portugees.

"Signore Carax heeft mij al *pagato* met alle *generosidade* voor *meus serviçios ...*"

Voorzover ik het begreep was Hervé een kind van een van de dames van het etablissement van Irene Marceau, op wier zolder hij woonde. Julián had hem leren lezen, schrijven en pianospelen. Op zondag nam hij hem mee naar het theater of een concert. Hervé was idolaat van Julián en leek bereid alles voor hem te doen, zelfs me begeleiden naar het einde van de wereld als het nodig was. Op de derde dag vroeg hij me of ik de vriendin was van signore Carax. Ik zei nee, alleen een vriendin die op bezoek was. Hij leek teleurgesteld.

Julián bleef bijna iedere nacht op, gezeten aan zijn bureau met Kurtz op schoot, om pagina's door te lopen of simpelweg te kijken naar de silhouetten van de torens in de verte. Op een nacht dat ik ook niet kon slapen vanwege het lawaai van de regen die op het dak sloeg, ging ik naar de woonkamer. We keken elkaar zonder iets te zeggen aan en Julián bood me een sigaret aan. Lange tijd keken we naar de regen. Later, toen de regen ophield, vroeg ik hem wie P was.

"Penélope", antwoordde hij.

Ik vroeg hem over haar te vertellen, over die dertien jaar ballingschap in Parijs. Met zachte stem, in het schemerduister, vertelde Julián me dat Penélope de enige vrouw was van wie hij ooit had gehouden.

Op een winternacht in 1921 vond Irene Marceau Julián Carax dwalend door de straten, niet in staat zich zijn eigen naam te herinneren en bloed ophoestend. Wat hij bij zich had waren een paar munten en een paar opgevouwen velletjes papier, handgeschreven. Irene las ze en dacht een beroemd auteur te zijn tegengekomen die te veel gedronken had en dat een genereuze uitgever haar wellicht zou compenseren als hij weer bij kennis kwam. Tenminste, dat was haar versie, maar Julián wist dat ze zijn leven had gered uit medelijden. Zes maanden bracht hij door op de zolder van Irenes bordeel om te herstellen. De artsen waarschuwden Irene dat als dat individu zichzelf opnieuw zou vergiftigen, zij niet voor hem zouden instaan. Hij had zijn maag en lever verwoest en zou de rest van zijn dagen moeten slijten met geen enkel ander voedsel dan melk, meikaas en vers brood. Toen Julián zijn spraak terugkreeg, vroeg Irene wie hij was.

"Niemand", antwoordde Julián.

"Wel, niemand leeft op mijn kosten. Wat kun je?"

Julián antwoordde dat hij kon pianospelen.

"Laat horen."

Julián ging aan de piano in de salon zitten en tegenover een geïntrigeerd publiek van vijftien adolescente, schaars geklede hoertjes speelde hij een nocturne van Chopin. Ze applaudisseerden allemaal, behalve Irene, die zei dat dat dodenmuziek was en dat zij in de handel van de levenden zaten. Julián speelde toen voor haar een ragtime en een paar stukken van Offenbach.

"Dat is beter."

Zijn nieuwe baan leverde hem een salaris op, een dak boven het hoofd en twee warme maaltijden per dag.

In Parijs overleefde hij dankzij de goede zorgen van Irene Marceau, de enige persoon die hem aanmoedigde om te blijven schrijven. Ze hield van romantische verhalen en van biografieën van heiligen en martelaren, die haar enorm intrigeerden. Naar haar idee was het probleem van Julián dat zijn hart vergiftigd was en dat hij daarom slechts romans kon schrijven over verschrikkingen en duisternis. Ondanks haar bedenkingen was het Irene die voor elkaar had gekregen dat Julián een uitgever vond voor zijn eerste romans, die de zolderverdieping voor hem had geregeld waarin hij zich voor de wereld verborg, die hem kleedde en hem het huis uit haalde zodat hij in de zon en de openlucht kwam, die boeken voor hem kocht en hem haar liet vergezellen naar de mis op zondagen en daarna op wandelingen door de Tuilerieën. Irene Marceau hield hem in leven zonder daar iets anders voor in ruil te vragen dan zijn vriendschap en de belofte dat hij zou blijven schrijven. Mettertijd stond Irene hem toe een enkel meisje mee te nemen naar zijn zolder, al was het slechts om in elkaars armen te slapen. Irene grapte dat haar meisjes net zo alleen waren als hij en dat het enige wat ze wilden een beetje tederheid was.

"Mijn buurman, monsieur Darcieu, houdt me voor de grootste bofkont van het universum."

Ik vroeg hem waarom hij nooit naar Barcelona was teruggegaan om Penélope te zoeken. Hij verzonk in diep gepeins en toen ik in de donkerte zijn gezicht zocht, was het nat van de tranen. Zonder goed te weten wat ik deed, knielde ik bij hem neer en omhelsde hem. Zo bleven we omarmd in die stoel zitten tot de dageraad ons verraste. Ik weet al niet meer wie wie het eerste kuste, noch of dat van belang is. Die ochtend en alle ochtenden die nog volgden in de twee weken die ik doorbracht met Julián, bedreven we de liefde op de vloer, altijd in stilte. Later, als we in een café zaten of door de straten wandelden, keek ik hem in de ogen en wist zonder het te hoeven vragen dat hij nog steeds van Penélope hield. Ik herinner me dat ik in die dagen dat meisje van zeventien (omdat Penélope voor mij altijd zeventien jaar was) dat ik nooit had gekend en dat nu mijn dromen binnendrong, leerde haten. Ik verzon duizend en een excuses om Cabestany te telegraferen en mijn verblijf te verlengen. Ik maakte me er al niet meer druk om dat ik mijn baan zou verliezen, noch dat ik het grijze bestaan in Barcelona had achtergelaten. Ik heb me vaak afgevraagd of ik in Parijs aankwam met zó'n leeg bestaan dat ik in de armen van Julián viel à la de meisjes van Irene Marceau die ondanks alles om een beetje tederheid bedelden. Ik weet alleen dat die twee weken die ik met Julián doorbracht de enige momenten in mijn leven waren dat ik eindelijk mezelf was, weken waarin ik met de absurde helderheid van de dingen die onverklaarbaar zijn, begreep dat ik nooit van een andere man zo zou kunnen houden als van Julián, ook al zou ik dat de rest van mijn leven proberen.

Op een dag viel Julián uitgeput in mijn armen in slaap. De vorige middag, toen we langs de etalage van een lommerd liepen, had hij stilgehouden om me een vulpen te laten zien die daar al twee jaar uitgestald lag en die volgens de pandjesbaas aan Victor Hugo had toebehoord. Julián had nooit zelfs maar een fractie van het geld gehad om hem te kopen, maar iedere dag ging hij kijken. Ik kleedde me omzichtig aan en liep naar beneden, naar de winkel. De vulpen kostte een fortuin, een fortuin dat ik niet had, maar de pandjesbaas zei dat hij een cheque in peseta's zou accepteren van een willekeurige Spaanse bank met een dependance in Parijs. Voor ze stierf had mijn moeder me toevertrouwd dat ze jaren had gespaard voor een bruidsjurk voor mij. De vulpen van Victor Hugo gaf mijn sluier de genadeklap en hoewel ik wist dat het pure waanzin was, heb ik geld nooit met meer verrukking uitgegeven dan op dat moment. Toen ik de winkel uitliep met het prachtige etui, merkte ik dat een vrouw me volgde. Het was een zeer elegante dame, met platinablond haar en de blauwste ogen die ik ooit heb gezien. Ze kwam naar me toe en stelde zich voor. Het was Irene Marceau, de beschermster van Julián. Hervé, mijn kleine begeleider, had haar over mij verteld. Ze wilde weten wie ik was en vragen of ik de vrouw was op wie Julián al die jaren had gewacht. Een antwoord was niet nodig. Irene knikte slechts en kuste me op de wang. Ik zag haar de straat uitlopen en wist toen dat Julián nooit de mijne zou zijn, dat ik hem al kwijt was voor het begon. Ik keerde terug naar de zolderverdieping met het etui met de vulpen verborgen in mijn tas. Julián zat op me te wachten. Hij kleedde me zonder iets te zeggen uit en we bedreven voor de laatste maal de liefde. Toen hij me vroeg waarom ik huilde, zei ik dat het tranen van geluk waren. Later, toen Julián naar beneden was gegaan om wat te eten te halen, pakte ik mijn koffer en liet het etui met de vulpen achter op zijn schrijfmachine. Ik stopte het manuscript van zijn roman in mijn koffer en vertrok voordat hij terug was. Op de overloop kwam ik monsieur Darcieu tegen, de oude goochelaar die de meisjes de hand las in ruil voor een kus. Hij nam mijn linkerhand en keek me treurig aan.

"Vous avez poison au coeur, mademoiselle."

Toen ik hem het tarief wilde betalen, schudde hij licht het hoofd en was hij het die mij de hand kuste.

Ik kwam net op tijd op station Austerlitz aan om de trein van twaalf uur naar Barcelona te nemen. De conducteur die me het kaartje verkocht, vroeg of ik me wel goed voelde. Ik knikte en sloot me op in het compartiment. De trein was al aan het vertrekken toen ik opkeek en een glimp opving van Julián op het perron, op dezelfde plek waar ik hem de eerste keer had gezien. Ik sloot mijn ogen en deed ze niet meer open tot de trein het station en die betoverde stad waar ik nooit meer naar terug zou keren achter zich had gelaten. Ik kwam de volgende ochtend bij het eerste licht aan in Barcelona. Die dag werd ik vierentwintig jaar, en ik wist dat het beste deel van mijn leven al achter me lag.

2

Na mijn terugkeer in Barcelona liet ik een tijd voorbijgaan alvorens Miquel Moliner opnieuw te bezoeken. Ik moest Julián uit mijn hoofd zetten en besefte dat als Miquel naar hem zou vragen, ik dan niet zou weten wat te zeggen. Toen we elkaar weer ontmoetten, hoefde ik hem niets te zeggen. Miquel keek me in de ogen en knikte slechts. Hij leek magerder dan voor mijn reis naar Parijs, zijn gezicht bijna ziekelijk bleek, hetgeen ik toeschreef aan het excessieve werken waarmee hij zichzelf bestrafte. Hij bekende dat hij financiële problemen had. Hij had bijna al het geld dat hij had geërfd, uitgegeven aan zijn filantropische doelen en nu probeerden de advocaten van zijn broers hem uit het palazzo te laten zetten met het argument dat een clausule in het testament van de oude Moliner aangaf dat Miquel die plek alleen zou mogen gebruiken als hij het in goede staat hield en kredietwaardigheid kon aantonen om het bezit te onderhouden. Was dit niet het geval, dan zou het palazzo van Puertaferrissa in beheer van zijn andere broers overgaan.

"Zelfs voor hij stierf, voelde mijn vader al dat ik zijn geld tot aan de laatste cent zou besteden aan alles wat hij bij leven verfoeide."

Zijn inkomsten als columnist en vertaler waren verre van voldoende om er een dergelijke woning op na te kunnen houden.

"De moeilijkheid is niet om geld te verdienen", beklaagde hij zich. "De moeilijkheid is om het te verdienen met iets wat de moeite waard is om je leven aan te wijden."

Ik verdacht hem ervan dat hij in het geheim was begonnen te drinken. Soms beefden zijn handen. Ik zocht hem iedere zondag op en dwong hem de straat op te gaan en eens achter zijn werktafel en encyclopedieën vandaan te komen. Ik wist dat het hem pijn deed me te zien. Hij deed alsof hij zich niet herinnerde dat hij me een aanzoek had gedaan dat ik had geweigerd, maar soms betrapte ik hem erop dat hij vol verlangen en begeerte, maar ook verslagen, naar me keek. Mijn enige excuus om hem aan een dergelijke wreedheid te onderwerpen was puur egoïstisch: alleen Miquel wist de waarheid over Julián en Penélope Aldaya.

Gedurende die maanden die ik ver van Julián doorbracht, was Penélope Aldaya in een spookbeeld veranderd dat mij van mijn slaap en gezond verstand beroofde. Ik herinnerde me nog steeds de uitdrukking van teleurstelling op het gezicht van Irene Marceau toen ze vaststelde dat ik niet de vrouw was waar Julián op wachtte. Penélope Aldaya, verraderlijk afwezig, was een te machtige tegenstandster voor mij. Ze was onzichtbaar, dus ik stelde me haar als een perfect wezen voor, naast wie ik onwaardig was, gewoon, tastbaar. Nooit had ik het voor mogelijk gehouden dat ik iemand zo kon haten, iemand die ik niet eens kende, die ik niet eenmaal had gezien. Ik veronderstel dat ik dacht dat als ik haar vis-à-vis zag en kon vaststellen dat ze van vlees en bloed was, haar betovering verbroken zou worden en Julián opnieuw vrij zou zijn. En ik met hem. Ik wilde geloven dat het een kwestie van tijd was, van geduld. Vroeg of laat zou Miquel me de waarheid vertellen. En de waarheid zou me vrijmaken.

Op een dag, toen we door de kloostergang van de kathedraal wandelden, liet Miquel opnieuw zijn interesse voor mij doorschemeren. Ik keek hem aan en zag een eenzame man, zonder enige hoop. Ik wist wat ik deed toen ik hem naar huis bracht en me door hem liet verleiden. Ik wist dat ik hem voor de gek hield en dat hij het ook wist, maar ik had niets meer in deze wereld. Dat was hoe we minnaars werden, uit wanhoop. Ik zag in zijn ogen wat ik had willen zien in die van Julián. Ik voelde dat door me aan hem te geven, ik wraak nam op Julián en Penélope en alles wat mij ontzegd werd. Miquel, die ziek was van verlangen en eenzaamheid, wist dat onze liefde een farce was, maar toch kon hij me niet laten gaan. Iedere dag dronk hij meer en vaak kon hij me nauwelijks bezitten. Dan grapte hij bitter dat we in recordtijd eigenlijk veranderd waren in een exemplarisch huwelijk. We deden elkaar pijn uit verbittering en lafheid. Op een nacht, bijna een jaar na mijn terugkeer uit Parijs, vroeg ik hem mij de waarheid te vertellen over Penélope. Miquel had gedronken en werd agressief zoals ik hem nog nooit had gezien. Vol razernij beledigde hij me en beschuldigde me ervan nooit van hem gehouden te hebben, een slet te zijn als ieder ander. Hij scheurde me de kleding van het lijf en toen hij me wilde verkrachten ging ik liggen en bood hem zonder weerstand mijn lichaam, innerlijk huilend. Miquel stortte in en smeekte me hem te vergeven. Wat zou ik er niet voor gegeven hebben hém te kunnen liefhebben en niet Julián, ervoor te kunnen kiezen aan zijn zijde te blijven. Maar ik kon het niet. We omhelsden elkaar in de duisternis en ik vroeg hem vergiffenis voor alle pijn die ik hem had gedaan. Hij zei toen dat als het werkelijk zo belangrijk voor me was, hij de waarheid over Penélope Aldaya zou vertellen. Dat was nog zo'n vergissing van mij.

***

Die zondag in 1919, toen Miquel Moliner naar station Francia was gegaan om zijn vriend Julián het ticket naar Parijs te overhandigen en afscheid te nemen, wist hij al dat Penélope niet zou komen. Hij wist dat twee dagen daarvoor, toen don Ricardo Aldaya terugkwam uit Madrid, zijn echtgenote hem had opgebiecht dat ze Julián en hun dochter Penélope had betrapt in Jacinta's kamer. Jorge Aldaya had Miquel het gebeurde onthuld en hem laten zweren dat hij het nooit aan iemand zou vertellen. Jorge legde uit hoe don Ricardo bij het horen van het nieuws in grote woede ontstak en naar de kamer van Penélope was gehold, schreeuwend als een waanzinnige. Toen ze hem zo tekeer hoorde gaan, had ze zich in haar kamer opgesloten en huilde van angst. Don Ricardo trapte de deur in en vond Penélope op haar knieën, bevend en smekend om vergeving. Don Ricardo gaf haar toen zo'n harde klap in het gezicht dat ze op de vloer belandde. Zelfs Jorge was niet in staat de woorden te herhalen die don Ricardo haar toevoegde, ziedend van razernij. Alle leden van de familie en de bediening wachtten beneden, verstijfd van angst en zonder te weten wat te doen. Jorge verborg zich in zijn kamer, in het donker, maar zelfs daar drong het gebrul van don Ricardo door. Jacinta werd dezelfde dag nog ontslagen. Don Ricardo nam niet eens de moeite het haar recht in het gezicht te zeggen. Hij beval de bedienden haar het huis uit te gooien en dreigde hen met hetzelfde lot als een van hen contact met haar zou opnemen.

Toen don Ricardo naar beneden liep naar de bibliotheek was het middernacht. Hij had Penélope opgesloten in wat de kamer van Jacinta was geweest en verbood ten stelligste dat er ook maar iemand naar binnen ging, familieleden of personeel. Vanuit zijn kamer hoorde Jorge zijn ouders praten op de verdieping eronder. De dokter kwam 's ochtends. Mevrouw Aldaya leidde hem naar Penélope's kamer en wachtte bij de deur terwijl de arts haar onderzocht. Toen hij naar buiten kwam, knikte hij slechts en ontving zijn gage. Jorge hoorde hoe don Ricardo de arts vertelde dat als hij met wie dan ook besprak wat hij had gezien, hij er persoonlijk voor zou zorgen zijn reputatie om zeep te helpen en te voorkomen dat hij zijn beroep nog zou kunnen uitoefenen. Zelfs Jorge wist wat dat betekende.

Jorge bekende erg bezorgd te zijn om Penélope en Julián. Niet eerder had hij zijn vader zo buiten zichzelf van woede gezien. Zelfs als hij het vergrijp van de twee minnaars in aanmerking nam, begreep hij niet de reikwijdte van die razernij. Er moet meer zijn, zei hij bij zichzelf, meer. Don Ricardo had al opdracht gegeven Julián van het Sint Gabriël College te halen en had contact gezocht met de vader van de jongen, de hoedenmaker, om hem onmiddellijk naar het leger te sturen. Miquel besloot, toen hij dit hoorde, dat hij Julián niet de waarheid kon vertellen. Als hij onthulde dat don Ricardo Aldaya Penélope opgesloten hield en dat zij mogelijk zijn kind droeg, zou Julián nooit in die trein naar Parijs stappen. Hij wist dat in Barcelona blijven het einde zou betekenen van zijn vriend. Dus besloot hij hem voor te liegen en hem naar Parijs te laten vertrekken zonder te weten wat er was voorgevallen; hij zou proberen Julián ervan te overtuigen dat Penélope zich vroeg of laat bij hem zou voegen. Toen hij die middag afscheid nam van Julián op station Francia, wilde hij geloven dat nog niet alles was verloren.

Dagen later, toen men begreep dat Julián was verdwenen, brak de hel los. Don Ricardo Aldaya schuimbekte. Hij zette een halve politiemacht in om de voortvluchtige te zoeken en te vangen, maar zonder succes. Vervolgens beschuldigde hij de hoedenmaker ervan het plan dat ze hadden gemaakt, gesaboteerd te hebben en bedreigde hem met de totale ruïnering van zijn bedrijf. De hoedenmaker, die er niets van begreep, beschuldigde op zijn beurt zijn echtgenote Sophie ervan de vlucht van de infame zoon te hebben beraamd en dreigde haar voor altijd op straat te zetten. Het kwam in niemand op dat het Miquel Moliner was die het allemaal had uitgedacht. Niemand behalve Jorge Aldaya, die hem twee weken later kwam opzoeken. Hij straalde niet meer de vrees en bezorgdheid uit die hem eerder zo kwelden. Dit was een andere Jorge Aldaya, volwassen en ontdaan van alle onschuld. Wat er ook achter de woede van don Ricardo zat, Jorge was erachter gekomen. Het motief van zijn bezoek was duidelijk: hij zei dat hij wist dat Miquel Julián had geholpen om te ontsnappen. Hij kondigde aan dat ze geen vrienden meer waren, dat hij hem nooit meer wilde zien en dreigde ermee hem te doden als hij aan iemand vertelde wat hij hem twee weken eerder had onthuld.

Niet lang daarna ontving Miquel de brief onder valse naam die Julián uit Parijs stuurde om hem zijn adres door te geven en te melden dat het goed met hem ging en dat hij hem miste en om te vragen naar zijn moeder en naar Penélope. Er zat een brief bij gericht aan Penélope, die Miquel in Barcelona opnieuw zou posten, de eerste van vele die Penélope nooit zou lezen. Miquel liet wijselijk enige maanden voorbijgaan. Hij schreef Julián wekelijks, slechts refererend aan wat hij opportuun achtte, hetgeen bijna niets was. Julián op zijn beurt, praatte over Parijs, hoe moeilijk het hem allemaal viel, hoe eenzaam en wanhopig hij zich voelde. Miquel stuurde hem geld, boeken en zijn vriendschap. Bij iedere brief van Julián zat een missive voor Penélope. Miquel stuurde de zijne vanaf verschillende postagentschappen, ook al wist hij dat het zinloos was. Julián hield niet op te vragen naar Penélope. Miquel kon hem niets vertellen. Hij wist van Jacinta dat Penélope het huis aan de Avenida Tibidabo niet uit was geweest sinds haar vader haar had opgesloten in de kamer op de derde verdieping.

Op een nacht kwam Jorge Aldaya hem in het donker tegemoet, op twee blokken van zijn huis. "Kom je nu al om me te doden?" vroeg Miquel. Jorge kondigde aan dat hij hem en zijn vriend Julián een genoegen kwam doen. Hij overhandigde hem de brief en adviseerde Miquel er zorg voor te dragen dat Julián hem ontving, waar die zich dan ook maar verborgen hield. "Voor ieders bestwil", oordeelde hij. De envelop bevatte een velletje papier, eigenhandig door Penélope Aldaya beschreven.

Liefste Julián,

Ik schrijf je om mijn aanstaande huwelijk aan te kondigen en om je te vragen me niet meer te schrijven, me te vergeten en je leven opnieuw op te pakken. Ik koester geen wrok, maar ik zou niet eerlijk zijn als ik je niet zou opbiechten dat ik nooit van je gehouden heb en nooit van je zal houden. Ik wens je het beste, waar je ook bent.

Penélope

Miquel las en herlas de brief duizendmaal. Het handschrift was onmiskenbaar, maar hij geloofde geen moment dat Penélope die brief uit eigen vrije wil had geschreven. "Waar je ook bent ..." Penélope wist perfect waar Julián was: in Parijs, wachtend op haar. Als ze deed alsof ze zijn verblijfplaats niet wist, overdacht Miquel, dan was dat om hem te beschermen. Vanuit dat motief kon Miquel maar niet begrijpen wat haar ertoe gebracht kon hebben die regels te schrijven. Welke andere dreigementen kon don Ricardo Aldaya over haar uitstorten behalve haar gedurende maanden als een gevangene opgesloten houden? Beter dan wie ook wist Penélope dat die brief een vergiftigde dolkstoot in het hart van Julián betekende: een jongeman van negentien jaar, verloren in een verre, vijandige stad, door iedereen verlaten, die slechts overleefde in de ijdele hoop haar weer te zien. Waarvoor wilde ze hem beschermen door hem op die manier van haar te verwijderen? Na lang piekeren besloot Miquel de brief niet te sturen. Niet zonder eerst de oorzaak te weten. Zonder goede reden zou het zeker niet zijn hand zijn die de dolk in de ziel van zijn vriend liet zakken.

Dagen later kwam hij te weten dat don Ricardo Aldaya, die er genoeg van had Jacinta Coronado daar als een schildwacht bij de deuren van zijn huis te zien staan, bedelend om berichtjes van Penélope, zijn toevlucht had genomen tot zijn vele invloedrijke contacten om de gouvernante te laten opsluiten in het gekkenhuis van Horta. Toen Miquel Moliner haar wilde bezoeken, werd hem dat geweigerd. Jacinta Coronado zou haar eerste drie maanden in een isoleercel doorbrengen. Na drie maanden in stilte en duisternis, legde een van de artsen hem uit – een opgewekt jongmens – was de dociliteit van de patiënt gegarandeerd. Zijn intuïtie volgend, besloot Miquel het pension te bezoeken waar Jacinta had gewoond in de maanden na haar ontslag. Toen hij zich identificeerde, herinnerde de eigenares zich dat Jacinta een boodschap had achtergelaten op zijn naam, en drie weken huurschuld. Hij loste de schuld in, waar hij de waarachtigheid van betwijfelde, en bemachtigde de brief. Daarin stond dat het Jacinta ter ore was gekomen dat een van de dienstmeisjes, Laura, was ontslagen toen bekend werd dat ze in het geheim een door Penélope geschreven brief naar Julián had gestuurd. Miquel trok de conclusie dat het enige adres waarnaartoe Penélope vanuit haar gevangenschap een brief had kunnen sturen, het huis van Juliáns ouders was aan Ronda San Antonio, in de hoop dat zij hem op hun beurt zouden doorsturen naar hun zoon in Parijs.

Hij besloot toen Sophie Carax te bezoeken teneinde die brief terug te krijgen om hem naar Julián te sturen. Bij aankomst bij de woning van de familie Fortuny stond Miquel een nare verrassing te wachten: Sophie Carax woonde daar niet meer. Ze had haar echtgenoot een paar dagen daarvoor verlaten, althans dat was het gerucht dat in het trappenhuis circuleerde. Miquel poogde toen de hoedenmaker zelf te spreken te krijgen, maar die bracht zijn dagen opgesloten in zijn winkel door, verteerd door woede en vernedering. Miquel legde uit dat hij was gekomen om een brief te zoeken die een paar dagen geleden op naam van zijn zoon Julián moest zijn aangekomen.

"Ik heb geen zoon", was het enige antwoord dat hij kreeg.

Miquel Moliner ging weg zonder te weten dat die brief in handen van de conciërge terecht was gekomen en dat jij, Daniel, hem vele jaren later zou vinden en zou lezen wat de woorden waren die Penélope aan Julián had gestuurd, dit keer recht vanuit haar hart. De brief die Julián nooit ontvangen heeft.

Net toen hij de hoedenwinkel verliet, kwam er een buurvrouw naar hem toe die zich voorstelde als Viçenteta en die hem vroeg of hij Sophie zocht. Miquel knikte.

"Ik ben een vriend van Julián."

Viçenteta vertelde hem dat Sophie in penibele omstandigheden in een pension woonde in een steeg achter het hoofdpostkantoor, wachtend op de boot die haar naar Amerika zou brengen. Miquel ging naar het bewuste pension, waar hij een nauw, miserabel trappenhuis vond zonder licht of lucht. Boven aan die stoffige spiraal van scheve traptreden vond Miquel Sophie Carax in een donkere, vochtige kamer op de vierde verdieping. De moeder van Julián zat bij het raam op de rand van een geïmproviseerde brits waarop twee nog gesloten koffers lagen als doodskisten, haar tweeëntwintig jaar Barcelona bezegelend.

Toen ze de brief las, geschreven door Penélope, die Jorge Aldaya aan Miquel had gegeven, huilde Sophie hete tranen van woede.

"Ze weet het", prevelde ze. "Arm kind, ze weet het ..."

"Wát weet ze?" vroeg Miquel.

"Het is mijn schuld", zei Sophie. "Mijn schuld."

Miquel pakte niet-begrijpend haar handen vast. Sophie durfde hem niet recht in de ogen te kijken.

"Penélope en Julián zijn broer en zuster", mompelde ze.

3

Lang voor ze de slaaf van Antoni Fortuny werd, was Sophie Carax een vrouw geweest die leefde van haar talent. Ze was nauwelijks negentien jaar toen ze in Barcelona aankwam, op zoek naar een beloofde baan die nooit zou komen. Voor hij stierf, had haar vader voor referenties gezorgd, opdat ze in dienst kon treden van de Benarens, een welvarende familie van handelaren uit de Elzas, gevestigd in Barcelona.

"Bij mijn dood", had hij aangedrongen, "ga je naar hen toe en ze zullen je opnemen als een dochter."

Het hartelijke welkom dat ze ontving was een deel van het probleem. Monsieur Benarens ontving Sophie in de ogen van Madame Benarens met al te open armen. Zij gaf het meisje honderd peseta's en zette haar weer op straat, niet zonder haar enig medeleven te tonen met de pech die ze had.

"Jij hebt je hele leven nog voor je, maar ik heb slechts deze miserabele, wellustige man."

Een muziekschool in Calle Diputación kwam met haar overeen dat ze als privé-docent piano en solfège zou werken. Het was destijds bon ton dat de dochters van gegoede families in de gezelschapskunsten en de grondbeginselen van de salonmuziek werden onderwezen, aangezien de polonaise minder gevaarlijk was dan conversatie of twijfelachtige lectuur. Zo begon Sophie Carax haar routine van het bezoeken van enorme herenhuizen waar stille, gesteven dienstmeisjes haar meevoerden naar de muzieksalons, alwaar de vijandige nakomelingen van de industriële aristocratie op haar wachtten om de spot te drijven met haar accent, haar verlegenheid of haar lage positie – dat ze muziek kon lezen veranderde daar niets aan. Mettertijd leerde ze zich te concentreren op het karige tiende gedeelte van haar leerlingen dat uitstak boven de status van geparfumeerd monster, en de rest te vergeten.

In die tijd leerde Sophie een jonge hoedenmaker kennen (zoals hij zich vol beroepstrots liet noemen), genaamd Antoni Fortuny, die vastbesloten leek haar tegen elke prijs het hof te maken. Antoni Fortuny, voor wie Sophie een beleefde vriendschap voelde en niets meer, treuzelde niet lang voor hij haar ten huwelijk vroeg, een aanbod dat door Sophie een tiental keren per maand werd afgewezen. Iedere keer dat ze afscheid namen, vertrouwde Sophie erop dat ze hem niet meer zou zien, omdat ze hem geen pijn wilde doen. De hoedenmaker, niet van zijn stuk te brengen, attaqueerde telkens opnieuw, nodigde haar uit voor een dansavond, een wandeling, of een twaalfuurtje met biscuit en chocolade in Calle Canuda. Omdat ze helemaal alleen was in Barcelona, vond Sophie het moeilijk zijn enthousiasme, gezelschap en toewijding te weerstaan. Het was voor haar voldoende om naar Antoni Fortuny te kijken om te weten dat ze nooit van hem zou kunnen houden. Niet zoals zij ervan droomde op een goede dag iemand lief te hebben. Maar het kostte haar moeite het beeld dat ze van zichzelf zag in de betoverde ogen van de hoedenmaker af te wijzen. Slechts in zijn ogen zag ze de Sophie die ze had gehoopt te zijn.

Dus zette Sophie het spel met de hofmakerij van de hoedenmaker voort, of het nu uit verlangen was of uit zwakte, in de overtuiging dat hij op een dag een meisje zou vinden dat bereidwilliger was, zodat zijn leven koers zou zetten naar profijtelijker bestemmingen. Ondertussen was het voldoende dat ze zich geliefd en gewaardeerd wist, om de eenzaamheid en het verlangen naar alles wat ze had achtergelaten te kunnen verdragen. Ze zag Antoni op de zondagen, na de mis. De rest van de week besteedde ze aan haar muzieklessen. Haar lievelingsleerling was een meisje met aanzienlijk talent dat Ana Valls heette, dochter van een welvarende fabrikant in textielmachinerieën die fortuin had gemaakt vanuit het niets, met name dankzij andermans enorme inspanningen en opofferingen. Ana gaf te kennen een groot componiste te willen worden en speelde voor Sophie kleine stukken die ze componeerde door motieven van Grieg of Schumann te imiteren, niet zonder een zekere mate van talent. De heer Valls, ervan overtuigd dat vrouwen niet in staat waren iets anders te creëren dan gebreide kousen en bedspreien, keurde niettemin goed dat zijn dochter een competente pianiste werd, want hij had plannen haar uit te huwelijken aan een erfgenaam van goede komaf en hij wist dat verfijnde mensen hielden van extravagante kwaliteiten in huwbare meisjes, afgezien van dociliteit en de weelderige vruchtbaarheid van de jeugd.

Het was in het huis van de Valls dat Sophie een van de grootste weldoeners en financiële beschermheren van de heer Valls leerde kennen: don Ricardo Aldaya, erfgenaam van het Aldaya-imperium, toen al de grote witte hoop van de Catalaanse plutocratie van het fin de siècle. Een paar maanden eerder was Ricardo Aldaya getrouwd met een rijke erfgename van verblindende schoonheid en onuitsprekelijke naam, attributen die maar al te goed van pas kwamen, zoals kwade tongen beweerden, ook al heette het dat haar kersverse echtgenoot geen enkele schoonheid in haar zag, noch de moeite nam haar bij haar naam te noemen. Het was een huwelijk geweest tussen families en banken, geen romantisch kinderachtig gedoe, zei de heer Valls, die heel duidelijk voor ogen had dat één ding het huwelijksbed was en een heel ander de daad.

Voor Sophie was een blik op don Ricardo voldoende om te weten dat ze voor altijd verloren was. Aldaya had wolvenogen, hongerig en scherp, de ogen van een man die wist waar en wanneer toe te slaan. Aldaya kuste langzaam haar hand, de knokkels strelend met zijn lippen. Wat de hoedenmaker uitstraalde aan beminnelijkheid en enthousiasme, straalde don Ricardo uit aan wreedheid en kracht. Zijn wolfachtige grijns maakte duidelijk dat hij in staat was haar gedachten en verlangens te lezen en dat hij erom lachte. Sophie voelde de soort minachting voor hem die in ons wordt opgewekt door die dingen waar we het meest naar verlangen zonder het te weten. Ze zei bij zichzelf dat ze hem niet meer zou zien, dat ze zou ophouden met lesgeven aan haar favoriete leerling als het nodig was, als ze daarmee kon vermijden Ricardo Aldaya opnieuw tegen het lijf te lopen. Niets in haar leven had haar zoveel angst aangejaagd als het voelen van het beest onder haar huid en het herkennen van het roofdier, gekleed in fijn linnen. Al die gedachten schoten haar in luttele seconden door het hoofd, terwijl ze tegenover een perplexe heer Valls, de schaterlach van Aldaya en de verslagen blik van de kleine Ana – die de mensen beter begreep dan de muziek en wist dat ze haar lerares onherroepelijk kwijt was – een lomp excuus verzon om zich terug te trekken.

Een week later zag Sophie don Ricardo Aldaya bij de deuren van de muziekschool in Calle Diputación, waar hij haar opwachtte terwijl hij een sigaret rookte en een krant doorbladerde. Ze wisselden een blik en zonder een woord te zeggen leidde hij haar naar een gebouw twee blokken verderop. Het was een nieuw gebouw, nog zonder huurders. Ze liepen naar de eerste verdieping. Don Ricardo deed de deur open en liet haar voorgaan. Sophie stapte het appartement binnen, een labyrint van gangen en galerijen, naakte muren en onzichtbare plafonds. Er waren meubels noch schilderijen noch lampen noch enig ander object dat die ruimte identificeerde als een woonhuis. Don Ricardo Aldaya sloot de deur en ze keken elkaar aan.

"Ik heb deze hele week voortdurend aan je gedacht. Vertel me dat jij dat niet hebt gedaan en ik laat je gaan, en dan zul je me nooit meer zien", zei Ricardo.

Sophie schudde haar hoofd.

Het verhaal van hun heimelijke ontmoetingen duurde zesennegentig dagen. Ze zagen elkaar bij het vallen van de avond, altijd in de lege woning op de hoek van Calle Diputación en Rambla Cataluña. Dinsdag en donderdag, om drie uur 's middags. Hun afspraakjes duurden nooit langer dan een uur. Soms bleef Sophie huilend en bevend achter in een hoek van hun liefdesnest, als Aldaya was vertrokken. Dan, als de zondag kwam, zocht Sophie wanhopig in de ogen van de hoedenmaker naar sporen van de vrouw die aan het verdwijnen was, hongerend naar devotie en bedrog. De hoedenmaker zag de afdrukken op haar huid niet, noch de snij- of brandwondjes die op haar lichaam zaten. De hoedenmaker zag de wanhoop niet in haar glimlach, in haar dociliteit. De hoedenmaker zag niets. Misschien dat ze daarom zijn huwelijksbelofte accepteerde. Ze voorvoelde toen al dat ze het kind droeg van Aldaya, maar was bang het hem te zeggen, bijna net zo bang als hem te verliezen. Nogmaals was het Aldaya die in Sophie zag wat zij niet kon opbiechten. Hij gaf haar vijfhonderd peseta's, een adres in Calle Platería en het bevel zich van het schepsel te ontdoen. Toen Sophie weigerde, sloeg don Ricardo haar in het gezicht tot haar oren bloedden en dreigde haar te vermoorden als ze het waagde hun ontmoetingen te noemen of te bevestigen dat het kind van hem was. Toen ze de hoedenmaker vertelde dat een paar schurken haar hadden aangevallen op Plaza del Pino, geloofde hij haar. En toen ze hem vertelde dat ze zijn vrouw wilde worden, geloofde hij haar ook. De dag van hun huwelijk stuurde iemand per vergissing een grote begrafeniskrans naar de kerk. Alle aanwezigen lachten nerveus om de verwarring van de bloemist. Allen behalve Sophie, die heel goed wist dat don Ricardo nog steeds aan haar dacht op de dag van haar huwelijk.

4

Sophie Carax had nooit gedacht dat ze jaren later Ricardo (inmiddels een volwassen man aan het hoofd van het familie-imperium en vader van twee kinderen) zou terugzien, noch dat Aldaya zou terugkomen om de zoon te leren kennen die hij had willen laten verdwijnen voor vijfhonderd peseta's.

"Misschien ben ik oud aan het worden", gaf hij als uitleg, "maar ik wil de jongen leren kennen en hem de mogelijkheden in het leven geven die een kind van mijn bloed verdient. Gedurende al deze jaren heb ik geen moment aan hem gedacht en nu, vreemd genoeg, denk ik aan niets anders."

Ricardo Aldaya had besloten dat hij zichzelf niet terugzag in zijn oudste zoon Jorge. De jongen was zwak, teruggetrokken en miste de esprit van zijn vader. Hij miste alles, behalve zijn achternaam. Op een dag was don Ricardo wakker geworden in de sponde van een dienstmeisje en voelde dat zijn lichaam oud werd, dat God zijn genade van hem had weggenomen. Door paniek bevangen holde hij naar de spiegel om zichzelf te bekijken, naakt, en hij had het gevoel dat de spiegel hem voorloog. Die man was niet Ricardo Aldaya.

Hij wilde toen opnieuw de man vinden die hem was ontstolen. Al jaren wist hij van de zoon van de hoedenmaker. Ook had hij, op zijn manier, Sophie niet vergeten. Don Ricardo Aldaya vergat nooit iets. Het moment was daar om te besluiten de jongen te leren kennen. Het was de eerste keer in vijftien jaar dat hij iemand tegen het lijf liep die niet bang voor hem was, die het waagde hem uit te dagen en zelfs de spot met hem te drijven. Hij herkende in hem de fierheid, de stille ambitie die dwazen niet zien maar die brandt in het binnenste. God had hem zijn jeugd weer teruggegeven. Sophie, nauwelijks een schaduw van de vrouw die hij zich herinnerde, had geen kracht om tussenbeide te komen. De hoedenmaker was niets meer dan een nar, een kwaadaardige, wrokkige pummel, wiens medeplichtigheid hij als reeds gekocht beschouwde. Hij besloot Julián uit die verstikkende wereld van middelmatigheid en armoede weg te rukken om de deuren van zijn financiële paradijs voor hem te openen. Hij zou geschoold worden op het Sint Gabriël College, hij zou alle privileges van zijn klasse genieten en geïnitieerd worden in de wegen die zijn vader voor hem had uitgezocht. Don Ricardo wilde een opvolger die hem waardig was. Jorge zou altijd in de schaduw van zijn voorrechten leven, verwend en gedoemd tot mislukken. Penélope, de prachtige Penélope, was een vrouw en daarom een schat, geen schatbewaarder. Julián, die de ziel had van een dichter, en dus die van een moordenaar, verenigde de juiste kwaliteiten in zich. Het was slechts een kwestie van tijd. Don Ricardo calculeerde dat hij de jongen binnen tien jaar naar zichzelf zou hebben gevormd. Nooit, gedurende al die tijd die Julián als een lid van de familie (zelfs als de uitverkorene) doorbracht met de Aldaya's, was het in hem opgekomen dat Julián niets anders van hem wenste dan Penélope. Niet één seconde kwam het in hem op dat Julián hem heimelijk minachtte en dat die hele farce voor hem niets anders was dan een voorwendsel om in de buurt te zijn van Penélope. Om haar helemaal en volledig te bezitten. Daarin leken ze op elkaar.

Toen zijn echtgenote aankondigde dat ze Julián en Penélope naakt had ontdekt in ondubbelzinnige omstandigheden, ging zijn hele wereld op in vlammen. Het afgrijzen en het verraad, de onzegbare razernij van het zich misbruikt te weten in wat hij voor het meest sacrale hield, bespot in zijn eigen spel, vernederd en aan het mes geregen door de persoon die hij had leren adoreren als het levende beeld van hemzelf, al deze gevoelens besprongen hem met zo'n overdonderende furie dat niemand de omvang van zijn pijn kon begrijpen. Toen de arts kwam om Penélope te onderzoeken en bevestigde dat het meisje was ontmaagd en waarschijnlijk in verwachting was, smolt de ziel van don Ricardo Aldaya weg in de dikke, stroperige vloeistof van blinde haat. Hij zag zijn eigen hand in Juliáns hand, de hand die de dolk diep in zijn hart had laten zakken. Hij wist het nog niet, maar de dag dat hij het bevel gaf Penélope op te sluiten in de kamer op de derde verdieping, was de dag dat hij begon te sterven. Alles wat hij vanaf dat moment deed, was niets anders dan de aankondiging van zijn eigen doodsgereutel.

In samenwerking met de hoedenmaker die hij zo had geminacht, bekokstoofde hij dat Julián van het toneel zou verdwijnen en naar het leger gestuurd zou worden, waar hij orders zou geven dat zijn dood gerapporteerd werd als een ongeluk. Hij verbood iedereen – artsen, bedienden en familieleden, behalve hijzelf en zijn vrouw – Penélope te zien in de maanden dat het meisje gevangen zat in die kamer die rook naar ziekte en dood. Zijn compagnons hadden toen al stiekem hun steun ingetrokken en manoeuvreerden achter zijn rug om om hem zijn macht te ontnemen, daartoe gebruikmakend van het fortuin dat hij hun had verschaft. Toen al was het Aldaya-imperium stilletjes aan het afbrokkelen, in geheime *juntas* en bijeenkomsten in de wandelgangen in Madrid en de banken van Genève. Julián, zoals Aldaya had kunnen weten, had weten te ontsnappen. In de grond van de zaak was Aldaya heimelijk trots op de jongen, zelfs terwijl hij hem dood wenste. Hij had in zijn plaats hetzelfde gedaan. En iemand zou ervoor betalen.

Penélope bracht een dood kindje ter wereld op 26 september 1919. Als een arts haar had kunnen onderzoeken, zou hij hebben vastgesteld dat het wezentje al dagen in gevaar was en dat het nodig was een keizersnee uit te voeren. Als er een arts bij was geweest, had hij misschien de bloeding kunnen stoppen die het leven van Penélope wegnam, terwijl ze schreeuwend haar nagels op de dichte deur kapotkrabde, aan de andere kant waarvan haar vader in stilte huilde en haar moeder bevend haar echtgenoot aankeek. Als er een arts bij was geweest, had hij don Ricardo Aldaya van moord beschuldigd, want de scène die zich afspeelde in dat bloederige, donkere hol was met geen pen te beschrijven. Maar er was geen arts, er was niemand bij, en toen ze eindelijk de deur openden en Penélope vonden, dood en liggend in een plas bloed, terwijl ze een glimmend paars wezentje omhelsde, was niemand in staat een woord uit te brengen. De twee lichamen werden begraven in de crypte van de kelder, zonder ceremonie of getuigen. De lakens en resten werden in de verwarmingsketels gegooid en de kamer werd verzegeld door een bakstenen muur.

Toen Jorge Aldaya, beneveld door schuld en schaamte, het gebeurde aan Miquel Moliner onthulde, besloot deze aan Julián de brief van Penélope te sturen waarin ze verklaarde niet van hem te houden en hem verzocht haar te vergeten, een fictief huwelijk aankondigend. Hij had liever dat Julián deze leugen geloofde en zijn leven weer zou oppakken in de schaduw van verraad, dan dat hij de gruwelijke waarheid wist. Twee jaar later, toen mevrouw Aldaya overleed, waren er die de schuld van haar dood wilden geven aan het behekste huis, maar haar zoon Jorge wist dat het vuur dat in haar woedde, Penélopes kreten en haar wanhopige gebonk op de deur, die nog steeds onophoudelijk naklonken in haar binnenste, de ware doodsoorzaken waren geweest. De familie was toen al ten prooi gevallen aan tegenspoed en het fortuin van de Aldaya's viel als een zandkasteel uit elkaar, weggespoeld door het tij van de meest rabiate hebzucht, revanche, en de onvermijdelijke loop van de geschiedenis. Secretarissen en penningmeesters beraamden de vlucht naar Argentinië, het begin van een nieuwe, bescheidener handel. Wat belangrijk was, was afstand scheppen. Afstand van de geestverschijningen die door de gangen van het enorme Aldayahuis dwaalden, zoals ze dat altijd hadden gedaan.

Ze vertrokken op een ochtend in 1926 in de meest zwarte anonimiteit, reizend onder een valse naam aan boord van het schip dat ze over de Atlantische Oceaan naar de haven van La Plata zou voeren. Jorge en zijn vader deelden een hut. De oude Aldaya, stinkend naar dood en verderf, kon nauwelijks op de been blijven. De artsen die hij had verboden om Penélope te bezoeken, vreesden hem te zeer om hem de waarheid te zeggen, maar hij wist dat de dood met hen mee aan boord was gegaan en dat dat lijf dat God hem stukje bij beetje had ontstolen, aan het wegkwijnen was, te beginnen op die ochtend dat hij besloot zijn zoon Julián te zoeken. Gedurende de lange oversteek, half zittend op het dek, rillend onder de dekens, terwijl hij over de oneindige leegte van de oceaan uitkeek, wist hij dat hij nooit land zou zien. Soms, als hij op de achtersteven zat, observeerde hij de school haaien die de boot volgde kort na het aandoen van Tenerife. Hij hoorde een van de stuurlui zeggen dat zulk een sinistere escorte gebruikelijk was bij transatlantische reizen. De beesten voedden zich met het aas dat de boot onderweg achterliet. Maar don Ricardo geloofde het niet. Hij was ervan overtuigd dat de demonen hem volgden. Jullie wachten op me, dacht hij en hij zag in hen het ware gezicht van God. Dat was het moment dat hij zijn zoon Jorge, die hij zo vaak had geminacht en tot wie hij zich nu onvermijdelijk moest wenden, liet zweren zijn laatste wens te vervullen.

"Je zult Julián Carax vinden en je zult hem doden. Zweer het me."

Op een ochtend, twee dagen voor aankomst in Buenos Aires, werd Jorge wakker en stelde vast dat de kooi van zijn vader leeg was. Hij ging hem op het met nevel en zout bespetterde dek zoeken, maar dat was verlaten. Wel vond hij de ochtendjas van zijn vader op de achtersteven, nog lauw. Het kielzog van de boot verdween in een rode wolk, een vlek op de kalme wateren, alsof de oceaan zelf bloedde. Hij kon zien dat de school haaien hen niet meer volgde en dat rugvinnen verderop dansten in een cirkel. Gedurende de rest van de oversteek bespeurde niet één passagier opnieuw de school haaien en toen Jorge Aldaya van boord ging in Buenos Aires en de douanebeambte hem vroeg of hij alleen reisde, knikte hij slechts. Hij reisde al heel lang alleen.

5

Tien jaar nadat hij van boord was gegaan in Buenos Aires keerde Jorge Aldaya, of het menselijke overblijfsel waarin hij was veranderd, terug naar Barcelona. De rampspoed die de familie Aldaya in de oude wereld begon aan te tasten had zich slechts vermenigvuldigd in Argentinië. Daar had Jorge de wereld in zijn eentje het hoofd moeten bieden, een strijd waar hij de wapens niet voor had, noch het aplomb van zijn vader. Hij was in Buenos Aires aangekomen met een leeg hart en een ziel die was aangevreten door schuldgevoelens. Amerika, zou hij later zeggen bij wijze van excuus of epitaaf, is een luchtspiegeling, een land van roofdieren en aaseters, en hij was opgevoed voor de privileges en de dwaze aanstellerijen van het oude Europa – een dood continent dat zich door pure inertie staande hield. In de loop van luttele jaren verloor hij alles, te beginnen met zijn reputatie en eindigend met het gouden horloge dat zijn vader hem cadeau had gedaan ter gelegenheid van zijn eerste communie. Dankzij dat horloge kon hij de overtocht terug kopen. De man die terugkeerde naar Spanje was een bedelaar, een en al bitterheid en mislukking, die slechts de herinnering bewaarde aan alles wat hem voor zijn gevoel was ontnomen, en de haat voor degene die hij als de schuldige beschouwde van zijn ondergang: Julián Carax.

Nog steeds brandde in zijn herinnering de belofte die hij zijn vader had gedaan. Zodra hij in Barcelona aankwam, ging hij op zoek naar een spoor van Julián, maar hij ontdekte dat Carax, net als hijzelf, ook leek te zijn verdwenen. Het was in die tijd dat hij, door toeval of het lot, een personage uit zijn jeugd tegenkwam. Na een prominente carrière langs de opvoedingsgestichten en gevangenissen van de Staat, was Francisco Javier Fumero bij het leger gegaan en had daar de rang van luitenant bereikt. Velen voorspelden hem een toekomst als generaal, maar een troebel schandaal dat nooit helemaal opgehelderd zou worden, veroorzaakte zijn uitzetting uit het leger. Ook toen al oversteeg zijn reputatie zijn rang en bevoegdheden. Er werd over hem gepraat, maar gevreesd werd hij nog veel meer. Francisco Javier Fumero, de verlegen, gestoorde jongen die het gevallen blad op de patio van het Sint Gabriël College bij elkaar placht te vegen, was nu een moordenaar. Geruchten gingen dat Fumero bekende personages liquideerde voor geld, dat hij politieke figuren in opdracht naar de andere wereld hielp. Fumero was de dood in eigen persoon, zo werd er gezegd.

Aldaya en hij herkenden elkaar ogenblikkelijk in de nevel van café Novedades. Aldaya was ziek, hij werd verteerd door een vreemde koorts waar hij de insecten uit de Amerikaanse jungle de schuld van gaf. "Zelfs de muggen zijn daar klootzakken", jammerde hij. Fumero luisterde naar hem met een mengeling van fascinatie en weerzin. Hij voelde verering voor muggen en insecten in het algemeen. Hij bewonderde hun discipline, hun kracht en organisatie. Bij hen bestond geen gelanterfanter, geen oneerbiedigheid, geen sodomie, of rassendegeneratie. Zijn lievelingsspecies waren de spinachtigen, met hun zeldzame kunde om een strik te spannen waarin ze met oneindig geduld wachtten op hun prooien die vroeg of laat bezweken, uit stomheid of nalatigheid. Naar zijn oordeel had de burgermaatschappij veel te leren van de insecten. Aldaya zelf was een duidelijk geval van moreel en fysiek verval. Hij was overduidelijk oud geworden en hij zag er onverzorgd uit, zonder spiertonus. Fumero verafschuwde mensen zonder spiertonus. Hij kreeg er braakneigingen van.

"Javier, ik voel me beroerd", smeekte Aldaya. "Kun je me een paar dagen helpen?"

Geïntrigeerd besloot Fumero Jorge Aldaya mee te nemen naar zijn huis. Fumero woonde in een obscuur huis in de Raval in Calle Cadena, in het gezelschap van talloze insecten die hij huisvestte in apothekersflessen, en een half dozijn boeken. Fumero verfoeide boeken net zozeer als hij insecten adoreerde, maar dit waren geen gewone boeken: het waren de romans van Julián Carax die uitgeverij Cabestany had gepubliceerd. Fumero betaalde de hoeren die de verdieping tegenover hem bewoonden – een duo van moeder en dochter die zich lieten knijpen en met sigaretten lieten branden als de clientèle terugliep, vooral aan het einde van de maand – om Aldaya te verzorgen terwijl hij naar zijn werk ging. Hij had er geen enkel belang bij hem te zien sterven. Nog niet.

Francisco Javier Fumero was toegetreden tot de Criminele Brigade, waar altijd werk was voor gekwalificeerd personeel dat in staat was de meest ondankbare klusjes, die discreet afgehandeld moesten worden, op te knappen, opdat de respectabele burgerij toch vooral in illusies verder kon leven. Zoiets had luitenant Durán hem gezegd, een tot contemplatieve dikdoenerij neigende man onder wiens gezag hij zich inwerkte in het korps.

"Politieman zijn is geen beroep, het is een missie", proclameerde Durán. "Spanje heeft meer kloten nodig en minder koffiekransjes."

Ongelukkigerwijs zou luitenant Durán niet lang daarna het leven laten in een opzienbarend ongeluk dat plaatsvond tijdens een razzia in Barceloneta. In de verwarring van een schermutseling met een paar anarchisten was Durán vanuit een lichtkoepel vijf verdiepingen naar beneden gestort en uiteengespat in een ster van ingewanden. Iedereen was het erover eens dat Spanje een groot man had verloren, een illustere figuur met toekomstvisie, een denker die de actie niet vreesde. Fumero aanvaardde zijn post met trots, wetend dat hij er goed aan had gedaan hem over de rand te duwen, want Durán was al te oud voor de baan. Fumero walgde van oude mensen – net als van kreupelen, zigeuners en mietjes, al dan niet met spiertonus. God vergiste zich soms. Het was de plicht van ieder rechtschapen mens die kleine foutjes te corrigeren en de wereld presentabel te houden.

In maart, enkele weken na zijn ontmoeting met Fumero in café Novedades, begon Jorge Aldaya zich beter te voelen en hij luchtte zijn hart bij hem. Hij vroeg vergiffenis voor zijn slechte behandeling in hun jonge jaren en met tranen in de ogen vertelde hij hem het hele verhaal, zonder iets onvermeld te laten. Fumero luisterde in stilte naar hem, knikte, absorbeerde. Terwijl hij dat deed, vroeg hij zich af of hij Aldaya nu en hier ter plekke moest doden of nog even moest wachten. Hij vroeg zich af of hij zo zwak zou zijn dat het lemmet van het mes slechts een lauwe weerstand zou vinden in dat stinkende, door laksheid week geworden vlees. Hij besloot de vivisectie uit te stellen. Het verhaal intrigeerde hem, vooral het gedeelte dat met Julián Carax te maken had.

Hij wist uit de informatie die hij had kunnen lospeuteren bij uitgeverij Cabestany dat Carax in Parijs woonde, maar Parijs was een erg grote stad en niemand van de uitgeverij leek het precieze adres te weten. Niemand, behalve een vrouw genaamd Monfort en zij weigerde het adres te onthullen. Fumero had haar twee of drie keer gevolgd toen ze uit haar werk kwam, zonder dat ze het in de gaten had gehad. Hij was zover gegaan in de tram op een halve meter afstand van haar mee te rijden. Vrouwen sloegen nooit acht op hem en als ze het deden, keken ze snel weer de andere kant op, alsof ze hem niet gezien hadden. Op een nacht, na haar tot aan het portiek van haar woning aan Plaza del Pino te zijn gevolgd, keerde Fumero terug naar huis en masturbeerde woedend terwijl hij zich voorstelde hoe hij het lemmet van zijn mes in het lichaam van de vrouw stak, twee of drie centimeter per keer, langzaam en methodisch en ondertussen in haar ogen kijkend. Misschien dat ze zich dan zou verwaardigen om hem het adres van Carax te geven en hem met het aan een politiebeambte verschuldigde respect te behandelen.

Julián Carax was de enige persoon bij wie Fumero's voornemen hem te doden niet gelukt was. Misschien omdat hij de eerste was geweest en men pas mettertijd leert. Toen Fumero die naam opnieuw hoorde, glimlachte hij op de manier waarmee hij zijn buurvrouwen, de hoeren, schrik aanjoeg: zonder met zijn ogen te knipperen en langzaam zijn bovenlip likkend. Hij kon zich nog steeds herinneren hoe Carax Penélope Aldaya kuste in het immense huis aan Avenida Tibidabo. Zíjn Penélope. De zijne was een pure liefde geweest, echte liefde, dacht Fumero, zoals je die in de bioscoop ziet. Fumero was verzot op film en ging minstens twee keer per week naar de bioscoop. Het was in een bioscoopzaal dat Fumero had beseft dat Penélope de liefde van zijn leven was geweest. Alle anderen, met name zijn moeder, waren niet meer dan sletten geweest. Luisterend naar de laatste flarden van Aldaya's relaas besloot hij hem uiteindelijk niet te doden. Eigenlijk was hij verheugd dat het lot hen opnieuw had samengebracht. Hij had een visioen, net als in de films waar hij zo van genoot: Aldaya zou hem de anderen op een dienblaadje presenteren. Vroeg of laat zouden ze allemaal verstrikt raken in zijn net.

6

In de winter van 1934 hadden de broeders Moliner het eindelijk voor elkaar Miquel uit het palazzo aan Calle Puerteferrisa te werken en op straat te zetten. Tot op de dag van vandaag staat het leeg en verkeert het in steeds grotere staat van verval. Al wat ze wilden was hem op straat zien, beroofd van het weinige dat hij nog had, van zijn boeken en van de vrijheid en onafhankelijkheid die hen beledigde en hun ingewanden deed gloeien van haat. Hij wilde me niets vertellen, noch op mij terugvallen voor hulp. Ik kwam er pas achter dat hij bijna tot een bedelaar verworden was, toen ik hem daar ging opzoeken waar zijn thuis was geweest en stuitte op de handlangers van zijn broers, die een inventaris van het eigendom aan het opmaken waren en de weinige objecten verkochten die hem hadden toebehoord. Miquel sliep al diverse nachten in een pension in Calle Canuda, een luguber, vochtig krot, dat de kleur en geur van een knekelhuis uitwasemde. Bij het zien van de kamer waartoe hij was verbannen, een soort doodskist zonder ramen met een gevangenisbrits, nam ik Miquel mee naar huis. Hij bleef maar hoesten en zag er uitgeteerd uit. Volgens hem was het een slecht genezen verkoudheid, de onbeduidende kwaal van een oude vrijster die uit pure verveling wel weg zou gaan. Twee weken later was het erger geworden.

Omdat hij altijd in het zwart gekleed ging, duurde het een tijd voor ik doorhad dat die vlekken op zijn mouwen bloedvlekken waren. Ik belde een arts die me na Miquel onderzocht te hebben, vroeg waarom ik zo lang had gewacht met bellen. Miquel had tbc. Geruïneerd en ziek leefde hij nu slechts voor herinneringen en schuldgevoelens. Hij was uiteindelijk de meest vriendelijke en fragiele man gebleken die ik ooit had leren kennen, mijn enige vriend.

We trouwden op een ochtend in februari in een gemeentelijk gerechtsgebouw. Onze huwelijksreis beperkte zich tot het nemen van de kabelbaan naar de Tibidabo en een uitzicht over Barcelona – een miniatuurwereld in de nevel – vanaf de terrassen van het park. We vertelden niemand dat we getrouwd waren, noch aan Cabestany, noch aan mijn vader, noch aan Miquels familie, die hem dood waande. Uiteindelijk schreef ik een brief aan Julián waarin ik het hem vertelde, maar die heb ik nooit verstuurd. Ons huwelijk was een geheim. Enkele maanden later kwam er een individu aan de deur die zei dat hij Jorge Aldaya heette. Hij zag eruit als een gebroken man, zijn gezicht met zweet bedekt ondanks de bijtende kou. Toen hij Miquel terugzag na meer dan tien jaar, glimlachte Aldaya bitter en zei: "We zijn allemaal verdoemd, Miquel. Jij, Julián, Fumero en ik." Het motief voor zijn bezoek was zich te verzoenen met zijn oude vriend Miquel, in het vertrouwen dat deze hem zou laten weten hoe hij in contact kon komen met Julián Carax, want hij had een belangrijk bericht voor hem van wijlen zijn vader, don Ricardo Aldaya. Miquel zei niet te weten waar Carax zich bevond.

"We zijn elkaar jaren geleden al uit het oog verloren", loog hij. "Het laatste wat ik van hem heb gehoord is dat hij in Italië woonde."

Aldaya verwachtte dit antwoord.

"Je stelt me teleur, Miquel. Ik vertrouwde erop dat de tijd en de tegenspoed een wijzer man van je zouden hebben gemaakt."

"Sommige teleurstellingen eren degenen die ertoe inspireren."

Aldaya, gekrompen, gebroken, en op het punt om in stukjes gal uiteen te vallen, lachte.

"Fumero zendt jullie zijn meest oprechte felicitaties voor jullie huwelijk", zei hij, op weg naar de deur.

Die woorden kwamen aan als een mokerslag. Miquel wilde niets zeggen, maar die nacht, terwijl ik hem in mijn armen hield en we beiden een onmogelijke slaap veinsden, wist ik dat Aldaya het bij het rechte eind had gehad. We waren verdoemd.

Verscheidene maanden gingen voorbij zonder dat we iets hoorden van Julián of van Aldaya. Miquel schreef nog regelmatig stukken voor de pers in Barcelona en Madrid. Hij werkte onafgebroken, zittend achter zijn schrijfmachine, en produceerde wat hij nonsens en voedsel voor tramlezers noemde. Ik hield mijn baan bij uitgeverij Cabestany, misschien omdat dat de enige plek was waar ik me het dichtst bij Julián voelde. Hij had me een kort bericht gestuurd waarin hij aankondigde dat hij werkte aan een nieuwe roman getiteld *De schaduw van de wind* en erop vertrouwde het werk in enkele maanden te voltooien. De brief maakte geen enkele melding van het gebeurde in Parijs. De toon was kouder en afstandelijker dan ooit. Mijn pogingen hem te haten waren tevergeefs. Ik begon te geloven dat Julián niet een man was, maar een ziekte.

Miquel had geen illusies over mijn gevoelens. Hij gaf me zijn affectie en devotie zonder er iets anders voor in de plaats te vragen dan mijn gezelschap en wellicht mijn discretie. Geen verwijt of klacht kwam er over zijn lippen. Door de jaren heen begon ik een oneindige tederheid voor hem op te vatten die veel verder ging dan de vriendschap die ons bij elkaar had gebracht en later de compassie die ons had veroordeeld. Miquel had een spaarrekening op mijn naam geopend waarop hij bijna alle inkomsten stortte die hij verwierf met schrijven voor de kranten. Nooit zei hij nee tegen een opdracht, een recensie of een roddelrubriek. Hij schreef onder drie pseudoniemen, veertien of zestien uur per dag. Toen ik hem vroeg waarom hij zo hard werkte, glimlachte hij alleen maar of zei dat hij zich anders maar zou gaan vervelen. Er was nooit oneerlijkheid tussen ons, zelfs geen woordeloze. Miquel wist dat hij spoedig ging sterven, dat zijn ziekte hebberig de overgebleven maanden wegvrat.

"Je moet me beloven dat als me iets overkomt, je het geld zult nemen en je zult hertrouwen, dat je kinderen zult hebben en ons allemaal zult vergeten, te beginnen met mij."

"En met wie ga ik dan wel trouwen, Miquel? Klets geen onzin."

Soms betrapte ik hem erop dat hij naar me keek met een zachtmoedige glimlach, alsof louter het vaststellen van mijn aanwezigheid zijn grootste schat was. Iedere middag haalde hij me op bij de uitgeverij, zijn enige rustmoment op de hele dag. Ik zag hoe gebogen hij liep, hoestend en een kracht voorwendend die hij niet had. Hij nam me dan mee voor een lichte lunch of om etalages te kijken in Calle Fernando en dan keerden we weer terug naar huis, waar hij tot ver na middernacht bleef doorwerken. In stilte zegende ik iedere minuut die we samen doorbrachten en iedere nacht sliep hij in mijn armen in, terwijl ik de tranen van woede moest verbergen dat ik niet in staat was van deze man te houden zoals hij van mij hield, niet in staat hem te geven wat ik voor niets had achtergelaten aan de voeten van Julián.

Nachtenlang bezwoer ik mezelf Julián te vergeten, de rest van mijn leven te wijden aan het gelukkig maken van die arme man en hem althans een paar kruimels terug te geven van wat hij mij had gegeven. Twee weken lang was ik de minnares geweest van Julián, maar ik zou de vrouw van Miquel zijn voor de rest van mijn leven. Als je op een dag deze bladzijden in handen hebt en je me beoordeelt, zoals ik mezelf heb beoordeeld terwijl ik ze opschreef en naar mijn reflectie keek in deze spiegel van wroeging, herinner je mij dan zo, Daniel.

Het manuscript van Juliáns laatste roman kwam tegen het einde van 1935. Ik weet niet of het uit rancune was of angst, maar ik overhandigde het aan de drukker zonder het zelfs maar te lezen. Het laatste spaargeld van Miquel had maanden geleden de publicatie al gefinancierd. De rest interesseerde Cabestany, die toen al met gezondheidsproblemen kampte, geen zier. Diezelfde week kwam de arts die Miquel onder behandeling had, me zeer bezorgd op de uitgeverij opzoeken. Hij vertelde dat als Miquel zijn werkritme niet aanpaste en rust nam, hij als arts weinig tot niets kon doen om de tuberculose te bestrijden.

“Hij zou in de bergen moeten zijn, niet in Barcelona en wolken van chloor en kolen inademen. Hij is geen kat met negen levens en ik ben geen kindermeisje. Brengt u hem alstublieft tot rede. Naar mij luistert hij niet.”

Die dag besloot ik rond het middaguur naar huis te gaan om met hem te praten. Voor ik de voordeur opendeed hoorde ik al stemmen binnen. Miquel discussieerde met iemand. Aanvankelijk dacht ik dat het om iemand van de krant ging, maar ik meende de naam van Julián in de conversatie te horen. Ik hoorde voetstappen die de deur naderden en rende weg om me te verbergen op de zolder. Vanaf daar kon ik de bezoeker bespieden.

Een man in het zwart, met onverschillige trekken en dunne lippen, als een open litteken. Hij had zwarte, uitdrukkingsloze ogen, vissenogen. Alvorens naar beneden te verdwijnen, keek hij omhoog, de duisternis in. Ik drukte me tegen de muur terwijl ik mijn adem inhield. De bezoeker bleef daar enkele seconden staan, alsof hij me kon ruiken en likte zijn lippen met een wolfachtige grijns. Ik wachtte tot zijn voetstappen helemaal weggestorven waren voor ik mijn schuilplaats verliet en naar binnen ging. Er hing een geur van kamfer in de lucht. Miquel zat bij het raam, de handen slap aan beide zijden van de stoel. Zijn lippen trilden. Ik vroeg hem wie die man was en wat hij wilde.

"Dat was Fumero. Hij kwam met nieuws over Julián."

"Wat weet hij van Julián?"

Miquel keek me aan, verslagener dan ooit.

"Julián gaat trouwen."

Het nieuws sloeg me met stomheid. Ik liet me in een stoel vallen en Miquel pakte mijn handen. Hij leek uitgeput en praatte moeizaam. Voor ik mijn mond open kon doen, gaf Miquel me de feiten die Fumero hem had meegedeeld en wat we daaruit moesten concluderen. Fumero had contacten bij de Parijse politie gebruikt om achter de verblijfplaats van Julián te komen en hem in de gaten te houden. Miquel veronderstelde dat dat maanden of zelfs jaren geleden kon zijn gebeurd. Wat hem zorgen baarde was niet dat Fumero Julián had gevonden – dat was een kwestie van tijd – maar dat hij had besloten het nu te vertellen, tegelijk met het wonderlijke nieuws van een onwaarschijnlijk huwelijk. De bruiloft, voorzover bekend, zou plaatsvinden in de zomer van 1936. Van de bruid wist men slechts de naam, hetgeen in dit geval meer dan voldoende was: Irene Marceau, de eigenares van het etablissement waar Julián gedurende jaren had gewerkt als pianist.

"Ik snap het niet", fluisterde ik. "Julián trouwt met zijn mecenas?"

"Precies. Het is geen huwelijk. Het is een contract."

Irene Marceau was zo'n vijfentwintig of dertig jaar ouder dan Julián. Miquel vermoedde dat Irene had besloten deze verbintenis met Julián overeen te komen om hem haar bezit over te dragen en zo zijn toekomst zeker te stellen.

"Maar ze helpt hem al. Ze heeft hem altijd geholpen."

"Misschien weet ze dat ze er niet altijd zal zijn", suggereerde Miquel.

De echo van die woorden raakte ons in het hart. Ik knielde naast hem neer, omhelsde hem en beet op mijn lippen omdat ik niet wilde dat hij me zag huilen.

"Julián houdt niet van die vrouw, Nuria", zei hij, denkend dat dat de reden van mijn droefheid was.

"Julián houdt van niemand behalve van zichzelf en zijn vervloekte boeken", prevelde ik.

Ik keek op en zag Miquels glimlachje, als van een oud, wijs kind.

“En wat heeft Fumero in de zin dat hij dit uitgerekend nu aan het licht brengt?”

Het duurde niet lang voor we erachter kwamen. Dagen later meldde zich een spookachtige, uitgeteerde Jorge Aldaya bij ons thuis, in woede ontstoken. Fumero had hem verteld dat Julián Carax ging trouwen met een rijke vrouw, in een ceremonie vol pracht en praal. Het visioen van de veroorzaker van zijn tegenspoed, bedekt met klatergoud en rustend op een fortuin dat hij ten onder had zien gaan, vrat al dagen aan hem. Fumero had hem niet verteld dat Irene Marceau, ofschoon een niet onbemiddelde vrouw, de eigenares was van een bordeel en niet een sprookjesprinses. Hij had hem niet verteld dat de bruid dertig jaar ouder was dan Carax en dat het meer dan een huwelijk, een gebaar van liefdadigheid was jegens een verslagen man zonder middelen van bestaan. Hij had Aldaya tijdstip noch plek van het huwelijk verteld. Hij had slechts de zaadjes van een fantasie gezaaid die vanbinnen het weinige wegvraten dat de koorts in Jorge Aldaya’s verschrompelde, onwelriekende lichaam had achtergelaten.

“Fumero heeft tegen je gelogen, Jorge”, zei Miquel.

“En jij, koning der leugenaars, durft van leugens te spreken!” delireerde Aldaya.

Hij hoefde zijn gedachten niet eens te onthullen, ze stonden onder de uitgeteerde huid van zijn kadaverachtige gelaat te lezen. Miquel doorzag Fumero’s spel heel duidelijk. Per slot van rekening had hij hem meer dan twintig jaar geleden op het Sint Gabriël College leren schaken. Fumero had de strategie van een bidsprinkhaan en het geduld van de onsterfelijken. Miquel zond een bericht naar Julián om hem te waarschuwen.

Toen Fumero het opportuun vond, nam hij Aldaya apart en vergiftigde zijn hart met wrok door te zeggen dat Julián over drie dagen ging trouwen. Omdat hij een politiefunctionaris was, legde hij uit, kon hij zich in een dergelijke zaak niet compromitteren. Maar Aldaya kon, als gewone burger, naar Parijs gaan en zich ervan verzekeren dat die bruiloft nooit plaats zou vinden. Hoe? zou een koortsachtige Aldaya vragen, smeulend van haat en afkeer. Door hem uit te dagen tot een duel op de dag van de bruiloft. Fumero ging zelfs zo ver hem van het wapen te voorzien waarmee Jorge volgens zijn eigen stellige overtuiging het versteende hart zou doorboren dat de Aldaya-dynastie over de rand van de afgrond had geduwd. Het rapport van de Parijse politie zou later melden dat het wapen dat aan zijn voeten werd gevonden ondeugdelijk was en dat het nooit méér had kunnen doen dan het deed: in zijn gezicht ontploffen. Fumero wist dat al toen hij het hem in een foedraal overhandigde op het perron van station Francia. Hij wist perfect dat zelfs als de koorts, stomheid en blinde woede Aldaya niet zouden belemmeren Julián Carax te doden in een achterhaald ereduel bij het ochtendgloren op de begraafplaats van Père Lachaise, het wápen dat wel zou doen. Niet Carax moest sterven in dat duel, maar Aldaya.

Fumero wist ook dat Julián nooit zover zou gaan dat hij tegenover zijn oude kameraad kwam te staan, die stervende was en waar niet veel meer van over was dan een jammerklacht. Om die reden gaf hij Aldaya duidelijk instructies. Hij moest Julián opbiechten dat de brief die Penélope hem jaren geleden had geschreven, met daarin de aankondiging van haar huwelijk en het verzoek haar te vergeten, bedrog was. Hij moest hem onthullen dat hijzelf, Jorge Aldaya, zijn zuster had gedwongen die handvol leugens op te stellen, terwijl ze wanhopig huilde en haar onsterfelijke liefde voor Julián van de daken schreeuwde. Hij moest hem zeggen dat zij sindsdien op hem had gewacht, met gebroken ziel en bloedend hart, stervend van eenzaamheid. Dat zou voldoende zijn. Voldoende om Carax de trekker te laten overhalen en hem aan flarden te schieten. Voldoende om elk bruiloftsplan te vergeten en hem nergens anders aan te laten denken dan terug te keren naar Barcelona op zoek naar Penélope. En in Barcelona, dat grote spinnenweb dat hij zich eigen had gemaakt, zou Fumero op hem wachten.

7

Julián Carax stak de Franse grens enkele dagen voor het uitbreken van de Burgeroorlog over. De eerste en enige editie van *De schaduw van de wind* was een paar weken daarvoor van de drukpersen gerold, op weg naar de grijze anonimiteit van zijn voorgangers. In die tijd kon Miquel al nauwelijks meer werken en hoewel hij iedere dag twee of drie uur achter zijn schrijfmachine ging zitten, verhinderden zwakte en koorts hem méér dan een opgedroogd stroompje woorden op papier te zetten. Hij was diverse opdrachtgevers kwijtgeraakt vanwege vertragingen bij het inleveren. Andere kranten waren bang nog langer zijn artikelen te publiceren na verscheidene anonieme bedreigingen te hebben ontvangen. Slechts een dagelijkse rubriek bleef hem over in de *Diario de Barcelona*, die hij schreef onder de naam Adrian Maltés. Het spookbeeld van de oorlog hing in de lucht. Het land stonk naar angst. Zonder bezigheden en zelfs te zwak om zich te beklagen placht Miquel naar het plein te gaan of naar Avenida de la Catedral, altijd met een boek van Julián bij zich alsof het een amulet betrof. De laatste keer dat de arts hem had gewogen, woog hij nog geen zestig kilo. We hoorden het bericht over de opstand in Marokko op de radio en enkele uren later kwam een collega van Miquels krant langs om te zeggen dat Cansinos, de hoofdredacteur, met een nekschot was vermoord tegenover Café Canaletas. Niemand waagde het om het lichaam mee te nemen, dat daar nog steeds lag en het trottoir bevlekte met bloed.

De korte, maar intense dagen van de beginterreur lieten niet lang op zich wachten. De troepen van generaal Goded marcheerden Diagonal en Paseo de Gracia op in de richting van het centrum, waar het vuurgevecht begon. Het was een zondag en veel Barcelonezen waren de straat nog opgegaan met het idee de dag door te brengen op een picknickplaats langs de weg van Las Planas.

De zwartste dagen van de oorlog in Barcelona zouden echter nog twee jaar op zich laten wachten. Kort nadat de schermutselingen waren begonnen, gaven de troepen van generaal Goded zich over, als door een wonder of door slechte communicatie tussen de leidinggevenden. De regering van Lluís Companys leek de controle te hebben herwonnen, maar wat er werkelijk was gebeurd had een veel grotere portee en zou duidelijk worden in de daaropvolgende weken.

Barcelona was overgegaan in handen van de anarchistische syndicaten. Na dagen van onlusten en relletjes deed het gerucht de ronde dat de vier rebellengeneraals terechtgesteld waren in het kasteel op de Montjuïc, kort na de overgave. Een vriend van Miquel, een Britse journalist die bij de executie was geweest, zei dat het vuurpeloton uit zeven man bestond, maar dat op het laatste moment tientallen *milicianos* zich bij het festijn hadden gevoegd. Toen het vuur werd geopend, werden de lichamen met zoveel kogels doorzeefd dat ze in onherkenbare stukjes in elkaar zakten en in bijna vloeibare staat in de kisten gestopt moesten worden. Sommigen wilden geloven dat dat het eind van het conflict was, dat de fascistische troepen Barcelona nooit zouden bereiken en dat de rebellie ondertussen zou uitdoven. Het bleek nog maar het begin te zijn.

We wisten dat Julián in Barcelona was op de dag van Godeds overgave toen we een brief van Irene Marceau ontvingen waarin zij ons vertelde dat Julián Jorge Aldaya had gedood tijdens een duel op de begraafplaats van Père Lachaise. Zelfs nog voor Aldaya de laatste adem uitblies, had een anoniem telefoontje de politie gewaarschuwd over het gebeurde. Julián moest onmiddellijk Parijs ontvluchten, achtervolgd door de politie die hem zocht voor moord. Het leed geen enkele twijfel wie dat telefoontje had gepleegd. We wachtten angstig op berichten van Julián om hem te waarschuwen voor het gevaar dat op de loer lag en om hem te beschermen voor een valstrik, erger dan die Fumero voor hem had gespannen: de waarheid ontdekken. Drie dagen later had Julián nog steeds geen levensteken gegeven. Miquel wilde zijn bezorgdheid niet met mij delen, maar ik wist heel goed wat hij dacht. Julián was teruggekomen voor Penélope, niet voor ons.

"Wat gaat er gebeuren als hij achter de waarheid komt?" vroeg ik steeds maar weer.

"Wij zullen ervoor zorgen dat dat niet gebeurt", antwoordde Miquel dan.

Voorlopig was het eerste wat hij ontdekte dat de familie Aldaya inderdaad was verdwenen zonder een spoor achter te laten. Veel plekken om de zoektocht naar Penélope te beginnen waren er niet. We maakten een lijst van die plekken en startten onze zoektocht. Het enorme huis aan Avenida Tibidabo was niet meer dan een verlaten landgoed, weggesloten achter kettingen en sluiers van klimop. Een bloemenverkoper die bossen rozen en anjers verkocht op de tegenoverliggende hoek, vertelde ons dat hij zich slechts één persoon herinnerde die recentelijk in de buurt was geweest van het huis, maar dat was een oudere man, bijna bejaard en enigszins mank.

"Een ontzettend slecht humeur had hij, om u de waarheid te zeggen. Ik wilde hem een anjer verkopen voor in zijn knoopsgat en hij zei dat ik moest opsodemieteren, dat er een oorlog aan de gang was en dat dit niet het moment was voor bloemen."

Verder had hij niemand gezien. Miquel kocht een paar verwelkte rozen van hem en liet voor de zekerheid het telefoonnummer van de redactie van *Diario de Barcelona* achter, zodat hij er een bericht kon achterlaten als er wellicht iemand opdook die overeenkwam met het signalement van Carax. Vanaf daar was onze volgende stop het Sint Gabriël College, waar Miquel Fernando Ramos, zijn oude studiekameraad, opnieuw ontmoette.

Fernando was nu docent Latijn en Grieks en droeg het habijt van de orde. Toen hij Miquel in zo'n precaire gezondheidssituatie zag, sloeg de schrik hem om het hart. Hij vertelde dat hij geen bezoek had gehad van Julián, maar beloofde contact met ons op te nemen als dat gebeurde. Fumero was ons voor geweest, bekende hij bevreesd. Hij liet zich nu inspecteur Fumero noemen en had hem dreigend gezegd dat het in tijden van oorlog maar beter was voorzichtig te zijn.

"Velen zouden binnenkort sterven, en een uniform, of het nou van een priester was of een soldaat, hield de kogels niet tegen ..."

Fernando Ramos bekende dat het niet duidelijk was bij welke eenheid of groep Fumero hoorde en dat hij het niet gewaagd had hem dat te vragen. Het is me onmogelijk je die eerste oorlogsdagen in Barcelona te beschrijven, Daniel. De lucht leek vergiftigd met angst en haat. De blikken die men je toewierp waren die van wantrouwen en de straten roken naar een stilte die je in je maag voelde. Iedere dag, elk uur, deden nieuwe geruchten de ronde. Ik herinner me een nacht, op weg naar huis, dat Miquel en ik de Ramblas afliepen naar de haven. Het was uitgestorven, geen levende ziel te bekennen. Miquel keek naar de gevels, zag verborgen gezichten tussen de gesloten luiken, die de schaduwen op straat afspeurden. Hij zei dat hij kon voelen hoe de messen geslepen werden achter die muren.

De volgende dag gingen we naar hoedenwinkel Fortuny, zonder al te grote verwachtingen Julián daar te vinden. Een van de bewoners vertelde ons dat de hoedenmaker doodsbang was vanwege de onlusten van de laatste dagen en dat hij zich had verschanst in de winkel. We konden aankloppen zoveel we wilden, hij deed niet open. Die middag was er een schietpartij geweest op nauwelijks een blok afstand en de bloedplassen op Ronda San Antonio waren nog vers; op het plaveisel lag een dood paard, overgeleverd aan de straathonden die met hun tanden de met kogels doorzeefde buik begonnen open te rukken terwijl een groepje kinderen toekeek en stenen naar ze gooide. Het enige wat we te zien kregen, was zijn doodsbange gezicht achter het traliewerk van de deur. We vertelden hem dat we zijn zoon Julián zochten. De hoedenmaker antwoordde dat zijn zoon dood was en dat we moesten ophoepelen of hij zou de politie bellen. Ontmoedigd vertrokken we weer.

Dagenlang struinden we cafés en winkels af om naar Julián te vragen. We zochten in hotels en pensions, treinstations, bankfilialen waar hij naartoe zou hebben kunnen gaan om geld te wisselen – niemand herinnerde zich een man die paste bij de beschrijving van Julián. We vreesden dat hij in handen was gevallen van Fumero, en Miquel overreedde een van zijn collega's van de krant, die contacten had bij het hoofdbureau, om uit te zoeken of Julián in de gevangenis zat. Er was echter geen enkele aanwijzing dat dat zo was. Twee weken waren voorbijgegaan en het leek of de aarde Julián had verzwolgen.

Miquel sliep nauwelijks, hoopte slechts nog op nieuws over zijn vriend. Op een dag, bij het vallen van de avond, kwam Miquel terug van zijn dagelijkse wandeling met nota bene een fles port.

Die hadden ze hem op de redactie cadeau gedaan, zei hij, omdat de onderdirecteur hem had medegedeeld dat ze zijn rubriek niet meer konden publiceren.

"Ze willen geen problemen, en ik begrijp ze."

"En wat ga je nu doen?"

"Me bezatten, om te beginnen."

Miquel dronk nauwelijks een half glaasje, maar ik sloeg bijna de hele fles achterover, op een lege maag en zonder het in de gaten te hebben. Het was bijna middernacht toen een diepe slaap me overviel en ik op de bank instortte. Ik droomde dat Miquel me op het voorhoofd kuste en een stola over me heen legde. Bij het wakker worden had ik een stekende pijn in mijn hoofd die ik herkende als de prelude op een heftige kater. Ik ging op zoek naar Miquel om het uur te vervloeken dat hij had uitgekozen om me dronken te voeren, maar zag dat ik alleen thuis was. Ik liep naar het bureau en vond een berichtje van hem op de schrijfmachine waarin hij me vroeg niet ongerust te worden en hier op hem te wachten. Hij was op zoek gegaan naar Julián en zou spoedig met hem naar huis komen. Hij eindigde het briefje met te zeggen dat hij van me hield. Het briefje viel uit mijn handen. Toen zag ik dat Miquel, alvorens te vertrekken, zijn spullen van het bureau had weggehaald, alsof hij niet van plan was ze ooit nog te gebruiken, en ik wist dat ik hem nooit meer zou zien.

8

Die middag had de bloemenverkoper gebeld naar de redactie van *Diario de Barcelona* en een boodschap achtergelaten voor Miquel, waarin hij hem meedeelde dat hij de man die we beschreven hadden als een geestverschijning had zien rondhangen in de buurt van het enorme huis. Het was na middernacht toen Miquel aankwam bij nummer 32 van Avenida Tibidabo. 's Nachts zag die plek eruit als een lugubere, verlaten vallei, getroffen door pijlen van maanlicht, die tussen de boomkruinen door filterden. Hoewel hij hem al zeventien jaar niet had gezien, herkende Miquel Julián aan de lichte manier van lopen, bijna katachtig. Zijn silhouet gleed door de schaduwen van de tuin, in de buurt van de fontein. Julián was over de omheining geklommen en besloop het huis als een onrustig dier. Miquel had hem vanaf daar kunnen roepen, maar hij gaf er de voorkeur aan geen mogelijke getuigen te alarmeren. Hij had het gevoel dat heimelijke blikken de straat bespioneerden vanachter donkere ramen in de belendende panden. Hij liep om de muur van de villa heen tot aan het gedeelte dat grensde aan de vroegere tennisbanen en koetshuizen. Hij zag de holtes tussen de stenen die Julián als traptreden had gebruikt, en de losse stenen op de muur. Bijna buiten adem hees hij zich omhoog, waarbij hij scherpe steken voelde in zijn borst en bij vlagen niets zag. Met trillende handen ging hij op de muur liggen en riep Julián in een fluistering. Het silhouet bij de fontein stond stil en voegde zich bij de overige standbeelden. Miquel kon de glinstering van een paar ogen zien dat hem doorboorde. Hij vroeg zich af of Julián hem wel zou herkennen na zeventien jaar en een ziekte die hem zelfs de adem had ontnomen. Het silhouet kwam langzaam dichterbij, gewapend met een object in de rechterhand, glinsterend en langwerpig. Een glasscherf.

"Julián ..." prevelde Miquel.

De figuur stond plotsklaps stil. Miquel hoorde de glasscherf op de kiezels vallen. Het gelaat van Julián rees uit de duisternis. Een baard van twee weken bedekte zijn gelaatstrekken, die scherper waren dan vroeger.

"Miquel?"

Niet in staat er aan de andere kant af te springen, of zelfs maar terug te klauteren naar de straat, stak Miquel zijn hand naar hem uit. Julián hees zich op de muur en terwijl hij met kracht de vuist van zijn vriend vastgreep, liet hij zijn andere hand op diens gezicht rusten. Lange tijd keken ze elkaar zwijgend aan en ieder van hen vermoedde de wonden die het leven bij de ander had geslagen.

"We moeten hier weg, Julián. Fumero zoekt je. Dat van Aldaya was een valstrik."

"Ik weet het", prevelde Carax toonloos.

"Het huis is onbewoond. Hier woont al jaren niemand meer", voegde Miquel eraan toe. "Kom, help me naar beneden en laten we hier weggaan."

Carax klauterde naar beneden. Toen hij Miquel met beide handen vastgreep, voelde hij het weggeteerde lichaam van zijn vriend onder de te ruime kleding. Er was nauwelijks vlees of spier voelbaar. Eenmaal aan de andere kant pakte Carax Miquel onder de oksels beet en terwijl hij bijna zijn hele gewicht droeg, liepen ze via Calle Román Macaya weg in de duisternis.

"Wat heb je?" mompelde Carax.

"Het is niks. Koorts. Ik ben al aan het herstellen."

Miquel gaf de geur van ziekte af en Julián vroeg niet verder. Ze liepen naar beneden door Calle León XIII tot aan Paseo San Gervasio, alwaar ze de lichten van een café ontwaarden. Ze namen hun toevlucht tot een tafeltje achterin, ver van de ingang en de ramen. Een paar stamgasten bewaakten de bar, sigaretten rokend en luisterend naar de radio. De kelner, een man met een waskleurig gezicht en neergeslagen ogen, nam hun bestelling op. Warme cognac, koffie en wat er aan eetbaars aanwezig was.

Miquel nam geen hap. Carax, overduidelijk uitgehongerd, at voor twee. De twee vrienden bekeken elkaar in het kleffe licht van het café, als in trance. De laatste keer dat ze oog in oog met elkaar hadden gestaan, waren ze half zo oud. Ze waren als jongens uit elkaar gegaan en nu gaf het leven aan de één een voortvluchtige terug, aan de ander een stervende. Beiden vroegen zich af of het de kaarten waren die het leven ze had toebedeeld, of de manier waarop zij ze gespeeld hadden.

"Ik heb je nooit bedankt voor alles wat je deze jaren voor me gedaan hebt, Miquel."

"Begin daar nu niet over. Ik deed wat ik moest en wilde doen. Er is niets waar je dankbaar voor hoeft te zijn."

"Hoe gaat het met Nuria?"

"Zoals je haar achtergelaten hebt."

Carax sloeg zijn ogen neer.

"We zijn drie maanden geleden getrouwd. Ik weet niet of ze je geschreven heeft om het je te vertellen."

Carax' lippen bevroren en hij schudde langzaam zijn hoofd.

"Je hebt het recht niet haar iets te verwijten, Julián."

"Ik weet het. Ik heb nergens recht op."

"Waarom ben je niet naar ons toe gekomen voor hulp, Julián?"

"Ik wilde jullie niet in gevaar brengen."

"Dat heb jij nu toch niet meer in de hand. Waar ben je de afgelopen dagen geweest? We dachten dat je door de aarde was verzwolgen."

"Bijna. Ik ben thuis geweest. In het huis van mijn vader."

Miquel keek hem verwonderd aan. Julián vertelde vervolgens hoe hij, bij aankomst in Barcelona en zonder te weten waar naartoe te gaan, naar het huis was gegaan waar hij was opgegroeid, bang daar niemand meer te vinden. De hoedenwinkel stond nog overeind en was open, en een oud uitziende man, kalend en zonder vuur in zijn ogen, kwijnde weg achter de toonbank. Julián had niet naar binnen willen gaan, hem zelfs niet willen laten weten dat hij was teruggekomen, maar Antoni Fortuny had opgekeken naar de vreemde aan de andere kant van het raam. Hun blikken kruisten elkaar en Julián, hoewel hij weg had willen rennen, stond als verlamd. Hij zag tranen opwellen in de ogen van de hoedenmaker, die zich naar de deur sleepte en sprakeloos naar buiten liep. Zonder een woord te zeggen leidde hij zijn zoon de winkel binnen en liet het traliewerk zakken. Toen de buitenwereld eenmaal was buitengesloten, omhelsde hij hem huilend en bevend.

Later legde de hoedenmaker hem uit dat de politie twee dagen geleden naar hem had gevraagd. Een zekere Fumero, een man die slecht bekend stond en van wie gezegd werd dat hij een maand eerder nog in loondienst was geweest van de beulen van generaal Goded en nu de vriend uithing van de anarchisten, had hem gezegd dat Carax onderweg was naar Barcelona, dat Julián in koelen bloede Jorge Aldaya had vermoord in Parijs en voor nog evenzovele misdaden gezocht werd; naar de opsomming wilde de hoedenmaker niet eens luisteren. Fumero vertrouwde erop dat in het onwaarschijnlijke geval dat de verloren zoon opdook, de hoedenmaker zo goed wilde zijn zijn burgerplicht te vervullen en hem op de hoogte wilde stellen. Fortuny zei dat ze uiteraard op hem konden rekenen, ofschoon het hem hinderde dat een serpent als Fumero een dergelijke laagheid in hem als vanzelfsprekend beschouwde. Zodra het sinistere gezelschap de winkel had verlaten, ging de hoedenmaker naar de kapel van de kathedraal waar hij Sophie had leren kennen om aan zijn heilige te verzoeken de schreden van zijn zoon terug te leiden naar huis voor het te laat was. De hoedenmaker waarschuwde hem voor het gevaar dat hem boven het hoofd hing.

"Wat je ook naar Barcelona gebracht heeft, mijn zoon, laat mij het voor je opknappen terwijl jij je thuis schuilhoudt. Je kamer is nog precies zoals je hem achterliet en hij is van jou zolang je hem nodig hebt."

Julián biechtte op dat hij was teruggekomen om Penélope Aldaya te zoeken. De hoedenmaker bezwoer hem dat híj haar zou vinden en dat hij ze, eenmaal verenigd, zou helpen om samen naar een veilige plek te vluchten, ver van Fumero, ver van het verleden, ver van alles.

Gedurende dagen hield Julián zich schuil in het huis aan Ronda San Antonio terwijl de hoedenmaker de stad doorkruiste op zoek naar een spoor van Penélope. Hij bracht de dagen door in zijn oude kamer die er, zoals zijn vader had aangekondigd, nog precies hetzelfde uitzag, hoewel alles nu kleiner leek. Alsof de objecten mettertijd waren gekrompen. Veel van zijn oude schriften lagen er nog, potloden die hij zich herinnerde te hebben geslepen in de week dat hij naar Parijs vertrok, boeken die erop wachtten om gelezen te worden, schone jongenskleding in de kasten. De hoedenmaker vertelde Julián dat Sophie hem verlaten had kort na zijn vlucht en hem, hoewel hij jaren niets van haar had gehoord, uiteindelijk had geschreven vanuit Bogotá, waar ze al een tijd woonde met een andere man. Ze schreven elkaar geregeld, "en altijd over jou", bekende de hoedenmaker, "omdat dat het enige is wat ons bindt". Bij het uitspreken van deze woorden had het Julián geleken alsof de hoedenmaker had gewacht met verliefd worden op zijn vrouw tot hij haar verloren had.

"Je houdt maar eenmaal in het leven echt van iemand, Julián, ook al besef je dat zelf niet."

De hoedenmaker, die gevangen leek in een race om een heel leven van rampspoed ongedaan te maken, twijfelde er geen seconde aan dat Penélope die liefde was in het leven van zijn zoon. Zonder het te beseffen geloofde hij dat als hij hem hielp haar terug te vinden, hijzelf misschien ook iets zou terugwinnen van wat hij had verloren en de leegte zou kunnen bezweren die als een vloek doordrong in zijn huid en botten.

Ondanks al zijn inspanningen, en tot zijn wanhoop, kwam de hoedenmaker spoedig tot de ontdekking dat er geen spoor was van Penélope Aldaya noch van de familie in heel Barcelona. De hoedenmaker, een man van nederige afkomst die zijn hele leven had moeten werken om het hoofd boven water te houden, had altijd gedacht dat geld en klasse de sleutels waren tot onsterfelijkheid, maar vijftien jaar ondergang en misère waren voldoende geweest om de paleizen, industrieën en de sporen van een complete dynastie van de aardbodem weg te vagen. Bij het noemen van de achternaam Aldaya herkenden velen de klank van het woord, maar bijna niemand herinnerde zich de betekenis. De dag dat Miquel Moliner en ik naar de hoedenwinkel kwamen om naar Julián te vragen wist de hoedenmaker heel zeker dat ze niets anders waren dan handlangers van Fumero. Niemand zou hem zijn zoon opnieuw ontnemen. Dit keer kon de Almachtige zelf uit de hemel neerdalen – diezelfde God die zijn smeekbeden al een leven lang negeerde – en hij zou hem hoogstpersoonlijk en met alle genoegen de ogen uitsteken als hij het waagde Julián nogmaals uit zijn leven te rukken.

De hoedenmaker was de man die de bloemenverkoper een aantal dagen geleden gezien meende te hebben, ronddwalend bij het huis aan Avenida Tibidabo. Wat de bloemenman had geïnterpreteerd als een slecht humeur was de vastberadenheid die hun te hulp schiet die een doel in hun leven hebben gevonden en vergeefs verspilde tijd proberen goed te maken. Jammer genoeg wilde de

Heer ook deze laatste keer niet naar de verzoeken van de hoedenmaker luisteren, en eenmaal over de drempel van de wanhoop heen was de oude man nog steeds niet in staat om te vinden wat hij zocht om zijn zoon te redden, en zichzelf: een spoor van het meisje. Hoeveel verloren zielen hebt u nodig, Heer, om uw honger te stillen, vroeg de hoedenmaker. God, in zijn oneindige stilte, keek op hem neer zonder met zijn ogen te knipperen.

"Ik kan haar niet vinden, Julián ... Ik zweer je dat ..."

"Maakt u zich geen zorgen, vader. Dit is iets wat ik zelf moet doen. U hebt me al geholpen zoveel u kon."

Die nacht was Julián eindelijk de straat opgegaan, klaar om Penélope's spoor te vinden.

Miquel luisterde naar het verhaal van zijn vriend en wist niet of het ging om een wonder of een vloek. Terwijl Julián hem vertelde wat er na zijn aankomst in Barcelona allemaal gebeurd was, kwam het niet in hem op om op de kelner te letten die naar de telefoon liep en met de rug naar hen toe in de hoorn fluisterde, noch dat hij telkens weer steelse blikken op de deur wierp, terwijl hij met te veel ijver glazen schoonpoetste in een lokaal waar het vuil hoogtij vierde. Hij kwam niet op de gedachte dat Fumero al in dat café was geweest, in tientallen cafés als dit, op een steenworp afstand van het Aldaya-palazzo, en dat zodra Carax voet zou zetten in één ervan, het telefoontje een kwestie van seconden zou zijn. Toen de politieauto voor het café stopte en de kelner zich terugtrok in de keuken, voelde Miquel de serene kalmte van het noodlot. Carax las zijn blik en beiden draaiden zich tegelijkertijd om. De huiveringwekkende contouren van drie grijze regenjassen klapwiekten achter de ramen. Drie gezichten die damp bliezen op het glas. Geen van hen was Fumero. De aaseters gingen hem voor.

"Laten we hier weggaan, Julián ..."

"We kunnen nergens heen", zei Carax met een kalmte die zijn vriend ertoe bracht hem aandachtig te observeren.

Toen zag hij de revolver in Juliáns hand en de bereidwilligheid in zijn ogen. De deurbel klonk boven het gemurmel van de radio uit. Miquel rukte het pistool uit Juliáns handen en keek hem strak aan.

"Geef me je papieren, Julián. Nu."

Carax schudde stil zijn hoofd.

"Ik heb nog een, twee maanden, met een beetje geluk. Een van ons tweeën moet hier levend uitkomen, Julián. Jij hebt meer kansen dan ik. Ik weet niet of je Penélope zult vinden. Maar Nuria wacht op je."

"Nuria is jouw vrouw."

"Denk aan het pact dat we sloten. Wanneer ik overlijd, zal al het mijne van jou worden ..."

"... behalve de dromen."

Ze glimlachten een allerlaatste keer naar elkaar. Julián reikte hem snel zijn paspoort aan. Miquel stak het bij zijn exemplaar van *De schaduw van de wind* dat hij bij zich droeg sinds de dag dat hij het had ontvangen.

"Tot snel", fluisterde Julián.

"Geen haast. Ik wacht wel."

Juist toen de drie politiemannen zich naar hen toedraaiden, stond Miquel op van het tafeltje en liep op ze af. Aanvankelijk zagen ze slechts een bleke, bevende, stervende man die naar ze glimlachte terwijl er bloed opwelde in de mondhoeken van zijn schrale, levenloze lippen. Tegen de tijd dat ze de revolver in zijn rechterhand opmerkten, was Miquel al vlakbij. Een van hen wilde schreeuwen, maar het eerste schot schoot zijn onderkaak aan flarden. Het lichaam zakte levenloos aan Miquels voeten. De andere twee agenten hadden hun wapens al getrokken. Het tweede schot doorboorde de maag van de agent die wat ouder leek. De kogel brak zijn ruggengraat in tweeën en spoog een handvol ingewanden uit tegen de toog. Miquel kreeg nooit de gelegenheid een derde schot te lossen. Hij voelde het wapen van de overgebleven agent tussen zijn ribben, boven het hart, en zag de harde en tegelijkertijd panische blik van de agent.

"Rustig, klootzak, of ik schiet je aan gort."

Miquel glimlachte en hief de revolver langzaam op naar het gezicht van de agent. Hij kon niet ouder zijn dan vijfentwintig en zijn lippen trilden.

"Zeg tegen Fumero, namens Carax, dat ik me zijn matrozenpakje herinner."

Hij voelde pijn noch vuur. De inslag, als een doffe hamerslag die het geluid en de kleur van de dingen wegnam, slingerde hem tegen het raam. Terwijl hij door de ruit sloeg keek Miquel Moliner nog eenmaal om en zag zijn vriend Julián de straat uitrennen. Hij was zesendertig jaar, ouder dan hij had gedacht te zullen worden. Voor hij op het met bloederig glas bezaaide trottoir in elkaar zakte, was hij al dood.

9

Die avond arriveerde er een bestelbusje zonder nummerplaat in antwoord op het telefoontje van de man die Miquel had gedood. Ik heb nooit zijn naam geweten, noch geloof ik dat hij wist wie hij had vermoord. Zoals in alle oorlogen, persoonlijke of op grote schaal, was het een marionettenspel. Twee mannen namen de lichamen van de twee dode agenten mee en zorgden ervoor de cafébaas heel duidelijk te maken dat hij moest vergeten wat er gebeurd was of hij zou serieuze problemen krijgen. Onderschat nooit het talent om te vergeten dat door een oorlog in iemand kan worden opgewekt, Daniel. Het lijk van Miquel werd twaalf uur later achtergelaten in een steeg van de Raval, zodat zijn dood niet gerelateerd werd aan die van de twee agenten. Toen het lichaam eindelijk bij het lijkenhuis aankwam, was het al twee dagen dood. Miquel had al zijn documentatie thuisgelaten voor hij vertrok. Al wat de ambtenaren van het mortuarium vonden, was een met bloed besmeurd paspoort op naam van Julián Carax, en een exemplaar van *De schaduw van de wind.* De politie concludeerde dat de overledene Carax was. In het paspoort stond nog als domicilie het huis van de Fortuny's vermeld aan Ronda San Antonio.

Tegen die tijd was het nieuws Fumero al ter ore gekomen, die naar het mortuarium kwam om afscheid te nemen van Julián. Hij kwam daar de hoedenmaker tegen, door de politie opgehaald om het lichaam te identificeren. De heer Fortuny, die Julián al twee dagen niet had gezien, vreesde het ergste. Toen hij het lichaam herkende dat nauwelijks een week geleden bij zijn deur had aangebeld om naar Julián te vragen (en die hij voor een handlanger van Fumero had gehouden), barstte hij uit in geschreeuw en vertrok. De politie veronderstelde dat die reactie een teken van herkenning was. Fumero, die de scène had bijgewoond, liep naar het lichaam toe en bestudeerde het in stilte. Het was zeventien jaar geleden dat hij Julián Carax had gezien. Toen hij Miquel Moliner herkende, beperkte hij zich tot een glimlachje en ondertekende het forensisch rapport dat bevestigde dat het lichaam in kwestie dat van Julián Carax was. Hij gaf bevel het lijk onmiddellijk te begraven in een gemeenschappelijk graf op de Montjuïc.

Lange tijd heb ik me afgevraagd waarom Fumero zoiets zou doen. Maar dat was simpelweg Fumero's logica. Door te sterven met Juliáns identiteit had Miquel hem onbedoeld het perfecte alibi gegeven. Vanaf dat moment bestond Julián Carax niet meer. Er was geen enkele wettelijke link meer die Fumero in verband kon brengen met de man die hij vroeg of laat hoopte te vinden en te vermoorden. Het was oorlog en slechts een enkeling zou uitleg vragen over de dood van iemand die niet eens een naam had. Ik bracht twee dagen door in huis met wachten tot Miquel of Julián zou opduiken en ik dacht dat ik gek werd. Op de derde dag, maandag, ging ik weer aan het werk in de uitgeverij. De heer Cabestany was enkele weken geleden in het ziekenhuis opgenomen en zou niet meer terugkeren naar zijn kantoor. Zijn oudste zoon, Álvaro, had de zaak onder zijn hoede genomen. Ik zei tegen niemand iets. Ik had niemand om het aan te vertellen.

Diezelfde ochtend kreeg ik op de uitgeverij een telefoontje van een ambtenaar van het mortuarium, Manuel Gutiérrez Fonseca. De heer Gutiérrez Fonseca legde me uit dat het lichaam van een zekere Julián Carax bij het mortuarium was afgeleverd en dat hij, bij het vergelijken van het paspoort van de overledene en de naam van de auteur op het boek dat hij bij zich had toen hij bij het mortuarium werd afgeleverd, een zekere verslapping van politiezijde vermoedde, zo niet een duidelijke onachtzaamheid, en de morele plicht had gevoeld de uitgeverij te bellen om verslag te doen van het gebeurde. Terwijl ik naar hem luisterde dacht ik dat ik doodging. Het eerste wat ik dacht was dat het om een valstrik van Fumero ging. De heer Gutiérrez Fonseca drukte zich uit met de precisie van de gewetensvolle ambtenaar, hoewel er nóg iets in zijn stem naar buiten druppelde, iets wat hijzelf niet zou hebben kunnen uitleggen. Ik had het telefoontje aangenomen in het kantoor van de heer Cabestany. Godzijdank was Álvaro vertrokken om te gaan lunchen en was ik alleen, anders was het moeilijk geweest mijn tranen en de bevende handen waarmee ik de telefoon vasthield uit te leggen. Gutiérrez Fonseca vertelde me dat hij het gepast had gevonden me over het gebeurde te informeren.

Ik bedankte hem voor zijn telefoontje met de kunstmatigheid die versleutelde conversaties oproepen. Zodra ik had opgehangen, sloot ik de deur van het kantoor en beet op mijn vuisten om niet te gaan gillen. Ik waste mijn gezicht en vertrok onmiddellijk naar huis, een boodschap voor Álvaro achterlatend dat ik ziek was en dat ik de volgende dag eerder zou komen om de correspondentie bij te werken. Ik moest me inhouden om niet te gaan rennen, om met die anonieme, grijze bedaardheid te wandelen van een persoon die geen geheimen heeft. Toen ik de sleutel in het slot van de voordeur stak, merkte ik dat het slot was geforceerd. Ik stond als aan de grond genageld. De deurklink begon van binnenuit te draaien. Ik vroeg me af of ik zo zou sterven, in een donker trappenhuis en zonder te weten wat er met Miquel was gebeurd. De deur ging open en ik ontmoette de donkere ogen van Julián Carax. Dat God me moge vergeven, maar op dat ogenblik voelde ik het leven in me terugkomen en ik dankte de hemel voor het teruggeven van Julián in plaats van Miquel.

We smolten samen in een eindeloze omhelzing, maar toen ik zijn lippen zocht, trok Julián zich terug en sloeg zijn ogen neer. Ik sloot de deur, nam Juliáns hand en leidde hem naar de slaapkamer. We vlijden ons in stilte neer op het bed. Het schemerde en de schaduwen in het huis gloeiden purperkleurig. In de verte waren af en toe schoten te horen, zoals alle nachten sinds de oorlog was begonnen. Julián huilde aan mijn borst en ik voelde hoe een moeheid me overmande waar geen woorden voor waren. Later, toen de avond was gevallen, vonden onze lippen elkaar en in de beschutting van de oprukkende duisternis ontdeden we ons van onze kleren, die roken naar angst en dood. Ik wilde me Miquel herinneren, maar het vuur van die handen op mijn buik stal al mijn schaamte en pijn. Het liefst wilde ik me in die handen verliezen en nooit meer terugkomen, zelfs in de wetenschap dat we elkaar bij het ochtendgloren, uitgeput en beschaamd, niet in de ogen zouden kunnen kijken zonder ons af te vragen wat voor soort mensen we geworden waren.

10

Het getikkel van een ochtendregentje wekte me. Het bed was leeg en de kamer was gehuld in grijs licht.

Ik vond Julián zittend aan wat het bureau van Miquel was geweest, de toetsen van zijn schrijfmachine liefkozend. Hij keek op en schonk me die lauwe, afstandelijke glimlach die zei dat hij nooit de mijne zou zijn. Ik voelde het verlangen opkomen hem de waarheid in het gezicht te spugen, hem te verwonden. Het zou zo gemakkelijk zijn geweest. Hem onthullen dat Penélope dood was. Dat hij leefde met een hersenschim. Dat ik de enige was die hij had op deze wereld.

"Ik had nooit naar Barcelona moeten terugkeren", fluisterde hij hoofdschuddend.

Ik knielde naast hem neer.

"Wat jij zoekt is hier niet, Julián. Laten we gaan. Wij tweeën. Ver van hier. Zolang er nog tijd is."

Julián keek me lang aan, zonder met zijn ogen te knipperen.

"Jij weet iets wat je niet gezegd hebt, hè?" vroeg hij.

Ik schudde mijn hoofd en slikte. Julián knikte alleen maar.

"Vanavond ga ik daarheen."

"Julián, alsjeblieft ..."

"Ik moet het zeker weten."

"Dan ga ik met je mee."

"Nee."

"De laatste keer dat ik hier bleef en wachtte, verloor ik Miquel. Als jij gaat, ga ik ook."

"Dit heeft niets met jou te maken, Nuria, dit gaat alleen mij aan."

Ik vroeg me af of hij werkelijk niet besefte wat een pijn zijn woorden me deden, of dat het hem gewoon niet interesseerde.

"Dat denk jíj."
Hij wilde mijn wang strelen maar ik schoof zijn hand weg.
"Je zou me moeten haten, Nuria. Dat zou je geluk brengen."
"Ik weet het."
We brachten de dag buiten door, ver van het beklemmende donker van het huis dat nog rook naar lauwe lakens en huid. Julián wilde de zee zien. Ik vergezelde hem naar de Barceloneta en we liepen een bijna verlaten strand op, het glinsterende zand leek op te lossen in heiige lucht. We gingen op het zand zitten, dicht bij de vloedlijn, zoals kinderen en ouderen doen. Julián glimlachte stil voor zich uit en zei niets.

Bij het vallen van de avond namen we de tram bij het Aquarium en klommen langzaam door Vía Layetana naar Paseo de Gracia, toen Plaza Lesseps en daarna Avenida de la República Argentina, tot aan het eind van het traject. Julián staarde naar de straten alsof hij bang was de stad te verliezen naarmate hij haar verder doorkruiste. Halverwege nam hij mijn hand en kuste die zonder iets te zeggen. Hij hield hem vast tot we uitstapten. Een bejaarde man die een in het wit gekleed meisje vergezelde, keek glimlachend naar ons en vroeg ons of we verloofden waren. Het was al pikdonker toen we Calle Román Macaya insloegen naar het grote huis van de Aldaya's aan Avenida Tibidabo. Er viel een fijne regen die de dikke stenen muren zilver kleurde. We klommen over de muur aan de achterkant, naast de tennisbanen. Het enorme huis kwam door de regen heen in zicht. Ik herkende het ogenblikkelijk. Ik had de fysionomie van dat huis gelezen in duizend incarnaties in Juliáns boeken. In *Het rode huis* verscheen de villa als een sinister landgoed, groter vanbinnen dan vanbuiten. Het veranderde langzaam van vorm, kreeg steeds meer gangen, galerijen en onmogelijke zolders; het had oneindige trappen die nergens heen leidden; het verlichtte donkere kamers die verschenen en verdwenen van de ene op de andere dag; de argelozen die naar binnen gingen nam het met zich mee, zonder dat iemand ze nog terugzag. We bleven staan voor de grote deur, verzegeld met kettingen en een slot ter grootte van een vuist. De grote ramen op de eerste verdieping waren dichtgetimmerd met dikke planken, en met klimop overgroeid. Het rook er naar dood struikgewas en vochtige aarde. Het steen, donker en stroperig in de regen, glom als het skelet van een groot reptiel.

Ik wilde hem vragen hoe hij dacht voorbij die grote eikenhouten deur te komen, die eruitzag als van een basiliek of een gevangenis. Julián haalde een flacon uit zijn jaszak tevoorschijn en schroefde de dop los. Een stinkende walm steeg er uit op in een trage, blauwige spiraal. Hij hield het slot bij het einde vast en goot het zuur in het sleutelgat. Het metaal siste als gloeiend ijzer en er kwam een gelige rookwalm vanaf. We wachtten een paar seconden en toen pakte hij een steen uit het struikgewas en brak het slot in tweeën met een half dozijn slagen. Julián gaf een trap tegen de deur. Hij ging langzaam open, als een graftombe, en braakte een massieve, vochtige adem uit. Voorbij de drempel was een fluwelen duisternis waarneembaar. Julián had een benzineaansteker bij zich die hij aanstak na enkele passen de hal in te zijn gelopen. Ik volgde hem en deed de deur achter ons op een kier. Julián liep een paar meter verder, de vlam boven zijn hoofd houdend. Een kleed van stof strekte zich uit aan onze voeten en vertoonde geen andere sporen dan de onze. De kale muren namen de amberkleur aan van de vlam. Er waren geen meubels, spiegels of lampen. De deuren hingen in hun hengsels, maar de bronzen deurknoppen waren er afgerukt. Het enorme huis was niet meer dan een skelet. We stopten bij de voet van de brede marmeren trap. Juliáns blik verloor zich in de hoogte. Hij draaide zich een moment om om me aan te kijken en ik wilde naar hem glimlachen, maar in het schemerdonker konden we elkaars ogen nauwelijks zien. Ik volgde hem de trap op, liep op de treden waarop Julián Penélope voor het eerst had gezien. Ik wist waar we heen gingen en voelde een kou in me die niets had te maken met de vochtige, kille atmosfeer om ons heen. We gingen naar de derde verdieping, waar een smalle gang ons naar de linkervleugel van het huis leidde. Het plafond was hier veel lager en de deuren waren kleiner. Het was de verdieping van de toenmalige dienstverblijven. Zonder dat Julián het me hoefde te vertellen wist ik dat de laatste kamer de slaapkamer was geweest van Jacinta Coronado. Julián liep er langzaam naartoe, bevreesd. Het was de laatste plek geweest waar hij Penélope had gezien, waar hij de liefde had bedreven met een meisje van nauwelijks zeventien jaar, dat maanden later in diezelfde cel zou leegbloeden. Ik wilde hem tegenhouden, maar Julián had de drempel al bereikt en keek in gedachten verzonken naar binnen. Ik ging naast hem op de drempel staan. De kamer was niet meer dan een hok, van alle decoratie ontdaan. De sporen op de plek waar het bed ooit had gestaan waren nog steeds zichtbaar onder de deken van stof die de houten vloerplanken bedekte. Een wirwar van zwarte vlekken kronkelde over het midden van de kamer. Julián staarde bijna een minuut naar die leegte, verward. Ik zag in zijn ogen dat hij de kamer slechts met moeite herkende, dat alles hem als een macabere, wrede truc voorkwam. Ik nam hem bij de arm en leidde hem terug naar de trap.

"Hier is niets, Julián", mompelde ik. "De familie heeft alles verkocht voor ze naar Argentinië vertrok."

Julián knikte zwakjes. We daalden weer af naar de begane grond. Eenmaal daar zette Julián koers naar de bibliotheek. De boekenplanken waren leeg, de schouw lag vol met puin. De kleurloze muren flakkerden op de adem van de vlam. De schuldeisers en woekeraars hadden kans gezien alles wat los- en vastzat mee te nemen.

"Ik ben voor niets teruggekomen", prevelde Julián.

Beter zo, dacht ik. Ik telde de seconden die ons scheidden van de deur. Als het me lukte hem daar nu weg te halen, hadden we misschien nog een kans. Ik liet Julián de puinhopen van die plek in zich opnemen en zijn herinnering louteren.

"Je moest terugkomen en het nog een keer zien", zei ik. "Nu zie je dat er niets is. Het is slechts een groot, oud en onbewoond huis, Julián. Laten we naar huis gaan."

Hij keek me aan, bleek, en knikte. Ik nam hem bij de hand en we liepen door de gang naar de voordeur. De kier van buitenlicht was op nog geen tiental meters afstand. Ik kon de frisse lucht al ruiken. Toen voelde ik hoe Juliáns hand me ontglipte. Ik bleef staan, draaide me om en zag hem daar onbeweeglijk in de duisternis staren.

"Wat is er, Julián?"

Hij antwoordde niet. Als behekst keek hij naar de uitgang van een smalle gang die naar de keukens voerde. Ik liep erheen en tuurde naar de schaduwen die zwakjes door de blauwe vlam van de aansteker opzij werden geduwd. De deur aan het eind van de gang was dichtgemetseld – een ruw gemetselde bakstenen muur. Ik begreep niet goed wat het betekende, maar voelde een intense kilte langs mijn ruggengraat trekken. Julián liep er langzaam naartoe. Alle andere deuren in de gang, in het hele huis, waren open, ontdaan van sloten en deurknoppen. Behalve deze. Julián legde zijn handen op de stenen van rode klei.

"Julián, alsjeblieft, laten we nu gaan ..."

De inslag van zijn vuist op de bakstenen muur provoceerde een holle echo aan de andere kant. Ik had de indruk dat zijn handen beefden toen hij de aansteker op de grond zette en me beduidde een paar stappen terug te doen.

"Julián ..."

De eerste trap gaf een regen van rood stof. Julián viel opnieuw aan. Ik geloof dat ik zijn botten hoorde kraken. Julián vertrok geen spier. Hij ramde telkens tegen de muur, met de woede van een gevangene die zich een weg baant naar de vrijheid. Zijn vuisten en armen bloedden toen de eerste baksteen brak en aan de andere kant op de grond viel. Met bebloede vingers begon Julián vervolgens strijd te leveren om het gat groter te maken. Hij hijgde, uitgeput, en bezeten van een razernij waartoe ik hem nooit in staat zou hebben geacht. Een voor een gaven de bakstenen toe en de muur zwichtte. Julián stopte, overdekt met koud zweet, de handen kapot. Hij nam de aansteker en plaatste hem op een van de bakstenen. Een bewerkte houten deur met engelenmotieven verhief zich aan de andere kant. Julián streelde over het reliëf van het hout alsof hij een hiëroglief las. De deur opende onder de druk van zijn handen.

Het donker achter de deur was dik, bijna geleiachtig. Even verderop was iets te zien wat op een trap leek. Zwarte, stenen treden daalden af in een zwart gat. Julián draaide zich een moment om en onze ogen ontmoetten elkaar. Ik zag angst en wanhoop in zijn blik, alsof hij intuïtief aanvoelde wat daar op hem wachtte. Ik schudde mijn hoofd, smeekte hem woordeloos niet naar beneden te gaan. Hij draaide zich om, verslagen, en dook onder in de duisternis. Ik stond in de omlijsting van steen en zag hem de trap afdalen. De vlam beefde, nauwelijks meer dan een zuchtje transparant blauw.

"Julián?"

Stilte. Ik kon de schaduw van Julián zien, onbeweeglijk aan het einde van de trap. Ik stapte over de drempel van bakstenen en daalde de treden af. De ruimte was rechthoekig met marmeren muren. Er kwam een intense, penetrante kou vanaf. De twee grafstenen waren overdekt met een sluier van spinnenwebben die als vergane zijde verdween bij de vlam van de aansteker. Over het witte marmer liepen zwarte vochttranen die op bloed leken dat uit de gleufjes droop die de graveursbeitel had aangebracht. Ze rustten naast elkaar, als aaneengeketende vloeken.

PENÉLOPE ALDAYA	DAVID ALDAYA
1902–1919	1919

11

Talloze malen heb ik stilgestaan bij dat moment van stilte en geprobeerd me voor te stellen wat Julián gevoeld moet hebben, toen hij vaststelde dat de vrouw op wie hij zo veel jaar had gewacht, dood was, dat hun beider zoon met haar mee was gegaan, dat het leven waarover hij had gedroomd, zijn enige drijfkracht, nooit had bestaan. De meerderheid van ons heeft het geluk, of de pech, te zien hoe het leven stukje bij beetje afbrokkelt, bijna zonder dat we het beseffen. Voor Julián wikkelde het zich af in luttele seconden. Ik dacht even dat hij de trappen op zou stormen en zou vluchten van die vervloekte plek; dat ik hem nooit meer zou zien. Misschien was dat beter geweest.

Ik herinner me hoe de vlam van de aansteker langzaam uitdoofde en dat ik zijn silhouet in de duisternis niet meer kon zien. Ik zocht naar hem in het donker en vond hem bevend, met stomheid geslagen. Hij kon nauwelijks op de been blijven en sleepte zich naar een hoek. Ik omhelsde hem en kuste hem op het voorhoofd. Hij bewoog zich niet. Ik betastte zijn gezicht, maar er waren geen tranen. Ik dacht dat hij het misschien, onbewust, gedurende al die jaren geweten had, dat misschien deze vondst nodig was geweest om geconfronteerd te worden met de harde feiten en zich ervan te bevrijden. We hadden het einde van de weg bereikt. Julián zou nu begrijpen dat niets hem in Barcelona hield en dat we konden vertrekken, naar ergens ver weg. Ik wilde geloven dat ons lot zou veranderen en dat Penélope ons had vergeven.

Ik zocht naar de aansteker op de grond en stak hem opnieuw aan. Julián staarde de leegte in, zich niet bewust van de vlam. Ik legde mijn handen om zijn gezicht en dwong hem me aan te kijken. Ik vond levenloze, lege ogen, verteerd door razernij en verlies. Ik voelde hoe het vergif van de haat zich langzaam door zijn aderen verspreidde en ik kon zijn gedachten lezen. Hij haatte me om mijn bedrog. Hij haatte Miquel om hem een leven te hebben gewenst dat nu voelde als een open wond. Maar boven alles haatte hij de man die al deze rampspoed veroorzaakt had, dit spoor van dood en ongeluk: zichzelf. Hij haatte die vervloekte boeken waar hij zijn leven aan had gewijd en die niemand iets konden schelen. Hij haatte iedere gestolen seconde en iedere ademteug.

Hij keek me aan zonder met zijn ogen te knipperen, zoals je naar een vreemde kijkt of naar een onbekend object. Ik bleef met mijn hoofd schudden, zocht zijn handen. Bruusk trok hij zich terug en stond op. Ik wilde hem bij zijn arm pakken, maar hij duwde me tegen de muur. Ik zag hem de trap oplopen, een man die ik niet langer kende. Julián Carax was dood. Tegen de tijd dat ik de tuin van het huis inliep was er geen spoor van hem te bekennen. Ik klom op de muur en sprong er aan de andere kant af. De verlaten straten leken te bloeden in de regen. Ik schreeuwde zijn naam, midden op de uitgestorven straat lopend. Niemand beantwoordde mijn roep. Toen ik thuiskwam was het bijna vier uur 's ochtends. De woning stond vol rook en stonk naar verbrand papier. Julián was hier geweest. Ik rende naar de ramen om ze te openen. Ik vond een etui op mijn bureau waarin de pen lag die ik jaren geleden in Parijs voor hem had gekocht, de vulpen waarvoor ik een fortuin had betaald op grond van zijn vermeende toebehoren aan Victor Hugo. De rook kwam uit de verwarmingsketel. Ik deed het onderdeurtje open en stelde vast dat Julián exemplaren van zijn romans erin had gegooid. Op de leren ruggen was met moeite nog de titel te lezen. De rest was as. Ik keek op naar de boekenkasten: al zijn boeken ontbraken.

Uren later, toen ik halverwege de ochtend naar de uitgeverij ging, liet Álvaro Cabestany me bij zich komen in zijn kantoor. Zijn vader kwam er nauwelijks meer en de artsen hadden hem gezegd dat zijn dagen geteld waren – net als mijn positie binnen het bedrijf. De zoon van Cabestany kondigde aan dat zich die ochtend een heer had gemeld met de naam Laín Coubert, die geïnteresseerd was in het opkopen van de hele voorraad van Julián Carax' romans. De zoon van de uitgever had hem geantwoord dat hij een magazijn vol had in Pueblo Nuevo, maar dat er grote vraag naar was en daarom had hij een hogere prijs geëist dan die welke Coubert bood. Coubert was er niet op ingegaan en was vertrokken. Nu wilde Cabestany junior dat ik deze Laín Coubert opspoorde en zijn aanbod accepteerde. Ik vertelde de dwaas dat Laín Coubert niet bestond, dat het een personage was uit een roman van Carax. Dat hij helemaal geen interesse had in het kopen van de boeken; hij wilde slechts weten waar ze waren. De oude heer Cabestany had de gewoonte een exemplaar van iedere gepubliceerde titel te bewaren in zijn kantoorbibliotheek, zelfs van de werken van Julián Carax. Ik glipte er ongezien naar binnen en nam ze mee.

Die middag bezocht ik mijn vader in het Kerkhof der Vergeten Boeken en verborg ze waar niemand, zeker Julián niet, ze ooit zou kunnen vinden. Het was al donker toen ik daar wegging. Slenterend over de Ramblas in de richting van de zee kwam ik bij de Barceloneta en ik liep het strand op, op zoek naar de plek waar ik naartoe was gegaan om met Julián naar de zee te kijken. De vlammenzee van het magazijn van Pueblo Nuevo was van verre zichtbaar, het amberkleurige spoor dat over zee trok en de vuur- en rookspiralen die opstegen naar de hemel als lichtslangen. Toen de brandweerlieden erin slaagden de vlammen te doven kort voor het ochtend werd, was er niets meer over, slechts het skelet van baksteen en metaal dat het gewelf ondersteunde. Daar vond ik Lluís Carbó, die gedurende tien jaar de nachtwaker was geweest. Hij staarde ongelovig naar de rokende puinhopen. Zijn wenkbrauwen en de haren op zijn arm waren verbrand en zijn huid glinsterde als vochtig brons. Hij was het die me vertelde dat de vlammen kort na middernacht waren begonnen en dat ze tienduizenden boeken hadden verslonden, tot de dageraad kwam en hij geconfronteerd werd met een rivier van as. Lluís hield in zijn handen nog een stapeltje boeken dat hij had kunnen redden, een paar dichtbundels van Verdaguer en twee delen *Geschiedenis van de Franse Revolutie.* Dat was alles wat het overleefd had. Diverse leden van de vakbond waren de brandweerlieden te hulp geschoten. Ik kreeg te horen dat de brandweer een verbrand lichaam had gevonden tussen het puin. Aanvankelijk dachten ze dat het dood was, maar toen een van hen merkte dat het nog steeds ademde, brachten ze het naar Hospital del Mar.

Ik herkende hem aan zijn ogen. Het vuur had zijn huid, handen en haar verslonden. De vlammen hadden hem de kleren van het lijf gerukt en zijn hele lichaam was als een opengereten wond die etterde tussen de zwachtels. Ze hadden hem verbannen naar een eenzame kamer aan het einde van een gang met uitzicht op zee, en hem volgespoten met morfine, wachtend op zijn dood. Ik wilde zijn hand vasthouden, maar een van de verpleegsters waarschuwde me dat er nauwelijks vlees zat onder de windsels. Het vuur had zijn oogleden weggeschroeid zodat zijn ogen ononderbroken op de leegte waren gericht. De verpleegster die me huilend op de grond vond, vroeg me of ik wist wie hij was. Ik zei ja, mijn echtgenoot. Toen een roofzuchtige priester verscheen om hem de laatste zegeningen te geven, verjoeg ik hem met mijn geschreeuw. Drie dagen later was Julián nog steeds in leven. De dokters zeiden dat het een wonder was, dat zijn levenslust hem op de been hield met een kracht waar medicijnen niet mee konden wedijveren. Ze vergisten zich. Het was geen levenslust. Het was haat. Een week later, toen men zag dat dit met de dood overtrokken lichaam weigerde te sterven, werd het officieel met de naam Miquel Moliner opgenomen. Hij zou daar elf maanden blijven. Altijd zwijgend, met een rusteloze, brandende blik.

Ik ging iedere dag naar het ziekenhuis. Al snel begonnen de verpleegsters me te tutoyeren en me uit te nodigen voor de lunch in hun zaaltje. Het waren allemaal alleenstaande, sterke vrouwen, die hoopten dat hun mannen zouden terugkeren van het front. Sommigen keerden inderdaad terug. Ze leerden me hoe ik Juliáns wonden moest schoonmaken, de zwachtels vernieuwen, het bed verschonen en opmaken met een levenloos lichaam erop. Ze leerden me ook de hoop te verliezen op een goede dag de man terug te zien die ooit door deze botten werd gedragen. In de derde maand haalden we de zwachtels van zijn gezicht. Julián was een doodshoofd. Hij had geen lippen, geen wangen. Het was een gelaat zonder trekken, de verkoolde resten van een pop. Zijn oogkassen waren groter geworden en domineerden nu zijn gezichtsuitdrukking. De verpleegsters gaven het niet toe, maar ze voelden afschuw, bijna angst. De artsen hadden verteld dat zich langzaam een soort violetkleurige, reptielachtige huid zou gaan vormen naarmate de wonden genazen. Niemand waagde het zich uit te spreken over zijn geestelijke staat. Iedereen nam zonder meer aan dat Julián – Miquel – zijn verstand had verloren in de brand, dat hij het had overleefd dankzij de geobsedeerde zorg van een echtgenote die zich groothield waar vele anderen vol afgrijzen gevlucht zouden zijn. Ik keek hem in de ogen en wist dat Julián daar nog was, levend, langzaam opbrandend. Wachtend.

Hij had zijn lippen verloren, maar de artsen meenden dat zijn stembanden geen onherstelbare schade hadden opgelopen en dat de brandwonden op zijn tong en strottenhoofd maanden geleden al genezen waren. Volgens hen zei Julián niks omdat zijn geest was uitgedoofd. Op een middag, zes maanden na de brand, toen hij en ik alleen waren in de kamer, boog ik voorover en kuste hem op het voorhoofd.

"Ik hou van je", zei ik.

Een smartelijk, rauw geluid kwam uit de hondengrimas waartoe zijn mond gereduceerd was. Zijn ogen waren rood van de tranen. Ik wilde ze drogen met een zakdoek, maar hij herhaalde dat geluid.

"Laat me", had hij gezegd.

Laat me.

Uitgeverij Cabestany was twee maanden na de brand van het magazijn in Pueblo Nuevo failliet gegaan. De oude Cabestany, die dat jaar overleed, had voorspeld dat zijn zoon het voor elkaar zou krijgen het bedrijf binnen zes maanden te gronde te richten. Onverbeterlijke optimist tot aan het graf. Ik probeerde werk te vinden bij een andere uitgeverij, maar de oorlog vrat alles weg. Iedereen zei tegen me dat hij spoedig voorbij zou zijn en dat alles daarna beter zou worden. Maar de oorlog had nog twee jaar voor de boeg en wat daarna kwam was bijna nog erger.

Toen de brand een jaar geleden was, vertelden de artsen dat ze alles hadden gedaan wat er in een ziekenhuis voor een patiënt gedaan kon worden. De situatie was moeilijk en ze hadden de kamer nodig. Ze adviseerden me Julián te laten opnemen in een sanatorium zoals het Santa Lucia Hospice, maar ik weigerde. In oktober 1937 nam ik hem mee naar huis. Hij had geen enkel woord meer gesproken sinds dat "Laat me".

Ik herhaalde iedere dag dat ik van hem hield. Hij zat geïnstalleerd in een leunstoel bij het raam, in dekens gewikkeld. Ik voedde hem met fruitsap, geroosterd brood en, als ik het kon krijgen, melk. Iedere dag las ik hem een paar uur voor. Balzac, Zola, Dickens ... Zijn lichaam begon weer wat volume te krijgen. Kort na zijn terugkeer naar huis begon hij handen en armen te bewegen. Hij bewoog zijn nek. Soms, als ik thuiskwam, vond ik de dekens en omgevallen voorwerpen op de grond. Op een dag vond ik Julián zelf op de grond, kruipend. Anderhalf jaar na de brand, op een stormachtige nacht, werd ik rond middernacht wakker. Er zat iemand aan mijn bed die mijn haar streelde. Ik glimlachte naar hem, m'n tranen verbergend. Hij had het voor elkaar gekregen een van mijn spiegels te vinden, hoewel ik ze allemaal had verstopt. Met gebroken stem vertelde hij me dat hij veranderd was in een van de door hem verzonnen monsters, in Laín Coubert. Ik wilde hem kussen, hem tonen dat zijn uiterlijk me niet afstootte, maar hij liet het niet toe. Spoedig zou hij niet meer toestaan dat ik hem aanraakte. Iedere dag herwon hij meer aan kracht. Hij dwaalde door het huis als ik de deur uitging op zoek naar eten. Door het spaargeld dat Miquel had achtergelaten hielden we het hoofd boven water, maar al vrij snel moest ik sieraden gaan verkopen en oude meubels. Toen ik geen andere remedie meer had, nam ik de vulpen van Victor Hugo die ik in Parijs had gekocht en vertrok om hem aan de hoogste bieder te verkopen. Ik vond een winkel achter het gebouw van de Militaire Regering die dit soort spullen aannam. De winkelbaas leek niet onder de indruk van mijn plechtige eed waarin ik bezwoer dat die pen had toebehoord aan Victor Hugo, maar hij zag in dat het een magistraal stuk was en betaalde me wat hij kon; per slot van rekening waren het tijden van nood en schaarste. Toen ik Julián vertelde dat ik hem verkocht had, was ik bang dat hij in woede zou ontsteken. Hij zei slechts dat ik er goed aan had gedaan, dat hij die nooit verdiend had.

Op een dag, een van de vele waarop ik de deur uit was gegaan om werk te zoeken, kwam ik terug en ontdekte dat Julián er niet was. Hij kwam pas terug in de vroege ochtend. Toen ik hem vroeg waar hij geweest was, haalde hij slechts zijn jaszakken (de jas die van Miquel was geweest) leeg en legde een vuistvol munten op tafel. Vanaf dat moment ging hij bijna iedere avond weg. In de duisternis, bedekt met hoed en shawl, met handschoenen en een regenjas, een schaduw onder de schaduwen. Nooit zei hij waar hij heen ging. Bijna altijd bracht hij geld of sieraden mee. Hij sliep in de ochtenden, rechtop in zijn stoel, met open ogen. Eenmaal vond ik een mes in zijn zakken, tweesnijdend, met een automatische springveer. Het lemmet was bespat met donkere vlekken.

In die tijd hoorde ik op straat steeds vaker verhalen over een individu dat de etalageramen van boekwinkels insloeg en boeken verbrandde. Bij andere gelegenheden glipte de vreemde vandaal een bibliotheek binnen of de kamer van een verzamelaar. Hij nam altijd twee of drie boeken mee die hij verbrandde. In februari 1938 ging ik naar een tweedehands boekhandel om te vragen of het mogelijk was boeken van Julián Carax te vinden op de markt. De beheerder zei dat het onmogelijk was: iemand had ze in de loop van de tijd laten verdwijnen. Hijzelf had er een paar gehad en ze verkocht aan een zeer vreemde figuur die zijn gezicht verborg en nauwelijks verstaanbaar was.

"Tot voor kort waren er nog enkele exemplaren in privé-collecties, hier en in Frankrijk, maar veel verzamelaars beginnen zich ervan te ontdoen. Ze zijn bang", zei hij, "en ik geef ze geen ongelijk."

Soms verdween Julián gedurende hele dagen. Al snel was hij een hele week afwezig. Hij kwam en ging altijd in de nacht. Altijd bracht hij geld mee, ofschoon hij nooit tekst en uitleg gaf, en als hij dat wel deed, beperkte hij zich tot enkele zinloze details. Hij vertelde me dat hij in Frankrijk was geweest. Parijs, Lyon, Nice. Bij gelegenheid kwamen er brieven uit Frankrijk, gericht aan Laín Coubert. Ze waren altijd van tweedehands boekhandelaren, verzamelaars, iemand die een verloren exemplaar van de romans van Julián Carax had gelokaliseerd. Als een wolf verdween hij dan, om na enkele dagen terug te keren, stinkend naar verbrand papier en wrok.

Het was tijdens zo'n periode van afwezigheid dat ik de hoedenmaker Fortuny tegenkwam in de kloostergang van de kathedraal, verloren in zijn eigen gedachten. Hij herinnerde zich nog die keer dat ik hem met Miquel had opgezocht om te vragen naar zijn zoon Julián, twee jaar geleden. Hij leidde me naar een hoek en vertelde me vertrouwelijk dat hij wist dat Julián in leven was, ergens, maar dat hij vreesde dat zijn zoon zich niet met ons in verbinding kon stellen om een reden die hij niet kon verklaren. "Heeft te maken met die schurk van een Fumero." Ik zei hem dat ik dat ook geloofde. De oorlogsjaren bleken bijzonder winstgevend te zijn voor Fumero. Zijn bondgenootschappen wisselden van maand tot maand, van anarchisten tot communisten, en wie er zich verder zoal aanbood. Hij werd ervan beschuldigd spion te zijn, handlanger, held, moordenaar, samenzweerder, intrigant, redder, of duivel.

Het deed er weinig toe. Iedereen vreesde hem. Iedereen wilde hem aan zijn kant. Wellicht te druk met de intriges van Barcelona in oorlogstijd leek Fumero Julián te zijn vergeten. Waarschijnlijk waande hij hem, net als de hoedenmaker, gevlucht en ver buiten zijn bereik.

De heer Fortuny vroeg me of ik een oude vriendin was van zijn zoon en ik zei dat dat zo was. Hij vroeg me hem over Julián te vertellen, over de man die hij geworden was, omdat hij, gaf hij treurig toe, hem niet kende. "Het leven scheidde ons, weet u." Hij vertelde me dat hij alle boekhandels van Barcelona was afgegaan op zoek naar de romans van Julián, maar dat er niet aan te komen was. Iemand had hem gezegd dat een gek een complete plattegrond afwerkte in zijn zoektocht om ze te verbranden. Fortuny was ervan overtuigd dat de schuldige niemand anders dan Fumero kon zijn. Ik sprak hem niet tegen. Ik loog waar ik maar kon, uit medelijden of rancune, ik weet het niet. Ik zei hem dat ik dacht dat Julián was teruggegaan naar Parijs, dat het goed met hem ging en dat ik wist dat hij dol was op hoedenmaker Fortuny en zich bij hem zou voegen zodra de omstandigheden dat toestonden. "Het is deze oorlog", beklaagde hij zich, "die alles doet wegrotten." Alvorens afscheid te nemen stond hij erop me zijn adres te geven en dat van zijn ex-vrouw Sophie, met wie hij het contact weer had aangeknoopt na lange jaren van 'misverstanden'. Sophie woonde nu in Bogotá met haar prestigieuze dokter, zei hij. Ze had haar eigen muziekschool en vroeg in haar brieven altijd naar Julián.

"Onze enige band, begrijpt u? De herinnering. Een mens begaat veel fouten in zijn leven, juffrouw, en beseft dat pas als hij oud is. Vertelt u eens, bent u gelovig?"

Ik nam afscheid van hem en beloofde hem en Sophie in te lichten als ik nieuws had van Julián.

"Er is niets wat zijn moeder gelukkiger zou maken dan iets van hem te horen. U vrouwen luistert meer naar het hart en minder naar allerlei onzin", concludeerde de hoedenmaker triest. "Daarom leeft u langer."

Ondanks alle vreselijke verhalen die ik over hem had gehoord, kon ik het niet helpen enig mededogen voor de arme oude man te voelen. Hij had weinig meer te doen op deze wereld dan wachten op de terugkeer van zijn zoon, en hij leek te leven in de hoop om dankzij een wonder van de heiligen die hij met veel devotie bezocht in de kapellen van de kathedraal, de verloren tijd in te halen. Ik had me hem voorgesteld als een griezel, een kwaadaardig, wrokkig wezen, maar hij leek me een vriendelijke man, blind voor de realiteit, verward zoals iedereen. Misschien omdat hij me deed denken aan mijn eigen vader, die zich voor iedereen en zichzelf verborg in die schuilplaats van boeken en schaduwen; of misschien verbond ons het verlangen Julián terug te krijgen en vatte ik daarom genegenheid voor hem op. Ik werd zijn enige vriendin. Zonder dat Julián het wist, zocht ik hem vaak op in de woning aan Ronda San Antonio. De hoedenmaker werkte niet meer.

"Ik heb noch de handen, noch het zicht, noch de klanten ..." zei hij.

Bijna iedere donderdag wachtte hij op me en bood me koffie en koekjes aan waar hij nauwelijks van at. Hij vertelde urenlang over de jeugd van Julián, hoe ze samen in de hoedenwinkel werkten, en hij liet me foto's zien. Hij nam me mee naar de kamer van Julián, die hij kraakhelder hield als een museum, en liet me oude schriften zien, onbeduidende objecten die hij verafgoodde als relikwieën van een leven dat nooit had bestaan, zonder te beseffen dat hij het me allemaal al eerder had laten zien, dat hij al die verhalen al bij een eerdere gelegenheid had verteld. Op een van die donderdagen kwam ik in het trappenhuis een arts tegen die zojuist de heer Fortuny had bezocht. Ik vroeg hem hoe het met de hoedenmaker ging en hij keek me bevreemd aan.

"Bent u familie?"

Ik zei hem dat ik de meest naaste persoon was die de arme man had. De arts vertelde toen dat Fortuny erg ziek was, dat het een kwestie was van maanden.

"Wat heeft hij?"

"Ik zou u kunnen zeggen dat het zijn hart is, maar wat hem eigenlijk de das omdoet, is de eenzaamheid. Herinneringen zijn erger dan kogels."

Toen de hoedenmaker me zag was hij blij en hij bekende me dat die arts hem geen vertrouwen inboezemde. Artsen zijn als tweederangs kwakzalvers, zei hij. Zijn hele leven was de hoedenmaker een man geweest van diepe religieuze overtuigingen en de ouderdom had ze slechts geaccentueerd. Hij legde me uit dat hij overal de hand van de duivel in zag. De duivel, bekende hij, verblindt de rede en is de ondergang van de mens.

"Kijk maar eens naar de oorlog, en kijk dan naar mij. U ziet me nu als oud en zwak, maar als jongeman was ik een schoft en een smeerlap."

Het was de duivel die Julián van hem had weggenomen, voegde hij eraan toe.

"God geeft ons het leven, maar de huisbaas van de wereld is de duivel ..."

We brachten de middag door met theologie en oude, muffe honingbeignets.

Soms zei ik tegen Julián dat als hij zijn vader levend wilde terugzien hij maar beter haast kon maken. Het bleek dat ook Julián zijn vader al die tijd had bezocht zonder dat die het wist. Vanuit de verte, bij de invallende duisternis, zittend aan de andere kant van het plein, zag hij hem ouder worden. Julián had liever dat de oude man het beeld met zich meenam van de zoon dat hij door de jaren heen in zijn geest had gesmeed, dan dat van de persoon die hij was geworden.

"Die bewaar je voor mij", zei ik en ik had er ogenblikkelijk spijt van.

Hij zei niks, maar een moment lang leek het of hij weer helder kon denken en zich bewust werd van de hel waarin we onszelf hadden opgesloten.

De prognose van de arts veranderde al spoedig in realiteit. De heer Fortuny maakte het einde van de oorlog niet mee. Ze vonden hem zittend in zijn fauteuil, oude foto's bekijkend van Sophie en Julián, verzonken in een zee van herinneringen.

De laatste oorlogsdagen waren de prelude van de hel. De stad had de strijd op afstand beleefd, als een wond die sluimerend klopt. Er waren maanden voorbijgegaan van schermutselingen, en gevechten, bombardementen en honger. Het spook van de moorden, gevechten en samenzweringen was al jaren bezig de ziel van de stad aan te vreten, maar evengoed wilden velen geloven dat de oorlog nog steeds ver weg was, een storm die zou overdrijven. Voorzover mogelijk maakte het wachten het onvermijdelijke erger. Toen de pijn de kop opstak, was er geen genade.

Niets voedt de vergetelheid beter dan een oorlog, Daniel. Allemaal zwijgen we en ze doen hun best ons ervan te overtuigen dat wat we hebben gezien, gedaan, en geleerd van onszelf en van anderen, een illusie is, een nachtmerrie die overgaat. Oorlogen hebben geen geheugen, en niemand heeft de moed ze te begrijpen tot er geen stemmen meer over zijn om te vertellen wat er werkelijk is gebeurd, tot het moment komt dat we de oorlogen niet langer herkennen en ze terugkeren met een ander gezicht en een andere naam, om te verslinden wat ze achterlieten.

Tegen die tijd had Julián al bijna geen boeken meer te verbranden. De dood van zijn vader, waar we nooit over praatten, had hem veranderd in een invalide. De woede en de haat die hem in het begin zo hadden verteerd, waren opgebrand. We leefden van geruchten, teruggetrokken. We wisten dat Fumero al diegenen had verraden die hem tijdens de oorlog hadden opgehemeld en dat hij nu in dienst was van de overwinnaars. Er werd gezegd dat hij hoogstpersoonlijk – met één schot in de mond – zijn voornaamste bondgenoten en beschermers terechtstelde in de kerkers van het kasteel op de Montjuïc. De machinerie van de vergetelheid begon te draaien op dezelfde dag dat de wapens tot bedaren kwamen. In die dagen leerde ik dat niets méér angst inboezemt dan een held die leeft om het te vertellen, om te vertellen wat zij die om hem heen vielen, nooit zullen kunnen vertellen. De weken die volgden op de val van Barcelona waren onbeschrijflijk. Er werd in die periode meer bloed vergoten dan tijdens de strijd, maar dan stiekem en in het geniep. Toen eindelijk de vrede kwam, rook zij naar de vrede die gevangenissen en begraafplaatsen behekst had, een doodshemd van stilte en schaamte dat wegrot op de ziel en nooit meer weggaat. Er waren geen onschuldige handen, noch onschuldige blikken. Wij die erbij waren, nemen zonder uitzondering het geheim mee in ons graf.

De kalmte keerde terug te midden van achterdocht en haat, maar inmiddels leefden Julián en ik in grote armoede. We hadden al onze spaartegoeden en de buit van Laín Couberts nachtelijke omzwervingen opgemaakt en er was niets meer in huis om te verkopen. Ik zocht wanhopig naar werk als vertaalster, typiste of schoonmaakster, maar het leek erop dat mijn vroegere band met Cabestany me had gemarkeerd als onwenselijk en had geleid tot een bron van onbeschrijfelijke verdenkingen. Een ambtenaar met een glimmend nieuw pak, brillantine en potloodsnorretje – een van de honderden die onder de stenen vandaan schenen te zijn gekropen in die maanden – insinueerde dat een aantrekkelijke vrouw als ik het niet nodig had om haar toevlucht te zoeken tot zulke onnozele baantjes. De buren, die te goeder trouw mijn verhaal accepteerden dat ik leefde om mijn arme echtgenoot Miquel te verzorgen die invalide en verminkt uit de oorlog was teruggekomen, boden ons melk, kaas of brood aan, soms zelfs gepekelde vis of worst die familieleden uit het dorp hun stuurden. Na maanden van schaarste, ervan overtuigd dat er nog veel tijd voorbij zou gaan voor ik werk zou vinden, besloot ik een plot te beramen dat ik leende uit een van Juliáns romans.

Ik schreef Juliáns moeder in Bogotá uit naam van een zogenaamde nieuwbakken advocaat die wijlen de heer Fortuny in zijn laatste dagen had geraadpleegd om orde op zaken te stellen, en informeerde haar dat nu de hoedenmaker was overleden zonder testament te hebben opgemaakt, zijn vermogen, inclusief de woning aan Ronda San Antonio en de winkel, gelegen in hetzelfde pand, theoretisch eigendom waren van zijn zoon Julián, die verondersteld werd in ballingschap te leven in Frankrijk. Aangezien de successierechten niet voldaan waren en zij zich in het buitenland bevond, verzocht de advocaat, die ik José María Requejo doopte, in herinnering aan de eerste jongen die me op de mond had gekust, om haar toestemming om de gewenste stappen te ondernemen en de overdracht van eigendommen op naam van haar zoon Julián te regelen, met wie hij contact wilde opnemen via de Spaanse ambassade in Parijs, tot die tijd de eigendomsrechten met tijdelijk en voorlopig karakter op zich nemend, evenals een geringe financiële compensatie. Eveneens verzocht hij haar om contact op te nemen met de beheerder van het pand, opdat hij de documenten en betalingen die de kosten van het eigendom moesten dekken naar het kantoor van advocaat Requejo kon sturen, op wiens naam ik een postbusnummer opende met een niet-bestaand adres – een oude, niet in gebruik zijnde garage op twee straten van het vervallen huis van de Aldaya's. Mijn hoop was dat Sophie, verblind door de mogelijkheid om Julián te helpen en opnieuw met hem in contact te komen, niet zou blijven stilstaan bij al dat legale koeterwaals en ons tegemoet zou komen, gegeven haar voorspoedige situatie in het verre Colombia.

Een paar maanden later begon de beheerder van het pand een maandelijkse postwissel te ontvangen die de kosten dekte van de woning aan Ronda San Antonio en de betalingen aan het advocatenkantoor van José María Requejo, die hij in de vorm van een open cheque stuurde naar postbusnummer 2321 te Barcelona, precies zoals Sophie Carax hem aangaf in haar correspondentie. De beheerder, merkte ik, hield iedere maand een niet-geautoriseerd percentage in, maar ik zei liever niets. Op die manier bleef hij tevreden en stelde geen vragen over zo'n gemakkelijke deal. Van de rest konden Julián en ik overleven. Vreselijke jaren, zonder hoop, gingen zo voorbij. Stukje bij beetje had ik een paar losse baantjes als vertaalster weten te bemachtigen. Niemand herinnerde zich Cabestany en men paste de politiek van vergeven en vergeten toe. Oude rivaliteiten en wrok werden opzijgezet. Ik leefde in de constante dreiging dat Fumero weer zou besluiten in het verleden te gaan wroeten en de achtervolging van Julián te hervatten. Af en toe overtuigde ik mezelf van het tegendeel, dat hij hem nu toch zeker dood waande, of hem vergeten zou zijn. Fumero was niet meer de vechtersbaas van jaren terug. Hij was nu een publiek figuur, een carrièreman binnen het fascistische regime, die zich de luxe van Julián Carax' spookbeeld niet kon permitteren. Andere keren werd ik 's nachts wakker met een wild kloppend hart en badend in het zweet, omdat ik dacht dat de politie op de deur stond te bonken. Ik vreesde dat een van de buren argwaan zou gaan koesteren over die zieke echtgenoot die nooit het huis uitkwam, die soms huilde of op de muren bonkte als een gek, en dat ze ons zouden aangeven bij de politie. Ik vreesde dat Julián opnieuw zou ontsnappen, dat hij zou besluiten op jacht te gaan naar zijn boeken om ze te verbranden, om het weinige dat er van hem over was te verbranden en definitief elk teken dat hij ooit bestaan had uit te wissen. Van al dat bang zijn vergat ik dat ik ouder werd, dat het leven met een boog aan me voorbijliep, dat ik mijn jeugd had opgeofferd door te houden van een fantoom van een man.

Maar de jaren gingen voorbij in vrede. De tijd gaat sneller naarmate er meer leegte is. Levens zonder betekenis gaan voorbij als treinen die niet op hun stations stilhouden. Ondertussen heelden de oorlogslittekens tegen wil en dank. Ik had weer werk van een paar uitgeverijen. Het grootste deel van de dag bracht ik buitenshuis door. Ik had minnaars zonder naam, wanhopige gezichten die ik tegenkwam in de bioscoop of de metro, met wie ik mijn eenzaamheid uitwisselde. Daarna werd ik, absurd genoeg, altijd verteerd door schuldgevoelens en bij het zien van Julián kreeg ik zin om te huilen en bezwoer mezelf dat ik hem nooit meer zou verraden. Alsof ik hem iets verschuldigd was. In de bus of op straat betrapte ik mezelf erop dat ik naar jongere vrouwen keek, met kinderen aan de hand. Ze leken gelukkig, of in vrede, alsof die hulpeloze kleine wezentjes alle leegte in de wereld opvulden. Dan herinnerde ik me de dagen dat ik mezelf, al fantaserend, als een van die vrouwen voorstelde, met een kind op de arm, een zoon van Julián. Vervolgens dacht ik aan de oorlog en aan het feit dat degenen die hem gevoerd hadden, ook ooit kinderen waren geweest.

Toen ik begon te geloven dat de wereld ons was vergeten, dook er op een dag iemand op bij ons thuis. Een jonge, baardloze vent, een leerjongen die rood werd als hij me in de ogen keek. Hij vroeg naar de heer Miquel Moliner, zogenaamd om een of ander archief van het college van journalisten te actualiseren. Hij zei dat de heer Moliner wellicht de begunstigde kon worden van een maandelijkse toelage, maar om dat af te handelen was het nodig eerst een serie gegevens te controleren en bij te werken. Ik zei dat de heer Moliner hier sinds het begin van de oorlog niet meer woonde, dat hij naar het buitenland was vertrokken. Hij zei dat het hem speet en vertrok met zijn glibberige glimlach en zijn acne van leerlingverklikker. Ik wist dat ik Julián diezelfde nacht spoorslags zou moeten laten verdwijnen. Julián was inmiddels tot bijna niks gereduceerd. Hij was gehoorzaam als een jongetje en zijn hele leven leek te draaien om de uurtjes die we 's avonds doorbrachten met muziek luisteren op de radio, terwijl hij mijn hand vasthield en die in stilte streelde.

Die nacht nam ik de sleutels van de woning aan Ronda San Antonio, die de beheerder van het pand naar de niet-bestaande advocaat Requejo had gestuurd, en vergezelde Julián naar het huis waar hij was opgegroeid. Ik installeerde hem in zijn kamer en beloofde hem de volgende dag terug te komen; ik zei hem dat we heel voorzichtig moesten zijn.

"Fumero zoekt je weer", zei ik.

Hij knikte vaag, alsof hij het zich niet herinnerde, of zich niet langer interesseerde voor wie Fumero was. Zo gingen enkele weken voorbij. 's Nachts, na middernacht, ging ik naar het huis. Ik vroeg Julián wat hij overdag gedaan had en dan keek hij me niet-begrijpend aan. We brachten de nacht in elkaars armen door en ik vertrok als het licht werd, hem belovend dat ik zo snel mogelijk weer zou komen. Bij het weggaan deed ik de deur op slot. Julián had geen sleutel. Ik gaf de voorkeur aan opgesloten boven dood.

Er kwam niemand meer vragen naar mijn echtgenoot, maar ik zorgde ervoor dat in de buurt bekend werd dat mijn echtgenoot in Frankrijk was. Ik schreef een paar brieven aan het Spaanse consulaat in Parijs waarin stond dat ik wist dat de Spaanse burger Julián Carax in de stad was en dat ik hulp vroeg bij zijn opsporing. Ik veronderstelde dat vroeg of laat de brieven in de juiste handen zouden vallen. Ik nam alle voorzorgsmaatregelen, maar wist dat het allemaal een kwestie van tijd was. De haat van mensen als Fumero is nooit gestild. Er zit geen zin of reden in hun haat. Ze haten zoals ze ademhalen.

Het huis aan Ronda San Antonio was een zolderverdieping. Ik ontdekte dat je vanaf het trappenhuis via een deur op het dakterras kon komen. De terrassen van het hele blok vormden een netwerk van met elkaar verbonden patio's, gescheiden door muren van krap een meter hoog, waar de bewoners hun was ophingen. Het kostte me niet veel tijd om een gebouw te vinden aan de andere kant van het blok, met de gevel aan Calle Joaquín Costa, dat een dakterras had waarlangs ik bij het gebouw aan Ronda San Antonio kon komen zonder dat iemand me het pand in of uit zag gaan. Eén keer ontving ik een brief van de beheerder waarin stond dat sommige buren lawaai hadden gehoord in het appartement van de Fortuny's. Ik antwoordde uit naam van advocaat Requejo en voerde aan dat bij gelegenheid iemand van kantoor erheen moest om papieren of documenten te zoeken en dat er geen reden was tot alarm, ook al waren de geluiden 's nachts. Ik voegde een stukje commentaar toe dat impliceerde dat onder heren, boekhouders en advocaten, een vrijgezellenbed geen geringe schat was. De beheerder, die een collegiale solidariteit toonde, antwoordde dat ik me niet in het minst zorgen hoefde te maken, dat hij de situatie zou afhandelen.

In die jaren was het vervullen van de rol van advocaat Requejo mijn enige afleiding. Eén keer per maand zocht ik mijn vader op in het Kerkhof der Vergeten Boeken. Hij toonde nooit enige interesse in het leren kennen van mijn onzichtbare echtgenoot en nooit bood ik aan hem voor te stellen. We draaiden om dat thema heen in onze conversatie als ervaren zeevaarders die een klip aan de oppervlakte omzeilen. Soms keek hij me in stilte lang aan en vroeg dan of ik hulp nodig had, of hij iets kon doen. Op een enkele zaterdag vergezelde ik Julián bij het aanbreken van de dag naar zee. Dan gingen we naar het dakterras en staken door naar het belendende pand om uit te komen in Calle Joaquin Costa. Vanaf daar liepen we naar de haven via de steegjes van de Raval. Niemand versperde ons de weg. Ze vreesden Julián, zelfs van verre. Soms liepen we tot aan de pier. Julián hield ervan op de rotsen te zitten en naar de stad te kijken. Een enkele middag glipten we een bioscoop binnen als de voorstelling al was begonnen. In de duisternis sloeg niemand acht op Julián. We leefden 's nachts en in stilte. Naarmate de maanden verstreken leerde ik de routine met normaliteit te verwarren, en mettertijd geloofde ik zelfs dat ik het perfecte plan had gehad. Arme idioot die ik was.

12

1945, jaar van as. Slechts zes jaren waren voorbijgegaan sinds het einde van de oorlog en hoewel de littekens bij iedere stap voelbaar waren, praatte bijna niemand er openlijk over. Nu praatte men over die andere oorlog, die allesomvattende oorlog die de wereld had besmet met een stank van aas en laagheid die er nooit meer af zou gaan. Het waren jaren van schaarste en armoede, merkwaardig gezegend door het soort vrede dat de stommen en kreupelen bij ons inspireren – ergens tussen medelijden en weerzin in. Na jaren vergeefs werk zoeken als vertaalster vond ik eindelijk een baan als correctrice van zetproeven in een uitgeverij, opgericht door een zakenman nieuwe stijl die Pedro Sanmartí heette. De zakenman had de handel opgebouwd met het fortuin van zijn schoonvader, die hij vervolgens in een tehuis aan het meer van Bañolas had gestopt, in afwachting van het poststuk met de overlijdensakte. Sanmartí, die ervan hield om dames van half zijn leeftijd het hof te maken, presenteerde zichzelf als de selfmade man, een beeld dat toen zeer in zwang was. Hij brabbelde Engels met een zwaar accent, overtuigd dat het de taal van de toekomst was en eindigde zijn zinnen met 'okay'.

De uitgeverij (die Sanmartí de wonderlijke naam 'Endymion' had gegeven omdat die hem indrukwekkend in de oren klonk en geschikt was om geld mee te verdienen) publiceerde catechismussen, handboeken over goede manieren en stichtelijke boekjes in romanvorm, waarin nonnetjes de hoofdrol speelden die vreemde streken uithaalden, of heroïsch personeel van het Rode Kruis of gelukkige ambtenaren met hoog apostolisch karakter. We gaven ook een stripboekenserie uit over Amerikaanse soldaten die 'Dapper Commando' heette, een hit onder de jeugd die verlangde naar helden met een uiterlijk alsof ze zeven dagen per week vlees aten. Ik was goede vriendinnen geworden met de secretaresse van Sanmartí, Mercedes Pietro, een oorlogsweduwe met wie ik al spoedig grote affiniteit voelde. Mercedes en ik hadden veel met elkaar gemeen: we waren twee vrouwen op drift, omringd door mannen die dood waren of zich voor de wereld hadden verborgen. Mercedes had een zeven jaar oude zoon met musculaire dystrofie die ze grootbracht zo goed en zo kwaad als het ging. Ze was nog maar tweeëndertig, maar haar leven stond haar in het gezicht gegroefd. Gedurende al die jaren was Mercedes de enige persoon bij wie ik in de verleiding kwam alles te vertellen.

Zij was het die me vertelde dat Sanmartí een grote vriend was van de iedere dag met nieuwe onderscheidingen overladen chef-inspecteur Francisco Javier Fumero. Beiden behoorden tot een kliekje individuen, opgerezen uit de as van de oorlog, dat zijn tentakels over de hele stad uitstrekte, de nieuwe elite van de macht.

Op een goede dag dook Fumero op in de uitgeverij. Hij kwam zijn vriend Sanmartí bezoeken, met wie hij zou gaan lunchen. Met een smoes verstopte ik me in de archiefkamer tot ze vertrokken waren. Toen ik naar mijn tafel terugkeerde, keek Mercedes me aan met een veelzeggende blik. Vanaf toen waarschuwde ze me iedere keer dat Fumero in de kantoren van de uitgeverij opdook, zodat ik me kon verbergen.

Er ging geen dag voorbij dat Sanmartí niet probeerde me mee uit eten te nemen, me uit te nodigen voor het theater of de film, met elke willekeurige smoes die in zijn brein opkwam. Ik antwoordde altijd dat mijn man thuis op me wachtte en dat zijn vrouw wel ongerust moest zijn, dat het al laat werd. Mevrouw Sanmartí, die fungeerde als inwisselbaar meubelstuk, stond heel wat lager genoteerd op de sympathieënschaal van haar echtgenoot dan zijn Bugatti. Zij leek haar rol in de klucht van hun huwelijk te hebben verloren toen het fortuin van de schoonvader in Sanmartí's handen was overgegaan. Mercedes had me het klappen van de zweep al uitgelegd: Sanmartí, wiens concentratievermogen beperkt was, hield van vers en onbekend vlees, en concentreerde zijn donjuaneske grillen op de nieuwst aangekomene, ik in dit geval. Sanmartí trok alle registers open om een gesprek met me te beginnen.

"Ze vertelden me dat je echtgenoot, een zekere Moliner, schrijver is ... Misschien lijkt het hem wat om een boek te schrijven over mijn vriend Fumero, waar ik de titel al voor heb: *Fumero, gesel van de misdaad* of *De wet van de straat*. Wat vind je, Nurieta?"

"Ik ben u zeer erkentelijk, meneer Sanmartí, maar Miquel zit midden in een roman en ik denk niet dat hij op dit moment ..."

Sanmartí schaterde.

"Een roman? Mijn hemel, Nurieta ... De roman is dood en begraven. Een vriend die net terug is uit New York vertelde me dat zeer onlangs. De Amerikanen zijn iets aan het uitvinden wat ze televisie noemen en wat als de bioscoop zal zijn, maar thuis. Boeken zullen niet meer nodig zijn, noch kerken, helemaal niks. Zeg tegen je echtgenoot dat hij ophoudt met romans. Als hij ten minste nog bekend was, of voetballer of stierenvechter ... Wat zou je ervan zeggen als we de Bugatti pakten en een paella in Castelldefels gingen eten om dit allemaal te bespreken? Kom, vrouwtje, je moet er wel iets van willen maken ... Je weet dat ik je graag zou helpen. En je man ook. Jij weet maar al te goed dat je in dit land zonder de juiste vrienden nergens komt."

Ik begon me te kleden als de zwarte weduwe of een van die vrouwen die het zonlicht lijken te verwarren met de doodzonde. Ik ging naar het werk met mijn haar in een knot en zonder make-up. Ondanks mijn listen bleef Sanmartí me bestoken met zijn insinuaties, altijd gevat in de glibberige, zieke glimlach van de minachting die typerend is voor eikels met een te hoge eigendunk, die als gestopte worsten aan de hogere echelons van elk bedrijf hangen. Ik had twee of drie sollicitatiegesprekken elders, maar vroeg of laat liep ik tegen een andere versie van Sanmartí aan. Ze groeiden als een paddestoelenplaag die nestelt in de mest waarop bedrijven zijn gebouwd. Een van hen nam de moeite om Sanmartí te bellen en hem te vertellen dat Nuria Monfort achter zijn rug om werk aan het zoeken was. Sanmartí riep me bij zich in zijn kantoor, gewond door mijn ondankbaarheid. Hij legde zijn hand op mijn wang en probeerde die te strelen. Zijn vingers roken naar tabak en oud zweet. Ik werd lijkbleek.

"Kom nu toch, als je niet tevreden bent, hoef je maar te kikken. Wat kan ik doen om je werkomstandigheden te verbeteren? Je weet hoezeer ik je apprecieer en het kwetst me om via derden te horen dat je ons wilt verlaten. Wat zou je ervan zeggen als jij en ik ergens gingen dineren en vrede sloten?"

Ik verwijderde zijn hand van mijn gezicht, zonder de weerzin die hij in me opwekte nog langer te kunnen verbergen.

"Je stelt me teleur, Nuria. Ik moet zeggen dat ik geen teamspirit in je zie, noch geloof in de doelstellingen van dit bedrijf."

Mercedes had me er al voor gewaarschuwd dat vroeg of laat iets dergelijks zou gebeuren. Dagen later begon Sanmartí, wiens grammatica niet beter was dan die van een orang-oetan, me alle manuscripten terug te geven die ik corrigeerde, waarbij hij aanvoerde dat ze wemelden van de fouten. Bijna iedere dag bleef ik tot tien of elf uur 's avonds op kantoor om bladzijden en bladzijden met de doorhalingen en commentaren van Sanmartí over te doen.

"Te veel werkwoorden in de verleden tijd. Het klinkt doods, zonder pit ... De infinitief wordt niet gebruikt na een puntkomma. Dat weet iedereen ..."

Op sommige avonden bleef Sanmartí ook tot laat, opgesloten in zijn kantoor. Mercedes probeerde te blijven, maar meer dan eens stuurde Sanmartí haar naar huis. Eenmaal alleen overgebleven in de uitgeverij, kwam Sanmartí zijn kantoor uit, naar mijn bureau.

"Je werkt hard, Nurieta. Niet alles is werk. Een mens moet zich ook amuseren. En jij bent nog jong. Hoewel de jeugd zomaar voorbijgaat en we er niet altijd uithalen wat erin zit."

Hij ging dan op de rand van mijn bureau zitten en doorboorde me met zijn blik. Soms posteerde hij zich achter mijn rug en bleef daar een paar minuten staan. Ik voelde dan zijn stinkende adem over mijn haar. Soms legde hij zijn handen op mijn schouders.

"Je bent gespannen. Ontspan toch."

Ik trilde, wilde gillen of wegrennen en niet meer terugkomen naar dat kantoor, maar ik had het werk nodig en het armzalige salaris dat het opleverde. Op een avond begon Sanmartí met zijn massageroutine om me vervolgens gretig te betasten.

"Ik verlies nog eens mijn hoofd door jou", kreunde hij.

Met een sprong ontsnapte ik aan zijn klauwen en holde naar de uitgang, mijn jas en tas met me mee sleurend. Achter me hoorde ik Sanmartí lachen. Op de trap liep ik een donkere figuur tegen het lijf die door de hal leek te glijden zonder de vloer te raken.

"Verduiveld nog aan toe, mevrouw Moliner ..."

Inspecteur Fumero bood me zijn reptielenglimlach.

"Vertelt u me nou niet dat u werkt voor mijn goede vriend Sanmartí. Hij is net als ik de beste in wat hij doet. En vertelt u eens, hoe is het met uw echtgenoot?"

Ik wist dat mijn dagen geteld waren. De volgende dag ging het gerucht door het pand dat Nuria Monfort een 'pot' was, aangezien ze immuun bleef voor de charmes en verse knoflookadem van don Pedro Sanmartí, en dat ze beter overweg kon met Mercedes Pietro. Meer dan één jongeling met toekomst in het bedrijf verzekerde 'die twee viespeuken' enkele malen te hebben zien flikflooien in de archiefkamer. Die middag vroeg Mercedes of we even konden praten. Ze durfde me nauwelijks aan te kijken. We liepen naar het café op de hoek zonder een woord te wisselen. Daar vertelde Mercedes dat Sanmartí haar had gezegd dat hij onze vriendschap niet goedkeurde, en dat de politie bepaalde informatie over me had gegeven, over mijn veronderstelde verleden als communistisch activiste.

"Nuria, ik kan deze baan niet verliezen. Ik heb hem nodig voor mijn zoon ..."

Ze barstte in tranen uit, brandend van schaamte en vernedering.

"Maak je geen zorgen, Mercedes. Ik begrijp het", zei ik.

"Die man, Fumero, die moet jou hebben, Nuria. Ik weet niet wat hij tegen je heeft, maar ik zie het aan zijn gezicht ..."

"Dat weet ik."

De maandag daarop, toen ik bij kantoor aankwam, vond ik daar een dor individu met brillantine in het haar, dat mijn bureau bezet hield. Hij stelde zich voor als Salvador Benades, de nieuwe corrector.

"En u bent?"

Niet één persoon durfde mijn blik te kruisen of het woord tot me te richten terwijl ik mijn spullen bij elkaar zocht. Toen ik de trap afliep, rende Mercedes achter me aan en gaf me een envelop met wat biljetten en munten erin.

"Bijna iedereen heeft bijgedragen wat hij kon. Neem het alsjeblieft. Niet voor jou, maar voor ons."

Die nacht ging ik naar de woning aan Ronda San Antonio. Julián wachtte zoals altijd op me in de duisternis. Hij had een gedicht voor me geschreven, zei hij. Het was het eerste wat hij had geschreven in negen jaar. Ik wilde het lezen, maar stortte in zijn armen in elkaar. Ik vertelde hem alles, omdat ik niet meer kon. Omdat ik vreesde dat Fumero hem vroeg of laat zou vinden. Julián luisterde stil naar me, terwijl hij me in zijn armen hield en mijn haren streelde. Het was de eerste keer sinds jaren dat ik voelde voor één keer op hem te kunnen leunen. Ik wilde hem kussen, ziek van eenzaamheid, maar Julián had lippen noch huid om me aan over te geven. Ik sliep in zijn armen in, in elkaar gekruld in het bed op zijn kamer, een krakkemikkig jongensbed. Toen ik wakker werd was Julián weg. Vroeg in de ochtend hoorde ik zijn voetstappen op het dakterras en ik deed alsof ik nog sliep. Later die morgen hoorde ik het nieuws op de radio zonder dat er een lichtje bij me ging branden. Er was een lichaam gevonden op een bankje aan Paseo del Borne, dat uitkeek op de Basiliek van Santa Maria del Mar, de handen in de schoot gevouwen. Een zwerm duiven die in zijn ogen pikte, trok de aandacht van een buurtbewoner, die de politie waarschuwde. Het lijk had een gebroken nek. Mevrouw Sanmartí identificeerde hem als haar echtgenoot, Pedro Sanmartí Monegal. Toen de schoonvader van de overledene het bericht ontving in zijn tehuis in Bañolas, dankte hij de hemel en zei hij bij zichzelf dat hij nu in vrede kon sterven.

13

Julián schreef eens dat toevalligheden de littekens zijn van het noodlot. Er zijn geen toevalligheden, Daniel. We zijn marionetten van onze onnadenkendheid. Gedurende jaren heb ik willen geloven dat Julián, of wat er van hem over was, nog steeds de man was op wie ik verliefd was geworden. Ik heb willen geloven dat we het zouden redden met sporadische uitbarstingen van ellende en hoop. Ik heb willen geloven dat Laín Coubert dood was en teruggekeerd naar de bladzijden van een boek. Wij mensen zijn bereid om alles te geloven behalve de waarheid.

De moord op Sanmartí heeft me de ogen geopend. Ik begreep dat Laín Coubert nog steeds leefde, verbetener dan ooit. Hij verborg zich in het door de vlammen verteerde lichaam van de man die zelfs geen stem meer had – of die in elk geval weigerde te gebruiken – en voedde zich met zijn herinneringen. Ik ontdekte dat hij mijn manier om de woning aan Ronda San Antonio in en uit te komen had ontdekt zonder de noodzaak de deur te forceren die ik iedere keer op slot deed als ik wegging. Ik ontdekte dat Laín Coubert de stad had doorkruist om het huis van de Aldaya's te bezoeken. Ik ontdekte dat hij in zijn gekte naar de crypte was teruggekeerd en de dekstenen kapot had gemaakt, dat hij de kisten van Penélope en zijn zoon eruit had gehaald.

"Wat heb je gedaan, Julián?"

De politie wachtte me thuis op om me te ondervragen over de dood van uitgever Sanmartí. Ze namen me mee naar het hoofdbureau van politie waar Fumero opdook, na vijf uur wachten in een donker kantoortje, in het zwart gekleed; hij bood me een sigaret aan.

"U en ik zouden goede vrienden kunnen zijn, mevrouw Moliner. Mijn mannen vertellen me dat uw man niet thuis is."

"Mijn man heeft me verlaten. Ik weet niet waar hij is."

Met een brute slag in mijn gezicht wierp hij me van mijn stoel. Ik sleepte me naar een hoek, ten prooi aan paniek. Ik durfde niet op te kijken. Fumero knielde naast me neer en greep me bij mijn haar.

"Knoop dit goed in je oren, hoer: ik zal hem vinden, en als ik hem vind, vermoord ik jullie allebei. Jij eerst, zodat hij je ziet met uitpuilende ingewanden. En dan hij, als ik hem eenmaal verteld heb dat die andere hoer die hij het graf heeft ingeholpen, zijn zuster was."

"Hij vermoordt jou eerder, klootzak."

Fumero spuugde me in mijn gezicht en liet me los. Ik dacht dat hij me toen in elkaar zou slaan, maar ik hoorde hoe zijn voetstappen zich in de gang verwijderden. Bevend stond ik op en veegde het bloed van mijn gezicht. Ik kon de hand van die man op mijn huid ruiken, maar dit keer herkende ik de stank van de angst.

Zes uur hielden ze me in die kamer vast, in het donker en zonder water. Toen ze me lieten gaan, was het nacht. Het regende pijpenstelen en de straten glommen. Toen ik thuiskwam, vond ik een zee van rommel. Fumero's mannen waren langs geweest. Tussen de omgevallen meubels, omgegooide dozen en planken, vond ik mijn aan repen gescheurde kleding en Miquels vernielde boeken. Boven op mijn bed lag een hoop uitwerpselen en op de muur stond met excrementen HOER geschreven.

Ik rende naar de woning aan Ronda San Antonio, met eindeloze omwegen om er zeker van te zijn dat geen van Fumero's handlangers me had gevolgd naar het portiek aan Calle Joaquín Costa. Ik doorkruiste de door de regen overstroomde dakterrassen en stelde vast dat de voordeur nog steeds op slot zat. Behoedzaam ging ik naar binnen, maar de echo van mijn voetstappen verraadde Juliáns afwezigheid. Ik bleef op hem wachten tot het licht werd, zittend in de donkere eetkamer, en luisterend naar de storm. Toen de ochtendmist aan de luiken van het balkon likte, liep ik naar het dakterras en keek uit over de stad, bedolven onder een loodgrijze hemel. Ik wist dat Julián hier niet meer zou terugkomen. Nu had ik hem voor altijd verloren.

Maar twee maanden later zag ik hem weer. Ik was 's avonds naar de bioscoop gegaan, alleen, niet in staat de lege, koude woning het hoofd te bieden. Halverwege de film, een dwaas verhaal over de verliefdheden tussen een naar avontuur verlangende Roemeense prinses en een knappe Noord-Amerikaanse journalist wiens haar nooit in de war raakte, kwam er een man naast me zitten. Het was niet de eerste keer. De bioscopen wemelden in die tijd van de onnozele halzen die naar eenzaamheid, urine en eau de cologne stonken, wapperend met bezwete, bevende handen als tongen van dood vlees. Ik zat klaar om op te staan en de plaatsaanwijzer te waarschuwen, toen ik het gerimpelde profiel van Julián herkende. Hij greep mijn hand krachtig beet en zo bleven we zitten, naar het scherm kijkend zonder iets te zien.

"Heb jij Sanmartí gedood?" prevelde ik.

"Mist iemand hem?"

We praatten fluisterend, onder de alerte blik van solitaire mannen die verspreid door de zaal zaten, groen van jaloezie bij het ogenschijnlijke succes van hun sinistere concurrent. Ik vroeg hem waar hij zich al die tijd had verborgen, maar hij antwoordde niet.

"Er bestaat nog een exemplaar van *De schaduw van de wind*", fluisterde hij. "Hier, in Barcelona."

"Je vergist je, Julián. Je hebt ze allemaal vernietigd."

"Allemaal, op één na. Naar het schijnt heeft iemand die sluwer was dan ik het verborgen op een plek waar ik het nooit zou kunnen vinden. Jij."

Dat was het moment waarop ik voor het eerst over jou hoorde. Een opschepperige boekhandelaar die z'n mond niet kon houden, Gustavo Barceló genaamd, had tegenover wat verzamelaars zitten pochen op een exemplaar van *De schaduw van de wind* dat hij had gelokaliseerd. De wereld van boekenantiquairs is een echoput. In nauwelijks een paar maanden ontving Barceló aanbiedingen voor het boek van verzamelaars uit Berlijn, Parijs, en Rome. De raadselachtige vlucht van Julián uit Parijs na een bloedig duel en de geruchten over zijn dood in de Spaanse Burgeroorlog hadden aan zijn boeken een ongehoord hoge marktwaarde verleend. De zwarte legende van een individu zonder gezicht dat boekhandels, bibliotheken en privé-collecties afstruinde om ze te verbranden droeg slechts bij aan een verdubbelde interesse en prijs. "We dragen het circus in ons bloed", placht Barceló te zeggen.

Julián, die nog steeds achter de schaduw van zijn eigen woorden aan zat, hoorde het gerucht al spoedig. Zo wist hij dat Gustavo Barceló het boek niet had, maar dat het naar het scheen eigendom was van een jongen die het bij toeval had ontdekt en die, gefascineerd door de roman en zijn mysterieuze auteur, weigerde het te verkopen en het bewaarde als zijn meest kostbare schat. Die jongen was jij, Daniel.

"In godsnaam, Julián, je gaat die jongen toch geen pijn doen ..." mompelde ik, niet zeker van zijn bedoelingen.

Julián zei toen dat hij alle boeken die hij had gestolen en vernietigd uit de handen had weggerukt van hen die niets voor ze voelden, mensen die zich beperkten tot de handel en ze bewaarden als curiosa voor verzamelaars en ouderwetse dilettanten. Jij, die weigerde het boek tegen welke prijs dan ook te verkopen en die probeerde Carax uit de uithoeken van het verleden te redden, riep in hem een merkwaardige sympathie op, en zelfs respect. Zonder dat je het wist, observeerde en bestudeerde Julián je.

"Misschien besluit ook hij het boek te verbranden als hij er uiteindelijk achter komt wie en wat ik ben."

Julián praatte met de vaste, stellige luciditeit van de gekken die zich van het hypocriete idee hebben bevrijd trouw te moeten blijven aan een werkelijkheid waar geen touw aan vast te knopen is.

"Wie is die jongen?"

"Hij heet Daniel. Hij is de zoon van een boekhandelaar die Miquel placht te frequenteren in Calle Santa Ana. Hij woont met zijn vader in de woning boven de winkel. Daniel verloor al heel jong zijn moeder."

"Het lijkt of je het over jezelf hebt."

"Misschien. Die jongen doet me aan mezelf denken."

"Laat hem met rust, Julián. Het is nog maar een kind. Zijn enige misdaad is zijn bewondering voor jou geweest."

"Dat is geen misdaad, dat is naïviteit. Maar dat zal overgaan. Misschien dat hij me dan het boek teruggeeft. Als hij ophoudt me te bewonderen en me begint te begrijpen."

Een minuut voor het einde van de film stond Julián op en verdween in de beschutting van de duisternis. Gedurende maanden zagen we elkaar op die manier, in het donker, in bioscopen en stegen rond middernacht. Julián vond me altijd. Ik voelde zijn stille aanwezigheid zonder hem te zien, altijd waakzaam. Soms had hij het over je en als ik hem over jou hoorde praten meende ik in zijn stem een zeldzame tederheid te ontwaren die hem verwarde en die hij dacht jaren geleden verloren te hebben. Ik wist dat hij was teruggegaan naar het huis van de Aldaya's en dat hij daar nu woonde, halfweg tussen spookverschijning en bedelaar, wakend bij de overblijfselen van Penélope en hun beider zoon. Het was de enige plek ter wereld die nog steeds voelde als van hem. Er zijn ergere gevangenissen dan woorden.

Ik ging daar eens per maand heen om me ervan te overtuigen dat het goed met hem ging, dat hij ten minste nog leefde. Ik sprong over de halfingestorte omheining aan de achterkant, onzichtbaar vanaf de straat. Soms vond ik hem daar, soms was hij verdwenen. Ik liet eten voor hem achter, geld, boeken ... Ik wachtte urenlang op hem, tot het donker begon te worden. Af en toe waagde ik het het huis te exploreren. Zo kwam ik erachter dat hij de grafstenen van de crypte had vernield en de kisten had weggehaald. Ik geloofde niet langer dat Julián gek was, noch zag ik monsterlijkheid in de grafschending, slechts een tragisch verbond. De keren dat ik Julián daar vond praatten we urenlang, zittend bij het vuur. Julián bekende dat hij had geprobeerd weer te schrijven, maar dat hij het niet kon. Hij herinnerde zich vaag zijn boeken, alsof hij ze had gelezen, alsof ze het werk waren van een ander. De pijn van zijn pogingen tot schrijven was zichtbaar. Ik ontdekte dat Julián de bladzijden die hij koortsachtig had volgeschreven in de tijd dat we elkaar niet zagen, aan het vuur toevertrouwde. Eenmaal, gebruikmakend van zijn afwezigheid, redde ik een stapeltje tussen het as vandaan. Het ging over jou. Julián had me eens gezegd dat een verhaal een brief was die de auteur aan zichzelf schreef om hem dingen te vertellen waar hij op een andere manier niet achter zou kunnen komen. Al tijden vroeg Julián zich af of hij zijn verstand had verloren. Weet de gek dat hij gek is? Of zijn de gekken juist zij die hun best doen de gek van zijn gebrek aan coherentie te overtuigen om zo hun eigen idee van werkelijkheid te waarborgen? Julián observeerde je, zag je opgroeien en vroeg zich af wie je was. Hij vroeg zich af of jouw aanwezigheid misschien niet minder was dan een wonder, een pardon dat hij moest verdienen door je te leren niet dezelfde fouten te maken. Meer dan eens vroeg ik me af of Julián niet tot de conclusie was gekomen dat jij, in de verdraaide logica van zijn universum, de zoon was geworden die hij had verloren, een nieuwe witte bladzijde om die hele geschiedenis die hij niet kon verzinnen, maar zich wel kon herinneren, opnieuw te beginnen.

De jaren gingen voorbij in dat huis en Julián leefde steeds meer voor jou, jouw voortgang. Hij praatte over je vrienden, over de vrouw die Clara heette en op wie je verliefd was geworden, over je vriend Fermín en over een meisje waar hij een andere Penélope in wilde zien, jouw Bea. Hij praatte over je als over een zoon. Jullie zochten elkaar op, Daniel. Hij wilde geloven dat jouw onschuld hem van zichzelf zou verlossen. Hij spoorde niet langer zijn boeken op, wenste ze niet langer te verbranden en zijn spoor in het leven te vernielen. Hij leerde opnieuw te leven door jouw ogen; hij vond de jongen die hij was geweest opnieuw in jou. De dag dat je voor het eerst naar mijn huis kwam, voelde ik dat ik je al kende. Ik fingeerde achterdocht om de angst die je in me opwekte te verbergen. Ik was bang voor je, bang voor wat je zou kunnen ontdekken. Ik was bang naar Julián te luisteren en te gaan geloven, net als hij, dat we werkelijk allemaal verbonden zijn door een merkwaardige keten van noodlot en toeval. Ik was bang in jou de Julián te herkennen die ik had verloren. Ik wist dat jij en je vrienden ons verleden aan het onderzoeken waren. Ik wist dat je vroeg of laat de waarheid zou ontdekken, maar hoopte dat dat op het juiste moment zou zijn, als je de betekenis ervan zou kunnen begrijpen. Ik wist dat jij en Julián elkaar vroeg of laat zouden ontmoeten. Dat was mijn fout. Want nóg iemand wist het, iemand die voorvoelde dat mettertijd jíj hem naar Julián zou leiden: Fumero.

Ik begreep wat er aan de hand was toen er geen weg meer terug was, maar ik verloor nooit de hoop dat je het spoor bijster zou raken, dat je ons zou vergeten of dat het leven – het jouwe, niet het onze – je ver weg zou voeren, naar de veiligheid. De tijd heeft me geleerd de hoop niet te verliezen, maar er ook niet te veel op te vertrouwen. Ze is wreed en ijdel, gewetenloos. Fumero zit me al lange tijd op de hielen. Hij weet dat ik zal vallen, vroeg of laat. Hij heeft geen haast, daarom lijkt het onbegrijpelijk. Hij leeft om zich te wreken. Iedereen en zichzelf. Zonder de wraak, de razernij, zou hij niet bestaan. Fumero weet dat jij en je vrienden hem naar Julián zullen brengen. Hij weet dat ik na bijna vijftien jaar de kracht en middelen mis. Hij heeft me gedurende jaren zien sterven en wacht slechts het moment af om me de genadeslag toe te brengen. Ik heb er nooit aan getwijfeld dat ik door zijn handen zou sterven. Nu weet ik dat het moment dáár is. Ik zal deze bladzijden aan mijn vader geven met de opdracht ze aan jou te geven als mij iets overkomt. Ik smeek de God die ik nooit ben tegengekomen dat je ze niet zult hoeven lezen, maar ik voorvoel dat het mijn bestemming is, ondanks mijn verlangen en ijdele hoop, om deze geschiedenis aan je over te leveren. De jouwe is, ondanks je jeugd en onschuld, haar te bevrijden.

Als je deze woorden leest, deze gevangenis van herinneringen, zal dat betekenen dat ik geen afscheid van je heb kunnen nemen zoals ik had gewild, dat ik je niet heb kunnen vragen ons te vergeven, vooral Julián, en voor hem te zorgen als ik er niet meer zal zijn om dat te doen. Ik weet dat ik je niets kan vragen, behalve dat je jezelf redt. Misschien hebben zoveel bladzijden me er uiteindelijk van overtuigd dat ik, wat er ook gebeurt, in jou een vriend zal hebben, dat jij mijn enige echte hoop bent. Van alle dingen die Julián heeft geschreven, voelde ik me het meest verwant met de gedachte dat zolang men zich ons herinnert, we nog leven. Zoals me ook zo vaak is overkomen met Julián, jaren voor ik hem tegen het lijf liep, voel ik dat ik je ken en dat als ik iemand kan vertrouwen, jíj het bent. Denk aan me, Daniel, ook al is het in een hoekje en stiekem. Laat me niet gaan.

Nuria Monfort

De schaduw van de wind
1955

1

Het werd al licht toen ik klaar was met het lezen van Nuria Monforts manuscript. Dat was mijn verhaal. Ons verhaal. In de verloren voetstappen van Carax herkende ik nu de mijne. Ik stond op, ten prooi aan angst, en begon in mijn kamer te ijsberen als een gekooid beest. Al mijn bedenkingen, achterdocht en vrees gingen in rook op, werden onbeduidend; vermoeidheid, berouw en angst overmanden me, maar ik kón niet thuisblijven en me verbergen voor het spoor dat ik met mijn daden had getrokken. Ik schoot mijn jas aan, stopte het dubbelgevouwen manuscript in mijn binnenzak en rende de trap af. Het begon te sneeuwen toen ik buitenkwam. Ik rende naar het verlaten Plaza Cataluña. In het midden van het plein richtte het eenzame silhouet van een oude man zich op, getooid met wit haar en gekleed in een enorme grijze jas. Deze koning van de dageraad keek naar me toen ik langsliep en glimlachte ernstig, alsof hij in een oogopslag mijn ziel kon lezen. Hij had goudkleurige ogen, als magische munten op de bodem van een vijver.

"Veel geluk", meende ik hem te horen zeggen.

Ik trachtte me hardnekkig aan de zegening vast te houden en versnelde mijn pas, smekend dat het niet te laat zou zijn en dat Bea, de Bea van mijn verhaal, nog steeds op me wachtte.

Mijn keel brandde van de kou toen ik bij het gebouw van de Aguilars aankwam, nahijgend van het rennen. De sneeuw bleef liggen. Ik had het geluk don Saturno Molleda tegen te komen, conciërge van het gebouw en volgens Bea in het geheim een surrealistisch dichter. Don Saturno was naar buiten gegaan om het spektakel van de sneeuw te bekijken, veger in de hand, met niet minder dan drie sjaals om zijn nek en soldatenlaarzen aan zijn voeten.

"Het is de roos van God", zei hij verwonderd.

"Ik ga naar de Aguilars", kondigde ik aan.

"Het is bekend, de morgenstond heeft goud in de mond, maar u maakt het wel erg bont, jongeman."

"Het is een noodgeval. Ze verwachten me."

"*Ego te absolvo*", reciteerde hij feestelijk alsof hij de zegen over me uitsprak.

Ik rende naar boven. Ondertussen overwoog ik enigszins behoedzaam mijn alternatieven. Met veel geluk zou een van de dienstmeisjes opendoen, wier blokkade ik zonder plichtplegingen kon doorbreken. Maar als ik minder geluk had, was het gezien het tijdstip misschien Bea's vader die zou opendoen. Ik wilde geloven dat hij in de intimiteit van zijn eigen huis ongewapend zou zijn, ten minste tot na het ontbijt. Alvorens te kloppen bleef ik een paar seconden staan; ik haalde diep adem en trachtte wat coherente woorden te verzamelen, die echter niet kwamen. Het deed er weinig meer toe. Ik klopte drie keer krachtig met de klopper. Vijftien seconden later herhaalde ik de operatie, en zo successievelijk, terwijl ik het koude zweet negeerde dat mijn voorhoofd bedekte, evenals het bonzen van mijn hart. Toen de deur openging had ik nog steeds de klopper in mijn hand.

"Wat kom je doen?"

De koude ogen van mijn oude vriend Tomás doorboorden me.

"Ik kom voor Bea. Je kunt me in elkaar slaan als je wilt, maar ik ga niet weg zonder met haar gepraat te hebben."

Tomás observeerde me zonder met zijn ogen te knipperen. Ik vroeg me af of hij me ter plekke en zonder verdere omhaal in tweeën zou splijten, en slikte.

"Mijn zuster is er niet."

"Tomás ..."

"Bea is weggegaan."

Er was een gevoel van verlatenheid en pijn in zijn stem dat hij maar nauwelijks met woede kon verhullen.

"Ze is weg? Waarheen?"

"Ik hoopte dat jij dat zou weten."

"Ik?"

De gebalde vuisten en het dreigende gezicht van Tomás negerend, glipte ik de woning binnen.

"Bea?" schreeuwde ik. "Bea, ik ben het, Daniel ..."

Halverwege de gang bleef ik staan. De woning spuwde de echo van mijn stem uit. Noch de heer Aguilar, noch zijn vrouw, noch de bedienden verschenen als antwoord op mijn kreten.

"Er is niemand, dat zei ik je al", zei Tomás achter me. "Verdwijn nu en kom niet terug. Mijn vader heeft gezworen je te vermoorden en ik zal niet degene zijn die hem tegenhoudt."

"In godsnaam, Tomás, zeg me waar je zuster is."

Hij keek me aan alsof hij niet wist of hij me in het gezicht moest spugen of me moest negeren.

"Bea is weggelopen, Daniel. Mijn ouders zijn haar al twee dagen als gekken aan het zoeken en de politie ook."

"Maar ..."

"Laatst, toen ze terugkwam van haar ontmoeting met jou, had mijn vader op haar gewacht. Hij heeft haar gezicht kapotgeslagen, maar maak je geen zorgen, jouw naam is niet over haar lippen gekomen. Je verdient haar niet."

"Tomás ..."

"Zwijg. De volgende dag hebben mijn ouders haar naar de dokter gebracht."

"Waarom? Is Bea ziek?"

"Ziek van jou, idioot. Mijn zuster is zwanger. Ga me niet vertellen dat je het niet wist."

Ik voelde mijn lippen trillen. Een intense kou breidde zich in mijn lichaam uit, mijn stem begaf het. Ik sleepte me naar de voordeur, maar Tomás greep me bij de arm en wierp me tegen de muur.

"Wat heb je met haar gedaan?"

"Tomás, ik ..."

De eerste dreun benam me de adem. Ik gleed met knikkende knieën naar de vloer met mijn rug tegen de muur. Hij pakte me in een ijzeren greep bij de nek, trok me omhoog en nagelde me tegen de muur.

"Wat heb je met haar gedaan, klootzak?"

Ik probeerde me uit zijn greep los te maken, maar Tomás sloeg me met een vuistslag in het gezicht tegen de vloer. Ik viel weg in een oneindige duisternis, steekvlammen van pijn schoten door mijn hoofd. Ik zakte op de gangtegels in elkaar en probeerde te kruipen, maar Tomás pakte me in mijn kraag, sleurde me zonder omhaal naar de overloop en gooide me de trap af.

"Als Bea iets is overkomen, dan zweer ik je dat ik je vermoord", zei hij vanaf de drempel.

Ik krabbelde op mijn knieën, inwendig smekend om een beetje tijd zodat ik mijn stem terug kon krijgen. De deur sloot zich en liet me achter in het donker. Een stekende pijn in mijn linkeroor doorboorde me en ik bracht mijn hand naar mijn hoofd, kronkelend van de pijn. Ik voelde lauw bloed en stond op, zo goed en zo kwaad als het ging. Mijn buikspieren die de eerste dreun van Tomás hadden opgevangen begonnen gloeiend zeer te doen. Ik struikelde de trappen af. Don Saturno schudde zijn hoofd toen hij me zag.

"Ach hemeltje, kom een moment binnen om bij te komen ..."

Ik schudde mijn hoofd, terwijl ik met mijn handen mijn maag vasthield. De linkerkant van mijn hoofd klopte alsof de botten zich wilden losmaken van het vlees.

"U bloedt", zei don Saturno ongerust.

"Het is niet de eerste keer."

"Als u zo doorgaat, hebt u spoedig niks meer te bloeden. Vooruit, kom binnen, dan bel ik een dokter, doet u mij een plezier."

Het lukte me de uitgang te bereiken en te ontsnappen aan de goede wil van de conciërge. Het sneeuwde nu hard, de trottoirs waren bedekt met sluiers van witte mist. De ijzige wind baande zich een weg tussen mijn kleren en likte aan de bloedende wond in mijn gezicht. Ik weet niet of ik huilde van pijn, woede of angst. De onverschillige sneeuw dempte mijn laffe tranen en langzaam liep ik weg in de pulverige morgen, nog een schaduw die een spoor achterliet in Gods roos.

2

Toen ik het kruispunt met Calle Balmes naderde, merkte ik dat een auto me volgde, dicht langs de stoeprand. De hoofdpijn had plaatsgemaakt voor een gevoel van duizeligheid dat me deed wankelen en steun zoeken bij de muren. De auto stopte en twee mannen stapten uit. Een schel gefluit snerpte door mijn oren en ik kon de motor niet horen, noch het geroep van die twee zwarte silhouetten die me ieder bij een arm grepen en me haastig naar de auto sleurden. Bevangen door misselijkheid viel ik achter in de stoel. Verblindend licht kwam en ging als eb en vloed. Ik voelde dat de auto in beweging was. Een paar handen betastten mijn gezicht, hoofd en ribben. Toen ze stuitten op Nuria Monforts manuscript, verborgen in de binnenzak van mijn jas, rukte een van de figuren het weg. Ik wilde hem tegenhouden, maar mijn armen waren als van gelatine. Het andere silhouet boog zich over me heen. Doordat ik zijn adem in mijn gezicht voelde, wist ik dat hij tegen me praatte. Ik verwachtte het gelaat van Fumero te zien oplichten en de scherpe kant van het mes tegen mijn keel te voelen. Een paar ogen richtte zich op de mijne en terwijl ik het bewustzijn verloor, herkende ik de tandeloze en uitgeputte glimlach van Fermín Romero de Torres.

Ik werd wakker, badend in het zweet dat op mijn huid prikte. Twee handen ondersteunden me stevig bij de schouders en vlijden me op een brits neer waarvan ik dacht dat hij omzoomd werd door kaarsen, als bij een dodenwake. Het gezicht van Fermín doemde rechts van mij op. Hij glimlachte, maar zelfs midden in mijn delirium kon ik zijn ongerustheid merken. Naast hem, staand, herkende ik don Federico Flaviá, de horlogemaker.

“Het lijkt erop dat hij weer bijkomt, Fermín”, zei don Federico.

"Is het een idee als ik wat bouillon maak ter versterking?"

"Kwaad zal het hem niet doen. Als u dan toch bezig bent, zou u misschien een boterhammetje van het een of ander voor me kunnen maken, van dit soort zenuwentoestanden krijg ik honger als een paard."

Elegant trok don Federico zich terug en liet ons alleen.

"Waar zijn we, Fermín?"

"Op een veilige plek. Technisch gesproken bevinden we ons in een woninkje in de linkerhelft van de Ensanche, eigendom van een paar vrienden van don Federico, aan wie we ons leven en meer te danken hebben. Boze tongen zouden het als bordeel kwalificeren, maar voor ons is het een heiligdom."

Ik probeerde overeind te komen. De pijn in mijn oor voelde nu als een heftig kloppen.

"Zal ik doof blijven?"

"Doof weet ik niet, maar het scheelde een haar of u was half debiel geweest. Die dolleman van een heer Aguilar heeft bijna uw hersens aan flarden geslagen."

"Het was de heer Aguilar niet die me heeft geslagen, het was Tomás."

"Tomás? Uw vriend de uitvinder?"

Ik knikte.

"Dan zult u wel iets misdaan hebben."

"Bea is van huis weggelopen ..." begon ik.

Fermín fronste zijn voorhoofd.

"Ga door."

"Ze is zwanger."

Fermín keek me verbijsterd aan. Voor één keer was de uitdrukking op zijn gezicht ondoorgrondelijk.

"Kijk me niet zo aan, Fermín, in vredesnaam."

"Wat wilt u dat ik doe? Sigaren uitdelen?"

Ik probeerde op te staan, maar de pijn en de handen van Fermín hielden me tegen.

"Ik moet haar vinden, Fermín."

"Op de plaats rust. U bent niet in staat om waar dan ook heen te gaan. Vertel me waar het meisje is en ik ga haar halen."

"Ik weet niet waar ze is."

"Ik ga u vragen iets specifieker te zijn."

Don Federico verscheen in de deuropening met een kom dampende bouillon in zijn handen. Hij glimlachte me hartelijk toe.

"Hoe voel je je, Daniel?"

"Veel beter, dank u, don Federico."

"Neem een paar van deze pillen met wat bouillon."

Hij wisselde een korte blik met Fermín, die knikte.

"Ze zijn tegen de pijn."

Ik slikte de pillen en slurpte van de bouillon die naar sherry smaakte. Don Federico, wonder van discretie, verliet de kamer en sloot de deur. Op dat moment zag ik dat Fermín het manuscript van Nuria Monfort op schoot had liggen. De klok die op het nachtkastje tikte gaf één uur aan – in de middag nam ik aan.

"Sneeuwt het nog?"

"Sneeuwen is zacht uitgedrukt. Het is de zondvloed in vlokvorm."

"Hebt u het al gelezen?" vroeg ik .

Fermín knikte slechts.

"Ik moet Bea vinden voor het te laat is. Ik geloof dat ik weet waar ze is."

Ik ging op het bed zitten en schoof Fermíns armen opzij. Ik keek om me heen. De muren golfden als algen in zee. Het plafond leek te verdwijnen. Ik kon nauwelijks overeind blijven. Fermín drukte me zonder moeite terug op de brits.

"U gaat nergens heen, Daniel."

"Wat waren die pillen?"

"Morpheustinctuur. U zult slapen als een blok."

"Nee, ik kan nu niet ..."

Ik stamelde door tot mijn oogleden, en de wereld, zonder pardon in elkaar zakten. Een zwarte, lege droom was het. De droom van de schuldigen.

De schemering lag al op de loer toen het loden gewicht van de lethargie oploste en ik opende mijn ogen in een donkere kamer, bewaakt door twee vermoeide kaarsen die op het nachtkastje stonden te flakkeren. Fermín, uitgeput in de fauteuil in de hoek, snurkte met de furie van een man drie keer zijn formaat. Aan zijn voeten verspreid lagen de bladzijden van Nuria Monforts manuscript. De hoofdpijn was ingekrompen tot een traag, lauw kloppen. Ik glipte behoedzaam naar de deur van de kamer en stapte een kleine woonkamer in met een balkon en een deur die op het trappenhuis leek uit te komen. Mijn jas en schoenen lagen op een stoel. Paarsig licht sijpelde door het raam, bespikkeld met alle kleuren van de regenboog. Ik liep naar het balkon en zag dat het nog steeds sneeuwde. De daken van half Barcelona tekenden zich wit en rood gespikkeld af. In de verte zagen de torens van de industriële school eruit als naalden in de mist die de laatste zonnestralen vasthielden. Het glas was bedekt met ijs. Ik drukte mijn wijsvinger tegen het glas en schreef:

Ik ga Bea halen. Volg me niet. Ben spoedig terug.

De waarheid had me overvallen bij het wakker worden, alsof een onbekende me haar in mijn dromen had ingefluisterd. Ik ging de deur uit en stortte me de trappen af, de straat op. Calle Urgel leek een stroom glinsterend wit zand waaruit lantaarns, bomen, en masten omhoogstaken in een nevel. Ik liep naar de dichtstbijzijnde metro-ingang, die van Hospital Clínico, en dook onder in de tunnels van damp en tweedehands warmte. De middagedities brachten het nieuws van de sneeuwval op de voorpagina, met foto's van de besneeuwde Ramblas en de tot stalactieten verijsde fonteinen van Canaletas. SNEEUWVAL VAN DE EEUW stond er met enorme koppen. Ik liet me op een bankje op het perron vallen en ademde de lucht van tunnels en roet in die voorafgaat aan het lawaai van naderende treinen. Aan de andere kant van het spoor, op een publiciteitsposter die de verrukkingen van het attractiepark van Tibidabo proclameerde, stond de blauwe tram, verlicht als een kermis, en daarachter waren de contouren te zien van het huis van de Aldaya's. Ik vroeg me af of Bea hetzelfde beeld had gezien en had begrepen dat er geen andere plek was waar ze naartoe kon gaan.

3

Het begon al donker te worden toen ik de trappen van de metro-uitgang opliep. Een verlaten Avenida del Tibidabo tekende zich af in een eindeloze lijn van cipressen en landhuizen. Ik ontwaarde het silhouet van de blauwe tram bij de halte, het belletje van de conducteur sneed door de wind. Ik zette er stevig de pas in en stapte in op het moment dat de tram zich in beweging zette. De conducteur, een oude bekende, nam mompelend mijn munten aan. Ik ging in de cabine zitten, die in tegenstelling tot het balkonnetje wél enigszins bescherming bood tegen de sneeuw en de kou. Langzaam trokken de duistere, grote huizen aan de ijsgesluierde vensters voorbij. De conducteur bekeek me met een mengeling van achterdocht en brutaliteit die de kou op zijn gezicht vastgevroren leek te hebben.

"Nummer 32, jongeman."

Ik draaide me om en de spookachtige omtrek van het Aldaya-huis kwam op ons af als de boeg van een donker schip in de mist. Met een ruk stopte de tram. Ik stapte uit en vermeed de blik van de conducteur.

"Veel geluk", mompelde hij.

Ik zag hoe de tram verder omhoogkroop en uit het zicht verdween, tot nog slechts de echo van het belletje te horen was. Duisternis daalde op me neer. Haastig volgde ik de omheining op zoek naar de bres in het achterste gedeelte. Bij het omhoogklimmen meende ik op het trottoir aan de overkant voetstappen in de sneeuw te horen die dichterbij kwamen. Ik stopte, onbeweeglijk boven op de muur. De nacht was onverbiddelijk gevallen. Het geluid van de voetstappen verloor zich in de wind. Ik sprong er aan de andere kant af en liep de tuin in. Het struikgewas was veranderd in ijsstengels en de omgevallen engelstandbeelden lagen bedekt onder zweetdoeken van ijs. Het wateroppervlak van de fontein was bevroren tot een glinsterende, zwarte spiegel waaruit slechts de stenen klauw van de ondergedompelde engel omhoogstak als een sabel van obsidiaan. IJstranen hingen aan de beschuldigende vinger van de engel die recht naar de half geopende voordeur wees.

Ik rende de trap op in de hoop dat het niet te laat was en deed geen moeite om de echo van mijn voetstappen te dempen. Ik duwde de deur open en stapte de vestibule in. Een processie van waskaarsen leidde naar binnen. Het waren de kaarsen van Bea, bijna tot de grond toe opgebrand. Ik volgde hun spoor en stopte aan de voet van de brede, marmeren trap. Het kaarsenpad liep omhoog tot aan de eerste verdieping. Ik waagde me naar boven, mijn vervormde schaduw op de muur volgend. Toen ik op de overloop van de eerste verdieping aankwam, stelde ik vast dat er nog twee kaarsen waren die de gang invoerden. De derde flakkerde bij wat Penélope's kamer was geweest. Ik kwam dichterbij en klopte zachtjes op de deur.

"Julián?" kwam een trillende stem.

Ik pakte de deurklink en deed langzaam open. Bea keek me aan vanuit een hoek van de kamer, gehuld in een deken. Ik rende naar haar toe en omarmde haar. Haar gezicht was nat van de tranen.

"Ik wist niet waar ik naartoe moest", fluisterde ze. "Ik heb je een paar keer thuis gebeld, maar er was niemand. Ik werd bang ..."

Bea droogde haar tranen met haar vuisten. Ik knikte en hoefde verder niets meer te zeggen.

"Waarom noemde je me Julián?"

Bea wierp een blik op de halfgeopende deur.

"Hij is hier. In dit huis. Hij komt en gaat. Laatst betrapte hij me toen ik probeerde naar binnen te gaan. Zonder dat ik hem iets had gezegd wist hij wie ik was. Hij wist wat er aan de hand was en installeerde me in deze kamer, bracht me een deken, water en eten. Hij zei me te wachten, dat alles goed zou komen. Hij zei dat jij me zou komen halen. 's Nachts hebben we urenlang gepraat. Hij sprak over Penélope, Nuria ... hij praatte vooral over jou, over ons tweeën. Hij vertelde me dat hij jou moest leren hem te vergeten ..."

"Waar is hij nu?"

"Beneden, in de bibliotheek. Hij zei dat hij op iemand wachtte, dat ik niet mijn kamer uit moest gaan."

"Wachtend? Op wie?"

"Ik weet het niet. Hij zei dat het iemand was die met jou mee zou komen, dat jij hem zou meebrengen ..."

Toen ik de gang inkeek, waren de voetstappen al te horen aan de voet van de trap. Ik herkende de vale schaduw op de muren, de zwarte regenjas, de ingedeukte hoed als een capuchon en de revolver in de hand als een glinsterende zeis. Fumero. Hij had me altijd aan iemand, of iets, doen denken, maar tot dat moment had ik niet begrepen wááraan.

4

Met mijn vingers doofde ik de kaarsen en ik maakte een gebaar naar Bea dat ze stil moest zijn. Ze greep mijn hand en keek me vragend aan. We konden de langzame passen van Fumero goed horen. Ik gaf haar te verstaan dat ze in deze kamer moest blijven, verborgen achter de deur.

"Niet de kamer uitgaan, wat er ook gebeurt", fluisterde ik.

"Laat me nu niet alleen, Daniel, alsjeblieft."

"Ik moet Carax waarschuwen."

Bea smeekte me met haar ogen, maar ik liep de gang weer in. Ik sloop naar het begin van de hoofdtrap. Er was geen spoor van Fumero, noch van zijn voetstappen. Hij stond ergens onbeweeglijk stil in de duisternis. Geduldig. Ik trok me opnieuw terug in de gang en liep de hele galerij van kamers langs tot aan de hoofdgevel van het huis. Door een verijsd raam vielen blauwachtige stralen naar binnen, troebel als stilstaand water. Ik liep op het raam af en zag een zwarte auto staan bij het centrale hek. Ik herkende de automobiel van luitenant Palacios. Een gloeiend sigarettenpuntje verraadde zijn aanwezigheid. Langzaam liep ik terug naar de trap en ik liep tree voor tree naar beneden, mijn voeten met oneindige voorzichtigheid neerzettend. Halverwege bleef ik stilstaan, trachtend de duisternis op de begane grond te doorboren.

Fumero had bij het naar binnen gaan de deur opengelaten. De wind had de kaarsen uitgeblazen en blies vlagen sneeuwvlokken en bevroren bladeren de hal in. Ik daalde nog vier treden af, zocht steun bij de muur en zag een glimp van grote bibliotheekramen. Nog steeds geen teken van Fumero. Ik vroeg me af of hij naar de kelder of de crypte was afgedaald. De fijne sneeuw die naar binnen waaide veegde zijn voetsporen uit. Ik glipte naar de voet van de trap en wierp een blik op de uitgang. De ijzige wind blies in mijn gezicht. De klauw van de ondergedompelde engel was zelfs in de nevel zichtbaar. Ik keek in de tegenovergestelde richting. De ingang naar de bibliotheek lag op een tiental meters van waar de trap begon. De antichambre die daarheen voerde lag gehuld in duisternis. Ik begreep dat Fumero mij op nauwelijks enige meters afstand vanwaar ik me bevond, zou kunnen observeren zonder dat ik hem kon zien. Toen haalde ik diep adem en schuifelde op de tast naar de ingang van de bibliotheek.

De grote, ovale salon lag gehuld in schaars, waterig licht, doorschoten met schaduwplekjes van de sneeuwvlokken, die achter de grote ramen naar beneden dwarrelden. Ik liet mijn blik langs de kale muren glijden op zoek naar Fumero. Een object stak uit de muur op nauwelijks twee meter afstand rechts van mij. Heel even leek het of het zich verplaatste, maar dat was slechts de reflex van de maan op het lemmet. Een mes spieste een rechthoekig stuk karton of papier aan de muur. Ik liep ernaartoe en herkende het op de muur vastgestoken beeld. Het was een exacte kopie van de halfverbrande foto die een vreemdeling had achtergelaten op de toonbank van de boekhandel. Het was het portret van Julián en Penélope als twee adolescenten; ze glimlachten het leven tegemoet. Het lemmet van het mes doorboorde Juliáns borst. Ik begreep toen dat het niet Laín Coubert of Julián Carax was geweest die die foto als uitnodiging had achtergelaten. Het was Fumero geweest. De foto was lokaas. Ik hief mijn hand om hem van het mes weg te rukken, maar het ijskoude gevoel van de revolver van Fumero in mijn nek weerhield me.

"Een beeld doet meer dan duizend woorden, Daniel. Als jouw vader niet zo'n luizige boekhandelaar was geweest, had hij je dat allang geleerd."

Ik draaide me langzaam om en keek in de loop van het wapen. Het stonk naar verse kruitdamp. Fumero's lijkbleke gezicht grijnsde in een verkrampte grimas.

"Waar is Carax?"

"Ver van hier. Hij wist dat u hem zou komen halen. Hij is vertrokken."

Fumero keek me aan zonder met zijn ogen te knipperen.

"Ik schiet je kop eraf, jochie."

"Daar zult u niet veel aan hebben. Carax is hier niet."

"Doe je mond open", beval Fumero.
"Waarvoor?"
"Doe je mond open of ik open hem zelf met een kogel."
Ik deed mijn lippen van elkaar. Fumero stak de revolver in mijn mond. Ik moest kokhalzen. Fumero's duim spande de slagpin.
"En nu, ellendig stuk vreten, bedenk of je een reden hebt om verder te leven. Nou?"
Ik knikte langzaam.
"Vertel dan waar Carax is."
Ik probeerde iets te mompelen. Fumero trok langzaam de revolver weg.
"Waar is hij?"
"Beneden. In de crypte."
"Jij leidt. Ik wil dat je erbij bent als ik die klootzak vertel hoe Nuria Monfort gilde toen ik het mes in haar ..."
De gestalte verscheen vanuit het niets. Terwijl ik over Fumero's schouder tuurde, meende ik een figuur te zien die zich losmaakte uit de schaduw, een figuur zonder gezicht maar met een brandende blik, die naar ons toe leek te glijden in absolute stilte, alsof hij nauwelijks de vloer raakte. Fumero zag de reflectie in mijn betraande ogen en langzaam vertrok zijn gezicht van angst.

Toen hij zich omdraaide en op de deken van duisternis schoot die hem omhulde, hadden twee vervormde leren klauwen reeds zijn nek omklemd. De handen van Julián Carax, uit de vlammen opgerezen. Carax duwde me opzij en drukte Fumero tegen de muur. De inspecteur greep zijn revolver stevig vast en probeerde hem onder Carax' kin te drukken. Voor hij de trekker kon overhalen greep Carax zijn pols vast en dreunde die keer op keer met grote kracht tegen de muur, zonder dat Fumero losliet. Een schot explodeerde in de duisternis, knalde tegen de muur en sloeg een gat in de houten betimmering. Vonken en gloeiende splinters regenden over Fumero's gezicht. De stank van verbrand vlees vulde de ruimte.

Met een ruk probeerde Fumero los te komen uit die klauwen die zijn hals als in een bankschroef hielden en zijn revolverhand tegen de muur drukten. Carax verslapte zijn greep niet. Fumero gromde van woede en draaide zijn hoofd tot hij in de vuist van Carax kon bijten. Hij was bezeten van een beestachtige razernij. Ik hoorde het geluid van klakkende tanden die dode huid wegrukten en zag bloed op zijn lippen sijpelen. Toen rukte Carax, die de pijn negeerde of misschien niet eens voelde, de dolk uit de muur en spieste voor de dodelijk verschrikte ogen van Fumero diens rechterhand met één geweldige stoot tot aan het heft tegen de muur. Fumero liet een gruwelijke pijnkreet horen. Zijn hand opende in een spasme en de revolver viel aan zijn voeten. Carax schopte hem met een voet de duisternis in.

De horror van die scène ontrolde zich in luttele seconden voor mijn ogen. Ik stond als verlamd, niet in staat iets te doen of ook maar één gedachte te formuleren. Carax draaide zich naar mij om en keek me strak aan. Terwijl ik terugkeek, kon ik zijn gelaatstrekken reconstrueren die ik zo vaak had gezien op foto's en samengesteld op basis van verhalen.

"Haal Beatriz hier weg, Daniel. Ze weet wat jullie moeten doen. Blijf aan haar zijde. Laat niemand haar van je afnemen. Niets of niemand. Bescherm haar. Meer dan je eigen leven."

Ik wilde knikken, maar mijn ogen gleden naar Fumero die met het mes worstelde dat zijn pols doorboorde. Hij trok het met een ruk los en zakte op zijn knieën, terwijl hij zijn gewonde arm ondersteunde, waar het bloed vanaf droop.

"Ga nu", prevelde Carax.

Fumero keek door haat verblind naar ons vanaf de vloer, het bebloede mes in zijn linkerhand. Carax liep op hem af. Ik hoorde haastige voetstappen dichterbij komen en begreep dat Palacios zijn chef te hulp kwam, gealarmeerd door het schot. Voordat Carax Fumero het mes kon ontworstelen, kwam Palacios met getrokken wapen de bibliotheek in.

"Terug", riep hij.

Hij wierp een snelle blik op Fumero die moeizaam opstond en keek daarna ons aan, eerst mij, toen Carax. Ik zag schrik en de twijfel in die blik.

"Terug, zei ik."

Carax week terug. Palacios observeerde ons koud, terwijl hij probeerde tot een beslissing te komen.

"Jij, verdwijn. Dit heeft niks met jou te maken. Vooruit, verdwijn."

Ik twijfelde een moment. Carax knikte.

"Niemand gaat hier weg", viel Fumero hem in de rede. "Palacios, geef me je revolver."

Palacios bewoog niet.

"Palacios", herhaalde Fumero en hij stak zijn met bloed bedekte arm uit om het wapen op te eisen.

"Nee", siste Palacios tussen zijn tanden en hij bleef als verlamd staan.

De dol geworden ogen van Fumero vulden zich met minachting en razernij. Hij greep het wapen van Palacios en duwde hem met een hand opzij. Ik wisselde een blik met Palacios en wist wat er ging gebeuren. Langzaam hief Fumero het wapen. Zijn hand trilde, de revolver glom van het bloed. Carax week stap voor stap terug, zocht de duisternis, maar er was geen ontsnappingsweg. De loop van de revolver volgde hem. Ik voelde hoe mijn spieren zich spanden van woede. Het bleke smoelwerk van Fumero, die van waanzin en wraak verwrongen grijns, bracht me met een klap terug tot de werkelijkheid. Palacios keek me aan en schudde zijn hoofd. Ik negeerde hem. Carax had zichzelf al opgegeven, onbeweeglijk in het midden van de ruimte, wachtend op de kogel. Fumero zag me niet eens. Voor hem bestond slechts Carax en die bloedende hand met de revolver erin. Met een sprong stortte ik me boven op hem. Mijn voeten kwamen los van de vloer, maar herstelden nooit meer het contact. De wereld bevroor in de lucht. Het oorverdovende lawaai van het schot kwam vanuit de verte, als de echo van een storm die overdrijft. Er was geen pijn. De kogel doorboorde mijn ribben. Eerst was er een verblindende lichtflits, alsof een metalen stang me met onbeschrijflijke kracht had geraakt en de lucht in had geslingerd, om me vervolgens tegen de vloer te slaan. Ik voelde de val niet, hoewel ik de muren zag samenkomen en het plafond in volle snelheid naar beneden dook om me fijn te drukken.

Een hand ondersteunde mijn nek en ik zag het gezicht van Julián Carax dat over me heen boog. In mijn visioen verscheen Carax precies zoals ik me hem had voorgesteld, alsof de vlammen nooit zijn uiterlijk hadden weggenomen. Zonder het te begrijpen zag ik de ontzetting in zijn ogen. Ik zag hoe hij zijn hand op mijn borst legde en ik vroeg me af wat die dampende vloeistof was die tussen zijn vingers opwelde. Pas toen voelde ik een verschrikkelijk vuur, dat als een ademtocht van gloeiende kooltjes mijn ingewanden wegvrat. Een schreeuw wilde aan mijn lippen ontsnappen, maar stikte in lauw bloed. Ik herkende het gelaat van Palacios naast me, gekweld door wroeging. Ik keek op en toen zag ik haar. Bea kwam langzaam vanaf de deur van de bibliotheek dichterbij, met een ontzette uitdrukking op haar gezicht, haar handen trillend voor haar mond. Ze schudde ongelovig haar hoofd. Ik wilde haar waarschuwen, maar een bijtende kou trok door mijn armen en benen en baande zich hakkend een weg door mijn lichaam.

Fumero bevond zich verborgen achter de deur. Bea merkte zijn aanwezigheid niet op. Toen Carax met een sprong opstond en Bea zich gealarmeerd omdraaide, beroerde de revolver van de inspecteur al bijna haar voorhoofd. Palacios stormde op hem af om hem tegen te houden. Hij was te laat. Carax zweefde al boven hem. Ik hoorde zijn schreeuw, ver weg, Bea's naam. De bibliotheek brandde kortstondig in de gloed van het schot. De kogel doorboorde Carax' rechterhand. Een flits later viel de man zonder gezicht boven op Fumero. Ik boog mijn hoofd opzij om te zien hoe Bea ongedeerd naar me toe rende. Ik zocht Carax met ogen waar het licht langzaam in uitdoofde, maar vond hem niet. Een andere figuur had zijn plaats ingenomen. Het was Laín Coubert, die ik geleerd had te vrezen bij het lezen van een boek zovele jaren geleden. Ditmaal groeven de klauwen van Coubert zich in Fumero's ogen en sleepten hem mee als aan een stel haken. Ik kon nog zien hoe de benen van de inspecteur door de deuropening van de bibliotheek werden gesleurd, hoe zijn lichaam schokte terwijl Coubert hem zonder pardon naar de voordeur sleepte, hoe zijn knieën tegen de marmeren traptreden sloegen, en hoe Coubert hem als een lappenpop optilde en tegen de bevroren fontein smeet, hoe de hand van de engel Fumero's borst doorboorde en hem vastspietste, en hoe zijn vervloekte ziel wegvloeide in een zwarte ademtocht die in bevroren tranen op de ijsspiegel viel.

Daarna zakte ik in elkaar, niet in staat mijn ogen nog een moment langer open te houden. De duisternis werd gekleurd met een wit licht en het gezicht van Bea verwijderde zich. Ik sloot mijn ogen en voelde de handen van Bea op mijn gezicht en hoe haar adem langs mijn gezicht streek, terwijl ze God smeekte mij niet weg te nemen en fluisterde dat ze van me hield en dat ze me niet liet gaan, me niet liet gaan. Ik herinner me slechts dat ik me losmaakte van die luchtspiegeling van licht en kou, dat een zeldzame vrede over me kwam die de pijn van het vuur in mijn binnenste wegnam. Ik zag mezelf hand in hand met Bea wandelen door de straten van Barcelona, die betoverde stad. Ik zag mijn vader en Nuria Monfort witte rozen op mijn graf leggen. Ik zag Fermín huilen in de armen van Bernarda, en mijn oude vriend Tomás, voor altijd verstomd. Ik zag ze zoals je vreemden ziet vanuit een trein die te snel uit het zicht verdwijnt. Dat was het moment dat ik me, bijna zonder het te beseffen, het gezicht van mijn moeder herinnerde, het gezicht dat ik lang geleden verloren had, alsof een zoekgeraakt knipsel plotseling tussen de bladzijden van een boek uit viel. Haar licht was al wat me in mijn afdaling begeleidde.

Post mortem
27 november 1955

De kamer was wit, gehuld in nevelsluiers en een glinsterende zon. Vanuit mijn raam was een oneindige blauwe zee te zien. Op een goede dag zou iemand me van het tegendeel willen overtuigen, dat je vanuit de Corachán-kliniek de zee niet kunt zien, dat de kamers niet wit of etherisch zijn en dat de zee in die novembermaand een vijandige tint had, als van koud lood, dat het alle dagen van die week sneeuwde, tot heel Barcelona begraven lag onder een meter sneeuw, en dat zelfs Fermín, de eeuwige optimist, dacht dat ik nogmaals zou sterven.

Ik was al eerder gestorven in de ambulance, in de armen van Bea en luitenant Palacios, die zijn uniform bedierf met mijn bloed. De kogel had, zeiden de artsen, die over mij praatten in de veronderstelling dat ik ze niet hoorde, twee ribben vernield, was langs het hart gestreken, had een slagader doorboord, en was er in volle snelheid aan de zijkant weer uitgekomen. Mijn hart had gedurende vierenzestig seconden niet geklopt. Ze zeiden dat ik, toen ik terugkwam van mijn excursie naar de eeuwigheid, mijn ogen had geopend en had geglimlacht alvorens het bewustzijn te verliezen.

Pas na een week kwam ik weer bij bewustzijn. Inmiddels hadden de kranten het nieuws van Francisco Javier Fumero's dood in een schermutseling met een gewapende bende gepubliceerd en de autoriteiten waren druk bezig met het vinden van een straat of onderdoorgang die ze ter herinnering aan hem konden herdopen. Zijn lichaam was het enige dat gevonden werd in het oude huis van de Aldaya's. De lichamen van Penélope en haar zoon waren voorgoed verdwenen.

Ik ontwaakte in de vroege morgen. Ik herinner me het licht dat als vloeibaar goud over de lakens sijpelde. Het was opgehouden met sneeuwen en iemand had de zee achter mijn venster ingeruild voor een wit plein waaruit een paar pilaren omhoog staken en weinig meer. Mijn vader, weggedoken in de stoel naast mijn bed, keek op en observeerde me in stilte. Ik glimlachte en hij begon te huilen. Fermín, die in de gang de slaap der onschuldigen sliep, en Bea, die zijn hoofd op haar schoot had, hoorden zijn gesnik met gierende uithalen, en kwamen de kamer in gerend. Ik herinner me dat Fermín lijkbleek was en graatmager. Ze vertelden me dat zijn bloed door mijn aderen vloeide, dat ik al het mijne had verloren en dat mijn vriend al sinds dagen broodjes varkensvlees naar binnen propte om rode bloedlichaampjes aan te maken voor het geval ik meer nodig had. Misschien is dát de verklaring dat ik me wijzer voelde en minder Daniel. Ik herinner me dat er een zee van bloemen was en dat die middag, of misschien was het nog steeds ochtend, dat durf ik niet te zeggen, Gustavo Barceló en zijn nicht Clara langs mijn bed trokken, Bernarda en mijn vriend Tomás, die me niet recht in de ogen durfde te kijken en die toen ik hem omhelsde, pijlsnel verdween en op straat ging staan huilen. Ik herinner me vaagjes don Federico, die vergezeld kwam van Merceditas en professor don Anacleto. Bovenal herinner ik me Bea, die me stilletjes aankeek terwijl de anderen uitbarstten in vrolijkheid en de hemel dankten, en ik herinner me mijn vader, die zeven nachten in die stoel had geslapen, biddend tot een God waarin hij niet geloofde.

Toen de artsen het complete comité verzochten de kamer te verlaten en me alleen te laten om uit te rusten, wat ik helemaal niet wilde, kwam mijn vader naar me toe en zei dat hij mijn pen, de vulpen van Victor Hugo, had meegenomen, en een schrift, voor het geval ik wilde schrijven. Fermín kondigde vanuit de deuropening aan dat hij het complete medische team van de kliniek had geconsulteerd en dat ze hem hadden verzekerd dat ik niet meer in militaire dienst hoefde. Bea kuste me op mijn voorhoofd en nam mijn vader mee om een luchtje te scheppen, omdat hij al meer dan een week de kamer niet uit was geweest. Ik bleef alleen achter, volledig uitgeput en gaf me over aan de slaap, terwijl ik naar het etui met mijn pen op het nachtkastje keek.

Voetstappen bij de deur wekten me en ik meende het silhouet van mijn vader aan de voet van mijn bed te zien, of misschien was het dokter Mendoza, die me niet uit het oog verloor, ervan overtuigd dat mijn herstel het resultaat was van niets minder dan een wonder. De bezoeker liep om het bed heen en zette zich in de stoel van mijn vader. Mijn mond was uitgedroogd en ik kon nauwelijks praten. Julián Carax bracht een glas water naar mijn lippen en ondersteunde mijn hoofd terwijl ik ze bevochtigde. Zijn ogen spraken een vaarwel en ik hoefde hem maar aan te kijken om te begrijpen dat hij de ware identiteit van Penélope nooit te weten was gekomen. Ik herinner me niet zijn exacte woorden noch de klank van zijn stem. Wat ik wel weet is dat hij mijn hand pakte en me smeekte in zijn plaats te leven, dat ik hem nooit meer zou terugzien. Wat ik niet ben vergeten is wat ik tegen hem gezegd heb.

Ik vroeg hem die vulpen te nemen, die eigenlijk altijd van hem was geweest, en weer te gaan schrijven.

Toen ik wakker werd, wiste Bea mijn voorhoofd met een met eau de cologne bevochtigde doek. Geschrokken vroeg ik waar Carax was. Ze keek me verward aan en zei dat Carax in de storm acht dagen geleden was verdwenen, een spoor van bloed achterlatend in de sneeuw; iedereen waande hem dood. Ik schudde mijn hoofd en zei dat hij hier was geweest, bij mij, nog maar kort geleden. Bea glimlachte naar me zonder iets te zeggen. De verpleegster die mijn pols nam, schudde langzaam haar hoofd en legde uit dat ik zes uur had geslapen, dat zij gedurende al die tijd aan het bureau bij de deur had gezeten en dat er niemand mijn kamer was binnengekomen.

Die nacht, toen ik probeerde de slaap te vatten, draaide ik mijn hoofd op het kussen en stelde vast dat het etui open was. De vulpen was verdwenen.

Maartwater
1956

Bea en ik trouwden twee maanden later in de kerk van Santa Ana. De heer Aguilar, die nog steeds in monosyllaben tegen me praatte en dat tot het einde der tijden zou blijven doen, had de hand van zijn dochter gegeven nu het onmogelijk bleek mijn hoofd op een schaal te krijgen. De verdwijning van Bea had zijn razernij aan banden gelegd en hij leek nu in een staat van permanente schrik te leven, overgegeven aan het feit dat zijn kleinkind me spoedig papa zou noemen en dat het leven hem, in de vorm van een schaamteloze kerel die was genezen van een schotwond, zijn dochter had ontstolen die hij ondanks zijn bifocale bril nog steeds zag als op de dag van haar eerste communie, en geen dag ouder. Een week voor de ceremonie kwam Bea's vader naar de boekhandel om me een gouden dasspeld cadeau te doen die zijn vader had toebehoord en om me de hand te schudden.

"Bea is het enige goede dat ik in mijn leven heb voortgebracht", zei hij. "Pas goed op haar voor mij."

Mijn vader vergezelde hem naar de deur en zag hem in Calle Santa Ana verdwijnen met de mildstemmende melancholie van mannen die beseffen dat ze samen oud worden.

"Hij is geen slecht mens, Daniel", zei hij. "Iedereen houdt op zijn eigen manier van een ander."

Dokter Mendoza, die betwijfelde of ik langer dan een halfuur op de been kon blijven, had me gewaarschuwd dat de rompslomp van een huwelijk en de voorbereidingen niet het beste medicijn waren voor een man die op het punt had gestaan het leven te laten in de operatiekamer.

"Maakt u zich geen zorgen", stelde ik hem gerust. "Ze laten me geen vinger uitsteken."

Ik loog niet. Fermín Romero de Torres had zich als absolute dictator en factotum van de ceremonie, het banket en alles eromheen opgeworpen. De pastoor van de kerk had ronduit geweigerd het huwelijk in te zegenen toen hij erachter kwam dat de bruid zwanger voor het altaar zou verschijnen en dreigde de Goddelijke Voorzienigheid op te roepen om er een stokje voor te steken. Fermín ontstak daarop in grote woede en sleurde hem de kerk uit, naar de vier winden schreeuwend dat hij zijn habijt en de parochie niet waard was, en bezwoer hem dat als hij ons ook maar een strobreed in de weg legde, hij een schandaal zou veroorzaken bij het bisdom waardoor de pastoor op zijn minst verbannen zou worden naar de

Rots van Gibraltar om daar in al zijn benepenheid de apinnen tot het christendom te bekeren. Enkele voorbijgangers applaudisseerden en de bloemenverkoper op het plein gaf Fermín een witte anjer, die hij op zijn revers speldde en net zolang droeg tot de bloemblaadjes de kleur van zijn hemdkraag hadden aangenomen. Opgedoft en zonder priester zocht Fermín hulp bij het Sint Gabriël College en rekruteerde de diensten van pater Fernando Ramos, die in zijn leven geen huwelijk had ingezegend en wiens specialiteiten Latijn, trigonometrie en Zweedse gymnastiek waren, in die volgorde.

"Eminentie, de bruidegom is zeer zwak en meer tegenslag kan hij niet verwerken. Hij ziet in u de reïncarnatie van de grote glorie van de Heilige Moederkerk, daarboven, met de heilige Thomas, Augustinus en de maagd van Fátima. Ook al gelooft u het niet, de jongen is net als ik bijzonder vroom. Een mysticus. Als ik hem nu vertel dat u niet meedoet, moeten we misschien een begrafenis regelen in plaats van een bruiloft."

"Als u het zo stelt ..."

Volgens wat me later verteld werd – want ik herinner het me niet en bruiloften staan altijd beter in het geheugen van anderen gegrift – hadden Bernarda en don Gustavo Barceló (volgens nauwkeurige instructies van Fermín) de arme priester vooraf volgegoten met *moscatel* om hem wat losser van tong te maken. Toen het beslissende moment daar was, opteerde pater Fernando, op wiens voordelig uitkomend, roze gloeiende gezicht een heilige glimlach lag, in een vlaag van protocollaire teugelloosheid voor een liefdessonnet in plaats van het lezen van ik weet niet wat voor *Brief aan de Korintiërs*, werk van een zekere Pablo Neruda, die door sommige genodigden van de heer Aguilar bestempeld werd als communist en bolsjewist, terwijl anderen in het misboek naar deze onwaarschijnlijk mooie verzen zochten, zich afvragend of het effect van het op handen zijnde concilie zich reeds begon af te tekenen.

Enkele dagen voor de bruiloft kondigde Fermín aan, architect van de gebeurtenis en ceremoniemeester, dat hij een vrijgezellenavond voor me had georganiseerd waar slechts hij en ik voor waren uitgenodigd.

"Ik weet niet, Fermín. Dat soort dingen ..."

"Vertrouw me."

Op de avond in kwestie volgde ik Fermín gehoorzaam naar een smoezelig lokaal in Calle Escudillers, waar de geuren van de mensheid samenkwamen met die van de meest abjecte vette hap van de mediterrane kust. Een groepje dames met al heel wat kilometers op de teller, dat hun deugdzaamheid te huur aanbood, ontving ons met glimlachjes die de staf van een tandheelkundige faculteit verrukt zouden hebben.

"We komen Rociíto halen", kondigde Fermín aan bij een lugubere figuur wiens bakkebaarden een verrassende gelijkenis toonden met Kaap Finisterre.

"Fermín", fluisterde ik geschrokken. "In 's hemelsnaam ..."

"Heb nu toch vertrouwen."

Rociíto verscheen in al haar glorie – die ik rond de negentig kilo schatte, zonder haar veren shawl mee te tellen of de rode kunstzijden jurk – en ze nam me grondig op.

"Dag, mijn hartje. Ik had je me ouder voorgesteld, moet je weten."

"Dit is niet de klant", verklaarde Fermín.

Toen begreep ik de aard van de situatie en mijn angst verdween. Fermín vergat nooit een belofte, vooral als ik hem gedaan had. We vertrokken gedrieën op zoek naar een taxi die ons naar het Santa Lucia Hospice reed. Tijdens het traject deelde Fermín, die uit respect voor mijn gezondheid en mijn conditie van aanstaand echtgenoot de passagiersstoel aan me had afgestaan, de achterbank met Rociíto, zich verlustigend in haar verrukkingen.

"Je ziet er dolletjes uit, Rociíto. Dat heuvelachtige achterste van jou is de Apocalyps volgens Botticelli."

"Ach, meneer Fermín, sinds u een vriendin hebt, laat u me links liggen, deugniet."

"Rociíto, jij bent veel te veel vrouw en ik houd het bij de monogamie."

"Ha, die geneest Rociíto onmiddellijk met een paar penicillinewrijvingen."

We kwamen na middernacht aan in Calle Moncada en escorteerden het hemelse lijf van Rociíto het hospice in door de achterdeur die ook gebruikt werd om de gestorvenen door af te voeren via een steegje dat eruitzag en rook als de slokdarm van de hel. Eenmaal in het halfduister van het Tenebrarium, gaf Fermín de laatste instructies aan Rociíto terwijl ik het opaatje opspoorde aan wie ik een laatste dans met Eros beloofd had voordat Thanatos hem de eindrekening presenteerde.

“Denk eraan, Rociíto, opa is een beetje hardhorend, dus praat duidelijk, helder en in zwijnerijen tegen hem, ondeugend, zoals jij dat kan, maar overdrijf niet, hij hoeft niet voortijdig door een hartstilstand het hemelrijk te bereiken.”

“Rustig maar, schat, je hebt hier met een profi van doen.”

Ik vond de ontvanger van de huurliefde in een hoek op de eerste verdieping, een wijze kluizenaar, verschanst achter muren van eenzaamheid. Hij keek op en staarde verward naar me.

“Ben ik dood?”

“Nee. U bent zeer levend. Herinnert u zich mij?”

“Ik herinner me u als mijn eerste paar schoenen, jongeman, maar toen ik u zo zag, zo mager, dacht ik dat u een visioen uit het hiernamaals was. Neemt u me niet kwalijk. Hier verliest men wat u, buitenstaanders, het onderscheidingsvermogen noemt. Dus u bent geen visioen?”

“Nee. Het visioen wacht beneden op u, als u zo goed wilt zijn.”

Ik leidde de oude man naar een lugubere cel die Fermín en Rociíto feestelijk hadden uitgedost met enkele kaarsen en een paar sprietsjes parfum. Toen hij zijn ogen liet rusten op de overvloedige schoonheid van onze Venus uit Jeréz, lichtten droomparadijzen het gezicht van de oude op.

“God zegene u beiden.”

“En dat u Hem mag zien”, zei Fermín, terwijl hij de sirene uit Calle Escudillers een teken gaf dat ze haar verleidingskunsten kon gaan tonen.

Ik zag haar het opaatje met oneindige tederheid in de armen nemen en zijn tranen wegkussen die hem over de wangen rolden. Fermín en ik trokken ons terug om ze een welverdiende intimiteit te gunnen. Bij onze gang door die galerij van wanhoop stuitten we op zuster Emilia, een van de nonnen die het tehuis bestierden. Ze wierp ons een zure blik toe.

“Enkele internen hebben me verteld dat u een slet naar binnen hebt gesmokkeld. Nu willen zij er ook een.”

“Doorluchtige zuster, voor wie houdt u ons? Onze aanwezigheid hier is strikt oecumenisch. Deze knaap, die morgen man zal worden in de ogen van de Heilige Moederkerk, en ik zijn hier gekomen om te informeren naar Jacinta Coronado.”

Zuster Emilia trok een wenkbrauw op.

“Bent u familie?”

"Spiritueel gezien."

"Jacinta is twee weken geleden overleden. Een heer kwam haar de avond ervoor bezoeken. Is hij familie van u?"

"U bedoelt pater Fernando?"

"Het was geen priester. Hij zei dat zijn naam Julián was. Ik herinner me niet zijn achternaam."

Fermín keek me stomverbaasd aan.

"Julián is een vriend van mij", zei ik.

Zuster Emilia knikte.

"Hij was enkele uren bij haar. Ik heb haar in geen jaren zo horen lachen. Toen hij vertrok vertelde ze me dat ze over vroeger hadden zitten praten, over toen ze nog jong waren. Ze zei dat deze meneer nieuws kwam brengen over haar dochter Penélope. Ik wist niet dat Jacinta een dochter had gehad. Ik herinner het me, omdat Jacinta die ochtend naar me glimlachte en toen ik haar vroeg waarom ze zo tevreden was, zei ze dat ze naar huis ging, met Penélope. Kort daarna stierf ze in haar slaap."

Rociíto beëindigde haar liefdesritueel een poosje later en liet het oudje uitgeput achter in de armen van Morpheus. Toen we vertrokken betaalde Fermín haar dubbel, maar Rociíto, huilend van medelijden bij het spektakel van al die door God verlaten, ten dode opgeschreven mensen, wilde met alle geweld haar beloning aan zuster Emilia doneren zodat ze allemaal een twaalfuurtje van *churros* met chocolade zouden krijgen. Daar knapte ze zelf altijd zo ongelooflijk van op, die koningin van de hoeren.

"Ik ben nu eenmaal sentimenteel. Moet u weten, meneer Fermín, die arme man ... die wilde niks meer dan dat ik hem omarmde en streelde. Dat breekt toch je hart ..."

We stopten Rociíto met een vette fooi in een taxi en liepen Calle Princesa in, verlaten en in mistslierten gehuld.

"We zouden moeten gaan slapen, vanwege morgen", zei Fermín.

"Ik geloof niet dat ik dat kan."

We zetten koers naar de Barceloneta en bijna zonder het te beseffen liepen we de pier op tot de hele stad, glinsterend van stilte, aan onze voeten lag als de grootste luchtspiegeling van het universum, oprijzend uit de havenwateren. Op twintig meter afstand zette een karavaan van auto's met door damp en kranten geblindeerde ramen zich in beweging.

"Deze stad is een heks, weet u dat, Daniel? Ze gaat onder je huid zitten en steelt je ziel zonder dat je het doorhebt."

"Nu praat u net als Rociíto, Fermín."

"Lach niet, het zijn mensen zoals zij die van deze rotwereld een plek maken die de moeite waard is om te bezoeken."

"De hoeren?"

"Nee. Hoeren zijn we allemaal, vroeg of laat. Ik bedoel mensen met een goed hart. En kijkt u me niet zo aan. Ik word nu eenmaal een zacht ei van bruiloften."

Omgeven door een zeldzame rust bleven we daar zitten en volgden de schitteringen op het water. Na een poosje kleurde de dageraad de hemel amberkleurig en Barcelona ontstak in licht. We hoorden de verre klokken van de basiliek van Santa María del Mar, die net door de ochtendnevel heen te zien was aan de andere kant van de haven.

"Denkt u dat Carax daar nog steeds is, ergens in de stad?"

"Vraag me iets anders."

"Hebt u de ringen?"

Fermín glimlachte.

"Kom, we gaan. Er wordt op u en mij gewacht, Daniel. Het leven wacht op ons."

Haar jurk was ivoorkleurig en ze droeg de wereld in haar ogen. Ik herinner me nauwelijks de woorden van de priester, noch de hoopvolle gezichten van de genodigden die de kerk vulden op die ochtend in maart. Ik herinner me slechts de beroering van haar lippen en, toen ik mijn ogen opende, de geheime eed die ik op mijn huid met me meedroeg en die ik me alle dagen van mijn leven zou herinneren.

Dramatis personae
1966

Julián Carax beëindigt *De schaduw van de wind* met een korte uiteenzetting om de bestemmingen van zijn personages in latere jaren te schetsen. Ik heb veel boeken gelezen sinds die verre nacht van 1945, maar de laatste roman van Carax blijft mijn favoriet. Vandaag de dag, met drie decennia achter me, heb ik geen hoop meer dat mijn mening nog verandert.

Terwijl ik deze regels schrijf op de toonbank van de boekhandel, kijkt mijn zoon Julián, die morgen tien jaar wordt, me lachend aan, geïntrigeerd door die stapel papieren die groeit en groeit, er waarschijnlijk van overtuigd dat zijn vader ook door die ziekte van boeken en woorden is aangestoken. Julián heeft de ogen en de intelligentie van zijn moeder en ik mag graag bedenken dat hij misschien mijn naïviteit heeft. Mijn vader, die moeite heeft de ruggen van de boeken te lezen, ook al geeft hij dat niet toe, is boven, thuis. Vaak vraag ik me af of hij een gelukkig man is, in vrede leeft met zichzelf, en of ons gezelschap hem helpt, of dat hij leeft in zijn herinneringen en de triestheid die hem altijd heeft achtervolgd. Bea en ik hebben de boekhandel overgenomen. Ik doe de rekeningen en de boekhouding. Bea koopt de boeken in en helpt de klanten, die de voorkeur geven aan haar boven mij. Ik geef ze geen ongelijk.

De tijd heeft haar sterk en wijs gemaakt. Ze praat bijna nooit over het verleden, hoewel ik haar vaak betrap op een van haar stiltes, alleen met zichzelf. Julián adoreert zijn moeder. Als ik ze samen zie, weet ik dat een onzichtbare band, die ik nooit zal kunnen bevatten, hen met elkaar verbindt. Voor mij is het voldoende me deel van hun eilandje te voelen en me een gefortuneerd mens te weten. De boekwinkel levert een bescheiden inkomen op, maar ik zie mezelf niets anders doen. Elk jaar loopt de verkoop terug. Ik ben echter een optimist en hou mezelf voor dat wat stijgt, daalt en dat wat daalt, op een goede dag weer zal stijgen. Bea zegt dat de kunst van het lezen heel langzaam uitsterft, dat het een intiem ritueel is, dat een boek een spiegel is waarin we slechts kunnen vinden wat we al in ons dragen; als we lezen, doen we het met hart en ziel en dat is een goed dat steeds schaarser wordt. Iedere maand ontvangen we aanbiedingen om de winkel te verkopen en te veranderen in een winkel met televisies, korsetten of espadrilles. Over ons lijk halen ze ons hier weg.

Fermín en Bernarda trouwden in 1958 en hebben al vier kinderen, allemaal jongens met de neus en oren van hun vader. Fermín en ik zien elkaar minder dan eerst, ofschoon we soms nog de wandeling in de vroege ochtend naar de pier maken en de wereld recht timmeren. Fermín heeft zijn baan in de boekhandel opgegeven en heeft bij de dood van Isaac Monfort het vaandel aan het hoofd van het Kerkhof der Vergeten Boeken overgenomen. Isaac ligt begraven naast Nuria op de Montjuïc. Ik bezoek ze vaak. We praten. Er liggen altijd verse bloemen op het graf van Nuria.

Mijn oude vriend Tomás Aguilar is naar Duitsland vertrokken, waar hij werkt als ingenieur voor een bedrijf van industriemachines. Daar vindt hij wonderen uit die ik nooit heb begrepen. Soms schrijft hij brieven, altijd op naam van zijn zuster Bea. Een paar jaar geleden is hij getrouwd en hij heeft een dochter die we nog nooit hebben gezien. Hij stuurt me altijd zijn groeten, maar ik weet dat ik hem jaren geleden onherroepelijk ben kwijtgeraakt. Ik geef er de voorkeur aan te denken dat het leven ons onze jeugdvrienden zonder reden ontneemt, maar ik geloof het niet altijd.

Onze wijk is nog dezelfde, maar er zijn dagen dat het lijkt alsof het licht steeds iets meer durft, dat het terugkomt naar Barcelona, alsof we het met zijn allen hadden verbannen, maar het ons uiteindelijk heeft vergeven. Don Anacleto heeft de universiteit verlaten en wijdt zich haast uitsluitend nog aan de erotische poëzie, en zijn achterflapteksten zijn monumentaler dan ooit. Don Federico Flaviá en Merceditas gingen bij elkaar wonen toen de moeder van de horlogemaker overleed. Ze vormen een flamboyant paar, hoewel er afgunstigen zijn die verzekeren dat het bloed kruipt waar het niet gaan kan en dat zo af en toe don Federico een enkel uitstapje maakt, uitgedost als flamencodanseres.

Don Gustavo Barceló heeft zijn winkel gesloten en ons zijn voorraden doorverkocht. Hij zei helemaal genoeg te hebben van het vak en verlangde naar nieuwe uitdagingen. De eerste en laatste daarvan was het oprichten van een uitgeverij, gewijd aan de heruitgave van Julián Carax' werk. Het eerste deel, waarin opgenomen de eerste drie boeken (gered uit een stel drukproeven die in een meubelopslagplaats van de familie Cabestany terecht waren gekomen) verkocht honderdtweeënveertig exemplaren, vele tienduizenden exemplaren minder dan het succes van het jaar, een geïllustreerde hagiografie over de stierenvechter El Cordobés. Don Gustavo besteedt nu al zijn tijd aan het reizen door Europa in gezelschap van gedistingeerde dames en hij stuurt ansichtkaarten van kathedralen.

Zijn nicht Clara trouwde met een miljonairszoon, maar hun verbond duurde nauwelijks een jaar. Haar lijst minnaars is nog steeds uitgebreid, hoewel deze jaar na jaar krimpt, net als haar schoonheid. Ze woont nu alleen in de woning aan Plaza Real, die ze steeds minder vaak verlaat. Er was een tijd dat ik haar bezocht, meer omdat Bea me herinnerde aan haar eenzaamheid en haar ongeluk dan uit eigen verlangen. Met de jaren heb ik in haar een bitterheid zien ontkiemen die ze wil omkleden met ironie en onverschilligheid. Soms denk ik dat ze nog steeds wacht op die betoverde Daniel van vijftien jaar geleden, die haar komt adoreren in de duisternis. De aanwezigheid van Bea, of een willekeurige andere vrouw, maakt haar giftig. De laatste keer dat ik haar zag, zocht ze met haar handen naar de rimpels op haar gezicht. Mij wordt verteld dat ze af en toe haar oude muziekdocent nog ziet, Adrián Neri, wiens symfonie nog steeds niet af is en die naar het schijnt carrière heeft gemaakt als gigolo bij de dames uit de kringen van het Liceo, alwaar zijn bedstee-acrobatieën hem de bijnaam De Toverfluit hebben opgeleverd.

De jaren waren niet genereus voor de herinnering aan inspecteur Fumero. Zelfs zij die hem haatten en vreesden, leken hem zich al niet meer te herinneren. Jaren geleden kwam ik op Paseo de Gracia luitenant Palacios tegen, die het korps de rug heeft toegekeerd en nu gymnastiekles geeft op een school in de wijk Bonanova. Hij vertelde me dat er nog steeds een gedenkteken ter ere van Fumero in de kelders van het centrale bureau aan Vía Layetana hangt, maar dat dat bedekt wordt door de nieuwe frisdrankmachine.

Wat betreft het huis van de Aldaya's: het staat er nog, tegen alle voorspellingen in. Uiteindelijk wist de makelaar van de heer Aguilar het te verkopen. Het werd compleet gerenoveerd en de engelenbeelden werden tot kiezels gereduceerd om de parkeerplaats mee te bedekken, daar waar vroeger de tuin van de Aldaya's was. Vandaag de dag is het een reclamebureau dat zich wijdt aan de creatie en promotie van die vreemde poëzie die de glorie bezingt van katoenen sokken, magere melk, puddingpoeders en sportwagens voor hoogvliegende zakenmannen. Ik moet bekennen dat ik er op een dag met de meest onwaarschijnlijke smoes naartoe ben gegaan en vroeg om een rondleiding. De oude bibliotheek waar ik bijna het leven liet is nu een vergaderzaal, gedecoreerd met posters van deodorantreclames en waspoeders met miraculeuze krachten. De kamer waar Bea en ik Julián verwekt hebben is nu de badkamer van de algemeen directeur.

Die dag, toen ik terugkwam van mijn bezoekje aan het oude palazzo van de Aldaya's, vond ik een pakketje bij de post dat Parijse poststempels droeg. Het bevatte een boek, getiteld *De engel van nevel*, roman van een zekere Boris Laurent. Ik liet de bladzijden in hoog tempo voorbijritselen, terwijl ik dat magische veelbelovende parfum van nieuwe boeken opsnoof, en ik liet mijn blik per toeval op het begin van een zin vallen. Ik wist ogenblikkelijk wie het had geschreven en toen ik naar de eerste pagina terugkeerde verbaasde het me niets de volgende opdracht te vinden, in de blauwe letter van de vulpen die ik als kind zo geadoreerd had:

Voor mijn vriend Daniel, die me mijn stem en pen teruggaf.
En voor Beatriz, die ons allebei opnieuw het leven schonk.

Een jongeman, met al enkele grijze haren, wandelt door de straten van een Barcelona gevangen onder een asgrijze hemel, met een waterig zonnetje dat over de Rambla de Santa Mónica stroomt als een guirlande van vloeibaar koper.

Hij heeft een jongen van ongeveer tien jaar bij de hand, wiens ogen beneveld zijn met het mysterie van de belofte die zijn vader hem in de vroege ochtend had gedaan, de belofte van het Kerkhof der Vergeten Boeken.

"Julián, wat je vandaag zult zien mag je aan niemand vertellen. Aan niemand."

"Zelfs niet aan mama?" informeert de jongen met gedempte stem.

Zijn vader zucht, terwijl hij zich verschanst achter het trieste glimlachje dat hem als een schaduw door het leven volgt.

"Natuurlijk wel", antwoordt hij. "Voor haar hebben we geen geheimen. Haar kun je alles vertellen."

Kort daarna lossen vader en zoon, als figuurtjes van damp, op tussen de mensen op de Ramblas, hun voetstappen voor altijd verloren in de schaduw van de wind.